BASTEI
LÜBBE

Von Joe Donnelly erschienen bei BASTEI-LÜBBE:

12523 Dunkle Rituale
12608 Horrorbaby

ERLKÖNIGS KINDER

Ein unheimlicher Roman

Aus dem Englischen
von Nikolaus Gatter

BASTEI LÜBBE

Deutsche Erstveröffentlichung
Titel der englischen Originalausgabe:
Havock Junction

Printed in Great Britain März 1999
Einbandgestaltung: Grafik Design D. Ziegenfeuter
Satz: hanseatenSatz-bremen, Bremen
Druck und Bindung: Cox & Wyman Ltd.
ISBN 3-404-12928-8

Joe Donnelly

ERLKÖNIGS KINDER

Ein unheimlicher Roman

Aus dem Englischen
von Nikolaus Gatter

BASTEI
LÜBBE

BASTEI-LÜBBE-TASCHENBUCH
Band 12 928

Deutsche Erstveröffentlichung
Titel der englischen Originalausgabe:
Havock Junction

Printed in Great Britain März 1999
Einbandgestaltung: Grafik Design D. Ziegenfeuter
Satz: hanseatenSatz-bremen, Bremen
Druck und Bindung: Cox & Wyman Ltd.
ISBN 3-404-12928-8

Für Mary –
aus vielen Gründen;
einschließlich ihrer Navigation auf einigen dieser Straßen.

Wir alle finden uns, wenn es uns übel ergeht, auf Straßen wieder, wo das Glück und das Licht schwer zu finden sind. Viele Menschen sind überzeugt, daß die *Ley-Straßen* wirklich existieren – es muß dem Leser überlassen bleiben, wie er über diese Möglichkeit denkt. Die Charaktere von *Erlkönigs Kinder* sind allerdings reine Erfindung.

1

Vorher treffe ich dich in der Hölle.

Noch immer gellte ihr der Fluch in den Ohren. Hitzige Worte voller Verdammnis, ausgespien mit einem katzenhaften Fauchen.

Patsy Havelin wollte sie loswerden, abschütteln, sich auf die Gegenwart konzentrieren, die Straße im Auge behalten. Vor ihr trommelte auf schwarzem Asphalt der Regen, ein Niederschlag, heftig genug, daß die dicken Tropfen wie halogenschimmernde Münzen millionenfach herunterprasselten. Über ihr zogen düstere, schwere Wolken rasch dahin, ballten sich in der Finsternis, hier und da vom fahlgrünen Schimmer zuckender Blitze erhellt.

Der Tacho zeigte unverändert neunzig Stundenkilometer. Angesichts der Wetterverhältnisse wagte sie nicht, schneller zu fahren, um nicht beim Aquaplaning in den Pfützen die Bodenhaftung zu verlieren und ins Schleudern zu geraten. Es war weiß Gott schwer genug, nicht die Nerven zu verlieren. Vergebens kämpften die Scheibenwischer gegen die Sturzflut auf der Windschutzscheibe an. Die Reifen pfiffen auf der nassen Fahrbahn, schlugen jedesmal nach links aus, wenn sie in eine Schlammspur gerieten. Im Scheinwerferkegel blinkte das silbrige Lametta des Regens; wenige Meter weiter wurde es von der Dunkelheit verschluckt. Sie saß kerzengerade hinter dem Lenkrad und spähte angestrengt nach vorn, wagte kaum, aufs Gaspedal zu treten, und scheute sich doch, langsamer zu fahren.

Patsy Havelin fühlte sich getrieben; sie floh, als gelte es ihr Leben, ihre Gesundheit. Sie haßte es, nachts unterwegs zu sein, erst recht bei tosendem Sturm. Doch in dieser Nacht mußte sie fliehen, so schnell wie irgend möglich. Die Kinder hinter ihr murmelten im Halbschlaf dösend, unfähig, wirklich einzuschlafen. Sie langte nach dem Rückspiegel und kippte ihn schräg, riskierte einen Blick zum Rücksitz. Peter kauerte an der Tür, den Arm um die kleine Judith geschlungen, die an seine Brust gebettet lag, den Daumen im Mund, das blasse Gesicht ein heller Fleck im Dunkel. Trotz ihres Zorns und der zermürbenden, gliederschweren Ermattung nach ausgestandener Panik brachte sie ein flüchtiges Lächeln zuwege. Typisch für Peter, die kleine Schwester in seine schützenden Arme zu nehmen. Lange genug war er der einzige Mann im Haus gewesen, doch selbst das war schon viel zu lange her.

Weit vorn, vor dem Wagen, tanzte ein knisternder Blitz dem grollenden Donner voran. Ein blauer feiner Riß spaltete den Horizont vom Wolkengebirge bis hinunter zur Ebene, wo die Rückstrahler der Kilometersteine wie Katzenaugen aufglommen. Eine Sekunde später dröhnte der Donnerschlag mit solcher Wucht, daß der ganze Wagen unter der Erschütterung bebte. Judith wimmerte furchtsam. Peter raunte ihr leise, tröstliche Worte ins Ohr, bis sie beide verstummten. Draußen auf der Straße wand sich der Blitz mit blauen Schlangenfingern und tauchte den Grünstreifen in ein gespenstisches Irrlicht. Geblendet kniff sie die Augen zusammen, aber das Nachbild zuckte unter ihren geschlossenen Lidern in glühenden, purpurn-orangeroten Komplementärkontrasten. Der Wagen raste weiter, zum Abbremsen war es zu spät. Blaues Feuer sprühte über die Leitplanke und leckte nach ihr. Fröstelnd wurde sie die elektrische Spannung gewahr und spürte, wie sich der zarte Haarflaum an Armen und im Nacken in kitzligem Schauer aufrichtete. Die mühsam niedergehaltene Angst kam wieder zum Ausbruch; sie biß sich auf die Lippen, fest genug, bis sie den Schmerz empfand und blutete.

Dann erloschen mit einem Mal alle Lichter, und es wurde stockfinster. Der Motor setzte sekundenlang aus und brüllte protestierend, als sie den Wagen an den Randstreifen lenkte, der Böschung und den zuckenden elektrischen Flämmchen entgegen. Patsy rammte die Gangschaltung in den Leerlauf, nachtblind wie sie war, klopfenden Herzens und mit panikartigen Krämpfen in der Magengrube. Das Vorderrad rutschte aus der Spur und stieß gegen ein Hindernis, *schlidder-rrrums*, ein Katzenauge tanzte über die Fahrbahn, und selbst ohne klare Sicht wußte sie, was das hieß: sie war wieder in der Straßenmitte und fuhr bald links, bald rechts. Sie umklammerte das Lenkrad, um es ruhig zu halten, bis ihre Knöchel weiß wurden.

Dann ließ sie das blaue Feuer hinter sich. Es prickelte unter der Haut, noch bevor die Lichter wieder aufflammten. Jetzt gab sie leicht Gas, und der Motor stockte widerstrebend unter dem Druck der Beschleunigung, bevor er nachgab und in Fahrt kam, während sie aufs Pedal trat, um das Tempo zu halten. Der Wagen war wieder in die mittlere Spur geraten, näherte sich der großen Kurve, obwohl sie das Gerumpel der Markierung nicht hörte. Als ihre Scheinwerfer plötzlich aufflammten, sah sie nichts als den großen Wegweiser zu ihrer Linken, aber schon riß sie das Steuer herum, und das Schild glitt vorüber, bevor sie es lesen konnte. Sie brachte den Wagen wieder in die Spur und erlaubte sich, durchzuatmen. Ihr Herzschlag war ruhiger geworden, als eine dröhnende Posaune rechts erscholl. Sie drehte am Lenkrad, wich zu weit aus und spürte, wie die Hinterräder durchdrehten, gerade genug, daß ihr schwindlig wurde, dann fuhr sie wieder geradeaus.

Ein riesiger schwarzer Lastzug überholte, dessen Räderwerk die Gischt aufsprühen ließ, in kaum zwei Metern Abstand, während sie kerzengerade und vor Angst wie gelähmt dasaß.

Ein Schrei durchfuhr sie im Innern. *Herr im Himmel, steh uns bei!*

Wieder ließ der Fernfahrer sein Horn erschallen, ein urweltliches Tier in der Nacht, und die Luftdruckbremsen gaben ein pantherähnliches Fauchen von sich. Unter dem Schwergewicht des Lasters bebte die Straße. Ein Luftloch erfaßte den Kleinwagen, so daß Patsy hin und her schwankte, bis sich beinahe der Sicherheitsgurt aus der Halterung löste. Die Bewegung quetschte ihr die Rippen unter dem Gurt, der unterhalb der Brust ins Fleisch schnitt. Der Lastwagen zog an ihr vorüber, dicht, viel zu dicht, aber er setzte seinen Weg fort, und die aufkeimende Sorge, die tödliche Gewißheit, von ihm erfaßt zu werden, legte sich wieder und hinterließ stummes Entsetzen.

Schließlich entfernte sich der LKW brüllend. Seine Rücklichter funkelten böse, orangefarbene Raubtieraugen wurden kleiner, eingetrübt von Regen und Finsternis.

»Die sollten doch nicht orange sein«, murmelte Patsy vor sich hin, um sich auf irgend etwas zu konzentrieren, um wieder einigermaßen zu klarem Bewußtsein zu kommen. Angst und Wut rangen miteinander, während die nackte Sorge, *mütterliche Sorge*, alle Schrecken überlagerte. Sie drängte das Erlebnis beiseite, sie konnte sich jetzt keinen Nervenzusammenbruch leisten, noch nicht. Nicht, bevor sie Peter und Judith sicher nach Hause gebracht hatte.

Der LKW war aus dem Nichts aufgetaucht. Seine Scheinwerfer hatte sie nicht kommen sehen. Der monströse riesige Schatten war im Handumdrehen neben ihr, mit gellender Hupe. Hatte er kein Licht, fuhr er blind wie sie vorhin, als der Blitz über die Leitplanke fegte? Sie überlegte angestrengt, wollte sich an das Fernlicht im Rückspiegel erinnern. Das hätte sie doch sehen müssen, oder nicht? Patsy schüttelte den Kopf. Sie hatte auf die Straße gestarrt, sich alle Mühe gegeben, nicht die Leitplanke zu rammen. Aber das war jetzt auch egal; das Gefährt war entschwunden und *sie* hatte gewiß nicht drin gesessen.

Sie holte tief Luft und fuhr weiter.

Der Wagen fegte über die spiegelglatte Straße, noch immer mit neunzig Kilometern pro Stunde, während über ihr das Unwetter tobte, die Blitze zuckten und flackerten. Sie setzte ihren Weg fort, die Katzenaugen starrten ihr im Scheinwerferkegel entgegen wie geblendete Nachttiere auf leerer Straße. Alte, schmerzliche Erinnerungen wurden wach, und sie fröstelte, während sie tapfer mit den Tränen kämpfte. Der Tacho tickte das volle Dutzend der Kilometer herunter, die sie auf dem Heimweg schon zwischen sich und die Vergangenheit gebracht hatte.

»Mami?« Peters Stimme war ein Flüstern, gerade laut genug, um es zu verstehen. So hatte er immer gewispert, wenn Judith als Baby eingeschlafen war. Wieder wollte sie lächeln, sich dem Überschwang der mütterlichen Liebe hingeben. Sie kippte erneut den Spiegel, nur um nach ihnen zu sehen. Judith war wach geworden; ihre Augen blinkten als schwarze Punkte im Schatten.

»Ja, *Tiger*?« So hatte sie ihn von Kind auf genannt, als er schon raffiniert war wie eine Raubkatze, gerissen und tapfer. Sie hatte es schon lange nicht mehr zu ihm gesagt. Im Rückspiegel grinste er müde, und sie verspürte ein sanftes Herzflattern.

»Wo sind wir?«

»Wir sind auf dem Heimweg.« *Daheim und in Sicherheit. Endlich wieder zusammen. Bitte, lieber Gott, laß uns heil nach Hause kommen.*

»Ist das denn die richtige Strecke?«

»Aber sicher«, erklärte sie, obwohl sie in Wahrheit keineswegs so ganz sicher war, wie sie sich und den Kindern einreden wollte. Schon seit fünf, sechs Kilometern hielt sie Ausschau nach einem Hinweisschild und hoffte, daß sie sich nicht in der fremden Umgebung verfahren hatte. Am letzten war sie vorbeigerast, ohne es zu entziffern, und ihr schwante, daß sie irgendwann auf den letzten Kilometern falsch abgebogen war. Im stillen verwünschte sie den Sturm und diesen Mistkerl von Brummi-Fahrer, der ihr vorhin eine Heidenangst eingejagt und sie fast von der Fahrbahn gedrängt hatte. Sie konnte noch immer nicht mit Bestimmtheit sagen, ob er die Scheinwerfer angehabt hatte.

»Warum fragst du?«

»Ich weiß nicht«, gab Peter zur Antwort. Sie spähte in den Rückspiegel und traf seinen Blick. Seine Brauen trafen sich in zwei angestrengten Falten, ein Zeichen dafür, daß er an etwas herumknobelte. »Es ist nur, weil ...« Seine Stimme erstarb.

»Nur – was?«

Wieder warf sie einen Blick nach hinten. Er musterte seine Schwester; seine Schulter zuckte leicht, als er sie an sich drückte. Offenbar wollte er nichts sagen, was sie aufgeregt hätte, soviel war Patsy klar.

»Bloß so'n komisches *Gefühl*, daß etwas nicht stimmt.«

»Was stimmt denn nicht?«

»Weiß nicht. Als ob es nicht die richtige Straße ist.«

»Mir ist sie gut genug, mein Schatz.« Wieder ein Kosewort aus fernen Zeiten. »Wetten, daß alles in Butter ist? Wirst sehen!«

Er war ein aufgeweckter Junge, ein hochintelligentes Kind. Sie konnte nur hoffen, daß er die Notlüge in ihrer Stimme nicht wahrnahm, den geheuchelten Muttertrost. Ihr selbst kam die Straße alles andere als geheuer vor. Kein bißchen in Butter. Womöglich spürte er ihre Zweifel wie eine feine Aura. *Daheim und in Sicherheit.* Sie setzte sich die Worte wie einen Vorsatz in den Kopf, sah sie schon als Willkommensgruß in Neonschrift blinken und versuchte, an sie zu glauben. Aber das Gefühl des Verfolgtwerdens strich ihr noch immer mit eisigem Finger am Rückgrat entlang, das Bewußtsein einer drohenden Gefahr kratzte im Innern ihres Schädels.

»Hör zu, laß mich noch ein bißchen fahren, und dann halten wir, wo es Abendessen gibt und was Heißes zu trinken. Ich verspreche dir, daß wir an der nächsten Raststatte eine Pause einlegen und uns dort genau erkundigen. Aber so lange lassen wir Judy noch schlafen, ja?«

Ihr Sohn zog die kleine Schwester wieder an sich. Sein Blick blieb auf sie geheftet, bis sie sich notgedrungen abwandte und nach vorn blickte. Der Junge war blaß und sein Gesicht im Gegensatz zu den tiefen Schatten unter den Augen viel zu schmal, obwohl es vielleicht nur Einbildung war. In den letzten Monaten war er ganz schön gewachsen, trotz allem, was er durchgemacht hatte, war das kein Wunder. Er schwieg beharrlich, aber in seinem Blick stand ein großes Fragezeichen, und sie konnte keine Antwort geben.

Das verpaßte Schild von vorhin macht nichts, suchte sie sich zu beruhigen. Alle Wege führen nach Rom, von überall geht es nach *Hause*. Sie drängte die Panik zurück und überlegte angestrengt, welcher Landstrich das hier war, wohin sie mit den Kindern geraten war. Patsy Havelin fuhr einem Alptraum davon, und die weiße gestrichelte Linie zwischen den Rückstrahlern blinkte wie eine Leuchtspurmunition, die seitlich vorbeiflog, und der Regen hämmerte mit seinen Schrapnells gegen das Blech.

Schweigend hatten sie fünf Kilometer auf der öden, finsteren Straße zurückgelegt, als sie im Grauschleier des Regens die Warnblinkleuchte entdeckte. Patsy fischte das gelbe Fensterleder aus dem Handschuhfach und rieb mit zwei energischen Stößen die Scheibe klar, beugte sich über das Lenkrad und spähte hinaus. Trotz Fernlicht gab es nicht viel zu sehen. Sie bremste leicht ab und hörte den Keilriemen quietschen, während der Wagen langsamer wurde. Nach ein paar Metern war eine Gestalt an der Straße auszumachen, die eine orangefarbene Notlaterne schwang. Sie glühte mit der gleichen Farbe wie die Rücklichter des LKWs, der sie beinahe abgedrängt hatte. Rechts von ihr, außerhalb ihres Gesichtskreises, war ein schwaches, helles Flackern im Gebüsch des Grünstreifens zu erkennen. Sie sog den stechenden Geruch verbrannten Öls in feuchter Luft ein und ließ den Wagen ausrollen, bis die Silhouette nahe genug war, plastisch wurde, einen Mann in Uniform zeigte. Er hielt die Warnleuchte hoch, schwenkte sie in breitem Bogen. Der Wind bauschte den Saum seines Mantels wie ein Segel. Erschöpft registrierte Patsy die flache Schirmmütze und sank erleichtert ins Polster zurück.

Der Wagen fuhr jetzt Schritt, stoppte nach den letzten Metern, und zwei ihrer Reifen drehten knirschend im körnigen Schotter durch. Der Mann senkte die Lampe, und sie merkte, daß es keine elektrische Blinkleuchte war, sondern eine gelbe Petroleumlampe, wie sie an Baustellen gebraucht wird. Er kam zur Fahrertür, stützte sich mit der Hand auf der Motorhaube ab, genau vor dem Lenkrad, und bückte sich in das Seitenfenster. Eine Perlenkette kleiner Wassertröpfchen zitterte an der Kante des Mützenschirms. Patsy rollte das Fenster herunter.

»Was ist los, Mami?« Judiths Stimme war kläglich und müde. Peter wisperte etwas, und sie wurden beide mucksmäuschenstill.

»Blechchaos auf der Straße, Miß.« Der Mann ging in die Hocke und spähte durchs Fenster. Die Stimme war heiser in der Nachtkühle. Eine Windbö klatschte ihm dicke Regentropfen über die Schulter und schlug ihr mit winterlichem Frosthauch entgegen. Die feuchte Luft stank nach Teer und Brand und Auspuffgasen. Aber da war noch ein fremder Geruch, sauer und abgestanden, den sie nicht einordnen konnte.

»Stimmt was nicht?« fragte Patsy. Der Mann lehnte sich herein, kam ihr ein winziges Stück zu nahe. Aber er war ein Schupo. Zumindest trug er eine Uniform. Im Dunkeln konnte sie keinen Polizeistern erkennen.

»Großer Auffahrunfall paar Kilometer weiter«, erklärte die Stimme. »Viel zu schnell gefahren bei dem Wetter.« Das Gesicht des Mannes lag im Schatten. Sie nahm einen üblen Mundgeruch wahr, ölig wie der Dieselgestank von vorhin. Unversehens richteten sich ihre Nackenhaare auf.

»Und dann noch der Schlamassel hier«, fuhr er fort und wich leicht zurück, als hätte er ihre Furcht gespürt. Mit dem Daumen wies er nach hinten, nur eine flüchtige Geste in der Finsternis, ein Schwanken der Laterne. Sie beugte sich vor.

Das Gestrüpp hinter seiner Schulter wies eine kleine Lücke auf, wo die Böschung flacher wurde; was dahinter lag, war vielleicht Weideland, doch zu sehen war nur ein schwarzes Loch. Im Lichtkreis ragten die weißen Enden gezackter, abgebrochener Äste herauf, wo etwas Großes, Schweres ins Unterholz vorgedrungen war. Außerdem war die Leitplanke eingedellt und aufgerissen wie eine Blechdose. Auf den schartigen Kanten spielte orangefarbenes Licht. Jetzt konnte sie durch die Lücke den brennenden, umgestürzten Wagen erkennen, der mit der Kühlerhaube im Graben lag. Trotz des heftigen Niederschlags leckten Flammen an der zerknautschten Karosserie hoch.

»Ist jemand verletzt?« erkundigte sich Patsy. Innerlich hegte sie den heißen, dringenden Wunsch, so schnell wie möglich loszufahren, weg von dem brennenden Autowrack. Sie wollte nicht, daß ihre Kinder es sehen mußten, doch mehr als das – irgendwo tief unter der Schwelle des Bewußtseins schabte etwas an ihrem Nervenkostüm.

»Fürchte ja, Miß«, erwiderte der Mann und wandte sich wieder ihr zu. »Für die da kommt jede Hilfe zu spät. Selbst wenn die Feuerwehr hier wäre. Aber die steckt fest im Rückstau, und da geht's erst recht ab, kann ich Ihnen sagen!«

Er schnalzte leise mit der Zunge. »Alles voller Blut und Eingeweide, zerfetzte Gliedmaßen, überall verstreut ...«

Peter sog scharf die Luft ein.

»Verzeihen Sie, Wachtmeister«, unterbrach Patsy rasch und langte nach hinten, um Peters Knie zu drücken. »Bitte nicht in allen Einzelheiten vor den Kindern.« Allmählich schellten bei ihr die Alarmglocken.

»Auf so ’ner Strecke bleibt einem nichts erspart.« Wieder schnalzte der Mann mit der Zunge, hallend und tief, wie Wassertropfen in einer grundlosen Höhle. »Schlimm genug, in einer solchen Nacht an der Kreuzung zu sein.«

»Ist die Straße blockiert?« Mühsam brachte sie die Frage heraus, obwohl sie instinktiv am liebsten aufs Gaspedal treten und weiterfahren wollte.

»Vollkommen. Wie’n Schrottplatz in ’ner Sackgasse. Und wenn die Kinder erst die Schreie hören, na! Das wird noch die ganze Nacht dauern.«

Sie fuhr zusammen wie geohrfeigt; kaum zu glauben, was er da sagte. Judith quäkte leise.

»Besser, wenn Sie die Umleitung nehmen. Kommt in anderthalb Kilometern. Halten sie sich links zum Abzweig dreizehn. Gut ausgeschildert.«

Patsy kämpfte gegen den Wunsch an, das Fenster zu schließen und den Wagen zu starten.

»Wohin führt die denn?«

»Auf die Fernstrecke kommen Sie wieder zurück, glauben Sie mir. Keine Sorge.«

Er wich ein Stück beiseite, und Patsy bekam erneut den brennenden Wagen zu sehen. Als wollte er ihr absichtlich die Sicht nicht versperren. Sie konnte nicht anders, aber sie mußte sich umdrehen nach der schimmernden Glut. Der Regen hatte ein wenig nachgelassen. Flammen tanzte um die Reifen; in einer wirbelnden Säule quoll öliger Qualm empor, schwarz wie die Nacht, doch von der Hitze rötlich konturiert. Unheilvoll knisternd brachen Flammenstöße aus dem zerschmetterten Motorblock. Sie wollte den Blick abwenden, aber die Glut hypnotisierte sie, und eine Bewegung in der Nähe des zerbeulten Hecks ließ sie noch weiter den Hals recken. Sie blinzelte, war ihrer Sache nicht ganz sicher. Hatte sie zwei Hände gesehen, die sich über der Hitze rieben?

Das Grauen traf sie wie ein lähmender Schlag.

Bei dem Unfall hatte es Tote gegeben! Wenige Minuten zuvor waren sie noch quicklebendig gewesen, auf der Straße unterwegs, und dann in den Graben gerast und gestorben. Konnte es sein, daß sich jemand da drüben bückte und am Feuer die Hände wärmte? Sie stieß ein empörtes Murren aus. Langsam wandte sie sich ab. Sie musterte den brennenden Wagen, ihre Blicke erreichten das andere Ende, wo brennendes Benzin unter der Motorhaube hervorquoll. Plötzlich erstarrte sie. Ihr Blick heftete sich auf den Beifahrersitz.

Hinter dem gesprungenen Seitenfenster sah sie eine andere Gestalt, nur ein dunkler Umriß, einen Kopf und Schultern, eine Faust, die sich hob und langsam gegen die Scheibe klopfte. Dahinter rührte sich noch etwas. Eine kleines Wesen schien gegen das Glas gepreßt, ein breitgezogener Mund, ein erstickter und im Prasseln des Feuers ungehört verhallender Schrei.

O mein Gott. Die Worte waren nur ein zischender Atemstoß.

Im Innern des Wracks saß jemand. Da waren Leute eingeschlossen, die in den Flammen verkohlten.

Sie schluckte, als sie sich das Bild vorstellte, schüttelte den Kopf, um die Schreckensvision zu vertreiben. Das muß eine Sinnestäuschung sein, redete sie sich zu, ein trügerisches Flackern. Was denn sonst? Niemand konnte lebendigen Leibes mitten in diesem Inferno sein. Und doch sah sie noch immer die Bewegung vor sich, das blasse, zuckende Gesicht hinter dem geschwärzten Glas, und tief im Innersten wußte sie, daß es die Wirklichkeit war.

»Sind Sie wohlauf, Miß?« Wieder diese Stimme, tief und heiser in der frostigen Luft. Sie spürte die Mißbilligung darin.

»Es ...« begann sie und stockte. »Ich ...«

Jäh merkte sie, daß sie verschwinden mußte. Ihr innerer Alarm schrillte jetzt so laut, daß ihr der Kopf platzte. Patsy lehnte sich zurück, holte zweimal tief Luft, bis die Welle des Ekels und Grauens vorüber war.

»Sie brauchen Hilfe«, hörte sie den Fremden sagen. Sie wandte sich dem Fenster zu, noch immer wie festgenagelt auf dem Fahrersitz. Ohne Vorwarnung drängte er sich herein, schob Kopf und Schultern durchs Fenster. Sein stinkiger Atem wallte ihr eine saure, faulige Wolke entgegen.

»Was tun Sie da!« würgte sie.

Die Hand des Mannes tastete sich flink vor, beiläufig, fast harmlos. Kalt und klamm befühlte sie ihren Nacken und glitt dann ohne Zögern in ihren Ausschnitt. Sie keuchte vor Schreck, war einen Augenblick wie versteinert; ihre eigenen Hände krampften sich im Schoß zusammen. Die stille Gewalt seiner Attacke war so bestürzend, daß ihr die Luft wegblieb.

Der Mann lachte kehlig und rauh. Er grabschte nach ihrem Busen, schürfte über die zarte, erschauernde Haut, nahm die Brustwarzen in zwei Finger. Jeder Nerv ihres Körpers erbebte und zog sich zusammen. Er kniff sie fest, und heftiger Schmerz durchpulste ihre Brüste.

Der Schmerz löste sie aus der Erstarrung. Obwohl sie noch immer unter Schock stand, reagierte sie blitzschnell. Mit der rechten Hand tastete sie nach dem Kabinenlicht, mit der Linken umklammerte sie sein Handgelenk, das sich dick und fleischig anfühlte, mit wolligem Haar bedeckt.

Sie zog es nach oben, und wieder tat es weh, als sie ihre Brüste seinem rohen Zugriff entzog.

»Wollte doch bloß ein bißchen trösten«, brummte der Kerl. Es klang nicht menschlich, mehr wie ein Tierlaut. Er lachte, diesmal laut und ihr direkt ins Gesicht. Sein Mundgeruch reizte sie fast zum Erbrechen. Sie wand sich und stieß ihn mit dem Ellbogen weg. Hinter ihr schluchzte Judith auf, und siedendheiß überfiel sie die Panik.

Die Kinder.

Sie mußte sie vor dem Zugriff dieses Widerlings retten. Vor dem Anblick der brennenden Unfallopfer. Vor dem anderen Fremden, der seine Hände am Leichenfeuer wärmte.

»Weg da«, hörte sie sich schreien. Ihr Ellbogen rammte ihn an der Wange; sein Kopf flog zurück, und er verlor seine Mütze. Judith brüllte vor Schreck, aber Peter war schon aufgesprungen und wollte über den Sitz klettern.

»Verschwinden Sie«, schimpfte er und schlug nach der großen, breiten Pranke. »Das ist meine Mutter! Nehmen Sie die Hände weg!« Er zwängte sich zwischen den Sitzen durch. Patsy gab ihm einen Schubs.

Der Mann langte wieder ins Wageninnere und schlug Peter mit dem flachen Handrücken ins Gesicht. Patsy hörte ein Klatschen und ersticktes Wimmern. Peter flog rückwärts und prallte gegen die Beifahrertür. Die Hand tastete nach dem Rücksitz und schnappte nach Judith.

»Komm schon, Kleines«, gluckste der Mann mit kaum verständlichen Tierlauten, »du kommst jetzt brav mit, Mädelchen!«

Patsy kreischte auf und hieb verzweifelt auf den Arm neben ihrer Schulter ein. Ebensogut hätte sie auf einen Holzstrunk einschlagen können. Der faulige Geruch, wie ein verschimmelter, ungelüfteter Schweinestall, erstickte sie fast.

»Lassen Sie mein Schwesterchen in Ruh!« keifte Peter schrill. Der Unmensch lachte grölend. Judith heulte zum Erbarmen, ein seltsamer, zittriger Klageton. Patsy hämmerte wutentbrannt auf den Kerl ein, bis sie merkte, wie sinnlos der ungleiche Kampf war. Abrupt schob sie Judith nach rechts, außer Reichweite, dann fuhr sie herum. Mit einer Hand drehte sie den Zündschlüssel – der Wagen sprang sofort an –, mit der anderen kurbelte sie verzweifelt das Fenster hoch. Das Glas rammte den schmutzigen Ellbogen, und der Mann grunzte verwundert. Im Kabinenlicht sah sie zum erstenmal sein Gesicht.

Er war kein Polizist. Sein Mantel war an der Schulter aufgerissen; aus dem Riß hing die Füllung herab wie Pferdehaar. Ein einziger Blick genügte; in dieser Schrecksekunde prägte sich alles ein. Der Mann hatte ein längliches, graues Gesicht mit stumpfer Nase, fast wie eine Tierschnauze, das zu einem Grinsen oder einer wütenden Grimasse verzerrt war; unter den geschürzten Lippen zeigten sich schwärzliche, flache Vorderzähne. Als er zurückwich, warf die Notlaterne lange Schatten, was ihn für Sekunden zu verwandeln schien.

Es waren seine Augen, die sich in ihre Seele brannten. Wieder überlief es sie heiß und kalt.

Es waren Raubtieraugen, im Licht orangefarben glitzernd, in den Winkeln hell wie die Notlampe blinkend. Der hungrige Blick eines Nachttiers, glühend und wild, und Patsys innere Stimme gellte auf.

Nicht menschlich! Nicht menschlich.

Die Schatten zuckten und waberten über das lange Gesicht, ließen die Haut gerinnen wie schmelzendes Wachs.

Patsy kurbelte am Fenstergriff, klemmte den Arm ein. Draußen vor dem Wagen grunzte das Wesen wie ein Höhlenbär im Fangeisen, wie ein Tier im Käfig.

Mit der anderen Hand umklammerte sie das Lenkrad und gab Vollgas. Der Wagen machte einen Satz nach vorn. Draußen, gleich neben ihrem Ohr, steigerte sich das Grunzen zu einem wölfischen Krakeel.

Die Faust schlug zweimal gegen das Fensterglas, kräftige, tödliche Stöße, dann wurde der Arm zurückgezogen. Patsy kurbelte noch immer, stieß die Scheibe höher. Etwas splitterte, und das Geheul wurde weinerlich, wie ein langgezogener Schmerzensschrei. Im Innern des Wagens knallte etwas wie ein Schuß, gefolgt von einem metallischen Klirren, und dann war der Mann, *das Ding*, was immer es war, verschwunden, und sie raste los, die Straße entlang. Hinter sich sah sie einen Schatten auf dem Asphalt kauern, und im Rückspiegel die züngelnden Flammen des brennenden Autowracks.

Sie trat das Gaspedal durch, und der Wagen schoß in den Regen hinaus.

2

Broadford House.

Von dort waren sie entkommen. Getrieben von Angst, Judith leise schluchzend, Peters Gesicht ein blasses Oval im Rückspiegel, während ihr selbst noch schrilles Keifen und die kehligen Rufe wütender Männer in den Ohren gellten.

Broadford House, ein düsterer Steinbau im dürren Heideland, am Ufer eines schwarzen Sees irgendwo in Schottland. Nie zuvor war sie dort gewesen bis zu jener Nacht mitten im kältesten Winter. Mit gesprungenen Fenstern und bröckelnder Fassade stand das Haus ein paar Kilometer abseits einer Stadt. *Levenford.* Der Name klang vertraut, ohne daß sie ihn einordnen konnte, aber er verursachte ihr ein merkwürdiges, kribbelndes Unbehagen.

Der Altbau bestätigte diesen Eindruck, paßte in die öde Umgebung. Für sie war es unvertrautes Gelände, dieses Hügelland, wo der graue Himmel über schartigen Felsklippen hängt und der Nieselregen die endlose, violettgrüne Heide in seinen Schleier hüllt. Die einspurigen Landstraßen, gesäumt von räudigen Schafen mit schwarzen Gesichtern und grauer, regengetränkter Wolle, beanspruchten ihre ganze Konzentration, als sie Kilometer um Kilometer in seltsamem Zickzack hinter sich brachten und nur ab und zu bremsten, um eines der seltenen Bauernvehikel in Gegenrichtung vorbeizulassen. Neben ihr saß Carrick Thomson, ihr Schwager, tröstlich und hilfsbereit. Auf dem Rücksitz summte ab und zu der Mann mit weißem Bart vor sich hin. Er hatte ihr erklärt, was zu tun war, und deshalb war sie jetzt im diesigen schottischen Winter unterwegs. Der Mann, der McGregor hieß und im Lieferwagen vorausfuhr, hatte in einem Dorf gehalten, dessen mißtönender Name auf einem verrosteten Ortsschild stand – irgendein Weiler zwischen den Bergfalten rund um den See. Eine Frau mit verschrumpeltem Antlitz, grau und verschlossen wie der Himmel, hatte ihnen Tee und harte Kuchenfladen serviert. Es war eine seltsame Gegend, und die zähflinke Mundart der Einwohner kam ihr fast wie eine Fremdsprache vor. Fremde wurden argwöhnisch beäugt, prüfend und musternd, und dann verworfen. Bei der Weiterfahrt, nach dem Tee und den Fladen, die sie nicht anrührte, hatte Patsy ihre liebe Not, den alten Lieferwagen nicht aus den Augen zu verlieren. Unsicherheit und Sorge quälten sie, und die Scheibenwischer wehrten mühsam den Regen ab.

Broadford House – dort hatte sie ihre Kinder gefunden. Dorthin hatte Paul sie mitgenommen, an jenem schrecklichen Sommertag, als der Alptraum begann, im gleißenden Sonnenlicht, als die laue Brise durch die sommergelben Garben der Dotterblumen strich. Nicht immer entstehen Alpträume im Zwielicht der Nacht, in den dunklen, stillen Tümpeln des Schlafs. Schlechte Träume können wie bizarre, böse Findlinge in den hellichten Tag hineinragen, in den zarten Duft von Flieder und Gartenwicken, in das träge Gesumm der Honigbienen. Für Patsy Havelin fing der Alptraum mit dem Zuschnappen einer Wagentür an, mit der tödlichen Stille im Vorgarten, wo die Kinder gespielt hatten, mit dem flauen Gefühl in der Magengrube, das sie zögernd hinterm Haus hervortreten ließ – *wär' sie doch gerannt, hätte sie's gewußt* – und mit der grausigen Erkenntnis, daß ihre Kinder auf und davon waren.

Sie hätte es wissen können, ihrer inneren Stimme trauen sollen, den düsteren Ahnungen, die manchmal dem Unglück vorauseilen. Sie hätte es den schwarzen Augen ablesen können, den hungrigen Blicken, mit denen das Zigeunervolk aus dem Schatten jenseits der Gärten alles, was sie tat, überwachte.

Die ungute Vorahnung ließ sich nicht mehr abschütteln, seit jenem gräßlichen Traum, in dem sie das Blut über den Stein rinnen sah. Sie hatte sich selbst für verrückt erklärt; jetzt wußte sie es besser. In einem Winkel ihrer Seele war sie für die feinsten, unterschwelligsten Regungen empfänglich. Instinktiv konnte sie wahrnehmen, was den normalen fünf Sinnen verborgen blieb. Eine düstere, grauenvolle Drohung schlug sie immer mehr in den Bann.

Aber es hatte lange gebraucht, bis sie sich auf den Weg ins öde Heideland machte.

Carrick Thomson und McGregor waren fündig geworden. Ihr Schwager war ein guter Mensch. Während ihr der nicht enden wollende Alptraum jede Kraft zum Handeln raubte, hatte er ihr seine Liebe eingestanden, und sie ahnte damals nicht, ob er sie begehrte oder bloß eine Feststellung traf. Jetzt wußte sie Bescheid. Er bot ihr den nötigen Halt, um all das durchzustehen: fest und unerschütterlich, jemand, an den sie sich klammern konnte, hart wie die Granitfelsen, die stellenweise aus dem Torfmoor ragten. Trotz der Scheidung, zu einer Zeit, als sie kaum noch Freunde hatte, blieb er ihr verbunden, denn er hatte gesehen, was mit seinem Bruder passiert war – womöglich früher, als sie selbst die Veränderung bemerkt hatte.

Schon drei Jahre eher hatte es begonnen, als Patsy alle Hände voll zu tun hatte mit Judith und ihrem schweren Weg ins Leben, mit Peter, der ein fröhlicher kleiner Junge, aber dreimal so ungezogen war wie andere seines Alters. Im Grunde fing es lange vorher an, weil Paul sich nach etwas anderem umschaute, das mehr und besser war als das, was er erreicht hatte. Sie hatte zuviel um die Ohren, war zu sehr in den Kleinkram des Alltags verstrickt, um es zu bemerken. Viel zu selbstverständlich vertraute sie der Gegenwart, der Ausgeglichenheit ihres Daseins und war sich der Harmonie nur allzu sicher.

Paul war kein schlechter Mann, sagte sie sich, anfangs nicht; anfangs sorgte er sich mehr um ihr Wohlergehen als um alles andere. Aber ein idealer Gatte war er auch nicht.

Dafür war er zu flatterhaft; als kleinstädtischer Anwalt verdiente er sein Geld nicht immer mit den saubersten Mitteln.

Als junger Bursche hatte er sehr gut ausgesehen, mit seinem gewinnenden Lächeln, als sie sich im Examensjahr seines Jurastudiums kennenlernten. Er hatte Stil, wie ihre Mutter meinte. Mit seinem umwerfenden Charme wickelte er alle um den Finger, hatten ihre Freundinnen geschwärmt – mit warnendem Unterton. Sie gab nichts darauf und ließ sich bezaubern von seinem matten Lächeln und dem wissenden Blick seiner Augen. Sein Charme war ungebrochen, zumindest in jenen besseren Kreisen, wo er Eindruck schinden mußte, aber sie bekam nicht mehr viel davon zu spüren. Es gab Dinnerparties, bei denen sie sich wie ein lästiges Anhängsel vorkam, ausreichend hübsch und ausreichend harmlos, aber von seiner Berufswelt fühlte sie sich ausgeschlossen, unter seinen Bekannten unpassend. Sie bügelte seine Anzüge und stärkte seine Hemdkragen, und manchmal setzte es blaue Flecke auf Brust und Arme, wenn die Kinder im Bett waren und irgendein Wort von ihr sein Mißfallen erregt hatte.

Sie hatte Strafe verdient. So pflegte er sich auszudrükken, wenn das Funkeln in seine dunklen Augen trat, und damals war sie soweit, zu resignieren und glaubte es fast selbst. *War die Vorahnung keine gute Lehrerin?* Sie verlieh ihr die Hellsicht, mit der sie Stäubchen und Fleckchen vermied, die feinen Haarrisse unter dem Glanz im Hochzeitsservice wahrnahm, wenn sie einen Teller schräg ins Licht hielt. Mit gleicher Hellsicht stellte sie sich nun selbst ins Licht, beleuchtete prüfend ihre Ehe, wo sich die Haarrisse zu Spalten und Abgründen weiteten.

Sie mußte blind gewesen sein, mußte sie sich im nachhinein sagen. Viel zu nah dran, um ein klares Urteil zu fällen, zu gut dressiert, um an sich selbst zu denken, und nicht bloß als Anhängsel des charmanten Paul und seiner Karriere.

Unterwegs nach Broadford House, auf dem Randstreifen wartend, während ein Bauer in seinem Traktor vorbeituk-kerte, nur ein grauer, glatter Schemen in seinem beschlage-nen Fahrerhäuschen, dachte sie daran, wieviel Leben ihr gestohlen worden war.

Mistkerl.

Nicht, daß sie ein solches Wort oft in den Mund nahm, und wenn, dann nur geflüstert, mit geschlossenen Lippen, als wenn sie es verbeißen könnte oder auch nur die Zähne zusammenbeißen.

Die Kinder schwebten in höchster Gefahr, soviel war klar; und es war seine Maßlosigkeit gewesen, seine perver-se Gier, die sie in Not brachte. Und falls er schuld war, daß man ihnen wehgetan hatte, würde sie ihn umbringen – das hatte sie sich geschworen.

Ihr hatte er schon früher wehgetan. Anfangs nur ganz bei-läufig. Nur ein peinlich berührter Blick, wenn sie gemeinsam irgendwo eingeladen waren, bei einem der noblen Fakultäts-bankette zum Beispiel, wenn er glaubte, sie habe zu laut ge-lacht oder ein Fremdwort nicht *ganz* im korrekten Sinne be-nutzt. Solcher Blicke wegen machte sie sich Vorwürfe, ihn im Stich zu lassen, bei wichtigen Leuten den unangenehmen Eindruck zu hinterlassen, er habe unter seinem Niveau gehei-ratet. Sie wußte nicht, daß jede verletzte Frau solche Blicke mit der Klarheit ihrer Intuition deutete.

Patsy erinnerte sich an die hektische Röte, die sie über-zog, wenn sie seinen aufflammenden Unwillen spürte, ohne zu wissen, was sie Unrechtes gesagt oder getan haben kön-ne.

Ein ziemlich prominenter Strafverteidiger saß ihr gegenüber und hatte ihr mit überlegener Arroganz zugeblinzelt. Er genoß ihr aufmerksames Lauschen, wenn er hinreißende Episoden vom Dorfrichter und einem stadtbekannten Stromer erzählte. Sie hatte gelacht, weil es eine witzige Anekdote war, machte einen harmlosen kleinen Witz, wie man ihn in einer Bierzeitung im College hätte lesen können. Als sie sich umdrehte, sah sie Pauls umwölkte Miene, und ihr eigenes Gemüt verdüsterte sich. Sein kopfschüttelnder Tadel war, als würde sie mit kaltem Wasser übergossen.

Der Lärm der Tafelrunde ringsum hörte auf. Irgendwo seitlich von ihr kicherte jemand spöttisch, und sie glaubte sogleich, es gelte ihr. Sie schlug die Augen nieder und bekam ein schlechtes Gewissen wie jemand, der das falsche Besteck benutzt hatte, das Steakmesser für den Fisch. Es gab ihr einen Stich ins Herz und die peinliche Gewißheit, gegen die guten Sitten verstoßen zu haben, ohne daß sie gewußt hätte, womit.

Schweigend waren sie heimgekehrt, Patsy am Steuer und Paul vor sich hin brütend, mit einer Fahne aus zuviel Tischwein und anschließendem Whisky. Sie hatte den Babysitter bezahlt, unsicher nach den Geldscheinen im Portemonnaie gekramt. Als sie sich umdrehte, war er schon weg. Im Schlafzimmer rammte er mit seiner Hüfte gegen den Stuhl. Es wirkte wie das komische Torkeln eines Betrunkenen, aber sie konnte nicht darüber lachen, was auch gut für sie war. Der Schmerz hatte ihm die Zunge gelöst, und er schleuderte ihr die Vorwürfe wie Keulen entgegen. Sie konnte sein Lallen nicht ganz verstehen, aber es ging um Sichgehenlassen und Herumschlampen und ihn auch noch in den Dreck ziehen. Dieser promovierte Strafverteidiger mit dem erlauchten Doppelnamen sei ein guter Freund seines Seniorpartners, und ob sie nicht die Klappe halten und höflich zuhören könne, statt diesen wichtigeren, studierten Leuten ins Wort zu fallen?

Er brauchte eine halbe Stunde, bevor er auf den eigentlichen Punkt kam. Müsse sie denn, erkundigte er sich in diesem trockenen, ironisch-wehleidigen Tonfall und senkte die Stimme, ausgerechnet diesen Dr. Doppelnamen-Bindestrich mit diesem schlampigen Kleid derart *aufgeilen*?

Patsy hatte große Augen gemacht und war völlig verstört.

»Du weißt genau, wovon ich rede«, hatte Paul gebrüllt. »Schau dich doch selbst an, wie du wieder rumläufst! Er mußte dich für ein echtes Flittchen halten.«

Sie wirbelte herum und errötete wieder bei ihrem Anblick im Spiegel. Das Kleid war ausgeschnitten, aber nicht tiefer, nicht schlampiger als von irgendwem sonst an dem Abend. Ein Knopf war aufgegangen, nur der oberste, und nur wenn sie sich vorbeugte, wurde die dunkle Gabel ihres Brustansatzes sichtbar.

»Doch, er mußte glauben, leichtes Spiel zu haben mit dir«, stichelte Paul weiter. »Wolltest ihm wohl 'nen hübschen Anblick bieten, wie?«

Patsy hatte den Kopf geschüttelt. »Aber nein, ich war ...«, stammelte sie und schämte sich selbst dafür, »... es ist mir nicht mal aufgefallen!«

»Ach, komm schon. *Alle* haben's gemerkt. Er ist ein geiler Bock. Das weiß jeder. Hat doch schon die Hälfte der Damen am Tisch flachgelegt. Hat sich wohl Chancen ausgerechnet bei dir.«

Sie versuchte zu überlegen. *Hatte* sie den Knopf aufgemacht? War es so heiß gewesen? Vielleicht war es unbewußt geschehen. Wegen der Selbstzweifel haßte sie sich noch mehr als für das Stottern; sie wollte alles erklären und schämte sich zugleich dafür. Sie kam sich so klein und schwach vor, so dumm.

»Oder *wußte* er vielleicht, daß er Chancen hat, hm?«

Sie fuhr herum, entgeistert, schüttelte den Kopf, wollte den belastenden Vorwurf ausräumen, obwohl sie wußte, daß es keiner Verteidigung bedurfte. Über eine Stunde ließ er nicht locker, wechselte zwischen angewidertem Naserümpfen und unnachgiebigen Anklagen und wieder zurück. Sie spürte, wie ihr die heißen Tränen kamen, und versuchte tapfer, sie zurückzuhalten, was ihr wieder nicht gelang. Sie zogen glitzernde Spuren über ihre Wangen, was ihn erneut in Rage brachte.

»Hör schon auf, den Rotz hochzuziehen. Wenn nichts an der Sache dran wäre, gäb's auch keinen Grund zu flennen!« schimpfte er und funkelte sie im Vollgefühl der Richtigkeit seiner krausen Logik an. Sie war zu müde, weiterzukämpfen, von seiner Attacke niedergeschmettert, und erwiderte nichts, ließ sich seine Nörgeleien, herabgezogenen Mundwinkeln und verächtlichen Blicken widerspruchslos gefallen. Doch zugleich war ihre Menschenwürde angeschlagen und schwand dahin.

Körperlich schlug er sie damals nicht, noch nicht. Als er zum ersten Mal die Fäuste gegen sie hob, war ihr Selbstgefühl schon so zerstört, daß sie nichts anderes mehr erwartete. Sie sorgte für die Bügelfalten in seinen Anzügen und gestärkte weiße Kragen und dafür, daß sein Essen auf dem Tisch stand, wie er es mochte und wann es ihm gefiel.

Und nie mehr, *niemals*, hatte sie das Kleid mit dem tiefen Ausschnitt angezogen. Von Stund an trug sie die Blusen bis oben und an den Manschetten zugeknöpft, nicht weil sie seine Wut fürchtete, sondern weil sie nicht wollte, daß man die blauen Flecken sah, sonst hätte es neue Peinlichkeiten gegeben, und sie wäre wieder bestraft worden, weil sie ihm Schande machte vor allen Leuten.

Paul war kein schlechter Mann gewesen, zumindest anfangs nicht, sagte sie sich, denn so fiel es ihr leichter, zu akzeptieren, daß sie ihren Beruf aufgegeben und sich untergeordnet hatte. Er war nur kein idealer Gatte.

Mistkerl.

Wieder zischte sie durch die Zähne, und es hörte sich an wie die Reifen auf nasser Fahrbahn.

Als das vagabundierende Völkchen das Dorf verließ, war auch Paul Thomson verschwunden. Er kehrte nur ein einziges Mal zurück, und das nur, um sie zum zweiten Mal ins Unglück zu stürzen. Er war zurückgekehrt, und von da an tickte der Zeitzünder.

Jenseits der Wolken war ein schwacher Widerschein des Mondlichts zu sehen, und ihr schauerte. Nur noch zwei Tage bis Vollmond, bevor die Wintersonnenwende die längste Nacht des Jahres einläutete. Bis dahin mußten sie wieder daheim sein, und bevor diese Nacht vorüber war, durfte sie die Kinder nicht mehr aus den Augen lassen.

»Ein Kleines muß sterben, dessen Blut vom Dolch auf den Stein fließt«, hatte ihr der alte Mann mit dem weißen Vollbart erklärt. »Am namenlosen Tag wird ein Kind geopfert.«

Der *Namenlose Tag* – wenn der Vollmond mit der Wintersonnenwende zusammentrifft. Und es waren nur noch wenige Stunden.

Vor ihr erschien das Bild der zuckenden Leiber auf dem Felsen, und mit einem Mal, ohne Vorwarnung, kam der gräßliche Traum zurück.

Die Zigeunerin lachte in der Finsternis, ihr Gesicht war

plötzlich alt und faltig, verschrumpelt und trocken, als wäre alles Menschliche aus ihr gewichen. Das Hutzelweib deutete krächzend auf den Stein. Die gemeißelten Figuren zuckten noch immer, kleiner Steindämonen drangen an die Oberfläche, wo das blasse, gefesselte Bündel lag, Arme und Beine gespreizt, mit einem nassen, klaffenden Riß zwischen Kinn und Unterleib.

Sie hatte Judith im Traum erkannt, angebunden und blutverschmiert, und da war noch mehr – viel mehr.

Judith rücklings ausgebreitet auf dem Stein, eine grauenhafte Wunde vom Hals bis zur Hüfte, ein großer roter Spalt, in dem die glitschig-violetten Eingeweide noch zuckten. Die Beinchen ihrer Tochter krampfhaft verdreht, die großen Augen auf die Mutter gerichtet. Ein hilfloses Wimmern erstirbt, während das Zucken nachläßt.

Über ihr im Sturmgebraus nur ein flüchtiges Glimmern des Mondes – doch die schreckliche Vorahnung lastete wie ein Fels auf Patsy Havelin, während sie mit ihren Kindern durch die Nacht raste, wohl wissend, daß die Zigeunerin hinter ihr her war.

3

Vor ihnen, weit in der Ferne, warf eine tiefhängende Wolke einen stumpfen roten Schein zurück. Es ähnelte der Glut, die sie auf dem Weg nach Norden in der Nähe von Sheffield gesehen hatte, wo die Stahlwerke ihre Qualm durch die riesigen Kamine sprühten und wie düstere Betonvulkane den Himmel beleuchteten.

Als sie mit aller Kraft aufs Gaspedal trat und dem Busengrabscher entkommen war, hatte Patsy die aufkeimende Panik unterdrückt, doch noch immer spürte sie, wie von einer ansteckenden Krankheit befallen, die eisige, abstoßende Berührung seiner Hand auf der Haut. All die Vorstellungen vom Was-wäre-Wenn schossen ihr durch den Kopf, während sie das Lenkrad heftig umklammerte. Wenn sie den Griff nur um ein weniges lockerte, würden ihr die Hände zittern wie Vogelflügel, deshalb hielt sie sich fest und fuhr weiter, jeden Gedanken unterdrückend.

Und was wäre, wenn ...?

Wenn er sie nun aus dem Wagen gezerrt und auf die nasse Fahrbahn geschleudert hätte? In den Rückblenden ihrer Einbildungskraft sah sie das Szenario ablaufen, sich selbst durch die aufklaffende Fahrertür gestoßen, angstvoll schreiend, vor Schreck wie gelähmt, während er sie beim Schopf packte und über das feuchte Pflaster schleifte. Sie sah seine schweren, haarigen Pranken, die sich an ihr heruntertasteten, hart genug an den Jeans reißend, daß der Hosenbund die Haut an den Hüften aufscheuerte. Am Boden liegend, hätte er ihr die Beine weit gespreizt, sich über sie geworfen, wäre gewaltsam in sie eingedrungen, sie verletzend, wobei seine Miene sich verzerrt und verwandelt hätte und er ein anderer geworden wäre ...

Patsy stockte der Atem, als sie die Phantasievorstellung abschüttelte. Es war ja nichts passiert. Sie war noch einmal davongekommen.

Aber wenn doch? Wenn er sie hinüber zu dem brennenden Wrack geschleift hätte, wo sich hinter rauchgeschwärzter Windschutzscheibe die grausigen Schatten bewegten? Was dann? Was hätten die anderen getan, jene, die sich die Hände an einem Scheiterhaufen voller Leichen wärmten? Und die

Kinder? Sie wäre nicht mehr imstande gewesen, sie zu retten, sie wären verloren. Zerfetzt und hingemacht. Ermordet.

Oder schlimmer noch. Man hätte sie nach Broadford House zurückgebracht, spätestens in fünf Tagen, wenn sich der Mond zu ganzer Fülle rundete. Sie scheute davor zurück, sich auszumalen, was dann geschehen würde. Es war der Alptraum, der sie in den Norden geführt hatte, um ihre Kinder vor dem Opferstein im Keller jenes Hauses zu bewahren. Doch die Bilder kamen immer wieder hoch, wie der tastende, schleimige Fühler eines Alpdrucks, hielten die Erinnerung an das Geschehene wach und lähmten sie mit dem Anblick dessen, was womöglich passiert wäre.

Aber sie hatte es geschafft. Sie war ihn losgeworden. Etwas war geborsten, das wußte sie noch. Es hatte einen harten, metallischen Klang gegeben. Für Sekunden war ihr der ekelhafte Verdacht aufgestiegen, sie könne ihm beim Losfahren den Finger abgerissen haben, der noch im Seitenfenster klemmte. Auch jetzt rumorte es ihr im Magen, und beinahe hätte sie die Straße aus den Augen verloren, um nach der Fahrertür zu sehen. Doch ebenso rasch schüttelte sie den Kopf, verdrängte die Bilder, wollte nicht nachprüfen, ob ein dicker, haariger Finger, faserig und blutig am Knöchel dort neben den Pedalen lag. Wenn sie einen Blick riskierte und womöglich was entdeckte, müßte sie abbremsen und den Wagen zum Stehen bringen, aussteigen und davonrennen, rennen und rennen. Wenn ein zerquetschter Finger dort lag, wer weiß, ob er sich noch bewegte. Er könnte auf sie zeigen. Oder sich lockend krümmen.

Nein!

Wieder schüttelte sie den Kopf, kurz und entschlossen, und ihr Blondhaar flog ihr ums Gesicht. *Nicht wahr.* Sei kein Feigling, schalt sie sich. Der Mann hatte ihr wirklich einen Schock versetzt. So einer würde jeder Frau Angst einjagen.

»Verdammte Bestie«, keuchte sie atemlos, um sich die Was-wäre-wenn-Fragen aus dem Kopf zu schlagen. Wut war ein viel produktiveres Gefühl als Angst, und sie steigerte sich hinein, ließ den Zorn anschwellen, um die Furcht zu überwinden.

Ein Polizist war er schon mal nicht. Sie ging die Einzelheiten durch. Die Schirmmütze – war da ein Dienstabzeichen drauf gewesen? Und welches? Aber es war zu dunkel gewesen, um Genaueres zu sehen; das Gesicht hatte er absichtlich aus dem orangefarbenen Licht herausgehalten. Als er die Lampe schwang, hatte sie nur den Lichtschimmer in den Augen des Mannes gesehen, der ihn wie ein Raubtier erscheinen ließ, und die fliegenden Schatten, die sein Gesicht dehnten und verschwimmen ließen. Macht nichts. Bei der nächstbesten Tankstelle würde sie telefonieren und ihn anzeigen. Die wirkliche Polizei würde ihn schon dingfest machen. Brauchten ihn nur am Straßenrand aufzulesen. Patsy hoffte nur, daß sonst keine alleinreisende Frau in dieser Nacht unterwegs war. Wenn doch, mochte Gott verhüten, daß sie anhielt.

Rasch warf Patsy einen Blick auf die Armatur. Der Tank war schon halb leer.

»Halb *voll*«, brummte sie für sich. Der Motor lief ruhig, und ihr blieben mindestens noch dreihundertfünfzig Kilometer, bis die Nadel in den roten Bereich zeigte. Wenn sie vorsichtig fuhr, würde sie es schaffen, die Kinder nach Hause zu bringen. Sie wandte sich kurz um und sah Peter zusammengesunken auf dem Rücksitz, den Kopf in beide Hände gebettet. Am liebsten hätte sie ihn in den Arm genommen und getröstet, aber sie wollte jetzt nicht anhalten; Broadford House lag noch nicht weit zurück. Man würde sie verfolgen. *Sie* war hinter ihr her, diese unzurechnungsfähige Frau machte Jagd auf die Kinder, um sie erneut zu verschleppen.

»Alles in Ordnung bei euch?« Eine matte, nichtssagende Nachfrage, mehr brachte sie jetzt nicht zustande. Er nickte.

»Tut bißchen weh.«

»Bist ein braver Junge. Lieb von dir, daß du's überhaupt versucht hast.«

»Warum hat er das gemacht? Ich dachte, er wäre Polizist. Aber dann er mich geschlagen und wollte sich Judith schnappen ...«

»Kam mir auch so vor.« Sie nickte und suchte nach einer Ausrede dafür, angehalten zu haben. Doch im Grunde wußte sie, daß es unvermeidlich gewesen war. Jeder würde abbremsen, wenn ein Uniformierter mit einer Notlaterne winkt.

»Ich glaube, *sie* hat ihn geschickt, um uns aufzuhalten.«

Patsy lief es kalt über den Rücken. »Ach nein, das war bloß ein Verrückter. Vielleicht aus dem Irrenhaus entsprungen. Ich werde ihn anzeigen, sobald wir irgendwo halten.« Ob etwas an dem, was er erzählt hatte, dran war, wagte sie sich nicht auszumalen. Sie war durch die Nacht gerast, mit ihren Kindern auf der Flucht, und Gefahren nur hinterrücks erwartet. Hätte sie damit gerechnet, daß ihr aufgelauert wurde, könnte sie ebensogut aufgeben, und das wäre ihr Ende.

Das Glühen am Himmel flackerte und waberte. Es mußte sich – zumindest nahm sie das an – um die Lichter einer Stadt handeln, die von der Wolkendecke zurückgeworfen wurden. Welche Stadt, hätte sie nicht zu sagen gewußt. Irgendwo auf der Strecke, in dieser fremden Gegend, hatte sie die richtige Abzweigung verpaßt. Sie wußte nicht einmal, in welcher Richtung sie unterwegs war, aber das machte nichts. Lichter einer Großstadt, jeder beliebigen Großstadt, verhießen Mitmenschen und Obdach und Sicherheit.

»Müssen wir noch lange fahren, Mami?« maulte Peter im Fond, als hätte er ihre Gedanken gelesen. »Bin hungrig!«

»Es ist nicht mehr weit, Tiger«, versprach sie, warf einen raschen Blick zurück und zwang sich zu einem Lächeln. »Bei der erstbesten Gelegenheit halten wir und besorgen uns ein Abendbrot und was Heißes zu trinken.«

»Geht's jetzt heim?« fragte Judith schläfrig. Seit dem Wirrwarr in Broadford House hatte sie fast kein Wort mehr herausgebracht.

»Genau, Schätzchen«, versprach Patsy. »Und zwar so schnell, wie ich fahren kann. Am besten, du schläfst noch ein bißchen, ja? Braves Mädchen.«

»Wo ist Daddy?«

»Er kann –« Patsy stockte. Sie preßte die Lippen aufeinander und verbiß sich den Satz, der ihr beinahe entschlüpft wäre: *Er kann zur Hölle fahren* war ihr, wie ein Spritzer Gift, als erstes in den Sinn gekommen. Sie schluckte das Gift herunter. Paul Thomson war ohnehin auf der schiefen Bahn dorthin. Noch hallte der Schrei von den Toren zu Broadford House hinter ihr her. Offenbar war jemand verwundet, sehr schwer verwundet. Sie wußte, daß es nicht Carrick sein konnte; sie hatte ihren Schwager zwar nie schreien gehört, aber er würde brüllen wie ein Stier, dessen war sie sich sicher. Mag sein, daß es Paul war; sie hoffte geradezu, daß es ihn erwischt hatte, daß er Schmerzen litt.

Eine Regung boshafter Genugtuung ließ sich nicht länger unterdrücken, brodelte als heißer Lavastrom in ihrem Innern, und ganz gegen ihre Natur – obwohl der bloße Gedanke sie erstarren ließ – wünschte sie ihm den Tod.

»Er kann nicht mit uns kommen«, beendete sie seufzend den Satz. *Nie wieder, das verspreche ich euch*, fügte sie in Gedanken hinzu. *Nicht, solange ich noch atme.*

»Ich hatte Angst«, meldete sich Judith kleinlaut.

»Ich auch«, stimmte Peter ein. »Das war so ein bißchen wie *Rambo*, stimmt's? Der Lärm ringsum, und plötzlich kam Onkel Carrick herein und hob mich aus dem Bett. Irgendwer hat auch geschossen.«

Patsy hatte den Schuß gehört, doch von welcher Seite in diesem Kleinkrieg er abgefeuert wurde, wußte sie nicht. Sie fragte sich, ob Carrick bewaffnet war, oder einer der beiden Männer, die mit ihnen gekommen waren. Sie kannte nur einen beim Namen.

»Die haben Erfahrung mit so was«, hatte Carrick bei der Begrüßung gemeint, »und sie werden dir helfen.«

Mehr brauchte sie nicht zu wissen. Jemand war bereit, ihr zu helfen. Namen spielten keine Rolle.

Voller Dankbarkeit dachte sie an ihren Schwager und jene beiden Fremden zurück, die sich so tapfer für sie und ihre Kleinen geschlagen hatten, an den weißbärtigen Mann, der ihr in die Dunkelheit des Kellers gefolgt war, wo die Trugbilder im Schatten gaukelten und der quälende Alpdruck in Wirklichkeit überging.

Es war Einbildung gewesen, sie wußte und sagte es sich immer wieder, und doch konnte sie das Verschwimmen der Inschrift auf dem Stein nicht vergessen, den überwältigenden Eindruck des Bösen, das rote, wie Höllenfeuer flakkernde Glühen im Strudel, der sie in seine Tiefen zog.

Das war erst drei Stunden her, und schon jetzt kam es ihr vor wie ein ferner Traum.

Vor dem Schußwechsel, dem wütenden Streit und dem Schrei des Verwundeten war sie geflohen, zurück nach Hause. Nur ab und zu sah sie im Rückspiegel nach, ob die Verfolger, die ihr mit Sicherheit auf den Fersen waren, sie schon eingeholt hatten. Man würde ihr nachspüren, sie ausfindig machen und zur Strecke bringen. Sie durfte sich keine Pause gönnen, mußte immer weiter durch Sturm und Regen, um ihren Vorsprung nicht zu verlieren, während sie zugleich das bange Gefühl in der Magengrube nicht verlor, daß sie mit Hunden gehetzt wurde – wölfisch knurrenden, den Mond anjaulenden Bluthunden, die das Blut ihrer Kinder witterten.

»Mach dir keine Sorgen«, gab sie Peter zurück. »Jetzt wird alles gut. Versuch, ein bißchen zu schlafen. Ich wecke dich dann, sobald wir da sind.« Patsy tippte auf den Schalter für die Heizlüftung und lauschte auf das einsetzende Surren. Die Warmluft tat ihren schmerzenden Gliedern gut und klärte die beschlagene Windschutzscheibe.

Das Glühen war jetzt heller geworden, als zögen die Wolken noch tiefer. Vermutlich näherte sie sich der Stadt. Angestrengt ging sie die Großstädte durch, die sie auf dem Weg nach Norden passiert hatten. Doch hinter der Landesgrenze, als die Angst immer größer wurde, hatte sie nur halbbeleuchtete Hinweisschilder am Straßenrand gesehen, mit Namen, die ihr höchstens aus den Nachrichten oder vom Wetterbericht her geläufig waren.

Ein *Blechchaos* hatte der Verrückte prophezeit und sich an ihrem Entsetzen darüber geweidet: *Großer Auffahrunfall auf der Straße.*

Das Bild von brennenden Autowracks, von Feuersglut

und Blechteilen kehrte zurück, der ölige Gestank. Vielleicht *war* das keine Stadt, dieser rötliche Widerschein am Himmel.

Alles voller Blut und Eingeweide, zerfetzte Gliedmaßen, überall verstreut.

Genüßlich hatte er es ihr ausgemalt und die Kinder fast zu Tode geängstigt, bevor er sich an sie heranmachte. Seine bloße Schadenfreude ließ ihr das Blut in den Adern gefrieren.

Aber das mit der Karambolage konnte auch stimmen. Vielleicht war es keine Stadt. Vielleicht war es die brennende Unfallstelle? Sie stellte sich die zerbeulten Wagen vor, das blitzende Blaulicht der Feuerwehr- und Ambulanzwagen. Das Stöhnen der Verunglückten, Sterbenden. Bilder von Tod und Zerstörung. Sie wollte es nicht sehen, wollte nicht, daß die Kinder es mitbekamen, nach allem, was sie durchgemacht hatten.

Zerfetzte Gliedmaßen ...

Sie erschauerte und ließ den Mut sinken.

Das hieße, keine Menschen, keine geheizte Raststätte mit warmen Tellergerichten, Bohnen und Würstchen und das vertraute elektronische Rattern der Spielautomaten, ein Geräusch, das ihr fehlte, seit Peter weg war – *verschleppt wurde* – und der Bildschirm seines Spielecomputers dunkel und still blieb.

Instinktiv nahm sie den Fuß vom Gas, wurde langsamer, hin- und hergerissen zwischen der Sorge, so weit wie möglich von Broadford House (und dem Widerling, der sie befummelt hatte) wegzukommen, und dem Bedürfnis, sich den Anblick von Schrott und Leichen auf der vor ihr liegenden Strecke zu ersparen.

Kaum hatte sie gebremst, als in hundert Metern Entfernung ein gewaltiges Straßenschild aufflammte. Kleine Scheinwerfer beleuchteten es von unten, ließen die vom Wind herangewehten Regentropfen auf der glatten Fläche silbrig glänzen. Ein gebogener Pfeil zeigte nach links, neben denen zwei vertikale Linien rot durchkreuzt waren. Sie beugte sich vor, spähte nach dem Schild, zog daran vorbei und sah ein weiteres, in geringem Abstand vom ersten – ein elektronisch gesteuertes Leitsystem, das an der Brüstung einer schmalen Fußgängerbrücke quer über drei Spuren hing. Wieder konnte Patsy ablesen, daß die beiden Schnellspuren gesperrt waren und sie sich links halten mußte. Ein Warndreieck aus blitzenden roten Strahlern bekräftigte die Botschaft.

IN DER SPUR BLEIBEN.

Sie ordnete sich links ein, schlitterte über die gelben Beulen der Markierung und merkte, wie der Split, der über dem glatten Asphalt verstreut lag, an den Reifen knirschte. Genau auf Scheinwerferhöhe tauchte der erste der Begrenzungskegel auf, die in regelmäßigen Abständen, wie rotweiß gestreifte Hexenhüte, von der Straßenmitte bis zur Leitplanke aufgereiht waren. Etwa jeder fünfzigste Kegel trug eine der blinkenden orangefarbenen Lampen, die falsch aufeinander abgestimmt waren und unrhythmisch funkelten wie die Lichter im Auge des Mannes, der in ihren Wagen langte.

»Hör schon auf damit, Mensch«, schalt sie sich selbst. Der Kerl war weg und es tat gar nicht gut, immer wieder an ihn zu denken. Sie rutschte näher ans Steuer und kniff die Lider zusammen, um sich nicht vom Rückstrahl blenden zu lassen, wenn ihr Scheinwerfer auf die Kegel traf. Peter sagte etwas, und sie warf einen Blick in den Rückspiegel.

Und im selben Augenblick hörte sie ein Brüllen, laut genug, daß ihre Hände auf dem Lenkrad zuckten. Ein dünner Schrei entfuhr ihr, ehe sie sich's versah; die Reifen an der Fahrerseite glitten über die Markierung und rumpelten über die Katzenaugen.

»Herrje!« keuchte sie, als sie auf die Fahrbahn zurücklenkte. Neben ihr zog ein weiterer Lastzug vorüber, größer noch als der erste, der sie auf der zurückliegenden Strecke in Panik versetzt hatte. Dieser hier schleppte ein Gebirge von Anhänger mit sich, hinter der Führerkabine polternd und schwankend, und mit diesem verbunden einen weiteren Anhänger. An der Befestigung hatte sich ein Gurt gelöst, der hektisch im Fahrtwind peitschte. Die zerfetzte Leinwandplane schlug hin und her, flatterte wie ein Bootssegel, wie der Flügel einer riesenhaften Fledermaus.

Patsy schlug das Herz bis zum Hals. Ihr erster Gedanke war, daß sie auf offener Straße gestellt wurde, daß ihr Paul und dieses verrückte Völkchen aus Broadford House irgendwie nachgekommen waren.

Die Mehrfach-Breitreifen, deren Radkappen fast auf Augenhöhe wirbelten, zogen donnernd vorüber. Sie fuhr schon so weit links wie möglich und merkte mit Unbehagen, daß ihr der Brummi viel zu nahe kam. Flüchtig sah sie nach links, wo der Befestigungsgurt ausholte und mit voller Wucht gegen das Fenster schlug, nur wenige Zentimeter vor Peters Kopf. Hinter ihr fing Judith zu weinen an, doch Patsy achtete nicht darauf. Mit einer raschen, schlangenhaften Bewegung neigte sich der Lastzug in ihre Richtung, und sie hatte den Eindruck, daß er nicht zufällig ins Schleudern kam.

»Der bringt uns noch um!« zischte sie.

Sie warf das Lenkrad herum, bog links aus und trat kräftig auf die Bremse. Hinter ihr flog etwas vom Sitz und zu

Boden; der Sicherheitsgurt schnitt ihr in die Brust beim Rückstoß. Wieder brach der schwarze Lastzug aus; seine Umrisse verdunkelten das rötliche Himmelslicht und das Blinken der Warnlampen auf den Pollern. Sie lenkte den Wagen von der Straße herunter, spürte, wie der spontane Richtungswechsel die Reifen schlittern ließ, und schließlich war der Laster vorüber, noch immer mit tödlichen Manövern links ausschlagend.

»Dreckskerl!« schimpfte sie derb, obwohl ihr das Herz in der Brust hämmerte. »Wollte uns umbringen!«

Der Lastzug fuhr jetzt unmittelbar vor ihr her, in schlingerndem Slalom, mit blendenden orangefarbenen Rücklichtern und der nach beiden Seiten flatternd gebauschten Plane. Von hinten wirkte er wie eine Fledermaus, ein gigantischer Nachtflügler, der sich in die Lüfte emporschwingen will.

Sie fuhr jetzt fast Schritt und ließ den LKW abziehen, dessen enormes Räderwerk noch immer die Fahrbahn erzittern ließ. Die gelbliche Glut der Lichter – geschlitzte, weit auseinanderstehende Raubtieraugen – funkelte böse und erstarb unversehens. Sie hörte noch das Schwirren des Gurts, das Flattern der Leinwand, doch der Laster entschwand im nebligen Dunkel. Sie sah flüchtig seine Silhouette aufragen, bevor ein ganzes Bataillon Begrenzungskegel auseinanderspritzte, Plastikteile und Blinklichter durch die Luft flogen und der Lastzug in die mittlere Fahrspur brauste.

Einige der Kegel kippten aus der Bahn, andere stießen sich gegenseitig um oder prallten an die Leitplanke und wurden pfeilschnell zurückgeschleudert, trudelten ihr entgegen wie Raketenbomber. Patsy schrie auf, ohne auch nur zu merken, daß sie ein Geräusch machte. Einer der Poller zielte direkt auf sie, rammte den Wagen und flog seitlich weg. Ein anderer rollte heran, und ihr Vorderreifen zermalmte die Spitze. Mit sanftem Plopp wurde der Kegel hochgeschleudert, drehte sich, schlug ans Wagendach und war verschwunden. Sie fuhr jetzt am äußersten Rand der Spur, kurvte zwischen den Plastikteilen herum. Der Atem stockte ihr im Hals, und sie zitterte am ganzen Leibe.

»Was ist los gewesen?« quäkte Peter.

»Nichts«, log Patsy und zwang sich, möglichst ruhig zu sprechen und das Beben ihrer eigenen Stimme zu überhören. Sie holte dreimal tief Luft, bevor sie hinzufügte: »Es ist alles in Ordnung.«

»Haben wir irgendwas gerammt?«

»Nur einen Warnpoller. Der LKW hatte ihn umgefahren.«

Und wollte uns umbringen.

Sie hatte die Lücke in der Kegelreihe hinter sich, wollte aber auf keinen Fall halten, schon weil sie fürchtete, der verrückte Fernfahrer könne irgendwo herangefahren sein und auf der Lauer liegen. Aber eins war klar: Der Fahrer, dieser mörderische *Mistkerl,* hatte die Schilder ignoriert und war einfach geradeaus gefahren.

Patsy gab wieder Gas und wurde schneller, blieb aber auf der Hut; Körper und Seele summten vor Anspannung. Die Randbegrenzung durch Poller zog sich noch einen weiteren Kilometer hin, bevor das nächste Hinweisschild kam.

IN DER SPUR BLEIBEN. *SIE SIND GEWARNT!*

»Das war allerdings ein Warnschuß«, murmelte sie halblaut. »Besser, ich hätte diese Straße nie genommen.« Wieder kamen ihr die giftigen, haßerfüllten Flüche in den Sinn, und sie scheute davor zurück, sie zu wiederholen. Man wollte sie nur aufhalten, lähmen und ihr dermaßen angst machen, daß sie jeden Gedanken an Flucht aufgab. Das mußte sie sich bloß immer vor Augen halten. Doch hatte sie nicht selbst die Macht gespürt, die in der Verwünschung der irren Frau lag? Sie biß die Zähne zusammen und setzte ihre Fahrt fort.

Über ihr beschrieb ein Düsenjäger einen schwärzlich qualmenden Bogen. Positionslichter blinkten an den Tragflächen, glaubte Patsy, aber es war zu dunkel, um Genaueres zu erkennen, und dann tauchte sie unter dem Flieger weg, eingeschlossen vom Belagerungsring der roten Plastikpoller. Abermals glühten ihr die Katzenaugen entgegen, ein heftiges Blitzen, das schmerzhafte Nachbilder im Augenhintergrund erzeugte, und sie mußte abbremsen, um wieder klar zu sehen. Eine Zeitlang passierte nichts, dann blinkte ihr ein anderes Licht entgegen, feurig-orange, diesmal auf Fahrbahnhöhe. Sie mußte an die Augen des Kerls denken, der in ihren Wagen gefaßt hatte, und an die Lampen in Broadford House.

Wieder stieg die Erinnerung empor, und sie kehrte in die Zeit zurück, als der lange Alptraum begonnen hatte.

4

Die Landstreicher, das Zigeunervölkchen, die New-Age-Esoteriker, oder wie immer sie sich selbst nennen mochten, waren im Vorfrühling eingetroffen, wenige Wochen vor der Tagundnachtgleiche.

Sie tauchten allein oder als Paare auf. Es waren fremde, merkwürdige Gestalten, welche die engen Straßen und den gepflasterten Marktplatz bevölkerten. Seltsames, ungepflegtes Pack, das in der lauen Nachmittagsluft alkoholisiert auf den Grünflächen herumlümmelte. Man beachtete sie kaum, höchstens, daß ihnen ältlich-vornehme Damen auf dem Weg zum Friseur neugierig nachblickten und mißfällig die Stirn runzelten. In ländlichen Kleinstädten sind Durchreisende, Leute, die einen Tag oder zwei bleiben, bis sie weiterziehen, keine Seltenheit,

Die ersten hatten ihre rostigen, bejahrten Wohnwagen auf einem Feld in der Nähe der prähistorischen Megalithgräber geparkt, die man hier seit Menschengedenken Steinkreise nannte, hatten ihre Zelte unter den Birken am Wiesengrund aufgeschlagen, an denen schon die ersten Frühlingsknospen aufbrachen. Anfangs waren es nur wenige, acht vielleicht oder ein Dutzend, aber in den folgenden Wochen strömten sie aus allen Himmelsrichtungen heran wie eine ungewaschene, unrasierte Herde.

John Newcombe, dem seit dem Tod seines Großvaters das Feld gehörte, machte sich nichts draus, ob jemand und wer dort kampierte. Er holte sich ein Pachtgeld von den Landfahrern und verpraßte es größtenteils im Cupstone Inn, einen knappen Kilometer von ihrem Lagerplatz entfernt. Solange der Andrang ihm sein allabendliches Besäufnis garantierte, scherte er sich einen Dreck darum, auch wenn ihn der wachsende Argwohn der biederen, mittelständischen Einwohnerschaft nicht kalt ließ.

»Beste Ernte, die das Grundstück je abgeworfen hat«, prahlte er vor den Bauernburschen, deren Ellbogen eine glatte, schimmernde Patina auf die Theke poliert hatten.

Die Landfahrer waren rastloses Volk, die einem mit dem herausfordernden Hochmut der Besitzlosen frech ins Auge blickten, verwegene Zeitgenossen mit schlechten Manieren.

Alles, was ihnen gehörte – fleckige Matratzen, zerbeulte Töpfe – holten sie aus dem Kofferraum ihrer wackligen, qualmenden Karren. Manche von ihnen hatten rasierte Glatzen, andere – Männer wie Frauen – ließen struppige Irokesenkämme auf dem tätowierten Schädel stehen oder malten sich Liebes- und Haßparolen auf die Knöchel. Begegnete man ihnen im Stadtzentrum, verströmten sie das brenzlige Aroma ihrer Lagerfeuer, den Tiergestank ungewaschener Leiber und den unverwechselbaren Geruch von animalischem Sex. Sie lebten sorglos in den Tag wie die Hippies einer früheren Ära, doch irgendwie brutaler, als wären sie keineswegs mehr nur auf *love and peace* erpicht. Unter ihnen gab es Esoteriker und Aussteiger, doch im Gefolge der Gammler, die über Autobahnen und Schleichpfade einsikkerten, reisten auch ausländisch wirkende Typen, mit olivfarbener Haut und dunklen Mandelaugen. Sie bewegten sich mit tänzerischer Grazie, als wären sie lange nicht mehr an Land unterwegs gewesen. Dieses Volk unterschied sich von den anderen, und aus irgendeinem unerfindlichen Grund wirkten sie fast noch bedrohlicher als die Rüpel mit ihren Irokesenbürsten.

»Ekelerregend«, kommentierte Paul. »Im Dorf ist kein Durchkommen mehr, wenn all die verdammten Wohnwagen die Straße verstopfen. Möchte bloß wissen, wo die alle herkommen! Und was die hier zu suchen haben, ist allen ein Rätsel.«

»Hat vielleicht was mit den Druiden zu tun«, gab Patsy zu bedenken. »Meinst du, sie halten diese Steingräber für was Besonderes um diese Jahreszeit?«

»Was soll schon sein an der Jahreszeit?«

»Tagundnachtgleiche. Einundzwanzigster März. Und das Beltane-Fest im Mai.«

»Wer hat das gesagt?« fragte er barsch. Was meinte er damit? Wollte er wissen, wer von der Tagundnachtgleiche im März redet, oder mit wem sie über die Gründe für die Zigeuner-Invasion gesprochen hatte?

»Jemand hat es beim Metzger erwähnt«, gab sie, wenn auch nicht ganz aufrichtig, zurück. Sie kannte die Tagundnachtgleiche, und seit sie hier wohnte, hatte sie sich stets für die Steinkreise interessiert. »Man glaubt, es habe in alter Zeit bei den Steinen kultische Feiern gegeben, die aber unter Cromwell oder sonstwem verboten wurden.«

Paul musterte sie argwöhnisch, als er die Krawatte löste und vor die Hausbar trat. Er war fast eine Stunde zu spät vom Büro heimgekehrt, das an der Market Street lag, wo der größte Teil der Überschreibungen und Immobilienkäufe für die ganze Region abgewickelt wurde. Patsy hatte Roastbeef gemacht, so wie er's mochte, in der Mitte rosig, doch bei der Verspätung war es vielleicht zu sehr durchgebraten. Sie hatte deswegen schon Ängste ausgestanden und machte sich auf eine Strafpredigt gefaßt. Gut, daß sie den Yorkshire-Pudding bis zuletzt aufgespart hatte, sonst wäre die ganze Mahlzeit mißglückt, und er würde den ganzen Abend herumnörgeln, besonders, nachdem er ein paar Gin intus hatte.

»Hab einen Bärenhunger«, verkündete er. »Ich schufte mir tagaus, tagein den Arsch ab, während diese Kanaillen herumflanieren und saufen können, und rat mal, wer dafür aufkommen muß? Ich bin's, der die Rechnung zahlt. Die können herumstreunen, wie's ihnen paßt, gesund und munter, höchstens ein bißchen verlaust und verwanzt, und keiner von ihnen rührt auch nur einen Finger. Aber ihre Sozialstütze kriegen sie, und die wird direkt aus meinen Steuern finanziert. Gehören allesamt ins Arbeitslager. Oder in die Kaserne. Das hat noch keinem geschadet.«

Patsy erwiderte nichts. Paul war selbst nie einberufen worden, während sein Bruder Carrick die militärische Laufbahn mit Auszeichnung absolvierte. Ein Cousin Patsys hatte als Leutnant bei den Wiltshires gedient und beide Beine verloren, als ein Geschütz seinen Hubschrauber traf. Ihm hatte das Militär wohl nicht gerade gutgetan, dachte sie, aber sie wollte lieber nicht davon anfangen. Paul duldete keinen Widerspruch, wenn er sich einmal in Eifer geredet hatte, egal, welches Thema gerade dran war.

»Ich glaube nicht, daß sie lange bleiben«, wandte sie schüchtern ein. »Ende des Monats sind sie bestimmt wieder weg.«

»Früher, so Gott will«, seufzte Paul. »Wie man hört, wird schon versucht, sie zu rauszuekeln. Ich weiß nicht, was sich dieser Trottel Newcombe dabei gedacht hat, das Faulenzerpack auf seine Felder zu lassen. Der alte Cedric Swan vom Baudezernat hat Unterlagen von einigen Grundstücken Newcombes. Dem wird schon was einfallen. Wenn's ihm erst mal an den Kragen geht, wird er seinen Stammtisch im Cupstone Inn schon verlassen und die Penner zum Teufel jagen.«

»Er kann ziemlich stur sein«, stellte Patsy fest. »Und seiner Familie gehört das Land schon seit Jahrhunderten – heißt es.«

Paul schnitt in das Fleisch auf seinem Teller, klappte die Bratenscheibe um und inspizierte stirnrunzelnd das braune Innere. Jetzt würde er jeden Moment den Teller wegschieben und sie anstarren mit seinem Blick, der ihr signalisierte, daß sie wieder alles falsch machte. Er hob das Kinn, und sie fuhr innerlich zusammen.

»Mag ja sein. Aber er konnte im Lauf der Jahre Geld darauf geborgt haben. Der gute Ced wird schon was finden, was ihn zur Räson bringt.« Paul tunkte das Fleisch in die Meerettichsauce, die sie vor einer Stunde zubereitet hatte, und er führte eine Gabel voll zum Mund. Sie sah, wie seine Augen schmal wurden, als ihm der Meerettich auf der Zunge brannte. Er kaute, schluckte, nahm einen Schluck Wasser und tupfte sich die Augen mit der Serviette.

»Bißchen scharf, oder?«

Patsy spürte, wie sie still aufseufzte.

»Aber wenn man dort nicht den Hebel ansetzen kann, gibt es auch andere Mittel und Wege. Wir können nicht zulassen, daß diese Schmutzfinken in unseren Straßen herumgammeln und brave Bürger in Angst und Schrecken versetzen.«

Dem stimmte Patsy bis zu einem gewissen Grad zu. Sie *waren* ein sonderbares, bedrohliches Völkchen. Kamen und gingen, wie es ihnen gefiel, und scherten sich nicht um die guten dörflichen Sitten. Ihre Gärten waren die Felder, mit dem Straßenrand als Gartenzaun, ohne Wacholderhekken und Keramikzwerge und Plattenwege. Die Zukunft machte ihnen anscheinend keine Sorgen und nichts sonst, was die Dorfbewohner beunruhigte. Diese Fremdlinge trugen keine Krawatten und lebten nach ihren eigenen Gesetzen.

Sie sah ihrem Mann zu, der sein Roastbeef verschlang, obwohl es durchgebraten war, und sich schon die zweite Portion Yorkshire-Pudding auftat. Er trug noch immer die Krawatte, obwohl der weiße Hemdkragen aufgeknöpft war.

Keiner der Landfahrer lief in Krawatte, Anzug oder weißem Hemd herum. Andererseits wird wohl keiner von ihnen, dachte sie, in dieser Frühlingsnacht so gut essen oder so bequem schlafen.

Peter mußte husten und tastete nach seinem Wasserglas;

auch ihm trieb der Meerettich das Wasser in die Augen. Sein Vater lachte dröhnend und klopfte seinem Sohn kräftig auf den Rücken.

»Wird dich groß und stark machen, mein Sohn. Damit du ein Mann wirst.«

Patsy merkte die Ironie in seinen Worte. Paul hatte Peter streng verboten, zur Newcombe-Farm zu gehen, wo neben dem Gehölz ein Streifen Brachland lag, das die Jungs nach der Schule zum Fußballspielen benutzten.

»Wehe, du läßt sich mit irgendwem von denen ein«, warnte er. »Es wäre dein Schaden. Ich hab gesehen, wie sie unter den Bäumen herumlümmeln, rauchend und trinkend. Von so was hält man sich besser fern!«

Auch Patsy wollte nicht, daß sich ihr Sohn in der Nähe des Lagers herumtrieb, von wo Trommelgedröhn und Gitarrenklänge durch das Tal herüberwehten, wenn der Wind richtig stand. Aber es war der mütterliche Instinkt, der sie wachsam bleiben ließ. Alte Märchen, Kinder- und Abzählreime wurden wieder lebendig: von Zigeunern, die Kinder aus der Krippe stehlen, von Elfen, die sie gegen Wechselbälger austauschen. Dummes, kindisches Zeug, gewiß, aber aus dem Volksmund tradiert, prägt es sich jedem Mutterherzen ein. Paul brachte seinem Sohn bei, das Kinn zu recken, die Schultern gerade zu halten und die Oberlippe steif – alles, was geeignet war, einen richtigen Mann aus ihm zu machen, einen ganzen Kerl mit Haaren auf der Brust. Er wollte nicht, daß er sich irgendwas bei den Fremden abschaute, die finsteren Blicks und mit selbstbewußtem Gebaren durch die Straßen stolzierten. Paul wollte Peter nach seinem Bild formen, ihn zum erfolgreichen Geschäftsmann, zum Herrn im Haus mit Schlips und Kragen großziehen. Patsy wollte nur Schaden von ihm wenden.

»Jedenfalls können wir solches Kroppzeug hier nicht brauchen«, fuhr Paul fort. »Weiß der Teufel, wo die alle herkommen. Aber wenn sie nicht schleunigst ihrer Wege gehen, können sie sich auf was gefaßt machen.«

»Meinst du wirklich?«

»Es wird Ärger geben, glaub mir. Zweien mußte ich heute früh schon aus der Patsche helfen. Handeln ohne Gewerbeschein, und sie hatten noch den Nerv, mir zu sagen, ihnen stünde ein Pflichtverteidiger zu. Zeigten mir ihr Stempelheft vom Sozialamt.«

Er hob die Gabel und pikte Löcher in die Luft. »Ich hab' mich nicht lange bitten lassen, nicht wo der alte Digby zu Gericht saß. Er ist einer von Georges Golfbrüdern, und vorläufig muß ich mich mit dem Seniorpartner gut stellen.«

Paul war drei Jahre zuvor als Juniorpartner berufen worden, als einer von dreien im Büro am Marktplatz, und machte wenigstens zu Hause kein Geheimnis daraus, daß er mal die Praxis übernehmen wollte, wenn sich George Urquhart, ein vierschrötiger, doch herzensguter Schotte, in ein paar Jahren zurückzog.

»Nein. Ich ließ das Verfahren gegen ein Bußgeld einstellen, und damit war die Angelegenheit erledigt. Hat jeden der beiden fünfzig Pfund gekostet.« Paul grinste unheilvoll. »Aber dann hab ich dafür gesorgt, daß jemand den Sozialfritzen die Sache steckt. Wenn die Kerle Straßenhandel treiben, sind sie doch in Arbeit und Brot, oder? Dann brauchen sie auch nicht von meinen Steuergeldern zu leben.«

Patsy schüttelte den Kopf und fragte sich, ob Paul zu einer solchen Verletzung der Standesregeln fähig war. Als Anwalt mußte er alles Menschenmögliche tun, seinen Klienten zu helfen, selbst wenn er nicht ihrer Meinung war.

»Sind böse Männer«, meldete sich Judith eifrig. Auf ihrem Stuhl waren zwei Kissen, damit sie überhaupt an den Teller heranreichte, und um den Mund klebte ein Soßenring. »Angela hat erzählt, ihre Mami sagt, es wären böse Männer!«

»Ganz recht, junge Dame.« Paul nickte. »Das sind böse Männer, und du sollst nicht mit ihnen reden, klar?«

»Sie sagt, die stehlen Sachen und stinken alle.« Das kleine Mädchen rümpfte altklug die Nase. »Weil sie sich nicht waschen und in die Wanne gehen.«

»Haben die ein Glück«, seufzte Peter, »und zur Schule müssen sie auch nicht ...«

»Das kommt erschwerend hinzu«, unterbrach Paul. »Nicht, daß es alle Diebe und Raufbolde wären, aber um die Kinder tut's mir leid. Was soll aus denen bloß werden, ständig unterwegs, von der Stütze ihrer Eltern lebend und eines Tages genauso wurzellos und ungebildet wie sie. Mir graut, wenn ich an die Wohnverhältnisse in diesen Rostlauben denke. Vielleicht sollte man das Gesundheitsamt einschalten. Wenigstens ihrer Kinder zuliebe sollten diese Leute einen festen Wohnsitz haben.«

»Vielleicht gibt's nicht genug Wohnungen«, überlegte Patsy. Es war schon ein Weilchen her, daß sie Politik und Anthropologie studiert hatte, ein ganzes Weilchen zu lang.

Paul blickte von seinem Teller auf.

»Na klar, das alte Argument der Sozis. Als nächstes behauptest du, sie begehen Verbrechen, weil sie aus zerrütteten Elternhäusern kommen und arbeitslos sind. Dummes Geschwätz! Wenn sie sich auf die Hinterbeine setzen und arbeiten würden, hätten sie auch das Geld, um wie anständige Menschen zu leben, in richtigen Häusern!«

»Aber freie Stellen gibt's doch auch nicht«, entfuhr es

Patsy, bevor sie sich auf die Zunge beißen konnte. Paul kniff die Augen zusammen, und Patsy saß wie versteinert da. Sie war ein winziges Stück zu weit gegangen.

»Das ist genau die rührselige Propaganda, die in linksliberalen Hetzblättern steht. Natürlich gibt es freie Stellen. Jede Menge sogar! Der Aufschwung hat doch gerade angefangen! Nein, diese Kerle wollen nicht arbeiten! Sie wollen, daß arme Schweine wie ich für ihren Lebensunterhalt aufkommen und denken, die Welt ist ihnen was schuldig. Die haben sich nicht an der Uni durchbeißen müssen, um ein gescheites Examen zu kriegen. Herumgammeln und dem Staat auf der Tasche liegen ist alles, was die können, mehr noch, ihre Mitbürger beklauen. Und ihre Sprößlinge treiben's eines Tages genauso, wenn nicht schlimmer. Im Zeltlager werden sie von Grund auf verdorben, denn von Sitte und Moral ist bei dem Pack keine Spur, das kannst du mir glauben. Wahrscheinlich werden die Kinder noch rumgereicht an jeden Perversen, der einen Fünfer springen läßt.«

Patsy warf Judith einen Seitenblick zu, aber die war zu sehr mit ihrem Essen beschäftigt.

»Das schlechte Beispiel ihrer Eltern muß ja dazu führen, daß die Kinder verdorben werden, oder?«

Wütend stieß Paul seinen Stuhl zurück und warf die Serviette auf den Teller, wo sich ein Soßenfleck im Leinen ausbreitete. Patsy hatte das nicht so gern, denn die Flecken waren nicht leicht herauszubekommen. Aber es wäre ihr nie in den Sinn gekommen, ihm das zu sagen, seit Jahren nicht mehr. Sie merkte gar nicht, wie ihr besseres Ich allmählich zugrunde ging hier im modernen Reihenhaus, mit dem BMW in der Einbaugarage und seinen weißen Hemden auf der Wäscheleine. Aber es hatte auch andere Zeiten gegeben in ihrem Leben, als sie sich nächtelang in der Kneipe die Köpfe heiß redete, nach der Vorlesung, begabt und begeisterungsfähig wie sie war, und die Welt aus den Angeln heben wollte.

Mit einem doppelten Cognac kam er zurück an den Tisch und trank das Glas fast in einem Zug halbleer.

»Richtig wütend werd ich, wenn ich bloß daran denke.« Er wischte sich den Mund. »Was soll eigentlich dieser Schwachsinn mit dieser Tagundnachtgleiche?«

»*Beltane* nennen sie es, glaube ich, oder vielleicht ist das auch die Walpurgisnacht«, holte Patsy aus und war froh, das Thema zu wechseln. »Ich hab da letztes Jahr was für den Landschaftsverband schreiben müssen. Sie wollten einen Beitrag für die Touristenbroschüre, und ich holte mir Informationen in der Leihbücherei. Das ist, wenn der Tag genauso lang ist wie die Nacht. Es heißt, das wäre in altkeltischer Zeit ein Feiertag gewesen, und die Steinkreise sollen von Druiden herstammen ...«

»Kinderkram«, schnaubte Paul verächtlich.

»Einer alten Legende nach liegt Merlin in einer Höhle unter dem Deckstein im Zentrum des Kreises begraben. Vor Jahrhunderten wurden dort zu speziellen Anlässen Feiern abgehalten, und zur Mittsommernacht kamen die Leute von überall her. Im Volksmund ist überliefert, daß Merlin eines Tages zurückkehrt und dem Land aus der Not hilft.«

»So groß ist die Not wenigstens noch nicht, danke vielmals. Uns wäre schon viel geholfen, wenn sich diese Landplage verkrümelt!«

Er nahm sich noch einen Cognac und trank ihn fast auf einmal. Sekundenlang zog er die Brauen zusammen, dann sah er sie quer über den Tisch an.

»Und das alles steht in dieser Broschüre für Touris?«

»Aber ja. Ich hab sie dir letztes Jahr gezeigt, erinnerst du dich?«

»Aha. War ja wohl superschlau von euch, wie?« Seine Stirn legte sich in Falten, und Patsy wich ein klein wenig zurück, wie immer, wenn sie merkte, daß sie etwas falsch gemacht hatte.

»Was willst du damit sagen?«

»Erst fabelst du dir was zusammen aus Mythen und Legenden – und ein Jahr später fallen die Spinner und Drükkeberger wie die Heuschrecken über uns her! Kein Mensch hat sich vorher für diese Gegend interessiert, und ihr posaunt das alles heraus. Denen klingeln doch die Ohren, wenn sie lesen, daß hier in den Wäldern heidnische Orgien gefeiert werden. Würde mich wundern, wenn das nicht allesamt Teufelsanbeter sind. Hättest ihnen ebensogut 'ne Extra-Einladung schicken können!«

Bei diesem Ausdruck zuckte Patsy zusammen. Mit sieben war sie auf der Grundschule gewesen, mit flachsblondem Haar und Zöpfen. Ihre junge Klassenlehrerin war im Mutterschaftsurlaub, und die Vertretung war eine untersetzte, grauhaarige und übellaunige Frau. Sie hielt die Klasse mit ihrer durchdringenden Stimme und ständigen Quälereien in Schach. Wie oft war Patsy nach vorn zitiert und vor aller Augen wegen irgendeines Fehlers in der Zeichensetzung fertiggemacht worden! Schüchtern war sie aufgestanden und war durch die Reihen geschlichen.

»Bißchen dalli, Mädchen! *Brauchst du vielleicht 'ne Extra-Einladung?* Oder soll ich kommen und dir Beine machen?«

Der Gedanke, daß die alte Schreckschraube Miß Clancy kommen und sie, puterrot und in Tränen aufgelöst, holen würde, damit sie – noch so ein Ausdruck – ihr Fett weg bekam, ließ sie jedesmal erstarren. Die Stimme der Lehrerin war viel zu laut und tief für eine Frau, und wenn Patsy erst mal vorne am Pult stand, untermalte Miß Clancy ihre Standpauke noch mit dem Zeigefinger und klopfte ihr bei jedem Wort schmerzhaft aufs Brustbein. Den blauen Fleck dort hatte sie niemandem gezeigt.

Und jetzt erging es ihr nicht besser. Paul hatte jede Menge sarkastischer Phrasen auf Lager, mit denen er sie großzügig und gnadenlos überhäufte. Und wenn sie ihm fehlten und die Wut groß genug war, seine Stimme überschnappen zu lassen, benutzte er den harten Finger, um ihr jedes Wort einzuhämmern. Von da war es, wenn er getrunken hatte, nur noch ein kleiner Schritt, und der Finger krümmte sich mit den anderen zu Fäusten, mit denen er auf sie einhieb.

»Aber der Landschaftsverband hatte mich darum gebeten!« wollte Patsy aufbrausen, doch ihre Stimme gefror zu Eis. »Es – es war doch ein Vorschlag von Mrs. Urquhart.«

Sie schämte sich wegen der kleinen Notlüge. Mrs. Urquhart, die Frau des alten George, seines Seniorpartners, war Sekretärin des Landschaftsverbands, eine kräftige, warmherzige Frau, die aus voller Kehle lachen konnte. Ihre Idee war es keineswegs gewesen, aber sie hatte sich für Patsy eingesetzt. Paul setzte sein Glas ab.

Mittlerweile nahmen auch Peter und Judith die Mißstimmung wahr, die sich unvermittelt zwischen ihren Eltern aufgebaut hatte. Stumm saßen sie an ihrem jeweiligen Ende des Tisches, und ihre Blicke schweiften zwischen Patsy und Paul hin und her.

»Ach, daher kam das?«

Patsy nickte. »Sie dachten, es könnte den Umsatz heben ...«

Paul überlegte. Georges Stimme hatte in der Kleinstadt

einiges Gewicht, doch in ein paar Jahren, höchstens drei, würde er sich von den Geschäften zurückziehen und statt dessen den größten Teil seiner Zeit seinem Lieblingssport Golf widmen.

»Tja, dann ist sie wohl mindestens schon so verkalkt wie er«, schloß er verdrießlich. »Wird allmählich Zeit, daß diese senilen Knacker abtreten und aufs Altenteil gehen.« Als er das Glas hob, merkte er, daß es leer war. Sie spürte seine Unentschlossenheit und hoffte, er würde sich keinen Drink mehr einschenken.

Patsy war unsicher, ob sie zustimmen sollte. Sie blieb still.

»Aber wenn sie das nächstemal mit einem derart bescheuerten Plan ankommen, sagst du mir besser Bescheid.« Er stand auf und trat vor den Tisch, wobei er Peter spielerisch das Haar zauste. »Käme mir ganz gelegen. Eigentlich kommt es mir schon jetzt gelegen. Vielleicht bist du mir letzten Endes doch noch mal nützlich ...«

Grinsend blieb er hinter ihr stehen. »Könnte sein, daß ich die Sache an geeigneter Stelle zur Sprache bringe.« Dann beugte er sich vor und zauste Patsy das Haar, als wäre sie ein Kind. Sie verabscheute das und zuckte wieder zusammen.

Am selben Abend schaute Paul noch im Cupstone Inn vorbei und kam in glänzender Stimmung, aber sturzbetrunken nach Hause. Anderntags hatte er einen fürchterlichen Kater und war unerträglich. Peter ging ihm aus dem Weg, und nur Judith schien nichts zu bemerken. Sie laborierte wieder an einer Frühlingsgrippe, und ihr Asthma war schlimmer als sonst. Patsy überlegte, ob sie das Kind dabehalten sollte, das sich gerade allmählich an den Hort gewöhnte. Als Paul weggefahren war, stand ihr Entschluß fest. Das Fieberthermometer zeigte überhöhte Temperatur, und Judith hatte ihre Cornflakes nicht aufgegessen. Schön eingemummelt in die warme Decke, das Inhalierspray in Reichweite, durfte sie auf der Couch vor dem Fernseher sitzen und das Kinderprogramm sehen. Peter warf sich die Sporttasche über die Schulter und gab seiner Schwester einen jungenhaften, freundlichen Klaps.

»Bleib cool!« mahnte er und schlenderte hinaus, wobei er sich mit geübtem Griff einen Apfel aus der Obstschale nahm. Judith sah ihm zu und kicherte, weil Patsy nichts davon mitbekommen hatte. Von der Tür her winkte ihr Peter noch einmal.

An diesem Nachmittag erschien eine jüngere Frau vom Landschaftsverband mit einer Petition an den Gemeinderat wegen des Zigeunerunwesens.

»Die historischen Kultstätten sind in Gefahr«, erklärte Jane Travers. »Und sie behindern den Verkehr. Ich trau mich gar nicht mehr, Phoebe mit ihrem Pony auf den Feldweg zu lassen, selbst wenn ihre ganze Reitschule dabei ist.«

Jane war die schlanke, elegant gekleidete Ehefrau eines Börsenmaklers, der die Werktage zumeist in London verbrachte und nur übers Wochenende daheim war. Ihr Haus hatte einen Swimmingpool, und jedes ihrer drei Mädchen besaß ein Pony.

»Wenn wir genug Unterschriften kriegen, und daran ist nicht zu zweifeln, müssen sie endlich etwas unternehmen.«

»Aber die Leute sind doch in spätestens einer Woche weg«, gab Patsy zu bedenken. Sie wollte sich lieber nicht einmischen. Aus unerfindlichen Gründen ängstigte sie sich zwar auch vor den Landfahrern, wußte aber nicht, ob sie sich gegen sie wehren sollte. Dann wäre sie auch nicht besser als Jane, die sie für faul, verweichlicht und irgendwie herzlos hielt.

»Mag sein«, versetzte Jane, »aber mit solchen Typen in der Stadt kann einem die Woche ganz schön lang werden. Was muß denn noch alles passieren? Hast du dir mal angeschaut, wie sie die Gegend verschandeln? Mit ihrem Lagerplatz?«

Patsy verneinte, aber das stimmte nicht ganz. Gestern erst war sie an mehreren waldwärts gelegenen Zelten vorbeigekommen, auf dem Schulweg mit ihren Kindern. Unwillkürlich lenkte sie ihre Schritte dorthin. Weiß der Himmel, wieso – vielleicht war es der Hauch der Wildnis, die Aura der Verwegenheit, die den Vagabunden anhaftete. Aber das Lager übte eine merkwürdige Anziehungskraft auf sie aus. Harziger Tannenduft und Feuerbrand lagen in der kühlen Luft, und am Waldrand spielte jemand ein süßes, einsames Lied auf der Blockflöte, das klagend über den sonnenbeglänzten Hang wehte. Die traurige, geheimnisvolle Melodie ließ einen nicht mehr los, und obwohl sich Patsy nicht erinnern konnte, sie je gehört zu haben, weckte sie längst vergessene Gefühle und erinnerte sie an die Zwänge und Schranken ihres jetzigen Lebens. Aber noch mehr lang in der Musik dieser Leute, ein eigenartiger, verlockender Beiklang, ein hypnotisierender Zauberton, verlockend wie die Flöte des Rattenfängers von Hameln. Sie wußte selbst, wie lächerlich das war, und doch konnte sie sich eines Schauers nicht erwehren.

»Da geht's zu wie bei den Landsknechten im Mittelalter«, hatte sich Jane empört, »und eines Nachts kommt dieses Lumpenheer durch die Wälder und schlitzt uns im Schlaf die Kehle auf.«

Aber unter ihnen waren auch echte Zigeuner, Fremde

mit dunklen Augen, die Patsy einen Schauer über den Rükken jagten, und sie glaubte, ihre Kinder festhalten zu müssen.

»Ach was, so schlimm wird's schon nicht kommen«, widersprach Patsy, ihre eigenen Bedenken verleugnend.

»Meinetwegen. Aber wenn dein Haus als erstes überfallen wird, bereust du es, nicht unterschrieben zu haben.«

Patsy dachte lange darüber nach. Inzwischen waren es zwei- oder dreihundert Leute auf Newcombes Zwei-Hektar-Grundstück, alle nicht von hier, und keiner kannte sie. An die Frauen im Park mußte sie denken, eine Gruppe von ihnen hatte auf der Wiese hinter dem Marktplatz gesessen – Frauen in Ponchos und Lederjacken, die Bier aus der Dose tranken und etwas kreisen ließen, das von weitem wie selbstgedrehte Zigaretten aussah, aber zu süßlich und würzig duftete. Eine von ihnen winkte Judith zu und hatte so laut gelacht, daß Patsy ihre Tochter hastig wegzog. Es waren wohl keine Bösewichter, aber merkwürdiges Volk, besonders diejenigen mit den düsteren, grimmigen Gesichtern, Männer mit blitzenden Mandelaugen, Frauen mit kleinen goldenen Ohrringen, die etwas Beunruhigendes und Fremdartiges ausstrahlten. Schließlich unterschrieb Patsy die Petition. Später fragte sie sich, ob sie recht damit tat.

Paul kam in der Nacht spät nach Hause, hatte sie aber telefonisch angewiesen, nichts für ihn zu kochen. Er war bei einer wichtigen Konferenz, und sie vermutete, daß es mit den Plänen zu tun hatte, die Fremden aus der Stadt zu vertreiben. Judith war noch immer lethargisch, doch ihr Atem pfiff nicht mehr ganz so asthmatisch. Peter hatte seine Hausaufgaben gemacht, und ihr Abendessen bestand aus Hamburgern und Spaghetti, die sie ausnahmsweise vor dem Fernseher essen durften statt am Eßtisch wie sonst.

Sie schlief schon, als Paul heimkehrte, summend und leise fluchend, als er sich den Zeh am Kleiderschrank stieß. Der Lärm weckte sie, aber sie sagte nichts. Sie hörte ihn im Dunkeln herumkramen, und schließlich senkte sich die Matratze, als er sich neben sie legte. Kurz bevor sie wieder einnickte, nahm sie einen ungewohnten Geruch an ihm wahr, wie von Räucherwerk, und darunter ein anderer, moschusähnlicher Duft. Im Halbschlaf fragte sie sich, ob er bei einem Grillfest gewesen war. In der Nacht träumte sie von lodernden Feuersäulen und Schatten, die sich im Rauch abzeichnen.

Die Petition stand anderntags ganz groß in der Zeitung. Der Ausschuß für Umwelt und Gesundheit hielt eine Sitzung im Rathaus und votierte für den Antrag, die Landfahrer ausweisen zu lassen und spätestens in zwei Wochen, wenn der Gemeinderat tagte, darüber zu beschließen. Vorerst blieben die Landfahrer.

Am Freitagabend, zwei Tage, nachdem Patsy die Petition unterzeichnet hatte, wurde auf dem Parkplatz hinter dem Country Club eine Frau vergewaltigt. Beide Augen blaugeschlagen, das Kleid vom Hals bis zum Saum zerrissen, lag das Mädchen schluchzend rücklings neben ihrem Sportwagen, wo sie von zwei Badminton-Spielerinnen gefunden wurde. Der Fall sprach sich binnen einer Stunde überall herum. Ein paar junge Heißsporne – darunter auch ältere Haudegen – aus der Rugbymannschaft, angefeuert von Bier und Whisky, wollten den Beschluß des Gemeinderats nicht abwarten. Sie sammelten sich am Südende von Newcombes Trift, wo der Feldweg das Wäldchen säumte. Sie kamen in Landrovern und anderen Gefährten mit Vierradantrieb und hausten im Zeltlager wie die Vandalen. Ein Wohnwagen wurde umgekippt, ohne auf das Wehgeschrei der Kinder im Inneren zu achten, die darin herumgeschleudert wurden. Ein großer, vierschrötiger und bärtiger Mann kam ihnen über den Trampelpfad entgegen, hinter ihm eine kreischende Alte. Der Mann nahm einen kräftigen Ast von einem Holzstoß und fällte den besten Rugby-Hakler der Dorfmannschaft mit einem Hieb vor die Stirn. Das guttrainierte Team reagierte sofort und begrub den Bärtigen unter einer Lawine boxender und tretender Leiber. Dabei wurden ihm vier Rippen gebrochen, beide Schultergelenke ausgekugelt und ein Stiefelabdruck auf der Schläfe beigebracht, der noch drei Tage später sichtbar war, als der Mann auf der Intensivstation erwachte.

Mit Nägeln und Fäusten ging nun die kreischende Frau zum Angriff über, wurde aber durch einen Schlag, der ihr Nasenbein zertrümmerte, niedergestreckt. Inzwischen rannte und schrie alles durcheinander, und nur die wenigsten wußten, was eigentlich los war. Beim Umstürzen des Wohnwagens hatte eine fallende Kerze einen alten Mantel in Brand gesteckt, dessen schmelzendes Polyester auf einen dreijährigen Jungen tropfte und einen Stapel alter Zeitungen zum Glimmen brachte. Der Kleine erlitt schlimme, wenn auch nicht lebensbedrohliche Verletzungen, doch als sich der Qualm des schwelenden Papiers im Wageninneren verbreitete, drehten alle vier Kinder durch. Ihr Wimmern hinter geschlossenen Fensterscheiben war gedämpft und doch laut genug, daß man es bis ans andere Ende des Lagers hörte.

Die Rugbytruppe setzte unterdessen ihr Zerstörungswerk fort, riß Zeltschnüre aus der Halterung, trampelte Leinwandiglus und Wellblechhütten nieder und prügelte auf alles ein, was sich bewegte.

Ein paar Männer aus dem Lager hatten sich inzwischen

mit Wagenhebern und Zeltstangen versehen, mit handlichen Steinen vom Rand der Lagerfeuer und einer mächtigen Armbrust und stellten sich den Eindringlingen in den Weg. Einer von ihnen war im einhändigen Nahkampf mit einem Mittelstürmer verwickelt, der noch sein Stirnband trug, und hörte die gefangenen Kinder schreien. Der andere hielt seinen Hals so fest umklammert, daß er erstickt wäre, wenn ihm das verzweifelte Gejammer nicht einen Adrenalinstoß versetzt hätte. Er fuhr herum, wand sich aus dem Klammergriff, packte seinen Gegner bei den Ohren und schlug ihm die Stirn so hart auf die Nase, daß sie mit häßlichem Knirschen brach. Der Fremde wartete nicht, bis der andere zu Boden sank. Er machte kehrt, rannte zum Wohnwagen und zog am Türgriff. Rauch quoll heraus, zusammen mit vier kleinen, hustenden und heulenden Kindern; der plötzliche Luftzug ließ den Brand erst richtig ausbrechen. Der Mann riß die Kinder fort, zerrte die beiden Kleinsten an der Schulter und verletzte den armen Dreikäsehoch unwillentlich noch mehr, dem sich die Haut förmlich abschälte. Es gelang ihm, sie hinter die Bäume zu bringen, bevor die Benzinpumpe vom Feuer erfaßt wurde. In einer höllischen Explosion leckten rußige Flammen empor, verwandelten das niedergetrampelte Gras in einen Glutstrom und steckten ein nahegelegenes Zelt in Brand, das raketenartig in die Höhe schoß. Jemand stolperte aus den Trümmern, zerrte sich ein paar Jeans über und rettete sich in den Wald.

Zwischen zwei Wohnwagen schoß eine Frau hervor und schrie nach ihren Babys. Einer der Rugbyspieler grabschte nach ihr, und sie schlug mit der Kanne nach ihm, die sie gerade trug. Der kantige Ausguß traf den Mann mitten ins Gesicht, und er brüllte auf. Schlimmer noch, der Griff der

Kanne brach, kochender Tee ergoß sich über seine Schulter in den Nacken, und das Brüllen wurde ein merkwürdig überschnappendes Jaulen. Die Frau blieb nicht stehen, sondern rannte direkt auf den brennenden Wohnwagen zu, der als schwärzlicher, eingesunkener Klotz inmitten des Feuerrings stand. Sie wäre direkt in ihr Verderben gelaufen, wenn ein Mann sie nicht aufgehalten hätte; er hob sie schwerfällig auf und trug sie aus dem Inferno. »Ist schon gut, Meggy«, beschwor er sie, mühsam das Grollen des Feuers übertönend, »sie sind in Sicherheit. Wir haben sie rausgeholt.«

Die Frau, deren Gesicht im Widerschein der Flammen gelblich glühte, blickte ihn verständnislos an, mit offenem Mund und mit weit aufgerissenen Augen, dann sackte sie wie vom Schlage gerührt in seinen Armen zusammen.

Zehn Minuten später war vom Feldweg her das Blaulicht der Polizei- und Feuerwehrautos zu erkennen; ihre Sirenen gellten wie eine Horde grölender Hexen in die Nacht und steigerten die Verwirrung noch. Der vorausfahrende Löschzug blieb in einer Schlammpfütze stecken. Dies verzögerte den Einsatz um zehn Minuten, unterdessen wurden zwei weitere Wohnwagen und ein halbes Dutzend Zelte in Asche und Trümmer gelegt. Drei der Vagabunden hatten Knochenbrüche erlitten. Vier aus der Rugbymannschaft lagen am Boden, einem von ihnen hatte der Griff einer Spitzhacke die linke Kniescheibe zertrümmert, und seine Sportlerkarriere endete in jener Nacht auf den Brachwiesen des John Newcombe.

Die Schlacht von Cupstone Lea kam in die Morgennachrichten und trieb eine unüberwindliche Kluft zwischen die Ratlosen und jene, die ungerührt blieben. Im Parlament kam es zu kleinen Anfragen, deren Beantwortung ganz auf die vornehme Schlips-und-Kragen-Gesellschaft abgestimmt war, mit Betonung von Ruhe, Recht und Ordnung, Klagen über den Werteverlust und der Forderung, mehr Gemeinsinn zu zeigen, statt immer nach dem Staat zu rufen. Darüber geriet in Vergessenheit, daß hier Leute angegriffen und verletzt worden waren, die niemandem etwas zuleide getan hatten, von Leuten, die sehr wohl etwas antun wollten.

Im nachhinein wurden die Beteiligten vernommen, obwohl sich die Polizei angesichts der vorherrschenden Stimmung im Ort mit den Ermittlungen nicht beeilte. Der kleine Junge aus dem Wohnwagen mußte sich an der Schulter einer umständlichen Hauttransplantation unterziehen, und die beulige Narbe am Nacken entstellte ihn fürs ganze Leben. Der Mann mit dem verbrühten, mit Brandblasen übersäten Gesicht prahlte als echter Macho mit seinen Heldentaten, die ihn landesweit ins Fernsehen brachten, wo er behauptete, er habe nur mitgemacht, um Frau und Kinder vor Vergewaltigern und Mördern zu schützen. Sein Mannschaftskumpel mit dem kaputten Knie, dessen hoffnungsvolle Laufbahn als Sportler ein abruptes Ende fand, rührte die Zuschauer zu Tränen, als er lauthals gegen sein tragisches Schicksal protestierte, gegen solche Streuner unterlegen zu sein. Die Notaufnahme im Krankenhaus bekam alle Hände voll zu tun, und als der Morgen graute, hatten die Journalisten schon Wind von der Sache bekommen und bevölkerten in ganzen Scharen den Ort des Geschehens.

Im Mittelpunkt ihrer Berichterstattung stand die Vergewaltigung beim Country Club. Den ersten Schlagzeilen zufolge – ausgenommen die der linksliberalen Blätter – hatten die Camper nur bekommen, was sie verdienten. Doch dann wurde ein junger Mann verhaftet, dessen Vater nicht nur führender Geschäftsmann war, sondern auch noch dem Komitee angehörte, das die rücksichtslose Vertreibung der Fremden forderte. Die Anklage hielt seinen Sohn für verdächtigt, die Ehefrau eines stadtbekannten Architekten, die nach einer kurzen Liaison Schluß mit ihm machen wollte, überfallen, vergewaltigt und mißhandelt zu haben.

Am Abend danach mußte Paul länger im Büro bleiben. Patsy hatte Peter erlaubt, länger aufzubleiben und die Wiederholung eines Science-fiction-Films zu sehen; zum Schluß bekam er seine Tasse Kakao und mußte ins Bett. Die Schlacht von Cupstone Lea, wie sie mittlerweile von der Presse genannt wurde, war der Aufmacher der Spätnachrichten. Auf dem Bildschirm waren zu Asche verbrannte Zelte, verkohlte Gerippe von Wohnwagen zu sehen; ein Nieselregen verdüsterte die Szenerie noch. Mürrische Gesichter, im frühen Dämmer schmutzig und grau, starrten voller Argwohn in die Kamera. Jetzt wirkten diese Leute nicht mehr bedrohlich, sondern verängstigt. Der Reporter hatte Bilder ausgewählt, die an Verbrechen gegen die Menschlichkeit erinnerten, an Auschwitz oder sibirische Zwangslager, wo Menschen von ihren eigenen Landsleuten gequält wurden.

Während ein Zelt nach dem anderen auftauchte, schämte sich Patsy in Grund und Boden dafür, die Resolution unterschrieben zu haben. Weinende Kinder, verletzte Männer und Frauen – das hatte sie nicht gewollt. Die Nahaufnahme einer Frau erschien: zusammengekrümmt, die Nase bräunlich verfärbt, ein Auge fast völlig zugeschwollen. Dann schwenkte die Kamera nach links; eine blasse, berückend schöne Frau mit schwarzglänzender Lockenfülle kam ins Bild. Sie starrte ungeniert in die Linse, und in ihre grünlichen Augen trat ein unheilvolles Flackern.

»Sie werden es büßen müssen«, drohte die Frau mit leiser, klarer Stimme, doch eindringlich und unüberhörbar. Ihr Blick schimmerte, und zwischen den schwarzen bogenförmigen Brauen erschien eine Falte. »Warten Sie's ab!«

Patsy hatte das Gefühl, als könnten diese Worte ihr persönlich gelten, und ein Schauer unfaßlicher Angst durchrieselte sie. Der Blick jener Frau schien sie zu durchbohren, bis die Kamera zum Berichterstatter zurückkehrte, der für jene Schlafmützen, die bisher noch nichts von der Sache gehört hatten, die Ereignisse kurz rekapitulierte. Er erwähnte die Vergewaltigung als den Auslöser einer Massenhysterie, der zur Zerstörung des Lagers und letztendlich zum Blutvergießen geführt hatte.

»Gibt es in unserer heutigen Gesellschaft keinen Platz mehr für die Nomaden des New Age?« fragte er. »Um darauf eine Antwort zu finden, haben wir uns an Paul Thomson gewandt, seines Zeichens Anwalt und Sprecher der Zigeunergruppe und wohl der einzige Mann aus dem Ort, der für ihre Rechte eintritt.«

Patsy setzte sich kerzengerade auf. Das Bild wechselte, und tatsächlich: jetzt sah man Paul neben einem Lagerfeuer hocken, vom Widerschein der Flammen vorteilhaft beleuchtet. Ein kleiner dunkelhaariger Junge stand nahebei, den Paul an der Schulter umarmt hielt.

»Jemand muß es doch tun. Sich für die gute Sache einsetzen, meine ich«, erklärte er mit salbungsvoller Stimme. »Wir müssen innewerden, was wir hier verschuldet haben. Und wenn ich wir sage, schließe ich mich gar nicht aus in meiner Verblendung und Unwissenheit. Ich will wiedergutmachen, was diesem unschuldigen Volk angetan wurde.«

Er deutete mit einer Handbewegung ringsum. »Sehen Sie sich diese Menschen an. Was haben sie uns getan? Nichts.

Sie mußten sich lediglich verteidigen gegen den brutalen, heimtückischen Überfall von Leuten, die es besser wissen mußten. Und weshalb? Nur, weil sie nicht in Häusern wohnen und kaum das Nötigste zum Leben haben? Sie wollen doch nur friedlich ihrer Wege gehen. Sie kamen her, nicht für immer, nur für ein paar kurze Feiertage. Ihre Feste entstammen einer uralten Tradition, der Begrüßung des Frühlings. Eine harmlose Zeremonie voller Frieden und Freude in der Hoffnung auf eine bessere Zukunft. Und was haben sie gefunden? Keinen Frieden und keine Freude und verdammt wenig Hoffnung.«

Seine Mundwinkel verzogen sich abschätzig. »Tut mir leid, das ist mir so rausgerutscht – aber ich bin wütend. Empört und wütend über eine Gesellschaft, in der Menschen allein deshalb verfolgt werden, weil sie anders leben wollen. Haben wir nicht längst gesehen, wohin das führt – in Hitler-Deutschland, in der Stalin-Ära? Haben wir nichts daraus gelernt?«

Paul wandte sich um und sah jetzt direkt in die Kamera. »Es wurde Zeit, daß jemand für diese harmlosen Menschen Partei ergreift. Sie mögen keine schicken Frisuren und keine Designermode tragen, aber sie würden niemanden im Schlaf angreifen, keine Kinder verletzen oder Frauen vergewaltigen. Sie wollen friedlich bis zum Ende ihrer Frühlingsfeier hierbleiben. Ich habe mich bereit erklärt, ihre Rechte zu vertreten, und ich werde notfalls vor jede Instanz ziehen, schon weil wir eine zivilisierte Nation sind oder wenigstens sein sollten. Diesen Beweis will ich antreten.«

Er zog die Brauen zusammen wie vorhin die dunkelhaarige Frau. »Jemand wird für diese Barbarei bezahlen. Wir müssen lernen, daß eine Gruppc, die in unserem Gemeinwesen friedlich ihrer Wege geht, nicht vernichtet werden darf. Ich habe bereits den Staatsanwalt aufgefordert, gegen diese Halbstarken unnachsichtig zu ermitteln, und gedenke gegen jeden einzelnen Anzeige zu erstatten: wegen Sachbeschädigung, Körperverletzung ...« Genüßlich grinsend zählte er die Straftatbestände auf.

»Und wenn es nottut, werde ich auch die ehrbarsten Stützen unserer Gemeinde nicht schonen. Ich denke an den Gemeinderat und ganz besonders den Ausschuß für Umwelt und Gesundheit, wo Bemerkungen und Entscheidungen gefallen sind, die offensichtlich darauf abzielten, zu den hier vorgefallenen Greueltaten zu ermutigen. Die einstweilige Verfügung gegen den Ratsbeschluß wurde schon eingereicht, und ich werde alle Ratsmitglieder haftbar machen für den Schaden, der hier aufgrund ihrer Verleumdungen angerichtet wurde.«

Die Kamera schnellte zurück. »Die Schlacht von Cupstone Lea wird also weitergehen«, schloß der Reporter, »doch für diesmal hat das buntgemischte Völkchen, das sich hier zum Frühlingsfest versammeln will, seinen starken Mann gefunden.«

Binnen einer Woche wurde Paul aufgefordert, seine Mitgliedschaft im Golfclub wie auch im Country Club niederzulegen, wo man ihn für nicht länger tragbar hielt. Er reagierte nur mit einem Achselzucken und einem müßigen, überlegenen Grinsen. Sein Seniorpartner George Urquhart, bedrängt von hochrangigen Mitbürgern, stellte ihn zur Rede und wollte wissen, was Paul im Schilde führte. Paul berief sich auf seinen Vertrag und forderte ihn trotzig auf, ihm doch die Gemeinschaftspraxis aufzukündigen. Er war der bessere Anwalt von beiden und wurde nun auch noch zum Medienstar.

Am Abend der ersten Sendung war er erhitzt und aufgeregt heimgekehrt, mit leichter Alkoholfahne, aber nicht betrunken. Als Patsy sich nach seinem Sinneswandel erkundigte, behauptete er, zur besseren Einsicht gekommen zu sein

Aber dann fügte er noch etwas hinzu.

»Eins ist klar, die Praxisübernahme kann ich vergessen. Aber dieser Fall wird mich berühmt machen.« Mit einer vagen Geste, die ihr Haus und vielleicht das ganze Dorf einschließen mochte, blickte er sich um. »Ich will doch nicht den Rest meines Lebens hier im Brackwasser dümpeln und mich zum Narren machen. Da draußen liegt mir die Welt zu Füßen. Davon will auch ich mir ein Stück nehmen.«

Etwas an seiner Art ließ Patsy aufhorchen, während er ziellos im Zimmer umherwanderte. Als er an ihr vorüberkam, nahm sie den Rauch des Lagerfeuers wahr, dem warmen Geruch verbrannten Holzes, und darüber lag ein anderer, schwerer Duft, den sie nicht identifizieren konnte, obwohl er ihr vertraut war. Pauls Wangen waren gerötet, seine Augen blitzten in neuer Frische, als wäre er auf einmal ein ganz neuer Mensch.

Der Gemeinderat vertagte den Beschluß. Kurz vor der Tagundnachtgleiche trafen noch mehr Landfahrer ein, und in der Nacht selbst brannten sie riesige Freudenfeuer ab, die mit tiefroter Glut und tanzenden Funken den Horizont erhellten. Der Polizeichef hatte vierzig Mann Verstärkung aus den Nachbarorten zusammengezogen, doch angesichts der Fernsehkameras, die mit lichtstarkem Objektiv die Festivität landesweit übertrugen, blieben sie in Deckung.

Ob es sich nun um eine Wiederbelebung alter Druidenbräuche handelte, konnte nie geklärt werden. Paul blieb die ganze Nacht fort und erschien auf allen Kanälen, auch in amerikanischen Sendern, die Korrespondenten entsandt hatten.

»Und darum also hat man solches Aufsehen gemacht«, hörte sie ihn kommentieren, als eine Prozession weißgewandeter Männer und Frauen, brennende Fackeln schwingend, hügelwärts zog. Die Flammen hinterließen zitternde grünrote Nachbilder auf dem Fernsehschirm.

»Eine Feier des Friedens und der Fruchtbarkeit, die an bessere Traditionen anknüpft, als der Mensch noch eins mit der Natur war, anstatt sie sinnlos zu zerstören.«

In ihrem gemütlichen Wohnzimmer, mit einem heißen Glas Tee in der Hand, konnte Patsy ein sarkastisches Grinsen nicht unterdrücken. Noch vor einem knappen Monat hatte Paul sich voller Verachtung über diese Naturfreunde geäußert – *holt die Wäsche rein* war noch die harmloseste Bemerkung gewesen. In den letzten Wochen hatte sie ihn kaum noch zu Gesicht bekommen. Manchmal wurde sie wach, wenn er heimkehrte. Er hatte abgenommen, und sie spürte seine wachsende nervöse Anspannung, die sich mit seiner früheren coolen Selbstsicherheit nicht zusammenreimen ließ.

Bei ihren seltenen gemeinsamen Mahlzeiten blieb er wortkarg und aß kaum etwas, als käme er sich bloß kurz aufwärmen, bevor er wieder verschwand. Ein seltsamer, unausgesprochener Bann lastete über dem Dorf, doch Patsy fielen die Streuner jetzt mehr denn je auf. Sie liefen in immer größeren Gruppen umher, bräunliche Gestalten, richtige Zigeuner. Wenn sie in ihre Nähe kam, fühlte sie sich angestarrt, aber sie wußte instinktiv, daß sie zu Paul kein Sterbenswörtchen davon sagen durfte. Jetzt, im Fernsehen, blickte er der Prozession hinterher, und sie war froh, daß es bald vorbei wäre. Die Zigeuner würden anderntags mit Sack und Pack aufbrechen, Ruhe und Frieden im Dorf wieder einkehren. Vielleicht fand Paul jetzt auch wieder mehr Zeit für die Kinder, wer weiß, oder auch für sie. Seit fast sechs Wochen hatten sie nicht mehr zusammen geschlafen.

Auf dem Bildschirm wurde der seltsame Fackelzug von jener dunkelhaarigen Frau angeführt, die in ihrem langen Umhang so langsam schritt, daß sie zu schweben schien. Die flackernde Flamme spiegelte sich in ihren Augen und auf den Haarflechten, die ihr über Schultern und Brust fielen. In ihrem Widerschein sah sie aus wie eine dunkle, strenge Waldgöttin. Patsy erkannte sie sofort und setzte atemlos sich auf. Etwas an dieser Frau berührte sie im Innersten. Das Teeglas klirrte auf dem Unterteller, und sie merkte, wie ihr Herz pochte und die Hände bebten.

»Eine uralte Zeremonie«, erklärte Paul, als die Prozession den großen Steinkreis erreicht hatte, die beiden Monolithe passierte und sich dem Deckstein näherte – einer schweren, flachen Steinplatte auf drei Felsen direkt in der Mitte. »Der Ritus des Frühlings, vollzogen zum eigentlichen Neujahrsfest und am Beginn einer neuen Epoche.«

Seine Stimme senkte sich zu einem Flüstern. »Und dafür hat man sie geschlagen, niedergeknüppelt und gebrandschatzt.«

Zimbeln erklangen im Hintergrund, Tambourins rasselten. Mitten im Steinkreis erhob sich eine Stimme, die klar und machtvoll zum Himmel stieg. Die Worte des Lieds waren in einer Sprache, die Patsy nie zuvor gehört hatte. Die begleitende Musik war verstummt, und die Sängerin kam voll ins Bild. Sie hob den Kopf und schien Patsy mit ihrem Blick zu durchbohren.

Die Frau lachte, breit und dämonisch, und dann verschwand sie im Getümmel der Menge. Als sie ihre Augen nicht mehr sah, fühlte sich Patsy wie erlöst. Doch ihr Herz schlug noch immer heftig gegen die Rippen.

»Reiß dich zusammen«, sprach sie laut zu sich im leeren Wohnzimmer, doch sie konnte das Bild nicht abschütteln. Im Fernseher bückten sich vermummte Gestalten über den Deckstein, und alles wurde still bis auf ein leises Wimmern. Einen Augenblick lang dachte Patsy, es wäre ein Kind. Dann fing die Musik wieder an und überdröhnte alles.

Patsys Teeglas schien von selbst aus dem Unterteller zu hüpfen und zerschellte auf den Fliesen.

In dieser Nacht fand sie keinen Schlaf. Allein im Dunkeln lag sie und wartete auf Pauls Heimkehr. Immerzu dachte sie an die glühenden Augen, und in jedem Schatten glaubte sie das Gedränge der Kutten zu sehen, die sich über den Deckstein beugten. Irgendwo im Hinterkopf hörte sie das erstickte Wimmern. Endlich sank sie in einen Dämmerzustand, und ihr war, als folge sie der Prozession, einige Schritte hinter Paul, der sich von ihr abwandte wie ein Fremder. Er stand da mit den Kindern, hielt sie bei der Hand. Patsy wollte ihm etwas zurufen, aber die Stimme versagte ihr, und im Gedränge schaffte sie es nicht, ihm näher zu kommen. Schließlich stand sie in der Mitte des Steinrings, umgeben von Weißkutten, und das Wimmern in der Stille war wieder da. Einer nach dem andern streifte die Kapuze ab, und sie sah die dunkelhaarigen, stumpfen Gesichter lieblos und fast zähnefletschend grinsen. Sie wollte fliehen, den Ring verlassen, aber sie schlossen den Kreis und drängten sie an eine Kante. Sie fuhr herum. Das Wimmern steigerte sich zu schrillem Kreischen, und nun sah sie das bebende Opferlamm, in goldenen Fesseln liegend, auf dem Deckstein. Sie beugte sich über das verschreckte Tier, wollte es besänftigen, und wischte sich heimlich eine Träne weg – und plötzlich war es kein Lamm.

Judith lag rücklings ausgebreitet auf dem Stein, hilflos zuckend, und an Armen und Beinen mit einem geflochtenen, schimmernden Seil fixiert. Patsy blinzelte noch einmal und sah die grauenhafte Wunde vom Hals bis zur Hüfte, ein großer roter Spalt, in dem die glitschig-violetten Eingeweide noch zuckten. Die Beinchen ihrer Tochter waren krampfhaft verdreht, mit großen Augen starrte sie die Mutter an, und das Wimmern wurde immer leiser, bis es erstarb. Patsy riß den Mund auf zu einem gellenden Schrei und wollte zu ihrer Tochter, diesen roten, blutigen Klumpen vom Stein nehmen. Wieder blinzelte sie, und etwas wälzte sich über den Stein. Fliegen summten, und ein gräßliches, unförmiges Ding, ein schuppiges graues Reptil erhob sein Haupt und starrte sie aus geschlitzten, im Feuerschein orangerot blinkenden Augen an.

Ein ekelerregendes Rülpsen war zu hören und aus dem Krötenmund sickerte Blut – *das Blut ihrer Tochter* – in dikken, klebrigen Tropfen. Eine Wolke schillernder schwarzer Fliegen erhob sich aus dem klaffenden Spalt. Patsy blieb das Herz stehen.

Paaaatsiiiie ..., gurgelte es feucht. Während der Schrei, der in ihr aufstieg, erstickte und sie den dampfenden Blutgeruch noch in der Nase spürte, schreckte sie hoch und rannte sofort ins Badezimmer, gerade rechtzeitig, um sich dort zu übergeben.

5

Die Glut am Himmel war intensiver geworden, ein fernes Leuchtfeuer, als spiegelte sie wie damals in den Nebelschwaden die Lagerfeuer rings um Cupstone. Sie roch beißenden Qualm in der Luft, wie sonst nur beim Verkehrsstau an der Autobahn nicht weit von zu Hause. In den Augenwinkeln sah sie die Leitkegel blinken, wenn das Scheinwerferlicht sie traf, und sie hielt sich ganz links, wie hypnotisiert von den grünlich glitzernden Katzenaugen. Grün wie die Augen von Kerron Vaunche, diesem Flittchen. Dieser *Hexe*.

Deren Blick ließ sie nun seit fast drei Jahren nicht mehr los.

Patsy setzte ihren Weg fort. Ab und zu kontrollierte sie den Rückspiegel, ob nicht wieder ein riesiger Lastzug klammheimlich hinter ihr aufkreuzte. Mußte sie befürchten, verfolgt zu werden? Das erste Warnzeichen war jener Schatten gewesen, der dröhnend im Unwetter an ihr vorüberzog. Beim zweiten Mal wäre sie beinahe von der Straße gefegt worden. Sie war überzeugt, daß es der LKW-Fahrer auf sie abgesehen hatte. Beide waren weitergerast, mit orangeroten Rücklichtern, bei keinem hatte sie ein Nummernschild erkennen können. Sie hatte schon überlegt, ob es nicht ein einziger Lastzug war, ein durchgedrehter Trucker, der Katz und Maus mit ihr spielte, eine Verfolgungsjagd auf der Autobahn wie im Film. Sie verwarf den Gedanken wieder. Schließlich war sie ununterbrochen der Straße gefolgt, und soweit sie sich erinnerte, hatte es nirgendwo Gelegenheit zum Wenden und Auflauern für den LKW gegeben. Soviel stand jedenfalls fest.

Ein paar hundert Meter weiter verengte sich die Fahrspur wieder, und ein neues Schild tauchte auf. Im Lichtkegel war nur ein Wort zu lesen: UMLEITUNG. Kurz danach kam ein leuchtendweißes, rotgerändertes Dreieck mit einem einzigen, imperativischen Ausrufezeichen.

Judith hinter ihr stöhnte auf, und Patsy hörte, wie Peter ihr begütigend zuflüsterte. Tränen der Empörung schmerzten ihr in den Augen.

Man hatte ihr die Kinder weggenommen, aber jetzt waren sie wieder da. Nicht mal die Zeit, ihr Töchterchen in den Arm zu nehmen, ihren Sohn an sich zu drücken, war ihr geblieben. Alles war viel zu schnell gegangen. Obwohl es erst wenige Stunden her war, hatte sie noch immer keine klare Vorstellung. Nur die Angst war ihr noch gewärtig, der verzweifelte Wille zu kämpfen für das, was ihr gehörte. Alles andere hatte sie verdrängt, um sich ganz auf die Strecke zu konzentrieren.

Wieder ein Blick in den Spiegel, die bange Erwartung, Verfolger und Scheinwerfer zu sehen, einen neuen Lastzug hinter der Kurve. Ging alles wieder von vorn los, sollte der gräßliche Alptraum Wirklichkeit werden? Aber nein, da war nichts. Sie passierte eine finstere Baumgruppe, die Äste reckten sich zur Straße hin und bebten im Wind. Irgendwo in der Ferne Donnergrollen wie von einer gedämpften Pauke. Wieder eine Unterführung, eine schmale Fußgängerbrücke querte die Fahrbahn. Ein Zeichen der Hoffnung – denn wo eine Fußgängerbrücke war, mußte es Häuser geben, und Menschen, eine Zuflucht für sie. Wie gern wäre sie jetzt unter Menschen, wenigstens bis Vollmond und Wintersonnenwende vorüber waren! Dann würde sie sich geborgen fühlen, geschützt vor Paul und seinem Wahnsinn, vor Kerron Vaunche und ihren Nachstellungen.

Ihre Augen musterten die Straße, ignorierten den giftigen Glanz der Notbeleuchtung, immer noch nach einer Notrufsäule suchend. Der Tacho zeigte an, daß sie erst drei Kilometer zurückgelegt hatten seit dem ersten großen Schild und den Verkehrsleitkegeln. Und immer noch keine Gelegenheit zum Anhalten oder Telefonieren. Wieder kam ein Gehölz in Sicht, sie raste vorbei, und ganz am Ende löste sich etwas Unförmiges, Schwarzes aus dem Dikkicht und schwebte lauernd heran – viel zu groß für eine Krähe. Böse Augen blinkten im Scheinwerferlicht, als es ihre Fahrspur kreuzte, mit lose flatternden Schwingen wie die Plane des LKWs vorhin. Sie tippte nur kurz auf die Bremse, um nicht ins Schleudern zu geraten. Der Kotflügel verfehlte den Vogel, oder was es sonst war, nur knapp, der Fahrtwind drückte ihn aus der Bahn. Patsys Herz machte einen Sprung, aber sie setzte die Fahrt unbeirrt fort. Plötzlich bewegte sich etwas vor dem Seitenfenster, und sie blickte nach links. Noch immer flatterte die Silhouette neben dem Wagen, ein Flügel polterte gegen das Dach und schabte am Fensterglas. Ein dreieckiger Kopf wandte sich ihr zu, mit aufgesperrtem Maul.

Das kann kein Vogel sein.

Sie hörte die Worte in ihrem Hinterkopf. Das Maul *(ein Schnabel war nicht zu erkennen)* klaffte weit auseinander. Etwas schnellte gelb und spitz hervor, eine behaarte Zunge. Es krächzte heiser. Hinter ihr japste Judith vor Schreck. Klauen kratzten über die Karosserie, dann war das Monstrum verschwunden.

»Herr im ...«, keuchte Patsy, und ihr Herz hämmerte gegen die Rippen.

»Was war das, Mum?« wollte Peter wissen, mehr staunend als ängstlich. Sie hörte das Klicken, als er den Sicherheitsgurt löste.

»Nichts«, log sie abermals. »Setz dich gerade hin und bleib angeschnallt.«

»Das war bestimmt ein Adler, wette ich!« krähte Peter. »Riesig! Hast du's nicht gesehen?« Er rappelte sich auf und kniete auf dem Rücksitz. Sie sah den Kopf ihres Sohnes als Silhouette, eingerahmt vom Heckfenster.

»Er fliegt noch immer. Ich dachte schon, wir hätten ihn angefahren!«

Patsy warf einen Blick in den Rückspiegel. Das schwarze Ding hielt sich noch immer in der Luft, mit langsamem, schweren Flügelschlag, nicht weit hinter ihnen. Das war kein Adler. Den schmalen Kopf, dieses klaffende Maul konnte sie keiner ihr bekannten Gattung zuordnen, trotzdem redete sie sich wieder und wieder ein, es sei ein Nachtvogel gewesen. Regen und Kondenswasser hatten die Sicht getrübt, es war dunkel. Sie hatte nur ganz kurz hingeguckt. Wieder suchte sie im Spiegel, um das Tier zu erkennen. Es mußte doch ein Vogel sein. Nichts anderes von dieser Größe konnte fliegen. Die dunkle Gestalt glitt neben ihr her, unfern der Straße. Etwas hing unterhalb herab, vermutlich die Krallen, aber es war schwer zu erkennen.

»Komm jetzt, Peter, du schnallst dich sofort wieder an!« befahl sie. Noch immer kniete er hinten und blickte unverwandt hinaus.

»Es ist hinter uns her!« rief er aufgeregt. »Schau mal, wie groß es ist!«

Patsy wandte den Blick von der Straße und sah in den Rückspiegel. Es kam wirklich heran. Es war schnell genug, aufzuholen, näher noch als vorhin, und wieder sträubte sich ihr der Haarflaum im Nacken. Krähen hatte sie oft genug unterwegs aufgescheucht. Sie stoben mit großem Geschrei auseinander und ließen von ihrer plattgefahrenen Beute, hüpften oder flatterten davon, flüchteten jedesmal unter Protest. Der schwarze Schatten hier näherte sich unaufhaltsam, mit ausgebreiteten Flügeln, fast über der Fahrbahn schleifend. Der Widerschein ihres Rücklichts fing sich in einem Auge.

Es ließ sich nicht abschütteln. Schon beim bloßen Gedanken fühlte sie, wie sich ihre Eingeweide verkrampften und ihr der kalte Schweiß über den Rücken lief.

Was wird uns noch zustoßen?

Es war, als hätte sie ihre Kinder genommen und in einen Alptraum gebracht. Das rote Auge glänzte im Spiegel wie ein phosphoreszierender Stecknadelkopf. Über dem Motorengeräusch und dem Rollen der Räder hörte sie das gleichmäßige, ruhige Flap-flap der Flügel im Sturm. Der rote Punkt verlosch nie, und sie fühlte, wie der Vogel sie beobachtete. Der Rückspiegel hielt ihren Blick magnetisch gefangen, und für eine Sekunde war sie wie gelähmt angesichts des tückischen Glitzerns.

Plötzlich traf der linke Reifen einen der Kegel. Das Plastikteil knickte unter dem Kotflügel ein und schoß trudelnd in die Luft. Der Lärm löste Patsy aus der Erstarrung vor dem hypnotischen roten Punkt. Sie hob gerade noch rechtzeitig den Kopf, um zu sehen, wie sie auf die Leitplanke zusteuerte, und riß das Steuer herum. Hinten brachte das plötzliche Einlenken Peter aus dem Gleichgesicht, der hinter den Fahrersitz rutschte.

»Hast du das gesehen?« kreischte er aufgeregt.

»Jetzt setz dich endlich richtig hin!« schimpfte Patsy, obwohl ihre Kehle wie ausgetrocknet war. »Und schnall dich gefälligst an. Und zwar sofort!«

Sie hörte das Einschnappen der Halterung.

»Hat ihn fast zu Boden gehen lassen. Das Plastikding flog hinauf und hätte fast getroffen.«

»Was?« Patsy fuhr jetzt mit Bleifuß, und die Beschleunigung drückte sie alle tiefer in die Sitze.

»Der Kegel. Er flog nach oben und hat den Vogel fast abgeschossen. Der ist jetzt weg.«

Seine Mutter riskierte einen Blick über die Schulter. Peters Augen waren vor Erregung geweitet. »Du hättest ihn umgebracht«, erklärte er.

Das rote Glitzern ging Patsy nicht aus dem Sinn. Was immer es war, Adler oder nicht, sie *wünschte*, es wäre tot. Am liebsten hätte sie es gleich beim ersten Mal erwischt und hilflos in den Graben geschleudert, statt sich vor dem Unnatürlichen zu fürchten. Große Vögel fliegen nicht einfach an der Straße, und Jagd auf vorüberfahrende Wagen machen sie erst recht nicht.

Diesem Gedanken folgte ein anderer auf dem Fuß.

Wo in aller Welt waren sie jetzt?

Irgendwas stimmte nicht mit der Strecke, mit dieser Nacht. Seit dem Augenblick, als sie mit Judith unterm Arm die Tore von Broadford House passiert hatte, als sie im Triumph und voller Begeisterung davonfahren wollte, war alles schiefgegangen. Als hätte sie sich partout in der Wildnis verfahren wollen. Hier ging es nicht mit rechten Dingen zu.

Abermals traf sie die Erkenntnis wie ein Tiefschlag. Sie hatte ihre Kinder aus einer Gefahr gerettet und direkt in eine andere gebracht. Sie waren mutterseelenallein auf dieser einsamen Straße, eine Mutter mit zwei Kindern, die durch Gewitterstürme heimwärts raste, und sie hatte nicht die geringste Ahnung, wo sie waren.

Kerron Vaunche. Die *Hexe*. Sie hatte einen Fluch über sie verhängt.

Das Wetterleuchten blitzte in der Ferne, und wenn gelegentlich die Wolken aufrissen, sahen sie die stumpfgelbe Mondscheibe am Himmel stehen. Sie nahm den Fuß nicht mehr vom Gas und brachte den Wagen auf hundertzwanzig, als ihr klar wurde, daß sie von dieser Autobahn heruntermußte, weil hier etwas oberfaul war.

Eine halbe Stunde später hatte sie noch immer nichts gesehen, kein Schild, keine Brücke, kein Telefon. Die Nacht dauerte an, und allmählich rückte der Zeiger der Tankanzeige in den roten Bereich.

Irgendwann in der Nacht wimmerte Judith noch einmal, und Peter drehte sich schnarchend zur Seite.

»Es wird alles gut, Kleines«, tröstete Patsy. »Jetzt schlaf weiter.«

Das Mädchen stöhnte leise und murmelte wie viele Kinder zwischen Schlaf und Traum, nur ein paar zusammenhanglose Worte, aber etwas im Ton war so unverständlich und fremd, daß es sie an Kerron Vaunche erinnerte, und wieder kochte die Wut in ihr hoch.

Die Tagundnachtgleiche im März war vorüber, als Paul die Ausweisung abgeschmettert hatte und Patsy voller Grauen aus jenem Alptraum hochschreckte. Er hatte den Gemeinderat verklagt und den besten Vorteil aus seiner neugewonnenen Medienpräsenz gezogen, indem er sich als wackerer Streiter für Gerechtigkeit, als freundliche, aber unbeugsame Stimme der Vernunft ausgab. Seine alten Klienten gingen ebenso auf Distanz wie ihre gemeinsamen Freunde. In der Schule hatte Peter einen schweren Stand, denn als der April und schließlich der frühsommerliche Mai ins Land kamen, hatten die Menschen die Nase voll vom landesweiten Presserummel, von den festgefahrenen Gerichtsverhandlungen und namentlich den Zugereisten selbst.

Zu zweit oder dritt waren sie im Laufe des Frühjahrs und noch im Juni eingetroffen, auf Newcombes Ackerland standen die Zelte, Wohnmobile und ausgebauten Kleinbusse dicht bei dicht. Die Bauern verloren Vieh, obwohl man den Hippies nie etwas nachweisen konnte. Mitte Juni überstieg die Masse der Fremden die Einwohnerzahl des Orts. Kindern wurde verboten, beim Cupstone Lea zu spielen, und auch in den kurzen, warmen Sommernächten schlossen sich die Mütter zu Gruppen zusammen, brachten und holten ihre Kinder überall mit dem Wagen ab.

Paul schien die Drohbriefe und Terroranrufe regelrecht zu genießen, als wären sie eine Bestätigung seiner Ambitionen. Und er ließ keine Gelegenheit aus, zu erwähnen, welchen Preis er zu zahlen bereit war für das, was er *die gute Sache* nannte.

Patsy fühlte sich allmählich wie im Belagerungszustand. Ihre Freundinnen – meist waren es die Ehefrauen aus Pauls Freundeskreis – kamen längst nicht mehr auf eine Tasse Kaffee vorbei, wechselten sogar die Straßenseite, wenn sie zum Einkaufen unterwegs war. Peter und Judith wurden zu keinem Kindergeburtstag mehr eingeladen.

Mit wachsender Isolation nahm sich Patsy vor, sich einmal gründlich mit Paul auszusprechen, aber die Arbeit hatte bei ihm Vorrang vor allem anderen. Er war von früh bis spät unterwegs und kam manchmal nur für die frühen Morgenstunden nach Hause, oder auch gar nicht. War er da, so verhielt er sich abweisend und zugeknöpft und ließ sich nicht überreden, mit Peter im Garten Fußball zu spielen oder Julia eine Gutenachtgeschichte vorzulesen, was er früher regelmäßig tat, seit sie alt genug war, den Worten zu folgen.

Trotzdem wirkte er wie neugeboren. Er machte einen lebhaften Eindruck, und wenn er nach seiner neuen Berufung gefragt wurde, redete wie ein neubekehrter Eiferer.

»Darauf hatte ich mein Lebtag gewartet. Endlich etwas, für das es sich lohnt. Kapierst du das nicht?« sagte er, wenn sie sich wegen der anonymen Briefe und heiser geflüsterten telefonischen Drohungen sorgte, die nachmittags kamen, wenn er im Büro war.

»Sie quälen uns nur, weil sie die Verlierer sind und wir siegen werden. Das zeigt doch erst recht, wo es lang geht für mich! Mit langweiligen Grundbucheinträgen und Erbschaftsangelegenheiten ist es ein für allemal aus. Sollen sich die Schmalspur-Anwälte darum kümmern. Ich bin zu Höherem berufen, und dahin werde ich gelangen, laß es dir gesagt sein!«

»Aber was ist mit den Kindern?« hatte Patsy zaghaft widersprochen. »Peter wird in der Schule schwer zugesetzt. Die Leute lassen ihre Wut an ihm aus.«

»Gelobt sei, was hart macht. Er muß lernen, sich seiner Haut zu wehren und zurückzuschlagen. Nur so wird ein Mann aus ihm. Was sind schon ein paar Hetzanrufe und Beklopptenbriefe? Hauptsache, du läßt die Kinder deine Feigheit nicht spüren. Das würde mir ganz und gar nicht passen.«

Sie hatte nie wieder davon angefangen und wäre, als die Mittsommernacht näherrückte, auch kaum dazu gekommen. Im Rückblick erkannte sie klar und deutlich, wie sehr sich Paul verändert hatte, obwohl sie es damals nicht wahrhaben wollte. Jetzt erst fiel ihr ein, wie er manchmal – wenn überhaupt – daheim am Wohnzimmertisch saß und mit nichtssagendem Gesicht ins Leere starrte, als wäre er in Gedanken ganz woanders.

Peter dagegen fiel es gleich auf. Er fragte ständig, wieso Daddy nie zu Hause sei, weshalb sie nicht mehr Fußball spielten oder zum Angeln gingen. Ein oder zweimal hatte er sich verstohlen erkundigt, ob sein Vater vielleicht krank wäre? Doch Patsy hatte ihm bedeutet, den Mund zu halten und keine dummen Fragen zu stellen.

Ihre eigenen Instinkte hatte sie unterdrückt, die Ängste verscheucht und sich selbst die Schuld an seinem Sinneswandel gegeben. Wenn sie nächtens wach wurde, schnappte sie nach Luft und löste sich aus schweren Träumen, in denen ein roter, greller Mond auf sie herabblickte und grausame Hände ihre Kinder ins Dunkel zerrten. Morgens früh war sie wie ausgebrannt und zu Tode erschöpft. Die Träume hingen ihr nach und ließen sich nicht abschütteln, und zum ersten Mal fragte sie sich, ob mit ihren Nerven etwas nicht in Ordnung war.

Einmal, als sie wieder atemlos und schweißgebadet hochschreckte, stand Judith neben ihr, mit tränenüberströmten Wangen. Sie zog ihre Tochter an sich und sah in den Spiegel der Nachtkommode, und Judiths Gesicht wirkte, im Nachbild ihres Traums, zerknittert wie Pergament und sie fürchtete, es könne zerreißen.

In der zweiten Juniwoche hatte sich die Zahl der Vagabunden fast verdoppelt. Aus allen Richtungen strömten sie ins Dorf, mit vollbeladenen Anhängern und Pferdekarren. Längst dehnte sich das Camp auf John Newcombes Rübenfeld aus. Der Eigentümer war inzwischen so verhaßt, daß er zu seinem Cousin nach Devon gezogen war, wo er die stattliche Pacht für seinen Acker sinnlos vertrank. In dem Waldstück, das zu seinem Grundstück gehörte, hatten die echten Zigeuner, fernab von den zerbeulten Wohnwagen und Blechhütten ihres esoterischen Gefolges, ein eigenes

Lager aufgestellt. Sie waren mehr denn je geworden, diese exotischen, dunkelhäutigen Fremden, die mit gutturalem Akzent sprachen und einhergingen, als gehöre ihnen die Welt. Ihr merkwürdig arrogantes Auftreten machte Patsy nervös. Wenn sie Judith zum Kindergarten brachte und auf dem Rückweg ein merkwürdiges Kribbeln verspürte, drehte sie sich um und sah gewöhnlich einen von ihnen, manchmal einen Mann auf einem Baumstumpf am Ende der Straße, der ihr mit schwarzen, blitzenden Augen hinterherblickte, als mustere er ein Stück Vieh auf dem Kälbermarkt. Einmal half sie Judith im Garten beim Malen, als sie dieses Kribbeln fühlte. Sie fuhr herum und sah gerade noch eine Bewegung irgendwo im Birkenwäldchen, das am anderen Ufer des Flüßchens lag. Sie ahnte, daß sie belauert wurden – sie und ihre Tochter. Erst wollte sie nichts davon wissen, hielt es für Verfolgungswahn, doch das Gefühl blieb und wurde stärker, je mehr es auf den Sommer zuging. Sie mußte zugeben, daß sie auf die Anwesenheit der Fremden gern verzichtet hätte.

Im Juni meldeten die Nachrichten eine wahre Hippie-Invasion. Wiederholt war es in Stonehenge zu Unruhen gekommen, als die Polizei versuchte, eine Bannmeile rund um die historische Stätte zu ziehen. Doch inzwischen kampierten im ganzen Land Esoteriker, Zigeuner und fahrendes Volk an anderen Steinkreisen und Megalithgräbern. Die Inselbevölkerung auf Lewis wandte sich an das Innenministerium, als die Vagabunden zu Tausenden ihre Zelte an den stehenden Steinen von Callanish aufschlugen. An der schottischen Westküste blockierte der Konvoi zerbeulter Kleinbusse und Wohnwagen vier Tage lang die Oban-Strecke, und es kam fast zum Bürgerkrieg mit Abschleppfirmen und Ortsbewohnern. Im ganzen Lande tauchten wie durch Zauberei ungewaschene, tätowierte Gestalten scharenweise an den alten Druidenplätzen auf. Zur Mittsommerwende kehrten die Fernsehteams auf die Äcker von John Newcombe zurück, wo die Vagabunden am längsten Tag des Jahres Freudenfeuer abbrannten und unter samtschwarzem Himmel sangen und tanzten. Die Kameraleute kamen nie näher als hundert Meter an den Steinkreis heran, wo eine Mauer aus Leibern den Blick auf den Deckstein versperrte. Es war drückend heiß in dieser Nacht, feucht und dumpf und voller Erwartung eines nahenden Gewitters. Wieder fing die Kamera das Bild der Kuttenträger ein, die von Feuern flankiert einherschritten. Die Menge teilte sich kaum, um sie hindurchzulassen; einzelne Gesichter waren in der bunten Menge nicht auszumachen. Ein Kameramann wollte der Prozession in den inneren Bezirk folgen, doch das Spalier schloß sich wieder, und die Gestalten waren verschwunden. Der Klang der Zimbeln und der monotone Herzschlag der keltischen Lambeg-Trommeln waren bis in Patsys Haus zu vernehmen. Sie lag in der Hitze auf dem Bett und trank geeiste Limonade, während sie die Szenerie auf dem kleinen tragbaren Fernsehgerät verfolgte. Zu sehen gab es nicht viel, doch die Spannung lag fühlbar in der Luft. Paul war irgendwo da draußen und würde kaum nach Hause kommen, bevor seine Arbeit für die Vagabunden getan war. Wie zuvor verstummte die Musik plötzlich, und in der Menge wurde es still. Auch durch das geöffnete Fenster hörte sie die Stimmen verklingen, was einen merkwürdigen Klangeffekt ergab. Eine einsame Stimme, die Stimme einer Frau, erhob sich klar und melodisch. Die Worte waren unverständlich. Das Lied dauerte ohne Pause fünf Minuten und mehr, und als es vorüber war, wurde die

Stille unangenehm und bedrückend. Selbst die Lagerfeuer schienen nicht mehr zu knistern. Dann antwortete eine Männerstimme, tief und kehlig und irgendwie vertraut, in rasch hervorgesprudelten Worten. Etwas wimmerte, wie ein Zicklein oder ein Lamm, obwohl es an menschliche Laute erinnerte. Die Frau kreischte auf. Das Wimmern erstarb und wieder grölte die Menge auf wie Donner. Der Bildschirm verfinsterte sich, bis die Fackeln wieder aufflammten. Ein kalter Schauer überlief Patsy, als ihr der gräßliche Alptraum des Frühlingsfestes wieder einfiel. Abrupt hob sie die Fernbedienung und schaltete den Fernseher ab. Von draußen wehten von Cupstone Lea Brandgeruch und Duft nach Räucherstäbchen herab, und in der lauen Brise der Nacht lag der Kupfergeschmack von Blut. Sie schloß das Fenster und legte sich ins Zwielicht. Was mochte es gewesen sein, das da inmitten des Steinrings gewimmert hatte? Irgendwann nach Mitternacht kam Donnergrollen, aber der Regen blieb aus. Nachdem sie sich ruhelos herumgewälzt hatte, fiel Patsy in den Frühstunden in einen unruhigen Schlaf und wurde von gräßlichen Visionen heimgesucht. Sie sah Paul, mit dem Gesicht voller Geschwüre, zwischen den Steinen herumtorkeln, der Judy hinter sich herzog. Auf seinem Rücken hockte ein schuppiges, warziges Untier wie ein mittelalterlicher Wasserspeier, mit orangeroten Augen und Krötenmaul, und sie erkannte das Monster aus ihrem früheren Alptraum wieder. Paul stolperte heraus, die Haut schälte sich vom Kiefer, darunter kamen graue Streifen toten Fleisches zum Vorschein, und als sie näher hinsah, sprang die Verwesung zu Judy über, faulige Beulen übersäten ihre kleinen Ärmchen, krochen zum mageren Gesicht hoch und ließen ihre Augen in ekelhaftem Grün schimmern. Patsy wachte voller Grauen auf und brachte das Zittern erst nach einer halben Stunde einigermaßen unter Kontrolle. In dieser Nacht tat sie kein Auge mehr zu. Gegen Morgen zeigten die Fernsehnachrichten einige der Szenen aus dem ganzen Land, wobei die Stonehenge-Krawalle im Mittelpunkt standen. Doch die Ereignisse in Cupstone Lea bildeten den Abschluß. Dabei wurden einige ältere Archivbilder gesendet, und wieder durfte sich Paul als Held dieses Völkchens bewähren. Eine andere Kamera, die näher bei dem Steinkreis postiert war, zeigte die sich nähernde Prozession, bis der Kameramann beiseite gedrängt wurde. Trotz ihrer Müdigkeit und der völligen Lähmung infolge des Alptraums wandte Patsy den Blick nicht ab, während sie an ihrem Kaffee nippte. Die weißgewandeten, vermummten Zigeuner schritten das Spalier der Zuschauer entlang wie geisterhafte Mönche. Einer von ihnen hob ein wenig den Kopf, sie traf für Sekunden seinen Blick und glaubte beinahe, Paul erkannt zu haben. Sie schüttelte den Kopf. Es mußte eine Sinnestäuschung sein.

Der Traum kam ihr in den Sinn, der gräßliche lepröse Ausdruck seiner *toten* Augen, das Stolpern zwischen den Steinen, und sie zuckte zusammen.

Das Gedränge der Leiber schloß die Kameras von der Zeremonie im Innern des Steinkreises aus, woran der Berichterstatter die Überlegung geknüpft hatte, ob hier wohl Tiere geopfert würden. Die Klatschpresse, der es an handfesten Fakten für ihre Artikel fehlte, prophezeite schon eine Rückkehr zu heidnischen Gebräuchen, zu Hexerei und Götzenanbetung. Patsy lauschte den Kommentaren und dachte an die dunklen Augen des Zigeunervolkes. Gut möglich, daß in den Tiefen der Wälder schwarze Messen gefeiert wurden. Sie war froh, daß die Mittsommernacht vorbei war. Jetzt würden sich die Gemüter wieder beruhigen. Und auch ihre Familie sollte wieder zusammenfinden.

Das hoffte sie zumindest. Doch der Gedanke war kaum gefaßt, als ihr innerlich fröstelte. *Jemand ist über mein künftiges Grab gelaufen*, das war eine Vorahnung, die sie zutiefst deprimierte.

Seit jenem Morgen waren die Landfahrer verschwunden – wie durch Schwarze Magie, als hätten sie den Steinring betreten, um in eine andere Welt abzutauchen. Sie verschwanden aus den Kultstätten der Megalithkultur überall in Großbritannien und hinterließen nichts als die qualmenden Überreste ihrer Lagerfeuer und Berge von Müll, rostige Konservendosen, Scherben von Bierflaschen.

Im Morgennebel am Cupstone Lea war ein einsamer Kameramann unterwegs, der in der Vertiefung des Zentralsteins eine Pfütze Blut filmte, schon vom Reif behaucht. Der bald einsetzende Regenschauer spülte sie fort, bevor sich feststellen ließ, ob es Tierblut war. Nach der Sonnwendfeier gab es keinen mehr, den man hätte fragen können. Die Vagabunden waren fort, mit Kind und Kegel, mit Mann und Frau und zerbeultem Wohnwagen.

Und Paul Thomson ging mit ihnen.

Er war im Morgengrauen wiedergekommen, mit grimmigem Gesicht und in staubigen, nach Rauch stinkenden Kleidern. Er trug Cordhosen mit Flecken an den Knien, und an seinem Hemd fehlten zwei Knöpfe. Die Kinder schliefen noch, und Patsy saß noch am Tisch, mit geröteten Augen, den Kopf in die Hände gestützt. Draußen ließ eine Amsel ihre schrille Kaskade von Flötentönen steigen, und in der Nachbarschaft begrüßte ein Hahnenschrei die Dämmerung.

»Wo bist du gewesen?« fragte sie verstört. Der Traum hing ihr noch nach, und das Frösteln der Vorahnung, *jemand über ist mein künftiges Grab gelaufen*, hatte sie aus der Fassung gebracht.

»Hatte zu tun«, knurrte Paul und würdigte sie keines Blickes. Er durchquerte den Flur Richtung Schlafzimmer, und sie folgte ihm. Im Zwielicht der zugezogenen Gardine spielte die Einbildungskraft ihr einen Streich. Der echte Paul schien mit dem aus der vergangenen Nacht zu verschmelzen; die Schatten auf seinen Wangen wirkten wie die runzlige, abgepellte Haut des Leprabefallenen ihres Alptraums.

»Weißt du, wie spät es ist?«

»Zeit zum Aufbruch«, versetzte Paul. »Die Kinder, sind sie noch im Bett?«

Sie nickte, angewidert von ihrer Vision. Schwerfällig nahm er auf dem Bett Platz, dessen Sprungfedern protestierend quietschten. Über dem erdigen Aroma verbrannter Holzscheite lag Schweißgeruch und ein Hauch zerriebener Kräuter.

»Ich hatte gehofft, du wärst früher gekommen«, begann sie zaghaft, aber nicht ohne einen vorwurfsvollen Beiklang. *Die ganze Nacht habe ich mich in Alpträumen gewälzt, allein, und hätte einen gebraucht, der mich tröstet.*

»Jede Menge Arbeit. Paar Leute getroffen.«

»Warst du bei den Lagerfeuern?«

Diesmal nickte er. »Großartig. Ganz andere Welt da draußen. Voller Leben.«

Paul zog sich das Hemd aus der Hose und über den Kopf. Er wandte ihr den Rücken zu, bückte sich, als er es abstreifte. Der Hemdsaum rutschte hoch und gab den Rükken frei. Patsy blieb der Mund offenstehen. Quer über die

Schultern zogen sich, in parallelen Linien, dicke rote Striemen auf der Haut.

Sie war noch immer schläfrig und erkannte nicht sofort, was das zu bedeuten hatte. »Was in aller Welt ist dir zugestoßen?« fragte sie arglos. »Bist du in eine Schlägerei geraten?«

Er wandte sich um. »Natürlich nicht. Wie kommst du nur auf solchen Blödsinn?«

Bevor sie etwas erwidern konnte, sah er ihren Gesichtsausdruck und fuhr sich mit der Hand unter Armbeuge und Nacken. Die Striemen waren tief eingekerbt, wie Furchen auf einem Acker.

»Muß von den Zweigen sein«, erklärte er hastig und mied ihren Blick. »War dunkel da draußen im Gehölz. Da gibt's Dorngestrüpp, Brombeersträucher und dergleichen.«

Allmählich ging ihr ein Licht auf. Mit halb angezogenem Morgenrock setzte sie sich auf die Bettkante. Paul stand vor dem Spiegel und reckte das Kinn, um sich von hinten zu begutachten. An seinem Hals prangten wie Tätowierungen zwei unmißverständliche schwarze Flecken.

Er kehrte zurück, sah ihr die Entgeisterung an und holte automatisch zum Angriff aus.

»Was hast du denn jetzt schon wieder?« herrschte er sie an.

»Du warst mit jemandem zusammen?« fragte sie leise, beinahe flüsternd.

»Ich habe hundert Leute getroffen. Tausende, um genau zu sein.«

»Ich meine eine andere Frau. Du bist bei einer anderen gewesen.«

»Und wenn schon?« gab er zurück, ohne zu widersprechen. »Was geht es dich an?«

Sie fuhr hoch, als hätte er sie geohrfeigt. Die Knutschflecken lagen dicht wie die leeren Augenhöhlen eines Totenschädels beieinander unterhalb seines Kiefers.

»Aber ich bin doch deine Frau!« Patsys Stimme zitterte. Ihr war plötzlich übel geworden. Sie spürte, wie ihr Magen sich zusammenzog, und sie schluckte hart. Der Gedanke, daß er mit einer anderen war, die ihn sich gekrallt hatte, um sich an ihm festzusaugen, noch dazu unter freiem Himmel, war so gräßlich und schauderhaft, als hätte man ihr mitgeteilt, daß sie Krebs im Endstadium habe oder eines der Kinder einen Hirntumor. Dieser Schlag, tief und heftig, traf sie mitten ins Herz. *Und mit mir hat er seit Monaten nicht mehr geschlafen!*

»Ach, wirklich?« Seine Frage war keine, nur eine kühle, angeekelte Feststellung.

»Ja, wirklich«, erwiderte sie. »Ich bin deine Frau, verdammt noch mal.« Die erste Wut schäumte hoch, nicht heftig, nicht ätzend, eher wie der erste Windstoß des sich anbahnenden Sturms.

»Und? Was habe ich davon?« schnaubte er und schob die Unterlippe vor. »Wann hättest du mich in meiner Arbeit unterstützt, hm? Als das ganze Dorf gegen mich war, bist du da vielleicht bei der Fahne geblieben? Und vorher schon, hast du auch nur im mindesten zu meiner Karriere beigetragen? Für was bist du eigentlich gut?«

»Was willst du damit sagen?«

»Daß du nicht den kleinsten Finger gerührt hast, um etwas aus dir zu machen. Alles, was du kannst, ist daheimbleiben, in der Küche wursteln und Betten machen, während ich die ganze Zeit unterwegs und dafür kämpfe, daß es bergauf geht mit uns!«

»Aber du wolltest doch, daß ich meinen Beruf aufgebe«,

protestierte sie. Wieder mal war es ihm gelungen, vom Thema abzulenken und sie in die Enge zu treiben.

»Welchen Beruf denn? Anthropologin? Das war doch bloß Spielkram. Besser, ich hätte dich von vornherein nicht geheiratet. Du warst mir immer nur ein Klotz am Bein.«

»Wie kannst du so über uns reden? Du hast mich geliebt. Wir haben Kinder bekommen. Wir haben dieses Haus ...«

»Dich – und geliebt?«

»Moment mal.« Patsy hob die Hand und unterbrach ihn. Etwas von vorhin war jetzt erst bei ihr angekommen. »Was meinst du damit, es sei ›Zeit zum Aufbruch‹?«

Er blickte auf, mit einem Mal verwundert, aber das legte sich schnell. Ihr war, als schrillten irgendwo in ihrem Innern die Alarmglocken.

»So wie ich's sage. Es wird Zeit, noch einmal von vorn zu beginnen!«

Mit nacktem Oberkörper, nur mit seiner Cordhose bekleidet, trat er vor den großen, verspiegelten Einbauschrank. Seine Rückenmuskeln bewegten sich und ließen die Striemen erbeben wie das Streifenfell eines Tigers. Rasch öffnete er die Schranktür und zog eine Sporttasche hervor, die er bis vor kurzem im Country Club benutzt hatte, wenn er mit seinen Kollegen Squash spielte. Wieder griff er hinein und nahm sich zwei leichte Baumwollhemden. Zuletzt hatte er sie im vorigen Sommer angehabt, als sie mit den Kindern picknicken waren.

»Von vorn – mit was?« hakte sie nach, doch sie bekam Angst.

»Was meinst denn du?« gab er trocken zurück. »Ein neues Leben anfangen. Ich haue ab!«

Patsy erstarrte, nur ihre Hände zitterten. Der Atem

stockte ihr, und alles schien sich zu drehen. Sie klappte den Mund auf und zu, und schließlich würgte sie hervor: »Du haust ab?«

»Genau.«

»Aber das geht doch nicht! Was soll aus mir werden? Was wird aus Peter und Judith?«

»Keine Sorge. Ich paß schon auf, daß sie nicht verhungern.«

Fast fürchtete sie, durchzudrehen. Alle möglichen Gedanken schwirrten ihr zusammenhanglos durchs Hirn. Sie wollte Haltung bewahren, sich konzentrieren.

»Ist es diese Frau?« stieß sie hervor. »Gehst du ihretwegen fort?«

Er richtete sich kerzengerade auf und sah ihr in die Augen, kratzte sich am Kinn, als müsse er noch überlegen.

»Ich verschwinde, weil da draußen mehr los ist.« Seine Hände fingerten unbewußt an den Knutschflecken, sein Blick verschwamm gerade kurz genug, daß sie spürte, wie er sich erinnerte.

»Wer ist sie?«

»Geht dich einen feuchten Kehricht an.«

»Wie kannst du es wagen«, heulte sie jetzt auf. »Das geht mich sehr viel an. Ich bin deine Frau, du stinkender, dreckiger *Bastard*!«

»Sei wenigstens leise«, zischte er. »Die Kinder werden wach.«

»Ach ja, dir wär's wohl lieber, sie wachen erst später auf, wenn du längst mit deinem Backfisch über alle Berge bist, was?«

In drei Schritten war er bei ihr, und seine Augen blitzten. »Hast du vielleicht Nerven! Sie ist mehr Frau, als du je gewesen bist. Mehr als du sein könntest.« Die Worte gingen ihr durch Mark und Bein, doch anstatt sie einzuschüchtern, provozierten sie das Gegenteil.

»Und sie wird dir auch Kinder gebären, ja?« Die Wut schäumte jetzt stärker, überschwemmte ihre kleinen Barrieren und Dämme, die er in all den Jahren aufgebaut hatte. Sie versuchte, sich die Frau vorzustellen. Seit März hatte er kaum noch von seiner Arbeit erzählt, eigentlich kaum noch geredet. Von seinem Tun und Lassen erfuhr sie nur noch aus dem Fernsehnachrichten.

Fernsehen. Plötzlich flammte das Bild wieder vor ihr auf. Es war irgendwann im Frühjahr gewesen, als er noch am Vorabend über die Zugereisten schimpfte, zu deren Verteidiger er sich wenig später aufschwingen sollte. Er war noch ausgegangen und lange weggeblieben, und als er wiederkam, haftete ihm derselbe Lagerfeuergeruch an wie jetzt. Sie erinnerte sich, wie auf dem Bildschirm die Zigeuner erschienen waren, schmuddelige Kinder, trotzig dreinschauende Frauen. Es war die Nacht, als sie Paul zum erstenmal im Fernsehen reden hörte, wie er nüchtern an die Bürgerrechte erinnerte, die auch jene Menschen genießen, die durch die Maschen aller sozialen Netze fallen. Die Kamera war weitergewandert und hatte die schwarze Lockenpracht und die hohen Wangenknochen einer Frau eingefangen, die ohne Scheu in die Linse starrte. Das Flackerlicht des Lagerfeuers glänzte in ihren Augen und ließ sie wie ein Raubtier erscheinen. In diesem Moment der Erinnerung traf Patsy instinktiv die Erkenntnis.

Er hatte seit fast vier Monaten mit ihr geschlafen.

»Sie war im Fernsehen. Ich kenne sie.« Sie mußte sich zwingen, ruhig zu bleiben. Noch immer hörte sie den hohen, klaren Gesang, und wieder verspürte sie die Gewißheit einer unbewußten Wahrnehmung, daß sie es was.

Er hob die Brauen, stand noch immer neben ihr.

»Die Dunkelhaarige. Dieses Straßenmädchen.«

»Sie ist kein Straßenmädchen.«

»Sie ist eine billige, dreckige Nutte, wenn du's genau wissen willst.«

Er beugte sich über sie, holte ziellos mit der flachen Hand aus. In seiner Ellbeuge sah sie eine rote, gezackte Abschürfung, eine eingekratzte Schlangenlinie, noch frisch, doch schon im Begriff, abzuheilen. Ein kleiner Blutstropfen löste sich, als darunter der Muskel zuckte.

»Und du hast dich mit ihr im Schlamm gewälzt wie ein Tier.« Wieder befiel sie der Ekel. »Wie zwei dreckige Schweine.«

Seine Hand sauste herab, doch statt auszuweichen, packte sie ihn am Handgelenk. Der Schlag ließ ihre Wange brennen, doch die Verzweiflung lieh ihr ungeahnte Kräfte. Seine Augen weiteten sich überrascht. Es war das erste Mal, daß sie sich gegen ihn verteidigte. Der Sturm ihres Wutausbruchs fegte die letzten Barrieren beiseite.

»Wage nicht, mich je wieder anzurühren«, fauchte sie, stand auf und trat bedrohlich näher. In seiner Überraschung wich er ein, zwei Schritte zurück.

»Ich denke nicht daran, dich mit einer Zigeunerhure abzwitschern zu lassen. Nicht, solange diese beiden Kinder einen Vater brauchen.« Sie schob seinen Arm beiseite und bückte sich über die Sporttasche, stopfte sie in den Wandschrank zurück und schlug die Tür zu.

»Und, was soll das werden?« fragte er.

»Du wirst gefälligst hierbleiben!« Heiße Tränen kullerten ihr jetzt über die Wangen. »Du kannst ihnen das nicht antun.«

»Es ist zu spät. Und es wird ihnen gutgehen.«

»Und was ist mir mir?«

»Was soll's schon sein?«

»Ich bin deine Frau. Merkst du denn nichts? Ich weiß nicht, was sie mit dir angestellt hat, aber irgendwie hat sie dir den Verstand geraubt. Sie ist eine ungewaschene Hippie-Streunerin, und sonst nichts!«

»Ist sie nicht«, widersprach Paul leise und eindringlich. »Sie ist frei, ein vollkommen freier Geist. Sie hat mich so viel gelehrt, und es gibt noch vieles, was ich lernen will. Sie hat mir beigebracht, daß es mehr im Leben gibt als das hier, als den Anwaltsjob in einer mittleren Kleinstadt. Sie erreicht alles, was sie will, und ich kann's ebenso.«

»Es geht also nur um den Sex, wie?«

Er lachte ein trockenes, überlegenes Lachen.

»Nein. Es geht keineswegs nur um Sex. Da ist viel mehr im Spiel. Aber wenn du schon davon sprichst, sie hat mir ein paar Dinge gezeigt, von denen ich nichts ahnte.«

Patsy durchfuhr es wie ein stechender Schmerz, und sie hielt sich unwillkürlich die Ohren zu. »Ich will es nicht hören«, kreischte sie.

»Du hast mich danach gefragt, und ich gebe dir nur Antwort«, gab er mit gespielter Empörung zurück.

»Ich wollte nicht wissen, wie es war, mit diesem Flittchen zu *vögeln*!« brüllte sie, bevor sie auf dem Absatz kehrt machte und das Schlafzimmer verließ. Am Ende des Flurs ging die Tür zu Peters Zimmer auf, und der Junge steckte den Kopf durch den Spalt.

»Was nicht in Ordnung, Mum?« fragte er verwundert.

»Marsch zurück ins Bett«, herrschte sie ihn an. Der Junge verzog das Gesicht, fuhr sich durch das Wuschelhaar. »Und zwar sofort!« Er zog den Kopf ein und knallte die Tür hinter sich zu.

In der Küche werkelte sie wie ein Automat, füllte den Wasserkessel, setzte ihn auf. Die Hände zitterten noch, eine Tasse entglitt ihr, fiel über die Tischkante und ging in Scherben. Das zweite Teil vom Service war dahin. Sie bückte sich, um die Scherben zu beseitigen, fragte sich zugleich, was sie eigentlich damit bezweckte. Ihr ganzes Leben lag zerschellte am Boden, und ihr fiel nichts Besseres ein, als Porzellansplitter aufzusammeln. Paul blieb nicht lange im Schlafzimmer. Er kam in die Küche, jetzt vollständig bekleidet mit seinem Jersey-Pulli, ihrem Geburtstagsgeschenk, und einer nagelneuen Jeans. Die Sporttasche war ausgebeult. Gesicht und Hände hatte er sich gewaschen, doch der Rauchgeruch verriet ihr, daß er sich nicht mal die Zeit für eine Dusche nahm.

»Hör zu, Paul«, flehte sie. »Bitte.« Sie schluckte den Zorn, die Kränkung hinunter, zwang sich zur Schande eine offenen Kapitulation. »Tu uns das nicht an.«

»Ich muß.« Polternd setzte er die Tasche auf dem Küchentisch ab. »Jetzt gibt es kein Zurück mehr.«

»Aber wieso?« jammerte sie.

»Weil es nichts mehr gibt, was mich aufhält.«

»Hat *sie* dir das weisgemacht?« Wieder mußte sie dieses Wort denken, in Großbuchstaben: SIE.

Er nickte fast mitleidsvoll. Im Grunde herablassend.

»Wollen wir es nicht noch mal versuchen? Die Kinder brauchen dich. Ich brauche dich. Bitte laß uns jetzt nicht im Stich.« Sie umklammerte seinen Ellbogen, doch er blieb steif und abweisend, als fiele sie ihm nur lästig. »Merkst du denn nicht, daß ich dich liebe?«

Jetzt starrte er ihr direkt ins Gesicht. »Du weißt doch gar nicht, was du daherredest«, knurrte er, wandte sich ab, verließ das Haus und war fort.

Langsam ließ sie sich auf die Holzbank am Frühstückstisch sinken, hemmungslos weinend, die eine Hand noch immer ausgestreckt zum vergeblichen Appell. So saß sie noch immer, als Judith barfuß in die Küche tapste und ihr auf den Schoß kletterte. Das Kind blickte zu ihr auf und sah die Tränen ihrer Mutter, und plötzlich schluchzte sie, aus verständnislosem, unschuldigem Mitleid, gleichfalls los.

6

Sie trat das Gaspedal durch und schüttelte die Erinnerungen ab, um sich auf das Hier und Jetzt zu konzentrieren.

Bei Peter war die Aufregung wegen des riesigen Vogels, der den Wagen gestreift hatte, einigermaßen verflogen. Sie verspürte dennoch seine Nervosität, auch wenn er im Rückspiegel nur als schmale Silhouette im düsteren Heck des Wagens zu erkennen war. Hätte sie wenigstens ein paar Süßigkeiten dabeigehabt oder eine Thermoskanne Suppe. Doch während sie der Begegnung in dem alten Haus entgegenfieberte, hatte sie keine weiteren Vorbereitungen treffen können.

Die Verkehrsleitkegel blinkten noch immer regelmäßig auf und zwangen sie, die innerste Spur zu nehmen. Vor ihr, noch außer Sichtweite, zeichnete sich im Nieselregen eine unförmige graue Masse ab. Sie beugte sich vor, zum zehnten oder fünfzehnten Mal, seit sie auf dieser Straße war, wischte die Windschutzscheibe mit dem Ärmel trocken und spähte hinaus. Es war ein Autobahnschild.

Ganz allmählich rückte das große grüne Viereck näher, und die weißen Buchstaben warfen das Licht zurück: *AB-ZWEIG 13.*

Sie seufzte tief auf. Endlich eine Chance, diese einspurige Straße und die ganze gespenstische und furchteinflößende Gegend hinter sich zu lassen. Doch einen Kilometer weiter verengten sich die Kegel wieder, und ihr blieb keine Wahl, denn die Straße voraus war durch Polder abgesperrt, und sie mußte auf den Seitenstreifen. Über ihr schwankten große Behelfslampen im Wind und beleuchteten die Abzweigung. Sie legte eine kurze Steigung zurück und setzte sich auf, um über den Zaun zu spähen. In der Ferne sah sie die – jetzt abgesperrte – Hauptstrecke, der sie sich genähert hatte, erkannte Warnlichter und öligen Qualm, der die Nachtluft erfüllte. Patsy erschauerte und mußte an den Fremden denken. *Blechchaos, alles voller Blut* ... Sie glaubte schon die Schreie der Menschen zu hören, die in ihrem Wagen gefangen saßen, während bereits die Flammen nach ihnen leckten, der Lack abschmolz und auf die Straße tröpfelte, wo Benzin und Öl in Strömen flossen ... Die tiefhängende Wolke über dem Unfallort schien von den Flammen rosa beleuchtet. Patsy wandte sich ab und folgte der Spur, bis ihre Strecke sich in einer langgestreckten Einfahrt mit einer anderen Hauptstraße vereinte. Sie nahm Gas weg, suchte nach einer Haltemöglichkeit, aber es gab keinen Seitenstreifen und kein Anzeichen sonstigen Verkehrs. Sie fuhr in die neue Straße, die nun breiter war als die erste. Vor ihr reflektierten die Lichter von den Katzenaugen; hinter sich hörte sie Judith stöhnen und krächzend aufhusten. Patsy versuchte, nicht daran zu denken, und setzte ihren Weg fort.

Ein, zwei Kilometer weiter kam eine weitere Anhöhe,

diesmal machte die Straße einen Bogen nach rechts. Der Wagen nahm die Steigung, sie mußte aber herunterschalten, um nicht zu verlangsamen. Vom Scheitelpunkt sah sie in der Ferne andere Straßen zusammenlaufen, ein kompliziertes Geflecht aus Nebenstrecken und Kreisverkehr. Sie seufzte abermals.

»Gott sei Dank«, flüsterte Patsy. Eine echter Knotenpunkt bedeutete, daß sie nicht weit von einer Stadt war. Sie mochte noch weit entfernt liegen, aber wenn sie schon jetzt ihre Lichter ausmachen konnte, höchstens noch etwa eine Stunde. Wieder trat sie aufs Gas und fuhr weitere drei, vier Kilometer geradeaus, immer wachsam nach Schildern Ausschau haltend, alle paar Minuten den Rückspiegel kontrollierend. Allen Ängsten zum Trotz ließen sich keine Verfolger blicken, aber sie blieb auf der Hut. Das Gefühl der Bedrohung strich ihr mit eiskalten Fingern am Rückgrat entlang.

Fünf Kilometer weiter sah sie die Notrufsäule und hätte sie gewiß verpaßt, wenn sie auch nur sekundenlang in den Rückspiegel geschaut hätte. Auf diese Weise brauchte sie rund hundert Meter, um zum Stehen zu kommen.

»Was is' denn?« meldete sich Peter schlaftrunken vom Rücksitz.

»Ein Telefon«, erklärte Patsy. »Jetzt können wir herausfinden, wo wir sind.«

Sie spürte, wie eine heiße Woge der Erleichterung sie durchströmte, als sie sich umdrehte und den Wagen über den groben Asphalt nach hinten setzte. Peter musterte sie und wandte sich ab. Judith kuschelte sich an ihn, ihr Gesicht war ein blasses Oval im Finstern. Patsy wußte nicht, ob ihre Augen offen waren oder geschlossen.

Die Reifen knirschten auf dem Schotter, als sie schließlich kurz vor dem Telefon bremste. Es war an einer einzelnen orangefarbenen Säule angebracht, in ein, zwei Metern Abstand vom Straßenrand.

»Bleib hier sitzen«, bat sie Peter und öffnete den Gurt. »Ich komme gleich wieder.«

»Muß mal aufs Klo«, jammerte er.

»Nachher, Liebling.«

»Nein. Ich muß *wirklich.*«

»Kann das nicht warten?«

Er schüttelte den Kopf in stummem Vorwurf, und Patsy mußte trotz allem beinahe lachen. »Einverstanden. Steig ruhig aus, aber bleib in der Nähe!«

Sie hörte das Klicken seines Sicherheitsgurts. Judith seufzte überrascht auf.

»Bleib ruhig liegen, Judy«, tröstete Peter sie.

»Wohin gehst du?« Ihre Stimme war schwach und quäkig, und es klang, als wäre sie krank. Die letzten paar Stunden waren ein traumatisches Erlebnis gewesen. Mehr Sorgen machten Patsy die Monate, die davor lagen. Judith hatte fast hysterisch reagiert, als ihre Mutter sie durch das Tor zerrte, und seitdem kam sie ihr merkwürdig fremd vor. Wieder spürte sie die Wut hochkochen.

»Muß nur mal pinkeln«, bedeutete Peter. »Gleich wieder da.«

»Und bleib ja angeschnallt«, befahl Patsy. Sie kletterte nach draußen und richtete sich auf. Die Tür ließ sie zufallen. Sie reckte und streckte sich, schüttelte die steifen Schultern. Der Regen war zu einem feinen Sprühnebel geworden, aber in der Luft hing fettig und schwer der Geruch verbrannten Öls mit einer Beimischung von etwas Saurem, Abgestandenen. Sie fuhr sich durchs Haar, ordnete sich den Scheitel und fühlte, wie die Anspannung ein wenig nachließ. Auf der anderen Seite wurde die Tür aufgeklappt, und Peter stieg aus.

»Beeil dich, und bleib beim Wagen«, mahnte sie. Jenseits des Seitenstreifens lagen Schatten wie tintenschwarze Teiche. »Wehe, du verläßt die Straße!«

Peter nickte. Selbst in dieser Finsternis sah sie ihm an, daß er es nötig hatte, und ihr Lächeln überwand die Angst.

»Mach möglichst schnell«, drängte sie. Er nickte wieder, und sie verließ den Wagen.

Patsy lief über den Seitenstreifen und blieb dicht bei der weißen Linie. Am Straßenrand sah sie die schwarzen Überreste geplatzter LKW-Reifen, gezwirbelt und aufgerollt wie Stücke glänzender, verschrumpelter Krokodilshaut. Knapp neben der Randbegrenzung war ein kleines Tier plattgefahren und auf dem rauhen Asphalt zerquetscht worden. Seine Eingeweide lagen quer über die Straße verstreut. Als sie vorüberkam, spürte sie den Gestank der Verwesung und scheuchte eine Wolke von Fliegen auf, die sich gleich wieder auf dem Aas niederließen. Patsy verdrängte die Erinnerung an die Fliegen von damals.

An der Notrufsäule blätterte die Farbe ab; bräunliche Rostflecken schimmerten durch.

»Lieber Gott, hoffentlich funktioniert sie noch«, betete sie. Auf dem kurzen Weg stellte sie sich vor, wie es wäre, wenn sie die Klappe öffnete und drinnen nur ein Gewirr abgeschnittener Drähte fände. Sie umklammerte den Griff. Etwas Weiches, Pelziges streifte ihren Handrücken, aber sie ignorierte es und zog am Griff. Metallisch kreischend protestierte die Klappe, die sich einen Zentimeter öffnete. Rostrote Lackflocken bröselten von der Angel. Sie zog wieder, und ächzend gab das Metall einen breiteren Spalt frei. Jetzt nahm Patsy den Griff in beide Hände und holte ächzend aus. Wieder kreischten die Angeln, und plötzlich flog die Klappe weit auf, wobei sie beinahe die Balance verloren hätte und gestürzt wäre.

Sie faßte ins Innere, fühlte wieder das weiche Zeug, tastete nach dem runden Plastik des Hörers, und plötzlich krabbelte etwas Horniges flink über ihre Finger.

Der Schock traf sie unvorbereitet, und ihr erstickter Aufschrei klang genau wie das Quietschen der rostigen Angeln. Sie zuckte zurück, riß die Hand aus dem Kasten. Ihre Kehle war wie zugeschnürt, und das Herz klopfte ihr wie verrückt. Patsy faßte sich nach dem Brustbein, beugte sich vor, um nach Luft zu schnappen, als sie ein schabendes Geräusch im Kasten vernahm. Sie wich einen Schritt zurück, mit geweiteten Augen und Gänsehaut. Das Geräusch wiederholte sich, ein trockenes Rasseln, verstärkt durch den Schalltrichter der Säule.

»Alles in Ordnung, Mami?« hörte sie Peter vom Wagen rufen. Sie wollte ihm antworten, aber ihre Stimme versagte.

»Mami?« rief Peter erneut.

»Alles klar«, krächzte sie mühsam. »Mir geht's gut. Steig schon mal ein!«

»Noch nicht fertig«, maulte er.

»Dann beeil dich. Ich bin gleich wieder da.« Sie straffte sich, holte tief Luft und wandte sich dem Telefonkasten zu. Das Geräusch war noch da, aber sie war weit genug weg. Was immer da drin war, konnte sie nicht anspringen.

»Verdammte Törin«, schalt sie sich selbst. »Bestimmt nur eine Maus.«

Ein rasches, nervöses Grinsen umspielte ihre Mundwinkel. Mag sein, daß es eine Maus war, die sich jetzt furchtsam in ihr Nest duckte, voller Angst vor der monströsen

Hand, die jetzt in ihr Allerheiligstes eindrang. Patsy hatte fast den Hörer erreicht, als sie innehielt. Vielleicht *war* es eine Maus. Aber es konnte auch ein Wiesel oder Frettchen sein. Obwohl sie seit Jahren kein Tier von ihrer Art mehr gesehen hatte, wußte sie, daß beide fest zubeißen konnten. Sie wandte sich ab und suchte dem Straßenrand nach etwas ab, mit dem sie im Innern stochern konnte. Ein paar geplatzte Reifenstücke lagen auf dem rötlichen Asphalt, aber sie waren nicht lang genug. Dort, wo das Weidengehölz am Abhang begann, fand sie einen abgebrochenen Ast und kehrte zur Rufsäule zurück. Umstandslos schob sie den Stock in die Öffnung. Sie spürte, wie etwas nachgab, und hörte ein feines Reißen. Sie zog den Stock behutsam zurück und hoffte, das Mäusenest nicht zerstört zu haben. Schon glaubte sie, einen Wurf nackter rosa Mäusejungen auf die Straße purzeln zu sehen. Doch dann war das andere Ende des Stocks heraus, an dem etwas Weißes flatterte.

Sie beugte sich vor, um es zu berühren, als wieder das Schabegeräusch im Loch ertönte. Plötzlich ging alles ganz schnell, und sie konnte kaum mit den Augen folgen, als ein schwarzes Ungetüm hinter der Klappe hervorschoß und sich an den Stock klammerte.

Patsy blinzelte überrascht, wandte den Kopf, und ihr Mund bildete einen kleinen Kreis. Den Arm hatte sie noch immer ausgestreckt, um das klebrige Ganze zu fassen. Einen kurzen Moment lang glaubte sie, eine Feldmaus sei in ihrer Panik herausgesprungen. Dann erfaßte ihr Hirn, was das Auge längst gesehen hatte. Das Wesen durchquerte einen weißlichen Schleier und krabbelte dann blitzschnell über den krummen, knotigen Ast.

Spinne.

Zwei haarige Beine hoben sich und sondierten in der Luft, als fühlten sie nach der Windrichtung. Patsy hörte sich selbst keuchen, aber sie fühlte sich am ganzen Leibe wie gelähmt. Aus ihren Augenwinkeln sah sie, daß ihre Hand nur Millimeter von der aufgeblähten Kreatur entfernt war, die sich selbst am Stock entlanghangelte. Sie spürte ihr Gewicht und das Nachzittern ihrer Bewegungen in der anderen Hand, die den Stock hielt. Der große aufgeblähte Unterleib kratzte gegen die Rinde und schwang sich dann nach oben, in ihren Gesichtskreis. Ein Spinnwebschleier zerriß und ließ einen schwarzen, naßglänzenden und wie zum Platzen geschwollenen Leib erkennen. Die sich hin und her bewegenden Vorderbeine senkten sich auf den Stock und sie höre das sanfte Knirschen, mit dem sie aufsetzten. In ihrer Panik angesichts dessen, was da aus dem Telefonkasten gekrochen kam, war Patsy zur Salzsäule erstarrt.

Das Ding schnellte nach vorn, die Beine arbeiteten sich rasch vorwärts, dann hielt es wenige Zentimeter weiter inne. Zwei orangefarbene Augen, vollkommen rund und ausdruckslos, starrten sie an. Hinter ihnen sah sie das Funkeln kleinerer Augen oberhalb des warzigen Spinnenkopfs. Es richtete sich ein wenig auf, wie um die Beute zu wittern, dann sackte es wieder zusammen und schien den nächsten Schritt zu überlegen. Unterhalb der Augen stachen zwei barocke Widerhaken hervor, die sanft ans Holz klopften.

Beißzähne. Herr im Himmel, es ist eine Giftspinne.

Patsys Lähmung verflog, und sie riß die Hand so rasch zurück, daß sie fast taumelte. Kaum hatte sie sich bewegt, als sich die Spinne ohne Vorwarnung in Bewegung setzte. Patsy knurrte vor Abscheu und wandte das Gesicht ab, doch den Knotenstock hielt sie noch immer umklammert.

Ihre abrupte Bewegung ließ das Tier zur Seite hüpfen und sich abwärts hangeln. Patsy schwang den Stock, wie um sich zu verteidigen, und die Spinne glitt weiter. Das Kratzen der Beinchen an der Borke ließ sie zusammenzucken. Jetzt sprang es ab, eine weiße Schleppe klebriger Seide hinter sich herziehend.

Patsy schauderte, konnte aber den Blick nicht von dem formlosen Wesen lösen, das sich freischwebend langsam abseilte. Höchstens einen Meter vom Pfosten des Telefons entfernt, schwang es merkwürdig leicht hin und her; die Wabenaugen schienen von innen her mit orangefarbenem Licht erfüllt. Patsy holte tief Luft, am ganzen Leib zitternd, als der Wind den Faden erfaßte und zu ihr trieb. Noch immer war sie wie hypnotisiert und merkte erst nicht die Berührung des weichen Flaums, bis ihr in jäher Entzündung die Hand juckte. Da waren Handrücken und Fingerknöchel bereits von Spinnfäden umwickelt, und gleichzeitig sah sie die Spinne selbst, die sich fallenließ, knapp über dem Boden hängenblieb und wieder aufwärts kletterte. Irritiert vom Brennen auf der Haut und dem klebrigen Netz an der Hand merkte sie erst nicht, was los war. Dann dämmerte es ihr.

Das Ding klettert an seinem eigenen Faden empor. Das Begreifen kam zugleich als eine Welle des Ekels und namenlosen Grauens. Es arbeitete sich unaufhaltsam am seidenen Kletterseil empor; sie fühlte das Zurren und Ruckeln daran auf der Haut. Das Brennen verging so plötzlich, wie es gekommen war, doch die Bewegungen des Tiers waren für Patsy schlimmer als jeder Schmerz. Mit unglaublichem Tempo näherte sich das Tier und schien gleichzeitig den Faden zu vertilgen. In einem Nu war der halbe Weg zurückgelegt. Für den Rest brauchte es nur eine, vielleicht zwei Sekunden, dann würden es seine Skelettbeinchen auf ihrer Hand abstützen und die krummen Fänge in ihr Fleisch senken. Die Einbildungskraft gaukelte Patsy schon das beutehungrige Glitzern in seinen Augen, die von den Beißzähnen triefenden Gifttropfen vor. Unbewußt packte sie den Stock mit beiden Händen und holte wie mit einem Baseballschläger aus. Der Stock pfiff durch die Luft und verfehlte sein Ziel nur um Millimeter, nur der Luftzug ließ die Spinne für Augenblicke schwanken.

O nein. Bitte nein. Innerlich hörte sie ihre eigene Stimme wimmern.

Dann verfing sich der Stock im Spinngewebe und zog die Spinne mit, die zweimal herumgeschleudert wurde, wobei sich der Faden, der ihrer Drüse entquoll, spiralförmig um das Holz wickelte.

Patsy wartete nicht auf das sanfte *Plopp*, aus dem sie erfahren konnte, daß es wieder von vorn los ging, daß die Spinne mit ihrem grotesk riesenhaften Körper wieder am Ende des Asts landete. Sie holte noch einmal aus, diesmal mit aller Macht. Der Rückstoß ließ die Spinne taumeln, zog ihr weitere endlose Stränge aus dem Leib. Wieder drehte sie sich, wollte sich festhalten, aber Patsy war jetzt schneller. Sie schwang den Stock aufwärts, sah zu, wie das Spinnenmonster fast einen Meter hoch an seinem Seidenfallschirm schwebte, dann schlug sie zu. Ein Schnappen erklang, es erinnerte sie an das Zerbrechen eines Kugelschreibers, und ein dunkler Körperteil, vielleicht ein abgetrenntes Bein, flog zu Boden. Die Spinne wirbelte durch das zerstörte Gewebe empor und landete jenseits der Notrufsäule wie ein platzendes Ei auf dem Seitenstreifen. Sie überwand den Brechreiz und rannte hinterher, während sich das Tier herumwälzte, im Kreis lief und dann ohne Zögern erneut zum Angriff überging. Patsy glaubte das Kratzen der Beinchen im Schotter zu hören. Ihr Herz tat einen Sprung. Fast hätte sie den Stock weggeworfen und die Flucht ergriffen, aber die Wut drängte alle Furcht beiseite. Sie hieb verzweifelt auf das Monster ein, schleuderte es zur Seite. Jetzt lag es auf dem Rücken, sie hob den Ast, zögerte noch einen Moment, ließ ihn dann aus der Höhe herabdonnern. Was von dem Tier übrig war, rollte an den Straßenrand, noch immer glommen die Augen, und zwei Vorderbeine kraulten hilflos in der Luft. Der dicke Unterleibssack war mittendurch gerissen, bis hin zum Brustkorb, wo sich die übrigen Beine – *viel zu viele für eine Spinne*, dachte sie flüchtig – zusammenkrampften. Wieder hob sie den Stock und stieß zu. Das Ende traf mit voller Wucht und einem knirschenden, spritzenden Geräusch. Aus dem geborstenen Leib quoll der Schleim über die Straße. Die Glieder lösten sich, spannten sich noch einmal an, dann erstarrten sie. Das orangefarbene Licht des einen Auges, das sie sehen konnte, verblaßte langsam und erlosch. Ein fauliger, ätzender Geruch wallte auf und stach ihr in die Nase.

Vollkommen erschöpft torkelte Patsy zurück, bis sie am Pfosten der Notrufsäule Halt fand. Der Kasten war noch immer weit offen, drinnen erkannte sie unter einem grauen, staubigen Gewebe die Umrisse des Hörers. Jetzt bewegte sich nichts mehr. Patsy hielt noch einmal Ausschau, ob die Spinne tatsächlich zerschmettert war. Sie lag noch immer da, die Beine zu einer verdrehten Skelettfaust gekrümmt. Wieder benutzte sie ihren Stock, um das Spinnennetz zu entfernen. Es zerfiel wie altes Gewebe, und sie hörte nicht auf, bis nur noch der Hörer im Kasten zu sehen war.

Wählen nicht nötig, lautete die verblaßte Inschrift im

Innern des Kastens, *Notdienst meldet sich beim Abnehmen.*

Entschlossen griff Patsy nach dem Hörer und hielt ihn ans Ohr, nachdem sie die Ecken des Kastens sorgfältig nach weiteren verborgenen Spinnen abgesucht hatte. Wieder schauderte sie, als sie lauschte. Ein kurzes Brummen erklang und verstummte, dann hörte sie eine disharmonische Melodienfolge wie das Spiel auf einem nackten Xylophon. Die Melodie verstummte und wich einer endlos scheinenden Stille. Patsy biß sich vor Verzweiflung auf die Lippen. Sie stützte den Ellbogen auf die Säule und strich sich das Haar aus der Stirn. Es war feucht vor Nebel. Vor ihr, in zehn, fünfzehn Metern Entfernung, sah sie die Rücklichter ihres Wagens im Nebel verschwimmen. Das Geräusch des Türöffnens hatte sie nicht vernommen, und sie fragte sich jetzt, ob Peter wirklich drinnen saß. Sie wollte am liebsten einhängen und nach ihm rufen, als es mit einem Mal im Hörer schmerzhaft klickte.

»Sie werden mit dem Autobahn-Notdienst verbunden. Bitte bleiben Sie am Apparat. und Ihr Anruf wird so bald wie möglich weitergeleitet.«

»Hallo?« rief Patsy aufgeregt. »Können sie mich hören?«

»Sie werden mit dem Autobahn-Notdienst ...«, wiederholte die Stimme, und Patsy merkte, daß es nur eine automatische Banddurchsage war. Jetzt war sie drauf und dran, den Hörer auf die Gabel zu werfen, aber sie riß sich zusammen.

»Hat doch schon Stunden gebraucht, dieses eine zu finden«, schimpfte sie laut. »Macht schon.« Sie konnte nur hoffen, ihr die Warteschleife keine heiteren Melodien spielen würde; wenn doch, würde sie vermutlich losbrüllen und nicht wieder aufhören. Noch immer sah sie die Spinne auf dem Asphalt in ihre Richtung krabbeln, und ihr drehte sich unwillkürlich der Magen um. Ungeduldig trommelte mit den Fingern auf dem Metallkasten, wippte mit dem Fuß. Allmählich fing die Warterei an, ihr auf die Nerven zu gehen.

»Na *los!*« murmelte sie zwischen zusammengepreßten Zähnen.

»Hallo?« meldete sich ein Mann am anderen Ende, so unerwartet, daß ihr beinahe der Hörer entglitt. »Autobahn-Notdienst-Service«, fuhr er fort, jedes Wort betonend. »Kann ich Ihnen behilflich sein?«

»O ja, danke«, hörte Patsy sich stammeln. »Ich bin – will sagen, äh, wir sind ...«

»Ja bitte, Madam?« unterbrach die Stimme. Ihr Echo klang, als stünde der Mann in einer großen Halle. Er wirkte jung und sachlich. »Wir sind zu Ihrem Schutz da, nur die Ruhe. Bitte nehmen Sie sich Zeit.«

Patsy nickte. Die Spannung wich einem überwältigenden Gefühl der Erleichterung. Sie holte tief Luft. »Ja. Ich fürchte, wir haben uns verfahren. Und ich brauche dringend Hilfe!«

»Da sind Sie nicht die einzige in solch stürmischer Nacht«, begütigte der Mann. »Aber dafür sind wir schließlich zuständig. Also, Madam – Sie müssen mir nur die Kontaktnummer durchgeben und wir finden gleich heraus, wo Sie stecken.«

»Kontaktnummer?« fragte Patsy verwirrt. Übertrug die Notrufsäule nicht ein Signal, das von der Zentrale aus zu orten war? Irgendwo hatte sie das doch gelesen.

»Genau, Madam. Auf der Innenseite der Klappe. Natürlich auch außen.« Leise, fast ironisch schnalzte er mit der

Zunge. Patsy zuckte mit der Schulter. Sie zog die Klappe weit auf und rieb mit dem Ärmel den Schmutz ab, der auf dem Metall klebte. Nach einer Weile kamen zwei Ziffern in leuchtendem Orange zum Vorschein.

»Ich lese hier 52.«

»Die volle Punktzahl«, gab die Stimme zurück, jetzt etwas heiterer. »Das heißt, wir haben Bube, Dame, König sowie den Joker. Nicht zu vergessen das Pik-As.«

»Wie bitte?«

»Nur ein Scherz, Madam. Also, dann woll'n wir mal. Fünfzig und zwei, zweiundfünfzig.« In Hintergrund hörte sie etwas klappern, es mochte eine Tastatur sein oder Fingertrommeln auf der Tischplatte. »Da haben wir Sie schon.« War da ein triumphierender Unterton?

»Sie sind gerade auf Abzweig dreizehn gekommen.«

»Ja, das Schild habe ich gesehen. Ich weiß bloß nicht, wo das sein soll.«

»Dann müssen Sie noch rund fünf Kilometer weiterfahren.«

»Ich muß zu einer Tankstelle.«

»Das denke ich mir schon. Genau darauf wollte ich hinaus. Sie fahren fünf Kilometer weiter und nehmen dann die erste Ausfahrt. Die bringt Sie zu ...«

Ein elektronisches Gewitter überlagerte die Stimme des Mannes mit störenden Nebengeräuschen.

»Hallo?« Patsy mußte den Hörer ein wenig vom Ohr entfernen. Selbst aus einem halben Meter Entfernung hörte sie noch das Knistern und Knattern. Als es erstarb, lauschte sie wieder. Erst kam gar kein Laut mehr, außer dem fernen, leiser werdenden Rauschen der statischen Störung, wie das Flüstern in einem Nebenzimmer.

»Hallo?« wiederholte sie. »Sind Sie noch dran?«

Das Gewitter verebbte wie Sandkörner, die der Wind vom Strand wegträgt. Auch der Widerhall ihrer Stimme erstickte.

»... das bringt dich zurück, dumme Kuh!«

Patsy zuckte zusammen, als würde sie geohrfeigt.

»Was denkst du dir bloß? Daß wir dich so einfach gehen lassen? Daß wir zuschauen, wie du sie uns wegnimmst?« Ein heiserer, gepreßter Singsang. »Und wir wissen ja, wo du bist. Wir kommen dich holen.«

Patsys Mund klappte auf und zu, aber sie brachte keinen Ton heraus.

»Wir kommen schon, und zwar *jetzt*«, sang die hallende Stimme. Es war schwer zu sagen, ob Mann oder Frau, aber es mußte wohl Kerron Vaunche sein. »Auf der *Unteren* Straße ist kein Entrinnen!«

»Weg da! Hauen Sie endlich ab!« entfuhr es Patsy.

»Sei auf der Hut vor uns, Kleine, denn wir finden dich und reißen sie dir aus den Armen. Zwecklos, sich zu verstecken, auf der *Unteren* Straße sehen wir alles. Du hast dir die Strafe selbst zuzuschreiben, dummes Ding!«

Patsy fühlte, wie ihre Knie nachgaben, und wäre fast gestürzt. Es strengte sie furchtbar an, aufrechtzubleiben. »Bleibt mir bloß vom Leib, verstanden? Bleibt weg, oder ich bringe euch um, verstanden?«

Sie riß den Hörer vom Ohr und warf ihn in den Kasten zurück. Er schlug knirschend auf, und sie wandte sich ab, völlig verstört und nach Luft schnappend. Gerade wollte sie sich von der Säule entfernen, als sie ihren Namen hörte.

Patsssiiieee.

Diese Stimme war trocken wie Staub, knirschend wie Mühlsteine. Sie kam aus den Schatten im Innern der Kiste, und Patsy machte auf dem Absatz kehrt.

Patsssiiieee, knirschte es hohl. *Patsssiiieee unterwegs ...*

»Wa ...« Sie stockte.

An dem Abzweig. Sie hörte die Worte klar und deutlich aus dem Dunkel schallen. Sie wandte sich um, ängstlicher noch als vorhin, als die Spinne über den Ast kroch. Das Bewußtsein der Gefahr durchdrang sie, und ihr Herz schlug so heftig, daß ihr alles vor den Augen verschwamm. Jetzt hatte sie sich umgedreht und beugte sich leicht vor, um nach dem Notruftelefon zu schauen. Hatte sie die Gabel verfehlt, als sie den Hörer hineinwarf?

Zwei leere Augenhöhlen starrten sie über einer gelben Zahnreihe an.

Mein Gott, Herr Jesus hilf mir, flehte sie stumm.

Das Telefon war weg. Statt dessen lag ein kahler Totenkopf in dem Kasten, gegen die Rückwand gelehnt, mit pechschwarzen Augenhöhlen. Allerdings bewegten sich die Schatten, als sie zurückfuhr, den Mund zum Schrei aufgerissen, und verliehen dem Schädel ein gespenstisches Leben. Der Unterkiefer war ein wenig nach vorn geschoben, so daß die Zähne wie die einer Bulldogge vorstanden. Ein deformierter Schenkelknochen, rundlich und kurz, wie die abgenagten Gliedmaßen eines Zwergs, lag quer über dem Kiefer. Die heruntergebogenen Enden schienen einem altmodischen Telefonhörer auf der Gabel zu gleichen.

Sie schüttelte den Kopf, traute ihren Augen nicht. Es *war* ein Telefon gewesen. Sie hatte es abgenommen, gesprochen und Antwort bekommen. *Ein Schädel war* nicht *dagewesen. Es war auch kein Knochen da vorhin.* Patsy stolperte rückwärts und überlegte fieberhaft, was hier vorgehen mochte.

Der Mond nimmt zu, Patsssiiiee. Die Stimme dröhnte aus dem Schädel, obwohl sich nichts bewegte als die Schatten in den Augenhöhlen. Sie fühlte, wie der Wahnsinn hochkochte und schwarze Blasen schlug. *Obacht, die Babys sind nicht allein ...*

»Babys ...?« wollte sie gerade fragen, brachte es irgendwie heraus aus den Tiefen des Schreckens, als von weiter vorn, wo ihr Wagen parkte, ein hohler und zittriger Schrei durch den Nebel gellte. Es klumpte wie Eis in ihrem Magen. Der Schrei setzte sie in Bewegung, und sie stieß mit der Schulter gegen die Klappe der Notrufsäule. Der Schädel rollte nach draußen, blicklose Augenlöcher streiften sie; der verwachsene Schenkelknochen purzelte hinterher wie eine Keule. Beides schlug auf der Straße auf und zerfiel in feinen Staub, nur die langen gelben Zähne rollten über den Randstreifen. Noch als sie sich dem Schrei zuwandte, hörte sie die Warnung im Kopf summen.

Der Mond wird voll. Wenn Vollmond war, würden sie ein Opfer darbringen.

»Peter!« Schon rannte sie zum Wagen, japsend und klopfenden Herzens. Wieder schnitt ein Schrei durch die trübe Luft, und ein rhythmisches Husten folgte.

»Mami!« kreischte Peter in höchster Not. »Komm, komm schnell, Mami!«

Wieder kreischte es. Dann hörte Patsy eine andere Stimme, klar und hoch. Es war Judith. Sie schrie. Einen Augenblick verharrte Patsy, vermochte kaum ein Glied zu bewegen, fürchtete sich vor dem, was sie vorfinden würde, und noch mehr, zurückzubleiben.

»Weg da!« schimpfte Peter. »*Raus* hier!« Ein Knacksen erscholl, wie beim Abknicken eines Zweigs, und dann ein Schmerzgeheul, das nicht menschlich schien. Selbst der eisige Nebel, der Patsy umgab, vermochte die Geräusche nicht zu dämpfen. Etwas machte sich an ihre Kinder heran.

Ein Adrenalinstoß fuhr ihr in die Adern, und der Muskelkrampf löste sich. Sie hörte ein feines Singen in den Ohren, als ihr Körper sich straffte, zur Flucht oder zum Kampf bereit. Der Schrei, Judiths Angst, Peters Verzweiflung, all das nahm ihr die Entscheidung ab. Ehe sie sich's versah, war sie unterwegs und verscheuchte das Grauen der toten Knochen im Telefonkasten aus ihren Gedanken. Drei Schritte weiter, und sie hob den Stock auf, mit dem sie die Spinne getötet hatte, nahm das kleinere Ende in die Hand, um das dickere wie eine Keule zu schwingen. Dann rannte sie dem roten Glühen ihres Rücklichts und dem Kampfgetümmel entgegen.

»Hau ab!« keifte Peter wieder, aber diesmal nicht vor Angst, sondern aus Wut, auch wenn Judith noch immer Tränen vergoß. Sie glaubte schon, beide säßen im Wagen, doch als sich der Nebel teilte, sah sie ihren Sohn am Straßenrand, einen Ast schwingend wie ein kleiner, tapferer Krieger.

»*Weg* da!« Er schwang den Ast über die Schulter. Etwas Schmales, Geisterhaftes floh vor ihm davon. Auf der anderen Seite rückte ein anderer Schatten vor. Peter wechselte die Stellung, bewegte sich graziös, drehte sich im Kreis und ließ seine Waffe in hohem Bogen niedersausen. Die Gestalt wurde voll getroffen, und diesmal war es zweifelsfrei der Schmerz, der die Kreatur aufbrüllen ließ.

Patsy sah das alles noch von weitem und lief weiter. Judith saß hemmungslos weinend im Wagen. Peter schwang noch immer den Ast, um die kleinen Wesen auf Abstand zu halten, die ihn im Dunkeln einkreisten. Patsy erreichte ihn, faßte ihn bei der Schulter, und er sprang in die Luft. Er wirbelte herum, das Gesicht kreidebleich, dann erkannte er seine Mutter.

»In den Wagen«, befahl sie und zog ihn mit sich.

»Mami, da ist ...«

»In den Wagen, Peter! Schnell!«

Etwas kam von rechts auf sie zu. Peter riß sich los und hielt den Ast hin. Die längliche, schmale Gestalt wich vor ihm zurück. Aus den Augenwinkel glaubte Patsy etwas Hundeähnliches zu erkennen, wie ein kleiner Windhund, mit spitzer Schnauze und blassen Glubschaugen. Doch bewegte es sich so steifbeinig und schwerfällig, daß Patsy an afrikanische Hyänen denken mußte, die sie im Fernsehen gesehen hatte. Es knurrte, überraschend tief und laut für ein so schmales Geschöpf, und öffnete das Maul. In den schmalen, spitzen Zähnen spiegelten sich die Rücklichter des Wagens. Klauen kratzten über den Schotter, als es davonjagte. Wieder sprang ein anderes in ihren Gesichtskreis. Diesmal war Patsy mit zwei Schritten vorn und schwang ihren eigenen Stock so weit wie möglich. Mit dem Ende erwischte sie das Tier unter dem Kiefer, nicht fest, aber kräftig genug, daß seine Zahnreihen zusammenklappten wie eine Falle. Wie viele zu dem Rudel gehörten, vermochte sie nicht zu sagen. Es war zu finster, um mehr als nur die Bewegungen zu erkennen.

Sie lief rückwärts und hätte beinahe Peter überrannt.

»Ab in den Wagen!«

Er stand da, die Beine noch immer gespreizt, und rührte sich nicht von der Stelle.

»Peter! Los jetzt, *sofort*!« Hinter der Scheibe schnaufte Judith hörbar; das Wimmern war verstummt, aber jetzt klang es, als japste sie nach Luft. Diesen Laut kannte Patsy nur allzugut. Judith hatte schon mehrmals kurz vor ernsten Asthmaanfällen gestanden, wenn sie sich ängstigte oder aufregte. Ein Inhaliergerät lag im Handschuhfach bereit, das ihr das Atmen erleichtern konnte, und obwohl sie vor dem Wagen stand und erneut die flinken Schatten sah, die sich aus der Horde lösten, hörte sie zugleich das heisere Keuchen ihrer Tochter. Sie gab ihrem Sohn einen Stoß, der zögernd den Ast fallen ließ und seine Mutter nicht draußen stehenlassen wollte, aber zu langen Erklärungen konnte Patsy jetzt nicht ausholen. Als er hineingeklettert war und die Tür zufiel, schlich sie um den Wagen herum auf die Fahrerseite. Kaum war sie am Heck angelangt, als etwas im Unterholz raschelte und pfeilschnell auf sie zuschoß. Das kleine Wesen schnüffelte im Laufen; seine Schulterhöhe überstieg den Leib, was es grotesk und desto bedrohlicher schwanken ließ. Als sie sich ihrem Widersacher zuwandte, kam ein weiterer von der Motorhaube her. Die bleichen Glubschaugen fixierten sie. Ein Maul klappte auf, es schnatterte rasselnd. Zähne starrten hervor wie Stacheldraht. Sie wich links und rechts aus, versuchte, beide im Blick zu behalten, während sie sich an die Wagentür herantastete. Schon hatte sie die Finger am Griff, als ihr das zweite Tier – es schien ein Hund zu sein, der allerdings keiner ihr bekannten Rasse ähnlich sah – vor die Füße sprang. Ohne nachzudenken schwang sie den Ast wie einen Golfschläger, und diesmal traf sie das Biest voll unter der Schnauze. Die Kiefer schnappten zu, und es purzelte kopfüber auf die Straßenmitte. Augenblicklich stürzte der zweite Angreifer hinterher. Knurrend versuchte das gestürzte Tier, sich aufzurichten, ein zweites Knurren – höher und noch greulicher, als es wieder hinfiel. Jetzt verbiß sich das andere in seinen Nacken. Ein Reißen von Fell, ein Aufheulen, der metallische Geruch frischen Bluts – und plötzlich sprangen zwei weitere aus der Herde hinzu. Patsy schienen sie vergessen zu haben, als sie über ihr Mitgeschöpf herfielen, das sich vergebens wehrte. Patsy ließ den Ast fallen, riß die Tür auf und warf sich auf den Sitz. Die Tür knallte zu, was das hungrige Geheul und die Freßgeräusche dämpfte.

Ihre Tochter lag ausgestreckt auf dem Rücksitz, die Hände am Hals und mit geweiteten Augen, während sie verzweifelt nach Luft rang. Patsy wühlte im Handschuhfach und fischte das Inhalierspray heraus. Sie drehte sich im Fahrersitz und ergriff Judith beim Kragen ihrer Jacke. Etwas riß ein, als sie das Kind aufrichtete. Judiths Augen starrten ins Leere, und für Sekunden glichen sie dem glotzäugigen Hundevieh da draußen auf der Straße, das von seinen Gefährten gerade in Stücke gerissen wurde. Mit Daumen und Zeigefinger öffnete Patsy ihrer Tochter die Lippen, steckte das Plastikmundstück hinein und drückte auf den Sprayknopf. Es zischte. Augenblicklich hörte Judith zu keuchen auf. Ihre Augen waren jetzt fest geschlossen. Patsy hielt sie, wartete auf die Reaktion, versuchte, bis zehn zu zählen. Sie war bis fünf gekommen, als das bereits gerötete Gesicht ihrer Tochter dunkelgrau anlief.

Dann gab die Kehle mit einem plötzlichen Seufzen den Weg frei, und sie sog einen kräftigen Schluck Luft ein. Ihr Gesicht bekam wieder Farbe. Patsy umarmte sie, während die Lungen des Mädchens pumpten wie verrückt. Endlich gab sie nach und bettete das Mädchen auf den Rücksitz. Draußen jaulte und knurrte das Rudel.

Sie hatte den Arm um Judith geschlungen, bis sich der Krampf vollständig gelegt hatte. Dann erst traf sie der Schock. Einen gräßlichen Moment lang verschwamm ihr alles vor Augen, und sie spürte, wie sie zusammensacken wollte. Auch sie schnappte nach Luft, als hätte sie selbst einen Anfall, dann klarte sich der Blick auf.

Mach schnell jetzt! befahl ihre innere Stimme. *Hier kannst du nicht bleiben. Sie sind hinter dir her!*

Die Dringlichkeit dieser Vorstellung weckte sie aus der Lähmung. Sie hatte sich schon viel zu lange hier aufgehalten. *Sollte* sie hier aufgehalten werden? Ihr schwante allmählich, daß man sie in die Irre gelockt und sie auf den Köder hereingefallen war. Ihr krampfte sich der Magen zusammen wie eine Faust. Sie streichelte Judith, und das blasse Mädchen blinzelte schläfrig und blicklos.

»Hier.« Sie reichte Peter mit nur ganz leicht zitternder Hand das Inhalierspray. »Nimm das. Ich muß fahren. Du weißt ja, wie es geht.«

Er machte große Augen und nickte stumm. Patsy setzte sich aufrecht hinters Steuer, rammte den Schlüssel in die Zündung und startete den Wagen.

Fünf Kilometer weiter, hatte die Stimme am Telefon vorhin gesagt, bevor der Tumult losbrach. *Aber es war kein Telefon. Es war doch nur ein Trick, damit sie stehenblieb, um sie aufzuhalten, oder?* Fünf Kilometer zur Tankstelle und in die Zivilisation. *Der Schädel und dieser verdrehte Knochen, alles nur Täuschung!* Patsy überlegte fieberhaft, suchte nach Anhaltspunkten, trotzdem gab sie jetzt Gas, und der Wagen machte einen Satz nach vorn. Aus den Augenwinkeln sah sie die skelettdünnen Tiere ineinander verknäult auf der Straße, und den großen nassen Fleck, der sich unter ihnen ausbreitete. Sie jaulten und kicherten wie Mini-Schakale. Während sie vom Randstreifen abbog, sah sie noch etwas anderes, das sich dem Rudel näherte – nur die Ahnung eines Umrisses, aber etwas an dieser taumelnden Bewegung ließ ihr die Haare zu Berge stehen. Sie beschleunigte, hörte den Schotter unter den Reifen aufspritzen und war unterwegs.

Irgendwo da vorn muß eine Tankstelle sein, sagte sie sich. Daran dachte sie entschlossen, als der Tacho auf hundertzwanzig kletterte und sich der Himmel verdüsterte, nachdem die Sturmwolken aufgezogen waren. Irgendwo hinter den Wolken war, immer noch zunehmend, der Mond zu erahnen.

Noch bevor er voll war, wollten sie ihr die Kinder wegnehmen.

7

Sie waren verschwunden, mit Kind und Kegel, Mann und Frau und allen zerbeulten Wohnwagen. Und Paul Thomson war mit ihnen gegangen.

Patsy umklammerte das Lenkrad und konzentrierte sich auf den Zorn, mit dem sie an jenen Tag zurückdachte. Zorn war immer noch besser als Angst, stärker als Verzweiflung. Vielleicht ließ sich nur so für eine Weile die tödliche Kälte der Bedrohung ertragen. Hier auf dieser Straße würde sie den Zorn nötig haben. Wieder prüfte sie den Rückspiegel; bald schon würde sie das Fernlicht ihrer Verfolger sehen, die ihr hinterherrasten. Die *Untere Straße*, wie Pauls verrücktes Herzblatt es genannt hatte, und was immer sie damit meinte, dürfte eigentlich nur in einem Alptraum existieren. Welche Hexerei diese Kerron Vaunche ausgeheckt hatte, Patsy mußte schneller sein. Irgendwo da vorn war ihr Zuhause, und von dort würde sie sich zu einem Ort durchschlagen, wo sie für die nächsten Tage, wenn nötig, ein paar Wochen lang Unterschlupf fanden. Bis zum Ende der

Wendezeit, bis die *toten Tage* vorbei waren. Danach würden ihre Kinder sicher sein, und Paul konnte mit diesem durchgeknallten Flittchen in der Hölle schmoren.

Peters wirrer Haarschopf war das einzige, was auf dem Rücksitz zu erkennen war. Momentan waren noch keine Lichter zu sehen, doch Patsy wußte, daß man sie längst geortet und ausgespäht hatte. Sie wußten jetzt, wo sie war. Vorn war nichts zu sehen als das lidlose Starren der Katzenaugen. Sie verdrängte die Gefahr, zwang sich mit aller Gewalt, das Flattern in der Magengrube zu unterdrücken, konzentrierte sich auf den Zorn, nutzte seine Hitze, um diese gottverlassene Straße hinter sich zu bringen.

Gottverlassen. Von Gott aufgegeben. Ein Ort, wo das Göttliche nicht existierte, wo Normalität eine abstrakte Idee war. Sie redete sich ein, sie hätte sich nur verfahren, auf der Flucht vor Verfolgern. Doch unter ihrer Vernunft lag der Instinkt, der es besser wußte. *Gottverlassen.* Wie Kerron Vaunche und das, was sie da in der Dunkelheit unter Broadford House anbeten mochte. Wie Paul Thomson, der ihr ins Netz gegangen war, den sich mit sich ins Dunkle schleifte.

Sie waren verschwunden, die Landfahrer, hinterließen nur die abgebrannten Feuerstellen auf Newcombes Acker und den Zivilisationsmüll moderner Nomaden. Nach dem Mittsommerfest, als der Morgenregen die glimmende Asche einnäßte, hatte sich der Streit um das Zeltlager von selbst erledigt. Am Nachmittag dieses Tages, als Paul seine Sporttasche gepackt hatte und gegangen war, kam ein letzter, vereinzelter Beitrag in den Nachrichten des Vorabendprogramms. Die Kamera, jetzt nach unten gerichtet, um die Schwaden des Morgennebels effektvoll einzufangen, kreiste um einen der alten bearbeiteten Felsen und zoomte schließlich den Deckstein heran. Erste Sonnenstrahlen fielen durch die Stämme und tunkten alles in Kupferglanz. Der rote Fleck, der noch immer am glattgeschliffenen Felsrand entlang tröpfelte, glitzerte und blinkte wie geschmolzenes Edelmetall. Dann setzte der Regen ein und spülte ihn weg.

Patsy war hundeelend zumute, nicht allein wegen des Blutflecks auf dem Stein – ob es überhaupt Blut war, wußte damals niemand, jetzt wußte es Patsy allerdings besser. Deprimiert und verzweifelt hatte sie den Bildschirm angestarrt und kaum erfaßt, was der Nachrichtensprecher sagte. Sie sah noch immer diese roten Striemen auf Pauls Rücken, wie Zeichen eines Stammesrituals, die wohlerworbenen Auszeichnungen eines Kriegers. Wieder tauchten die gedunsenen Augenhöhlen vor ihr auf, das tote Starren aus dem Traum, dessen Nachbild sie nicht abschütteln konnte.

Die Landfahrer waren auf und davon, und er ging mit ihnen. Von einer Sekunde zur anderen war ihr ganzes bisheriges Leben aus den Fugen geraten.

Peter hatte sich erkundigt, wohin sein Vater gegangen war. Sie hatte sich abgewandt, um ihre Tränen nicht zu zeigen. Paul sei im Büro, log sie. Der Junge nahm es achselzuckend zur Kenntnis. Er hatte den Fußball unterm Arm, ließ ihn im Flur aufspringen, als er zur Tür und in den Garten ging. Geistesabwesend hörte sie den Ball gegen die Hauswand prallen, ein typisches Sommergeräusch, das sonderbar mit der Eiseskälte in ihrem Innern kontrastierte. Am Nachmittag, als sie versuchte, sich über ihre Gefühle klarzuwerden oder einfach einen klaren Gedanken zu fassen, rief sie ihre Schwiegermutter an, die zwanzig Kilometer weiter in der Vorstadt wohnte. Peggy Thomson, Pauls Mutter – eine untersetzte Frau, die Perlenketten trug und stets perfekt frisiertes und gelegtes graues Haar hatte –, war innerhalb einer Stunde bei ihr. Ihrem Äußeren zum Trotz war sie ein warmherziger, gutmütiger Mensch; Patsy hatte sie von Anfang an ins Herz geschlossen. Sie bedachte ihre Enkelkinder mit Umarmungen und klebrigen Lippenstiftküssen, scheuchte sie gleich nach draußen, setzte den Teekessel auf und riß Patsy an ihren ausladenden Busen. Die sprudelte alles auf einmal hervor.

»Und – willst du, daß er zurückkommt?«

Patsy nickte, ohne zu zögern. »Es kommt mir vor, als hätte man ihn einer Gehirnwäsche unterzogen. So hat er sich früher nie verhalten.«

Sie warf ihrer Schwiegermutter einen flüchtigen Blick zu. Die reine Wahrheit war das nicht. Er *war* manchmal so zu ihr gewesen, aber es war ihr nicht klargeworden. Mit der Zeit hatte sie ihre eigenen Interessen, ihre berufliche Laufbahn zurückgestellt, um ihm eine Stütze zu werden, während er allmählich zum dominanten Partner wurde, zum Patriarchen seines Hauswesens, der seine Position, seinen Ehrgeiz und sein Mackertum benutzte, sie herumzukommandieren. Patsy mußte an die blauen Flecken denken, mit denen ihre Schultern oft übersät waren, an seine Hiebe mit den Knöcheln in ihre Rückenmuskeln, und scheute vor der Vorstellung zurück. Schließlich war sie nach wie vor mit ihm verheiratet, oder? Er war der Vater ihrer Kinder. Daß sie an sich selbst gedacht hatte, war schon viel zu lange her, und an diesem Nachmittag, auf der Couch, während Peggy sie ihm Arm hielt, redete sie sich ein, daß sie ihn wiederhaben wollte, daß sie ihn *brauchte*.

»Tja, wenn das so ist, solltest du alles unternehmen, ihn aufzuspüren«, riet Peggy schließlich. »Fragt sich bloß, wieso – wo er sich mit diesem rastlosen Zigeunerweib eingelassen hat?«

Nachdem Patsy ihre Geschichte beendet hatte, war Peggy blaß geworden; ihr Mitleid mit den Enkeln überwand sogar die eigene Mutterliebe. »Wie konnte er dich mit diesen Kleinen sitzenlassen?« schimpfte sie. »Wenn ich ihn zu fassen kriege, setzt es was, darauf kannst du dich verlassen. So was kommt von so was. Sein Vater hat ihn verzärtelt und ließ ihn stets gewähren. Wird allmählich Zeit, daß er runterkommt vom hohen Roß und sich seiner Verantwortung bewußt wird.«

Peggy blieb bei ihr, um nach Judith und Peter zu sehen. Patsy holte den Wagen aus der Garage und lenkte ihn über den schmalen Plattenweg ans Ende des Gartens. Sie blickte über die Schulter nach hinten und sah ihre Kinder am Fenster zum Abschied winken.

Das Gelände, wo sie kampiert hatten, eine große, ausgebleichte und niedergetrampelte Rasenfläche, war menschenleer. Hier und da türmten sich rostige Dosen und leere Flaschen; ein paar der Feuerstellen glosten noch immer und zischten, als Regentropfen sie trafen. Patsy streifte ruhelos am Waldrand entlang. Auf dem Rückweg zum Wagen verhedderten sich ihre Jeans an einem gewundenen Brombeerzweig. Augenblicklich mußte sie an die Striemen auf Pauls Rücken denken. Er hatte erst alles auf das Dorngestrüpp geschoben, bevor er mit der Wahrheit herausrückte. Patsy zog sich der Magen zusammen, und ihr Herz klopfte schneller vor Empörung. Vor ihrem geistigen Auge sah sie ihn, wie er die Frau von der Menge und den flakkernden Feuern wegführte. Laute Musik war erklungen, Fiedeln und Tambourins und Trommeln, die fremd und störend durch die Nacht dröhnten. *Waren sie hierher gekom-*

men, Hand in Hand? Sie sah, wie sie im Schatten untertauchten, in der Hitze der Nacht, hörte sie gierig keuchen. Patsy versuchte, sich das Bild aus dem Kopf zu schlagen, aber es gaukelte ihr noch immer die beiden Körper vor, eng aneinander geklammert, mit tastenden, grabschenden und bohrenden Fingern.

Als sie sich wieder in den Dornen verfing, stolperte sie vorwärts. Patsy riß sich los, schüttelte den Kopf, aber das Bild schwand nicht. Tränen schossen ihr in die Augen, und sie seufzte leise, als sie ihr Fahrzeug erreichte.

An diesem Nachmittag fuhr sie die Seitenstraßen ab und ermannte sich mehr als einmal, die Fahrer der zerbeulten Wohnwagen anzusprechen und nach Paul zu fragen. Gesehen hatte ihn niemand, aber alle kannten ihn beim Namen. Kleine Kinder sahen auf, wenn sie nähertrat, Frauen beäugten sie argwöhnisch, und sie war nie ganz sicher, ob man ihr die Wahrheit sagte. Anderntags, nach einer langen, schlaflosen Nacht, fuhr sie weiter hinaus und fuhr kreuz und quer über das Netz der Landstraßen. Je mehr sie von daheim entfernte, desto seltener traf sie auf die Vagabunden, und keiner konnte ihr weiterhelfen. Es dämmerte schon, als sie an einen Hohlweg kam, auf beiden Seiten gesäumt von den übers Jahr nie geschnittenen Hagebuttensträuchern, die so nahe aufeinander zu rankten, daß die Dornen quietschend über den Kotflügel kratzten, als sie hindurchfuhr. Auf dem Grund der Senke beschrieb die Straße eine scharfe Kurve und verengte sich weiter, als münde sie in einen grünen Tunnel. Patsy trat auf die Bremse für den Fall, daß ihr ein Traktor entgegenkäme, obwohl nach dem Augenschein seit langem kein größeres Gefährt mehr hier entlang gekommen war. In dieser Gegend kannte sie sich nicht aus, und diese Straße war sie noch nie gefahren, aber das traf auf die meisten Nebenstrecken zu, die sie abklapperte.

Hinter der Kurve teilte sich der Weg nach rechts und links. Ein einzelner Wegweiser stand an der Gabelung, aber die Schrift war an beiden Seiten weggerostet. Spontan lenkte sie das Steuerrad nach links und fuhr einen kleinen Bach entlang, in den Ebereschen und Trauerweiden ihre Zweige hängen ließen. Wolken von Sommermückchen tanzten in den letzten Sonnenstrahlen, die vereinzelt durch das Dickicht brachen. Anderthalb Kilometer weiter tauchte ein Zeltlager auf, allerdings viel kleiner als jenes, das auf Newcombes Acker errichtet worden war. Eine vielköpfige Horde halbwilder Hunde schnappte winselnd nach ihr, als sie aus dem Wagen stieg, aber sie ließ sich nicht entmutigen und trat in den Zeltkreis, wo eine Art Empfang war.

»Hab ich nach der Sonnwende nicht mehr gesehen«, erklärte eine alte Frau und blickte kaum von ihrem Kessel auf, der über einem offenen Lagerfeuer brodelte. Patsy hätte nicht zu sagen vermocht, ob sie Wäsche kochte oder eine Suppe. Dem Geruch nach konnte es beides sein. Das Gesicht der Frau kam ihr bekannt vor, obwohl sie nicht wußte, woher. »Was'n los mit ihm? Kommste von 'ner Zeitung?«

»Ich bin seine Frau«, erklärte Patsy. Die Alte hob die eisgrauen Augenbrauen, und Patsy erkannte einen Anflug von Belustigung in ihrem Blick.

»Seine Frau, wie? Is' dir wohl weggelaufen, jetzt?«

»Er ist mit einer der Zigeu ... Landfahrerin unterwegs.«

»Gut für ihn«, gab die Frau zurück. Sie kicherte schrill und zeigte zwei einzelne Zähne, die aus dem nackten Zahnfleisch ragten. »Besser, auf der Straße zu leben, als bei den *gadge* zu bleiben.«

»Er hat Kinder daheim.«

»Und wird noch mehr kriegen, denk an meine Worte, jetzt wo er bei *Cat Anna* ist. Am besten vergißt du ihn, Schatz, und kehrst zurück in dein *sett.*«

»Was meinen Sie damit, mehr Kinder?« Wieder spürte Patsy den Krampf in der Magengrube. Viele Augen ruhten auf ihr, nicht nur die der jungen Männer, die zum Feuer geschlendert waren, auch von den Wohnwagen her, hinter den zum Trocknen auf die Wäscheleine gehängten grauen Lumpen fühlte sie sich beobachtet. Man feixte verächtlich, als sie die Frage herausbrachte: »Und wer ist Cat Anna?«

Wieder lachte die Frau, ein Meckern wie von einer Ziege, und warf den Kopf in den Nacken. Ihr Speichel traf auf einen der Steine rings um Feuer und zischte wie gebratener Speck. Die Männer stimmten, wenn auch häßlicher, in ihr Lachen ein.

»Sie ist unsere Black Annis, die Kerron Vaunche. Hat er dir das nicht erzählt?«

Patsy schüttelte den Kopf.

»Sie ist die *Carlin-Frau*, das ist sie. Ihre Mutter und die Mutter ihrer Mutter und deren Mütter bis in unvordenkliche Zeiten zurück sind *Catanna* gewesen, seit sie das erste Mal die Straßen gingen, seit sie die Straßen *waren.* Sie ist Kerron Vaunche, und wenn dein Mann weg ist mit ihr, gibt es kein Zurück mehr, denn er war der Auserwählte und wurde auserkoren.«

»Auserkoren?« Patsy hörte ihre eigene Stimme wie ein dumpfes Echo.

»Klar, sie hat ihn zum Champion gemacht, und das war gut so, oder? Er hat sich für uns eingesetzt, daß wir am Cupstone Lea bleiben können, hat die Gesetze der *gadge* gegen sie selbst angewandt, bis nach Tag-ohne-Nacht. Da nahm sie ihn mit zu den *uath*-Steinen und prägte ihm das Zeichen auf, aber er gehörte ihr längst an. Jetzt ist er fest und sicher und gut aufgehoben, Schatz, deshalb vergißt du ihn besser. Er gehört jetzt ihr, und sie hat ihn gezeichnet.«

Die Knie wollten unter ihr nachgeben, und das Blut pochte Patsy in den Schläfen. Der innere Druck erreichte ein gefährliches Niveau. In den Ohren sauste es wie auslaufende Wellen auf dem Kieselstrand. Aber sie blieb stehen und atmete durch, sie schwankte und rang nach Atem. Über dem Feuer war die Luft heiß und beizend.

»Ich verstehe Sie nicht«, sagte sie keuchend.

»Die Wahrheit ist's doch.«

»Ich will ihn ja nur finden und nach Hause bringen.« Kaum war es heraus, als sie merkte, wie erbärmlich es sich anhörte. Patsy Thomson. Einst war sie Patricia Havelin gewesen, bevor sie heiratete, und er ihr den Kuscheltier-Kosenamen gab. *(Wann war sie seine Patsy geworden?)* Damals lag das ganze Leben noch vor ihr, mit all den Träumen von beruflichem Aufstieg. Ihre Träume hatte sie verkümmern lassen, hinter sich gelassen, hinter *ihm*. Und jetzt stand sie schwankend da, eingehüllt vom stinkendem Rauch, und flehte eine schmuddelige Alte mit zerknittertem Gesicht und zwei fleckigen Zähnen um Hilfe an. Ihr selbst ekelte vor dieser Szene, bei der sie doch selbst zugegen war und mitspielte. Hatte sie nicht selbst das Drehbuch geschrieben? Wieder öffnete sie die Lippen, als ihr etwas einfiel, was die Alte gesagt hatte.

Und er wird noch viel mehr kriegen. Denk an meine Worte. Jetzt, wo er bei Cat Anna ist.

»Sie haben von Kindern gesprochen. Daß er noch welche haben wird.« Das hatte sie schon gefragt, aber keine

Antwort erhalten. Schon vor dem bloßen Gedanken graute ihr. Paul hatte sie dasselbe gefragt, als er im Schlafzimmer stand und ihr kühl mitteilte, daß er sie verläßt.

»Kannste Gift drauf nehmen«, gab die Alte kichernd zurück. Hohngelächter erscholl jenseits des Lagerfeuers. »Hat ihn doch an Mittsommer genommen, und ihm die Zeichen aufgeprägt. Jetzt ist die Reifezeit, und sie wird fruchtbar sein, Kerron Vaunche, wie alle Cat Annas vor ihr. Sie setzt seinen Fuß auf die Straße, und er wird ihr folgen, wohin sie auch gehn muß.«

Patsy wich einen Schritt zurück und verlor die Fassung.

»Das ist doch alles Blödsinn!« schrie sie und stampfte wütend auf. Mochten die anderen ihren Trotz belächeln. »Er ist nur verwirrt, merkt ihr das nicht?« Als sie es aussprach, war sie selbst ihrer Sache nicht sicher, geschweige denn, daß sie andere überzeugt hätte. »Er war einfach – in letzter Zeit überarbeitet«, setzte sie lahm hinzu.

»Wird schon bald sein«, bemerkte einer der Männer, und die anderen grinsten.

Patsy trat auf ihn zu. Es war ein Bär von einem Kerl, mit schütterem Bart und großer Messingschließe an dem Gürtel, der seinen Wanst umspannte.

»Sie finden das wohl komisch, wie? Wahrscheinlich amüsiert es Sie, daß ein Mann seine zwei unmündigen Kinder im Stich läßt? Das ist wohl so Sitte bei Ihnen, die Kinder verkommen zu lassen!«

»Mal halblang«, gab der Mann zurück. »Was wissen Sie schon davon!«

Die alte Frau hob eine dürre Hand. »Das reicht jetzt!«

Sie musterte Patsy, kniff die Augen vor den Strahlen der untergehenden Sonne zusammen. »Auch wer kein Dach über dem Kopf hat, hütet die Kleinen wie seinen Augapfel.

Sie sind uns wertvoller als Häuser aus Stein. Sie sind alles, was wir haben.«

»Genau wie bei mir. Ich habe zwei Kinder, und die brauchen ihren Vater!«

»Mag ja sein, daß sie ihn brauchen.« Die Alte nickte. »Aber brauchst du ihn, Missus ...?«

»Lassen Sie mich ihn wenigstens fragen«, bettelte Patsy und haßte sich selbst dafür. »Bitte. Ihnen zuliebe.«

Die Alte starrte mürrisch in ihren Kessel. Was immer die Mixtur sein mochte, sie rührte zweimal vorsichtig darin. Nach ein paar Sekunden blickte sie auf und grabschte mit einer flinken Bewegung nach Patsys Handgelenk. Es kam so rasch, daß Patsy nicht reagieren konnte. Ihre Hand wurde nach vorn gerissen, sie spürte die Hitze der Flammen an der Haut. Die Frau drehte ihr rücksichtslos den Arm herum, bis die Handfläche oben war.

»Nichts Böses zu erkennen«, murmelte sie schließlich. Die Haut an Patsys Handrücken glühte, obwohl die Hände der Greisin näher beim Feuer waren.

»Hast eine lange Straße vor dir, *gadge*-Frau. Weite Wege zu gehen. Und wirst nicht mal finden, wonach dir verlangt, das ist die Wahrheit. Besser, du kehrst den Rücken und verkriechst dich unters Dach, denn vor dir liegt die Straße des Bösen.«

Patsy zog ihre Hand zurück und rieb sich die Haut. Der beißende Geruch nach versengten Härchen verflog, als die Flammen hochzüngelten. Sie wollte etwas fragen, aber die Frau kam ihr zuvor.

»Es schadet nicht, es zu sagen«, erklärte sie, doch schienen die Worte eher an die umstehenden Männer gerichtet, die nähergerückt waren. »Mußt dich nordwärts von hier halten. Sie ist die *Carlin-Frau*, und dorthin ist sie unterwegs.«

»Wohin?«

»Nordwärts, nach Samhain, und besser, wenn du sie vorher findest, denn sie wird nicht mehr da sein nach ihm und dem dunkeln Tag und allem.«

»Was meinen Sie damit?«

»Ich sag's doch schon, Missus. Sie ist die *Cat Anna*. Es ist ihre Kraft, und wo sie hingeht, begleitet sie niemand, den sie nicht auswählt. Besser, du findest sie, bevor sie zu den Steinen von Callanish kommt, denn dorthin wird sie gehen.«

»Und was hat sie dort vor?«

»Sie hat vieles vor, Missus. Besser, du weißt nichts davon. Wirst nicht wissen wollen, was aus ihr *wird*, wenn ihre Zeit reif ist.«

Jenseits des Feuers begannen die Männer zu murren. Durch die wabernde Hitze sah Patsy nur verschwommene Umrisse. Die Frau rückte jetzt selbst vom Feuer ab.

»Geh du nach Norden, vielleicht findest du sie. Aber hoffe nicht auf Wiederkehr, es sei denn, allein. Sie hat ihn gezeichnet und an Seele und Körper gebunden, und dieser Knoten ist nicht mehr zu lösen. Halte dich nordwärts, ein paar Tage vielleicht, doch erwarte kein Willkommen von Kerron Vaunche.«

Jetzt blickte sie die Jüngere direkt an, und Patsy glaubte eine Spur Traurigkeit, womöglich Mitleid in ihrem Blick zu erkennen. Patsy entfernte sich vom Feuer, und die Alte machte eine wegwerfende Handbewegung, als sei damit alles abgetan. Schon rührte sie wieder im Kessel.

Peggy blieb daheim bei den Kindern. Peter fragte wieder, wo sein Vater wäre, und seine Großmutter sprach von einer Dienstreise. Der Junge sah hilflos zu seiner Mutter, und Patsy merkte, daß er sich nichts einreden ließ. Doch

Peter sagte nichts dazu. Judith jammerte, daß ihr der Vater an diesem Abend keine Geschichte vorlas. Sie war noch klein für ihr Alter, hatte die braunen Augen und das dunkle Haar und das gleiche, rasch aufbrausende Temperament ihres Vaters. In den Morgenstunden hatte sie wieder einen Asthmaanfall erlitten, und Patsy behielt sie im Haus, fern vom Pollenflug. Im Sommer wurde es immer schlimmer mit dem Asthma, aber dieser Sommer war in allem schrecklich.

Carrick Thomson kam gegen Abend. Er war heller als Peter, mit rotem Bart und einem kehligen, tiefen Lachen. Während Paul stets finster dasaß und die Sonne mied, hatte sein Bruder die Statur und den Teint des schottischen Großvaters geerbt. Carrick war groß und knorrig und stark wie ein Bulle, und als Patsy zur Tür ging – mit klopfendem Herzen und falschen Hoffnungen –, drückte ihr Schwager sie fest an sich und hob sie spielerisch in die Höhe.

»Na, was hat der Überflieger denn noch vor?« fragte er, nachdem er Peter und Judith freundlich umarmt und mit einem Berg Süßigkeiten als Bestechung aus der Küche geschickt hatte.

»Das reicht ja für die nächsten Wochen, Carrick!« schimpfte Peggy ihrem Sohn hinterher, aber der lachte dröhnend.

»Siehst du, was ich meine?« Carrick schob die Lippen vor und gab Patsy einen dicken Kuß. »Er war immer der Liebling, während wir armen schwarzen Schafe uns kaputtschuften müssen für das bißchen Lebensunterhalt.«

»Kein Wort von wahr«, protestierte Peggy.

»War auch nur Spaß«, tröstete Carrick. »Dein Nervenkostüm könnte auch mal wieder geflickt werden ...«

Trotz ihrer Verzweiflung brachte Patsy ein Lächeln zustande. Peggy trat an die Küchenzeile und setzte Wasser auf. Carrick umschloß Patsys Hände in seinen Pranken. Seine Finger fühlten sich hart und trocken und warm an, die Schwielen in der Hand kratzten an der zarten, versengten Haut ihrer Fingerknöchel.

»Hat sich aus dem Staub gemacht, unser Paul, stimmt's?«

Patsy nickte und schlug die Augen nieder.

»Eine andere?«

Wieder ein Nicken.

»Ist wohl nicht ganz bei Trost, ein Klasseweib wie dich sitzenzulassen.« Peggy schnalzte mißbilligend mit der Zunge. Wieder konnte sich Patsy ein Grinsen nicht verkneifen.

»Und du warst schon unterwegs, ihn suchen – ganz allein?«

»Ja. Ich glaube, er ist nach Norden unterwegs.«

»Meinst du nicht, du solltest ihm etwas Zeit lassen? Kann doch sein, daß er seinen Rausch bald ausgeschlafen hat und plötzlich wieder angekrochen kommt.«

»Nein.« Das Wort fiel wie ein Stein. In der Küche wurde es mit einem Mal ganz still.

»Nein?«

»Nein. Es wird nicht geschehen, und ich darf nicht warten.« Patsy dachte daran, was die Alte an ihrem Kessel gesagt hatte. Das meiste kam ihr vor wie zusammenhangloses Gefasel. Aber etwas stimmte nicht mit der Art, wie sie über diese Frau sprach, über Kerron Vaunche. Der Ton, die Reaktion der Männer am Lagerfeuer. Was war los mit dieser dunkelhaarigen Frau, die sie im Fernsehen beobachtet hatte? Sie hatte es damals gespürt, und sie fühlte es jetzt.

Sie hat ihn auserwählt. Sie hat ihm ihr Zeichen aufgeprägt.

Paul war nach dem Mittsommerfest wiedergekommen, nachdem er die Nacht mit dieser Frau im Wald gewesen war. Im Innern seines Ellbogens war diese Narbe gewesen. War das ihr »Zeichen«? Es wand sich wie eine Schlange, wie einige der Straßen, denen sie gefolgt war, um das Zigeunerlager zu finden. Wenn sie ihm das angetan hatte, und mit seiner Billigung, konnte sie nicht darauf hoffen, daß er reumütig zurückkehrte. Und was war mit den Striemen? Waren es Spuren weiblicher Nägel, die sich in seinen Rükken gruben? Und die blauen Flecken, wo ihre Lippen sich an seinem Kinn festgesaugt hatten, die Hände in Leidenschaft verkrallt, den hungrigen Mund weit geöffnet? Wieder verspürte Patsy leichte Übelkeit.

»Nein«, wiederholte sie. »Ich kann nicht warten.«

Carrick umklammerte ihre Hände und beugte sich über den Tisch. Seine riesige Gestalt verdunkelte das Licht des Spätnachmittags, das durch die Milchglasscheibe der Küchentür fiel.

»Na schön, Paddy.« So hatte er sie immer genannt, seit dem Abend, an dem sie ihn kennenlernte, als sie und Paul verlobt waren und Carrick auf Urlaub kam, groß und imponierend in seiner schicken Uniform und mehr als ein bißchen betrunken. Sooft ihn Paul auch korrigierte, Carrick blieb eisern dabei und lachte über seinen eigenen Witz, wann immer er ihn anbrachte. Patsy machte das gar nichts aus. Auch ihr Großvater hatte sie so gerufen, als sie noch klein war.

»Aber nicht allein. Ich komme mit, und wir wollen sehen, ob wir ihn nicht überreden können. Ich nehme ihn in den Schwitzkasten und du kneifst ihm in die Eier. Mal sehen, ob er dann Verstand annimmt.« Wieder schüttelte Peggy den Kopf und klirrte auffallend laut mit den Teetassen. Patsys Schwager blinzelte ihr verschwörerisch zu und lächelte breit und aufmunternd.

Carrick blieb zum Abendbrot, spielte Frisbee mit den Kindern hinterm Haus, bis die Scheibe in einem Baum hängen blieb, und schlief auf der Couch, wo seine großen Füße über die Armlehne ragten. Für Patsy wurde es wieder eine unruhige Nacht, in der sie das runzlige Gesicht der Alten zu sich heraufblinzeln sah, bevor es verschwamm und in die dunklen, exotisch-hochmütigen Züge der Kerron Vaunche überging und sich anschließend in die schuppige, lepröse Haut ihres vermißten Ehemanns auflöste. Am Morgen erwachte sie vom Duft des brutzelnden Specks in der Pfanne. Carrick hatte den Kühlschrank geplündert und ein Frühstück angerichtet, das einer ganzen Wachtruppe gereicht hätte. Er nötigte Patsy, zu essen, und sie wunderte sich selbst, daß sie etwas herunterbekam. Peter und Judith saßen an seiner Seite und wollten sich jedesmal kaputtlachen, wenn er sie in die Rippen knuffte oder ins Knie zwickte. Patsy konnte nicht umhin, sein sonniges Gemüt mit dem verbissenen, mürrischen Gebaren zu vergleichen, das ihr Mann oft an den Tag legte. Trotz alledem, und wider besseres Wissen war sie entschlossen, ihn zu verfolgen, aufzuspüren und zurückzuholen.

Nach dem Frühstück brachen sie in Carricks neuem Wagen auf. Seit er vom Militärdienst zurück war, hatte er die Molkerei seines Vaters übernommen, und zwar mit großem Erfolg. Sein BMW roch nach Politur.

»Hätte besser den Jeep mitgenommen«, murmelte er, als sie aus der Einfahrt schossen und Pauls Wagen nur um eine Handbreit verfehlten. »Wollte mit dem hier bloß die Lahmärsche in der Bank beeindrucken.« Er bog ab, und schon waren sie auf der Hauptstraße, die aus dem Dorf hinaus nach Norden führte. Patsy unterrichtete ihn in groben Zügen, wo sie am Tag zuvor gewesen war und was sie auf dem Zeltplatz erlebt hatte.

»Dumm gelaufen«, schimpfte er. »Ich hätte wissen müssen, daß etwas im Busch war, als er die Verteidigung der Landfahrer übernahm. Mein Brüderchen wußte immer, wo der Hase läuft. Für nichts und wieder nichts hat der noch nie einen Finger gerührt.« Er unterbrach sich und wurde tiefrot wie sein Bart. »Nimm's mir nicht übel, Paddy.«

»Aber nein, vermutlich hast du recht. Aber er trägt auch Verantwortung.«

»Da hast du verdammt recht, Süße. Hoffen wir, daß er sich darüber klar wird, was er aufgibt.«

Sie legten fünfzehn, zwanzig Kilometer auf der zweispurigen Landstraße zurück, bis sie über die Stelle hinaus waren, an der Patsy mutmaßlich mit der Frau gesprochen hatte, obwohl sich das von der Hauptstraße her kaum abschätzen ließ. Schließlich kamen sie an eine Weggabelung, und Carrick bremste ab.

»Wir sollten uns besser auf den Nebenstrecken umsehen. Daß sie in einer Raststätte kampieren, ist kaum wahrscheinlich. Da würden sie sofort vertrieben.«

Sie bogen ab und folgten einem engen Weg, der durch ein hübsches Panorama efeubewachsener Cottages und rustikaler Getreidedarren führte, bevor er in ein Tal abtauchte. Ein Bauer auf seinem Traktor setzte in eine Lichtung zurück, um sie vorbeizulassen, und tippte sich an die Schirmmütze, als ihm Carrick zuwinkte. Sie kamen an zwei einzelnen Wohnwagen – einer davon ein umgerüsteter Krankentransporter – vorbei, die am Feldrand abgestellt waren. Carrick verlangsamte und hielt, dann stieg er aus. Bevor er die Tür zuschlug, beugte er sich vor und holte eine abgewetzte Kameratasche aus dem Handschuhfach.

Ein Mann saß an der offenen Tür des zerbeulten Lieferwagens und bearbeitete eine Gitarre. Hinter ihm, halb versteckt im Schatten der Bäume, traten zwei Kinder nach einem Ball.

»Hallo?« rief Carrick laut. Der Mann nickte lässig, ließ sich aber nicht aus dem Takt bringen.

»Vielleicht können Sie mir helfen. Ich möchte mit Paul Thomson Kontakt aufnehmen. Er war neulich bei den Vagabunden am Cupstone Lea.«

Der Mann hörte zu spielen auf. »Was woll'n Sie denn von ihm?«

»Bloß mit ihm sprechen. Er war doch viel in den Nachrichten, in den letzten Wochen.«

»Sind Sie einer dieser Pressefritzen?«

Carrick hielt seine Kameratasche hoch. »Könnte sogar ein Bild von ihm machen, wenn er einverstanden ist.«

Der Mann schien erleichtert. »Das heißt, falls Sie ihn noch finden. Er ist nach Norden gegangen, mehr weiß ich auch nicht.« Er deutete vage in die Richtung. »Machen Sie doch mal ein Interview mit mir, wenn Sie wollen!«

»Klar, warum nicht«, nickte Carrick. »Aber erst später. Sie wissen ja, wie die Redakteure sind.«

Der Mann zuckte die Achseln und legte die Gitarre weg. »Kenn' keinen.«

»Aber wenn Sie noch ein paar Tage hierbleiben, komme ich wieder!«

Der Fremde grinste und zeigte kräftige, weiße Zähne. »Meinetwegen. Eilig hab ich's nicht.«

»Können Sie mir nicht einen Tip geben, wegen Mr. Thomson?«

Der andere schüttelte den Kopf. »Einfach nach Norden«, druckste er schließlich herum. »Da waren ein paar von dem alten Völkchen, den echten Romas, unterwegs zur Grenze. Soviel ich gehört habe, ist er bei denen. Weit können sie noch nicht sein, das ist alles, was ich weiß.«

Carrick nickte dankend und kehrte zum Wagen zurück.

»Bist wohl jetzt rasender Reporter, was?«

»Ist manchmal nötig, wenn der Teufel auf der Pirsch ist.« Carrick reichte ihr die Kameratasche. Sie war leer.

Er ließ den Wagen an und fuhr los, folgte den Ausläufern des Tals und setzte den Schleichweg fort. An drei Dörfern kamen sie vorbei, bevor eine Linkskurve sie in eine enge Furt brachte. Wasser spritzte zu beiden Seiten an den Rädern hoch und schimmerte in Regenbogenfarben, obwohl sie es kaum zur Kenntnis nahmen. Sie passierten ein Nadelgehölz, das allmählich in einen richtigen Wald überging, und in wenigen Minuten waren ringsum Bäume. Sonnenstrahlen bohrten sich durch das Geäst ausladender Kastanien und uralter Blutbuchen, leuchteten ins stille Dickicht aus grünem Farn und Waldanemonen.

»Hier bin ich nie langgefahren«, bemerkte Carrick. »Hätten besser eine Karte mitgenommen.«

Patsy starrte angestrengt nach draußen; manchmal ließ sie ihre Blicke links und rechts schweifen in der Hoffnung, ein Zeltdach oder einen Wohnwagen zu sehen.

An einer Steinbrücke, die einen munteren Bach überquerte, verengte sich die Straße und blieb so, während sie sich zwischen den ehrwürdigen Baumstämmen hindurchschlängelte. Manchmal standen Rehe äsend im Gehölz und ließen die Köpfe hochschnellen, wenn sie sich näherten, um blitzartig zu flüchten. Irgendwo in den Baumkronen flatterte ein Taubenschwarm auf; ein anderer, unbekannter Vogel krächzte heiser.

»Wir müßten eigentlich jeden Moment den Waldrand erreichen.« Auf einer Serpentine nahm Carrick den Fuß vom Gas. Vor ihnen wirkte das Dickicht düsterer und undurchdringlicher denn je. Rhododendron drängte sich vom Wegrand heran, gummiartige Blätter klatschten über die Kotflügel, lianengleich hingen Zweige von den Sträuchern herab. Ein süßlicher Duft lag in der Luft. Plötzlich kam ein steiles Gefälle, dann beschrieb die Straße eine Kurve und führte in eine Lichtung.

»Da!« rief Patsy, aber Carrick trat bereits auf die Bremse. Am Straßenrand, in einer hellen großen Lichtung, stand ein Halbkreis von Wohnwagen am Ufer eines Flüßchens. Rauch stieg kerzengerade von einem kleinen Lagerfeuer auf.

»Die sehen ganz anders aus.« Patsy wunderte sich. Sie beugte sich aus dem Seitenfenster. Hier waren keine schrottreifen, verrosteten Lieferwagen oder ausrangierte Omnibusse zu sehen. Die Wohnwagen in der Lichtung waren größtenteils bunt bemalt, in kräftigen Farben und mit heiteren Ornamenten – rot, blau oder grün. Die Räder hatten polierte, hölzerne Speichen, und jeder Wagen war mit einer Deichsel versehen, um Pferde anzuschirren. Als Patsy es bemerkte, hörte sie auch das Wiehern von jenseits der Lichtung. An den Bäumen waren Seile befestigt, zwischen denen eine stattliche Anzahl Pferde bereitstand.

»Das sieht ja aus wie im Märchen«, rief sie.

»Wollen hoffen, daß es gut ausgeht.« Carrick öffnete die Tür und kletterte hinaus auf den kurzen Rasen. Eine Gestalt löste sich aus einem der bunten Zirkuswagen und blieb ruhig stehen, um sie zu beobachten. Patsy berührte Carrick am Oberarm.

»Nein«, meinte sie, »laß mich zu ihm gehen.«

»Woher weißt du denn, ob er hier ist?«

»Wenn ja, dann muß ich selbst mit ihm sprechen.«

Carrick musterte sie, überlegte und hob die Achseln. »Wenn es Schwierigkeiten gibt, bin ich sofort bei dir«, versprach er. Patsy nickte und stieg aus, wollte gerade die Tür zuschlagen und hielt sie rechtzeitig fest. Ihr war nicht wohl bei dem Gedanken, den Frieden durch ein lautes Geräusch zu stören, auch wenn der Mann neben dem Wohnwagen sich noch immer nicht rührte. Ihre Schritte verursachten ein knackendes Geräusch auf dem trockenen Laub, als sie auf die Lichtung ging, und mit jeder Bewegung steigerte sich die nervöse Anspannung. Vermutlich war Paul gar nicht hier? Doch etwas in ihrem Innern sagte ihr, daß es Unsinn war. *Vermutlich doch.* Und wenn es so war, was sollte sie ihm sagen? Wie würde er reagieren? In den letzten beiden Tagen hatte sie wieder und wieder überlegt, wie sie ihn ansprechen wollte, wenn sie ihn gefunden hatte, aber all ihre Konzepte, ihre einstudierten Worte zerstoben zu nichts auf diesem kurzen Weg über die Waldlichtung.

Sie kam vor die aufgereihten Wohnwagen. Der Mann stand noch immer reglos da, mit breit gespreizten Beinen. Seine Augen, vom Rand seines alten Huts beschattet, schienen zu funkeln. Diesen Blick hatte sie schon öfter gesehen bei den Zigeunern, die sich stets in der Nähe ihres Hauses aufhielten, immer zugegen waren, wenn sie mit den Kindern spazierenging. Patsy blieb stehen. Sie beäugten einander eine ganze Weile. Schließlich ergriff sie das Wort.

»Ich suche nach Paul Thomson«, stieß sie hastig hervor.

»Ja«, versetzte der Mann. Es schien mehr eine Frage als eine Feststellung zu sein.

»Ist er hier?«

Der Mann zuckte die Achseln. »Wer will das wissen?«

»Ich bin seine Frau.«

Wieder das Achselzucken. Jetzt steckte er die Hände in die Taschen seiner weiten Hose. Er trug ein Hemd, das aussah wie aus Leder gemacht und in der Taille von geflochtenen Riemen zusammengeschnürt wurde, was zu dem Eindruck einer Märchenfigur beitrug.

»Und? Haben Sie ihn gesehen? Ist er hier?«

Der Mann würdigte sie kaum eines Blickes und verzog keine Miene. Die Stille lastete auf ihr.

»Was hast du hier zu suchen?« schrillte Pauls Stimme über die Lichtung.

Patsy wirbelte herum. Da stand er, auf der verzierten Treppe eines Wohnwagens, die Hände in den Hüften, einen Fuß auf der oberen Stufe. Die Sonne ließ sein dunkles, kurzgeschorenes Haar glänzen. Hinter ihm schimmerte die Holzverkleidung des Wohnwagens, des einzigen, der nicht bunt bemalt war. Türsturz und Rahmen waren aus Naturholz geschnitzt und mit kunstvollen Figuren von Raubtieren und Vögeln und Fabelwesen verziert. Sie schienen sich zu bewegen und von eigenem Leben beseelt, wenn das Zwielicht des Waldes auf sie fiel.

»Ich ...«, begann Patsy und stockte. Sie holte tief Luft. »Ich muß mit dir reden.«

»Also gut. Rede.« Paul zog die buschigen Brauen zusammen. Er kam eine Stufe tiefer und verschränkte die Ellbogen vor der Brust.

»Paul, du mußt zurückkommen.«

»*Muß* ich? Wieso?«

»Weil ... weil die Kinder dich brauchen. Wir machen uns große Sorgen.«

Er musterte sie über die Entfernung von zehn Metern. »Sehe ich aus, als müßte man sich um mich sorgen?«

Sie wußte keine Antwort darauf. Ihr Atem ging rascher. »Bitte, Paul, laß uns miteinander sprechen. Du weißt doch gar nicht, was du tust!« Als sie einmal anfing, kamen ihr die Worte wie ein Sturzbach. Sie erklärte ihm, daß er Hilfe bräuchte. Sie alle würden ihm beistehen. Sie versprach alles mögliche, wenn er nur bereit wäre, in den Wagen zu steigen und mitzukommen. *Nach Hause.*

»Nach Hause?« versetzte er schließlich, als ihr die Argumente ausgingen. »Ich habe kein Zuhause mehr, nirgends. Das hier« – er deutete ringsum auf die Lichtung, den Wald, vielleicht die ganze Welt – »ist, was ich habe.«

Patsy spürte, wie sie wütend wurde. Seit er sie verlassen hatte, kam sie aus den Ängsten und Nöten und dem Selbstmitleid nicht mehr heraus. Und er stand da im Tageslicht, gut aussehend in seinem neuen Hemd aus Wildleder, und ließ sie wissen, daß ihm all das nichts bedeutete. Daß ihr Zusammenleben, ihre Familie, ihre vielen kleinen Opfer, die sie auf dem Altar seiner Karriere gebracht hatte, wertlos geworden waren.

Eine Sicherung brannte durch unter dem Druck, und die Empörung brach sich Bahn. Sie brüllte ihn an, mit immer lauterer Stimme, und machte aus ihren Gefühlen keinen Hehl mehr. Sie nannte ihn einen Feigling, einen treulosen Bastard, einen schlechten, unfähigen Vater, hatte die Hände zu Fäusten geballt und ließ ihre aufgestauten Emotionen heraus.

Endlich versagte ihr die Stimme, und sie stand da, keuchend wie ein Tier, mit bebender Brust. Dann brach sie in heftige Tränen aus.

Paul war stehengeblieben, mit versteinerter Miene, bis auf ein kleines Grinsen, das sich im Mundwinkel zeigte, nicht in den Augen. »Bist du endlich fertig?« fragte er sanft. In diesen vier leisen Worten nahm sie seine eigene Wut wahr. Sie wollte gerade antworten, als ein Lärm hinter ihm entstand. Die Wohnwagentür klappte auf, und die Frau erschien. Patsy schüttelte die heißen Tränen ab und fühlte wieder die Wut in sich aufkeimen. Die Frau war hochgewachsen und schlank. Sie kam langsam, graziös, die Stufen herab, bewegte sich mit katzenhafter Geschmeidigkeit. Sie nahm sich viel Zeit; ihre grünblitzenden Augen ließen keine Sekunde von Patsy ab. Die Fülle ihres rabenschwarzen Haars schimmerte irisierend bläulich in der Sonne. Hier auf der Lichtung wirkte sie sogar noch schöner als vor der Kamera. Wenn *die* ihre Rivalin war, mußte Patsy verzagen.

Die Frau glitt näher, an Pauls Seite, und ihre Füße machten kein Geräusch im Gras. Sie blinzelte nicht, sondern hielt ihren Blick starr auf Patsy geheftet. Eine machtvolle elektrische Spannung schien sich zwischen den beiden Frauen aufzubauen, wie zwischen zwei gegensätzlichen Polen. Sie sagte kein Wort.

Sie hat ihm ihr Zeichen aufgeprägt. In der Mittsommernacht hatte sie Paul gezeichnet. Auf seiner Haut einen Fleck hinterlassen. Jetzt stand sie neben ihm, schneeweiß, fast durchsichtig im Zwielicht unter den Bäumen. Sie hatte seine Haut geritzt, bis er blutete. *Hatte sie sein Blut geleckt, als es perlte? Hat sie es hinuntergeschluckt?* Jetzt verzog sie keine Miene, nur ihre Smaragdaugen sandten feurige Blitze. Einen bangen Moment lang glaubte Patsy, ihre Haut sei zu weiß, um menschlich zu sein, und zugleich mußte sie sich vorstellen, daß die Zigeunerin grinste und beim Grinsen zwei lange, spitzgefeilte Fangzähne entblößte, die sich vor dem sinnlichen Rot ihrer Lippen abzeichneten.

Kerron Vaunche lächelte keineswegs, noch nicht. Sie blieb bei Paul stehen und lehnte sich mit einer Hüfte an ihn. Sie ragte hoch auf, war höchstens ein oder zwei Zentimeter kleiner als er. Ihr Blick schien vieles zu bergen, Belustigung, Haß, womöglich Mitleid, obwohl ihr Gesichtsausdruck wie aus Alabaster gemeißelt war.

»Sie will, daß ich gehe«, erklärte Paul. Die Frau rührte sich nicht, doch selbst jetzt merkte Patsy, daß sie lauschte, begriff, sich verständigte.

»Du willst, daß ich das aufgebe?« fragte Paul an Patsy gewandt. Sie nickte langsam, unfähig, sich vom Anblick der anderen zu lösen. Innerlich kämpfte ihr Zorn mit der Verzweiflung, die sie überkam, als sie die raffinierte, tückische Vollkommenheit von Kerron Vaunche erkannte.

Es ist ihre Kraft, hatte die Alte am Lagerfeuer gesagt, und Patsy spürte diese Kraft. Es war die Fähigkeit aller wahrhaft schönen Frauen, Männer zu beherrschen. Daran war nichts Magisches oder Mystisches, aber mit ihrer Macht hatten solche Frauen die Männer in den Krieg geschickt, sie veranlaßt, andere zu töten oder zu verstümmeln. *Sie hat ihn gezeichnet und an Seele und Körper gebunden, und dieser Knoten ist nicht mehr zu lösen.*

»Ich will, daß du nach Hause kommst«, stieß Patsy hervor. Kerron Vaunche warf den Kopf in den Nacken und lächelte. Nicht aus Boshaftigkeit, nur um ihre Überlegenheit anzudeuten. Die Siegerin gibt sich der Besiegten zu erkennen.

Paul streckte den Arm aus und umfaßte mit der Rechten

die Schulter der Fremden. Auch er lächelte, aber mit genießerischer Heimtücke. Er zog Kerron Vaunche zu sich. Patsy stand da wie hypnotisiert, ihr Magen wand sich in heftigen Krämpfen, während sie zusah, wie Pauls Hand den hübschen Seidenschal vom Nacken der Dunkelhaarigen löste. Schwerelos segelte es in die Beuge ihres nackten Arms herab. Ohne innezuhalten, ließ Paul seine Hand in den Ausschnitt ihrer Bluse gleiten, strich ihr über die zarte Haut. Sie wanderte abwärts, war nicht mehr zu sehen, doch der dünne Stoff verbarg nichts. Patsy blinzelte in der Sonne, noch immer in die Augen der Frau vertieft, dennoch nahm sie wahr, wie ihr eigener Mann vor ihr stand und die Brust einer anderen umfing. Unter der Seide zeichneten sich tastende Knöchel und Finger ab, ein aufreizendes Spiel, und Kerron Vaunche straffte sich. Ihre Augen schienen in weite Fernen zu gleiten, und trotz des Abstands war unverkennbar, welcher Genuß den Körper der Frau durchschauerte. Kerron Vaunche holte tief Luft, dann konzentrierte sie sich wieder.

Sie wandte den Kopf, erlöste Patsy von ihrem Blick, beugte sich Paul zu und gab ihm einen sachten, sehr sinnlichen Biß in die Wange. Ihr Lippenstift hinterließ eine Spur wie von Blut.

Patsy war, als wühlten Messer in ihren Eingeweiden. Ein hilfloser Seufzer entfuhr ihr. Kerron Vaunche fuhr herum und fixierte sie wieder. Jetzt löste sich die Frau von Pauls Seite, drängte sanft seine Hand aus den Falten ihrer Bluse. Sie trat, ohne Patsy aus den Augen zu lassen, zur Seite. Jedes Geräusch erstarb; das Zwitschern der Finken im Gezweig, das Knistern des Lagerfeuers, das Wiehern der Pferde hörte auf, als wäre eine Doppeltür zugefallen, als blieben Kerron Vaunche und Patsy allein in ihrer Zeitblase zurück.

Das Zigeunerweib näherte sich dem Feuer, umkreiste es, trat mit traumhafter Sicherheit und Eleganz hinter die Flammen. Ihr Bild verschwamm, nur ihre Augen leuchteten unverwandt. Schließlich stand sie auf der anderen Seite, und Patsy konnte nicht anders, sie mußte sich umdrehen, ihr folgen, sie betrachten. Kerron Vaunche umkreiste sie wie ein Raubtier, das auf Beute lauert, ein weiblicher Luchs, der ein hypnotisiertes Kaninchen in die Enge treibt. Patsy spürte einen feinen elektrischen Strom, singend wie hochgestimmtes Geigenspiel. Sie drehte sich, während die andere sie umrundete, wollte Schritt halten, verlor sich selbst in diesem gemeinsamen, grausigen Kreis. Grünes im Hintergrund verschmolz zu einer wabernden, glühenden Spirale, während Kerron Vaunche immer schneller dahinglitt. Rauchwolken quollen plötzlich auf, umhüllten Patsy mit Geruch, harzigem Nadelduft, aromatischer Eiche. Alles drehte, hüpfte und tanzte ringsum.

Patsy sah ...

Kerron Vaunche aus der Finsternis kommen, vorschnellen wie eine Schlange, schwarz umrahmtes weißes Gesicht, tödliche Züge, die in tausend Splitter zersprangen und wie ein millionenfacher Schwarm schwarzer Fliegen von einer Gestalt aufflogen, die auf dem flachen Stein ruhte. Blitze zuckten, tauchten den Stein in phosphoreszierendes Grün, und die Gestalt schien Paul zu sein, nackt und mit gespreizten Gliedern. Die Spuren seiner Narben wanden sich spiralförmig um seine Arme wie der rote Fingerabdruck eines Riesen. Er hob den Kopf und sah nach dem blassen Etwas, das über ihm schwebte, und die Wirbel kreisten und lösten sich, bis Kerron Vaunche aus dem Fliegenschwarm trat und rittlings auf ihm Platz nahm, sich auf seine vorspringenden Hüftknochen setzte. Sie warf ihr Haar nach hinten, winzige Schlangen eines Gorgonenhaupts, die zischten und spien, während die Zigeunerin keuchte, wimmerte und knurrte. Auch Paul brüllte jetzt auf wie ein verwundeter Stier und schob sich in sie hinein. Kerron Vaunche bog den Rücken durch, die Schlangen wurden Rattenschwänze, ihr Körper verlängerte sich, ihre Augen wechselten die Farbe, von Grün nach Orange.

Patsy sah ...

Paul auf dem Stein liegen, das Gesicht in Ekstase verzerrt, einen Strick um den Hals, Hand- und Fußgelenke an den Stein gefesselt, in einem Gewimmel ekler Kreaturen, die an die Oberfläche drängten. Das Licht des bleichen Mondes schien durch ein schmales, niedriges Fenster auf den Altar, seine Haut schälte sich von der Wange, schrumpelte und zerknitterte, während das Ding auf ihm hockte, ein schwarzer, unförmiger Stumpf, der quoll und schrumpfte, den Schädel hinabgebeugt zu ihm. Paul stöhnte erschauernd, und der Kopf hob sich, und sie erkannte das Monster aus ihren Alpträumen, mit klaffendem Maul und scharfen Zähnen, von denen Gift und Blut träufelte. Es schnüffelte und grunzte, fixierte sie mit tückischen rotgelben Augen ohne Pupille. Jetzt senkte es das warzige Haupt ... und die Gestalt auf dem Stein war nicht Paul, sondern Judith, schmal und fragil, hingeschleudert und tot. Das Monstrum schnaufte wieder, wühlte sich mit der Schnauze in den nassen Spalt; als es sich danach erhob, stürmten die Fliegen auseinander wie ein Nebel, und Judiths tote Augenhöhlen starrten anklagend herüber. Kerron Vaunche lachte aus dem Schattenwinkel, und Patsy fuhr herum. Das Gesicht der Frau war jetzt alt und zerfurcht, ledrig und ausgetrocknet, als wäre alle Menschlichkeit herausgesogen. Das hexenhafte Wesen meckerte vor Vergnügen und deutete auf den Stein. Dort zuckten ringsum Silhouetten, kleine Steindämonen krabbelten an der Gestalt empor, die mit gespreizten Armen und Beinen und einer riesigen, vom Kinn bis zum Unterleib klaffenden Wunde dalag.

Patsy sah ...

daß es nicht Judith auf dem Stein war. Sie selbst war es, und sie war nicht tot. Sie zuckte und wand sich noch immer, während ihr ein schwarzes, stumpfes Ding mit orangefarbenen Augen alles Leben aussaugte und die Fliegen auf den Blutpfützen schwammen. Von irgendwo da oben tropfte Blut in eine runde, schwarze Schale, und aus den Schatten trat ein gräßlich zerlumptes Ding auf Stelzen, mit breitgequetschter Visage, verzerrt wie zu einem Schrei, doch die Vogelscheuche stieß nur ein verrücktes Gelächter hervor, und Patsy auf dem Steinaltar öffnete den Mund, um zu schreien, doch zwischen ihren Lippen gurgelte bloß roter Speichel.

Es gab einen leisen Ruck.

Und Patsy stand wieder in der Lichtung. Die Sonne blitzte durch das Laub, stach ihr in die Augen, und Patsy versuchte keuchend, sich aufrechtzuhalten. Ihr eigner Pulsschlag klopfte schmerzhaft in den Schläfen, und ihr Herz rammte von innen wie eine kleine Faust an die Rippen.

Kerron Vaunche hatte sich nicht von der Stelle gerührt. Sie stand noch immer und rieb ihre Hüfte an Paul, ließ jetzt nur ab von seiner Wange, wo ihre weißen Zähne keine Lippenstiftspur, sondern eine blutperlende Abschürfung hinterlassen hatten. Pauls rastlose Finger arbeiteten sich noch immer unter ihrer Bluse abwärts.

Patsy taumelte zwei Schritte zurück, noch immer schokkiert von der Vision, die ihr die Sinne verwirrt hatte. *Die ihr eingegeben worden war*, korrigierte sie ihr Verstand. Kerron Vaunche fixierte sie noch immer mit ihrem Smaragdblick. Ihre Lippen teilten sich zu einem Lächeln, das Patsys Blut gerinnen ließ. Ihre schmalen Vorderzähne waren rot verschmiert.

Patsy machte auf dem Absatz kehrt und rannte davon. Ein Schluchzer entrang sich ihrer Kehle, Tränen blendeten sie, als sie über die Lichtung stolperte, den Wagenschlag aufriß und sich auf den Beifahrersitz verkroch.

»Weg hier! Bring mich bloß weg!« schrie sie.

»Moment noch«, brummte Carrick, als müßte er die Zähne zusammenbeißen, aber Patsy rieb sich schon die Tränen weg, wollte ihn nicht ansehen, wollte kein Mitleid in seinen Augen lesen. »Laß mich mal ein Wort mit dem verdammten Idioten reden.«

»Nein!« kreischte Patsy und hörte, wie ihre Stimme überschnappte. »Bitte nicht, Carrick. Bring mich nur schnell weg!« Noch immer spukte ihr die Vision vor den Augen, und instinktiv wußte sie, daß diese Frau sie hypnotisiert, ihr eine abscheuliche Halluzination aufgezwungen hatte. Sie wollte so weit weg wie möglich und möglichst großen Abstand zwischen sich und dem ekelerregenden Anblick von Paul gewinnen, der an den Brüsten dieser Frau fummelte. *Gespreizt über den Stein.* Blutend unter ihrem Biß.

»So leicht kommt er mir nicht davon«, grollte Carrick, der von dem seltsamen und furchterregenden Zweikampf offenbar nichts gemerkt hatte. Schon hatte er die Fahrertür entriegelt und den Fuß nach draußen gesetzt. »Das war das Widerlichste, was ich je gesehen habe. So ein mieser kleiner Scheißkerl!«

»Nein, Carrick. Laß ihn«, heulte Patsy und klammerte

sich an den kräftigen Arm. »Laß ihn einfach gehen. Ich könnte seinen Anblick nicht mehr ertragen. Jetzt nicht mehr.«

Sie schloß die Augen fest, wollte die Tränen zurückhalten und ballte die Hände zu Fäusten. Wieder kam die Vision zurück, und sie schauderte. Eine ungute Vorahnung verdüsterte ihren Geist wie eine Sonnenfinsternis. Sie spürte, wie der Wagen zurücksetzte, dann nach vorn schoß und sie auf dem gleichen gewundenen Waldweg zurückkehrten, den sie gekommen waren.

Oben in den Bäumen schnatterte kehlig ein Wildvogel. Patsy glaubte, das befriedigte Gelächter der Alten von gestern zu hören, und fragte sich mit einem Mal, ob ihr auch dies nur vorgegaukelt wurde.

8

Sie brachte das Zittern nicht mehr unter Kontrolle. Kleine Erschütterungen, wie kurzfristige Erdbeben, ließen ihre Knie schlottern, die Schultern zucken, und Patsy mußte sich so fest ans Steuerrad klammern, bis die Fingerknöchel weißlich anliefen. Hinter sich hörte sie das elende Keuchen Judiths und Peter, der seiner Schwester gut zuredete. Angst hatten sie alle, obwohl Peter schon bewiesen hatte, daß er den Mut für alle drei aufbrachte.

»Erst neun Jahre«, flüsterte Patsy vor sich hin.

Neun, und hatte da draußen auf dem Seitenstreifen gestanden, fest auf beiden Beinen, und sich mit einer ganzen Meute dieser Aasfresser angelegt. Für lange Erklärungen blieb keine Zeit mehr, aber er hatte Widerstand geleistet, als sie ihn in den Wagen zurückscheuchte. Ohne ihn anzusehen, ahnte sie seine Entschlossenheit, seinen *Mann* zu stehen, einer, der seine Mutter und seine Schwester beherzt verteidigt. Sie konnte den Stolz nicht verhehlen, der ihre innere Unruhe überwand, trotzdem hatte sie Angst, war verzweifelt, und die nach wie vor lauernde Drohung ließ sich nicht so leicht abschütteln.

Schlimmer noch, Patsy hatte ein schlechtes Gewissen. Wo immer sie jetzt waren *(und Gott allein mochte wissen, wo das war),* sie selbst hatte sie hergebracht. Ihnen blieb keine andere Wahl. Peter und Judith waren auf dem Rücksitz verstaut worden, und ab ging's, und jetzt kamen sie von dieser Straße nicht mehr los, wo einfach gar nichts mehr normal, vielmehr alles aus dem Lot zu sein schien. Patsy kam es vor, als stolpere sie von einem Alptraum in den nächsten.

Trotzdem fuhr sie stur geradeaus, immer auf das Schild hoffend, das ihr in ein bis zwei Kilometern eine Tankstelle verhieß. Zu ihrer Linken, hoch über der roten Glut, teilten sich in einer plötzlichen Windbö die Wolken, und Patsy sah einen Streifen Mondlicht. Wieder erzitterte sie, wieder eine Gänsehaut, weil jemand über ihr Grab lief, denn der Mond war fast voll. Noch ein oder zwei Tage, dann war es soweit, und die Zeit reif.

Hol sie vor der Wintersonnenwende heraus. Das Mädchen hatte sie bei der Hand gefaßt und sie flehentlich angeblickt. *Wenn der Vollmond kommt, wird sie sie mitnehmen.*

Patsy hatte es nicht glauben wollen, nicht ganz, damals nicht. Jetzt wußte sie es besser, als durch den Wolkenspalt ein Mondstrahl lugte, in stumpfen, schmuddeligen Orangefarben, leicht ins Rötliche spielend. Schon schloß sich der Wolkensaum wieder und verdunkelte das Licht. Patsy riskierte einen zweiten Blick, der Mond war fort, aber sein Nachbild tanzte ihr noch vor den Augen. Sie konzentrierte sich darauf, aber es schwand. Ganz sicher war sie nicht, aber der kurze Anblick des Mondgesichts hatte sie an jemanden erinnert. Und sie hatte den – wenn auch vagen – Eindruck, der Mond habe feindselig zu ihr heruntergestarrt. Aber sie schüttelte den Kopf, verwarf diesen Gedanken.

»Werd nicht noch paranoid«, schalt sie sich selbst. Schlimm genug, was hier auf der öden Straße los war, auch ohne verdammte Phantasievorstellungen. *Hast eine lange Straße vor dir, gadge-Frau.* Die greise Frau hatte ihre Hand übers Feuer gehalten. *Weite Wege zu gehen. Besser, du kehrst den Rücken und verkriechst dich unters Dach, denn vor dir liegt die Straße des Bösen.* Damit sollte sie recht behalten, soviel war klar. Ein weiter Weg war's gewesen, und jetzt fuhr sie über eine böse Straße.

Der bärtige Mann, Crandall Gilfeather, auch er hatte sie warnen wollen, ihr von der *Ley*-Linie erzählt, der Unteren Straße. *Er fordert die Seelen derer, die über die Untere Straße fahren, aber das ist sein Recht.* Das war es, was er ihr von den dunkeln Mächten erzählte. Alles Geschwätz, dummes Zeug und Unsinn. Damals.

Sie fuhr weiter, wollte nicht daran denken, was ihr geweissagt worden war, folgte der Autobahn, die sich in Linkskurven eine Steigung emporschraubte. Sie erreichte den Scheitelpunkt und setzte zur Abfahrt an, sah in der Ferne den Himmel heller werden, den Horizont gestreift mit Türkis- und Malvenfarben. Zur ihrer Rechten konnte sie die riesige Überführung einer anderen Autobahn ausmachen, die über Betonsäulen verlief. Dort schien sich etwas zu bewegen, aber es war zu weit weg, um es zu erkennen. Mit Sicherheit glaubte sie das Dröhnen des Fernverkehrs wahrzunehmen, und in der Luft lag noch immer der aufdringliche Ölgestank von Brand und Abgasen.

»Ist es schon Morgen?« meldete sich Peter von hinten.

»Kann nicht mehr weit sein, Schatz.«

»Ich bin echt hungrig. Könnte ein räudiges Pferd auffressen.«

»Klingt ja scheußlich«, gab sie zurück und lachte gezwungen. »Weißt du was? Wenn die an der Tankstelle räudige Pferde servieren, bestell ich dir zwei. Und du mußt beide mit Haut und Haaren vertilgen.«

Judith wimmerte leise im Schlaf, und Patsy faßte hinter sich, um ihre Hand zu ergreifen. Es fühlte sich nicht gut an, feucht und heiß, die Nervenbahnen unter ihrer Haut bebten in unruhiger Spannung. Patsy ahnte, daß sie Judith von der Straße wegbringen mußte, irgendwohin, wo es warm und trocken war. Sie bettete das schlaffe Händchen in Judiths Schoß. Es war richtig gewesen, Paul die Kinder zu entreißen, und doch machte sie sich Vorwürfe, sie alle in Gefahr zu bringen.

Die Straße führte jetzt in einem langgestreckten, sanften Gefälle abwärts, und im ersten Morgengrauen konnte Patsy über das Erlen- und Weidendickicht hinausblicken, das den Rand begrenzte. Sie kamen ins Tal und jetzt ging es wieder geradeaus in die Ebene. Hinter Gestrüpp und einem niedrigen Holzzaun, mit dem die Autobahn eingefaßt war, sah sie das erste Gebäude seit Broadford House. In der Ferne zeichnete sich, als Silhouette gegen das zaghafte Frühlicht, eine einsame, aufgegebene Kirche ab. Der Dachfirst war eingestürzt und vermodert, viele Schindeln fehlten, und der kleine spitze Turm stand schief, ragte beinahe über den Schwerpunkt hinaus. Es sah aus, als könne er jede Sekunde zusammenbrechen. Neben der Kirche erstreckte sich ein alter, ummauerter Friedhof; die Grabsteine waren teils zertrümmert, teils abgewetzt und grau und halb im Erdboden versunken. In der dürren Heidelandschaft wirkten Kirche und Kirchhof abweisend und finster. Patsy hatte nicht den Eindruck, als ob je ein Reisender hier anhalten und sie besichtigen würde. Alles wirkte verrottet und verfallen und erweckte den Eindruck, als spuke es dort. Die engen gotischen Fenster bargen schwarze Schatten in ihren Tiefen, die an tote Augenhöhlen eines jahrhundertalten Skeletts erinnerten, und doch schien eine Art *Leben* in der bröckelnden Ruine zu hausen. *Ein Gotteshaus ist das nicht*, dachte Patsy. Jetzt nicht mehr, was immer es früher gewesen sein mochte. Diese schäbige kleine Kirche, die jetzt vorüberflog, bot niemandem ein Willkommen, und doch strahlte sie eine merkwürdige, magnetische Kraft aus, der Aura von Broadford House nicht unähnlich, wo über Ewigkeiten hinweg immer wieder Schlimmes passiert war. Patsy konnte kaum den Blick von dem dunklen, schimmligen Gemäuer wenden, und für Sekunden wußte sie, daß etwas dort lauerte, eine unbekannte *Wesenheit* im Innern der Kirche, etwas, das ihr Kommen spürte und sich in langem, ruhelosem Schlummer wälzte, von hungrigen Träumen gepeinigt. Die bloße Vorstellung war abstoßend, und doch hing sie ihr nach wie ein kaltes Fieber. Sie wandte sich ab, kämpfte an gegen den mentalen, kühlen Zugriff. Tief in ihrer Seele verborgen, wo die Instinkte wohnen, fühlte sie einen schleimigen Fühler tasten, und schon war es vorbei. Sie fuhr davon, nur ein leichtes Kribbeln im Rückenmark blieb.

Ein paar hundert Meter weiter, näher an der Straße als die Kirche, ragte ein einzelner Baum empor, finster und bedrohlich wie das Gemäuer. Die blattlosen Äste schälten sich und waren von haarigem Moos überwuchert, als hätten die Wurzeln Gift aus dem Moorboden gezogen und sich selbst den Tod gegeben. Wieder überkam sie das Gefühl, *daß etwas nicht stimmte*, etwas war tot und doch lebend, passiv lauernd, tückisch. Patsy fragte sich, wo diese abstrusen – *beängstigenden* – Hirngespinste herrührten. Sie blickte weg, aber eine flatternde Bewegung zwang sie, wieder hinzusehen.

Vögel nisteten im nackten Geäst, große dunkelgraue Aasvögel, ob Krähen oder Raben, war auf die Entfernung schwer zu bestimmen. Sie saßen still, die Schnäbel in den Wind gedreht, die jettschwarzen Knopfaugen auf den vorüberfahrenden Wagen gerichtet. Sie wirkten zu schwerfällig und fett für Krähen, und ihr fiel der Raubvogel wieder ein, der ihr nachts beinahe vor den Wagen geflattert war. Gebückt saßen sie da, die Köpfe folgten ihrer Bewegung, wie Geier, die auf einen Sterbenden warten, Begräbnisvögel in schwarzer Trauerkleidung. Patsy fühlte ihre Blicke im Rücken und wünschte sich an jeden anderen Ort als diesen hier. Sie fragte sich schon, ob sie die Ausfahrt verpaßt hatte *(vorausgesetzt, daß die erste Stimme an der Notrufsäule die Wahrheit gesagt hatte)*, aber an ein Schild konnte sie sich nicht erinnern.

Das heißt nicht, daß es keins gegeben haben konnte. Längst schon hatte sie die letzten Reserven angegriffen und war am Rand ihrer Nerven. So oft hatte sie schon die Ausfahrt verpaßt und sich verfahren, seit Paul Thomson damals im Wald vor ihr stand, mit dieser Vaunche im Arm, und Patsy angestarrt hatte, während er ihr das Herz brach.

Sie war einen weiten Weg gereist, seit Kerron Vaunche sie in ihren Zirkel gelockt und in ihrer Seele alle Schrecken heraufbeschworen hatte.

Damals war sie tränenblind, mit salzigen Lippen aus dem Wald gekommen, heiße Tränen der Wut und Kränkung waren ihr über die Wangen geströmt. Sie ließen sich nicht zurückhalten und flossen, bis sie Carrick bat, anzuhalten. Er fuhr noch sechs Kilometer weiter über die einspurige Waldstrecke, bis sie ein kleines Dorf erreichten. Dort hielt er auf dem Marktplatz, legte ihr den Arm um die Schultern und zog sie an sich. Sie vergrub ihr Gesicht an seiner Brust und weinte sich aus, bis das Schluchzen von selbst verebbte. Endlich riß sie sich los und tupfte sich die geröteten Augen mit dem Taschenbuch. Ihr war krank und hundeelend zumute.

»Ich weiß nicht, was ich noch machen soll«, seufzte sie. Das Bild des leprös entstellten Paul schwebte ihr noch immer im Gedächtnis, vermischte sich mit dem herzlosen, haßvollen Blick, der sie getroffen hatte, während er die Frau befummelte.

»Du hättest mir freie Hand lassen sollen, dem kleinen Scheißer die Fresse einzuschlagen«, fluchte Carrick. »Mein Bruder mag er sein, na schön, aber er hat weiß Gott eine Abreibung verdient für das, was er getan hat.«

»Zu spät. Was soll das alles jetzt noch. Es ging so furchtbar schnell. Ich dachte immer, wir wären glücklich ...«

Carrick lehnte sich zurück und blickte auf. »Wirklich? Gab es denn keinerlei Warnsignale?«

Einen Moment lang zögerte sie, dann schüttelte sie den Kopf. »Nein. Stimmt nicht. Es gab viele Anzeichen, aber ich wollte sie nicht wahrhaben. Ich hätte nie gedacht, daß es so kommt. Das weiß man doch nie, oder?«

»Keine Ahnung.« Carrick zuckte die Achseln, nahm die Sache leicht. »War bis jetzt noch nie verheiratet.«

»Wenn du je heiratest, laß dich nie auf jemanden ein, der glaubt, dich ändern zu können. Es ist der größte Fehler, den man machen kann. Soviel weiß ich jetzt.«

»Wie wär's, wenn wir irgendwo einen Kaffee trinken?« schlug er vor. »Siehst aus, als könntest du einen brauchen.« Sie stiegen aus, er legte den Arm um sie und deutete auf ein kleines Café gegenüber. Sanft schob er sie hinein. Sie kam sich klein vor neben ihm. Egal, was sein Bruder auf dem Gewissen hatte, neben Carrick fühlte sich Patsy sicher, doch aus irgendeinem Grund behagte ihr dieser Gedanke nicht. Ihr war klar, daß sie wieder werden mußte, was sie früher einmal war, statt erneut das schwache Weibchen zu spielen. Wenn sie eins aus der Sache gelernt hatte, dann durfte sie sich nicht länger abhängig machen, jetzt nicht und nimmermehr.

Der Kaffee war stark und schwarz und bitter, gerade das, was ihr jetzt guttat. Das Bild Pauls auf der Waldlichtung lauerte noch in ihrem Gedächtnis, und sie brauchte alle Kraft, es zu verdrängen.

»Es war mein Fehler«, hatte sie Carrick erklärt. »Ich habe zuviel verändert. Ich wollte nur, daß wir glücklich werden, aber es ging nicht gut aus.«

»Ist mir zu hoch«, brummte er und sah sie über den Rand seiner Tasse hinweg an. Sein großes, vierschrötiges Gesicht zeigte erste Lachfältchen in den Winkeln seiner freundlichen blauen Augen. Die gebrochene Nase, leicht zur Seite gewinkelt, hätte ihn derb erscheinen lassen müssen, doch im Gegenteil: er wirkte wie ein wetterharter Kerl, doch gutmütig und anschmiegsam. Die nervöse Energie, der Paul seine Erfolge verdankte, fehlte ihm gänzlich.

»Man soll bleiben, was man ist, nicht das werden, was ein anderer haben will«, begann sie. »Mir war nicht klar, wie sehr ich mich hängen ließ. Es ist mein Fehler, daß ich Paul gegenüber so nachgiebig war, bis er mich nach seinem Willen formte.«

»Du bist, soweit ich sehe, dieselbe wie früher. Jedenfalls siehst du fast kein Jahr älter aus ...«

Sie schüttelte den Kopf, und ein Lächeln stahl sich zaghaft auf ihre Lippen. »Du Schmeichler. Das habe ich nicht gemeint. Wie ich Paul kennenlerne, weißt du – wir waren damals an der Uni. Er studierte Jura, und ich war mit Geophysik beschäftigt, Nebenfach Anthropologie. Und ich war verdammt *gut*. Alle sagten mir eine große Karriere voraus, und ich wußte es selbst. Nicht, daß ich damit geprahlt hätte, schließlich mußte ich mir alles hart genug erarbeiten. Aber mir ging alles leicht von der Hand. Ich war im Debattierclub und hatte den braunen Gürtel in Shotokan und war in der zweiten Fechtmannschaft. Es war die beste Zeit meines Lebens, nun schau dir an, was daraus geworden ist!«

Sie blickte auf zu ihm. »Alles habe ich über Bord geworfen, um einen Mann zu heiraten, der lieber im Zirkuswagen wohnt und Zigeunerweibern an die Titten geht«, stieß sie hervor. Zwei Tische weiter drehten sich drei betagte Frauen mit blaugetöntem Haar und Kapotthütchen nach ihr um. Eine schnalzte peinlich berührt mit der Zunge. Selbst Carrick wirkte überrascht.

»Du hast doch die Kinder«, wandte er ein.

»Klar, die bleiben mir, und was anderes zählt letztendlich nicht. Die scheinen dem Bastard ja völlig gleichgültig zu sein, stimmt's? Er hat eine kleine Tochter und einen Stammhalter, und alles, was er will, ist draußen in den Wäldern *bumsen*, verdammt noch mal!«

Wieder mißbilligendes Schnalzen am Nebentisch. Jetzt mußte Carrick losprusten. Er drehte sich um und funkelte die drei alten Weiblein so zornig an, daß sie sich hastig wieder in ihren Dorfklatsch vertieften.

»Aber das ist es nicht. Um ihn geht's ja gar nicht. Es geht um *mich.* Es war mein Fehler, weil ich es so weit kommen ließ. Wann es angefangen hat, wie er es anstellte, weiß ich nicht. Aber er hat mich verändert, und ich möchte das rückgängig machen. Ich möchte wieder ich selbst werden!«

»Versteh's noch immer nicht.«

»Es ist doch ganz einfach. Früher war ich Patricia Havelin, die blitzgescheite junge Frau, die Überfliegerin, gesund und munter und beliebt. Dann treffe ich einen Kerl, der all das auch ist, wenigstens kam es mir damals so vor. Es war ein Irrtum, denn ich war besser, als er glaubte, und er war miserabler, als er selbst von sich angenommen hätte.«

Carrick wirkte verwundert.

»Aus mir hätte alles mögliche werden können«, fuhr Patsy fort, »aber ich hab's nicht versucht. Nach dem Examen haben wir uns verlobt, und Paul trat in die Praxisgemeinschaft bei George Urquhart ein. Mir wurden die Angebote auf goldenem Tablett serviert. Vielleicht reizte es die Personalchefs, daß ich nicht nur den Einser-Abschluß, sondern auch hübsche Beine hatte, aber ich wollte mir eine Auszeit gönnen und ging auf Reisen nach Olduvai, um bei einer Ausgrabung zu helfen. Außerdem galt meine ganze Liebe sowieso der Anthropologie. Neun Monate blieb ich draußen, und als ich wiederkam, haben wir geheiratet. Paul arbeitete sich ein, ich wurde schwanger, und irgendwie kamen wir überein, daß ich keinen Job mehr annehmen, geschweige denn Karriere machen würde. Ich hörte auf, Patricia zu sein. Paul nannte mich Patsy, und das bin ich auch geblieben – seine *Patsy*.«

Sie unterbrach sich und starrte ins Leere. »So ist alles gekommen. Ich habe einfach die Zügel schleifen lassen. Peter kam zur Welt, Paul nahm seine Position als Juniorpartner ein, mit der Aussicht auf Übernahme der Praxis, und mischte eifrig im Dorfklüngel mit. Er hatte mein früheres Ich vergessen, und ich hatte es ebenso vergessen, weil ich damals mit Pete beschäftigt war. Überhaupt war von mir jahrelang nicht mehr die Rede, alles drehte sich nur noch um ihn. Er hatte Ehrgeiz und große Pläne, meine eigenen ließ ich verkümmern, und am Schluß war ich nur noch eine Zierde seiner Fakultätsessen. Das alles kam, weil Paul keine intelligente, strebsame oder eigenständige Frau haben wollte. Erst jetzt ist mir klar, wie sich das ausgewirkt hat. Er war eifersüchtig. Ich konnte ihm gefährlich werden. Darum hat er mich erst auf die Rolle des Hausputtelchens beschränkt und später immer wieder fertiggemacht. Ich ließ zu, daß er mein Selbst völlig lähmte, und merkte nicht mal, wie ich meine Identität verlor.«

Sie hielt inne und zog die Brauen zusammen.

»Darum muß ich jetzt von vorn anfangen. Nimm's mir nicht übel, Carrick, aber den Namen Thomson werde ich ablegen, auch für die Kinder. Ich will wieder Patricia Havelin sein.«

»Hat er dich geschlagen?« wollte Carrick wissen, der ihren Entschluß achselzuckend zur Kenntnis nahm.

»Ab und zu eine Ohrfeige. Manchmal einen Knuff in die Rippen oder Fausthiebe auf den Arm, nichts, was besonders brutal wäre. Keine Knochenbrüche. Die brutalsten Szenen spielten sich hier drinnen ab.« Sie tippte sich an die Stirn. »Er stahl mein *Selbst*, um sich Genüge zu tun, und das werde ich ihm nie vergeben. Mir selbst zu verzeihen, daß ich es zuließ, fällt mir schon schwer genug. Aber ich werde daran arbeiten. Heute habe ich ihn gesehen, wie er wirklich ist, und Tränen genug vergossen. Meinetwegen soll er im Wald bleiben, bis er schwarz wird. Hoffentlich friert er im Winter. Hoffentlich friert er sich den *Arsch* ab!«

Wieder fuhr eine der alten Damen herum, starrte Carrick an und wandte sich hastig an. Er beugte sich vor, tastete nach ihrer Hand und umschloß sie.

»Braves Mädchen«, nickte er und zwinkerte ihr zu.

Wieder im Wagen, ließen sie Marktplatz, Dorf und Wälder hinter sich. Patsy gab sich Mühe, nicht mehr daran zu denken. Als sie vor dem Bungalow hielten, schmiedete sie bereits Pläne für die Zukunft.

»Danke für alles.« Sie reckte sich, um ihrem Schwager einen Kuß auf die Wange zu drücken.

»Stehe jederzeit bereit«, erklärte er, zog sie an sich und drückte sie so fest, daß ihre Rippen knackten. »Und das meine ich ernst«, setzte er hinzu und warf ihr einen schwermütigen Blick zu. »Denn ich liebe dich.«

Patsy erstarrte. Sie schlug die Augen nieder und fühlte, wie sie rot wurde.

»Mensch, Carrick, das ist das letzte, was ich jetzt hören möchte«, gab sie zurück und wollte sich seinen Armen entziehen.

Erst warf er den Kopf zurück und sah so verwundert aus wie vorhin im Café. Dann brach er unvermittelt in Gelächter aus. Immer noch hielt er Patsy fest, und sein Lachen durchzitterte ihren Körper.

»Nicht doch! Dummes Gör!« prustete er. »Von *verliebt*

keine Rede! Das bleibt einer adretten Majorin bei den Royal Fusiliers vorbehalten, die du vielleicht bald kennenlernst. Wirst sie mögen. Hat 'ne Menge Sommersprossen, und Klasse-Beine!«

Wieder lachte er, und Patsy schämte sich noch mehr. »Paß auf: Wenn es heißt, ›ich liebe dich‹, dann mein ich's auch so. Das ist kein Antrag. Es heißt nur, daß du auf mich zurückgreifen kannst, wenn du Hilfe brauchst. Wenigstens einer aus dem Thomson-Klan muß doch zu dir halten.«

Binnen weniger Wochen hatte sie die Scheidung eingereicht, obwohl Pauls Mutter sie angefleht hatte, nichts zu übereilen und an die Kinder zu denken. Patsy dachte an die Kinder und nahm Kontakt zu einem anderen Anwalt auf, der den Prozeß einleitete. Doch über die Einleitung kamen sie nicht hinaus, denn nach der erschütternden Begegnung im Wald war Paul einfach verschwunden, die Vorladung erreichte ihn nicht. Patsy heuerte einen Detektiv an, der sich eine Woche schwerer Arbeit plus Spesen gut bezahlen ließ, ohne Ergebnis. Carrick hatte ihr Hilfe angeboten. Er erkundigte sich bei Freunden aus den Streitkräften. Doch Paul blieb unauffindbar, als hätte Kerron Vaunche einen Hexenfluch über ihn verhängt und verschwinden lassen. Darüber verging fast ein Jahr. Die Kinder hatten es anfangs schwer. In den ersten Wochen fing Peter zu schlafwandeln an, stellte viele unangenehme Fragen, dann kehrte er zum Fußball zurück. Judith war noch zu jung, um sich Sorgen zu machen. Ihr Asthma sollte sich erst ein gutes Jahr später zum ernsthaften Problem entwickeln. Allmählich überwand Patsy ihr Trauma. Sie riß sich zusammen, rief ein paar Freunde aus Studentenzeiten an, die ihr den einen oder anderen Auftrag als Beraterin bei mehreren Kleinbetrieben und einer großen Ölfirma verschafften. Das reichte vorerst, um die Rechnungen zu bezahlen, und die meiste Arbeit konnte sie vom Computer im Gästezimmer aus erledigen.

Mit der Zeit kam sie darüber hinweg. Sie war wieder Patsy Havelin geworden, und allmählich ebnete sich auch die Sorgenfalte zwischen ihren Brauen. Sogar ein paar Lachfältchen zeigten sich an den Mundwinkeln. Sie hatte es geschafft – auch wenn sie gelegentlich noch von der Frau träumte, die im Kreis um das Lagerfeuer schritt und Visionen im Rauch aufqualmen ließ, von spöttischen grünen Augen und Pauls Hand, die unter die Bluse griff, auch wenn sie noch manche Nacht weinend vor Zorn erwachte.

Fast zwei Jahre nach der Katastrophe auf der Waldlichtung, an einem heißen Tag im Hochsommer, war Patsy draußen im Garten beschäftigt, wo sie Unkraut jätete und einige duftende Teerosen für die Vase neben dem Küchenfenster schnitt. Die Kinder hatten an der Schaukel gespielt, die Carrick ins Geäst der alten Eberesche montiert hatte. Nur zwei blaue geflochtene Seile, die fest an den Ast geknotet waren und einen alten LKW-Reifen hielten, groß genug, daß beide Kinder hineinpaßten. Patsy hatte gesehen, wie Peter seine Schwester anschob, die so klein war, daß sie ständig durch die Öffnung zu fallen drohte, was ihn sehr belustigte. Judith kreischte vor Vergnügen, als ihr Bruder sie höher und höher schwingen ließ, bis ihre Füße fast die großen Blätter unterhalb der Baumkrone berührten. Patsy hatte die Rosen angeschnitten und ins Wasser gestellt, dann kehrte sie aus der Küche zurück, um im Gemüsebeet Salat und Kräuter fürs Abendbrot zu holen. Sie schnitt einen großen Kopf Salat, dann zog sie noch ein paar Babymöhren aus der Erde.

Die plötzliche Stille kam ihr merkwürdig vor.

Sie setzte den Korb ab und richtete sich langsam auf.

Nirgendwo ein Laut, außer dem Murmeln des Bächleins an der Gartengrenze. Die warme Brise von vorhin hatte sich gelegt. Der Sommernachmittag schien alles einzuschläfern; die Vögel hörten zu singen auf, auch das Rotkehlchen, das sonst so lautstark von einem Rosenquarz im Steingarten aus sein Territorium verteidigte. Das Gebrumm der emsigen Bienen im Hagebuttenstrauch, die summenden Insekten an der Linde, die ihren Schatten auf den Rasen warf, waren verstummt. Es war, als hätte etwas den Garten betreten, was selbst die kleinste Kreatur vor Angst erstarren ließ. Patsy selbst fühlte sich wie eingeschlossen in einer warmen Kapsel, wo die Zeit stillstand. Sie hob den Kopf und spürte die Sonne auf den Lidern. Nirgends ein Hinweis, daß etwas nicht stimmte.

Mit einer Ausnahme. Etwas in ihrem Innern erfaßte, was es war.

Kein Gelächter, kein vergnügtes Quietschen mehr. *Das Herz hämmerte ihr in der Brust.*

Keine kreischenden Kommandos von Judith mehr, die noch höher, und noch höher geschubst zu werden begehrte. *Und das Blut stockte ihr mit einem Mal in den Adern.*

Tödliche Stille ringsum, und eine leere Stelle in der Seele, wo sonst die Gegenwart ihrer Kinder stets einen festen Platz einnahm. *Und obwohl sie all dies nicht bewußt wahrnahm, fühlte die* Mutter *in ihr den Geburtsschmerz wie ein Echo, wie eine Alarmglocke, die ihren ganzen Körper durchdröhnte, und ihr Verstand schwatzte und jammerte und erklärte, daß etwas nicht stimmte, daß etwas Furchtbares und Gräßliches* geschehen *war.*

Patsy erhob sich langsam und drehte sich um, rang mühsam um Fassung. Aus dem Nichts kam eine kühle Bö heran und raschelte in den Birken. Für Sekunden verdunkelte sich die Sonne, dann kam es wieder, ein Schatten, die *Gegenwart* von etwas, das in ihren Garten schwebte und vorüberging. Ganz allmählich kehrten die Geräusche zurück, während sie vom Gemüsebeet zur Ecke des Bungalows wanderte. Die Bienen summten in der Hecke, das Rotkehlchen trillerte seine Piccolomelodie und bekam Antwort vom Zaunkönig, der auf seiner Moosinsel im Bach beinahe noch virtuoser flötete. Die Insekten tummelten sich in der Linde. Aber vom Spiel der Kinder war nichts mehr zu hören.

»Sie werden ins Haus gegangen sein«, redete sie sich ein, wiederholte es laut. *Natürlich sind sie ins Haus gegangen*, teilte der Verstand ihrem Herzen mit, und ihr Herz gab zurück: *Närrin!*

An der Hausecke bekam Patsy wieder Luft, die ihr plötzlich weggeblieben war. Sie drehte sich um, suchte die blühenden Sträucher ab, überquerte den Plattenweg bis zur Wiese neben der Schaukel. Der alte Reifen baumelte müßig und leer in den Seilen. Sie öffnete die Lippen, um Peter und Judith zu rufen, als eine eisige Hand ihr Herz erfaßte und zudrückte. Sie wollte überlegen, sich ins Gedächtnis rufen, wann es so still geworden war. Hatte sie eine Wagentür schlagen gehört? Hatte sie. *Hatte sie?*

Ein hellgelbes Haarband lag zusammengerollt unter der Schaukel, wo Judith es verloren hatte. Die Kinder waren fort.

Patsy Havelin sollte sie über ein Jahr nicht mehr wiedersehen.

In den Stunden und Tagen des Irrsinns, die folgten, geriet Patsy mehr als einmal an den Rand des Zusammenbruchs. Sie hatte sofort die Polizei verständigt, aber Paul war ihr zuvorgekommen. Ihr Scheidungsprozeß war nie zum Abschluß gekommen, und die Frage des Sorgerechts nicht entschieden, und am Schluß schüttelten sie den Kopf und erklärten, nichts für sie tun zu können. Paul war wieder verschwunden, diesmal hatte er Sohn und Tochter mitgenommen, und ein halbes Jahr lang war sie mit nichts anderem beschäftigt, als sie wiederzufinden und zurückzuholen.

Es war Carrick, der zuerst auf Broadford House stieß, fast fünfhundert Kilometer nördlich, jenseits der schottischen Grenze. Wie Carrick seinen Bruder ausfindig gemacht hatte, wußte Patsy nicht, und er sprach nicht davon. Sie erfuhr lediglich, daß Paul in einer pseudo-religiösen Organisation mitmischte. Sie war gleich in den Norden gefahren, kam jedoch nicht durch das Tor. Paul stand dort, die Fäuste in die Seiten gestemmt, das dunkle Haar jetzt lang und zu Rasta-Zöpfen geflochten. Er hatte Gewicht verloren, und sein Blick war klar und hart und gnadenlos. Auch die Frau war da, Kerron Vaunche, mit spöttisch glitzernden Augen stand sie neben ihm. Paul war ans Tor gekommen und starrte durch das rostige, abblätternde Eisengitter.

»Hier ist nichts zu holen für dich«, erklärte er dumpf und ohne zu zögern. »Die Reise hättest du dir sparen können.«

»Ich will Peter und Judith sehen.« Es entfuhr ihr fast ohne eigenes Zutun, und sie selbst hörte die Panik in ihrer Stimme.

»Die beiden sind in Sicherheit. Sie sind bei mir, und ich bleibe hier.«

»Ich will sie sehen – sofort!«

Paul wich ein wenig von den Eisenstäben zurück. »Wird Zeit, daß du dich auf den Weg machst. Wir haben viel zu tun hier, und meine Kinder sind glücklich. Dich wollen sie nicht sehen.«

Irgendwas muß sie ihm hinterhergebrüllt haben, als er wegging, mit wippenden Zöpfen. Kerron Vaunche hatte sie angestarrt und gegrinst, ein ironisches Dreieck, das die gemeißelte Schönheit ihres Gesichts grotesk entstellte.

Allen Bitten zum Trotz hatte sich die Polizei geweigert einzugreifen; ihres Erachtens handelte es sich um eine Familienangelegenheit, die allenfalls vor Gericht geklärt werden könne. Patsy war heimgekehrt und hatte die Scheidung betrieben, wobei sie auf das Sorgerecht für Peter und Judith pochte. Paul antwortete mit einer Gegenklage, erhob unglaubliche Anschuldigungen, und monatelang gingen Schriftsätze hin und her.

Eines Abends kam Carrick zu ihrem Bungalow mit der neuen Frau seines Lebens, einer hübschen Armeeangehörigen mit langen Beinen und Sommersprossen. Ihr Name war Connie, und sie kannte jemanden, der wiederum jemanden kannte, der sich für die Rettung von Sektenjüngern einsetzte. Von ihm erfuhr sie, was hinter den Gittertoren von Broadford House vor sich ging. Patsy kannte den Mann nur als McGregor; ob dies sein richtiger Name war, vermochte sie nicht zu sagen. Er war schlank und drahtig, hatte einen stieren, fanatischen Blick, und als Patsy ihn kennenlernte, hielt sie ihn für nicht weniger verrückt als die Leute, die er angeblich bekämpfen wollte. Doch McGregor stellte ihr zwei Leute vor, die mit Patsy reden wollten.

Lisa Prosser war die erste gewesen.

»Sie müssen sie da rausholen, Missus, denn da wird zur Wintersonnenwende was Schreckliches passieren. Das weiß ich mit Sicherheit!«

Lisa war eine gertenschlanke Person, die ihr braunes Haar zum Pferdeschwanz gebunden trug und ihre großen Augen rastlos von Patsy zu Carrick und zurück wandern ließ wie ein scheues Reh. Sie sah aus, als hätte sie seit Wochen nichts Richtiges gegessen, und so aß sie auch, den Kopf tief über den Teller geneigt, um den sie einen Arm winkelte, um ihr Territorium zu verbarrikadieren. Patsy und Carrick saßen schweigend am Tisch und verfolgten fasziniert, wie Lisas schmale Hand Würstchen, Eier und Schinken aufgabelte, die weggeputzt wurden, als hinge ihr Leben davon ab. Sie hielt nur inne, um einen gehörigen Schluck Tee zu nehmen, dann machte sie sich wieder über das Essen her. Sie sprach den weichen West-Country-Dialekt eines Bauernmädchens; wie sie aussah, hätte jeder stärkere Windstoß sie wegfegen können. Doch als sie ihre Mahlzeit beendet hatte und die Ellbogen auf den alten Holztisch in der Küche stemmte, trat ein harter Glanz in ihre Augen.

»Klar hab ich Ihren Typen gesehen«, erklärte sie. »Den Kleinen auch und das Mädchen. Um sie müssen sie sich vor allem sorgen. Denn die *Catanna* hat sich die meiste Zeit mit ihr abgegeben, kleidete sie genauso ein und brachte ihr die Gesänge bei, das Zeugs, was wir nie gelernt haben.«

Sie nahm einen weiteren Schluck Tee, brühend heiß, was ihr aber nichts auszumachen schien.

»Aber wenn ich Sie wäre, würde ich die Kleinen so schnell wie möglich holen. War schlimm genug, als Kenyon noch die Fäden zog, obwohl ich das damals nicht glauben wollte, aber jetzt mit den beiden, Ihrem Mann und der Frau, 'zeihen Sie, Mrs. Thomson ...«

»Havelin«, korrigierte sie automatisch. »Mein Mädchenname.«

»'türlich.« Lisa zuckte die Achseln. »Seit die dorthin gekommen sind, wurde es erst richtig gruselig. Der alte John Kenyon, der wollte bloß etwas Kohle machen und mit den meisten Weibern ins Bett steigen. Das ist mir jetzt klar, obwohl ich ihn damals für den lieben Gott persönlich hielt, aber er war kein *ganz* schlechter Kerl, wenn ich so sagen darf. Nicht wirklich *böse*. Aber seit ihrer Ankunft war alles anders.«

»In welcher Hinsicht?« Patsy begriff nicht recht, worauf das alles hinauslief. Carrick hatte ihr geraten, McGregor zu vertrauen und dem Mädchen bloß zuzuhören, ebenso dem älteren Herrn mit dem gepflegten weißen Bart, der schweigend und mit halbgeschlossenen Lidern am anderen Ende des Tisches saß.

»John Kenyon hat uns allen möglichen Stuß eingeredet«, fuhr Lisa fort. »Man war wie, wie hypnotisiert. Muß so was Ähnliches gewesen sein, denn ich hielt ihn für Gott. George, das war mein Freund damals, der wollte immer weg von dort, und ich sagte, bitte, hau doch ab, jederzeit! Er blieb dann doch noch 'ne Weile, sogar noch, nachdem ich mit John Kenyon geschlafen hatte, doch zu dieser Zeit hätte ich mir die Pulsadern aufgeschnitten, wenn sie's von mir verlangt hätten. Es war so, daß man gar nicht mehr selbständig denken konnte, und ihnen mußte man immer alles sagen, und als sie hörten, daß George mich wegbringen wollte, hieß es, der wäre ein Sünder und käme in die Hölle.«

Vorher treffe ich dich in der Hölle. Patsy hatte damals das merkwürdige Erlebnis eines Déjà-vu. Sie sah die zornfunkelnde Kerron Vaunche vor sich und überlegte, wie es bei Lisa gewesen sein mußte. Nicht ganz so furchterregend vielleicht, aber mindestens so verdorben.

»George blieb dann noch, und nach einer Weile war er genauso verdreht wie wir alle, und was aus mir wurde, schien ihm egal. Ich glaube, seine Familie schickte ihm Geld, weshalb sie ihn besonders heftig zusetzten. Aber damals kriegte ich nichts mehr mit. Kenyon ließ mich nicht mehr in Ruhe und trieb's mit allen andern Mädchen, und behauptete, das wäre heilig. Jedesmal, wenn er auf mir lag, war es ein Sakrament, und ich wollte nichts als sterben und in den Himmel kommen. Da sieht man, wie verrückt die einen machen, oder?«

Lisa lächelte traurig und hob die mageren Schultern.

»Kann mich nicht erinnern, wann es richtig losging«, erzählte sie und blickte ins Leere, während sie ihr Gedächtnis durchpflügte. »Sie kamen am Ende des Jahres. Der alte John Kenyon scheffelte Tausende aus Spenden und Opfern. Er nannte sich Messias, wollte uns alle erlösen, und wir alle haben ihm geglaubt. George und ich trieben uns obdachlos in London herum und hatten Hunger. Er kriegte Tuberkulose, und ich hab gedrückt, was immer ich kriegen konnte – Speed, Acid, egal was. Dann kamen diese Typen an und gaben uns zu essen, laberten von einer besseren Welt, die sie errichten. George brachten sie ins Krankenhaus und flickten ihn zusammen. Wollten keinen Penny dafür, und als er wieder rauskam, überredeten sie uns, mit ihnen zu kommen. Waren auch ziemlich gerissen, denn George kommt aus reichen Verhältnissen. Seine Alten haben schwer Kohle, und er brauchte früher nie was, jedenfalls gab es welches, und die New Dawn Brethren wußten davon. Sie hatten ein spirituelles Zentrum im East End, so eine alte Kapelle, aber es war sauber und warm und alle waren glücklich und zufrieden, als ginge es ins Paradies. Von uns wurde bloß verlangt, an John Kenyon zu glauben, und das fiel nicht schwer. Er konnte so gut reden, und sah einen immer so komisch an, und man fühlte sich okay, verstehen Sie?«

Patsy verstand sie nur zu gut. Sie wußte ja selbst erst, seit Paul weggegangen war, wie sehr sie ihre Persönlichkeit unterdrückt hatte.

»Wie lange das ging, weiß ich nicht mehr. Aber ich hätte alles für ihn getan. Wir könnten alle frei und glücklich sein, meinte er, wenn wir bloß an ihn glauben. Das ließen wir uns nicht zweimal sagen, und insofern waren wir auch zufrieden. Verrückt, aber gut. Sex wäre okay, meinte er, mehr als okay, doch nur, wenn es ein Opfer war und ein Sakrament, und zwar dann, wenn man die erste Stufe der Gnade erreicht hatte. Raten Sie mal, wer auf dieser Stufe stand? Genau.«

Lisa Prosser langte nach einer Zigarette, steckte sie an und inhalierte in einem tiefen Zug. »Aber das machte uns auch nichts. Damals kam es uns völlig korrekt vor. Wenn ich recht überlege, war er damals so voll der Gnaden, daß er kaum ein Auge zutun konnte. Aber dann tauchte Paul Thomson, Ihr Ehemaliger auf, und die Frau mit ihm – Kerron. Ich hab das damals nicht erkannt, aber sie waren wie die Wölfe, die auf eine Schafherde stoßen. Sie kamen rein und es war anfangs wie immer. Erst mischten sie ein bißchen mit, aber dann stellte sich heraus, daß sie ein ganz anderes Kaliber waren. Bloß *wie* anders, das konnte sich damals keiner vorstellen.

Mir kommt es vor, als hätte es John Kenyon ziemlich erwischt. Haben Sie schon mal einen Hengst gesehen, der neben einer Stute im Stall steht, wenn sie rossig ist? Genau so hat sich der alte John benommen. Seine Augen folgten jeder ihrer Bewegungen, und man hörte ihn sogar hecheln, wie sonst, wenn er mit mir vögelte. An uns verlor er jedes Interesse, und ich war sogar ziemlich sauer wegen all der Gnade, der ich jetzt nicht teilhaftig wurde. Ist mir fast peinlich, das zuzugeben, Mrs. Thomson, aber mir wurde gesagt, ich soll Ihnen alles erzählen.

Für John Kenyon schien die Sonne aus ihrem Hintern. Seine rechte Hand war eine Frau namens Angela. Ich glaube, sie war eine der ersten. Ein paar Monate nach Ankunft der beiden sprang sie vom Dach und brach sich das Genick. Man munkelte zwar allerhand, aber nicht lange. Wissen Sie, so viel dachten wir nicht mehr an uns, denn John oder einer der anderen Spirituellen erklärte uns, was wir zu tun und zu lassen hatten, und das machten wir und fühlten uns prima dabei.

Aber jetzt ging alles sehr rasch, und eigentlich läßt sich von heute aus leicht erkennen, wer dahintersteckte. John kam anscheinend nie über Angelas Unfall hinweg, obwohl ich längst nicht mehr glaube, daß es ein Unfall war. Paul und Kerron wuselten ständig um ihn herum. Was hinter ihrer Tür vor sich ging, kann ich nicht sagen, aber sie muß ihn ganz schön bearbeitet haben. Es schien, als altere er mit jedem Tag mehr, und inzwischen erzählten sie uns auch andere Sachen als früher.

Etwa in der Zeit öffneten sie das Tiefgeschoß im Keller, von dem niemand ahnte, daß es überhaupt existierte, und fingen an, den Müll fortzuschaffen, der dort überall aufgehäuft lag. Sie fanden den Steintisch dort, direkt unter dem Turm, und mir kam es vor, als hätte Kerron Vaunche die ganze Zeit davon gewußt. Jetzt änderte sich alles sehr schnell, obwohl uns das alles damals noch normal vorkam.

Bei diesem Verein, The New Dawn Brethren, war sowieso alles Betrug, aber es war auch von Erleuchtung die Rede.

Wir sollten uns alle ständig veredeln und eine höhere Stufe erreichen. Doch als Kerron den Laden übernahm, änderte sich das, und damals fingen sie im Tiefgeschoß mit den Zeremonien an, oder draußen bei den Steinen, die überall herumstehen.

John haben wir kaum noch gesehen, außer bei den Zeremonien, bei denen hauptsächlich erst gesungen wurde, dann kam die Anrufung – so nannten sie es – einer Menge Namen, die keiner von uns kannte. Es machte richtig Spaß, denn sie behaupteten, das käme aus alter Zeit, von den Druiden, und die persönliche Vervollkommnung käme noch schneller im Bündnis mit den Mächten der Erde. Da gab es Beltane und Samhain und andere besondere Feiertage, und etwa um diese Zeit kam John gar nicht mehr heraus zu uns, Kerron und Vaunche übernahmen die Führung. Von ihr hieß es, sie wäre die *Catanna*, so eine Art Zwischenwesen. Dann fingen die Opfer an. Erst ganz locker, mit Obst und Sachen aus dem Garten, dann andere Opfergaben, und im Handumdrehen wurden Hühner geköpft. Zu Beltane, das ist im Frühling, schlachteten sie eine Ziege, deren Blut über den Stein verspritzt wurde. Wir mußten es auf die Stirn schmieren, und die Catanna meinte, damit sind wir der Kraft der großen Prinzen nahe. Schließlich verlangte Kerron von den Frauen, Tropfen von ihrem Blut zu geben. In der Zeit bekam John den ersten Infarkt. Sie schoben ihn überall im Rollstuhl herum, und er sabberte übers Kinn, aber sie behaupteten, sein Geist wäre messerscharf. So waren diese Typen nun mal.

Mir ist nie aufgegangen, wie gruselig alles wurde. Kerron redete uns ein, die Welt wäre in einem ganz schlechten Zustand, von wegen Umweltschmutz, Ozonloch und so, und selbst die ganz Alten würden jetzt zum Leben erweckt und sich kümmern. Wir wären die Auserwählten, um die Welt zu retten. Erst gäbe es ein großes Durcheinander, behauptete sie, und die Alten, die Götter der Vorzeit, würden auferstehen, aber wir wären gerettet, was mir ganz recht war. Sie wären die Statthalter der Macht, hieß es, und sie würden auf uns hören, solange wir Opfer am Stein darbringen. Der wäre die Achsenpunkt aller *Ley*-Linien, wo die Kräfte hineinfließen, die jetzt auf uns übergehen. Deshalb wären wir erlöst.

Kurz danach kam George im Garten auf mich zu und zog mich in die Büsche. Er müsse hier weg, sagte er, und war die ganze Zeit hypernervös und aufgeregt und schaute über die Schulter zurück, ob uns jemand belauschte. Sei nicht blöd, versetzte ich, und da zeigte er mir so ein altes Buch mit Bildern, da war der große Stein aus unserem Keller drin, bloß mit Frauen, die gefesselt drauflagen, mit aufgeschlitzter Kehle, und das Blut lief zu allen Seiten herab. Die Schrift war so komisch, daß ich sie nicht lesen konnte. Er aber glaubte, sie zu verstehen. Es ging darin um die Wintersonnenwende, was ein enorm wichtiger Tag zu sein scheint, da sollte all das passieren. George hielt es für Hexerei, und diese Prinzen, von denen Kerron redete, wären keine Götter, sondern Teufel. Er wollte wirklich weg, denn er fürchtete, man werde den Leuten richtig die Hälse abschneiden. Kerron wolle ihn verfluchen und ihm die Fliegen hinterherschicken, all solcher Schwachsinn, wissen Sie?

Wieder beschwor ich ihn, kein solcher Idiot zu sein, aber er hatte wirklich Angst und wollte unbedingt weg hier. Ich mußte versprechen, ihn nicht zu verraten, und ich wollte auch nichts verraten, aber dann mußte ich doch, verstehen Sie? Ich habe Paul davon erzählt, und er lobte mich, ich hätte es richtig gemacht, und als nächstes hörte ich, ein Doktor wäre gekommen, weil George krank geworden sei und sich erholen müßte. Ich fand das nett von ihnen, wo er doch so häßlich von ihnen geredet hatte, und machte mir weiter keine Gedanken darum. Bis dann mein Onkel eines Tages auftauchte mit ein paar Männern, als ich draußen auf den Feldern war, und sie mich in den Wagen zerrten. Ich wehrte mich und schrie, denn ich fand es gemein, mich von dort wegzuholen. Im nachhinein weiß ich, daß es richtig war, und ich glaube nicht mehr, daß George einfach krank wurde. Vermutlich hatte er recht, von jetzt aus gesehen, denn es sind ein oder zwei Sachen vorgefallen, von denen ich nichts mitbekommen hatte. Jetzt glaube ich, sie *wollten* den Mädchen etwas antun, wollen es vielleicht noch jetzt, und Sie müssen sehen, daß Sie Ihre Kleine da herausholen. Ich hörte ein paar Männer über ihre eigenen Töchter reden, wie glücklich sie wären, daß Paul sich ihrer angenommen hätte, und was für eine Ehre das sei. Ich glaube, sie haben wirklich was Gräßliches vor, und wenn Sie Ihre Kinder wiedersehen wollen, müssen Sie schneller sein!«

Sie müssen sie vor der Wintersonnenwende da rausholen. Die junge Frau, fast noch ein Mädchen, hatte Patsy mit glitzernden braunen Augen flehentlich angestarrt, und ihr war es ernst mit dem, was sie sagte. *Wenn der Vollmond kommt, nimmt sie die Kleine mit ...*

Patsy sah noch immer ihre Augen vor sich, dunkel und traurig. Lisa hatte geglaubt, daß die verrückten Leute in Broadford House jetzt vollkommen übergeschnappt waren, was Patsy gern glauben wollte. Sie selbst hatte Kerron Vaunche erlebt, als sie auf der Waldlichtung umkreist wurde. Die Vision, die sie dabei heraufbeschwor, war mindestens so grauenhaft wie Pauls Anblick gewesen, wie er der

Frau an die Brust faßte. Selbst jetzt war sie nicht sicher, was in jenem seltsamen, verwirrenden Moment tatsächlich vorgefallen war.

Doch ein Frösteln überlief sie, als sie an das groteske Wesen dachte, das auf dem Stein hockte, über der blutig klaffenden Wunde in dem schlanken kleinen Körper. Und wie ein Nachhall klangen ihr noch die Worte des Mädchens im Ohr.

Es war die Vorahnung eines Menschenopfers auf dem Stein gewesen. In ihrer Vision hatte es bereits stattgefunden.

Sekundenlang erbebte sie, während die Panik Besitz von ihr ergriff.

Der ältere Herr mit dem weißen Bart, der bislang schläfrig blinzelnd und still am anderen Ende des Küchentischs gesessen hatte, öffnete jetzt die Augen und blickte Patsy direkt an. Er lächelte freudlos und nickte, eine Bewegung, der sie die stumme Botschaft entnahm, daß sie dem Mädchen aufs Wort glauben konnte. Das Herz gefror ihr in der Brust.

9

Sie mußte an Kerron Vaunche denken, und wie sie sich geschlagen hatten im Keller, als sie die Lichter der Tankstelle in der Ferne glimmen sah.

»Da haben wir's, Kinder.« Sie seufzte. »Ich wußte doch, daß wir irgendwo landen werden.«

Sie betätigte den Blinker und wechselte auf die Seitenspur, während die Anspannung wich. Die Lichter blinkten, und das hieß, sie waren in Sicherheit. Patsy redete sich zu, daß sie in Sicherheit sein *mußte*, als sie die Ausfahrt nahm und instinktiv noch einmal den Rückspiegel kontrollierte. Paul und seine Hexe ließen auf sich warten. Auf der hinter ihr liegenden Strecke waren keine Scheinwerfer zu erkennen.

Kommen wohl gar nicht nach, meldete sich eine schwache Stimme der Hoffnung, aber sie hörte nicht darauf. Wenn sie diesen Gedanken zuließ, würde sie es glauben wollen, und wenn sie es glaubte, war sie nicht mehr auf der Hut. Ganz vorn, alles andere überlagernd, war der Gedanke: *Sie sind hinter den Kindern her und holen sie, bevor der Mond voll ist.*

Es war die einzige Sicherheit auf dieser Straße der Alpträume. Selbst das Anhalten auf der Raststätte war ein Risiko, aber sie mußte etwas zum Essen und zu Trinken besorgen, und ein Mittel, um Judiths Temperatur zu senken. Sie konnte den süßlichen Atem ihrer Tochter riechen, wie der Atem einer Diabetikerin, aber schlimmer noch, wie ein fauliger Hauch aus der Tiefe. Patsy mußte ihre Vision von der Seuche abschütteln, die Paul auf seine Tochter übertrug.

Eine halbe Stunde zuvor hatte Peter sich vorgebeugt und sich am Beifahrersitz festgehalten. Patsy wandte den Kopf nur ein wenig, um ihn anzusehen.

»Alles in Ordnung?«

»Bloß hungrig«, gab er zurück. »Vorhin hatte ich ein bißchen Angst.«

»Wegen der Hunde?«

»Nein. Na ja, vielleicht ein bißchen, aber das war es nicht. Ich fürchtete mich, als Onkel Carrick hereinkam und mich wegzerrte. Ich wußte nicht, was geschah, aber ich bin froh, daß er gekommen ist und du auch dabei warst. Mir gefiel es dort nicht. Ich mochte *sie* nicht.«

»Ich auch nicht. Hat sie dir wehgetan?«

»Nein, nicht richtig, mit Schlagen und so. Aber sie hat mir echt Angst eingejagt, Mum. Mit ihr stimmt was nicht.«

Peters Stimme war merkwürdig verändert, als er sprach. Sie war tiefer und fester geworden, wie die eines Erwachsenen, der unter Schock stand oder gerade mit heiler Haut davongekommen ist. Für Patsy war es fast unerträglich, eine solche Anspannung bei ihrem Sohn zu erleben.

»Sie war immer bei Judy, redete ständig so komisches Zeugs. Dad merkte das gar nicht, und mit ihm konnte ich nicht reden. Er war ständig bei Konferenzen und so. Er ist ganz anders als früher.«

Nicht ganz so anders, möchte ich wetten, dachte Patsy bei sich.

»Ich wünschte mir, daß er wieder zu uns nach Hause kommt, aber er verstand mich nicht. Aber ich weiß nicht, was ich nicht verstanden habe.«

»Mach dir jetzt keine Sorgen mehr, Junge. Wir müssen jetzt nur nach Hause zurückfinden.«

»Werde ich Dad je wiedersehen?«

Wieder warf Patsy ihrem Sohn einen Seitenblick zu, um die Bedeutung seiner Frage abzuwägen. »Kommt Zeit, kommt Rat. Ich habe ihn seit einer Ewigkeit nicht mehr gesehen. Nicht mal den kleinsten Händedruck mehr gekriegt von meinem Ehemann.«

Peter stöhnte und knuffte ihren Oberarm. Einen Moment wurde es still, dann fing er wieder davon an. »Ich will aber *sie* nicht mehr sehen, nie wieder. Sie ist wirklich gemein. Ich glaube fast, sie hat Dad um den Verstand gebracht, weißt du? Und Judy wollte sie auch verrückt machen.«

Patsy biß sich in die Unterlippe und versuchte, ihre Gefühle in den Griff zu bekommen. Um all das konnte sie sich später kümmern. Ein paar Minuten lang schwiegen sie. Hinten im Dunkeln wimmerte Judith wieder, diesmal ziemlich laut. Peter tippte seiner Mutter auf die Schulter.

»Haben wir uns verfahren, Mum?«

»Natürlich nicht«, versetzte sie ein wenig zu hastig. Mütter können lügen, aber nur schnell. »Auf der Autobahn kann man sich nicht verfahren. Da kommt man immer irgendwo an.« Sie riskierte einen weiteren Blick, doch selbst im Zwielicht erkannte sie, wie er skeptisch das Gesicht verzog. An das, was Kerron Vaunche ihnen hinterhergerufen hatte, wollte er lieber nicht denken.

Alles, was Lisa Prosser berichtet hatte, was Crandall Gilfeather, der Mann mit dem weißen Bart bestätigte, war eingetroffen. Wenn sie es vorher nicht glaubte, jetzt konnte sie nicht anders. Kerron Vaunche hatte die Kraft und setzte sie gezielt ein.

Mußt noch weite Wege gehen, Gadge-*Frau*. Die alte Zigeunerin hatte ihr alles vorhergesagt. *Besser, du kehrst um, denn vor dir liegt die Straße des Bösen.*

Und dies war eine böse Straße. Sie mußte so schnell wie möglich weg von hier.

»Na schön«, lenkte sie Peter gegenüber ein. »Zugegeben, ich weiß nicht *hundertprozentig*, wo wir sind. Es ist erst mein zweiter Besuch in Schottland, und es könnte sein, daß ich irgendwo falsch abgebogen bin. Aber wie schon gesagt, auf einer Autobahn kann man sich gar nicht verfahren, und sobald wir herausfinden, wo wir sind, wissen wir auch ganz genau, wohin wir unterwegs sind.«

»Mir gefällt es hier nicht«, gab Peter freundlich zurück. »Alles ist so komisch. Kommt mir irgendwie *falsch* vor. Hier ist alles wie *sie*.«

»Nur, weil es so öde ist, und fremd«, begütigte Patsy und überhörte den Hinweis. Kerron Vaunche mußte ihn verstört haben, und Judith hatte sie noch mehr zugesetzt. Von all dem würde sie bald mehr erfahren, aber schon der Gedanke daran schreckte sie. Innerlich kochte sie und schluckte die Wut hinunter. »Vermutlich eine Straße, die vor kurzem eröffnet und lange nicht mehr benutzt worden ist.«

»Aber außer uns fährt hier niemand«, wandte Peter leise ein. »Außer diesen zwei Lastern habe ich seit einer Ewigkeit nichts gesehen. Der große Vogel war gruselig, und die Hundeviecher wirkten wie Gespenster. Hast du ihre Augen gesehen? Scheint, als wären wir die einzigen Menschen hier.«

»Es ist ja spät, oder vielmehr noch früh.« Patsy gab ihrer Stimme einen möglichst unbeschwerten Klang und hoffte, sich selbst damit zu beruhigen. »Mag sein, daß hier nicht mal in den Stoßzeiten allzuviel los ist.«

Und was war hier nachts los? Eine Gänsehaut überlief sie. War die Spinne echt gewesen? Hatte sie sich den Totenschädel eingebildet?

Peter faßte nach ihrem Oberarm. »Ich finde, wir sollten möglichst bald runter von der Straße. Irgendwas ist hier ganz seltsam, Mum. Macht mir richtig angst.«

Mir auch, mein Sohn, gab sie in Gedanken zurück. Laut sagte sie: »Komm, wie ich dir gesagt habe: es wird schon alles gut.«

Die Lichter der Raststätte näherten sich, und das Hinweisschild flog vorüber. Patsy verließ die Fahrspur, bremste ab und erreichte die Ausfahrt.

HAVOCK SERVICES.

Das Schild reflektierte zurück. Die Farbe blätterte ab wie bei der Notrufsäule, und es hatte mehrere Beulen und Löcher von 22er-Kaliber. Patsy lenkte den Wagen auf den Bremsweg und schaltete herunter, als sie ins flache Gelände der Parkzone kamen. Hinter dem Parkplatz stand in der Ecke die Tankstelle, eine Stahl-und-Ziegel-Konstruktion, und dahinter ein weiterer Ziegelbau, den die bunte Neonreklame als Raststätte kennzeichnete. ILLKOMMEN ASTHOF. Die ersten Buchstaben waren erloschen und blinkten nur alle paar Sekunden spasmodisch auf, als ächzten sie ohne Erfolg nach Strom, um das Wort zu vervollständigen. Es blieb bei ILLKOMMEN ASTHOF. Es paßte irgendwie zu der trostlosen Umgebung.

Patsy warf einen Blick auf die Tankanzeige und stellte fest, daß die Nadel kurz vor dem roten Bereich stand. Die Hinweisschilder trennten sich für LKWs und Personenfahrzeuge. Sie bog ab, folgte der Straßenmarkierung und hielt vor der ersten Zapfsäule.

»In zwei Minuten kriegen wir was zu essen«, versprach sie und schwang sich auf den Asphalt hinaus. »Und ihr dürft haben, was ihr mögt – Eiskrem, Cola, in Hülle und Fülle!«

Es stank nach verschüttetem Benzin und Altöl. Drüben auf dem anderen Parkplatz konnte sie die schwarzen Silhouetten aufgereihter LKWs ausmachen. Aber dort rührte sich nichts. Patsy langte nach der Zapfpistole und hob sie ab, während sie mit der freien Hand den Tankverschluß aufschraubte. Ein dumpfes Kreischen und ein Gurgeln waren zu hören, als wäre ein Luftloch im Schlauch. Das Kreischen steigerte sich noch und wurde rauher. Patsy glaubte schon, die Säule sei außer Betrieb. Schon wollte sie's aufgeben, als der Boden erzitterte. Die Vibration teilte sich dem Schlauch mit, den sie hielt und dessen Ventil zweimal hustete. Eine Sekunde lang glaubte sie, statt Benzin würde ein schleimiger Brei aus der Zapfpistole tröpfeln. Doch statt dessen spuckte das Ventil erneut, dröhnte auf, und das Benzin ergoß sich in den Tank. Grünlicher Schaum bildete sich und tröpfelte vor ihre Füße, wo die Pfütze rasch größer wurde. Patsy atmete auf und merkte, daß sie seit Broadford House schon mindestens das zehnte Mal die Luft angehalten hatte. Wenigstens bekam sie Treibstoff für den Wagen. Sie hielt die Pistole, bis der Tank voll war, dann nahm sie den Daumen vom Abzug. Instinktiv zog sie den Schlauch behutsam zurück und hielt ihn noch eine Weile über der Mündung, bis das letzte Benzin herausgetropft war. Jetzt war der Tank gut gefüllt, damit würde sie durch das ganze Land kommen.

Sie hängte die Pistole zurück und wanderte zwischen den Säulen zur Kasse. Es war eins der üblichen Tankstellenhäuschen, vor deren Schaufenster Andenken aus Fell und Plüsch hingen, mit denen Dummköpfe ihre Heckscheibe verzieren, um sich und ihre Dummheit vor aller Welt auszustellen. Patsy öffnete die Glastür, die beim Aufschwingen protestierend quietschte, als wäre sie lange Zeit nicht mehr geöffnet worden, und innen gegen ein Regal mit Schmierölkanistern stieß. Sie mußte grinsen (obwohl ihre innere Stimme sich wunderte, wie eine Tankstellentür aus Mangel an Kunden quietschen konnte) bei dem Gedanken, daß ein einziger Tropfen von dem Zeug das Quietschen abstellen konnte.

Sie trat ein. Zwei der Neonröhren an der Decke flackerten trübe und hektisch wie das Restaurantschild draußen und warfen wirre Schatten auf Boden und Wände. Patsy hob die

Hand vor die Augen und tastete sich an den Schalter vor. Hinter dem Glas bewegte sich etwas, obwohl sie im grellen Flackerlicht nicht ausmachen konnte, ob Mann oder Frau. Die Schublade wurde vorgeschoben, und sie legte ihre Kreditkarte hinein. Sie verschwand im Innern. Ein Drucker rasselte und summte, die Lade wurde nach vorn gestoßen und enthielt Rechnung und Karte. Sie warf einen Blick auf die Ziffern, ohne sie wirklich zu lesen, unterschrieb, riß das Rechnungsblatt ab und schob es zurück. Sie hätte wohl jeden Preis fürs Volltanken bezahlt. Der Kassierer auf der anderen Seite hatte kein Wort gesagt.

Patsy steckte ihre Visacard zurück in die Brieftasche, die Quittung in die Hosentasche, und wandte sich zum Gehen, als sie plötzlich einen Blick ins Kassenhäuschen warf.

Sie erstarrte in der Bewegung. Etwas in der Atmosphäre *drehte* sich mit einem Mal, und in dieser Sekunde wußte sie, daß etwas nicht stimmte. Sie verspürte ein Unbehagen in der Magengrube.

Über ihr flackerten hektisch die Lampen und brummten wie ein Schwarm Fliegen in einer Konservendose. Selbst hier drin im Kassenbereich roch es nach Verwesung und ausgetrockneten Ölfässern. Sie spähte an ihrem Spiegelbild vorbei, das sich mit dem aufblitzenden Licht der kaputten Röhren in Umrissen abzeichnete.

Im Kassenschalter war niemand.

Patsy trat einen Schritt vorwärts, und ihr Herz klopfte wie wild. Sie schirmte die Augen vor dem Licht ab und beugte sich über das Glas, dessen Reflex den Einblick behinderte. Drinnen stand eine dieser alten Registrierkassen, handbetrieben, mit einem Hebel an der Seite und alten geschwungenen Ziffern im Sichtfenster.

Hatte sie nicht das Summen einer elektronischen Kasse

gehört? Sicher doch. Auch die Quittung, die in ihrer Gesäßtasche steckte, war ausgedruckt worden.

Sie beugte sich noch weiter vor. An der hinteren Wand war eine Tür angelehnt. Sie hatte nicht gehört, daß jemand sie geöffnet hätte. Die Schublade war nach innen geschoben, und eine kleine Spinne webte ihr Netz in der Ecke. Sie fröstelte. Die kleine Spinne schwang sich am eigenen Faden herab zum Boden.

In ihrem Nacken richteten sich die Härchen kerzengerade auf.

Das Klingeln der Registrierkasse hatte sie nicht gehört. Da war kein Geräusch, nur das kratzende Summen, mit dem ihre Kreditkarte in den Schlitz gesteckt und elektronisch abgelesen wurde.

Welcher Schlitz? Sie beugte sich vor, gestützt auf die Plastikkante. Da gab es weder einen Computeranschluß noch die Papierrolle mit den Quittungsformularen. Hinter ihr schlitterte etwas über den Boden, und sie wirbelte herum, angespannt und nervös wie sie war. *Etwas stimmte hier nicht.* Sie blickte sich um, hörte etwas quieken hinter dem Kartoffelsack, der an der Wand lehnte, und atmete durch. Nur eine Maus. Vor Mäusen fürchtete sie sich nicht. Süße, harmlose kleine Tierchen. Wieder wandte sie sich dem Kassenschalter zu, genervt vom Flackern der Lichter an der Wand. Wieder straffte sie sich. Ihr Herz tat einen Sprung, und der Atem stockte. Hinter ihrer Schläfe pochte es heftig und schmerzhaft.

Das Licht kamen von der Wand.

Es waren Wandleuchten, keine Röhren an der Decke. Sie tastete und fand Halt an der Plastikkante vor dem Schalter. Ganz kurz nur verschwamm es ihr vor den Augen, während sie nach Luft schnappte. Ein kleiner, abgesplitterter Streifen Holz bohrte sich ihr in den Finger, und sie registrierte geistesabwesend den Schmerz.

Durch das Metallgitter erkannte sie eine alte Waage und die sorgsame Anordnung der Gewichte, wie immer kleiner werdende, goldene Schachfiguren, die nur wenige Gramm wiegen mochten. An der Wand trug ein altmodischer Spiegel die Inschrift HAVOCK POSTSTATION in pedantisch geschwungener Schrift, die an Saloons in Westernfilmen erinnerte. Der Rahmen des Spiegels war mit kunstvollen Ornamenten verziert.

Darunter lockte der Werbespruch *Letzte Chance vor dem Abzweig!*

Und unter dem Spiegel stand ein altes Telegraphengerät aus schimmerndem Messing, mit gußeisernem schwarzen Fußschalter.

Patsy hielt sich an der Theke fest und atmete flach. Ihre Augen waren geweitet.

Die Leuchten an der Wand, nicht an der Decke.

Die plötzliche Angst vor dem Unerklärlichen faßte nach ihren Eingeweiden.

Die Glasscheibe war weg. Der Schalter war durch ein Gitter abgetrennt, das von der Theke bis zur Decke reichte.

»Bitte, nein«, hörte sie sich seufzen, als wolle sie an eine letzte Instanz der Vernunft appellieren.

Im Spiegel sah sie ihr Gesicht, bleich wie aus Porzellan geformt. Dahinter flackerten Gaslampen an der Wand. Stikkiger Gestank von Öl und Rost und altem fauligen Holz lag in der staubigen Luft. Sie wandte sich vom Kassenschalter ab und sah die Säcke aufgereiht an der Wand, und jenseits davon die Fässer mit eingebrannten Symbolen im Eichenholz. Die muffige Atmosphäre schnürte ihr die Kehle zu, es roch wie Pilze auf einem verrotteten Baumstumpf. Wieder quietschte etwas unter den Regalen, wo Stahlfallen mit geöffnetem Maul und metallischen Zähnen bereitstanden, die fleischfressenden Urwelttieren glichen. Neben ihnen wanden sich Seile um hölzerne Spulen. Im Schatten der Regale bewegte sich etwas, und Patsy glaubte schon, eins der Seile sei vorgezuckt wie eine zum Leben erwachte blinde Schlange. Wieder ein Quieken, diesmal lauter und kratziger. Etwas schnellte vor, und Patsy wich zurück, aus Angst vor einer weiteren Spinne, aber diesmal war es eine Ratte. Sie fegte über den Parkettboden und blieb stehen, mit einem winzigen orangefarbenen Auge zu ihr hochstarrend. Das Tier hob etwas Lebloses mit seinen winzigen Pfoten zum Maul und knackte es auf. Sie mußte sich abwenden, blickte in den Spiegel, sah sich blutleer und blaß, und hinter ihrem Spiegelbild einen Schatten, der sich aufspannte und alles zu verdunkeln drohte.

Wieder verschwamm es ihr vor den Augen, als etwas Flaumiges ihren Nacken streifte. Sie kreischte auf, am ganzen Körper zitternd, und drehte sich nach dem lauernden Schatten um.

Aber da war nichts. Eine Flattergestalt schwang sich leise an ihr vorüber, eine große Motte auf pudrigen Flügeln verhedderte sich in den Spinnweben an der Decke. Die Lampen schwelten in ihrer Halterung, und Staubwolken glitzerten in der abgestandenen Luft. Wieder atmete sie durch.

Der Raum war vollkommen verwandelt. Es kam ihr vor, als wäre sie in einer Zeitmaschine unterwegs und in einem alten Kolonialwarenladen aus dem vorigen Jahrhundert gelandet. Fast glaubte sie, draußen Pferde wiehern zu hören.

»Herr im Himmel«, stöhnte sie. War es draußen auch anders? Hatte sich die ganze Welt *verwandelt*? Sie stolperte vorwärts, bahnte sich ihren Weg zwischen Fässern und Regalen. Hinter ihr fing der Telegraph zu knattern an, doch sie war zu entgeistert, um nachzusehen, welche Hand ihn in Bewegung setzte. Sie hatte es beinahe zur Tür geschafft, als sie mit dem Knie irgendwo anstieß und stürzte. Mit der Hand hielt sie sich an etwas Metallischem fest. Sie schrie auf, mehr vor Überraschung als vor Schmerz, denn im selben Augenblick schien sich alles zu drehen. Ein Flackern blendete sie, und die alten Fässer und Jutesäcke verschwanden. Sie lag halb im Regal mit Öldosen und plastikversiegelten Scheibenwischern. Sie hielt sich an einer Kiste mit Zündkerzen fest und konnte gerade noch verhindern, daß sämtliche Dosen herunterpolterten.

Über ihr flackerten unrhythmisch die Neonröhren, als Patsy wieder auf die Füße kam. Das Tankstellenhäuschen war wieder wie zuvor. Selbst die Luft war anders, wenn auch ölig und feucht, und nach wie vor abgestanden. Verwundert blickte sie sich um und sah wieder ihr Spiegelbild am Schalter. Ein Schatten bewegte sich undeutlich hinter der Scheibe, der rasch größer wurde. Patsy wollte gar nicht wissen, was dort lauerte, und wich zurück. Draußen hörte sie einen LKW starten und wandte sich um. Die Gestalt verschwamm, als die Glasscheibe erzitterte, und sie sah wieder sich selbst, das Haar in zwei Zöpfe gebunden, den Mund weit offen.

Die Computerkasse fing zu summen an, die Quittungsrolle drehte sich und spuckte eine verdrehte Papierschlange aus. Patsys Spiegelbild waberte, und sie bemerkte, wie es sich veränderte, wie die Haut herabwelkte, der Mund aufklaffte, die Augen zu dunklen Höhlen eines brüllenden Totenschädels wurden. Angeekelt und verängstigt stöhnte sie auf.

»Bloß Einbildung!« murmelte sie. Das waren doch alles

Hirngespinste gewesen. Kopfschüttelnd tastete sie sich zur Tür, die Augen noch immer auf ihr Ebenbild geheftet. Der Totenschädel klappte das Maul auf und zu, als wolle er etwas sagen, und sie glaubte ein heiseres Flüstern zu hören. Sie griff hinter sich, bekam die Klinke zu fassen und zerrte daran. Geräuschlos glitt die Tür auf, und sie stürmte hinaus zum Wagen. Peter und Judiths Gesichter waren blasse Flecken hinter der Scheibe. Schweratmend und verwirrt blieb sie stehen.

Was ist bloß los mit mir? Wieder blickte sie sich nach der Tür um, doch sie war genau wie vorhin, als sie nach dem Volltanken eingetreten war. Und trotzdem, da drin war alles anders gewesen. Sie war anderswo gewesen, in einer fremden Dimension. (*Es spukt hier ... spukt ...* redete sie sich ein.) Im Bruchteil einer Sekunde hatte sich die Umgebung verwandelt.

Wirklich? Die Stimme ihrer Vernunft wollte es genau wissen. Hatte sich etwas verändert? Oder drehte sie allmählich durch? Eigentlich ganz verständlich bei dem Streß der letzten paar Tage, der unerträglichen Spannung des Wartens vor Broadford House und dem Kampf, zu dem es anschließend kam. *Oder hatte Kerron Vaunche Macht über ihre Seele erlangt?* Sie versuchte, einen Reim darauf zu finden, und fragte sich, ob ein Nervenzusammenbruch die Erklärung war. Doch dieser Erkenntnis folgte die schiere Panik. Wenn sie jetzt schlappmachte, waren die Kinder vollkommen hilflos. Patsy mußte sich anlehnen und Luft holen, wenigstens ruhiger atmen.

»Das hab ich mir alles nur eingebildet«, redete sie sich lautstark zu. Vom Wagen aus sahen Peter und Judith ihr neugierig zu. »Ich hab es mir eingebildet, weil ich ängstlich und erschöpft und ganz durcheinander bin.«

Und mit diesem Flittchen hat das nichts zu tun!

Sie ballte die Fäuste, grub sich schmerzhaft die Nägel in die Handfläche, gerade so, daß die Haut nicht aufgeschürft wurde. Sie biß die Zähne zusammen und zischte sich zu: »Du wirst nicht verrückt. Du drehst *nicht* durch. Noch heute abend sind wir zu Hause!« Das letzte intonierte sie wie ein Gebet.

Was hat sie bloß mit uns gemacht?

Patsy sammelte sich, dann machte sie sich auf den Weg zum Wagen. Allen guten Vorsätzen zum Trotz sah sie noch immer das Flackern der alten Gasleuchten vor sich, die einer längstvergangenen Epoche angehörten, und den riesenhaften Schatten, der sich hinter ihrem Bild im Spiegel auftat. Sie scheuchte die Vision beiseite, aber vergebens, sie blieb wie angeklebt, und hinter ihr lauerte das wutverzerrte Gesicht von Kerron Vaunche.

Der Uniformierte mit der Notlaterne: Hatte sie sich das nur eingebildet? Seine Hand, die ins Fenster, nach ihrem Busen griff? Hatte sie den brennenden Wagen und die verkrümmten Gestalten hinter der Scheibe wirklich gesehen? Hatte sie mit einer aufgedunsenen Spinne gekämpft? Die Hunde mit ihren schmalen Schnauzen und hervorquellenden Augen waren ihr merkwürdig irreal erschienen, aber so etwas konnte einem auf einsamer Straße zustoßen *(gewiß doch, möglich war das!).* Es gab ja selbst in den Städten streunende Füchse, und vielleicht *waren* es Füchse gewesen.

Doch daß sich ein Tankstellenhäuschen aus Ziegeln und Stahl in ein holzverkleidetes altes Gemäuer verwandelte, das war Einbildung gewesen, was immer die Zigeunerin behauptet hatte. So war es gewesen. *Mußte es gewesen sein.* Wütend schüttelte sie den Kopf, riß die Fahrertür auf und setzte sich steifbeinig. Noch immer versagten ihr die Muskeln den Dienst.

»Mir knurrt der Magen. Können wir jetzt etwas essen?« fragte Peter so aufrichtig und natürlich, daß sie ihren Sohn am liebsten umarmt dafür hätte.

»Soviel wie du futtern kannst«, versprach Patsy und zwang sich zu einem Lächeln. Wenn sie nur selbst funktionstüchtig blieb, nicht wieder alles zersetzte mit ihrer überhitzten Phantasie, würden sie sicher nach Hause kommen. Die Pfeilmarkierung auf dem Asphalt leitete sie vom Tankstellenbereich weg auf einen von Fichten gesäumten Weg, der hinter dem LKW-Parkplatz verlief. Die großen, aneinandergereihten Lastzüge ragten düster vor den hohen Bäumen auf wie schwarze Tiere, die das Morgenlicht erwarten. Sie wirkten nicht weniger massiv als das monströse Gefährt, das sie mit seinem Anhänger beinahe von der Straße gefegt hätte, und sie fragte sich, ob auch dieser Fahrer hier eine Pause einlegte. Doch zwischen den schwarzen Riesen regte sich nichts.

Das Restaurant lag in einem kleinen Ladenzentrum, aus Ziegeln errichtet und gelb überdacht wie eine Bauernhütte aus Kinderträumen, doch an der Wand flackerte noch immer die verstümmelte Schrift ILLKOMMEN ASTHAUS. Wie ein Name aus dem Märchenland. Peter stieß die Tür auf, und der fettige Geruch einer Imbißbude schlug ihnen entgegen, mit schneller Kost aus Bohnengemüse und Hamburgern, Pommes frites, Schmalzgebäck, ein jeden hungrigen Reisenden in aller Welt verlockendes Signal. Patsy lief vor Appetit das Wasser im Mund zusammen.

»Für einen Kaffee würde ich sonst was geben«, verkündete sie und nahm Judith bei der Hand. Das Mädchen folgte lustlos, aber ohne Widerstand. Ihre Hand war noch immer heiß und feucht, und noch immer hatte sie diesen geistesabwesenden, erschöpften Blick, als ob sie mit einer Grippe oder den Masern kämpfte. Eine leichte Rötung zeigte sich auf der Stirn.

»Ich muß nachher ein Aspirin besorgen«, nahm sich Patsy vor und gab sich Mühe, die Ruhe zu bewahren, um handlungsfähig zu bleiben.

Aus einem der Seitenflügel dröhnte das unmißverständliche elektronische Gedudel einer Spielautomatenzeile; sie mußte Peter von der blinkenden Pforte zu Aladins Höhle regelrecht wegziehen. Er grinste jungenhaft ehrlich. »Na schön«, gab Patsy nach, »später.« Seit Monaten hatte sie ihn nicht mehr gesehen, hatte gefleht und gebetet, ihn zurückzubekommen, doch angesichts dieses Grinsens kam es ihr vor, als wäre er nie weggewesen.

Verschwörerisch blinzelnd nahm Peter Judith bei der anderen Hand, und zu dritt durchquerten sie die Tür zur Gaststube. Küchengeruch lag schwer in der Luft, doch es war völlig leer hier. Normalerweise müßten doch Handelsvertreter drüben am Fenster eilends eine Tasse Kaffee hinunterstürzen und eine Zigarette rauchen! Oder ein altes Ehepaar müßte in der Nähe der Herdplatte sitzen, seinen Tee schlürfen und einander nicht anschauen. Selbst zu dieser frühen Stunde mußte doch jemand unterwegs sein und hier pausieren. Die Schwingtür hinter der Theke erinnerte Patsy an Saloons in alten Westernfilmen und führte zu einem eigenen Schankraum für Fernfahrer, die in Overalls und Blaumännern an der Theke stehen, Dartpfeile werfen oder Poolbillard spielen und die eingeschlafenen Glieder räkeln mußten. Gedämpfter Lärm kam von dort, Männerstimmen, Gelächter. Ob dort ein Fernseher lief, oder ob die Fernfahrer die einzigen Gäste hier waren, ließ sich schwer abschätzen.

Sie wählte einen Tisch am Fenster (wo die Vertreter sich hingesetzt hätten). Judith war blaß und hatte große Ringe unter den geröteten Augen. Das dunkle Haar war zerzaust und hätte längst mal eine Wäsche vertragen. Doch dafür war später Zeit, beruhigte sich Patsy. Viel, viel Zeit. Sie setzte das Kind auf die Eckbank, und Peter kam mit ihr an die Theke. An der gegenüberliegenden Wind hing eine Angebotskarte mit glänzenden Zu-schön-um-wahr-zu-sein-Bildern von riesigen Portionen knusprigem Schinken, sattgoldenen Pommes frites.

»Räudiges Pferd?« schlug sie vor, um sich aufzuheitern.

»Erst mal Pommes. Würstchen, Rührei mit Bohnen. Und eine Cola. Hab ich schon seit 'ner Ewigkeit nicht mehr getrunken ...«

Jenseits der Schwingtür hörte man vertrautes Töpfeklappern. Patsy warf scheppernd eine Münze auf die Glasvitrine. Wenig später schwang die Tür auf, und eine magere Kellnerin erschien, die einen Rollwagen hinter sich herzog. Sie wandte sich um, schob ihn hinter die Theke und stellte die Teller auf einem Gestell ab. Schließlich warf sie den Kopf zurück und nahm Notiz von der Kundschaft. Ihr Haar war dünn, wie Rattenschwänze quoll es fettig unter der fleckigen Schirmmütze heraus, die vor langer Zeit einmal weiß gewesen sein mochte. Ihre Augen waren so blaß, daß Patsy es nicht für möglich hielt, und von wäßriger Jadefarbe; das linke schielte heftig nach innen, weshalb das arme Kind den Eindruck völliger Verblödung machte. Es fiel nicht leicht, dieses nach innen gerichtete Auge mit der grünen Halbmond-Pupille zu übersehen. Peter wollte etwas sagen, aber Patsy kniff ihn in den Arm und brachte ihn zum Schweigen. Sie selbst konzentrierte sich auf die Karte an der Wand und wiederholte, was Peter sich ausgesucht hatte. »Drei Portionen. Und einen Becher Kaffee.«

»Kriegen wir Pudding und Rhabarberkuchen?«

Patsy nickte. Das Mädchen holte einen Bleistift hinterm Ohr hervor und beugte sich kritzelnd über den dünnen Notizblock, wobei sie sich vor Anstrengung auf die Zunge biß. Sie nickte nicht, ließ aber ein bestätigendes Zwinkern erkennen, bevor sie sich an den Herd stellte und drei Eier zerschlug. Es brutzelte verführerisch. Patsy bat Peter, nach seiner Schwester zu sehen, während sie selbst die Toilette aufsuchte. Ihr Gesicht im Spiegel wirkte matt und krank, doch das Wasser war noch warm genug, um sich wenigstens den Schlafsand aus den Augen zu waschen. Spontan entschloß sie sich, den Selbstbedienungsladen aufzusuchen – auch hier niemand, der einkaufte, kein Mädchen hinter der einzigen Kasse. Sie füllte einen Drahtkorb, ohne groß nachzudenken, was sie kaufte – Tütensuppen, Konservenbüchsen, Corned Beef. Aus irgendeinem Grund schien es jetzt das richtige zu sein. Sie durchsuchte die Auslagen, bis sie Aspirin gefunden hatte und Magentabletten, und dann ließ sie den Korb an der Tür stehen. Nachher würde hoffentlich jemand da sein und mit ihr abrechnen, wenn sie gegessen hatte. Sie kehrte in die Gaststube zurück. Auf der Theke standen Tabletts mit ihren drei Tellern. Der Kaffee roch bitter, aber stark. Das schielende Mädchen war verschwunden.

Patsy schnitt Judith das Würstchen in kleine Scheiben. Vermutlich war die Kleine viel zu müde, um großen Appetit zu haben. Judith döste vor sich hin. Sie schüttelte den Kopf, als die Mutter ihr ein Stück Wurst anbot, doch als Patsy darauf bestand und ihr die Gabel zwischen die Lippen hielt, fing Judith gehorsam zu kauen an. Peter schaufelte sein Essen hinein und hielt kaum inne, um durchzuatmen. Dann machte er sich über den Toastberg her. Patsy nahm ihr Rührei und ein paar Pommes zu sich, während sie Judith weiter füttern mußte und jeden Bissen mit einem Schluck Cola herunterspülen half. Judith aß langsam, wie in Zeitlupe.

»Darf ich spielen gehen?«

Patsy erwachte aus ihrem Tagtraum und verdrängte den Anblick von Kerron Vaunche, wie sie in den Wagen hineinlangte und Judith ergriff. Mit Absicht hatte sie keins ihrer Kinder nach Broadford House gefragt. Es war zu früh, sie hatten ja noch Zeit, sagte sie sich. Ganz sicher war sie nicht, wie genau sie's wissen wollte. Peter, noch immer kauend, blickte auf zu ihr. Er trank in einem großen Schluck seine Cola aus und wischte sich schmatzend die Lippen mit dem Ärmel ab. Seit sie ihn zuletzt gesehen hatte, war er ein oder zwei Zentimeter gewachsen, aber überraschend *normal.* Seine jungenhafte Gelassenheit machte den Anschein, als wäre er bloß ein verlängertes Wochenende und nicht Monate fortgewesen.

»Bei den Automaten im Eingang«, drängte er, als hätte sie ihn nicht verstanden. Patsy brachte ein Lächeln zustande, fingerte in ihrem Portemonnaie und gab ihm etwas Kleingeld. Peter glitt von seinem Stuhl und verschwand hinter der Theke. Als er die Tür öffnete, hörte sie schon das Geklapper und Gedudel der Automaten. Sie wandte sich Judith zu, die zusammengesunken dasaß, die dunklen Augen halb geschlossen.

»Kriegst du nichts mehr herunter?«

Judith schüttelte langsam den Kopf. »Kein Hunger«, klagte sie.

Patsy gab ihr eine Tablette, um ihre Temperatur zu senken. Mit großen Schwierigkeiten schluckte Judith sie. An ihrer Wange klebte Eigelb, das Kinn zeigte einen Marmeladenfleck. Mit ihrer Serviette tupfte Patsy sie ab. An der Theke ließ sich das Mädchen von vorhin nicht mehr blikken. Auch im Laden war noch niemand aufgetaucht, so daß Patsy einen weiteren Korb mit Plätzchen, Schokolade und Müsliriegeln füllte. Sie rechnete die Preise zusammen und hinterließ ein paar Geldscheine neben der Kasse.

Bei den Spielautomaten war Peter in eine blitzende, dröhnende Knall-sie-alle-ab-Simulation vertieft, die Augen auf den Bildschirm geheftet und den ganzen Körper vor Begeisterung angespannt. Patsy hielt es für sicherer, ihn in Ruhe zu lassen und erst Judith in den Wagen zu bringen. Die beiden Einkaufskörbe trug sie in der Linken und Rechten. Draußen war der Himmel heller geworden, obwohl sich da droben düstere Wolken übereinandertürmten, die, merkwürdig grün getönt, mit dem rauhen Sturm um die Wette jagten. Die Phalanx der LKWs stand in Windrichtung; ihre Planen flatterten lärmend. Durch die schwarzglänzenden Windschutzscheiben konnte Patsy nichts erkennen, aber sie fühlte sich von dort beobachtet. Unfreundliche Augenpaare verfolgten jede ihrer Bewegungen, musterten sie von oben bis unten. Sie spürte diese Blicke und wandte sich rasch ab, um die Einkäufe im Kofferraum zu verstauen. Gerade wollte sie Judith auf den Rücksitz betten und Peter holen gehen, als sie innehielt. Noch immer fühlte sie sich von unsichtbaren, gierigen Augen abgetastet. Patsy hob ihre Tochter auf und nahm sie mit zurück.

Peter war jetzt an einem anderen Gerät und starrte wie hypnotisiert auf die rasch sich bewegenden Bildchen, aber jetzt kurvte er mit einem Steuerrad hin und her, ließ den imaginären Rennwagen den auf der Gegenspur rasenden Fahrzeugen ausweichen und Slalom fahren.

»Ich trink noch rasch meinen Kaffee aus«, rief Patsy ihm zu. Er riskierte einen Seitenblick, bevor die Spielhandlung seine volle Aufmerksamkeit erforderte. Im Gastraum standen ihre Tabletts noch immer auf dem Tisch, die Kaffeekanne war noch warm. Sie schenkte eine halbe Tasse ein, nahm zwei Löffel Zucker, rührte um und trank hastig. Sie erlebte einen starken, fast sofort wirkenden Koffeinschub.

»Na schön, Liebling. Wir wollen weiter.« Sie zog den Reißverschluß der Jacke zu, die sie für Judith mitgenommen hatte, ein kleiner roter Anorak mit Kapuze. Er paßte ganz gut, war vielleicht schon ein bißchen eng, aber besser als nichts. Patsy hatte blindlings ein paar Klamotten in den Wagen gepackt, bevor sie mit ihrem Schwager und den anderen losgefahren war, und das war ein Segen gewesen. Als sie ins Freie gerannt waren, hatte Judith nichts als ihr Nachthemd an, und Peter trug Jeans, Turnschuhe und ein altes T-Shirt.

Patsy kehrte zur Theke zurück und klopfte wieder gegen das Glas. Der Wasserstrahl im Spülbecken hinter der Schwingtür war nicht zu überhören, doch es kam keine Antwort.

»Hallo?« rief Patsy. »Ist da jemand?«

Das Plätschern ging noch eine Weile weiter, gefolgt vom Gurgeln einer verstopften Leitung. Hinter der anderen Tür, wo die Schänke lag, hämmerte die Baßtrommel einer Jukebox und überlagerte die gravitätische Stimme eines Countrymusikers, den Patsy wiederzuerkennen glaubte. Sie schnappte ein paar Zeilen des Liedes auf, irgendwas über Straßen in Texas.

»Und die meilen-, meilen-, meilen-, meilenweiten Straßen ...«, schmetterte der Sänger. Patsy unterdrückte ein ironisches Grinsen. *Nicht nur in Texas, mein Lieber*, dachte sie im stillen. Keine Antwort, als sie noch einmal nach der Kellnerin rief. Das Wasser lief nicht mehr; der blockierte Abfluß rülpste vernehmlich, quietschte und war still. Der Sänger mit der rauchigen Stimme grölte seinen Road-movie-Song über dem Gewimmer eines Gitarrenriffs, jemand im Schankraum lachte dröhnend. Patsy blieb stehen und wußte nicht, wie sie sich verhalten sollte. In der Schänke, wo sich die Fernfahrer aufhielten, hatte ein Mann gelacht. Sie drehte sich nach der Schwingtür um. Die Leere hinter der Theke machte sie ganz nervös. Alles hier war wie in jeder normalen Raststätte, bloß daß hier niemand war, abgesehen von unsichtbaren LKW-Fahrern und dem seltsamen, fast blicklosen Gesicht der Kellnerin.

Geh jetzt. Mach, daß du rauskommst. Ihr innere Alarmglocke begann zu schrillen.

An Orten wie diesem war normalerweise rund um die Uhr etwas los. Judy hustete keuchend, und Patsy drückte ihr mitfühlend die Hand. Ohne groß zu überlegen, nahm sie noch eine Nachfüllpackung für die Spraydose vom Regal im Mini-Markt. Nach der langen Nachtfahrt handelte sie unbewußt und wehrte sich nicht gegen spontane Entschlüsse.

»Jetzt kommen sie«, bemerkte Judith plötzlich. Überrascht fuhr Patsy herum, die eine Hand noch auf der Schwingtür. Sie blieb bei halb geöffneter Tür stehen. Auf der anderen Seite klackten Billardbälle aneinander; ein Stuhl wurde quietschend über den Boden geschleift. Wieder lachte einer der Männer, kehlig, heiser und irgendwie bedrohlich.

Patsy gab sich einen Ruck und riß die Tür auf, Judith

hinter sich herziehend. Im selben Moment war die Platte in der Jukebox zu Ende, und das Gelächter erstarb. Stille breitete sich aus. Zwei Kerle in grober Jeanskluft, die über den Billardtisch gebeugt standen, erstarrten in der Bewegung. Einer von ihnen hatte einen riesigen Wanst, und sein Bart ragte strähnig auf seine Schwabbelbrust herab. Der andere war größer, aber gertenschlank, mit langen, haarigen Spinnenarmen. Sein Adamsapfel hüpfte im unrasierten Hals auf und nieder, als hätte er einen Billardball verschluckt. Den Nacken zierte ein eintätowiertes Spinnennetz, das im Rhythmus seiner Bewegungen zuckte oder sich ausdehnte.

Patsy starrte die Männer an, die ihrerseits zurückblickten. Das unangenehme Schweigen dehnte sich in die Länge, bis es einen heftigen Knackser in der alten Jukebox gab, eine Serie dumpfer Trommelschläge erschallte und die Stimme von vorhin einen neuen Song intonierte.

Stimmt was nicht, drängte ihre innere stimme. Judith zupfte heftig an ihrem Ärmel. Drüben beim Fenster bückte sich ein Mann mit Baseballkappe und strubbligen Koteletten über seinen gutgefüllten Teller und schlang pausenlos und mit je einer Gabel in jeder Hand schmatzend das Essen in sich hinein. Seine Augen waren unter dem Schirm nicht zu sehen, aber sie merkte, wie er sie musterte, wie sie die prüfenden Blicke im Rücken vorhin auf dem Parkplatz gespürt hatte. Es schnürte ihr die Kehle zu. Weitere Männer hielten sich am anderen Ende des Saals auf, mehrere kartenspielend an einem runden Tisch. Sie reckten die Hälse nach der Frau mit dem kleinen Mädchen.

Mach, daß du hier wegkommst, befahl ihr der Instinkt. *Nicht warten. Bloß nicht stehenbleiben.*

Reiß dich zusammen, widersprach die Stimme der Vernunft. Sie brauchten Auskunft über den Weg, mußten herausfinden, wo sie hier gelandet waren.

Einer der Männer murmelte etwas, und die anderen feixten. Patsy fühlte sich angestarrt; ihre innere Alarmglocke schrillte. Judith zog an ihrer Hand. Einer der Männer am Billardtisch straffte sich, nahm den Stock über die Schulter und trat langsam näher. Als er fast in der Mitte des Schankraums war, erkannte sie seine Augen, so bläßlich-blind wie die des Mädchens, das ihr das Essen serviert hatte, fremdartig und fast tierisch. Er grinste, die Stoppeln an den Wangen richteten sich igelartig auf, und für einen Augenblick erinnerte er sie an den Uniformierten am nächtlichen Straßenrand.

»Böse«, stieß Judith hervor. Sie spürte, wie sich die Finger des Kinds in ihrer Handfläche verdrehten und freikämpfen wollten. »Böse Männer.«

Der Mann näherte sich, breit grinsend, und jetzt konnte sie seine Zähne sehen, lang und fleckig, zu viele in dem breiten Mund, denn sie standen gekrümmt durcheinander. Drüben am Spieltisch lachte jemand laut und ohne jede Belustigung auf. Das Lachen bildete einen Kontrapunkt zur hämmernden Musik. Patsy wich vor dem Kerl zurück. Seine Hände umklammerten den Griff des Billardstocks, behaarte Fingerknöchel versteiften sich und knackten. Er blieb stehen und betrachtete sie vom Kopf bis zu den Zehenspitzen, betastete sie mit seinem blassen Blick, beäugte ausgiebig ihren Schoß und die Beine.

»Verirrt, hm?«

Sie nickte und stolperte weiter rückwärts.

»An der Abzweigung verfahren hat sich die kleine Lady«, wiederholte er und wandte den Kopf ein Stückchen seitwärts, um die übrigen anzusprechen. Er machte einen weiteren Schritt nach vorn.

»Wären besser nicht hier, Lady«, fuhr er mit tiefer, raubtierhaft-grollender Stimme fort. »Sollten nicht allein auf der Kreuzung unterwegs sein. Auf dieser Autobahn können schlimme Dinge passieren.«

Noch ein Schritt. Judith wimmerte. Das Grinsemaul des Kerls wurde noch breiter, und die Zunge fuhr über die Unterlippe. Die gesträubten Bartstoppeln ließen ihn hungrig, fast wolfsähnlich erscheinen. »Besser, Sie machen sich auf den Weg, bevor Ihnen etwas zustößt«, polterte er. Patsy glaubte, Mühlsteine mahlen zu hören. »Wird früh dunkel, und der Mond ist fett und rund.«

»Ich – muß mich orientieren«, stammelte Patsy. Der Vollmond ließ das Schlimmste befürchten. Wenn der Mond sich rundet, würde Kerron Vaunche Judith auf den Stein legen und ...

»Der olle, doofe Mond«, flötete der Dünne mit dem Spinnennetz im Nacken, unmelodisch und dem Rhythmus der Jukebox hinterherhinkend.

»Wenn der Mond fett wird, ändert sich alles«, knurrte der Stoppelbart. Er trug ein Lederkäppi wie einen Fliegerhelm aus alter Zeit, das er schräg in die Stirn zog. »Besser hierbleiben, Lady. Sie kommen jetzt doch nirgends mehr hin.«

»Nein!« entfuhr es Patsy. »Ich muß nach Hause!«

Die grünen Augen blinzelten träge in der Farbe des Meers kurz vor der Sturmflut. »Aus dieser Raststätte kommt keiner heraus, Lady. Wer hier haltmacht, bleibt für immer ...« Er lehnte sich grinsend zurück und wandte den Kopf.

»Stimmt's, oder hab ich recht, Jungs?«

Er nahm den Stock von der Schulter, schwang ihn in lässigem Bogen. Sie sah seine Pranke, groß und breit, irgendwie pfotenähnlich – *war sie noch behaarter als vorhin?* Die kreidebestäubte Spitze tanzte vor ihren Augen. Sie zuckte zurück, schob Judith hinter sich. Drüben beim Tisch brummte ein Mann irgendwas, und Gelächter erscholl, bellend wie Tiergeheul.

Mit zwei Schritten rückte ihr der Mann bedrohlich nahe. »Nicht weggehen, Lady. Na? Wollten Sie nicht doch hierbleiben ...«

Er langte mit der Hand nach hier, die dicken, knorrigen Finger breit gespreizt. Auf den rundlich gebuckelten Knöcheln richtete sich das Borstenhaar auf.

Ohne Warnung heulte Judith auf. Der Mann blieb stehen. Blaßgrüne Augen richteten sich auf das Mädchen. Judith zeigte mit dem Finger nach ihm, und sein Mund klappte vor Verblüffung weit auf. Judith sprudelte scheinbar zusammenhanglose Konsonanten und Zischlaute hervor.

»Kleines Rotkäppchen unterwegs«, murmelte er. »Fürsprecherin, wie? Hast ein fremdes Zeichen.« Er trat zurück, seine Gesichtsmuskeln arbeiteten. Wieder blinzelten die grünen Augen, und Patsy sah das struppige Haar unter dem Leder vorquellen.

Verwandlung, stellte sie irgendwo tief in ihrem Innern fest.

»Besser abhauen, bevor sie kommen«, sagte der Mann, die Stimme zu einem summenden Baß gesenkt. Für den Augenblick hatte Patsy keine Ahnung, wovon er redete. Es war ihr auch gleich. Sie hastete zur Schwingtür, zog Judith hinter sich her und zwängte sich durch den engen Spalt nach draußen. Die Tür schwang in den Angeln zurück, die

Gummiverkleidung klatschte mehrmals gegeneinander, als Mutter und Tochter sich entfernten. Halb erwartete sie, die Tür wieder aufspringen und einen Schatten hinterherkommen zu sehen, den Schatten eines Fernfahrers, der hier in der Raststätte *etwas anderes* geworden war. Statt dessen prallte etwas Weiches gegen die Tür. Sie hörte ein Kratzen am Lack auf der anderen Seite und dann, unglaublich, das Japsen wie von einem Hund. In wilder Panik wirbelte sie herum und rannte davon, stieß einen der Plastikstühle um, riß Judith in ihre Arme und krümmte sich vor Furcht, daß ein langer Arm – *endlose Finger, mit Klauen dran* – nach ihr greifen und sie zurück in den Schankraum zerren könnte. Mit der Schulter stieß sie die Tür zum Einkaufszentrum auf. Judith lallte unverständlich vor sich hin. Die Tür rammte den Stopper und schlug hinter ihr fest zu.

»Peter!« Im Eingangsbereich wurden sie mit Lichtblitzen und einer Kakophonie schriller elektronischer Geräusche empfangen. Patsy rief nach ihrem Sohn, der sich eben nach ihr umdrehte, einen Hebel in beiden Händen, mit dem er ein pfeilschnell dahinschießendes Raumschiff auf dem Bildschirm bediente.

»Komm schon, Peter, rasch!« Mühsam versuchte sie, ihre Panik zu zügeln. »Nur noch eine Min ...« wollte er gerade sagen, als der Bildschirm blendend aufleuchtete, dunkel wurde und plötzlich wieder anging. Patsy wollte gerade mit der freien Hand nach ihrem Sohn greifen, als sie plötzlich

sich selbst sah.

Anfangs hielt sie es für eine Luftspiegelung. Sie blinzelte, und das Bild wurde scharf, überdeutlich auf dem Bildschirm. Es war eine Nahaufnahme ihres Gesichts, schneeweiß, mit geweiteten Augen und angstvoll klaffenden Lippen. Das Bild schrumpfte, als führe die Kamera zurück, ihre Schultern waren zu sehen, dann ihr ganzer Körper. Sie rannte. Zu ihren beiden Seiten, unverkennbar bei der hochauflösenden Grafik des Spielautomaten, liefen Peter und Judith. Alle drei hielten einander bei der Hand. Sie rannten über eine ebene Straße, im Zickzack am Mittelstreifen entlang.

Patsy stand wie versteinert da; Peter schrie etwas, das sie nicht hören konnte.

Die Perspektive der Multimediagrafik verschob sich zum Straßenniveau hin, weg von dem heranstürmenden Trio. Die schwarze Straße verjüngte sich nach hinten; in der Mitte schossen immer neue unterbrochene weiße Linien nach hinten. Und hinter den drei Rennenden, weit in der Ferne, bewegte sich ebenfalls etwas, nur als ein Glitzern erkennbar. Die Musik im Lautsprecher hatte aufgehört, und für Sekunden war alles still. Alle übrigen Geräte im Eingangsbereich erloschen. Dann hörte man ein Geheul vom einzigen noch funktionsfähigen Schirm her. Peter zuckte hoch und riß die Hände vom Joystick. Der Spielautomat knisterte, unkontrollierter weißer Schnee rauschte über die Bildfläche. Hinter der bunten Verkleidung gab es einen Knall. Elektrische Funken stoben, plötzlich schnarrte und schepperte es im Gerät, und alle Lichter erloschen.

Patsys Hand stieß vor, bekam Peter am Kragen zu fassen und zerrte ihn fort. Peter japste überrascht, vielleicht auch vor Schmerz, als er den zupackenden Griff seiner Mutter fühlte.

»Jetzt *komm*!« kreischte Patsy. Sie schleuderte ihn herum und schob ihn durch den Eingang nach draußen. Er stolperte, stürzte beinahe, und als sie auf der Schwelle standen, wurde ihnen merkwürdig schwindlig. Patsy verspürte ein Knirschen im Ohr, es gab einen Ruck, und das Einkaufszentrum *verwandelte sich.*

Die Mauer vor ihnen bewegte sich, als ließe ein Erdbeben den festen Boden zittern. Neben der Tür zum Restaurant wölbten sich die Ziegel heraus. Die gelbroten Fliesen zu ihren Füßen verschmolzen zu einem schmierigen Braun, wurden körnig und kieselig und wie gebackener Lehm. Die Luft wurde mit einem Mal dick und trug den Gestank von Staub und Räucherholz und frischem Fleisch heran. Die glatte Fläche der Verglasung warf Wellen und pulsierte im selben Rhythmus wie die Mauer. Durch das Glas sah sie die schielende Kellnerin, die hinter der Theke serviert hatte, nur daß es keine Theke mehr gab. Sie riskierte einen Blick, ein einziger Blick reichte. Zwischen zwei Pfählen war ein altes Holzbrett ausgelegt, auf dem ein schwärzlich verkohltes Etwas lag, das vielleicht einmal ein Tier gewesen war. Dicke Stummelglieder zeigten zur Decke. Das Serviermädchen beugte sich über die Theke wie eine Aufwärterin bei einem mittelalterlichen Bankett und säbelte mit einem großen Messer an einer der Keulen. Dieser Anblick reichte. Das Mädchen blickte auf, und Patsy sah, daß ihr Gesicht anders aussah. Sie schielte noch immer erbärmlich, aber der Ausdruck war nicht mehr derselbe, nicht länger nichtssagend und fast debil. Das Mädchen grinste, ganz wie der behaarte Mann mit dem Billardstock, und die Augen glänzten hungrig und fiebernd. Eine Scheibe schälte sie ab von dem schwärzlichen Fleischklotz auf dem Brett und hielt sie hoch, ließ sie spielerisch baumeln, bevor sie ihre Zähne hineingrub. Sie stopfte den ganzen langen Streifen, der ihre Wangen aufblähte, in den Mund und würgte ihn hinunter. Patsy erfaßte der Ekel, und sie mußte an den brennenden Wagen denken, der im Gestrüpp hinter der Fahrbahn stand. Etwas hatte sich bewegt hinter den Scheiben, während die Gestalten dabei hockten, sich die Hände wärmten. Etwas hatte sich inmitten von Rauch und Flammen bewegt, etwas Dunkles, verzweifelt sich aufbäumend und zuckend. Patsy schlug die Augen nieder, so übel wurde ihr vor Grauen und Panik.

Es ist ein Tier. Ihre Vernunft schloß jeden anderen Gedanken aus. *Es ist ein Stück gebratenes Fleisch, sonst nichts.* Sie wirbelte herum und eilte durch das Einkaufszentrum, immer noch mit Judith im Arm, deren Kopf an ihrer Schulter ruhte, und noch immer Peter am Kragen. Sie stampfen über rauhe Holzdielen, die unter ihrem Gewicht nachgaben und einsanken.

Wieder nahm Patsy einen *Ruck* wahr, als die Textur der Umgebung erneut wechselte und sich die Wände vor ihr neigten. Die Dielenbretter verwandelten sich in rohe Pflasterung, in der Luft lagen jetzt ein suppiger Nebel, Brandgeruch und fauliger Dunst. Hinter ihnen, wo der Gastraum gewesen war, hörte sie ein gräßliches Mahlen. Sie ahnte, daß hier Knochen zerkleinert wurden, und unterdrückte ihren Brechreiz. Zu ihrer Rechten brüllte ein Tier auf. Hellorange flackerte es am Eingang, wo verbranntes Fell in Holzkohle qualmte. Sie rannte weiter, schob Peter vor sich her, während sich Judith verzweifelt an ihren Hals klammerte. Vor ihnen, wo der Eingang gewesen war, öffnete sich jetzt eine Gasse. Vor ihr hockte eine Gestalt, sie wollte gar nicht erst wissen, was es war. Ihr blieb keine Zeit. Die Gestalt faßte nach ihr mit tätowiertem Arm, durch Zufall stieß sie ihn mit dem Schienbein weg. In der kleinen Gasse schlitterten sie über feuchten Lehm. Patsy wäre beinahe ausgerutscht, hielt aber gerade noch die Balance und setzte ihren Weg fort.

»Wo ist der Wagen?« stieß Peter hervor.

Sie standen auf einem engen Platz, eingeschlossen von windschiefen Hütten und schmalen Türmchen. Jenseits, nicht weit von den Bäumen – hohe Bäume mit knorrig verdrehtem, weit ausgreifendem Geäst, die Stämme von Kriechefeu überwuchert – standen große schwarze Kutschen aufgereiht. Davor waren Pferde angeschirrt, die gebückt am dürren, staubigen Gras knabberten.

»Mach schon!« herrschte Patsy ihren Sohn an.

Es waren LKWs. Keine Pferdekarren. Herrje, was geht vor mit uns?

Sie rief sich ins Bewußtsein, daß all das keinen Bestand hatte, redete sich zu, daß es *nicht wirklich* war. Sie brauchte bloß nachzudenken, sich zu konzentrieren, um diese verrückte Halluzination zu überwinden.

Hinter ihnen drang ein heiserer Schrei, hungrig oder wütend, durch die Gasse, und gegenüber antwortete ein Aufjaulen. Alle Pferde hoben den Kopf, und Patsy sah die Linien ihrer Kieferknochen und vorstehende Rippen. Eins wieherte und schüttelte den Kopf, mit klingelndem Zaumzeug, und spie einen Bogen Schaum aus. Das Tier war abgezehrt und ungepflegt, ein schwarzes Skelett, das einem kindlichen Alptraum glich. Ein grünes Auge rollte wild in seiner Höhle, und die waschbrettartig gewellten Rippen hoben und senkten sich. Aus den LKWs waren Fuhrwerke geworden, so verrückt es klang. Instinktiv wandte sie sich ab und schätzte die Entfernung aus dem Gedächtnis. Das alles war doch nur ein Produkt ihrer Einbildung, vielleicht eines Nervenzusammenbruchs. *Mußte es sein.* Patsy trieb Peter an, schneller zu gehen, von den LKWs wegzukommen, einer freien Fläche zwischen zwei verfallenen Gebäuden zu, die bedrohlich aneinander lehnten. Ein dunkles

Wesen beugte sich speicheltriefend aus dem Fenster, von weitem einem grotesken Wasserspeierdämon ähnelnd. Patsy stürmte vorüber und prallte mit einem heftigem Stoß an ein unsichtbares Hindernis, das ihr den Weg versperrte. Peter schrie auf, flog aus ihrer Umklammerung, während Patsy sich überschlug und in einem fast vollendeten Purzelbaum zu Boden segelte. Instinktiv drückte sie im Sturz Judith fester an sich. Vor ihren Augen wirbelte die gräßliche Szenerie, und sie landete klatschend auf dem Hintern, hart genug, daß ihre Zähne aufeinanderklappten und die Schädeldecke erzitterte. Sie kam wieder auf die Füße und sah Peter, der gerade mit weit ausgestreckten Armen um sich selbst kreiste und gerade noch das Gleichgewicht hielt.

Und ihr Wagen war wieder da. Aus dem Nichts war er aufgetaucht, ebenso wie die Regale im Tankstellenhäuschen. Sie war mit der Hüfte angestoßen und über die Motorhaube gerutscht. Am Himmel blitzte es, dann wurde ihr schwarz vor Augen. Sekundenlang schienen Sterne zu kreisen, bevor sie wieder klar sehen konnte. Sie saß auf dem Asphalt des Parkplatzes. Judith wimmerte wieder und klammerte sich an ihre Mutter. Peter war mit drei Schritten bei ihnen.

»In den Wagen«, keuchte Patsy und ignorierte den Schmerz in Hüfte und Schlüsselbein. Er schnappte nach dem Griff, öffnete und warf sich hinein. Patsy mußte Judith von sich ziehen, so schrecklich es auch war, die zukneifenden Fingerchen umzubiegen und das Mädchen hastig auf dem Rücksitz zu verstauen. Sie selbst nahm vorn Platz. Beinahe blieb ihr die Luft weg vor Angst. Kaum war die Tür zu, als sie das Grollen eines startenden Dieselmotors vernahm. Ein Blick zu den Bäumen, den sie nicht vermeiden konnte, ließ sie feststellen, daß die Fuhrwerke wieder LKWs waren. Eine schwarzblaue Abgaswolke entquoll dem aufragenden Auspuff, und der nächststehende Lastzug bebte wie ein wütendes Tier. Luftbremsen niesten. Patsy drehte hektisch den Schlüssel im Anlasser, legte den Gang ein; beinahe drehten die Räder durch, als sich der Wagen in Bewegung setzte. Während sie zur Ausfahrt steuerte, wagte sie nicht, nach links oder rechts zu sehen. Sie erreichte die Ausfahrt und raste los, mit hundert auf der Einfädelspur. Als sie auf der Autobahn war, blieb sie bei hundertzwanzig und hielt das Lenkrad so fest, daß sie noch tagelang Muskelkater haben würde.

Schweigend legte sie fünf Kilometer zurück, noch völlig durcheinander und ganz damit beschäftigt, so weit wie möglich in kürzester Zeit von der Raststätte am Abzweig wegzukommen. Dann meldete sich Peter von hinten.

»Was war los, Mum?«

Deine Mutter wird verrückt.

»Schon gut. Ich hab's mit der Angst bekommen«, erklärte Patsy. »Es war mein Fehler. Ich war einen Moment lang ein bißchen aufgeregt, aber alles wird gut.«

»Nein, ich meine, da hinten«, beharrte Peter. »Wie sich der Spielautomat verwandelt hat. Ich habe dich und Judy auf dem Bildschirm gesehen, wie wir über die Straße rennen. Das war doch unmöglich!«

»Alles Hirngespinste«, versetzte sie, mehr um sich selbst zu überzeugen als ihn. *Hatte er das auch gesehen? War es eine Massenpsychose?*

»Das konnte doch gar nicht passieren. Und das Haus war plötzlich ganz anders. Als hätte sich alles so komisch *verformt*. Ich hab gesehen, wie das passierte. Als wir draußen waren, gab es keinen Parkplatz mehr, und die

LKWs waren weg. Die Häuser sahen aus wie aus Robin Hood. All die Pferde und Kutschen. Und sogar die Pferde wirkten nicht echt. Kamen mir vor wie Zombie-Pferde.«

Mein Gott, hatte er all das gesehen? Patsy holte tief Luft. Es war doch *ihre* Einbildung gewesen. Ihre Halluzination. Oder?

»Hör zu, wir sind alle hundemüde«, wandte sie ein. »Jetzt müssen wir erst mal nach Hause kommen und uns ausschlafen. Dann geht's uns wieder gut, wirst sehen.« Zitternd fuhr sie weiter. Die Nervosität in ihrer Stimme ließ sich nicht überspielen. Sie spürte, wie Peter sie neugierig musterte.

Der Junge starrte sie an, fragte sich, ob seine Mutter noch bei Verstand war. Hatte sie dasselbe erlebt wie er? Sie konnte es nicht leugnen. Peter war weniger verwirrt als sie. Kinder verwechseln den Wahnsinn nicht mit der Wirklichkeit, halten Halluzinationen nicht für wahr. Sie sehen, was sie sehen, und akzeptieren es als Tatsache. In der ruhigen Klarheit seines Verstandes betrachtete Peter seine Mutter und wurde unruhig. Wenn sie nichts davon gesehen hatte, dann stimmte etwas nicht mit ihr, dann waren sie in Not.

»Mum?« fragte er nach einer Weile.

»Was denn, Tiger?« Patsy gab sich so heiter und lässig wie irgend möglich.

»Ich glaube, da geht was ganz Schlimmes vor«, murmelte ihr Sohn tonlos. »Ich glaube, wir sollten bald runter von dieser Straße.«

10

»Na schön. Was sollen wir tun?« hatte Patsy gefragt. Sie war verwirrt, als wäre sie gerade aus einem Alptraum erwacht, um festzustellen, daß es kein Traum war.

»Wir fahren hin und holen sie raus, was sonst?« gab Carrick zurück. »Ein paar Leute haben versprochen, uns zu helfen.«

Der ältere Herr mit dem gepflegten weißen Bart, der während Lisa Prossers Erzählung still und mit halbgeschlossenen Augen am Fußende des Tisches gesessen hatte, war später gegangen.

Sein Name war Crandall Gilfeather. Er hatte die Augen schließlich geöffnet und Patsy direkt angesehen. Er lächelte freudlos und nickte, eine schlichte Geste, der sie entnahm, daß sie alles glauben sollte, was das Mädchen sagte.

Crandall Gilfeather hatte gesprochen, nachdem McGregor mit Lisa durch die stürmische Nacht heimgekehrt war. Carrick hatte neben Patsy gesessen und ihr die Hand gehalten. Der Alte lehnte sich zurück und legte die Hände um ein Weinglas, das auf dem Holztisch stand und in der Küchenbeleuchtung wie ein Zaubertrank erglühte. Patsy konnte sich noch gut erinnern an diesen Augenblick. Hagelkörner und Schnee von den frostüberzogenen Bäumen klatschten ans Fenster, und ein eisiger Wind stöhnte unter der Dachrinne.

»Sie müssen glauben, was sie sagt«, begann Gilfeather, »und Ihre Kinder von dort wegbringen.«

Er hatte einen leichten Akzent, den sie nirgendwo lokalisieren konnte. Vielleicht schottisch, oder irisch, ein Lispeln, das seine Worte weicher machte. In den grauen Augen schimmerte das Feuer vom Herd und ließ sie strahlen, doch seine Miene blieb todernst.

»Wo soll man anfangen? Besser, wenn ich Ihnen gleich sage, daß ich über Kerron Vaunche Bescheid weiß, wie ich von John Kenyon wußte, der ein Narr war und kein Aufhebens verdient. Außerdem kenne ich Broadford House und seine Geschichte, und diese Geschichte ist der Grund dafür, daß Kerron Vaunche dort ihren Wohnsitz nahm.«

»An Historie bin ich nicht interessiert«, unterbrach Patsy und entzog ihre Hand Carricks wärmendem Zugriff. »Ich will meine Kinder zurück.«

»Das ist verständlich, lobenswert, und meiner Meinung nach vordringlich.« Diesmal lächelte Crandall Gilfeather. Sein kurzgeschnittener Bart verlieh ihm eine gnomenhafte Aura. »Trotzdem empfehle ich Ihnen, bedachtsam vorzugehen und von mir zu hören, mit wem – oder was – Sie es zu tun bekommen.«

»All dieser Hokuspokus ist doch Blödsinn. Von mir aus können sie die Waldfee im Garten anbeten, wenn's ihnen Spaß macht.«

»Wenn es nur darum ginge, bräuchten wir uns keine Sorgen zu machen. Aber ich versichere Ihnen, daß Anlaß zu größter Sorge besteht und uns nur wenig Zeit bleibt.« Er hob sein Glas, nahm einen Schluck und nickte. »Vorzüglicher Wein. Tut gut bei der Kälte.«

Er wandte sich wieder Patsy zu. »Doch obwohl unsere Frist knapp bemessen ist, müssen Sie noch etwas Geduld mit mir haben. Danach können Sie Ihre Vorkehrungen treffen. Sie müssen rasch entscheiden und auf Mr. McGregors Rat hören, der ein guter Mann ist.«

Er beugte sich vor und runzelte die Stirn. »Haben Sie je von Druiden gehört?«

»Die haben die Steinkreise errichtet, stimmt's? Was haben die damit zu tun?«

Gilfeather schnalzte mit der Zunge. »Sehr viel, um genau zu sein. Bis zu einem gewissen Grade bin ich – wie soll ich mich ausdrücken? – ein Studierender auf ihren Pfaden. Man könnte fast sagen, daß ich einer von ihnen bin, obwohl wir uns nicht Druiden nennen und keine weißen Gewänder tragen, wenn's nicht sein muß. Ich erforsche ihre einstigen Praktiken, und wenn das ein bißchen exzentrisch klingt, soll's mir recht sein.«

»Ich begreife nur nicht ...«, holte Patsy aus, doch der Alte hob die Hand.

»Sie müssen begreifen, daß alles zwei Seiten hat. Wo Weiß ist, muß auch Schwarz sein. Gutes und Schlechtes. Gegensätze wie diese. Es war immer eine Umkehrung, gleich von Anbeginn, als es nur Licht und Dunkel gab. Und noch immer gibt, fürchte ich, und das ist gar nicht lustig. Ich fände es gräßlich, mir den Himmel als etwas Lilienreines vorzustellen, wo alle Harfe spielen und heiligmäßigen Betrachtungen nachhängen. Da könnte ich das Saufen anfangen, wenn's so wäre.«

Er grinste aufmunternd in die Runde. Carrick erwiderte sein Lächeln, aber Patsy war noch immer verschlossen.

»Wie Sie inzwischen wissen, steht unsere Freundin Kerron Vaunche auf der anderen Seite. Gegenüber, wenn Sie so wollen. Und das macht sie so gefährlich.«

»Sie ist nichts als ein Zigeunerweib, das Kinder stiehlt«, höhnte Patsy.

»Klar, sie hat die Kinder entführt, soviel steht fest. Aber Zigeunerin? Das ist nur halb richtig. Unsere Kerron hat eine langen Reihe Ahnen, die auf jene Ära zurückgeht, als die Leute hier noch Tierfelle trugen und Werkzeuge aus Mammutknochen und den Hörnern des Auerochsen schnitzten. Ihre Vorfahren waren Schamanen, Magier, die ihr Wissen von Mutter zu Tochter in ununterbrochener Linie weitergeben. Stets waren sie der dunklen Seite verschwistert. Sie ist das, was ihr Volk die Carlin-Frau nennt, obwohl sie viele Namen trägt, wie Catanna oder Schwarze Annis. Doch alle bedeuten dasselbe, nämlich daß sie die Inkarnation der *Cailleach* ist.«

»Und was ist das?«

»Je nun« – Gilfeather rieb die Handflächen aneinander – »sie ist das irdische Gegenstück zu den Mächten der Unterwelt. Wie eine Zauberin, sozusagen. Und sie ist gefährlich.«

»Noch mehr Hokuspukus?«

»Sicher.« Gilfeather nickte zustimmend. »Jede Menge. Kerron Vaunche ist Meister in dieser Kunst. Meisterin wäre passender, denn sie ist die Hexenmeisterin in all ihren Erscheinungen. Wenn das wie Hokuspokus klingt, heißt es nicht, daß es ohne Macht wäre. Die Carlin-Frau, die *Cailleach*, hat diese Macht, und wird sie nutzen. Das hat sie in den vergangenen Jahren bewiesen, und deshalb wohnt sie jetzt in Broadford House. Es war einst das Anwesen von Sir Angus Kilbrade, Lehrer und Lichtführer von Aleister Crowley, der sich selbst das Tier nannte. Crowley war einer der führenden Vertreter der Schwarzen Magie, doch vor ihm hatte längst Kilbrade versucht, die Mächte der Unterwelt auf einem Altarstein unter Broadford House zu beschwören. Kilbrade verschwand 1897, im *Winter* diesen Jahres, was sehr bemerkenswert ist.«

Eiskristalle klatschten wieder gegen das Fenster, und eine scharfe Windbö ließ die nackten Äste der Birken am Haus knacken.

»Wenn ich es recht verstehe, hat Kilbrade die Pforte zum Totenreich öffnen wollen, als er den Altar fand, wo sich die *Ley*-Linien überschneiden. Niemand hat ihn je wieder gesehen. Jetzt könnte ich, wenn Sie mir folgen wollen, einige Parallelen aufzeigen zu dem, was sich kürzlich ereignet hat. Kerron Vaunche war zu den Frühlings- und Sommerzeremonien anwesend, die am Steinkreis vollzogen wurden, bevor sie mit Ihrem Mann verschwunden ist.«

Patsy nickte zustimmend und fragte sich, worauf das alles hinauslaufen sollte.

»Von dort zog sie nach Callanish auf der Insel Lewis, um die Tagundnachtgleiche im September zu feiern, und das Samhain-Fest am Abend vor Allerheiligen. Im Winter war sie in Linnvale, dem anderen Achsenpunkt der *Ley*-Linien; im folgenden Frühjahr leitete sie die Zeremonie an den Rowldrich-Steinen in der Nähe von Oxford, und dann wandte sie sich dem Merry-Maiden-Steinkreis bei Land's End zu. Den Sommer darauf wurde sie in Cashel Aenghus gesehen, das zu Unrecht in Irland unter dem Namen Haus der Liebe Gottes bekannt ist. Es ist das Zentrum der westlichsten *Ley*-Linienführung. Klingt alles etwas merkwürdig, zugegeben, doch für die Carlin-Frau ist es von höchster Bedeutung.

Das alles vollzieht Schritt für Schritt, allmählich und zielstrebig, die Praktiken des keltischen Altertums nach, und ich bin sicher, Kerron Vaunche kennt das Altertum besser als wir alle, denn nach meiner festen Überzeugung ist Kerron Vaunche alt, sehr alt, älter als jeder von Ihnen glauben wird. All diese Zeremonien sind auch von den Druiden überliefert, alle, und eine jede entbindet mehr Kräfte als die andere. Sie alle gipfeln in dem einen, dem Namenlosen Tag.«

Die letzten zwei Worte sprach er aus, als müßten sie doppelt unterstrichen werden. Patsy hob fragend die Brauen.

»Im keltischen Kalender gibt es fünf Jahreszeiten, dreizehn Monate und eine Periode zur Wintermitte, die man die Fünf Toten Tage nennt, wenn sich die Mächte der Dunkelheit verbünden und die Erdkräfte am schwächsten sind. In diese Zeit fällt unter besonderen Umständen der Namenlose Tag, wenn die Konjunktion der Planeten und der Aufgang des Vollmonds mit der Wintersonnenwende, der längsten Nacht des Jahres zusammentreffen.

Dann soll, wie in alten Sagen überliefert, die Cailleach ihr Opfer dem *Fasgadh* darbringen, dem Dunklen Herrscher, dem Wächter aller Wege. Und in diesem Moment droht Ihrem Sohn und Ihrer Tochter größte Gefahr.«

»Das ist mir zu hoch«, gab Patsy zu. Crandall Gilfeather zuckte leicht die Achseln und nahm die Unterbrechung zum Anlaß, noch einen Schluck Wein zu trinken.

»Wie schon gesagt, ist die Cailleach alt. Älter als jeder von uns. Ich wüßte nicht zu sagen, wie lange sie schon lebt, obwohl sie nicht gerade aussieht, als wäre sie einen Tag älter als dreiundzwanzig. Womit Sie rechnen müssen, sind die Toten Tage, die fünf *dunklen* Tage, eine Zeit des Absterbens und der Wiedergeburt. Um ihre Schönheit zu wahren, ihre Jugend zu erhalten und ihre enorme Macht, muß die Carlin-Frau mit dem Herrn des Todes verkehren, dem Fürsten der Finsternis, und er wird seinen Preis fordern ... die Seele der Unschuld, den Samen des Lebens. Darum dreht sich hier alles, und hier werden die Dinge kompliziert.

Die *Cailleach* wird sich des Fleisches bedienen, das ihr beiwohnt. Es ist von allen, die wir kennen, der machtvollste, der schrecklichste Ritus. Jede Kardinalsünde muß auf dem Altar verübt werden, jede einzelne. Der Fasgadh fordert seinen Preis.«

»Jede Kardinalsünde? Wie viele gibt es denn?« wollte Carrick wissen.

»Das können Sie selbst ausrechnen. Sie benötigt das Fleisch dessen, der ihr beiwohnt, um sein Opfer darzubringen. Ein Kind muß sterben, das Blut der Vergewaltigung auf dem Stein fließen. Ein Kind muß verzehrt werden, während die Carlin und ihr Begatter ihr Böses vollziehen. Der Preis ist die absolute Verderbnis, aber es muß ein Fest sein, bei dem der Fürst der Finsternis das Abendmahl reicht.«

»Und Sie glauben an all diesen Mumpitz?« Doch schon während sie fragte, verspürte Patsy, wie ihr etwas Glitschiges, Kaltes unter die Haut kroch. Vor ihrem geistigen Auge sah sie nackte Körper, die sich auf einer Steinfläche wanden, und ohne jede Vorwarnung spülte plötzlich das Traumbild an die Oberfläche.

Kerron Vaunche lachte in der Finsternis, und Patsy drehte sich um. Das Gesicht der Frau war alt und faltig geworden, verschrumpelt und trocken, als wäre alles Menschliche aus ihr gewichen. Das Hutzelweib krächzte ihr etwas zu und deutete auf den Stein. Die gemeißelten Figuren zuckten noch immer, kleiner Steindämonen drangen an die Oberfläche, wo das blasse, gefesselte Bündel lag, Arme und Beine gespreizt, mit einem nassen, klaffenden Riß zwischen Kinn und Unterleib.

Sie hatte Judith im Traum gesehen, gefesselt und blutend, und da war noch mehr gewesen. Viel mehr.

Judith lag rücklings ausgebreitet auf dem Stein, hilflos zuckend, und an Armen und Beinen mit einem geflochtenen schimmernden Seil gefesselt. Die grauenhafte Wunde vom Hals bis zur Hüfte, ein großer roter Spalt, in dem die glitschig-violetten Eingeweide noch zuckten. Die Beinchen ihrer Tochter waren krampfhaft verdreht, mit großen Augen starrte sie die Mutter an, und das Wimmern wurde immer leiser, bis es erstarb.

Die schlimmste Sünde?

Paul auf dem Stein, das Gesicht in Ekstase verzerrt, einen Strick um den Hals, während das Ding auf ihm hockte, ein schwarzer, unförmiger Stumpf, der quoll und schrumpfte, den Schädel hinabgebeugt zu ihm. Paul stöhnte erschauernd, und der Kopf hob sich, und sie erkannte das Monster aus ihren Alpträumen, mit klaffendem Maul und scharfen Zähnen, von denen Gift und Blut träufelte. Es schnüffelte und grunzte, fixierte sie mit tückischen rotgelben Augen ohne Pupille. Jetzt senkte es das warzige Haupt ... und die Gestalt auf dem Stein war nicht Paul, sondern Judith, schmal und fragil, hingeschleudert und tot. Das Monstrum schnaufte wieder, wühlte sich mit der Schnauze in den nassen Spalt; als es sich danach erhob, stürmten die Fliegen auseinander wie ein Nebel, und Judiths tote Augenhöhlen starrten anklagend herüber.

Das Summen der schwarzen Fliegenwolke fiel ihr wieder ein, und sie warf heftig den Kopf herum, wollte die Erinnerung abschütteln wie eine verseuchte Bettdecke. Ihr Herz hämmerte schmerzhaft in der Brust. Was Crandall Gilfeather gesagt hatte, war dem gräßlichen Traum so ähnlich, daß für Sekunden wieder die lähmende Angst Besitz von ihr ergriff.

»Um die Wahrheit zu sagen, ich glaube diesen Mumpitz *wirklich*«, räumte er freundlich ein, behielt sie aber im Auge, als habe er die Veränderung wahrgenommen, die mit ihr vorgegangen war. »Denken Sie an ein Akku-Gerät, das die Batterie wieder auflädt, mit dem Unterschied, daß sie sich in eine fürchterliche Energiequelle einklinkt.

Ich glaube dran, aber das macht letztlich keinen Unterschied. Für Sie macht es nichts aus, ob Sie mir Glauben schenken; wichtig ist nur, und von größter Bedeutung, daß Sie begreifen, was Kerron Vaunche glaubt. Was Sie davon halten, spielt keine Rolle, allerdings müssen Sie sich darauf verlassen, daß ich weiß, was geschehen wird. Sie glaubt daran, und ich bin ganz sicher, daß sie eben ihren Ritus der Erneuerung vollziehen will. Für eine längere Phase wird sie keine zweite Chance mehr bekommen. Ich sage nicht, für wie lange, denn Sie würden mir doch nicht glauben. Jedenfalls wird sie die Gelegenheit ergreifen, die sich ihr *jetzt* bietet.«

»Aber weshalb?« Patsys war kleinlaut geworden.

»Weil sie die Macht will und leben muß. Sie hat es immer gewollt und wird es weiter tun, wenn Sie ihr nicht Einhalt gebieten. Der Glaubensrichtungen gibt es viele, aber sie stehen in Beziehung untereinander, und alle haben ihre Gemeinsamkeiten, ihre Wurzeln, die auf den Anfang zurückgehen, ob nun die Überführung der Seele ins Jenseits oder die Wiederkehr in der Reinkarnation. Beide sind redlich, beide möglich. Dann gibt es eine dunkle Wiederkehr der Erneuerung. In dieser Zeremonie gehen die Seelen verloren, doch das *Leben* wird übertragen und der Handel besiegelt. Sie braucht das Fleisch von seinem Fleisch, um handelseinig zu werden.«

Crandall Gilfeather beugte sich vor und nahm Patsy bei der Hand. »Jetzt kommt ihre Chance, sie wird sie ergreifen, und ich fürchte, sie wird auch Ihnen nehmen, was das Ihre ist.«

»Und was haben Sie für ein Interesse daran?« wollte Patsy wissen, die allmählich wütend wurde über den Alten. Ein unkontrolliertes Zucken reizte einen Nerv in ihrer Kniekehle.

»Ich möchte nicht, daß zwei Unschuldige verloren gehen. Das ist mein voller Ernst. Aber mehr als das, und wenn Sie es nicht glauben wollen, ich glaub's. Wenn die *Cailleach* das Opfer auf dem Broadford-Stein vollzieht, wird sie mehr Macht haben als je zuvor, und die Dunkelheit, über die Kerron Vaunche dann gebietet, wird Land gegen Land aufhetzen und die toten Pfade der *Ley*-Linien wiederbeleben. Sie könnte Kräfte entbinden, die aus der Welt die Hölle auf Erden machen. Das dürfen wir nicht zulassen.«

Crandall Gilfeather lehnte sich zurück und ließ Patsy nicht aus den Augen, die seine ganze Willensenergie zu spiegeln schienen.

»Weshalb braucht sie *meine* Kinder?« fragte Patsy, die sich bewußt war, daß sie in diesem Augenblick wenigstens einen Teil von dem, was Gilfeather vorbrachte, akzeptiert hatte.

»Weil sie Ihren Ehemann erwählt hat. So einfach ist das. Nach Kriterien, die nur sie kennt, hat sie ihn auserwählt, ob nun wegen seines Geburtsdatums oder seiner Ähnlichkeit mit jemandem aus grauer Vorzeit, oder er ist selbst eine Reinkarnation, wer mag das wissen?«

Hatte ihr das nicht schon die Landfahrerin im Wald erzählt? *Sie nahm ihn mit zu den* uath-*Steinen und prägte ihm das Zeichen auf, aber er gehörte ihr längst an.* Der gutturale Singsang fiel ihr ein, und der Geruch nach versengten Haaren.

»Das ist weder hier noch dort«, sagte Gilfeather gerade.

»Doch wenn sie ihn mit ihrem Zeichen versehen hat, gehört er ihr an, mit Leib und Seele, Herz und Verstand, und seine Kinder, na ja, die gehören ebenfalls ihr.«

»Nur über meine Leiche.«

»Wenn nötig. Sie wird nicht anders darüber denken. Sie wird das Mädchen an sich binden mit eiserner Hand, mit dem Griff des Todes, so daß sie nie mehr getrennt sind, und auf diese Weise wird sie die Verbindung herstellen, ohne die die Übertragung nicht möglich ist.«

Patsy verstand kein Wort davon. Ihre Gedanken kreisten noch immer um ganz handfeste Probleme. »Können wir denn nicht die Polizei verständigen?«

Crandall Gilfeather schüttelte den Kopf. »Die Polizei war in den letzten Jahren schon ein- oder zweimal in Broadford House. Aber sie werden es nur durchsuchen, wenn sie gute Gründe haben, und bis jetzt liegen keine konkreten Verdachtsmomente vor. Niemand hat sich beschwert, jedenfalls nicht über verbrecherische Handlungen. Außerdem, wenn Kerron Vaunche einmal vorgewarnt ist, wird sie sich um so besser verteidigen. Wenn sie den Eindruck gewinnt, daß Sie auch nur das Geringste ahnen von dem, was sie sich vornimmt, wird sie umstandslos verschwinden, und mit ihr die Kinder, und ich fürchte, es wäre das Ende von allem, und ich wäre gescheitert.«

Patsy schüttelte heftig den Kopf. »Das ist doch alles Wahnwitz, finde ich. Davon habe ich noch nie gehört. *Ley*-Linien? Was in aller Welt soll das sein? Und der Fürst der Finsternis. Es klingt wie in einem schlechten Fantasy-Roman.«

»Stimmt. Viele dieser Bücher beruhen auf der unbewußten Erinnerung an alte Rituale, wenn auch meist verzerrt. *Ley*-Linien sind Verbindungen zwischen Kräften. Der Abstand zwischen einem Zentrum der Energie, oder Magie, wenn Sie so wollen, und einem anderen, wird von ihnen überbrückt. Die Achsenpunkte, wo sie zusammenlaufen, üben wie Strudel den größten Sog aus. Hier bündelt sich die stärkste Kraft, hier ist die Membrane, der Schnittpunkt zwischen Welt und Unterwelt, am dünnsten.

Alle Zeremonien, die seit Cupstone vollzogen wurden, dienten dazu, ein Kraftfeld zu errichten. Von jeder Achse wurde Energie abgezogen und über die Linien dorthin geleitet, wo sie konzentriert wird. Der Broadford-Stein müßte davon bersten, denke ich.«

In jenem Traum, ihrer Vision, war da nicht ein phosphoreszierendes Flackern gewesen, das aus dem Stein blitzte?

»Die Radnaben und Achsenpunkte funktionieren wie Schleusen. Wer mit Macht ausgestattet und beschützt ist, kann sie durchqueren, jenseits reisen und *dazwischen* – die *Ley*-Straßen hinunter, wo die Zeit anders strukturiert ist, wo die gesamte *Welt* anders ist – über alles, was wir uns vorstellen können, hinaus. Aber das betrifft nicht uns, jedenfalls nicht im Augenblick.« Er blinzelte wie zum Trost, als wolle er in Kürze darauf zurückkommen.

»Der Fürst der Finsternis, das ist ganz einfach. Sie kennen ihn als Teufel, Satan, Beelzebub, wie auch immer. Er ist der Böse, der Herrscher des Todes. Hochtrabende Namen für ein so grauenhaftes Biest, und seiner Namen sind viele. Sie alle werden benutzt, ihn zu beschwören.«

Jetzt war es Carrick, der sich aufrecht hinsetzte. »Der *echte* Teufel?« In seinem vierschrötigen, geröteten Gesicht malte sich Bestürzung ab.

»Eben der. Wie ich schon sagte, alle Glaubensrichtungen, jede Religion hat ihre Ursprünge in den ältesten, primitivsten menschlichen Kulturen, angefangen in der Zeit, als das, was bereits auf zwei Beinen lief, noch gar nicht menschenähnlich war. Selbst die Neandertaler maßen dem Kontrast von Licht und Dunkel, Nacht und Tag, Leben und Tod größte Bedeutung bei. Sie begruben ihre Toten und hinterließen Opfergaben, um den sicheren Übergang zu gewährleisten.« Er unterbrach sich und blickte beide an.

»Sie sollten mich nicht vom Thema ablenken, wissen Sie. Ich könnte die ganze Nacht darüber sprechen. Gleichviel, wenn es das Gute gibt, und daß es existiert, kann ich versichern – obwohl es im allgemeinen eine ziemlich abstrakte Seinsweise ist, die nur selten in die Erscheinung tritt –, muß es auch das Böse geben, und das drängt sich wirklich *oft* auf, denn es hat keine himmlischen Ideale, nur Hunger und Haß und den Wunsch, andere zu verderben. Was immer sein Name ist, in welcher Kultur auch immer – Skratta, Seth, Asmodäus, Taimat, Erlkönig, dahinter steckt immer ein und dasselbe, obwohl Sein Name Legion ist. Er fordert die Seelen Verstorbener, die auf der Unteren Straße reisen, auf die hat er ein Anrecht, als Herrscher des Todes.

Wenn er die Seele eines im Leben Unschuldigen fordert, verschiebt sich das Gleichgewicht, von dem alles abhängt. Deshalb sollten Sie rasch handeln.«

»Und wozu?« fragte Patsy stumpf. Alles drehte sich, die Gedanken wirbelten und purzelten so rasch durcheinander, daß sie keinen festzuhalten und genauer zu prüfen vermochte. Zu vieles von dem, was Crandall Gilfeather erzählte, hatte bei ihr heftige Emotionen ausgelöst, schmerzliche Erinnerungen aufgestört. *Ihr Zeichen, ihm aufgeprägt.* Die alte Zigeunerin hatte es geweissagt. Und sie hatte auch die Steine von Callanish erwähnt. *Was aus ihr* wird, *wenn ihre Zeit gekommen ist*, hatte die Greisin angedeutet, und damit Kerron Vaunche war gemeint.

»Wie schon gesagt«, wiederholte Gilfeather, »selbst wenn Sie nichts von diesem Hokuspokus glauben, müssen Sie doch zugeben, daß Kerron Vaunche eine sehr merkwürdige Dame ist. In Wahrheit keine Dame, aber jemand mit bemerkenswerten Fähigkeiten. Was sie vorhat, wird sich am *Namenlosen Tag* vollziehen, wenn alle Konjunktionen ihren Platz auf der Planetenbahn erreicht haben, und der Vollmond aufgeht. Das kann nur an einem der fünf Tage geschehen, die *Fasgadh* geweiht sind, dem Schattenwesen.«

»Und wann soll das sein?«

»Zur Wintersonnenwende, in der längsten Nacht des Jahres, wenn die Schleuse offen ist und das Jahr tot«, erklärte Gilfeather langsam. »Am einundzwanzigsten Dezember.«

»Das ist ja schon in knapp zwei Wochen!« rief Carrick.

Der alte Mann nickte. »Deshalb müßt ihr euch jetzt auf den Weg machen. Ich wünschte, ihr wäret früher zu mir gekommen!«

11

Sie fuhren fünfzig Kilometer weiter, dem Dämmerlicht entgegen, in südöstlicher Richtung – nach Patsys Einschätzung, die damit zufrieden war. Süden und Osten, das hieß heimwärts, wenn man in den Norden und Westen gereist war. Das sagte sie sich immer wieder, murmelte es gebetsmühlenartig vor sich hin, doch auf der Strecke von fünfzig Kilometern sahen sie keinen einzigen anderen Wagen. Einzig das ferne, kaum hörbare Summen des erwachenden Verkehrs war zu spüren. Regelmäßig kontrollierte Patsy den Rückspiegel und suchte die Straße hinter sich ab. Sie ahnte, daß man sie verfolgte, ohne zu wissen, wie weit sie noch entfernt waren. Sie stellte sich vor, wie sie Witterung aufnahmen wie Jagdhunde. Nach einem solchen Kampf würden ihr Kerron Vaunche und ihre Jünger auf der Spur bleiben, kein Zweifel. Jedesmal, wenn sie in den Spiegel blickte, glaubte sie schon, sie um die nächste Kurve kommen und aufholen zu sehen. Was sollte sie dann tun? Zum ersten Mal in ihrem Leben wünschte sie, ein Gewehr zu besitzen.

Doch nach dem gräßlichen Erlebnis in der Raststätte wußte sie, daß sie nicht nur Kerron Vaunche fürchten mußte.

Peter hatte ganz recht. Sie mußten diese Straße verlassen, egal, wo sie jetzt waren. Etwas war in der Raststätte passiert, womit ihr Verstand nicht zurechtkam. Der Laden hatte sich vor ihren Augen verwandelt, im Übergang wabernd und verschwimmend, bis er *ein anderer Ort* geworden war. Peter hatte das richtige Wort gefunden, kannte es vielleicht aus der Welt seiner Computersimulationen: *verformt*. Geschmolzen, zerlaufen, eine andere Gestalt angenommen. Das Mädchen hinter der Theke, die stumme, idiotisch dreinblickende Kreatur mit dem meergrünen Schielauge, war binnen Sekunden ein anderes Wesen. Und auf dem Parkplatz, als sie hinausrannten, weg von dem Wolfsgeheul und dem verbrannten Fleisch auf dem Brett, auf der Flucht vor ihren Ebenbildern, die über einen durchgeknallten Computerbildschirm liefen, war der Asphalt zu Lehm und Pflasterstein geworden. Noch jetzt konnte sie das Bild jenes Pferdes nicht vergessen, das den Kopf hob, die abpellende Haut, aus der die Knochen hervorstanden, das phosphoreszierende Auge, glühend in der tiefen Höhle. Es war ein totes Pferd gewesen, angeschirrt und marschbereit, zum Leben erweckt durch eine seltsame Assoziation ihres eigenen Hirns, wenigstens hatte sie das geglaubt, bis Peter ihr berichtete, daß er dasselbe gesehen hatte.

Als er es aussprach, kehrte die namenlose Angst zurück. Zeitlebens hatte ihr vor davor gegraust, verrückt zu werden, dem *Wahnsinn* zu erliegen. Die Vorstellung, durchzudrehen, den Verstand zu verlieren, gehörte zu ihren geheimen Phobien und hatte ihr schon als Kind zu schaffen gemacht. Ein Horror, der sich heftig zurückgemeldet hatte, als ihr klar wurde, wie stark der Einfluß ihres Ehemanns gewesen war, in welchem Ausmaß sie sich ihm zuliebe angepaßt hatte. Wenn so etwas über Jahre hinweg möglich war, ohne daß sie es bemerkte, konnte es viel schlimmer kommen, wenn sie unter Druck geriet oder ernsthaft in Not war.

Dann konnte es leicht geschehen, daß sie ihrer Einbildung erlag, daß sich eine Tankstelle vor ihren Augen verwandelte in eine alte, verschimmelte Bude voller Ungeziefer. Daß sie von aufgedunsenen Spinnen in Telefonkästen phantasierte, riesigen häßlichen Wesen mit giftspritzenden Fangzähnen. Oder sich selbst über die Fahrbahn eines Computerspiels laufen sah, einen Uniformierten mit Tierschnauze und Pferdezähnen, behaarte Hände, die durchs Seitenfenster nach ihrer Brust griffen. Wer unter Streßsymptomen leidet, kann sich leicht einbilden, daß alle hinter ihm her sind, die Polizei, Fernfahrer auf einsamen Straßen, deren einziges Ziel es war, sie mit ihrem ausscherenden Anhänger von der Fahrbahn und gegen die Leitplanke zu drängen. Jemand, der vor Überanstrengung nicht mehr ganz bei sich ist, sieht möglicherweise qualmende, verkohlte Körper, die aus einem brennenden Wagen flüchten wollen, erkennt in allem eine Bedrohung.

Aber hätte Peter es dann auch gesehen?

Patsy fürchtete seit jeher, ihr Verstand könne Schaden erleiden, sei es durch eine Hirnblutung oder einen Tumor, der unter den Windungen ihres Gehirns schlummert und ihre Persönlichkeit verändert, ihr ureigenstes Selbst. Doch nachdem Peter berichtet hatte, daß auch er sie zu dritt über die Straße laufen sah, auf der Flucht vor einer computergestützten Gefahr, breitete sich diese Angst erst recht aus und nahm überhand.

Wenn er dasselbe wahrgenommen, wenn er miterlebt hatte, wie sich die gesamte Raststätte bis zur Unkenntlichkeit veränderte, dann waren sie entweder alle verrückt, oder, wie ihr Sohn kurz und bündig formulierte, an diesem Ort ging etwas ganz *Schlimmes* vor.

Alles nur Hirngespinste, mahnte die Stimme der Vernunft, doch tief im Innern, wo die primitiven Urängste herrühren, wußte sie, daß das nicht stimmte. Etwas hatte sich *verwandelt.* Manches davon mochte Illusion sein, von einer dort existierenden, wie immer gearteten Macht suggeriert, doch die Angst davor ließ sich nicht abschütteln. Falls sie in den Rückspiegel schaute und die verwesenden Pferde auf der Fahrbahn sah, wie sie um die Kurve galoppierten, in wilder, nächtlicher Hetzjagd auf ihrer Fährte, was sollte sie dann um Himmels willen tun? Und sollte sie den großen LKW wiedersehen, der öligen Qualm ausstieß und wie ein wildgewordenes Lasttier brüllte, würde sie womöglich die Fassung und zugleich die Kontrolle über den Wagen verlieren und sie alle ins Verderben stürzen.

Sie nahm den Fuß nicht mehr vom Gas, zählte inzwischen die Bruchteile von Kilometern mit, hielt das Lenkrad fest in der Hand und starrte nach vorn, wenn sie nicht gerade einen Blick in den Rückspiegel riskierte *(noch immer nichts vor uns, nichts hinter uns, wir sind mutterseelenallein hier und kommen schon ans Ziel, gute alte Patsy).* Insgeheim wünschte sie sich mehr denn je, aus diesem Alptraum zu erwachen und sich daheim wiederzufinden, die Kinder warm in ihren Betten, sauber und satt und in Sicherheit.

Doch irgendwo unterwegs, zwischen dem Tumult in Broadford House und den unerklärlichen Verwandlungen an der Havock-Raststätte, war sie falsch abgebogen und auf eine Straße gelangt, die mitten in den Alptraum führte.

»Wir haben uns verirrt, nicht wahr?« stellte Peter fest. Judith blickte zu ihm auf, mit großen dunklen Augen im blassen Gesicht. Die Ringe darunter waren größer geworden, und die Wangen schimmerten wächsern. Haarfransen standen zornig von der Stirn ab.

»Sagen wir lieber, ich weiß momentan nicht genau, wo wir sind.«

»Wir könnten doch das Radio anstellen«, schlug er vor. »Vielleicht gibt es einen Verkehrsfunk.«

»Prima Idee.« Patsy tastete nach dem Knopf. Sie hätte sich ohrfeigen mögen, daß sie nicht selbst an das Radio gedacht hatte. Wenigstens hatten sie die Chance, ein Nachtprogramm zu erwischen, Kontakt mit der Zivilisation aufzunehmen. Sie schaltete ein und suchte nach einem Sender, lauschte dem elektrostatischen Zirpen und Knistern, während die Nadel über die Skala wanderte. Nach einer mißtönend pfeifenden Interferenz wurde alles still. Plötzlich dröhnte eine Stimme in der Box, unverständlich und so geräuschvoll, daß der ganze Wagen erzitterte. Patsy drehte hastig am Regler, verringerte die Lautstärke auf ein erträgliches Maß, und die Stimme wurde von einem Gitarrenakkord untergepflügt. Irgendwas daran kam ihr bekannt vor. Sie wollte schon den Sender neu einstellen, als es von vorn losging. Ihre Hand zuckte zurück, als hätte ihr jemand in den Finger gebissen. Ihre Nerven im Rückgrat schienen zu Eis zu erstarren.

Es war die Stimme, die sie schon in der Jukebox gehört hatte, bevor die Raststätte zu *etwas anderem* geworden war.

Wie harte Steinbrocken knirschten die Töne aneinander, schwappten heran wie Meereswogen an felsigem Strand, tief und hallend. Wieder hörte sie den Text von den *meilen-, meilen-, meilen-, meilenweiten Straßen.* Der Boogie-Refrain wummerte hinterher, griff die Melodie des Sängers auf. Sie kannte den Song längst, hatte ihn daheim schon im Radio gehört, doch jetzt klang er ganz anders. Diese Zwölfsaitenakkorde waren damals frisch und rhythmusbetont gewesen, jetzt hörten sie sich jämmerlich und atonal an, viel zu lahm. Hinter den Akkorden war ein Rumpeln zu hören, das weder vom Sänger noch vom Schlagzeug kam. Es hörte sich an wie die Vibration, wenn große LKWs auf einsamer Straße vorüberdonnern. Patsy wollte das Radio gerade ausschalten, als die Musik ausgeblendet wurde und verstummte.

Hallo, liebe Autofahrer, dieser Song war für alle, die noch draußen auf dem schwarzen Asphalt unterwegs sind, meldete sich eine andere knisternde Stimme, hektisch und überfröhlich. *Wie die Alten sungen, sind die Straßen überall meilen-, meilen-, meilen-, meilenweit, und wir sind die Welle für den mobilen Zuhörer. Also: Augen geradeaus, und die Lauscher immer schön am rollenden Reisebeglei-*

ter, der Radiostation, die euch Beine macht, immer weiter und weiter und weiter, Bleibt uns treu, und ihr bleibt die ganze Nacht in Fahrt, auf der Route Numero sechs-sechs-sechs.

Der Diskjockey intonierte einen Sprechgesang mit amerikanischem Akzent.

Gerade hören wir von unserer Radarüberwachung, daß einige von euch Reisenden ganz schön in der Klemme sind. Also Obacht im Straßenverkehr, verstanden? Stockung mit Rückstau auf Abzweig elf, kurz vor dem völligen Stillstand, heißt es. Da zwängt sich Stoßstange an Stoßstange, liebe Leute, so wahr ich lebe und atme, mir den Mund verbrenne und zu sterben hoffe. Schuld ist ein Auffahrunfall auf der Endlosschleife zwischen Ausfahrt elf und dem Verkehrskreuz. Da ist 'ne Menge los heute nacht, und der Schaden geht in die Millionen, heißt es, Wir kommen später darauf zurück, jedenfalls ist es ein regelrechtes Blechchaos auf der Straße, das könnt ihr mir glauben!

Patsy fuhr hoch wie vom Schlag gerührt. Dieses Wort hatte sie schon einmal gehört. Augenblicklich kam ihr der Polizist in den Sinn. *Für die da kommt jede Hilfe zu spät*, hatte er bemerkt und auf den Wagen gedeutet, der an der Böschung in Flammen stand. Von einem großen Auffahrunfall war die Rede, und er hatte ihr dringend geraten, links abzubiegen und die Umleitung zu nehmen. *Ein Blechchaos*, hatte er es genannt.

Eine ungute Vorahnung ließ sie erschauern. Im Radio quasselte der Diskjockey weiter.

Ein Blechchaos, wie unsere Beobachter sagen, aber so geht das nun mal, wenn man im Straßenverkehr nicht geradeaus guckt, ha, ha, ha! Seine Stimme erstarb in kehligem Gelächter, das in einen Hustenanfall überging. Sie hörten, wie Mineralwasser eingeschenkt und rasch hinuntergestürzt wurde, dann war die schwatzhaft-freche, überkandidelte Stimme wieder am Mikrophon. *Aber es gibt schlimmere Wege, stimmt's oder hab' ich recht? Sie als reisendes Volk wissen, wovon ich rede, nicht wahr? Aber sicher doch.*

Wieder lachte er heiser, hysterisch, fast irr.

Und denen, die gerade erst eingeschaltet haben, sei's noch einmal gesagt: Vorsicht an der Kreuzung! Glaubt mir, es ist ein Blechchaos im wahrsten Sinne des Wortes ...

Die Stimme wurde verzerrt, klang tiefer, fast barsch.

»*Blechchaos auf der Straße*«, grollte es jetzt, nicht weniger rauh und kehlig als der Countrysänger vorhin. »*Alles voller Blut und Eingeweide, zerfetzte Gliedmaßen, überall verstreut ... Ein Schlachthaus.*«

Der Wagen machte einen Satz nach links, als Patsys Hände am Steuerrad zuckten. Sie merkte, wie Peter und Judith seitwärts kullerten. Sie korrigierte zu stark, die Hinterräder drehten sekundenlang durch, faßten wieder Spur und hielten geradeaus. Ihr Herz hämmerte in der Brust, viel zu schnell. Einen Moment lang war sie fast ohnmächtig geworden.

»Himmel, nein«, hörte sie sich stöhnen, ob im stillen oder laut vor sich hin, wußte sie nicht.

»Es ist der Polizist!« japste Peter. »Der Polizist hat im Radio gesprochen.«

Sie griff an die Armatur und wollte abschalten, aber jetzt schien alles nur in Zeitlupe zu geschehen. Sie sah, wie sie die Hand ausstreckte, die bleichen Finger im Schneckentempo zufaßten. Peter sagte noch etwas, doch seine Stimme verhallte in der Unendlichkeit. Ihre ganze Aufmerksamkeit richtete sich auf das, was aus dem Lautsprecher erscholl.

Genießt du die Fahrt, Patsy?

Die kehlige Stimme aus dem Radio sprach sie direkt an. Eine Gänsehaut prickelte zwischen ihren Schultern, und der Schweiß tropfte ihr von der Stirn.

Glaubst wohl, du könntest davonkommen? Im Hintergrund glaubte sie das träge An- und Abschwellen einer Sirene zu erkennen. Peter war inzwischen verstummt. Ihr war, als bliebe die Zeit stehen, selbst der Motor schien nicht mehr zu laufen, obwohl die Geschwindigkeit blieb, ebenso wie die Stimme aus dem Sender: *Ein weiter, weiter Weg ist das auf der Abzweigung, he, he, ein wirklich weiter Weg.*

Die nackte Panik faßte nach ihr, kalt wie der Schweiß, der über ihren Rücken lief. War sie bereits von Sinnen? Würde sie je aus diesem Alptraum erwachen? Sie wandte sich um, ihre Muskeln wollten nicht nachgeben, und sah Peter erstarrt dasitzen, mit aufgesperrtem Mund, den Blick unverwandt auf sie geheftet. Auf einmal dämmerte ihr, in vollkommener Klarheit, daß sie nicht wahnsinnig war, nicht durchdrehte. Diese Erkenntnis kam irgendwo aus den Tiefen ihrer Seele, wo ihre wahre Identität verborgen lag. Sie war nicht irrsinnig, hatte keine schizophrenen Schübe. Sie war geistig gesund und vernünftig. Ihre Umgebung war es, die verrückt spielte.

»Du kommst aber noch dahin, Schatz«, knirschte die Kieselstimme wie zur Antwort. *»Und vergiß nicht, in den Rückspiegel zu sehen. Du hast etwas, das ihr gehört, und sie wird es sich holen ...«*

»Wer?« hörte sie sich fragen.

»Sie hat es sich schon geholt, und wird wiederkommen. Davonlaufen kannst du, kleine Patsy, aber von dieser Straße kommst du nie mehr weg.«

»Daß du dich da mal nicht täuschst«, gab sie zurück, fast ebenso heiser, mit zusammengebissenen Zähnen.

»Nur damit du Bescheid weißt, hier eine kleine Durchsage von unserem Sponsor ...«

Das verzerrte Gepolter des Diskjockey rollte davon wie ein Wackerstein über das Pflaster, und dahinter wurde ein Zischen laut, wie ein Störsender, der eine unverständliche Kakophonie ausstrahlte. Das plapperte und keckerte eine ganze Weile weiter, und ihr blieb nichts übrig, als den verrückten Wortschwall zu ertragen. Endlich wurde es leiser, verschwand in den Sphären und hinterließ einen Nachhall der Stille, ein ominöses, bedrohliches Schweigen.

»Jetzt hör mir zu, Uanan, mein Lämmchen.«

Ohne Vorwarnung spie der Lautsprecher den Satz aus, der mit seinem eiskalten Unterton Patsys Herz durchbohrte. Noch immer hielt sie eine Hand zum Radioknopf ausgestreckt, konnte sich jedoch nicht rühren.

»Catanna!« kreischte Judith. Es war das erste Mal, daß sie laut und bewußt gesprochen hatte, seit dem Tohuwabohu in Broadford House. Patsy erkannte die Stimme gleich wieder. Judith auch.

»Ich bin jetzt bei dir.«

»Und in alle Ewigkeit«, gab Judith zurück wie in einem frommen Singsang. Es klang träumerisch, wie aus weiter Ferne.

»Auf dem dunkelsten Pfad«, zischte Kerron Vaunche.

»Und in der schwärzesten Nacht«, antwortete das Mädchen.

»Und im Tal der Schatten des Todes, wo du wohnst an dem Namenlosen Tag.«

»Dann und dort will ich opfern ...«

Der kalte Schweiß überlief Patsy, und gleichzeitig wurde

sie von reiner, glühender Wut erfaßt, die alle Ängste beiseite fegt. Die stumme Zeitblase, in der sie gefangen war, platzte fast hörbar.

»... das Radio, Mum! Schalt es ab!« Vorhin war es ein tiefes Dröhnen gewesen, fast wie ein Nebelhorn; jetzt steigerte sich Peters Tonlage und wurde normal. Patsys schwebende Hand erreichte den Knopf, drehte ihn nach links, und das Rumpeln erlosch augenblicklich. Judith schrie und brach sofort in Tränen aus.

»Es *war* dieser freche Kerl«, bestätigte Peter atemlos. »Und danach habe ich Kerron gehört.«

Patsy nickte und kämpfte den heißen Zorn nieder.

Du hast etwas, das ihr gehört, und sie wird es sich holen ... Hier blieb nur eine Erklärung. Es war dieses Flittchen gewesen, Kerron Vaunche. Ihr kam in den Sinn, was Crandall Gilfeather gesagt hatte. Damals glaubte sie kein Wort, aber jetzt fing sie an, ihn ernst zu nehmen. Es mußte Kerron Vaunche sein. Sie hatte ihr den Mann weggenommen, die Kinder geraubt, und sie war schuld an dem Irrsinn.

»Dich werde ich zuerst treffen, Gadge-*Frau«,* spie die andere zurück. *»Auf der Unteren Straße ist kein Entrinnen, und du wirst zuerst dorthin kommen.«* Und dann hatte sie wirklich ausgespuckt, Patsy mit grünem Schleim besudelt. »Du sollst für ewig auf dieser Straße bleiben.«

Patsys Fuß tastete nach der Bremse. Sie verringerte das Tempo, während sie zugleich ihren Gedankenfluß stoppen wollte. Wieder meldete sich Peter zu Wort, doch Patsy war noch beim Fluch der Zigeunerin. Sie bremste weiter ab und lenkte auf den Seitenstreifen. Merkwürdig aufgeregt war sie; es kribbelte am ganzen Leib. Der Wagen hielt hundert Meter vor dem ersten Verkehrsleitzeichen, das sie seit längerem sah.

NICHT ANHALTEN! blinkte die Inschrift über allen Fahrspuren. Patsy ignorierte sie.

»Warum bleiben wir stehen, Mami?« fragte Peter. Judith schluchzte noch immer leise.

»Nur für eine Minute, Kind«, murmelte Patsy und durchforschte noch immer ihr Gedächtnis.

Sie hatte Kerron Vaunche zugerufen, sie werde sie in der Hölle treffen, und dann hatte die Frau sie verflucht. Die widerliche Hexe hatte einen *Fluch* über sie verhängt mit ihrem gutturalen Akzent. Mit einem Mal ging Patsy ein Licht auf.

Sie hatte es wirklich fertiggebracht.

Wie es ihr gelungen war, vermochte Patsy nicht zu ergründen. Doch auf irgendeine Weise hatte *Cat Anna*, die *Cailleach* das Gewebe der Welt, in der Patsy lebte, angetastet. Sie schloß die Augen und überlegte, konzentrierte sich auf das, was Crandall Gilfeather ihr erzählt hatte. Die *Cailleach* bedienten sich der alten Stein-Denkmäler, um auf den *Ley*-Linien zu wandeln, nahmen die unteren, magischen Pfade zu den dünnen Stellen, wo die Welten aneinandergrenzen.

»Sie ist das irdische Gegenstück zu den Mächten der Unterwelt. Wie eine Zauberin, sozusagen. Und sie ist gefährlich. Sie ist die Hexenmeisterin in all ihren Erscheinungen, und wird ihre Macht nutzen.«

Und jetzt machte die Hexe Gebrauch von ihrer Macht. Patsy hatte noch das kratzige Fauchen im Ohr, mit dem sie Judith direkt ansprach, sie zum Sprechgesang verlockte. Es hörte sich an wie eine Litanei. Der dunkelste Pfad, der Namenlose Tag.

»Dann soll die Cailleach ihr Opfer dem Fasgadh darbringen, dem Wächter aller Wege. Und in diesem Moment droht Ihrem Sohn und Ihrer Tochter größte Gefahr.«

Grauen und ein merkwürdiges Gefühl der Erleichterung rangen in ihrer Seele miteinander, während über ihr das Warnschild seinen Befehl aufflammen ließ. Die Erleichterung darüber, daß sie nicht verrückt wurde, wurde von der Erkenntnis gedämpft, daß sie nicht geträumt hatte. Dies war die Wirklichkeit. Kerron Vaunche hatte ihren Fluch ausgesprochen, und Patsy *war* falsch abgebogen, auf eine Umleitung, wo die Gesetze der Natur, die sie kannte, keine Geltung zu haben schienen. Unten bei den *Ley*-Straßen, wo die ganze Welt anders ist – über alles, was wir uns vorstellen können, hinaus, wie Gilfeather sich ausdrückte. Hier war es anders. Die Tankstelle hatte sich verwandelt, jenseits aller Vorstellungskraft. Jenseits allen Glaubens.

»Ich finde, wir sollten hier nicht stehenbleiben«, maulte Peter. »Ein schlimmer Ort.«

»Recht hast du, mein Sohn«, gab Patsy zu. »Aber wir müssen einen Ausweg finden.« Sie drehte sich um und strich ihm über die Wange, spürte die kindlich glatte Haut und gab sich zuversichtlicher, als sie war. Judith war leise schnaufend auf dem Rücksitz zusammengesunken, das Gesicht ein blasses Oval unter der dunklen Haarkrone. Patsy fühlte nach ihrer Hand, die sich unter der Berührung straffte und noch immer heiß und feucht war. Kerron Vaunche hatte ihre Fühler ausgestreckt und sie wieder erfaßt. Sie hatte Judith angesprochen und zur Antwort gezwungen, früher eingebleute Phrasen aufsagen lassen. Patsy wußte nicht, ob die Hitze ihrer Tochter von dem Eingreifen der Zigeunerin herrührte, oder ob Judith wirklich krank war. Sie ließ die kleine Hand los. »Ich bringe euch nach Hause«, flüsterte sie beiden zu. »Bitte habt Vertrauen zu mir, ja?«

»Aber ich glaube, wir sollten jetzt losfahren«, meinte

Peter. Er hob den Daumen und zeigte ins Heckfenster. »Von hinten kommt etwas näher.«

Patsy wirbelte herum. Mit zusammengekniffenen Lidern suchte sie das weite, geschwungene Band der Straße ab, die am Horizont, wo die getrennten Parallelen zusammentrafen, in einem Nebel verschwamm. Von dort bewegte sich etwas Schwarzes, nicht größer als ein Punkt, auf sie zu.

Sie starrte in die Ferne, hin- und hergerissen zwischen der Idee, abzuwarten – vielleicht war ihre neugewonnene Überzeugung ein Trugschluß, und ein hilfsbereiter Verkehrsteilnehmer würde ihr helfen, von dieser Einödstraße herunterzukommen –, und dem hektischen Bedürfnis, sich so rasch wie möglich aus dem Staub zu machen und den schwarzen Punkt, der am Horizont sichtbar war, nicht aufholen zu lassen. Ihr Instinkt, der sie vorhin die ganze schreckliche Wahrheit hatte erkennen lassen, drängte zur Weiterfahrt. Sie hörte auf ihre innere Stimme, drehte den Zündschlüssel, trat aufs Gas, und der Wagen setzte sich in Bewegung.

Sie waren hinter ihr her. Die Gewißheit war jetzt so unverkennbar, daß sie wie eine Sirene in ihrem Hinterkopf schrillte. Sie beschleunigte, folgte der Biegung der Straße, bis der schwarze Punkt in der Ferne außer Sicht war. Vor ihnen kündigte ein Hinweisschild den nächsten Abzweig an. Als sie ihn erreichte, hatte sie die Wahl, der Hauptstrekke zu folgen oder eine Ausfahrt zu nehmen. Der Wegweiser war verbeult und rostig und zeigte nur das Straßendiagramm, weiß auf verblichenem Blau. Die Namen der Ortschaften waren abgeblättert und verschwunden. Ihr neuer Instinkt riet ihr, die Ausfahrt zu nehmen. Sie riß das Steuer herum, kam auf den Beschleunigungsstreifen, wurde dann nach links geführt, erreichte einer Steigung, hinter der es abwärts ging. Vom Scheitelpunkt aus war in der Ferne ein weiteres, riesiges Verkehrskreuz zu sehen, ein Konglomerat ineinander verflochtener Autobahnen, die über majestätische Bögen führten oder in Tunnel abtauchten. Sie starrte nach vorn. Das Gefälle ihrer Straße führte immer noch nach links, und kurz bevor sie wieder in der Ebene war, warf sie einen Blick aus dem Beifahrerfenster. Auf einem Acker, im perlmuttfarbenen Licht der Frühe, stand die alte verlassene Kirche.

Ihre Finger umklammerten das Lenkrad fester. »Verdammt und zugenäht!« fluchte sie.

»Hier waren wir schon mal«, bemerkte Peter. Seine Stimme zitterte leicht. »Die Kirche erkenne ich wieder!«

Patsy nickte. »Wir müssen im Kreis gefahren sein«, überlegte sie, obwohl ihr an der Straße, die sie seit der Flucht aus dem Rastplatz gekommen war, bisher nichts vertraut vorgekommen war.

Sie musterte die Kirche, wandte sich ab und riß den Kopf wieder herum. Das Gebäude war noch baufälliger als zuvor. Das Dach war nach wie vor windschief und eingedellt, aber jetzt gähnten Abgründe zwischen den Balken, wo zuvor Schindeln und Ziegel gewesen waren. Der alte Glockenturm neigte sich fast noch mehr über das Kirchenschiff, und haariger Knöterich hielt den schmalen Aufgang in wuchernder Umklammerung. Wieder bemerkte sie, wie abweisend und finster das morsche Gebäude wirkte, und stärker denn je spürte sie, wie etwas in den zerbröckelnden Mauern hauste, das seine Gedanken wie glitschige Tentakel nach allem Lebenden ausstreckte, um es zu befühlen. Die Aura von Verödung und Gier ließ sie angewidert zurückschaudern.

»Ich kann das nicht glauben!« entfuhr es Patsy.

»Sie sieht anders aus als vorhin, oder?« fragte Peter. Judith öffnete den Sicherheitsgurt und kniete auf dem Sitz.

»Da steht ein Mann in der Wiese«, murmelte sie traumverloren. »Wir sollen zur Kirche gehen.«

»Nein, Dummerchen«, widersprach Peter. »Es ist nur eine Vogelscheuche.«

Und die war vorhin natürlich auch nicht dagewesen, fiel Patsy ein. Die Vogelscheuche stand hager und einsam auf ihren Stelzbeinen, und der Wind verfing sich in ihrem Lumpenmantel. Ein Arm stand seitwärts von der Schulter ab, der andere wies nach vorn, direkt auf den Wagen. Selbst von weitem waren die Augenlöcher erkennbar, ausgeschnitten aus etwas, das als Kopf diente, vielleicht eine weiße Rübe. Das Ding stand direkt vor der Kirchhofsmauer, wo die schartigen Grabsteine schräg aneinanderlehnten oder umgestürzt waren. Wieder spürte Patsy das wachsame Lauern, das jetzt von der wackligen Scheuche zu kommen schien, die im Acker stand, als sei sie zerlumpt und knorrig aus dem Schatten der Kirche gekrochen. Sie schüttelte sich und blickte weg. Längst fuhr sie hügelabwärts, als sie in ihrer Einbildung – hoffentlich war es bloß Einbildung – ihren Namen flüstern hörte, wie ein leises Kratzen auf der Innenseite ihrer Hirnschale.

»Schau mal!« Peter deutete zum Straßenrand. Sie bremste ab, wahrte aber den Abstand zum Seitenstreifen. Die alte Eiche stand noch immer da, doch jetzt saß nur eine einzelne Krähe im wirren toten Geäst, eine große, geflügelte Gestalt, leicht gebeugt wie ein Geier, doch war der geschwungene gelbe Schnabel deutlich zu sehen. An der Seite des Baums lagen die zerbeulten Reste eines Unfallwagens. Kaum hatte Patsy ihn erblickt, als sie den grauenhaften Verwesungsgeruch wahrnahm, als wäre sie in ein offenes Grab gefahren. Sie mußte sofort an den Ausflug denken, den sie vor ein paar Jahren mit Judith und Peter unternommen hatte, als sie die Täler der Umgebung erkundeten. Sie hatten einen Zauntritt überquert, der zum Weideland führte, kletterten rückwärts über die Holzleiter, als plötzlich etwas unter ihrem Stiefelabsatz nachgab. Der Gestank des verendeten Schafs war überwältigend, und sie hatte würgen müssen. Doch was jetzt dem zerbeulten Wrack entströmte – durch ihre tränenden Augen konnte sie gerade noch erkennen, daß es eine Karosserie war –, roch unendlich schlimmer als der Kadaver auf dem Hügel.

»Würg!« ächzte Peter hinter ihr. »Ich muß kotzen!«

»Dann halt es zurück«, befahl sie, obwohl sich ihr selbst der Magen umdrehte vor Ekel. Sie schaltete hoch, und der Wagen schoß davon. Binnen Sekunden waren sie aus der Windrichtung des Autowracks. Jetzt war sie fast auf der Höhe mit dem Schrotthaufen und riskierte einen Seitenblick. Viel war nicht zu sehen, von den Krähen abgesehen, die größer waren als andere Krähenvögel. Eine von ihnen, keine fünfzig Meter vom Straßenrand entfernt, pickte nach etwas, das am Boden lag – Aasfresser, der wütend nach seiner Beute hackte. Die anderen kreisten als flatternder Schwarm um das eingedrückte Dach der Karosserie. Fast glaubte sie, so etwas wie einen Arm zu sehen, der aus dem Fenster hing, wandte aber rasch den Kopf, als sich einer der Riesenvögel darauf niederließ, den Schnabel öffnete und sich ein Stück Nahrung aus dem blassen Etwas riß.

»Nicht hinsehen«, befahl sie. »Setz dich, Judith. Du auch, Peter. Und paß auf, daß deine Schwester angeschnallt bleibt.« Patsy hörte das Klicken der Verschlüsse. Sie gab Vollgas, zwang sich zur Konzentration auf die Straße, doch in den Augenwinkeln nahm sie noch immer das schwarze Flattern der Vögel wahr, die sich zankten und miteinander kämpften. Allem Motorlärm und geschlossenen Fenstern zum Trotz hörte sie sogar ihr heiseres, tückisches Krah-Krah. Die Straße mündete in die Ebene, und sie rasten weiter, bis die Kirche und die Krähen und das Wrack und der Gestank weit hinter ihnen lagen. So fuhren sie rund zehn, fünfzehn Kilometer, bis Patsy sich sicher genug fühlte, anzuhalten, und einen Blick in den Rückspiegel wagte. Kein schwarzer Schatten näherte sich aus der Ferne, wo die Linien zusammenflossen. Wieder fuhr sie an den Straßenrand und schaltete den Motor aus.

»Wir sollten besser weiterfahren«, meinte Peter.

»Magst recht haben«, nickte sie. »Aber ich muß einen Augenblick stehenbleiben und nachdenken. Wieviel gibst du mir dafür – fünf Minuten?«

»Meinetwegen.« Peter lehnte sich zögernd zurück. Patsy verschränkte die Arme über dem Steuerrad und spähte durch die Windschutzscheibe. Was zum Teufel sollten sie als nächstes tun? Das Zittern der Nervenenden unter ihrer Haut hatte wieder begonnen, wenn auch nicht mehr so heftig wie letzte Nacht. Aus irgendeinem Grund hatte sie sich besser im Griff, als hätte der geistige Sprung – von der abgründigen Panik vor dem Inakzeptablen in die apathische Hinnahme des Unglaublichen – ihr Sensorium für den Schrecken abgestumpft. Die Zitteranfälle legten sich und hörten auf, während eine sonderbare Ruhe von ihr Besitz ergriff.

Patsy machte einen tiefen, langen Atemzug, während sie die wenigen verbliebenen Gewißheiten an den Fingern abzählte.

Punkt eins: Ihre Kinder und sie steckten auf dieser Straße fest, wo die Wirklichkeit, die sie bisher kannte, nicht zu existieren schien.

Punkt zwei: Kerron Vaunche hatte ihnen das angetan. Sie hatte sie verflucht, einen Hexenzauber ausgeübt *(und erst jetzt war Patsy imstande, dies als eine ernsthafte Möglichkeit zu akzeptieren),* der sie durch irgendeine, wie auch immer beschaffene Barriere zwischen ihrer eigenen Welt und diesem verwünschten Ort katapultiert hatte.

Punkt drei: Wenn es einen Weg hinein gab, mußte es auch einen Weg hinaus geben. Eine dieser Straßen mußte zurückführen. Ihr blieb nichts anderes übrig, als sie zu finden, sich und die Kinder fort aus diesem Alptraum und nach Hause zu bringen.

Wieder holte sie Luft, füllte ihre Lungen. Es gab nur eine wirklich einleuchtende Lösung. Sie mußten weiterfahren. Patsy war völlig sicher, die Krähen auf dem einzelnen Baum schon beim letzten Mal gesehen zu haben, kurz bevor sie zur Raststätte kam. Diesen Ort würde sie auf jeden Fall meiden, denn wenn sich die Kirche gewandelt hatte, öder und heruntergekommener denn je war, würde auch der Rastplatz anders sein. Sie versuchte sich zu erinnern, ob die Hauptstraße blockiert gewesen war, oder ob sie die Raststätte zwangsweise passieren mußte, aber es wollte ihr nicht mehr einfallen.

»Na schön, ihr beiden«, seufzte sie schließlich. »Wir haben ein kleines Problem, aber keins, das wir nicht lösen könnten.«

»Nicht schlimm«, scherzte Peter und knuffte Judith in die Rippen. »Es sind Ferien, stimmt's? Wir machen eine Überraschungstour.«

»Genau«, nickte Patsy und hätte ihn küssen mögen. »Es ist wie eine Schnitzeljagd. Wenn ich gleich den Wagen starte, fahren wir so weit, bis eure dumme alte Mami den richtigen Weg findet, und dann ist alles wieder gut. Seid ihr alle damit einverstanden?«

Peter nickte und ließ sie nicht aus den Augen. Sein offener, zutraulicher Blick, die merkwürdige Mischung aus Furcht und Entschlossenheit, die darin zu lesen war, erinnerte sie daran, daß er erst neun war, und wie lange sie ihn nicht mehr gesehen hatte. Es kam ihr vor, als wäre er seitdem erwachsener geworden. Noch immer war er der alte Peter, mit seinem pfiffigen Leichtsinn und der Aura des verwegenen Draufgängers, doch da war etwas anderes, das tiefer verborgen lag. Sie fragte sich, wie es ihm in diesem letzten Jahr ergangen war, daß er sich so verändert hatte.

»Hinten habe ich was verstaut«, sagte sie und brach das Schweigen. »Klapp doch mal den Sitz um und hol's raus. Da findest du Süßigkeiten und so was.«

Er hakte die Hutablage aus, schob seine Schwester sanft zur Seite und schwang sich über den Kofferraum. Patsy blickte wieder nach vorn, ließ den Motor an und fuhr los. Die Räder knirschten über den Seitenstreifen und verstummten, als sie die Asphaltdecke erreichte. Hinter ihr hörte sie, wie Peter in den Dosen kramte.

»Ich hab's«, rief er mit gedämpfter Stimme. Offenbar war er bis ins Heck gekrochen. Ein Knistern und Klappern folgte, dann tauchte er mit einer Plastiktüte hinter ihr auf.

»Jede Menge zu futtern«, jubelte er. Daß sie gegessen hatten, war erst ein oder zwei Stunden her, doch sein Appetit war kein bißchen geschwunden. »Darf ich die Chips aufmachen?«

Wenigstens war das, was sie an der Raststätte gekauft hatte, nicht verwandelt, stellte Patsy erleichtert fest. Immerhin akzeptierte sie die Tatsache, daß sich dort etwas verwandelt *hatte*, daß es nicht nur Hirngespinste waren oder irgendeine Macke, die ihr zu abgedrehten Visionen verhalf.

»Klar, nur zu. Spül's mit einer Büchse Cola runter, aber nur eine auf zwei Tüten!« Im ersten Einkaufskorb hatte sie ein halbes Dutzend Getränkedosen, offenbar bereits mit dem neuen Instinkt reagierend, bevor sie überhaupt wußte, was los war. Irgendein sechster Sinn mußte ihr bereits geholfen haben, während ihre übrigen Verstandeskräfte den Dienst versagten, verrückt spielten und alles leugneten, was ihre Augen deutlich vor sich sahen. Jetzt lächelte sie grimmig über sich selbst. Mag sein, daß Kerron Vaunche übersinnliche Kräfte besaß, mochte sie die Apotheose der großen Erdmutter sein – sie, Patsy Havelin, *gewesene* Thomson, war auch nicht von schlechten Eltern. Sie war eine richtige Mutter, und ihre mütterlichen Instinkte hatten ihr bisher gute Dienste geleistet, ganz nach dem genetischen Plan: die Kinder behüten, die Kinder füttern, die Kinder vor aller Unbill schützen.

Ich werde mein Bestes tun für euch, versprach sie im stillen. *Hab Vertrauen zu mir, Peter, vertrau mir, Judith. Ich bringe euch hier heraus.*

Ihr Instinkt arbeitete schon für sie. Es war kaum einen Tag her, daß sie, vor Angst schlotternd, aus den Toren von Broadford House geflohen war, weniger als 24 Stunden, seit sie den Schatten im Innern des brennenden Autowracks sah. Im Korb waren Getränkedosen, genug für ein paar Tage, wenn nötig, doch tief in ihrem *Selbst* erwuchsen ihr neue Kräfte, nachdem sie sich über ihre Situation klargeworden war. Ihr war bewußt, daß sie in Schwierigkeiten war, doch sie konnte darauf hoffen, in Kürze aus dem Gröbsten heraus zu sein. Der Tank war noch voll, der Wagen war erst vor einem Monat zur Inspektion gewesen, und sie würde so lange herumkurven, bis sie die richtige Strekke fand, die sie über den Knotenpunkt und nach Hause bringen würde. Es war nur eine Frage von Stunden, höchstens eines halben Tages, sagte ihr der Verstand, während sie sich noch immer ganz tief im Innern stumm gedrängt fühlte, sich auf alles gefaßt zu machen.

Hinter ihr knackte Peter die Dose, und ein feiner Sprühnebel zischte hervor. Judith murmelte leise, und Patsy hörte sie die Cola schlürfen, während ihr Bruder die Chipstüte aufriß. Duft von Käse und Zwiebeln breitete sich aus und überlagerte den toten Gestank nach Dieselöl und Kohlenmonoxyd.

Das Schild ließ nicht lange auf sich warten, das große weiße, pockennarbige und abblätternde Viereck. HAVOCK SERVICES. Sie las erneut die schwarzen Worte und ignorierte das elektrische Knistern in den Fingerkuppen. Schneller fuhr sie, nur für den Fall, daß irgendeine teuflische Hypnose sie wieder auf den Parkplatz locken sollte, wo die großen schwarzen LKWs aufgereiht standen und die Fernfahrer mit blindgrünen Teufelsaugen nach ihr glotzten, mit Gesichtern, die flatterten und schmolzen und sich in zu etwas verwandeln, das nicht menschlich zu nennen war. Als nächstes kam die gestrichelte Linie, und sie zählte die Meter bis zur Ausfahrt. Sie beschleunigte, fuhr mit dem Bleifuß, fühlte sich in ihren Sitz gedrückt, und trotz alledem merkte sie den Sog, der von der Raststätte ausging, die gefährliche Faszination des Grauens, die Wild großäugig im Licht der herannahenden Scheinwerfer stehenbleiben, das Kaninchen erstarren läßt, während das Frettchen über es herfällt. Patsy fühlte den Magnetismus dieses Ortes, der ihr das Rückenmark gefrieren ließ. Ihr Innenohr signalisierte niedrigen Luftdruck, als würde sogar die Atmosphäre hier bei der Kreuzung aufgebläht und mit Energie geladen. Die Metallkronen ihrer beiden Weisheitszähne ganz hinten im Kiefer schmerzten wie stets, wenn das Barometer fiel. Sie nahm ein Summen in den Knochen wahr. Die Einfahrt zum Parkplatz zog sie an, wollte sie ködern und ins Netz bringen wie einen dummen Fisch. Patsy hielt die Augen starr auf die Straße vor sich gerichtet. Sie zwang ihre Hände, das Lenkrad ruhig zu halten, spannte die Schultern an und lenkte unmerklich vom Seitenstreifen weg statt ihm entgegen. Wieder donnerten die Reifen über das Katzenaugenpflaster, dann war sie vorüber. Die düstere Vorahnung wich von ihr, und sie atmete tief durch, wobei ihr klar wurde, daß sie eine ganze Weile die Luft angehalten hatte.

Die Ausfahrt wurde im Rückspiegel rasch kleiner; wenige Minuten später war sie wieder auf der Kriechspur und verlangsamte. Kaum hatte sie bemerkt, wie sich Peter hinter ihr bewegte, daß er hinter ihrem Sitz kniete, um sich anzulehnen. Jetzt sprach er dicht an ihrem Ohr, und sie erschrak so, daß sie beinahe die Leitplanke gerammt hätte.

»Wir haben's hinter uns, nicht wahr?« wollte er wissen. Patsy mußte warten, bis ihr Herz wieder normal schlug, um zu antworten.

»Klar, mein Junge.«

»Ein schlimmer Ort ist das.« Er sprach leise, wollte sich mit seiner Mutter nur unter vier Augen darüber austauschen. »Ich hab's erst nicht gewußt, aber jetzt weiß ich es. Da war ein Geruch wie dort, wo Daddy uns hingebracht hat.«

Sie warf ihm einen schnellen Blick zu. Er zog die Nase kraus, als hätte es ganz übel gestunken.

»Broadford House? Da, wo du gestern noch warst?«

Er nickte. »Ich hatte immer Heimweh, aber er meinte, wir würden uns schon eingewöhnen. Er behauptete, sie wäre jetzt unsere neue Mami.«

Patsy mußte einen erneuten Wutanfall verbeißen. Das wollte sie genauer wissen.

»Ist das wahr?«

»Ja. So hat er's uns erklärt, aber ich hab geantwortet, wir hätten schon eine und bräuchten keine neue, und schon gar nicht eine, die dich zum Weinen gebracht hat.«

»Und was hatte er darauf zu erwidern?« Patsy war überrascht. Sie hatte immer gehofft, ihre Tränen für sich behalten, den Kindern nicht ihren Kummer aufgedrängt zu haben.

»Er war ein bißchen sauer. Ich solle mehr Respekt lernen, hieß es, und ich würde das noch begreifen. Mit der Zeit.« Peter beugte sich zwischen die beiden Vordersitze und bettete den Kopf schräg, so daß sein Gesicht neben dem seiner Mutter lag. »Aber ich wollte immer bloß nach Hause. Mir gefiel es dort nicht, uod ich mochte *sie* nicht leiden, wie sie roch und wie sie uns anguckte, als wolle sie Judith auffressen.«

Beim bloßen Gedanken daran umschlossen wieder eiskalte Finger Patsys Herz. Kerron Vaunche hatte einen Raubtierblick, gewiß, aber hinter dem, was der Junge erzählte, mußte sich mehr verbergen. Etwas mußte er gemerkt haben, ein Begehren, eine Zielsetzung. Jetzt war keine Zeit dazu, nicht, solange sie auf dieser Straße unterwegs waren, ins Detail zu gehen, aber sie war entschlossen, falls sie je von dieser gottvergessenen Straße herunterkämen – *gottvergessen, das war genau der richtige Begriff, um ihren Eindruck zu umschreiben* –, würde sie herausfinden, was sich zwischen Kerron Vaunche und den Kindern abgespielt hatte. Und dann würde sie diese Frau, Erdmutter, Erdhexe oder nicht, durch jeden Gerichtshof des Landes schleifen, und sie würde ihn mit hineinziehen, wenn das nötig war, um Judith und Peter für immer von ihnen fernzuhalten. Die Kälte verdampfte in erneut aufflammender Weißglut, und Patsy hätte die Frau umbringen können, um ihr eigenes Fleisch und Blut zu schützen. Blitzartig wandte sie den Kopf, um ihm einen Schmatz auf die Wange zu drücken.

»Hab dich gern, Liebling«, seufzte sie, aber es war ihr so ernst wie nie damit.

»Och, Mami.« Er grinste beschämt zurück und rieb sich das Gesicht mit dem Handrücken. Judith stieß kurz auf, als die Colabläschen ihren Weg nach draußen suchten, und eine kostbare Sekunde lang war das Wageninnere eine Oase der Normalität, während das Gebüsch am Straßenrand vorüberflog. Peter setzte sich wieder hin, und Patsy konzentrierte sich wieder mehr auf die Straße. Die Kinder futterten die Chips und teilten sich die Cola, dann sammelte Peter die leeren Sachen in einer Plastiktüte, die er in der Ablage verstaute.

Über ihnen verdunkelte sich der fleckige Himmel. Düstere Wolken waren aufgezogen und ließen ein Unwetter los; binnen Sekunden wurde der Regenschwall auf der Windschutzscheibe dichter, und eine Windbö ließ den Wagen schlingern. Mit dem Sturm, der über die Ebene fegte, kamen Hagelkörner, die auf das Dach herabprasselten, bis sie sich wie in einer Schnarrtrommel fühlten. Eine Weile fürchtete Patsy, die Glasscheibe würde diesem Trommelfeuer nicht standhalten. Durch das ohrenbetäubende Getöse setzte sie ihren Weg fort und schaltete die

Scheibenwischer auf volle Kraft. Sie verlangsamte die Fahrt ein wenig, doch nicht allzusehr für den Fall, daß andere in derselben Richtung unterwegs waren. Das Unwetter hielt nur fünf oder sechs Minuten an und zog so schnell vorüber, wie es gekommen war. Patsy tauchte unter das schwarzen Wolkengebirge hinweg, und nun war der Himmel wieder trübgrau bedeckt wie schon den ganzen Morgen. Die Straße beschrieb eine Rechtskurve, mündete in einen Tunnel, der offensichtlich aus altem vulkanischen Basalt gesprengt worden war, und während sie zwischen den hochgetürmten, gezackten Felswänden durchfuhr, fragte sie sich, *wie* er gesprengt worden war. Daß sie noch immer auf der falschen Strecke – in der Gegenwelt – unterwegs war, erkannte sie an der Farbe des Himmels, am Gestank in der Luft und am Gefühl der Entfremdung, das noch immer ihre Nervenbahnen reizte. Gab es denn Bauarbeiter hier? Ingenieure? Der neugefundene Teil ihres Selbst flüsterte ihr zu, daß diese Straße von niemandem errichtet worden war, der Drillbohrer, Spaten oder Sprengstoff nötig hatte. Wer immer – oder *was* immer sich hier durch das Urgestein genagt hatte, bediente sich anderer Kräfte und Hilfsmittel.

Die Kurve zog sich über anderthalb Kilometer hin, dann stieg die Straße wieder allmählich an. Patsy behielt ihr Tempo bei, bis sie das Hochplateau erreicht hatte, und kaum hatte der Wagen den Berg erklommen, als ihr der Mund offenstehen blieb und sie unwillkürlich auf die Bremse trat.

Vorn konnte sie, in großer Entfernung, die ineinander verknäuelten Fahrbahnen erkennen, nicht bloß ein Knotenpunkt in Kleeblattform, vielmehr ein ganzes Klee*feld*.

Sie verlangsamte bis zum Schrittempo, dann brachte sie

den Wagen zum Stehen und starrte mit weit aufgerissenen Augen und weit offenem Mund auf die Szenerie hinter der Leitplanke. Vor ihr erstreckte sich ein Alptraum aus Beton, der fern im Nebel verschwamm, ein Wirrwarr aus Überführungen, Bögen und in sich gekrümmten Schleifen. Was war, als würde jede Straße der Welt hier in eine vielstöckige Masse aus Serpentinen und Rampen, Bremsspuren und Kreuzungen zusammengeführt. Sie blickte von links nach rechts, den ganzen Horizont durchmusternd.

Dieses Straßennetzwerk war kolossal. Es füllte ihr ganzes Gesichtsfeld aus. Es sah aus, als füllte es die ganze Welt aus.

Die schwermütige, rauhe Kieselstimme kam ihr wieder in den Sinn, den Text konnte sie inzwischen mitsingen.

»Und die meilen-, meilen-, meilen-, meilenweiten Straßen ...«

Es waren Meilen über Meilen, Hunderte, Tausende von Kilometern, die dort vor ihr lagen. Buckelnd und hüpfend und umeinander kreisend schienen sie in einen unlöslichen Betonknoten verquickt. Ganz rechts außen querte eine riesenhafte Brücke andere Fahrbahnen, die in einem scheinbar endlosen Schichtenmodell übereinandergestuft waren. Es war wie Los Angeles und Frankfurter Kreuz und Paris péripherique mit jeder denkbaren Umleitung und Abzweigung der Welt gekoppelt. Zur Linken des Konglomerats sah sie das orangefarbene Glühen der Straßenbeleuchtung, über einer Unterführung schwebend, die unter einem Viadukt wegtauchte und wulstige Betonsäulen anstrahlte, die das Gewicht einer sechsspurigen Fernstrecke trugen.

Der Anblick raubte ihr den Atem, während ihr noch immer das Lied im Kopf herumging. Meilen-, meilen-, meilen-, meilenweite Straßen lagen da draußen, und sie dehnten sich bis ins Unendliche.

Patsy rollte das Seitenfenster herunter, geistesabwesend, denn es war ihr unmöglich, den Blick von diesem unfaßlichen Knotenpunkt abzuwenden. Sofort brandete in Wellen von fernher das Dröhnen des Verkehrs heran, das gedämpfte Rumpeln der LKWs und Lieferwagen und Personenkraftwagen, ein Gesumm wie aus einem wütenden Insektenschwarm, obwohl sich augenscheinlich auf keiner der Fahrbahnen etwas zu bewegen schien. Die Luft war benzingeschwängert und voller Kohlenmonoxyde, roch nach verbranntem Gummi und dem öligen Qualm aus Turbodieseln. Hier herrschte *Straßen*klima. Es stank nach Auspuffgas und Schwertransportern. Irgendwo in der Ferne hupte jemand, und ein anderer erwiderte das Signal. Näher als alle anderen trompetete das mehrstimmige Horn eines Lastzugs wie ein Saurier in einem monströsen Dickicht aus Dämmen und Tunneln, und der Laut rollte durch den Nebel.

»Wow«, stieß Peter hervor. Patsy rutschte in ihrem Sitz herum und sah ihn auf der anderen Wagenseite am Fenster knien und das Netzwerk der Autobahnen bestaunen, das sich von Mitternacht zu Mitternacht hinzog.

»Das ist ja wie in *Termight*!« Er stotterte vor Aufregung.

»Wie was?« fragte Patsy, die das weitläufige Wunderwerk aus Beton und Asphalt ebensowenig fassen konnte.

»Ein Comic-Strip, den ich gelesen habe. Spielt in einer Gegend, wo sich in der größten Stadt der Welt alle Straßen treffen. Eine Science-fiction-Geschichte. Da war ein Zauberer, der die Stadt zerstören muß, um alle zu retten.«

»Und? Hat er's geschafft?«

»Weiß nicht. Dad kam und holte uns, bevor ich es zu Ende lesen konnte.«

Patsy konnte sich von dem überwältigenden Anblick nicht losreißen. Ihr fehlten die Worte, ihn zu beschreiben, wußte ihn mit nichts zu vergleichen. Ganz langsam öffnete sie die Tür.

»Wohin gehst du?« fragte Peter hastig.

»Nirgends«, gab Patsy zurück. Ihre Sinne waren noch ganz von der Szenerie gefangengenommen, und die zaghaft aufkeimende Entschlossenheit schwand dahin, als ihr die eigene Bedeutungslosigkeit dämmerte. Sie stieg aus den Wagen, lehnte die Tür hinter sich an und blickte um sich. So weit das Auge reichte, erstreckten sich Straßen. Nirgends war eine Lücke im Gekräusel der Schnellstraßen und Überführungen. Ein einziger gigantischer Spinnweben, auf alles lauernd, was sich hineinbewegte ... Ein Wind von der Breitseite des Wagens her stöhnte durch die Trossen, die eine künstliche Barriere auf der Mittelspur bildeten, und ließ das Panorama noch gespenstischer erscheinen.

Ganz langsam wanderte Patsy vor den Wagen und kam auf die enge Bremsspur, wobei sie versehentlich auf ein Katzenauge trat. Unter ihrer Schuhsohle zerbröckelte es. Sie erreichte das seitliche Geländer, faßte an die verzinkten Stange und beugte sich vor.

Augenblicklich wurde ihr schwindlig, und sie umklammerte verzweifelt das Stahlrohr, während sich ringsum alles drehte. Die Straße war eine Brücke, die fünfzig, vielleicht hundert Meter über einer sechsspurigen Autobahn schwebte. Patsy taumelte beinahe zurück und durchforstete ihr Gedächtnis nach den letzten Minuten. Sie war bergauf gefahren, hatte das Hochplateau erreicht, aber es gab nicht das geringste Warnzeichen oder Hinweisschild, das eine Brücke signalisiert hätte. Sie drehte sich um und suchte die Gegend ab, durch die sie gekommen war. Eine Überführung, ohne Zweifel, das war jetzt deutlich zu erkennen. Irgendwie mußte sich die Straße im Verlauf der Steigung verwandelt haben. Weit hinten in der Ferne sah sie die geschwungene Überführung einer anderen Kreuzung, obwohl sie mit Sicherheit wußte, daß sie dort nicht vorbeigekommen war. Sie war auf einer dreispurigen Autobahn in flachem Gelände unterwegs gewesen, die höchstens von Gestrüpp oder Baumgruppen gesäumt war, mit düsteren Hügeln am Horizont. Sie blickte sich um. Peter und Judith beäugten sie vom Wagen her.

Der rote Schotter auf dem Seitenstreifen war an einigen Stellen aufgescheuert, an anderen zogen sich große Risse durch den Untergrund. Sprießendes Unkraut, Rauhgras und drahtiger Wegerich, hatte sich in den Spalten und Schlaglöchern zu Füßen der Leitplanke angesiedelt. Hier und da fanden sich auch Gänseblümchen und Rotklee, und einige der dornigen Brombeer- und Rhododendronsträucher wucherten bis auf die Fahrbahn. Gleich neben dem Vorderreifen wuchs Farn, zusammengerollt wie ein Tentakel, der sich allmählich aufrollte, bläßlich und schwach. Dünner, gezackter Efeu kletterte an einem Pfosten hoch.

Wo sie hier auch sein mochten, diese Straße wurde nicht oft benutzt. Sie erweckte den Eindruck, als wäre seit geraumer Zeit niemand mehr hier entlanggekommen.

Sie kehrte an das Geländer zurück und legte beide Hände auf das kühle Metall. Es vibrierte unter ihren Fingern, als ob die ganze Brücke unter schweren Stößen erzitterte. Die Straße tief unter ihr führte schnurgerade in die Ferne, wo sich im Dunst weitere kleeblattförmige, mehrstöckige

Verkehrsinseln abzeichneten, zu weit, um Genaueres auszumachen. Doch die Straße hier war verlassen. Nichts rührte sich in der Tiefe, und das Pfeifen des Windes ließ die Landschaft noch gespenstischer erscheinen. Im Abgrund konnte sie den schwachen Schatten des einzelnen schmalen Pfeilers ausmachen, vor dem sie gehalten hatte; darüber zog sich die dunklere Schleife der Überführung hin wie ein mißglückter Regenbogen. Direkt hinter der Schattenkurve, vielleicht dreißig Meter jenseits des Standstreifens, wo der Schotter in rötlichen Lehm und vertrocknetes Farnkraut überging, entdeckte sie den verbeulten Blechhaufen. Das hintere Ende eines Kombiwagens ragte empor, mit offener, schiefgezogener Heckklappe. Das Vorderteil lag begraben unter einem kleinen Lieferwagen, der kaum noch als Fahrzeug zu erkennen war, und beide wurden vom rostigen, lückenhaften Skelett eines Reisebusses überragt. Hundert Meter weiter standen zwei Wagen am Straßenrand wie geparkt. Bei beiden standen die Fahrertüren ab wie steife, beschnittene Flügel. Von ihrem Standort aus war nicht zu erkennen, ob jemand drinsaß, doch nach den Rostflecken zu schließen, schien es kaum wahrscheinlich. Es sah aus, als seien die Fahrer rechts rangefahren, um auszusteigen und ihre Wagen stehenzulassen.

Kaum hatte sie den ersten Wagen bemerkt, als sie weitere ausmachen konnte. Manche waren umgestürzt oder eingedellt, andere sahen aus wie absichtlich ins Gebüsch oder an den Rand gelenkt. Es wimmelte von Sportwagen, Lieferwagen und Bussen längs der Autobahn, so weit das Auge reichte.

»Sieht aus wie ein Friedhof«, rief sie aus; der Wind riß ihre Stimme mit sich und trieb die Worte davon.

Von den Fahrern, denen die Wagen da unten gehörten, ließ sich keiner blicken.

12

Ihnen blieb weniger als eine Woche. Vier Tage nagender Angst, bevor der erste frostige Wintermorgen anbrach. Patsy hatte kaum ein Auge zugetan, während sie auf Carrick und die Leute wartete, die sie kurz nach Sonnenaufgang abholen wollten. Sie streifte ihre Jeans über und wählte ein paar derbe Wanderschuhe, bevor sie das Nötigste in den Rucksack schnürte. Als Carrick mit den anderen eintraf, war Connie nicht dabei. Patsy hatte den Mann nur als McGregor kennengelernt. Ob dies ein Pseudonym, ein Spitzname oder sein richtiger Nachname war, erfuhr sie nie. Carrick hatte ihr berichtet, daß er Therapieprogramme für Jugendliche durchführte, die in den verschiedensten Sekten des Landes einer Gehirnwäsche unterzogen worden waren. Er selbst legte ein autoritäres, nahezu fanatisches Gebaren an den Tag, als stünde er ständig kurz vor einem Wutausbruch. Der andere Mann war ein Fremder. Carrick stellte ihn nicht vor und er sprach nicht, selbst als Patsy ihnen Kaffee in großen Bechern einschenkte. Er war nicht groß, wirkte fast mager in seiner groben Arbeitskleidung, doch bewegte er sich mit graziösem Elan. Patsy fühlte sich an Katzen erinnert und spürte unbewußt, daß dieser einfache Mann gefährlich sein konnte. In seinen Tiefen, die sie vielleicht nie ausloten würde, lauerte eine ungeahnte Gewalt.

Crandall Gilfeather war in ein schweres Lodencape gehüllt und trug einen alten Jägerhut. Das kühle Grau des Morgens ließ seine Augen schiefergrau aufblinken. Patsy wußte nicht, weshalb, doch sie freute sich, daß er mit ihr fahren würde.

Sie war nordwärts gefahren, dem alten Transitbus folgend, den McGregor besorgt hatte. Erst blieben sie auf der Autobahn, doch nachdem sie die Grenze überquert hatte, hielten sie sich an Nebenstrecken. Der scharfe Frost war einem eiskalten Nieselregen gewichen, der gelegentlich als Hagelschauer fiel. Die Nacht brach schon herein, als sie an Levenford vorüberkamen, der letzten größeren Ansiedlung auf der Strecke. Dann nahmen sie eine schmalspurige Straße durch Heideland, am Ufer des Lochs entlang, und hielten schließlich an einem Wäldchen. McGregor setzte den Transit unter die schützenden Zweige, und Patsy stellte sich daneben. Bei abgeschaltetem Licht blieb sie schweigend sitzen. Die Tür zum Laderaum des Transits sprang auf, und die beiden Männer stiegen aus. Carrick, der sie fast um Haupteslänge überragte, folgte ihnen. Er hatte eine schwarze Pudelmütze aufgesetzt, die er tief über das Gesicht gerollt hatte. Die anderen trugen ähnliche Masken. Sie machten eher den Eindruck von Terroristen als von rettenden Schutzengeln.

»Sehr pittoresk«, hatte Crandall Gilfeather schnalzend kommentiert, aber Patsy ahnte, daß er sie nur aufheitern wollte. »Unsere *jihad*-Kämpfer sind gut ausgerüstet. Paßt doch zu einem Heiligen Kreuzzug, finden Sie nicht?«

Patsy zuckte die Achseln, auch um ein Frösteln zu unterdrücken. Bis Weihnachten waren es weniger als zwei Wochen, doch wie Gilfeather ihr erklärt hatte, war es in jener Religion, der das Christentum als neumodischer Kult begegnet war, nur noch sechs Tage bis zum Namenlosen Tag.

»Machen Sie sich keine Sorgen.« Er wollte sie trösten, tätschelte väterlich ihre Hand. »Wir haben das Recht auf unserer Seite, und allmächtig ist sie nicht – noch nicht, und mit unserer Hilfe wird sie es nie werden. Doch sie wird die Kinder behalten wollen, und ein paar Tricks anwenden ... Einiges läßt sich voraussehen, aber Sie müssen Ihrem Instinkt folgen. Man wird Ihnen Angst einjagen, Sie aber müssen standhaft bleiben, zum Wohl der Kleinen!«

»Ich will's versuchen.« Patsys Stimme zitterte, sowohl wegen der Kälte als auch aus Furcht. Carrick kam zu ihrem Wagen herüber und steckte den Kopf ins Seitenfenster.

»Wenn alles nach Plan geht, sind wir in zehn Minuten wieder draußen.«

»Und wenn nicht?« fragte Patsy, die ihre innere Anspannung kaum noch ertragen konnte.

»Dann braucht's ein bißchen länger«, gab der Riese zuversichtlich grinsend zurück. »Du kannst ganz beruhigt sein. Diese Jungs sind kampferprobt. Stell den Wagen in die Richtung, aus der wir gekommen sind, und laß den Motor laufen. Es kann sein, daß es Lärm gibt, aber darüber mach dir keine Sorgen. Wir kommen so rasch wie möglich heraus, und die Kinder werden aufgeregt sein. Über all das haben wir schon gesprochen, aber besser, sie sind in Sicherheit, erklären kannst du's ihnen später. Egal, was passiert, du nimmst Judith und Peter in den Wagen und siehst zu, daß du Land gewinnst. Wehe, du zögerst oder wartest auf uns. Auf die eine oder andere Weise haben wir Erfahrung mit solchen Einsätzen.«

»Nein«, ließ sich Crandall Gilfeather vernehmen. Ein leise ausgesprochener Widerspruch, doch er genügte, um Carrick verstummen zu lassen.

»Sie muß mit euch kommen. Kerron Vaunche hat das Mädchen seit Monaten bearbeitet, und die Zeit ist nahe. Die Mutter muß dabei sein, um Judith zu finden und hinauszubringen. Anders geht es nicht.«

Der Magere schüttelte den Kopf. Er setzte zu einer Entgegnung an, doch Patsy hob die Hand.

»Ich will tun, was er verlangt«, erklärte sie. Carrick blickte von einem zum anderen.

»Es ist die einzige Möglichkeit«, wiederholte Gilfeather. McGregor hob die Schultern.

»Na schön«, schloß Carrick barsch. »Vorher müssen wir auf das Grundstück gelangen und das Tor aufbrechen.« Patsy blickte in den Rückspiegel und wendete den Wagen, und als sie zu dem Transit hinüberblickte, waren alle drei verschwunden. Sie setzte in den Schatten der Bäume zurück und wartete. Die phosphoreszierende Uhr am Armaturenbrett zählte die Sekunden aus, doch so langsam, daß die Leuchtziffern endlos brauchten, um zu wechseln. Die erste Minute schien eine Stunde zu dauern. Patsy fühlte einen Nerv in der Kniekehle unkontrolliert zucken; innerlich wurde sie von Ängsten und Hoffnungen gefoltert, hinter denen das Bewußtsein einer latenten Drohung lauerte. Irgendwo im Geäst schrie ein Käuzchen; draußen im Heidekraut pfiff eine Bachstelze ihr gespenstisches Lied.

Es knisterte leise im Laub, dann zeichnete sich eine Silhouette am Fenster ab. Carrick winkte ihr, und sie kletterte aus dem Wagen. Auch Gilfeather erhob sich.

»Wir sind drinnen. Alles ist ruhig.« Im Osten blitzte ein Wetterleuchten und ließ die Wolken an den Rändern aufglimmen. Patsy Herz klopfte so schnell, daß ihr fast die Luft wegblieb.

»Seien Sie unbesorgt.« Crandall Gilfeather warf ihr einen Seitenblick zu. »Ich werde bei Ihnen bleiben.«

»Ich auch!« Carrick legte ihr den mächtigen Arm um die Schultern. Der Schatten, der sich vor dem Tor regte, war McGregor. Sie folgten ihm lautlos. Unter Patsys Schuhen knirschte Kies, und sie setzten ihren Weg auf der Wiese fort. Die Rückseite von Broadford House lag in undurchdringlichem Dunkel. Oben an der Mauer tropfte ein Regenrohr. Kühle Feuchtigkeit schlug ihnen entgegen, und ein schaler, abgestandener Hauch. Eine Tür öffnete sich mit einem winzigen Knacks, und sie traten ins Innere.

Hier war die Finsternis so dicht, daß man sie beinahe ertasten konnte. Die staubige, muffige Luft kratzte in der Kehle. Ein enger Korridor – wie eng er war, wußte Patsy nur, weil sie die spürte, wie die Wände sie umschlossen – führte ins Treppenhaus. Zu ihrer Linken tropfte ein leckgeschlagener Wasserhahn in ein Becken. Ganz rechts huschte leise etwas über den Boden. Im Obergeschoß hörte man durch die Wände ein unruhig schlafendes Kind weinen.

Carrick beugte sich vor und wisperte Patsy ins Ohr. »Ich geh nach oben und kümmere mich um Pete. Er liegt oben. Du bleibst bei dem alten Knaben und McGregor. Bin im Handumdrehen wieder da.«

Gilfeather hakte sich bei ihr unter. Carrick und der andere flitzten die Treppe hoch, ohne das mindeste Geräusch. Patsy wurde einen weiteren engen Korridor entlanggeführt. Sie hörte ihr Herz bis in die Schläfen hämmern und fürchtete schon, die Stille zu stören. Der Korridor öffnete sich, eine Taschenlampe blinkte sekundenlang und beleuchtete den Durchgang. Eine hölzerne Wendeltreppe führte abwärts in einen anderen Gang. Hier blieb McGregor stehen. Er lehnte gegen eine Tür und drehte behutsam den Knauf.

Sie glaubte, er werde sie millimeterweise öffnen, aber er stieß die Tür rasch auf, um jedes Quietschen in den Angeln zu vermeiden. Er hob die Hand, und der schlanke Strahl der Miniaturlampe beleuchtete ein kleines Bett in der Ecke.

Es war leer.

Der Mann schwenkte den Strahl umher. Das Bett war gemacht. Es gab mehrere Kommoden und einen Stuhl. Das Zimmer war offenbar unbenutzt.

»Hier hätte sie sein sollen«, flüsterte McGregor.

»Um Himmels willen«, entfuhr es Patsy vor Angst halblaut. »Wo ist sie?«

»Ruhig bleiben«, murmelte Gilfeather freundlich. »Wir finden sie schon. *Sie* werden sie finden. Sie muß ganz nahe sein, auf dieser Ebene. Die Cailleach will sie in der Nähe des Altars haben. Ich spüre seine Kraft von hier aus.«

»Was soll ich tun?«

»Machen Sie die Augen zu und halten Sie *Ausschau*«, bat der Alte. »Sie ist Ihr Kind, immer noch ein Teil ihres Wesens. Spüren Sie ihr nach.«

Bevor sie wußte, was sie tat, gehorchte Patsy. Etwas von Gilfeather war während ihrer Reise über die Hügel und durch grüne Täler auf sie übergegangen. Sie schloß die Lider, und ein dunkler Wirbel umgab sie. Für Sekunden fühlte sie sich verloren, ganz allein, als wäre sie in einen Brunnen gestiegen und hätte den Deckel zugeklappt. Die Finsternis war abgründig, vollständig, grenzenlos.

Hallende Leere wurde wahrnehmbar, obwohl alles still blieb. Im Dunkeln streckte sie die Hände vor sich aus. Sie verspürte einen *Ruck*, etwas bebte in ihr.

Und ihr Geist streckte unsichtbare Fühler aus. Ein Gleiten in der Finsternis, ein Rollen, und sie tastete nach außen.

Sie trat auch einen Schritt vor. Zwei. Sie bewegte sich. Eine Tür ragte auf, und sie wußte von ihr, bevor ihre Hand den Griff zu fassen bekam. Der Knauf drehte sich. Jenseits davon gab es drei Türen.

Ein Flaum strich ihr zart über die Seele, und eine unglaubliche Freude breitete sich aus. In dieser kurzen Sekunde begegnete sie ihrer Tochter.

»Dort«, murmelte sie und zeigte auf die rechte Tür. McGregor öffnete sie so rasch wie die andere. Licht flammte auf. Patsys Herz tat einen Sprung. Judiths schwarze Lokkenfülle lag über das Kissen gebreitet. Ihr blasses Gesicht schien im Taschenlampenstrahl zu erglühen. Den Daumen hielt sie unschuldig im Mund.

»Rasch jetzt«, befahl McGregor. Patsy stürzte zum Bett, bückte sich und faßte nach Judiths Wange. Ihre Tochter stöhnte schläfrig.

»Komm schon, Judy. Wach auf!«

Judith schnaufte. Sie schlug die Augen auf, schloß sie wieder. Patsy redete leise auf sie ein. Jetzt richtete sich Judith auf und blickte ihre Mutter an.

Und wich zurück, als hätte sie eine Schlange gesehen. Ihre Hand tastete an den Hals. Patsy erkannte einen dunkeln kleinen Anhänger an einem Lederband, irgendein Talisman. Judith umschloß ihn mit den Fingern.

»Komm jetzt, Judith. Beeil dich. Es ist deine Mami.«

Das Mädchen schüttelte den Kopf. Ihr Mund stand weit offen. Genau in diesem Moment erscholl Lärm von oben. Eine Tür wurde heftig ins Schloß geworfen und ließ die Wände nachzittern. Jemand brüllte.

»Beeilung«, mahnte McGregor. »Wir müssen sie auf demselben Weg hinausbringen.« Er schlüpfte durch die Tür, dorthin, wo der Lärm war.

Judiths Gesicht verzerrte sich, als wollte sie schreien. Crandall Gilfeather streckte den Arm aus und hielt ihr den Mund zu. »Verzeihung, meine Liebe. Sie ist nur verstört, aber wir müssen still sein.«

Patsy zog ihre Tochter an sich. *Stimmt was nicht? Was ist los mit ihr?* Die sinnlose Frage schoß ihr durch den Kopf. Judith wehrte sich, wollte sich dem Zugriff entziehen. Patsy nahm die schmächtige Gestalt in die Arme und hob sie mühelos aus dem Bett. Rückwärts schob sie sich aus der Tür, lief mit Gilfeather den Korridor entlang. Oben im Haus gellte die Stimme eines Mannes.

Jetzt kamen sie an die Wendeltreppe. Patsy setzte gerade einen Fuß auf die Stufe, als Judith sich freigekämpft hatte und kreischte wie eine junge Katze.

Sie waren erst an der Kehre. Die Treppe wand sich spiralförmig aufwärts, unter ihnen führte sie weiter in die Tiefe. Licht flackerte durch ein spinnwebverklebtes Fenster. Eine Gestalt raste von unten herauf, schnell wie ein flüchtiger Schatten. Patsy drehte sich um, als sie von hinten angefallen wurde. Eine bleiche Hand grabschte nach ihr.

»Halt!« rief Crandall Gilfeather. Er hob den Ellbogen, und das schwarze Wesen rammte dagegen. Lichtfunken sprühten ins Dunkel. Gilfeather taumelte zurück, doch der Schatten ebenso. Patsy erklomm die Treppe, zu verängstigt, um an etwas anderes zu denken. Wieder kreischte Judith, und sie preßte das Kind fest an sich, drückte ihr Gesicht an die Brust, um sie zum Schweigen zu bringen. Schon hatte sie das Ende der Treppe erreicht. Gilfeather war hinter ihr und japste nach Luft. Im Erdgeschoß ging ein Licht an, hell genug, daß Umrisse zu erkennen waren. Sie liefen los.

Kerron Vaunche war ihnen gleich auf den Fersen und schnappte nach Judith.

Schreiend und fluchend wich Patsy beiseite. Judith kreischte noch lauter.

»Gib sie her!« Die Frau war ganz in Schwarz gekleidet, jedenfalls kam es ihr so vor im Halbdunkel des Korridors. Wieder faßte sie zu. Patsy blieb wie angewurzelt stehen und brachte keinen Ton heraus. Wieder knisterten die Funken, als wären zwei elektrische Pole verbunden. Es stank nach versengten Haaren.

»Laß von ihr, *Carlin*-Frau!« bellte Gilfeather. »Sie ist dir abgefordert.«

Vaunche wandte sich dem alten Mann zu. »Von einem anderen gefordert, schwachsinniger Greis. Zu spät für dich und deine Jammergebete!« Wie weiße Spinnenbeine spreizten sich ihre Finger im Zwielicht. Augenblicklich erlosch das Licht am Ende des Korridors.

»Achor, Dabbat, Skratta«, schnarrte Kerron Vaunche.

»Zu spät, seine Namen zu beschwören«, überschrie Gilfeather die Stimme der Frau.

»Taimat der Fußlose, Erebus, Erlkönig«, schnatterte die Frau unbeirrt weiter.

Finsternis umhüllte Patsy wie eine Faust, und fürs erste verlor sie jede Orientierung. In ihrem Arm zuckte Judith plötzlich auf und bog den Rücken durch, als wäre sie vom Stromschlag getroffen.

Ein unförmiges Wesen lauerte vor ihr, im Dunkel gerade zu erahnen, ein monströser gräßlicher Kopf mit glühenden Augen und riesigem Mund, von einer Zunge tropfte Schleim.

»Gib die Uanan auf«, geiferte es. Todesangst ergriff Besitz von Patsy.

»Einfach ignorieren«, schrie Gilfeather wieder. »Da ist nichts.«

Kerron Vaunche nahm ihren Stakkato-Sprechgesang wieder auf. Die greuliche Gestalt waberte in der Luft, verschwamm, veränderte sich, wurde ein langer, dünner Schlauch mit hummerrotem Kopf und einem Vogelschnabel. Das Wesen kicherte irr, und sie hörte den Widerhall des Gelächters im Kopf. Ein unglaublich langer, wohlgeformter Arm dehnte sich in ihre Richtung. Patsy krümmte sich, um auszuweichen. Als sie vorüberkam, trat sie *durch* die grabschenden Finger wie durch Rauch, und doch spürte sie einen lähmenden, gräßlichen Schmerz in der Schulter, wo das rote Ding sie berührt hatte.

»Glauben Sie's nicht«, befahl Gilfeather erneut. »Das sind nur Illusionen. Die richten keinen Schaden an.« Er baute sich vor Kerron Vaunche auf und redete sie in einer Sprache an, die Patsy nicht verstand. Die Zigeunerfrau keifte etwas ebenso Unverständliches zurück.

Patsy stolperte vorwärts. Das rote Wesen zerstob zu nichts. Wieder wurde ihr schwarz vor Augen, und dann sah sie, wie durch ein Wunder, vor sich die Umrisse einer Tür. Dahinter kämpfte sich ein Licht durch die Ritzen. Im Zwielicht sah sie massive, verschnörkelte Schnitzereien. Eine große Bronzeklinke ragte hervor, und sie griff danach. Als sie das kühle Metall spürte, überlief sie ein tödlicher Schauer.

Die Tür schwang auf und das Licht erstarb. Gräßlicher Verwesungsgestank füllte ihre Lungen, und sie mußte würgen.

Rechts von ihr knirschte es laut. Hoch auf der Ecke blinkte ein Licht mehrmals und blieb. Ein anderes gesellte sich, kreiste, ein drittes flammte auf, und schließlich wirbelten alle von einem Gewölbe herab, zogen leuchtenden Staub hinter sich her. Für Sekunden glaubte Patsy, es wären fliegende Augen, und atmete durch, doch eins der Lichter entpuppte sich bei näherem Hinsehen als Motte, aufglimmend wie ein Glühwürmchen.

Rechts von ihr bildeten drei meterbreite Steine einen Steinkreis um einen Mittelpunkt.

Der *Broadford-Stein.* Wie in Großbuchstaben sah sie die Worte vor sich. Wieder und wieder durchzuckte sie die Vision von damals, und sie sah ...

Judith rücklings ausgebreitet auf dem Stein liegen, an Armen und Beinen mit einem geflochtenen, schimmernden Seil gefesselt, der ganze Körper heftig zitternd. Der gräßliche rote Spalt, vom Brustbein bis zum Unterleib reichend, war eine riesige Wunde, in der die glitschig-violetten Eingeweide noch zuckten. Die Beinchen ihrer Tochter waren hilflos verdreht, mit großen Augen starrte sie die Mutter an, und das Wimmern wurde, je langsamer sie sich bewegte, immer leiser, bis es erstarb.

Eine Vision, protestierte ihr Verstand. Judith lag in ihren Armen. Sie drückte sie fest, fühlte die Körperwärme ihrer Tochter. Etwas in ihr schien zu zerreißen. Ihre Arme umklammerten den eigenen Rippenkorb. Ihre Tochter war fort! Patsy wirbelte herum. Die geflügelten Glühwürmchen verbreiteten ihren blassen Schimmer, und Patsy sah ...

Paul auf dem Stein, das Gesicht in Ekstase verzerrt, einen Strick um den Hals, während das Ding auf ihm hockte, ein schwarzer, unförmiger Stumpf, der quoll und schrumpfte, den Schädel hinabgebeugt zu ihm. Es senkte das warzige Haupt ... und die Gestalt auf dem Stein war nicht Paul, sondern Judith, schmal und fragil, hingeschleudert und tot. Das Monstrum gurgelte, wühlte sich mit der Schnauze in den nassen Spalt; als es sich wieder erhob, stürmten die

Fliegen auseinander wie ein Nebel, und Judiths tote Augenhöhlen starrten anklagend herüber.

Patsy schüttelte den Kopf.

»Halluzinationen«, knurrte sie. »Alles ein Trick!«

Die Szene verblaßte. Judiths Wärme durchflutete ihren Körper. Das Mädchen straffte sich wie festgezurrter Klingeldraht. Eine heimliche Kraft schien dem Stein zu entströmen und das Kind zu berühren, dessen Haut, Muskeln und Knochen pulsierend antworteten. Patsy fuhr herum. Der Stein erzitterte. Die eingemeißelten Ornamente waberten und kräuselten durcheinander, sie konnte kaum hinsehen. Im Zentrum des Steinkreises erhob sich ein Wirbel, der sich zu drehen begann wie Wolken im Tornado. Das dunkle Loch im Mittelpunkt wuchs, und in seinen Tiefen glühte es rot wie höllisches Feuer. Ihr war, als zöge die Glut sie magisch an, und sie entzog sich nur mühsam.

»Bitte, lieber Gott, hilf mir!« schrie sie. Das Glühen erlosch, und ein gezackter Riß spaltete die Oberfläche des Mittelsteins. Hinter ihr hörte sie wie aus weiter Ferne Kerron Vaunche stöhnen. Die Tür rammte hart gegen die Wand, und Patsy stürzte hinaus in den Korridor.

»Los jetzt, Mädel!« feuerte Gilfeather sie an, und Judith heulte. Patsy wandte sich um und floh, das zappelnde Kind unterm Arm. Sie erreichte das andere Ende des Korridors und durchquerte ihn. Carrick donnerte die Treppe herab, Peter im Arm. Der magere Mann dahinter sprang, jeden Absatz auf einmal nehmend, hinterher. Jetzt drehte er sich um und gab einen Schuß auf einen Schatten ab, der ihn verfolgte. Ein Aufschrei, ein Körper schlug zu Boden.

»Wo ist Gilfeather?« herrschte Carrick sie an. Peter riß vor Aufregung die Augen auf. Dann erblickte er seine Mutter, lächelte, und sie frohlockte innerlich.

»Da hinten«, mehr brachte sie nicht heraus, und nickte in die Richtung, aus der sie geflohen war. Carrick deutete dorthin. Mit großen Schritten durchmaß McGregor den Flur. Umgehend schob der Riese Patsy zur Tür und führte sie den engen Korridor entlang. Die Wände schienen enger zu werden. Sie hörte Peter keuchen. Judith wimmerte nicht mehr und lag schlaff in ihren Armen. Schon kamen sie zur Hintertür.

Sie schlug zu, als sie fast dort waren, und die Finsternis kehrte zurück.

In den Tiefen der Schatten regen und wirbelten Gestalten. Patsy ignorierte sie. *Alles nur Einbildung, nur eine Fata Morgana.*

Carrick drängte sie weiter. Sie fühlte Peter, der nach ihrer Hand tastete, den *Mutter*-Kontakt suchte, unverkennbar und so alt wie die Menschheit. An der Tür blieb Carrick stehen, zog an der Klinke und rappelte vergebens.

»Abstand!« kommandierte er. Sie trat einen Schritt zurück. Es krachte wie Donner, und die Tür flog aus den Angeln. Carrick hatte einfach ausgeholt und sie aus dem Rahmen getreten. Er trieb sie zur Eile, und sie gehorchte. Carrick schwenkte nach links, und sie hetzte durch das Tor. Schließlich erreichte sie den Wagen, öffnete ihn und bettete Judith nach hinten.

Blitze zuckten auf, lärmend donnerte es.

Automatisch langte Patsy nach dem Knopf für den Scheinwerfer, als ihr plötzlich einfiel, daß Carrick verlangt hatte, sie solle den Wagen so lange wie möglich versteckt halten. Sie zog die Hand zurück. Ihre Nerven summten vor Aufregung, sie fühlte sich zum Bersten gespannt. Hinten am Waldrand schrie jemand heiser, ein lautes, tierisches Wutgeheul, das in einem Schmerzens- oder Überraschungsschrei mündete. Glas splitterte, und ein lautes metallisches Krachen ertönte aus den Schatten hinter der Mauer. Patsy blieb nichts übrig, als sich in den Wagen zu setzen. Sie biß sich auf die Unterlippe und betete, daß ihre Kinder nicht verletzt waren.

Sie hatte das Seitenfenster zur Hälfte heruntergerollt, als etwas durch das Unterholz zum Wagen preschte, und sie wich zurück, als eine Gestalt langsam näherkam. Eine dunkle Hand tastete nach dem Griff der Beifahrertür, und sie wollte gerade den Verschluß drücken, als sie McGregor von hinten kommen sah.

Draußen, jenseits der Bäume und nicht weit von den großen Toren, krachte es wieder. Ein heiserer Schrei zerriß die Luft. Diesmal erkannte sie Carricks Stimme. Eine Sekunde später raste er um die Ecke, stützte sich mit einer Hand an einem Baum ab. Mit der Wucht seiner Bewegung hätte er beinahe Peter aus den Armen verloren, doch Carrick blieb nicht stehen. In zehn Schritten war er beim Auto und zog den Jungen mit sich.

»Rasch, in den Wagen mit ihm.« Der magere, namenlose Mann war hinter ihnen. Er riß die Tür auf, und Carrick schleuderte Peter hinein. Der Dünne raste zum Haus zurück. Alles, was Patsy noch von ihm sah, war sein blonder Haarschopf. Sie gurtete Judith an. Die Gesichter ihrer Kinder leuchteten bleich im Dunkel. Heiße Tränen strömten Patsy über die Wangen, und sie hörte sich selbst plappern, um das Wimmern der Kleinen zu übertönen. Sie kniete rücklings auf dem Fahrersitz und griff nach hinten. Ihre Finger ertasteten Judiths schmale Schultern, griffen nach Peters Arm, und sie zog beide an sich, von mütterlicher Sehnsucht nach ihrer Tochter überwältigt. Sie merkte, wie der Junge zitterte, spürte Judiths Angst, und ungewollt stieg giftiger, unstillbarer Haß auf Paul Thomson und sein Flittchen in ihr hoch.

»Ist ja alles gut, Judith«, murmelte sie leise ihrer Tochter ins Ohr und strich ihr über das dunkle Haar, während sie ihr mit der anderen Hand begütigend den Rücken abklopfte. Judith wimmerte unaufhörlich, ein sehr hoher, quäkender Laut, kurz vor der Hysterie. Patsy kuschelte sie an sich, drückte sie fest und wollte ihr die Angst nehmen.

»Los jetzt!« rief Carrick.

Patsy umfing jetzt Peter, konnte den Überschwang ihrer Gefühle kaum zügeln, doch Carrick langte in den Wagen und schlug ihre Hand weg.

»Mach, daß du wegkommst. Dafür ist noch Zeit genug. Setz den Wagen in Marsch und *beeil* dich, verdammt noch mal!« Bei dieser Stimme, so laut in der engen Wagenkabine, fuhr sie zusammen. Judith heulte ängstlich auf, doch Peter nahm sie in den Arm.

»Laß mal, Judy. Es ist Mami und Onkel Carrick. Wir sind weg von dort!«

Er blickte zu dem großen Mann auf, der sich wieder zurückzog. »Mensch, klasse, das war besser als *Predator*!« Selbst im Dunklen sah Patsy, wie ihr Sohn vor Vergnügen heiße Bäckchen bekam.

»Auf jetzt, Patsy«, drängte Carrick. Sie ließ Judith los und drehte sich im Sitz um. Der Motor war ausgestellt, sie mußte den Zündschlüssel drehen und aufs Gas treten. Der Motor ächzte und starb ab, und sie bekam einen Schreck. Erneut betätigte sie den Anlasser, als eine Gestalt über den Waldweg gelaufen kam. An den Toren ging eine Lampe an, und Patsy sah Paul auf sich zukommen, das Gesicht wutverzerrt. Er schimpfte heiser und unverständlich, und im weißen Gegenlicht konnte sie sehen, wie ihm das Haar gespenstisch zu Berge stand.

Ein kleinerer Schatten löste sich vom Tor und stieß Paul in die Seite, hart genug, um ihn ins Stolpern zu bringen. Er stürzte auf die Grasnarbe, wälzte sich einmal herum und kam flink wieder auf die Füße. Schließlich war er beim Wagen und riß die Tür auf, vor Wut brüllend. Er griff an Peter vorbei mit beiden Armen nach Judith. Das Mädchen schrie jetzt so gellend, daß es von Wagendach und Fenstern zurückschallte und Patsy in den Schläfen schmerzte. Peter rief etwas, und als Patsy sich umdrehte, um ihren Mann wegzustoßen, hatte der Junge schon die Hand gegen seinen Vater erhoben und traktierte ihn mit Fäusten. Paul reagierte instinktiv. Ein Arm löste sich von Judiths Schulter, und er schlug Peter die Faust ins Gesicht. Der Junge flog gegen die andere Tür. Patsy schäumte vor Wut, als die häßliche Szene ein unvermutetes Ende nahm. Carrick beugte sich über seinen Bruder und legte ihm den Ellbogen um den Hals. Scheinbar frei von jeder Anstrengung zog er Paul vom Wagen weg, drehte sich um und warf ihn zu Boden.

»Mach jetzt, *schnell*!«

»Ja, komm schon, Mum. Wir müssen hier weg!« meldete sich Peter von hinten. »Ich will nach Hause!« Sie merkte, wie er sich den Schmerz verbiß, drehte den Schlüssel noch einmal, als ein dunkler Schatten an die nur angelehnte Beifahrertür kam und sich über Judith beugte. Patsy gefror das Blut in den Adern.

Kerron Vaunche war im Auto.

Sie hatte sich lautlos und rasch aus dem Unterholz herangetastet, und Patsy konnte ihre Gegenwart spüren, es war, als kratzten Nägel über ihre Knochen. Der Motor sprang keuchend an, knirschte protestierend, als sie mit eingelegtem Gang die Kupplung losließ, und kam im Handumdrehen wieder zum Stehen. Ehe sie darüber nachdenken konnte, war Patsy aus dem Wagen. Peter schrie wütend auf, doch sie konzentrierte sich auf die Frau, ihre Rivalin. Die Zigeunerin beugte sich noch immer in den Wagen hinein, und bei all dem Lärm und Tumult hörte Patsy, wie sie mit tiefer Stimme ihrer Tochter den fremden, gutturalen Sprechgesang von vorhin ins Ohr murmelte.

Ohne Vorwarnung fiel Patsy über die Frau her und riß sie weg. Vaunche hielt sich am Rahmen fest und murmelte weiter. Sie war behende und zäh, doch in ihrer neu erwachten Wut und Panik war Patsy viel stärker als sie. Wild kreischend stemmte sie die Füße breitbeinig in den Rasen, legte der Frau einen Arm um die Taille und ließ sich nach hinten fallen. Kerron Vaunche löste sich vom Wagen, und binnen kurzem wälzten sich die beiden Frauen am Straßenrand im Gras.

»Laß sie in Frieden, hörst du?« In Patsys Klammergriff wand sich die andere, wollte ihr die Fingernägel in die Augen rammen, doch sie blockte sie mit einer Hand ab und stieß mit der anderen zu. Stechender Schmerz durchbohrte ihren Ellbogen, als ihre Knöchel krachend gegen Kerron Vaunches schlugen.

Die Frau heulte auf wie eine läufige Katze und entzog sich, kroch auf allen vieren zum Wagen. Wieder sprudelte sie, hastiger und schrill, Worte in seltsamer, rauher Sprache hervor, und Judith antwortete von drinnen. Patsy konnte nichts verstehen, aber sie ahnte die geheime Komplizenschaft ihrer Tochter mit dieser Frau, und ein gräßlicher Schrecken befiel sie.

Was hatten sie ihr angetan? Was passierte mit Judith?

Judith machte sich daran, den Wagen zu verlassen. Peter

faßte nach ihr, umklammerte sie mit beiden Armen und zog seine Schwester zurück. Das Mädchen wehrte sich und trat, ihr Gesicht war kreidebleich geworden. Kerron Vaunche keifte weiter. Sie schaffte es bis zum Wagen und hieb auf Peter ein, grabschte nach Judiths Schulter. Patsy war sofort hinter der Frau, bekam die üppigen Strähnen ihres Haars zu fassen und hängte sich mit ihren ganzen Gewicht daran. Hatte Kerron Vaunche vorhin wie ein Katze geheult, heulte sie jetzt wie eine Wölfin, als Patsy sie davonschleifte und ihr dabei ganze Haarbüschel ausriß. Blindwütig wand sie sich hin und her, und Patsy behielt zwei Handvoll blutiger Haare zurück. Ringsum war die Nacht vom Getöse erfüllt, vom Geschrei der Männer und Frauen, aber Patsy fühlte sich wie in einem Mikrokosmos gefangen, einer winzigen Zeitblase, in der sie um ihre Kinder rang.

Vaunche fuhr herum, hakte ihre Nägel an Patsys Nacken fest und drückte zu, aber nicht fest genug, um sie zu verletzen. Patsy stieß sie gegen das Heck ihres Wagens und plazierte einen wohlgezielten, knirschenden Hieb mit dem Ellbogen in ihre Rippen. Die andere stöhnte gequält auf, was sie mit wildem Triumph erfüllte.

»Gib das Mädchen heraus«, keuchte Vaunche. »Du kriegst sie nicht wieder!«

»Vorher treffe ich dich in der Hölle«, gellte Patsy ihr ins Gesicht. »In der Hölle sehen wir uns, verdammte *Hexe*!«

Die andere wagte einen erneuten Satz zum Wagen, als der Mann, der sich McGregor nannte, von links vorkam und Vaunche mit einem Fausthieb zu Boden streckte.

»Besser, Sie machen sich auf den Weg«, knurrte er. »Hier geht's gleich rund.«

Patsy wirbelte herum. Judith war schon halb aus dem

Wagen, mit aufgerissenen, erloschenen Augen. Peter zerrte sie wieder ins Innere und schlug die Tür zu. Patsy glitt hinters Lenkrad.

»Schnall sie gut an«, bat Patsy, während sie den Zündschlüssel drehte. Diesmal reagierte der Motor auf der Stelle. Sie rammte den Gang ein, als Kerron Vaunche an die Fahrerseite taumelte.

»Mich in der Hölle sehen?« krächzte sie. Ihre Augen blitzten in der Dunkelheit, die leuchtenden weißen Zähne klafften weit auseinander. Das Gesicht der Frau war grotesk entstellt wie das eines Kampfhundes, und die Nackenhaare standen aufrecht wie ein Federschmuck. Carricks Freund wollte sie wegziehen, doch sie wehrte sich und beugte sich über das halbgeschlossene Fenster.

»Ich werde *dich* dort treffen, *Gadge*-Frau.« Sie hob den Arm und streckte ihr die Rechte hin. »Ich werde dich auf der Unteren Straße treffen, und du wirst *zuerst* dort sein.« Die Finger krümmten sich zu Haken; sie drehte das Handgelenk und hielt die Handfläche nach oben.

»Ich schicke dich dorthin, von wo es keine Rückkehr mehr gibt. Hinunter geh zur dunklen Straße, *Gadge*-Frau, und ich werde dir auf dem Fuß folgen, bis wir sie wiederhaben.«

Wieder sagte sie etwas in ihrer häßlichen Sprache und spuckte sich in die Hand. Ihr Arm zuckte hoch, die Finger entrollten sich und schüttelten den Schleim von sich, der gegen Patsys Wange flog. Sie wich rasch zurück. Vaunche kicherte laut, ein fremdartiges, meckerndes Lachen. »Ich setze für ewig deinen Fuß auf die Straße«, schnarrte sie, »und dieser Straße werde ich folgen. Achte auf den Mond!«

Patsy trieb die Drehzahl des Motors hoch. Der Gedanke

an den Speichel dieser Frau auf ihrer Haut reizte sie zum Brechen. Sie drehte das Lenkrad, und Kerron Vaunche faßte noch einmal hinein.

»Nimm die Straße der Toten, Leibeigene, und wandre im Schatten des Todes.« Sie trieb ihre Nägel in den Lack vor der Windschutzscheibe; Patsy hörte etwas splittern, als der Wagen einen Satz nach vorn machte, und hoffte, der anderen wären die Nägel ausgerissen worden. Der Wagen streifte das Gebüsch, als sie den Weg zur einschlug, gerade als die beiden eisernen Gittertore aufschwangen und eine Gruppe düsterer Gestalten herausströmte. Im Rückspiegel sah sie etwas metallisch glänzen. Jemand schrie. Zwei der Schattenwesen schwangen sich auf den Kotflügel. Jemand preßte die Nase gegen die Scheibe, nur Zentimeter von ihr entfernt. Auf dem Rücksitz heulte Judith hysterisch, während Peter sie inständig beschwor, weiterzufahren und nicht stehenzubleiben.

Jetzt war sie auf der Straße, gab Vollgas, und die Gestalten taumelten zurück. Gewehrschüsse knallten, und sie betete, daß Carrick nicht getroffen war, doch anhalten konnte sie jetzt nicht. Der Wagen raste bergab, die Kurve zur Uferstraße am Loch nahm sie beinahe auf zwei Rädern, und damit war sie auf und davon.

Vor sich sah sie noch immer das verzerrte Gesicht von Kerron Vaunche und den Speichel, der von ihrer Hand flog, um Patsys Wange zu verkleben, und das Leuchten des Wahnsinns in ihren Augen, wenn sie in der fremden, rauhen Sprache redete.

Sie dachte an das, was Kerron Vaunche ihr angetan hatte: Sie hatte ihr den Mann weggenommen (obwohl das jetzt nicht mehr viel zählte), ihre Tochter und ihren Sohn entführt. Die Frau war von Sinnen, und doch hatte sie

Macht. Die alte Zigeunerin hatte sie *Cat Anna* genannt, und für Patsy war sie einer Wildkatze ähnlich, raubtierhaft und stark, von tödlichem Hochmut.

Ich treffe dich dort ... auf der Unteren Straße.

Jetzt wußte sie, daß Kerron Vaunche sie verflucht hatte. Patsy hörte auf, an den Lippen zu nagen. Mochte sie noch sei stark und wild sein, vielleicht auch mit übersinnlichen Mächten im Bunde – Judith und Peter hatte sie ihr nicht entreißen können. Alles andere, was hier auf der Straße geschah, wollte sie ignorieren, an der Gewißheit des Triumphs festhalten und sich an seiner Hitze weiden. Der Himmel über ihr nahm die Farbe eines alten blauen Flecks auf der Haut an.

13

Einige Minuten hatte sie dagestanden, den Anblick der Verwüstung bestaunt und sich bemüht, gegen die Mutlosigkeit anzukämpfen, die ihr ohnehin schwaches Selbstgefühl gänzlich zu verschütten drohte.

Sie war im Nirgendwo angelangt.

Dort unten, jenseits des Brückenschattens, lagen Dutzende, vielmehr Hunderte ausrangierter Kraftwagen, moderten und rosteten im wäßrigen Licht, vom Wind poliert, der den Schotter über abblätternden Lack und Chrom warf.

»Wie ein Friedhof«, hatte sie gesagt, und der Wind hatte ihre Stimme mit sich gerissen und die Worte davongetrieben.

Es war ein Friedhof für Verbrennungsmotoren. Eine Walstatt des Straßenverkehrs. Da gab es Unfallwagen und aufgegebene Fahrzeuge und Rostlauben, bei denen der Gummi von den Reifen faulte, bis sie nur noch auf die Felgen standen. Doch obwohl sich das Gräberfeld zehn, zwölf Kilometer weit am Rand der geraden Strecke ausdehnte, sah sie nirgends eine Bewegung, vom gelegentlichen Flattern schwarzer Krähen abgesehen, die gefräßig die verbeulten Wracks absuchten. Außer ihnen gab es hier kein Lebenszeichen.

Es war nur eine Straße gewesen. Nur eine einzige. Die falsche Straße, vielleicht, eine *schlechte* Straße, aber nur eine. Kerron Vaunche hatte gespuckt und geflucht und mit den Händen gefuchtelt, und Patsy hatte sich verirrt und fand sich auf der Straße ins Nirgendwo wieder, unter einem schwefligen, infernalischen Himmel. Damit ließ sich doch fertigwerden, trotz der Tageszeit, trotz der Spinne in der Notrufsäule, trotz der mageren Hunde mit Glubschaugen und den Fernfahrern, die sich in Tiere verwandelten, an einer Raststätte, die plötzlich ein anderer Ort geworden war. Nur eine Straße, und man konnte sie irgendwo unterwegs verlassen. Es würde eine Ausfahrt geben, vielleicht auch eine Umleitung. Es würde eine Rampe und eine Einfädelspur geben. Endlich mußten doch andere Wagen auftauchen, Kombis und LKWs, schicke Limousinen und ungepflegte Kleinwagen.

Aber hier war es anders. Da vorn unter ihr war eine *andere* Straße, auf der einmal andere gereist waren. Hatte Kerron Vaunche auch diese verflucht, oder war dies das Werk größerer Mächte als der Macht einer Zigeunerfrau?

Im Tal der Schatten des Todes. Viele Gedanken irrten ihr durch den Kopf, und sie merkte, wie sie angesichts der schieren Monstrosität überzuschnappen drohte. *Die Straße der Toten.* Ihre Hände umklammerten das verzinkte Metall, wobei einer ihrer Fingernägel zurückgebogen wurde, bis ein kleines Stück abbrach. Für einen Moment wallte Panik auf, und sie verkrampfte sich so stark, daß sie am ganzen Leib zitterte wie eine Stimmgabel.

Schluß damit! Reiß dich am Riemen, Frau! Die Stimme in ihrem Inneren gab scharfe Kommandos, die ihre Ängste zum Schweigen brachten. Das Zittern ging vorüber, und Patsy merkte, wie sie wieder fast normal atmete.

Schon besser. Es war ihr eigener Verstand, das wußte sie, aber manchmal war ihr, als spräche eine andere, als befehle ihr die eigene Mutter, sich wie eine Erwachsene zu benehmen. Das Aufklinken der Tür hinter ihr ließ sie herumwirbeln.

»Zurück in den Wagen.«

»Ist alles in Ordnung ...?« fragte Peter.

»Ab in den Wagen, sofort!« schnauzte Patsy zurück. Peter hielt inne, halb auf dem Rücksitz, einen Fuß schon auf dem roten Schotter. »Und zwar auf der Stelle, hörst du!«

Er runzelte die Stirn, verletzt von ihrem Ton. Sie rannte zu ihm, und seine Augen weiteten sich vor Schreck, als fürchte er, angegriffen zu werden. Patsy öffnete die Tür ganz und riß ihn in ihre Arme. Sie drückte ihn so fest, daß seine Rippen knackten.

»Es tut mir leid«, schluchzte sie und konnte die Tränen nicht zurückhalten. Sie fühlte seine Arme auf der Schulter, seine Finger ihr Rückgrat knetend, nicht fest genug, um wehzutun, aber immerhin so, daß sie merkte, wie lange sie ihren Sohn nicht mehr umarmt hatte. Der Gram überwältigte sie beinahe. Neben ihnen brach auch Judith in Tränen aus, und Peter zog sie heran, so daß sie alle drei in verzweifelter Umarmung aneinander hingen. Ihr Wangen waren naß, Schluchzer schüttelten sie konvulsivisch, und sie hielt die Kinder eine ganze Weile so.

Die Überführung lag jetzt hinter ihnen. Sie waren sacht hinübergefahren, Spalten und flachen Schlaglöchern, wo die Fahrbahndecke zerfallen war, ausgewichen. Der Wind war stärker geworden und spielte an den Trossen, ließ sie wie riesige Kontrabaßsaiten erklingen; ihre Töne mischten sich ins ferne Gesumm unsichtbaren Verkehrs und ins lautlose Beben der Fahrbahn. Etwas bewegte sich in diesem Straßenknäuel, aber während Motorendröhnen und der saure Geruch verbrauchter Auspuffgase aus der Ferne herangetragen wurden, war nirgends eine Bewegung zu erkennen. Am anderen Ende der Überführung tauchte die Straße abwärts, und das Dornengestrüpp der überwucherten Grünstreifen wurde dichter. Manche Tentakel reichten in die Spur hinein und fast bis auf die andere Seite. An einer Stelle kamen Brombeerzweige und Efeu einander über die Fahrbahn entgegen, und sie mußte den Mittelstreifen zwischen die Räder nehmen, um überhaupt vorbeizukommen. Als sie die schmale Lücke durchquerte, glaubte sie eine Bewegung in den Augenwinkeln zu erkennen. Sie drehte sich kurz um, doch der Efeu lag unverändert da, obwohl sie den Eindruck nicht loswurde, daß die Kriechpflanze auf den Wagen zugekommen war. Sie schüttelte rasch den Kopf und zwang sich, an etwas anderes zu denken.

Am Fuß des Abhangs und auf der anderen Seite verlief die Straße jetzt zwischen Böschungen, auf denen Birken und Stechginster um den raren Lebensraum kämpften. Sie beschleunigte und fuhr weiter, achtete auf die Katzenaugen auf dem Pflaster, zählte die Poller und Hundertmetermarken und Kilometer. Judith, die wieder eingeschlafen war, erwachte nach einer Weile und wünschte sich etwas zu essen. Ihre Stimme klang jetzt halbwegs normal. Auf einer geraden Strecke, die gegenüber der Umgebung ein wenig erhöht lag, nahm Patsy den Fuß vom Gas. Von hier aus war das übrige Straßennetz völlig unsichtbar, nur ein riesiger, mit Girlanden von Lampen geschmückter Brückenbogen ragte in weiter Ferne empor. Wieder hielt sie am Seitenstreifen, prüfte erst den Rückspiegel, stellte sicher, daß niemand direkt hinter ihr und auch vorn nichts Bedrohliches zu erkennen war. Judiths Augenringe waren immer noch dunkel wie Blutergüsse, doch sie wirkte nicht mehr so krank wie vorhin. Patsy fühlte nach ihrer Hand, die ihr ein wenig abgekühlt vorkam.

»Ich bin auch am Verhungern«, behauptete Peter. Manches änderte sich nie. »Ist schon Zeit zum Mittagessen?«

Er blinzelte und schenkte ihr ein verschmitztes Lächeln. Sie warf einen Blick auf die Uhr, die halb neun anzeigte. Offenbar war sie stehengeblieben. Sie hob das Handgelenk und lauschte an der Uhr, hielt das Zifferblatt schräg und stutzte. Der winzige Sekundenzeiger, eine schmale Kupfernadel, bewegte sich rückwärts!

»Stimmt denn gar nichts mehr in dieser verwünschten Gegend?« stieß sie keuchend aus. Wie lange sie schon unterwegs war, vermochte sie nicht zu erraten, doch das Erlebnis an der Tankstelle schien nicht mehr als eine gute Stunde her zu sein. Trotzdem, obwohl die Sonne noch immer hinter den schweren, rasch dahinziehenden Wolken verborgen blieb – in Fahrtrichtung, die eigentlich östlich liegen sollte, schien sich der Himmel bereits zu verdüstern.

»Einen Happen essen, dann müssen wir uns aber wieder auf den Weg machen«, räumte sie ein. Peter klappte die Hutablage zurück und kletterte ins Heck. Sie hörte ihn wühlen und kramen. Er kehrte zurück und hievte eine der Plastiktüten aus dem Minimarkt nach vorn. Wieder reckte er den mageren Hintern, als er in den Kofferraum abtauchte, und eine ansehnliche Plastikbox ans Tageslicht förderte.

»Machen wir einen Picknick-Ausflug?« fragte Judith. Sie schien tatsächlich einigermaßen wiederhergestellt, doch fiebrige Röte lag ihr noch immer auf den Wangen. An den Händen wirkte die Haut pergamentähnlich ausgetrocknet, die Fingerknöchel standen hervor.

»Nein. Das liegt noch vom letzten Mal da.« Die Picknickbox hatte tatsächlich mehr als ein Jahr im Wagen gelegen; genau drei Tage, bevor Paul die Kinder aus dem Garten entführt hatte, war sie in Gebrauch gewesen. Zu dritt waren sie an jenem Sommermorgen ins Grüne gefahren, nur wenige Kilometer von zu Hause weg, doch weit genug vom bewohnten Gebiet, daß es einem wie die Wildnis vorkam. Es war der letzte richtig schöne Tag, den Patsy mit den Kindern hatte genießen können.

Es rappelte in der Kiste, als Peter die Klammern am Deckel aufspringen ließ. Dann zog er den schwärzlich angelaufenen Topf und den kleinen Campingherd mit Gaskartusche hervor, mit dem sie sich auf der Wiese am Flußufer Tee zu kochen pflegten. Die vertraute Thermosflasche, die rund zwei Liter fassen konnte, lag ganz unten am Boden neben dem Aluminiumbesteck. Patsy hatte in den letzten Monaten gar nicht mehr an die Box gedacht, doch jetzt war sie aus irgendeinem Grund heilfroh, daß sie mitgekommen war auf diese Fahrt. Das bekannte Gefühl einer Intuition überkam sie, als sie den Inhalt durchstöberte. Kocher und Feldflasche waren wichtige Utensilien für den äußersten Notfall. Sie nahm sich vor, erst am nächsten Morgen Gebrauch davon zu machen, doch eine weitere Nacht wollte sie auf keinen Fall auf dieser Strecke oder irgendeiner anderen Straße verbringen. Doch der Instinkt tief in ihrem Inneren summte wie eine schwache Stromspannung, und es flüsterte: *Nur für den Fall, daß ...*

Sie erlaubte Peter, eine neue Cola anzubrechen, obwohl sie für eine Tasse Tee sonst was gegeben hätte. Ein Glas mit Schraubverschluß auf dem Grund der Kiste enthielt Teebeutel und Briefchen mit löslichem Kaffee, wie man sie in billigen Hotels erhielt – das Zeug mußte uralt sein, aus der Zeit noch, als Paul viel auf Dienstreisen ging. Doch fehlte es an Wasser, abgesehen von der kleinen Sprudelflasche, die sie mit den übrigen Sachen in den Einkaufskorb geworfen hatte, und die wollte sie nicht gerade für eine Tasse Tee verbrauchen. Sie musterte ihre Einkäufe und fand die Instant-Suppen. Wenn es zum Schlimmsten kam – und sie schickte ein Stoßgebet zum Himmel, daß ihr das Schlimmste erspart bleiben mochte –, konnte sie das Mineralwasser nehmen, um für alle eine Tasse Suppe zu kochen. Jetzt begnügte sie sich mit einem Schluck aus der Coladose und einem Chipsbeutel, den sie rasch leerte, wobei sie jetzt erst merkte, wie hungrig sie war. Sie wollte schon den nächsten aufreißen, als es wieder in ihrem Innern klingelte: *Nur für den Fall, daß ...*

Am liebsten hätte sie die innere Stimme überhört, dennoch gab sie klein bei und verzichtete.

Sie wartete, bis Judith ihre eigenen Chips verputzt hatte, dann bat sie Peter, noch einmal nach hinten zu krabbeln und das Reiseplaid herauszuholen. Das war eine abgenutzte Decke mit Schottenmuster, die muffig roch, als wäre sie lange nicht gelüftet worden, was auch der Fall war. Patsy verließ den Wagen und schüttelte sie aus. Sand vom Flußufer und getrocknetes Gras vom letzten Jahr rieselten heraus, und sie wünschte, wieder dort zu sein, zurück zu damals. Sie wickelte Judith gut ein, bevor sie sich abfahrbereit machte. Wenige Minuten später war ihre Tochter tief eingeschlummert und atmete regelmäßig.

Patsy drehte sich im Fahrersitz um und lächelte. »Komm doch nach vorn zu mir, Pete«, flüsterte sie. Er ließ den Gurt aufschnappen und kletterte zwischen den Sitzen hindurch, behutsam Judiths Füßen ausweichend, die unter der Decke hervorlugten. Beim Geräusch des Anlassers wälzte sich ihre Tochter herum, doch die Augen blieben geschlossen. Patsy bog in die Spur ein, und sie setzten die Fahrt fort.

»Kommen wir bald nach Hause?«

»Aber sicher doch.« Patsy legte möglichst viel Zuversicht und Leichtigkeit in ihre Stimme und wartete auf seine Antwort.

»Alles so merkwürdig hier«, murmelte er und blickte auf zu ihr, mit großen, ehrlichen Augen.

»Das kannst du laut sagen. Aber wir finden schon den Weg.«

»Hat sie das gemacht?«

Patsy straffte sich. Konnte er Gedanken lesen? Hatte er telepathische Kräfte oder nur großes Einfühlungsvermögen, mehr als ein durchschnittliches Kind?

»Wen meinst du?«

»Sie. Catanna.«

»Ich dachte, ihr Name sei Vaunche?«

Er runzelte die Stirn. »Das ist ein komischer Name.«

»Nannte sie sich nicht so?«

»Nein. Jeder rief sie Catanna. Auch so ein komischer Name.«

»Komisch zum Lachen oder komisch-seltsam?«

Er grinste. »Eigentlich nur blöd. Die hatten alle so idiotische Namen, wie Birkenblatt und Fingerhut.«

»Und warum meinst du, es hätte mit ihr zu tun, was hier los ist?«

»Weil sie so schrullig ist. Redet dauernd von Magie und Zaubersprüchen und daß sie allen möglichen Stuß bewirken könne, aber es war nicht alles Stuß. Sie hat behauptet, Leute verwünschen zu können, und die meisten hatten wohl Angst vor ihr. Alle außer Dad. Vor ihm hatten sie auch alle Angst. Ich hab's genau gemerkt.«

Das will ich gern glauben, dachte Patsy. Ihr fiel ein, wie stark ihre eigene Persönlichkeit sich verändert, seinem Willen unterworfen hatte, ohne daß sie von der Verwandlung etwas gemerkt hatte. Aber im Vergleich mit der Zigeunerin war er nur ein Dilettant. Die gräßlichen Bilder in der Finsternis von Broadford House lauerten unter der Schwelle ihrer bewußten Gedanken.

»Glaubst du denn, daß sie tatsächlich so etwas bewirken konnte?«

Er hatte mit dem Radioknopf gespielt, doch als sie ihre Frage stellte, zog er die Hand rasch zurück und blickte seine Mutter an.

»Sie hat mich nicht gesehen. Ich saß oben im Apfelbaum am Ende des Gartens. Sie stritt mit einer der Frauen. Worum es ging, hab ich nicht gehört, doch Catanna wurde wütend. Sie sprach laut, sie hat nicht geschrien, aber laut genug, daß ich es hörte und eine Gänsehaut kriegte. Ich sah sie genau, und sie verdrehte die Hand wie bei dir, als sie uns wieder holen wollte, und warf ihre Spucke auf die Frau. Ihr Name war Willow, und sie war immer nett zu mir und Judy gewesen. Sie hat Kuchen gebacken und uns ihn heiß aus dem Ofen probieren lassen, wenn niemand in der

Nähe war. Doch als Catanna sie anspuckte, sagte sie: ›Daran sollst du ersticken.‹ Oder so ähnlich ...«

Peters Stimme erstarb, und Patsy ergriff seine Hand. Sie fühlte die Anspannung, die ihn quälte. Sie drückte ihn aufmunternd, doch er schwieg eine ganze Weile, bevor er weitersprach, mit leiser Stimme, fast wie im Traum.

»Wir waren im Refektorium. So nannten sie den Speisesaal. Dad saß immer am Kopf der Tafel, und sie auf der anderen Seite. Judy aß immer neben ihr, und das gefiel mir gar nicht. Jedenfalls aßen wir alle nach dem Großen Gebet, das war aber nicht wie unsere Schulgebete. Da gab es viele ausländische Namen, und sie alle sind Fürst vom Jenseits oder woanders, daß sie ihre Feinde besiegen sollen und die Ungläubigen und schreckliche Rache an ihnen nehmen. Und ich hatte immer Angst, daß sie mich kriegen, weil ich keinen richtigen Glauben hatte, nur Angst, *obwohl* ich nicht an sie glaubte. Verstehst du, was ich meine?«

Patsy mußte lächeln, obwohl es sie eiskalt überlief. Sie hatte nicht gewußt, was sie von alledem glauben sollte, bis ihr die innere Stimme Einhalt gebot und befahl, wach zu werden und zu akzeptieren, was sie vor sich sah, selbst wenn es schlankweg und glatt unmöglich war. Bisher hatte sie sich auf die Straße konzentriert, aber jetzt wandte sie sich zu ihm und blickte ihn an. Seine Brauen waren vor Anstrengung gekräuselt, als täte die Erinnerung sehr weh.

»Jedenfalls saßen wir beim Essen. Es gab Fisch und Grünzeug, das ich nicht mochte, und Catanna stand auf und hielt große Reden. Entweder sie oder Dad hält die Reden, weil sie beide so was wie die Chefs sind, und alle tun müssen, was sie sagen. Sie redete, aber ich hörte nicht zu, und alles war mucksmäuschenstill, weißt du? Wie wenn einer lacht und alle anderen hören mit dem Reden auf. Jedenfalls sprach sie ganz schnell und wieder in dieser komischen Sprache. Ich saß neben Dad und Willow saß mir gegenüber. Catanna redete andauernd, und ich sah, wie Willow ganz blaß wurde. Ihre Augen kullerten im Kreis, und dann fing sie zu husten an. Mit beiden Händen faßte sie an den Hals und stand auf; Catanna hörte nicht zu reden auf und guckte Willow an, und sie sah gleichzeitig auf mich, und ich hatte plötzlich einen Riesenbammel vor ihr.«

Peter hielt ihre Hand fest. Patsy bremste etwas ab, doch die Straße war noch immer schnurgerade, und alle drei Spuren waren frei. Der Himmel wurde allmählich dunkler, als stünde ihnen ein erneutes Donnerwetter bevor.

»Willow stand auf und fing jetzt erst recht an zu husten. Ihr Gesicht hatte eine scheußliche Farbe, und der Mund stand offen, und die Augen kullerten noch immer im Kreis und glotzten, als wollten sie gleich herausfallen. Dad sagte kein Wort. *Keiner* sagte etwas, weil es einfach Luft für sie war. Sie konnten es nicht mal *sehen*. Catanna schaute sie an und ich sah, wie etwas aus ihr herauskam, ehrlich! Es war wie ein Schatten. Es kam raus und flog zu Willow hinüber und blieb bei ihr. Willow guckte mich an, und dann sah sie Dad an, und mir wurde ganz schlecht. Ihr Gesicht lief rotviolett an. Dann fiel sie auf den Boden und fing zu zittern an. Die Absätze schlugen auf den Boden und alle saßen bloß da. Ich wollte aufstehen, aber Dad legte mir die Hand auf die Schulter, daß ich mich nicht rühren konnte. Sie lag da, den Mund offen, und ich wußte, daß sie sich an einer Gräte verschluckt hatte. Der Rücken hob sich, dann knallte er wieder zu Boden, und sie gab schreckliche Geräusche von sich ...«

Er klammerte sich jetzt fast an sie, und seine Stimme wurde brüchig.

»... ihr Kopf drehte sich, und sie guckte mich an, und ich sah etwas in ihrem Mund. Es war aber keine Fischgräte. Das war ganz schwarz und bewegte sich, und ich wußte erst nicht, was es war, doch Willows Kopf knickte nach hinten, und der Mund ging noch mehr auf und – oh, Mami, es waren Fliegen! Große, schwarze Fliegen! Sie krabbelten heraus und flogen ihr um den Kopf.«

Der Schrecken der Erinnerung ließ seine Stimme erbeben.

»Ich hab's gesehen, aber keiner sonst guckte hin. Catanna stand nur da, und nicht mal Dad hat ihr geholfen. Mir wurde richtig angst und bange, denn ich wußte, daß sie das gemacht hatte. Sie hatte Willow gesagt, daß sie ersticken würde, und dann hat sie ihr die Fliegen in den Mund gehext, an denen sie erstickt ist. Jemand legte eine Serviette über Willows Gesicht und wir Kinder mußten nach draußen gehen, die meisten weinten, und ich auch. Ich fürchtete mich sehr, und sah sie immer vor mir, wenn ich die Augen zumachte, und dachte, *sie* hat einen der Fürsten überredet, daß er ihren Feinden etwas Schreckliches antut. Und am nächsten Tag, als ich auf der Treppe saß und wartete, daß Judy aus dem Unterricht kommt, traf mich Catanna und gab mir einen Apfel. Ich wollte ihn nicht haben, damit ich nicht ihre Finger anfassen mußte, aber sie zwang mich, ihn zu nehmen, und dann meinte sie, es wären Äpfel von dem Baum draußen, und ich hätte mir gestern einen nehmen sollen.«

Sein Griff um Patsys Hand tat fast weh. Sie hätte ihren eigenen Puls an den Fingern ihres Sohnes messen können, aber sie merkte auch, wie ihm das Blut stockte.

»Danach habe ich nichts mehr gesagt, aber ich wollte immer heim. Sie muß gewußt haben, daß ich im Baum gesessen bin und ihren Streit mit Willow mitgehört hatte. Sie lachte nur und warf mir einen Blick zu, bei dem mir heiß und kalt wurde. Ich tat so, als machte es mir nichts, aber eigentlich wurde mir ganz schlecht vor Angst.«

Er ließ allmählich locker, und sie spürte, wie die Wärme in ihre Finger zurückkehrte. Patsy war sehr weh zumute. Was immer da in Broadford House passiert war, es war machtvoll genug, einem Dinge vorzuspiegeln, die nicht existierten. Die gräßlichen Bilder waren ihrem Geist aufgezwungen worden, als sie mit Kerron Vaunche in der Finsternis des Flurs kämpfte. Wenn ihr so etwas passieren konnte, wieviel mehr einem leicht zu beeindruckenden kleinen Jungen?

»Und gestern«, fing Peter wieder an, »hörte ich sie wieder so merkwürdig sprechen, und sie hat dich mit Spucke beworfen, und sie sagte, daß sie uns auf der Unteren Straße treffen will. Da hat sie wieder gezaubert, so wie ich's gesehen hab', und ich weiß auch, was die Unteren Straßen sind. Es kam in den Gebeten vor.«

»Und was sind die Unteren Straßen?«

»Es sind die *Ley*-Wege. Auf denen sind die Leute von früher gereist. Wo der *Fasgadh* lebt. Er ist eine Art lieber Gott für sie, wie Odin oder so was.«

Wetten, daß sie nie auf Straßen wie dieser gereist sind, dachte Patsy bei sich.

»Ich wollte immer nach Hause«, sagte Peter. Der schrille, brüchige Unterton in seiner Stimme legte sich, als wäre jetzt das Schwierigste heraus. »Aber ich wußte nicht, wo es langgeht. Am Tor waren immer welche, es zu bewachen, und einmal ist eine Frau weggerannt, und sie haben sie zurückgebracht, aber wir haben sie danach nie mehr gesehen! Die Catanna gefiel mir nicht, und Dad war völlig übergeschnappt. Er spielte nie mehr Fußball und ging auch nicht nach draußen. Immerzu hielt er sich in dem großen Zimmer auf und redete mit den Leuten oder sang vor sich hin. Mit Judy ließen sie mich kaum noch spielen, denn Catanna war immer bei ihr und brachte ihr diese fremdartigen Worte bei.«

»Warum wollte sie, daß sie so etwas lernt?«

»Weiß nicht. Aber Brian, er ist vierzehn, erzählte mir, alle Mädchen müßten an einem besonderen Tag was Bestimmtes tun. Brian war wirklich verrückt. Er hat versucht, mich unter der Dusche anzufassen, weißt du? Und seine Schwester mußte immer den Rock heben. Er fand das ganz in Ordnung. Es wäre heilig, wenn man so was bei Schwestern tut, das hätte ihm sein Dad beigebracht, aber ich sagte ihm, das wäre dreckig. Er hat mir von einer bestimmten Nacht erzählt, wenn alle die Kleider ablegen und die Mädchen holen und ausziehen, und dann kämen Männer und würden mit ihnen spielen, aber ich weiß nicht was.«

Patsy erschauerte. Lisa Prosser, die aus Broadford House geflüchtet war, hatte davon erzählt. Sie hatte ein halbes Jahr in einer Reha-Klinik bleiben müssen, bis die Konditionierung gebrochen war und sie darüber sprechen konnte, was hinter den hohen Mauern und vergitterten Eisentoren vor sich ging. Sie hatte von mitternächtlichen Ritualen im alten Tanzsaal des Hauses berichtet, und von Schwarzen Messen, die auf dem flachen Stein im Tiefgeschoß zelebriert wurden, unter Anrufung der Namen alter Götter: *Baal, Beelzebub, Thanatos, Seth ...*

Was ihr verrückter Ex-Mann und diese Wahnsinnige mit den Kindern im Schilde führten, wagte sie sich nicht auszumalen. Crandall Gilfeather hatte ihr nur wenig darüber berichtet, aber das reichte ihr. Auch die gräßlichen Traumbilder, die Visionen, waren ihr genug. Patsy streckte einen Arm aus und zog Peter an sich, so daß sein Kopf an ihrer Seite gebettet lag. Was immer Peter gesehen hatte, es mußte ihn zu Tode erschreckt haben. Der Gedanke an Fliegen, die aus dem Mund der jungen Frau kamen, wie Aasfliegen an einem Toten, folterten ihr Vorstellungsvermögen. Lisa Prosser hatte von den Huldigungen im Keller berichtet, und von den schwarzen Fliegen, die dort um den Ventilator kreisen. *Beelzebub. Erlkönig.* Der Fürst des Verderbens, der Fliegengott.

»Wird schon alles gut werden«, meinte sie seufzend, obwohl innerlich bebend.

»Finden wir denn bald nach Hause?«

»Aber ja«, tröstete Patsy und wünschte, es klänge überzeugender. »Wo ein Wille ist, da ist auch ein Weg.«

Vor ihnen wurde der Himmel tintenschwarz, und zur Rechten schimmerte wieder die rote Glut an der Wolkendecke.

»Es wird bald Nacht«, bemerkte Peter.

»Nein. Das muß ein heraufziehendes Unwetter sein«, widersprach Patsy. »Der Tag wird doch nicht schon vorbei sein?«

Sie fuhr weiter, hielt die Tachonadel bei hundertzwanzig, und die Dunkelheit wurde immer dichter, bis sie schließlich die Scheinwerfer einschalten mußte. Sofort glitzerten wieder die Reflektoren der Randbegrenzung auf. Sie kontrollierte den Benzinstand und stellte fest, daß die Nadel noch nicht allzu weit von ›Voll‹ entfernt war.

»So spät kann's nicht sein. Wir sind höchstens hundertfünfzig Kilometer gefahren.«

»Aber es wird doch dunkel!« beharrte Peter, und das ließ sich in der Tat nicht leugnen. Rechts von ihnen, noch hinter der feurigen Glut, leuchteten grüne Blitze auf, denen dreißig Sekunden später ein fernes Grollen folgte, gerade genug, um den Motorenlärm zu übertönen. Nicht weit vor ihnen strahlte ein weißes Schild auf, und sie schaltete das Fernlicht an.

Es waren wieder nur Richtungspfeile, die eine Gabelung der Spur anzeigten, doch Städtenamen waren nicht zu erkennen. Die Entfernung zur Ausfahrt wurde angezeigt – dreihundert, zweihundertfünfzig, einhundert Meter –, aber sie blieb auf der Hauptstrecke. Das Schild war wie jenes, das sie vorhin zur Raststätte zurückgeführt hatte, und einem solchen Ort wollte sie nach Einbruch der Dunkelheit auf keinen Fall nahekommen. Sie hielt sich geradeaus, bis die Straße einen niedrigen Hügel umrundete, dann eine Steigung nahm und auf ein Hochplateau führte. Von dort ging es wieder abwärts. Die Fernlichter ließ sie eingeschaltet.

Etwas bewegte sich, nicht weit vom Straßenrand, aber gerade noch im Lichtkegel. Sie sah es aus den Augenwinkel und wandte sich entsetzt um.

Die Vogelscheuche winkte mit dem Arm.

Patsys Herz raste wie ein Hammerwerk im Brustkorb.

Der Wind hatte sich im zerlumpten Ärmel der Scheuche verfangen. Der Halogenstrahl wanderte über den runden Rübenkopf und tanzte in den Augenhöhlen. Noch immer zeigte ein Arm nach vorn, und die spindeldürren Beinstökke warfen lange Schatten auf das Brachfeld.

Sie war nähergekommen.

Beim ersten Mal war sie gar nicht dagewesen, vorhin hatte sie ganz dicht vor der Mauer der alten Kirche gestanden. Jetzt stand sie ungefähr auf halbem Weg zwischen Kirche und Autobahn; ein knorriges Astbein war vorgestreckt wie zum Stolperschritt. Sie tippte auf die Bremse und verlangsamte die Fahrt. Die Kirche ragte als schwarze Silhouette vor dem indigofarbenen Himmel auf. Der haarige Kriechefeu war bereits am krummen Glockenturm emporgeklettert.

Doch im Innern war Licht. Nicht sehr hell, nur eben zu erkennen in den Höhlen der schartigen Bogenfenster. Es war ein blasser, orangefarbener Schein, der sich schwach bewegte, wie das Flackern einer trüben Kerze, die von einer Seite des Kirchenschiffs zum anderen getragen wurde, Schatten warf, verschmelzen ließ, verdrängte. Dieser Lichtschein bestürzte Patsy noch mehr als der Anblick der Vogelscheuche. Peter lag an ihrer Seite, blickte nicht aus dem Fenster, war hoffentlich eingedöst. Fünf Kilometer weiter brach endgültig die Nacht herein und überzog den Himmel mit ihrem schwarzen Samt. Patsy warf einen Blick auf die Uhr am Armaturenbrett. Der Leuchtanzeige entnahm sie, daß es sieben Uhr fünfundvierzig war, doch während sie sich noch immer auf die Skala konzentrierte, wurde aus der Ziffer fünf eine Vier. Eine Minute später war es eine Drei, und ihr wurde klar, daß die Uhr jetzt rückwärts lief. Sie verglich mit der Armbanduhr, hielt sie ins Licht des Armaturenbretts. Schon glaubte sie, die Sekunden langsam gegen den Uhrzeigersinn ticken zu sehen.

Doch die dünne Nadel rührte sich nicht und zeigte auf die Zwölf. Der Minutenzeiger stand auf der Sechs. Nur der Stundenzeiger bewegte sich, und zwar so schnell, daß sie zusehen konnte, wie er das Zifferblatt umrundete. »Mist«, flüsterte sie. Sie fuhr schätzungsweise eine Stunde weiter, sah die Katzenaugen schimmern, bis der letzte Streifen Dämmerung am Himmel geschwunden war. Die Tankanzeige war jetzt deutlich zurückgefallen und näherte sich langsam, aber sicher der Halbvoll-Markierung. Gerade überlegte sie, was zu tun war, als vor ihr im Nebel wieder ein Schild auftauchte.

HAVOCK SERVICES: 25 km.

Die Inschrift sprang ihr grell entgegen, tiefschwarz gegen die reflektierende Oberfläche, bohrte sich ins Bewußtsein, ihr kam es vor wie ein Tiefschlag in den Unterleib. Sie war schon wieder hier, und das war irgendwie schlimmer, als im Kreis gefahren zu sein und auf dem Gefälle – obwohl das gewiß schlimm genug war – die verfallene Kirche zu passieren. Sie trat fast unwillkürlich auf die Bremse und bog auf den Seitenstreifen. Dort setzte sie die Fahrt im Schrittempo fort, ungewiß, ob sie anhalten oder weiterfahren und darauf vertrauen sollte, daß noch vor der Raststätte eine andere Ausfahrt kam. Den Parkplatz wollte sie nicht einmal von weitem sehen, nie wieder, und schon gar nicht nachts. Sie war überzeugt, sie würde, falls sie sich auf die Rampe verirrte, wo die schwarzen LKWs im Schutz der Bäume aufgereiht standen, laut schreien zu müssen, ohne aufzuhören. Es brauchte fünf Minuten oder mehr, um, vorsichtig dem dürren Dornengestrüpp des auswuchernden Grünstreifens ausweichend, die nächsten anderthalb Kilometer zurückzulegen. Wenig später ertasteten die Scheinwerfer eine schwarzgeteerte Rampe, die in den roten Schotter des Wegrands mündete. Gleich dahinter ein Schild, wonach hier eine – dem gewöhnlichen Verkehr verbotene – Haltebucht der Autobahnpolizei war. Der Himmel über ihr war tiefschwarz, Mond und Sterne ließen sich nicht blicken. Gerade als der Wagen an der Böschung des polizeilichen Ausgucks vorüberkam, faßte Patsy einen spontanen Entschluß. Sie riß das Steuer herum, trat aufs Gas und fuhr die Rampe hoch. Platz genug war hier zum Drehen, so daß sie den Wagen quer zur Straße abstellen und beide Richtungen überblicken konnte. Sie zog die Handbremse und stellte den Motor ab, ließ allerdings die Scheinwerfer noch eine Weile eingeschaltet. Der Zwillingsstrahl leuchtete über den Ausguck und verlor sich im Bodennebel auf der gegenüberliegenden Fahrspur.

»Warum halten wir?« fragte Peter unvermittelt. Sie hatte geglaubt, er sei eingeschlafen.

»Mir schien es besser so.«

»Sollten wir nicht weiterfahren?« Er blickte zu ihr auf; im Zwielicht der Armaturenbeleuchtung sah sie sein blasses Gesicht. Patsy streckte den Arm aus und zog ihn wieder an sich.

»Ach, ich weiß nicht. Ich wurde ein wenig müde, und nachts auf dieser Straße herumzukurven scheint mir nicht das Wahre. Vielleicht wär's besser, wir verhalten uns ruhig, bis der Morgen graut. Nachher übersehe ich eine Abzweigung im Dunkeln.«

»Ich fände besser, wir blieben auf der Straße«, erklärte Peter ernst. »Mir gefällt es hier gar nicht.«

»Mir auch nicht, das kannst du mir glauben«, stieß sie mit einem erschöpften Seufzer aus.

»Finden wir wirklich nach Hause?« Es war das zweite Mal, daß er diese Frage stellte.

»Ja. Bestimmt. Ich schwör's dir.«

Peter blieb eine Weile still. Patsy hörte Judith regelmäßig atmen, tief und nicht so unruhig, wie sie gefürchtet hatte. Sie löschte das Scheinwerferlicht, und nur der trübe Schimmer des Armaturenbretts blieb, obwohl die Glut am Horizont heller wurde und die ersten Regentropfen ans Fenster trieben. Patsy prüfte den Tachostand. Die winzigen Ziffern wiesen aus, daß sie erst dreihundertzwanzig Kilometer gefahren waren, seit sie den Zähler heute früh auf Null gestellt hatten. Sie erinnerte sich, daß sie bis zur Raststätte rund hundertzwanzig zurückgelegt hatte, vielleicht weniger; so daß sie seither rund zweihundert Kilometer gefahren war.

»Das kann doch nicht stimmen«, murmelte sie. Seit heute früh gefahren bis jetzt, mit steten hundertzwanzig Stundenkilometern, ohne anzuhalten, nur die Pause auf der Brücke und der Imbiß mit Cola und Chips, der erst eine Stunde her zu sein schien –, da müßte sie doch bei Anbruch der Nacht längst mehr gefahren sein!

Die Uhr auf dem Armaturenbrett war stehengeblieben, obwohl ihre Armbanduhr jetzt auf vollen Touren lief und alle Zeiger in gleicher Richtung liefen. Sie hatte keine Ahnung, wie spät es wirklich war. Der Himmel draußen war, vom rötlichen Feuerschein abgesehen, schwarz, nachtschwarz. Aber noch etwas anderes war nicht in Ordnung. Sie erinnerte sich, daß sie es für zu früh hielt, daß sich der Himmel im Westen eintrübte, obwohl sie weiterfuhr. Und es war bei weitem nicht lange genug her, um die Nacht hereinbrechen zu lassen. Entweder war der Tacho kaputt, oder ihr Zeitgefühl spielte verrückt. Daß die Uhren nicht richtig liefen, stand fest, doch ihr eigenes Körpergefühl signalisierte ihr, daß es noch nicht Nacht sein konnte.

»Ich muß mal«, meldete sich Peter und lenkte sie ab.

»Kann das nicht warten?«

»Nein. Ich bin nämlich ... ich muß dringend.« Selbst im schwachen Licht der Armatur verzog er tragikomisch das Gesicht. Patsy grinste und zauste ihm den Haarschopf.

»Meinetwegen. Aber mach schnell, und bleib neben dem Wagen.« Sie fühlte selbst, wie die Cola von vorhin allmählich drückte, doch das konnte wohl bis morgen warten.

Sich am Ausguck einer Verkehrsstreife neben den Kotflügel zu hocken war nicht ihr Fall. In diesem Punkt, dachte sie mißmutig, hatten es die Männer besser, auch solche, die es werden wollten wie ihr Sohn. Sie drückte die Klinke, um die Tür an der Fahrerseite zu öffnen, drückte auf und schwang die Beine aus dem Wagen, während ölig-feuchter Nebel eindrang.

»Na, dann komm«, lockte sie und gedachte, sich selbst etwas zu recken und zu strecken, den Muskelkater auszuschütteln. Patsy stellte die Füße auf die Erde und wollte gerade hinausklettern, als ein namenloses Grauen sie erfaßte wie ein mächtiger Stromschlag. Sie wandte sich von ihrem Sohn ab, als es sie traf, und er sah seine Mutter starr werden. Der Schreck befiel sie unvorbereitet, ein Gefühl der Bedrohung, das sie völlig in Besitz nahm und überwältigte.

Ein paar Meter weit, unten auf dem kleinen geteerten Feldweg, der auf die Böschung führte, bewegte sich etwas im Dunkeln. Nur eine leise Bewegung, ein Rascheln war zu hören, ein Schaben auf Stein, aber aus irgendeinem Grund, aus *keinem* erklärlichen Grund, bahnte dieses winzige Geräusch sich in den tiefen, primitiven Teil ihres Unterbewußtseins, der den Überlebensinstinkt birgt. Die Vorahnung überschwemmte sie wie eine große Sturzflut. Der Eindruck von Lebensgefahr war so heftig, daß die Muskeln ihres Standbeins erschlafften und ihr den Dienst versagten. Sie merkte, wie sie zu Boden sank, wie sie ohnmächtig wurde, und noch größere Angst explodierte in ihrer Seele bei dem Gedanken, daß sie vor den Wagen stürzen könnte, das Gesicht zum Asphalt gedreht, während etwas, das unsichtbar war und raschelte, auf den Wagen zukroch.

Ein Schrei wollte sich ihrer Kehle entringen, und Peter machte noch eine Bemerkung, daß er gleich platzen würde oder dergleichen, und Patsy bekam keinen Ton mehr heraus. Plötzlich kehrte die Kraft in ihre Muskeln zurück. Ihr Bein zuckte, sie warf sich in den Wagen, stieß Peter auf den Beifahrersitz zurück. Dann zog sie das Bein an, griff gleichzeitig nach dem Türgriff und schlug zu, nur knapp die eigenen Zehen verfehlend. So saß sie, japsend wie ein Köter, und wartete, bis ihr Herzrasen nachließ. Es hämmerte so schnell, daß ihr kleine Lichtpunkte vor den Augen tanzten.

»Stimmt was nicht?« fragte Peter.

Sie wollte sprechen, doch die Worte blieben ihr im Hals stecken, und von ihren Lippen kam nur ein kleines *Plopp*. Sie tastete nach seiner Hand, bekam sie zu fassen, wollte mit ihm in Kontakt bleiben, wenn er nur für einen Augenblick still blieb. Entgeistert starrte er sie an und runzelte besorgt die Stirn, aber er wartete, bis das Keuchen nachließ und die Blässe aus dem Gesicht seiner Mutter wich.

Schließlich fand sie ihre Stimme wieder.

»Wir müssen drinnen bleiben.«

»Aber ich muß raus«, protestierte er. Sie hielt beschwörend die Hand hoch, und er verstummte.

»Ich weiß es. Wirklich. Aber wir müssen im Wagen bleiben.«

Zur Bekräftigung drängte sie ihn kurz beiseite und verriegelte die Beifahrertür, wandte sich im Fahrersitz um und sicherte auch die hinteren Türen. Judith bewegte sich im Schlaf, als der Verschlußknöpfe einrasteten, doch sie wachte nicht auf.

»Du kannst dein Geschäft hier drinnen machen«, riet sie. »Hast du noch die leere Colabüchse?«

Er nickte betroffen.

»Du bist doch ein Junge. Bei dir geht das!«

»Äh, Mami ...«, holte er aus, aber sie hob wieder die Hand.

»Keine Widerrede, Peter. Ich weiß, wie peinlich das ist, aber du darfst jetzt nicht raus. Verstanden?«

»Aber wieso?«

»Ich weiß auch nicht, wieso«, gab sie heftig zurück. »Ich *weiß* es einfach. Tut mir leid, Peter, aber entweder du benutzt die Dose oder du verkneifst es dir, aber daß einer von uns heute nacht den Wagen verläßt, kommt nicht in Frage.«

Sie umfaßte ihn an beiden Schultern und drehte ihn zu sich, beugte ihr Gesicht tief über seins: »Hast du mich verstanden, Peter? Ich mag dich wirklich zum Fressen gern, aber diesmal mußt du auf mich hören, selbst wenn ich mich wie eine alte Gouvernante benehme. Und du wirst tun, was ich sage. Mütter wissen manchmal Dinge im voraus, und ich weiß etwas, was du nicht weißt. Wir bleiben im Wagen. Kapiert?«

Er nickte langsam. »Was ist denn da draußen?«

»Nichts. Ich weiß nicht.« Patsy suchte nach der richtigen Antwort. »Etwas. Aber nichts wird uns geschehen, wenn wir hier brav sitzenbleiben.« Sie tastete unter ihren Sitz und fand die leere Dose, hielt sie ihm hin und brachte ein Lächeln zustande.

»Jetzt versuch richtig zu zielen, okay?«

Beschämt nahm er die Dose entgegen und wandte sich um, halb über dem Sitz kniend. Dann fummelte er am Hosenschlitz seiner Jeans, beugte sich vor. Es plätscherte metallisch, während er sich erleichterte. Sie fühlte seine Scham mit, aber hier war nichts zu machen. Schließlich war er fertig und stellte die Büchse vorsichtig auf dem Boden ab.

»Jetzt können wir meinetwegen versuchen, ein bißchen zu schlafen«, schlug Patsy vor, obwohl ihr der Gedanke an Schlaf ferner lag denn je. Sie scheuchte Peter nach hinten, und er kletterte zwischen den Sitzen durch. Judith stöhnte schläfrig, schniefte und drehte sich auf die andere Seite. Patsy hockte in der Mitte, breitete die Decke über alle aus und legte sich dazu. In der Ferne zuckten Blitze über den Himmel, krachender Donner ließ Peter zusammenzucken. Der Lärm rollte lange durch die Nacht. Leichter Regen schlug an die Scheiben und trommelte gleichmäßig auf das Dach. Draußen spürte sie das, wovor sie sich erschreckt hatte, herumschleichen, was immer es war. Da bewegte sich etwas im Finstern, witterte und lauerte auf sie und die Kinder.

Peter wollte schlafen, aber jetzt war er so aufgeregt von der Erinnerung an Willow, eine Erinnerung, die so unsagbar schrecklich war, daß er sie am liebsten in ein Bündel gepackt und versteckt hätte, wo niemand sie wiederfand. Während er in Broadford House war, hatte er Kerron Vaunche, die Catanna, täglich gesehen, und zuerst war der Anblick dieses furchtbaren Erlebnisses wie eine Woge über ihn hereingebrochen. Er hatte gelernt, Erinnerungen zu umgehen wie ein geschickter Torero, ihrem Angriff auszuweichen, bevor sie ihn aufspießten. Entweder das, oder verrückt werden angesichts der Schrecken.

Diese hier war aus dem Kasten gesprungen, weil er sie seiner Mutter beichten wollte. Die Erinnerung war draußen und machte ihn ganz rappelig, er würde Zeit brauchen, bis er so müde war, daß er nicht mehr daran denken mußte.

Willows Gesicht verschwamm vor ihm, die Augen weit

aufgerissen und wild kullernd, während ihre Hände hilflos nach der Kehle tasteten. Der Mund stand weit offen, so weit, daß er alle ihre Zähne sehen konnte und das flirrende Rosa im Gaumen. Das hustende, erstickende Geräusch von dort ließ ihm das Blut in den Adern gefrieren, während die Catanna immer weiterredete. In einer Sekunde des Grauens erkannte er, daß niemand im ganzen Refektorium merkte, was geschehen war. Die übrigen lauschten andächtig dem, was sie sagte, nur er war fixiert auf die rollenden Augen, den klaffenden Mund und das kehlige Raspeln, das tief aus dem Innern der nach Luft ringenden Frau kam.

Er hatte seiner Mutter nicht alles erzählt, weil die Erinnerung in stotternden Stößen, flackernden Schnappschüssen kam, vor denen er jedesmal zurückgescheut war, aber jetzt, wo sie aus der Versenkung kamen, konnte er nichts mehr gegen sie tun.

Willow rollte mit den Augen, die aus den Höhlen hervortraten, als wollten sie an den Boden kullern, und Peter mußte an das Pferd denken, das über den Stechginster am Rand ihrer Wiese springen wollte, ausgerutscht war und sich das Genick brach. Das war schlimm genug gewesen, ein tragischer kleiner Unfall, bei dem mehrere kleine Kinder zugegen waren, doch was Peter im Refektorium sah, geschah nur zwischen ihm, Willow und Catanna. Erst später, als er die Szene Stunde um Stunde durchdenken mußte, waren ihm Einzelheiten aufgefallen, als hätte die Zeitlupen-Wahrnehmung, die sie zu dritt gefangen hielt und alle anderen ausschloß, seine Sinne übernatürlich geschärft.

Drüben bei der geschnitzten Tür hatte jemand eine Gabel fallenlassen, ein tiefes, blechernes Klappern, das immer länger dauerte, so als wäre Peter in eine Zeitlupenaufnahme geraten. Am Nebentisch räusperte sich ein Kind, und dieses Geräusch klang wie sonores, rumpelndes Grunzen.

Die Catanna hatte geredet, und ein Teil seines Geistes merkte auf das, was sie sagte, über die Kräfte des Äußeren, die ihre Scharen sammeln gegen jene, die den Pfad der Wahrheit gehen, während vor seinen Augen Willow im Sterben lag.

Er wollte rufen und Hilfe holen, aber er selbst war wie in flüssiges Kunstharz eingeschlossen. Er hörte seine Muskeln im Nacken knirschen, wie alte, rostige Türangeln, als er zu seinem Vater aufblickte, spürte sein Blut in den Schläfen als Schlürfen in den Tiefen des Gehörgangs. Dad hatte dagesessen wie eine gemeißelte Statue. Seine Hand schwebte halb über der Tischplatte, die Augenlider waren halb geöffnet zu einem Blinzeln, in kaum wahrnehmbarem Tempo, das Auge glasig fixiert auf die dunkelhaarige Frau, deren Stimme ohne Überlappen in der Echtzeit polterte und in Peters langsamer Zeit.

Eines der rollenden Augen richteten sich auf ihn, stumm und verzweifelt. Willow war aufgestanden, der Stuhl schleifte über das Parkett und polterte langsam in den Hintergrund. Peter hatte sich umdrehen wollen, hatte zur Bewegung angesetzt, aber es war doch, als ob er sich durch Honig bewegte, er sah angestrengt umher, suchte Blickkontakt, suchte irgendwen, der merkte, was hier vorging. Dann hatte die Catanna ihre smaragdgrünen Augen auf ihn gerichtet, und er begriff plötzlich und erstarrte.

Willow taumelte rückwärts, noch immer den Hals umklammernd, und die Catanna sprach noch immer in zweierlei Tempo, während der Lärm der heruntergefallenen Gabel verebbte.

Die Catanna wandte sich um und hielt ihn mit ihren glitzernden Blicken fest. Für einen Moment sah Peter sie an zwei Stellen auf einmal. Sie hatte sich ihm zugewandt, und ihre Miene blieb reglos, obwohl er ihren Haß spürte, doch gleichzeitig – als ob ein Teil ihres Wesens absplitterte – hielt sie Ausschau ins hintere Ende des Refektoriums, wo Willow im Todeskampf zuckte. Das andere Bild der Catanna wich zurück, beugte sich über den Tisch, und jeder Gesichtsmuskel verzerrte sich zu bestialischer Grausamkeit. Ihre Arme streckten sich der anderen Frau entgegen, lang und mager und blaß, sekundenlang waren sie skelettähnlich. Der Mund stand offen, die Lippen zogen sich über das Zahnfleisch zurück, das jetzt wegschrumpelte und abfaulte, bis er nur noch die ineinander verknäuelten Zähne sah, zu viele für einen normalen Mund, zu scharf für einen normalen Mund. Dieses Anders-Bild, fast durchsichtig überlappend wie bei der Doppelbelichtung einer Fotografie, hatte zu sprechen begonnen, was sich wie das Fauchen eines Tieres anhörte, während die gelassene und hochmütige Frau fortfuhr, auf die Versammlung an der Mittagstafel einzureden, und Peter nicht aus den Augen ließ.

Er hatte bestürzt zugesehen, wie die beiden Bilder immer weiter auseinanderklafften. Der krumme Schatten, grau und rissig und von grotesker Bosheit, wich beiseite und krabbelte näher. Ein Teil von Peters Seele nahm wahr, wie dieses hexenhafte Wesen *durch* den Tisch floß, als gebe es in seinem Weg kein Hindernis. Es torkelte auf Willow zu, mit unmöglich verlängerten Armen und langem Gesicht und geöffnetem Maul, bis das Ding, das auf die hustende Frau zuschoß, so häßlich und krank wirkte, daß es keinem Tier mehr ähnelte. Peter fühlte sich an die Wasserspeier erinnert, die oben an der Regenrinne von Broadford House in die Welt glotzten.

Catannas Schatten stürzte in die Mitte des Refektoriums, schnappte mit Tentakelarmen nach Willows Kopf und drehte sich, daß es direkt in die Augen der anderen Frau starrte. Peter spürte bei Willow ein Wiedererkennen und nackte Panik, und seine eigene Angst wuchs ins Unermeßliche.

Niemand sonst rührte sich. Willow fiel mit einem rollenden Donner zu Boden, während das groteske und finstere Halbwesen, das zerrissene, durchscheinende Dunkelwesen sich wie die abgelegte Haut einer Libellenlarve über Willow hinabsenkte. Eine lange, knochige Hand faßte nach Willow und hielt ihre Wange fest, eine andere Hand schob sich in ihren Mund und stieß in die Kehle vor. Willows Rücken bog sich durch. Das Ding, das sich von der Catanna gelöst hatte, wich behende zurück. Sein Kopf schwankte auf dürrem Hals; blasse, krankhaft orangefarbene Augen richteten sich sekundenlang giftig auf Peter. Das Maul war weiter aufgeklappt, und eine schwarze Zunge baumelte speichelnd heraus, dann war das Ding wieder bei der Tafel und bewegte sich durch die flache Tischplatte. Es gab einen merkwürdigen, unbewußten *Ruck*, eine Anspannung, die Peter mehr fühlte als hörte, und das gräßliche Ding verschmolz wieder mit der Catanna. Sie erbebte leicht, drehte sich langsam um, noch immer Peter anstarrend. Dann lächelte sie und ließ ihn los. Es war, als sei ein Seil zwischen ihnen gekappt. Peter sackte im Sitz zurück, als hätte man ihn gestoßen, fiel nach vorn und stand beinahe auf. Willow lag am Boden, wand sich und zuckte, als wäre sie gerade erst vom Stuhl gefallen, der langsam aufschlug und davonflog. Willows Mund öffnete sich, und etwas Schwarzes, Glänzendes krabbelte aus ihrer Kehle heraus. Jetzt erkannte er die Fliege. Ihr Kopf drehte sich, geschwollene Augen starrten, die Vorderbeine rieben aneinander, überlautes Raspeln hallte in der Mundhöhle nach. Eine andere kam hinterher, und noch eine, bis der ganze Mund gefüllt war mit Fliegen Sie schwärmten aus und krochen über das Antlitz der Sterbenden, große, durchsichtige Fliegen mit Pergamentflügeln und kratzenden Stelzbeinen. Eine Weile lang war Willow nur noch eine Masse wimmelnder Insekten, und dann flogen sie, mit wütendem Gebrumm, alle gleichzeitig los. Die Fliegenwolke ballte sich zu einer Kugel zusammen und flog in die Zimmerecke, wo sie in den Schatten verschwand. Das Summen dauerte noch lange an, doch von den Fliegen war nichts mehr zu sehen.

Willow gurgelte und spuckte noch, und Peter wurde furchtbar übel, so schlimm, daß er sich beinahe übergeben hätte. Er raffte sich auf, begann zu schreien. Die Hand seines Vaters legte sich ihm auf die Schulter. Jemand drehte sich um. Die Catanna hörte zu reden auf. Ein letzter Gacks entrang sich Willows Kehle, das Gesicht lief blau an. Sie rollte über den Boden, eine der Frauen bückte sich und hob ihren Kopf, doch es war zu spät. Peter sah es an ihren Augen. Sie waren nach oben verdreht, und was immer es war, das die Abspaltung der Catanna ihr in den Mund gesteckt hatte, es bewirkte in ihrem Innern, daß sie auf dem Boden starb. Ihr Körper zuckte noch zweimal und lag dann still. Er erinnerte sich, daß er die Augen nur schwer abwenden konnte, und jetzt erst beim Aufblicken merkte, wie ihn die grünen Blicke der Catanna noch immer fixierten. In diesem Moment glaubte er sich selbst in tödlicher Gefahr.

Er hatte gesehen, wie es passierte, aber war es die Wirklichkeit? Oder nur eine Vision?

Es war ihm alles viel zu wirklich vorgekommen, doch zugleich schrecklich *falsch.* Es hatte eine Verbindung zwischen ihm und den beiden Frauen gegeben, doch eine Zeitlang wußte er nicht mehr, ob es den Tatsachen entsprach, was er erlebt hatte. Doch in seinen Alpträumen sah er noch oft solche durchsichtigen, ausgezehrten Wesen wie das, was sich von der Frau abspaltete, so unförmig und runzlig und grotesk, wie die andere Catanna groß, stark und von düsterer Eleganz war. Das Anders-Wesen suchte ihn aus den Tiefen seiner Ängste heim und jagte ihn durch Wälder voller haariger Bäume, raschelte hinterm Bett, grunzte zu seinen Füßen, während er schlammige Abhänge hochzuklettern versuchte, immer wieder ausrutschend, vor Angst wie gelähmt. Und in seinen Träumen wußte er, daß die verzerrte Libellenlarve ihn fangen, ihm Fliegen in den Hals legen würde, die in ihm summten und krabbelten, bis er platzte.

Peter erwachte dann jedesmal in dem kleinen Zimmer, das er allein am äußersten Ende des Westflügels bewohnte. Der Schrei blieb ihm im Hals stecken, kalter Schweiß benetzte sein Laken. Er hätte sich gern eingeredet, in Wahrheit sei Willow gar nichts zugestoßen, das alles wäre nur ein Hirngespinst.

Doch die Catanna war gekommen und hatte ihm einen Apfel gegeben, als wolle sie ihm wie eine schöne Eva ein Geheimnis enthüllen. Und sie lächelte ihn auf teilnahmslose Weise an und ließ ihn wissen, daß er *entdeckt* war, und daß sie nun ein Geheimnis teilten, von dem niemand sonst wußte.

Instinktiv war ihm klar, daß er sich seinem Vater nicht anvertrauen durfte. Mit seinen neun Jahren hatte er begriffen, daß Paul verloren war, der Catanna verfallen war, und daß er sich selbst in Gefahr brachte, wenn er mit ihm darüber sprach. Er fürchtete für sich selbst, aber noch mehr sorgte er sich um Judith, weil sie soviel Zeit mit dieser Frau verbrachte.

War das nur Einbildung, oder entwickelte auch seine Schwester dieses glasige Starren?

Er wußte nicht, was hinter der großen grünen Tür passierte, hinter der die Frauen und Mädchen in den frühen Abendstunden verschwanden. Manchmal hörte er ganz schwach, wie sie Gesänge intonierten, doch der Text blieb ihm unverständlich.

Peter vermißte seine Mutter, hatte Angst um seine Schwester, und nachts mußte er rennen, rennen, rennen, auf der Flucht vor einer häßlichen Wasserspeier-Visage. Jetzt, rücklings auf dem Rücksitz des Wagens, aus Broadford House befreit, doch auf einer unberechenbaren Straße verirrt, kam der Traum zurück. Und doch rannte er, wenn es unter dem Reiseplaid zuckte und bebte, nicht mehr durch einen Wald mit alten, behaarten Baumstümpfen. Jetzt floh er über eine lange, verlassene Straße, als das Ding nach ihm und seiner Mutter faßte.

Es dauerte eine Weile, bevor Patsy Schlaf fand, und selbst jetzt war es nicht viel mehr als ein Dahindämmern. Der Motor knackte und tickte, als das Metall abkühlte und sich zusammenzog; Kondensstreifen vernebelten die Fenster und sperrten die Nacht aus. Judith lag eingemummelt an ihrer Seite, ein warmes, leise schnarchendes Bündel, und Peters Atem ging allmählich gleichmäßiger. Er murmelte etwas im Schlaf, und sie streichelte ihm über die Augenbrauen, bis er ruhiger wurde. Aber niemand war da, der ihr die Brauen streichelte, ihre nächtlichen Dämonen verjagte.

Jedesmal, wenn sie die Augen schloß, sah sie das zerlaufende, schmelzende Gesicht des großen Fernfahrers mit dem Billardstock, dessen Fingerknöchel sich blähten und dehnten und mehr als bloß Finger waren, dessen Gesicht breiter und unwirklicher wurde. Ihr Gewissen peinigte sie, weil sie die Kinder hergebracht hatte, doch ein anderer, zentralerer Teil ihres Ichs wußte, daß es sich anders verhielt. Sie waren in Gefahr, elementarer, unbegreiflicher Gefahr, doch vertraute sie darauf, daß sie ihre Kinder schon noch herausbringen würde. Es war doch nur eine Frage der Zeit, und sie würden die richtige Strecke schon finden.

In Broadford House war es ihnen jedenfalls schlechter ergangen, und das wußte sie nun wirklich instinktiv. Die junge Lisa Prosser hatte sechs Monate gebraucht, um die ihr dort Broadford House beigebrachte seelische Vergiftung loszuwerden, doch ihr Freund war nicht mehr zu retten. Sie mußte daran denken, wie das arme Mädchen ihr Gedächtnis zermarterte, als sie berichtete, wie er ihre Hand hielt, als sie auf dem Stein lag, wo John Kenyon, der bis vor anderthalb Jahren die Kommune angeführt hatte, sie vergewaltigte. Kenyon war fort, hatten Carrick und McGregor berichtet. Paul Thomson und Kerron Vaunche hatten den Laden übernommen, sich erst in Kenyons Vertrauen eingeschlichen und ihn zerbrochen. Nach Crandall Gilfeathers Ausführungen zu schließen, war die Kenyon-Organisation nicht mehr als eine Miniatur-Sekte eines sexuell abartigen Größenwahnsinnigen gewesen. Doch als Kenyon aus dem Weg war, wurden den Jüngern andere Ziele gesteckt. Lisa Prosser hatte die Nächte geschildert, in denen mit Gebeten und Gesängen unterschiedlichen Gottheiten gehuldigt, den dunklen Mächten Treue geschworen wurde. Außerdem hatte sie etwas bestätigt, was Peter vorhin erzählt hatte.

Es war in Ordnung, es mit den Schwestern zu tun. Mit Müttern. Mit Töchtern.

Eins wußte Patsy: Wäre sie nicht mit ihrem Schwager und den beiden Männern nach Broadford House gekommen, stünde ihrer Tochter ein schreckliches Los bevor. Sie hätte es gewußt, selbst wenn Gilfeather keine unmißverständlichen Andeutungen gemacht hätte. Ihr Instinkt verriet ihr, daß Paul nicht bloß seine Kinder wiedersehen wollte. Da war eine ekelhafte *Gier* im Spiel, sie in der Nähe dieses Hauses zu wissen.

Sie schüttelte den widerlichen Gedanken ab und versuchte, an Carrick zu denken. Patsy erinnerte sich an das Gebrüll und die wütenden Schreie und das Krachen von Gewehrschüssen. Hoffentlich waren Carrick und die übrigen mit heiler Haut dem Tohuwabohu am Gittertor entkommen! Die Jünger von Pauls Sekte waren herausgeströmt wie eine wildgewordene Viehherde, kreischend und fluchend und mordlüstern.

Es schien so lange her, daß sie die enge, gewundene Straße Richtung Süden herabgekommen war. Irgendwo unterwegs gelangte sie auf eine breite, dreispurige Strecke, als sich ein Unwetter abzeichnete und Regenschwaden über den Asphalt fegten, dort war sie offenbar von ihrer gewohnten Wirklichkeit ins Abseits geraten, an den Ort, wo Alpträume lebendig wurden.

Patsy barg sich tiefer unter das Plaid und fröstelte, während es kalt wurde im Wagen und die Feuchtigkeit in die Glieder kroch. Am Morgen würde sie steif und durchfroren sein; sie fühlte sich schon jetzt ungewaschen und verschwitzt. Sie schloß die Augen, hielt sich an Judith fest und versuchte zu schlafen.

Einige Zeit später schreckte sie hoch.

Draußen vor dem Wagen kreischte etwas schrill und heiser, wie ein Raubvogel, und in der Ferne antwortete ein anderes Tier mit einem mißtönenden Schrei. Einige Minuten blieb alles still, während Patsy sich aufrichtete und angestrengt lauschend den Atem anhielt. Direkt vor dem Wagen hörte sie leises Getrappel auf dem lockeren Kies. Sie rückte ans Fenster und malte einen Streifen in die beschlagene Scheibe. Draußen war alles finster. Sie äugte hindurch, und etwas Langes, Schwarzes robbte vorüber, wie ein flüssiger Schatten ohne Kontur. Pfeilschnell flitzte es von vorn zum Heck und verschwand im Buschwerk hinter dem Wagen. Für einige Minuten senkte sich wieder die Stille über die Szenerie, und sie blieb reglos sitzen, die Nerven zum Zerreißen angespannt.

Dann heulte ein Tier auf, nur wenige Meter entfernt am Straßenrand, und sie hätte fast selbst aufgeschrien. Der Laut kam ganz aus ihrer Nähe und war gut zu hören, ein verzweifeltes, überschnappendes Schmerzgeheul, das nicht menschlich und nicht tierisch zu sein schien. Patsy war drauf und dran, das Kondenswasser von der anderen Scheibe wegzuwischen, doch in letzter Sekunde zog sie den Ärmel zurück. Ob Tier oder Mensch, gleichviel, sie wollte nicht wissen, was da draußen war, mehr noch, sie wollte die Scheibe nicht säubern und sehen, wer diesem Wesen etwas angetan hatte, was diesen Schrei veranlaßte: ein schwarzer, unheimlicher Fraßräuber vielleicht, von dem sie nur durch einen Zentimeter Glas getrennt war.

Patsy saß aufrecht da und zwang sich, ruhig zu atmen. Ihr Sohn murmelte im Schlaf, und sie streichelte ihm übers Haupt, daß er sich beruhigt. Jenseits des Wagens knirschten Schritte, gerade schwer genug, um deutlich vernehmbar zu sein, dann war es wieder längere Zeit still. Allen

Ängsten zum Trotz nickte Patsy wieder ein, träumte von Wesen mit langen Wolfsschnauzen und klaffendem Gebrech. Sie hockten über ihrer Tochter, die rücklings ausgebreitet auf einem Steinaltar lag, während Wolken von schwarzen Fliegen den Saal verdunkelten. In ihren Träumen vergoß sie sinnlose Tränen und flehte sie an, ihr Kind in Ruhe zu lassen, aber sie blickten sie verächtlich an und lachten ihr ins Gesicht.

»Schlaf nur, Patsy«, geiferte eins dieser Wesen, und sie sah, daß es Paul war, aber irgendwie verwandelt, krüppelig und finster und wie eine groteske Karikatur seiner selbst. »Was wir wollen, haben wir längst.«

Draußen vor auf der Straße raste irgendwann in der Nacht ein riesenhaftes, bizarres Fahrzeug vorüber, schnell und schwer genug, um die Federung ihres Wagens erzittern zu lassen. Es ließ ein Hornsignal erschallen, und Patsy wurde wach, starrte mit weit aufgerissenen Augen ins Leere und rang nach Luft, noch immer das Bild ihres Ex-Ehemanns vor Augen, wie er über Judith herfiel.

Unten auf der Straße wurde etwas knirschend plattgefahren, und das Getöse des Schwertransporters schwand in der Ferne. Noch weiter weg rollte sonorer Donner.

An ihre Mutter gekuschelt, hatte Judith die Nacht verbracht und ebenfalls geträumt. In ihren Träumen wanderte sie unter der Baumgruppe hinter Broadford House. Kerron war bei ihr, hielt ihr die Hand, während sie in der frühen Abendröte spazierengingen. Kerron hatte mit ihr geredet, in dieser neuen *geheimen* Art, die sie Judith gelehrt hatte, und zeigte ihr die Spuren der Kaninchen und andere verborgene Pfade zwischen den Stämmen. Es war dunkler geworden im Unterholz, aber sie fühlte sich sicher und geborgen bei Kerron, trotz der leisen, mahnenden Stimme ihres

Gewissens, die ihr sagte, daß *etwas* nicht richtig war dabei. In ihrem Traum sprach Kerron hektisch und drängend, die Macht ihrer Worte beseitigte jeden Zweifel, und sie wanderte im Schatten, bis eine Stimme nach ihr rief. Sie blickte zu Kerron auf, doch die Frau hatte sich nicht umgedreht. Sie zerrte Judith mit sich und lief jetzt schneller über den Waldweg, wo es immer dunkler wurde, und Kerron rannte schneller, so schnell, daß sie sich wie in einem Tunnel aus Bäumen fühlte, in den sie geradezu flogen, während hinter ihr eine Stimme nach ihr rief, die sich wie die ihrer Mutter anhörte, und sie wollte zurückgehen, aber sie wollte auch vorwärtsgehen, denn sie wußte, daß ihr Vater am Ende des Tunnels auf sie wartete, am Ende der Unteren Straße, und sie durfte zu ihm, aber sie wollte zur Mutter, und die Sehnsucht nach beiden riß sie mittendurch, und sie fürchtete sich so sehr, daß sie kaum atmen konnte, und ...

Sie erwachte im Dunkeln und bekam keine Luft. Der Traum zerstob, obwohl ihr noch immer war, als flöge sie durch die Dunkelheit, und die grünen, blitzenden Augen lockten sie vorwärts, aber jetzt war sie wach, und ihre Lungen verschlossen sich vor der Luft, die nur noch ein Pfeifen in der Kehle war. Etwas Warmes, Schweres lag rechts von ihr, und sie drängte sich daran, während ihr der Hals eng wurde. Das Warme, Schwere gab etwas nach, bewegte sich aber nicht, und plötzlich geriet sie richtig in Panik. Sie wollte weinen, aber in der Lunge war keine Luft mehr. Sie wand sich verzweifelt, den Mund weit aufgesperrt, die Augen weit aufgerissen, während in der Dunkelheit kleine orangefarbene Flämmchen vor ihren Augen tanzten, die allmählich violett wurden in den ersten Phasen des Erstikkens.

Judith wand sich, trat gegen das warme Gewicht, nach

Luft ringend. Ihr Knie zuckte hoch und traf eine nachgiebige Oberfläche. Über ihr durchbrach ein Stöhnen die Stille.

»Was ist denn?« murmelte ihre Mutter.

Judith konnte nicht antworten. Neben ihr drehte sich Patsy um, langsam, noch halb im Schlummer. Das Mädchen schnappte verzweifelt nach Luft und sie spürte, wie sich die Muskulatur ihres Zwerchfells dehnte und zusammenzog, als wollte sie zerreißen und brechen. Ihre Hand tastete hoch, unwillkürlich zuckend, und berührte die Mutter unter der Brust.

Patsy stieß einen Schrei aus, wurde glockenwach und hörte das leise erstickte Keuchen im Dunkel.

Augenblicklich wußte sie, was geschehen war. Sie tastete nach Judiths Rücken und spürte die spastischen Zuckungen, mit denen der kleine Körper mit letzter Kraft nach Sauerstoff verlangte.

»Halt durch«, rief sie, obwohl es mehr wie ein Flehen klang. Neben ihr stampfte Judith verzweifelt mit Fäusten und Füßen, völlig still bis auf ein leises Zischen aus der dramatisch verengten Luftröhre. Patsy warf sich nach vorn. Neben und hinter ihr fragte Peter: »Was ist los?« Sie tastete nach dem Handschuhfach, schaltete nicht erst das Lämpchen ein, sondern klappte den Deckel auf und griff hinein. Sofort bekam sie den schlanken Zylinder des Inhaliergeräts zu fassen. Sie holte ihn heraus, fuhr zurück – wobei sie sich einen Hüftmuskel zerrte, der noch tagelang schmerzen sollte –, drehte den Zylinder richtig nach oben, nahm Judith beim Hinterkopf und zwang ihr das Mundstück zwischen die Lippen. Gleichzeitig betätigte sie den Druckknopf und sprühte den Inhalt in die Kehle des Mädchens.

Judith straffte sich, der Körper hob sich vom Sitz. Sie

zitterte und wurde auf einmal ganz schlaff. Patsy drückte noch einmal auf den Sprayknopf, gab ihr die doppelte Dosis und zog das Ding heraus. Drei Sekunden Stille folgten, dann sog Judiths Lunge mit einem hochgestimmten Hupgeräusch literweise Luft ein. Patsy hörte förmlich, wie der Brustkorb ihrer Tochter mit aller Macht zu pumpen begann. Endlich hörte es auf, und dann kam alles in einem Stoß wieder heraus, und Judith nahm einen weiteren gewaltigen Atemzug. Patsy hielt ihre Tochter im Arm und zählte das Pumpen mit, bis sich der Atem einigermaßen normalisiert hatte. Erst jetzt tastete sie nach vorn und knipste das Deckenlicht an.

Judiths schwarzes Haar war zerzaust und schweißnaß, ihr Gesicht noch immer weiß wie die Wand. Patsy umarmte sie, nicht fest genug, daß ihr Luftholen beeinträchtigt würde, und sie spürte, wie Judiths Herz wie das eines kleinen Vögelchens an den Rippen flatterte.

»Ist ja alles gut jetzt, mein Schatz«, beschwichtigte sie. Judith brachte noch immer keinen Ton heraus, aber sie blickte ihre Mutter an. Selbst im schwachen Zwielicht der Notbeleuchtung konnte Patsy die blutunterlaufenen Augenränder über den schwarzen Halbmondringen erkennen. Das war knapp gewesen. Sie hielt das Inhaliergerät hoch und schüttelte es. Noch war es fast voll, und Patsy schickte ein Dankgebet gen Himmel.

Neben ihr hatte sich Judith beruhigt, und Patsy fühlte, wie ihre Spannung abebbte. Nach ungefähr einer halben Stunde atmete Judith wieder leichter, tief und langsam. Draußen lag alles in nächtlichem Dunkel, nur kurz vor der Dämmerung erscholl noch einmal ein klagendes Geheul, doch jetzt war Patsy so erschöpft, daß sie fest schlief und nichts hörte, bis Peter sie eine Stunde später weckte, als das schmuddelig-orangefarbene Licht der Sonne durch den Nebel drang, der weithin über der Heide lag.

14

Der Himmel im Osten changierte zwischen Blaßgrün und Orange. Die Dämmerung brach an, ein merkwürdiger, unnatürlicher Sonnenaufgang, der in abgestuften Schichten kränkelnder Farbe einen blassen Perlmuttschimmer in die Wolken malte. Auf Patsy wirkte alles wie durch eine schwarze Brille betrachtet. Peter hatte sie wachgerüttelt, und für den Augenblick war sie vollkommen orientierungslos, schwankte zwischen Halbschlaf und Wachen, löste sich aus wirren Visionen und mochte sich nur ungern der unwirklichen Wirklichkeit des Tages aussetzen.

»Komm schon, Mum«, beharrte er. »Wir müssen uns auf den Weg machen!« Er schubste sie an der Schulter, wiegte sie vor und zurück. In den ersten Sekunden des Erwachens dachte sie kaum an die Ereignisse des Vortags, sie schienen ihr zu entrückt. Während sie sich mühsam durch das Dikkicht des Traums in die Helligkeit des Bewußtsein arbeitete, hing sie schläfrig der Vorstellung nach, auch dies wäre ein schlechter Traum gewesen.

Peter stieß sie wieder an, und jetzt trat ihr alles mit unerquicklicher Klarheit vor Augen. Sie öffnete die Augen und richtete sich auf; im selben Moment durchfuhr sie ein greller Schmerz im Rücken. Sie war steif vom Nacken bis zum Hintern, und besonders dieser Teil war gefühllos vom Schlafen im Sitzen. Mit der ersten Bewegung verwandelte sich das Gefühl der Lähmung in den Kitzel tausendfacher Nadelstiche.

Draußen erkannte sie am merkwürdigen Blaßgrün der Dämmerung, daß die gestrigen Erlebnisse kein Traum gewesen waren.

»Wir müssen jetzt weg«, drängte Peter, der noch immer ungeduldig an ihr zerrte.

»Ja«, seufzte sie schließlich. »Ich bin deiner Meinung. Aber laß mir noch ein bißchen Zeit, ja?« Ein tiefes Gähnen entrang sich ihrer Brust, und sie gab ihm nach, reckte die Arme nach vorn und merkte, wie die Steifheit nachließ. Neben ihr war Judith noch in tiefem Schlaf, den Daumen im Mund, wie Patsy sie beim ersten Anblick im Strahl der Taschenlampe entdeckt hatte. Ohne nachzudenken, faßte Patsy ihrer Tochter an die Stirn. Sie war warm und wieder leicht feucht, doch ob sie Fieber hatte, vermochte Patsy nicht zu entscheiden.

»Hast du geschlafen?« fragte sie Peter und wandte sich ihm zu, während sie mit der anderen Hand die Decke wegrollte.

»Ein bißchen. Nicht viel, glaube ich. War zuviel Lärm.«

»Ich hab auch was gehört«, bestätigte sie.

»Was war das?«

»Ochsenfrösche vielleicht. Oder Kaninchen. Weiß nicht, was für Sorten Kaninchen in Schottland vorkommen.«

Aber hier ist nicht Schottland, verbesserte ihre innere Stimme, und sie wußte, daß es stimmte. *Hier ist das Nirgendwo.*

»Ich glaube, es waren wieder diese Hunde«, stellte Peter seelenruhig fest. »Etwas kratzte draußen an der Tür, und ich hörte es hecheln. Wollte aber nicht rausgucken.«

Ich auch nicht. Sie konnte es ihrem Sohn nachfühlen.

Eigentlich hatte sie gehofft, er hätte die Geräusche der Nacht überhört und längst geschlafen, bevor das Getrappel in der Finsternis losging. Er war viel zu jung, um so ängstlich zu werden, daß er nicht mal nachschaute, was es war. Wieder spürte sie brennenden Haß auf Kerron Vaunche; eins war klar – wäre diese Frau jetzt hier in der Nähe, würde Patsy Havelin einen Felsbrocken aufheben und sie auf offener Straße damit erschlagen.

»Nein. Bestimmt waren es Ochsenfrösche«, log sie absichtlich. Das bestialische, nicht menschliche Geheul kam ihr wieder in den Sinn. »Ich habe einen Blick riskiert, und nichts von Hunden gesehen.«

Das war eine faule Ausrede, aber die Sache wert. Sie mochte ihn nicht in ihre eigenen Deutung der Geräusche, nicht in die verzehrenden Ängste einweihen, die sie nächtens ausgestanden hatte. Sie war zu ängstlich gewesen, die beschlagene Scheibe abzuwischen, nur weil sie sich vor Alpträumen fürchtete, die vor dem Fensterglas lauerten und bei ihr Schreikrämpfe auslösen könnten.

»Jetzt sollten wir aber los«, wiederholte Peter. »Bei Tageslicht finden wir den Weg besser.«

»Ganz bestimmt.«

»Und ich bin wieder hungrig.«

Jetzt mußte sie doch verhalten grinsen, und beinahe brachte sie ein richtiges Lächeln zustande. »Versteht sich. Das ist nun mal so bei Jungs in deinem Alter. Du bist mein lebender Müllschlucker für Lebensmittel!«

»Meinst du, wir kriegen was zu essen?«

Patsy nickte und gab sich zuversichtlich. »Wenn du mir nur aus dem Weg gehst, Tiger.«

Sie faltete die Decke zurück und kletterte nach vorn in den Wagen. Im Handschuhfach neben dem Ersatz-Inhalierspray fand sie eine kleine Schachtel Feuchttücher und nahm sich eins, um den Schlaf aus den Augen zu wischen. Sie rieb sich Schläfen und Nacken mit dem kühlen Tuch ab und spürte die parfümierte Flüssigkeit auf der Haut verdunsten. Der erfrischende Duft mischte sich in das abgestandene Klima, das sich über Nacht im verschlossenen Wagen entwickelt hatte. Sie entriegelte die Tür und öffnete sie. Peter sagte nichts, aber sie merkte, wie er nervös wurde.

»Nur noch eine Minute, bis die alte Körpermaschine wieder läuft«, versprach sie und stieß die Tür auf. Sofort wurde der Duft des Tuches von schwefliger Luft und dem Gestank nach brennenden Autoreifen überlagert. Zu dieser unangenehmen Mixtur gesellte sich noch ein warmer, metallischer Beigeschmack, der an mediterrane Fleischerläden an heißen Sommertagen erinnerte, ein Aroma, das sie mit summenden Fliegen und Fleisch kurz vor dem Schlechtwerden assoziierte. Sie setzte einen Fuß nach draußen, und während sie tief im innersten eine Unruhe verspürte, war dies doch nur ein schwaches Echo der Gefahr, die sie in der Dämmerung gestern abend erahnt hatte. Beherzt trat Patsy auf die Straßenbelag, wie ein Eisläufer, der die Bahn testet, erhob sich und kletterte hinaus, den stechenden Schmerz in der Hüfte ignorierend.

Die fettigen Schwaden in der Luft verursachten Brechreiz, doch es war die einzige vorhandene Luft, und sie atmete durch. Der Regen hatte aufgehört, ob es bewölkt war, konnte sie nicht beurteilen. Rechts glühte der Himmel in der Farbe stürmischer See, während sich über ihr bis zum Horizont ein tiefes, bräunliches Violett erstreckte. Jenseits des Wagens, wo der Himmel am hellsten war, konnte sie den Sonnenball ausmachen, der hinter dichtem Nebel über dürrer Heidelandschaft heraufglomm. Die Sonne sah bläßlich-schwach und irgendwie verfärbt aus, als hätte das Licht keine Kraft mehr, diese Welt zu erwärmen. Eine unregelmäßige Ansammlung schwarzer Flecken verunzierte die Oberfläche, und aus der oberen Rundung schienen dünne Strähnen gasigen Rauchs zu entweichen. Das Licht schmerzte bereits in den Augen, die zu tränen begannen, und sie wandte sich ab. Der Wagen stand schräg zur Straße, auf einer Rampe, rund zwei Meter vom Seitenstreifen entfernt und vielleicht fünf Meter oberhalb. Links und rechts schien sich die Straße in beide Richtungen endlos zu erstrecken, verjüngte sich zum Horizont hin, bis sie im Frühnebel verschwand. Von Patsys Aussichtspunkt hätte dies ebensogut eine isolierte Teststrecke sein können, ein begrenztes asphaltiertes Straßenstück, das jeweils am Horizont endete und in der Mitte der öden Gegend errichtet worden war.

Von ihrem Ausguck aus hätte es die einzige Straße der Welt sein können ... Wenn sie nicht direkt geradeaus blickte, wo sie zwischen zwei nackten und pockennarbigen Hügeln abtauchte, denn jenseits der Heide sah sie hoch über den Nebelbänken den eleganten Bogen einer Überführung, die sich auf spindeldürren Beinen über eine anderen Autobahnstrecke hinwegschwang. Sie trat hinter den Wagen, öffnete die Hecktür und ließ sie hochklappen. Im Innern des Kofferraums stand die große Reisetasche, die sie für unterwegs mitgenommen hatte, mit frischen Kleidern für die Kinder, Zahnbürsten und einem kleinen schwarzweiß gestreiften Stoffdachs, mit dem Judith seit ihrer Babyzeit geschlafen hatte, bis zu jenem Tag, als sie aus dem Garten verschwand. Sie hob das Schmusetier hoch und überflog den Rest ihrer Ausrüstung. Der Stockschirm mit dem abgewetzten Aluminiumknauf lag in der Ecke neben dem Angelkorb, ein Geschenk Carricks für Peter, sowie einem Pappkarton mit weiteren Picknick-Utensilien. In den letzten Monaten hatte sie andere Sorgen, als die Sachen im Kofferraum aufzuräumen, aber jetzt war sie froh über alles, was sie mitführten, ohne sagen zu können, weshalb.

Patsy umrundete den Wagen und hockte sich seitlich auf den Fahrersitz, die Füße noch immer auf dem Bitumen der Parkbucht. Daneben sah die Erde unfruchtbar und schmierig aus, obwohl sich Disteln und behaarter Huflattich an die Oberfläche arbeiten konnten und ein mageres Dasein auf dem ausgepowerten Boden fristeten. Der schmale Feldweg führte die Böschung hinunter zum Standstreifen, wo sie ihren Reifenabdruck von gestern abend ausmachen konnte. Jenseits des Standstreifens, auf der rissigen Fahrbahndecke, lagen Fragmente eines geplatzten Reifens parallel zum Randstreifen. Weiter in der Straßenmitte glänzten nasse Flecken, vielleicht Ochsenfrösche, Kaninchen oder Kröten, die plattgefahren am Boden klebten. Sie erinnerte sich vage daran, daß etwas Großes, ein Schwertransporter oder dergleichen, in der Finsternis vorbeigepoltert war, mit brüllendem Hornsignal, und fragte sich, ob sie noch andere Fahrzeuge im Schlaf verpaßt hatte. *Waren sie auf der Jagd nach ihr und hatten sie übersehen?* Die klebrig-rötlichen Flecken sahen von hier oben noch frisch aus.

Hinter ihr maunzte Judith leise und regte sich. Patsy stieg in den Wagen und schloß die Tür hinter sich. Peter beugte sich vor und blickte sie ängstlich an. »Können wir jetzt losfahren?«

»Sofort«, versprach sie. Judiths Augen waren offen, doch ihr verwirrter, trüber Blick verriet, daß sie noch halb schlief. Patsy beugte sich zurück und zog die Decke fest um sie. Judiths Stirn war jetzt heiß und fühlte sich an, als hätte sie leicht überhöhte Temperatur. Patsy strich ihr die Locken aus der Stirn und drängte sie sanft auf den Sitz zurück.

»Versuch noch etwas zu schlafen, ja?« Judiths Augen wurden klarer. Sie blinzelte, blickte sich um und stieß den Daumen wieder zwischen die Lippen. Patsy hielt den Stoffdachs hoch, freute sich, daß Judith ihn sofort wiedererkannte, und legte ihn unter die Decke. Das Mädchen schloß die Augen, aber offenbar vergnügt, und das allein verschaffte Patsy ein warmes Flattern im Bauch. Sie ließ den Motor an, löste die Handbremse und steuerte den Wagen behutsam die Rampe hinab und auf die Straße, der bleichen Dämmerung entgegen.

Unten auf dem Asphalt fuhr sie zwischen den Reifenteilen im Zickzack. Etwas knirschte unter ihren Rädern, und im Spiegel sah sie eine zerfranste, gummiartige Wurst auf die Seite rollen und liegenbleiben. Patsy fuhr weiter, prüfte automatisch im Rückspiegel die Straße und sah, wie sich das große Reifenstück hin- und herwälzte wie ein sterbender Alligator.

Sie schlug die Augen nieder, wollte die zuckende Bewegung nicht sehen und schüttelte den Kopf. Gewiß war sie einer Sinnestäuschung erlegen. Ihre Straße führte in unbestimmte Fernen, sie gab Gas und ließ die Rampe hinter sich, ignorierte die magnetische Anziehungskraft des Rückspiegels, der sie zum Hinsehen verlocken wollte. Wenn das Stück Reifenprofil von einem Sechsachser-LKW abgeplatzt war und sich jetzt auf eigene Faust bewegte, wollte sie es lieber nicht wissen. Sie wechselte in die mittlere Spur und trat aufs Gas.

Die Sonne kletterte rasch über die niedrigen Hügel, eine

blasse, fleckige Scheibe, gekrönt von aufflammenden Protuberanzen, und allmählich vertrieb sie auch die letzten Bodennebel. Judith schniefte leise, dann hustete sie, und Patsy sah zum Beifahrersitz, ob das Inhaliergerät bereitlag für den Fall der Fälle. Kaum zehn Minuten später stieg die Straße an und kletterte rasch steil empor, so daß der Motor protestierend ächzte und sie herunterschaltete. Auf dem Scheitelpunkt quetschte sich die zweispurige Strecke durch einen schmalen Hohlweg, der durch schwarzes Gestein gesprengt worden war und Schutz vor direkten Sonnenstrahlen bot. Eine breite Parkbucht zeigte sich hier, leer bis auf ein verrostetes Rad, das gegen einen steilen Findling gelehnt war, und einen Papierkorb, den etwas Schwarzes, Ausgebeultes bis zum Rand füllte. Eigentlich hatte sie irgendwo parken wollen, um den Kindern zu essen zu geben, und wenn's wieder nichts war als eine Tüte Chips und Cola, aber hier, wo sie die Straße weder nach vorn noch nach hinten überblikken konnte, kam Anhalten nicht in Frage. Sie fuhr weiter; der Gesang des Motors hallte von den Felswänden wider, und dann waren sie aus dem Felsspalt heraus und fuhren bergab.

Vor ihnen beschrieb die Straße eine weit ausladende Kurve, die sich ins Tal schmiegte, und schien in der Ferne zu verschwinden, jenseits davon aber sah sie in einigen Kilometern Entfernung den riesige Verkehrsknotenpunkt aus dem Nebel ragen. Vom Hügel aus hatte sie gute Aussicht auf das enorme Gewebe von Schleifen und Bögen, Über- und Unterführungen an dieser Mutter aller Autobahnkreuze.

In der Luft lag wieder das Summen des Verkehrslärms in weiter Ferne und zeugte davon, daß *etwas* sich da drüben bewegte. Doch abgesehen von dröhnenden Motoren und flüsternden Reifen auf Asphalt war kein Laut zu hören, weder die übliche Melodie der Möwen, Amseln und Finken im Unterholz der Wälder, noch, was sie nur ungern gehört hätte, das keifende Stakkato der Krähen. Das Geräusch des unsichtbaren Straßenverkehrs war so beständig wie das Murmeln eines fernen Stroms, doch gab es keine überlagernden Akzente. Alles klang viel zu unnatürlich. Es hörte sich irgendwie leblos an.

»Nimm die Straße der Toten, Leibeigene, und wandre im Schatten des Todes.«

Am Fuß des Hügels hielt sie das Tempo von hundert Stundenkilometern ein. Der Tag dämmerte auf und ließ die grünlichen Farbtöne am Himmel heller aufglänzen. Durch die Windschutzscheibe hindurch spürte Patsy die Sonne im Gesicht. Sie strahlte eine Hitze aus, die ihre Haut im Handumdrehen trocken werden ließ, als wenn ihr das Licht jeden Tropfen Feuchtigkeit aussaugen wollte. Sie klappte den Lichtschutz herunter, bis die Sonne nur noch das Kinn beleuchtete, und setzte ihren Weg nach Osten fort. Das Gefälle mündete in eine ebene Strecke, die erst der Kontur des nächsten niedrigen Hügels folgte. Dann verlief die Straße erneut schnurgerade, links und rechts gesäumt von einer Koniferenpflanzung, die das Gelände mit ihrem Grün überzog und auf fünfzehn Meter an die Straße heranrückte.

Die hohen Stämme flimmerten in ihren Augenwinkeln und lenkten ihre Aufmerksamkeit ab. Patsy wollte schon den Kopf zur Seite wenden, merkte es rechtzeitig und heftete den Blick auf die Straße. Es war nur ein winziger Schatten im Gehölz, nichts hatte sich bewegt, aber wieder schrillte ihre innere Alarmanlage, und der Flaum im Nakken richtete sich auf. Die Schwärze zwischen den Stämmen war unendlich, und obwohl sich nichts rührte, erahnte sie in den Tiefen des Wäldchens die Gewißheit einer Präsenz, einer unsichtbaren Drohung. Ebenso sicher wie bei der zerbröckelnden Kirche, die nicht gänzlich verlassen war, wußte sie jetzt wieder, daß ihr im Schatten hinter den Stämmen, unter dem stachligen Fichtengrün etwas auflauerte und gierig die Straße absuchte.

»*Fasgadh*«, stieß Judith hervor. Sie preßte die Nase an die Scheibe, die Augen starr auf die Bäume gerichtet.

»Ja, Mum. Laß uns hier wegkommen«, drängte Peter. Er zwängte sich in die Lücke zwischen den Sitzen. »Können wir schneller fahren?«

»Warum, stimmt was nicht ...«, begann sie und unterbrach sich. Er saß vorgebeugt, starrte aber nicht in ihre Richtung, sondern ins grüne Unterholz, das bisher in etwa fünfzehn Meter Abstand gelegen hatte, doch jetzt – obwohl ihr keine Veränderung aufgefallen war – bis dicht an den Standstreifen heranrückte. Diesmal konnte sie der Verlokkung nicht widerstehen und wandte sich um. Das Wäldchen war so tief, daß die Schatten der Zwischenräume miteinander verwoben schienen und zuckten, als wäre die Finsternis selbst lebendig. Unwillkürlich bremste sie ab, und Peter schrie fast auf vor Entsetzen.

»Nein, Mum!« rief er mit hoher, ängstlich überschnappender Stimme. »Nicht anhalten!«

Zwanzig Meter weiter verschwand der Seitenstreifen ganz im Dickicht. Es war, als hätte sich die vordere Baumlinie langsam voranbewegt, um den roten Schotter zu erobern. Wieder durchzuckte sie das Bewußtsein der Gefahr. Sie sah das wirre Wurzelwerk über die Leitplanke ragen, die hier verbogen und aufgerollt war. Jenseits davon fehlte die Begrenzung ganz, und nur einen winzigen Augenblick lang konnte Patsy das Heck eines Wagens erkennen, der seitlich verkantet zwischen zwei Stämmen eingeklemmt lag. Sie konzentrierte sich mit aller Macht auf die Straße, denn sie wollte nicht sehen, was ihr Verstand längst ausgerechnet hatte, daß der Wagen keinesfalls zwischen den dikken Stämmen durchgefahren sein konnte, die zwischen ihm und der Straße emporragten. Sie richtete den Blick nach vorn auf die Fahrbahn, wo sie sah, wie sich etwas bewegte, nur eine kleine, knorrige Wurzel, deren Ende vom Asphalt abhob und wie eine Schlangenkopf zwei oder drei Zentimeter über der Straße schwebte.

Patsys Lippen bildeten ein kreisrundes Loch, einen Laut brachte sie nicht hervor. Der Anblick dieser kleinen Wurzel, die sich aus eigener Kraft bewegte, raubte ihr die Worte. Sie schluckte, doch ihre Kehle war wie ausgedörrt. Hinter ihr raunte Judith etwas Unverständliches.

Jetzt erst fiel Patsy auf, wie der Wagen immer näher zum Waldrand abdriftete. Sie war in der Mittelspur gewesen, als die ersten Bäume in Sicht kamen, doch jetzt passierte sie die behaarten alter Stämme in kleiner werdendem Abstand. Ein Ast, vielleicht auch eine Wurzel zerbrach unter dem Rad rechts vorn, und frischer Harzduft verbreitete sich im Wagen. Ein langer, herabhängender Zweig, mit einem dichten Kranz dunkelgrüner Nadeln bewehrt, schlug gegen die Windschutzscheibe und kratzte über die Karosserie.

»Nicht anhalten!« gellte Peter und riß Patsy aus ihrer Erstarrung. Ihre Hände klammerten sich ans Steuer und lenkten den Wagen zurück in die Mitte, gerade, als ein länglicher grüner Farnwedel träge aus den Waldestiefen hervorschnellte. Was wie ineinandergekrallte grüne Finger wirkte, öffnete sich, nur ganz verschwommen erkennbar, doch klar genug, um die Gefahr als solche zu erkennen. Alles geschah so schnell, daß ihr nichts übrig blieb, als dem

Zugriff auszuweichen, sich instinktiv gegen die Tür zu drükken und das Gaspedal durchzutreten. Der Wedel schabte über den Lack des Kotflügels mit demselben Geräusch wie Kerron Vaunches Fingernägel, scharf genug, um eine Gänsehaut zu kriegen. Doch mit einem Mal hatten sie das Wäldchen durchquert. Jenseits schwenkte die Straße nach rechts und entfernte sich von der finsteren Anpflanzung. Jetzt blieb Patsy auf das Steuer konzentriert und ließ sich nicht einfallen, den gespenstischen Schatten im Rückspiegel kleiner werden zu sehen.

»Es lebt«, murmelte Peter. »Die Bäume haben sich *bewegt!*«

»Unsinn«, widersprach Patsy schnell. »Das war nur der Wind.«

»Aber nein, Mum. Ich habe ...«

»Nein, hast du nicht«, fuhr Patsy dazwischen. »Verstanden?«

Sie warf ihm einen Blick zu und sah ihn, mit vor Aufregung geweiteten Augen, noch immer zwischen die Sitze geklemmt.

»Aber Mum ...«, begann er, aber sie bedeutete ihm zu schweigen. Sie hatte selbst etwas gesehen, das sich bewegte, mit quälend langsamer Absichtlichkeit. Er hatte es auch gesehen, doch Patsy war noch nicht bereit, es hinzunehmen. Wenn sie es ignorierten und nicht mehr davon redeten, würde das Bild schneller verblassen, und sie konnte sich einreden, daß es nur eine Sinnestäuschung im toten Winkel war, oder vielleicht *wirklich* der Wind.

»Ich sage, es reicht«, zischte sie ihn an, und er runzelte verwundert die Stirn. Sie setzte einen strengen Blick auf, der ihm Einhalt gebot. Peter blinzelte zweimal und schlug die Augen nieder, jetzt eher verwirrt als verängstigt. Judith brabbelte noch immer vor sich hin, die Nase fest an die Fensterscheibe gepreßt, die Augen geschlossen.

»Sorg dafür, daß sie sich hinsetzt«, befahl Patsy, »und sich anschnallt.« Die Kleine brabbelte noch immer. »Schluß jetzt, Judith.«

Der Wald blieb zurück, und jetzt lag eine Serpentine zwischen zwei flachen, länglichen Hügeln. Patsy wandte den Blick nicht von der Straße, schon um keine weiteren mysteriösen Bewegungen im Gebüsch zu sehen. Kurz darauf war der Wagen um die Kurve, folgte dem weißen Mittelstreifen und kam auf eine gerade Strecke, die sich leicht abwärts neigte. Die Räder ratterten hohl, und sie merkte, daß sie wieder auf einer Brücke war. Sie führte über eine enge Schlucht. Bald hatten sie die gegenüberliegende Seite erreicht, und ihr war, als hörte sie das Plätschern von Wasser in der Tiefe.

Hinter der Schlucht führte die Straße wieder geradeaus in eine flache Gegend. Inzwischen war die Sonne höhergeklettert, ein fleckiges, blasses Rund hinter dem Wolkenschleier. Die Uhr auf dem Armaturenbrett war wieder stehengeblieben, doch Patsy wußte, daß sie irgendwo anhalten mußte, damit die Kinder etwas essen konnten. Ihre Augen waren wund und müde, sie selbst hatte ein hohles, schmerzendes Gefühl in der Magengrube, vermutlich zwickte auch sie der Hunger. Zusätzlich, weniger hohl und viel stechender, machte sich die Zerrung des Hüftmuskels bemerkbar. Sie folgte der geraden Strecke und kontrollierte wieder den Rückspiegel, wo nur die leere Straße im fernen Dunst verschwamm. Hinter ihr, das spürte sie deutlich, bewegte sich etwas, aber zu sehen war nichts. Vor ihr schien die Autobahn kein Ende zu nehmen. Nirgends machte sich etwas bemerkbar außer der kribbelnden Unruhe, die ihr mitteilte, daß sie verfolgt wurde. Sie nahm den Fuß vom Gas, fuhr wieder langsamer auf dem Randstreifen und blieb noch anderthalb Kilometer dort, bevor sie in flachem Gelände anhielt. Jenseits der Leitplanke erstreckte sich das Heideland, mit niedrigen, struppigen Büschen und hier und da mit wirrem Haselgestrüpp durchsetzt.

Sie ließ Peter und Judith aus dem Wagen, nachdem sie selbst ein paar Schritte am Straßenrand gemacht und sich umgesehen hatte. Hier bemerkte sie nur ihre stete Unruhe, mit der sie fertigwerden konnte, nicht den überwältigenden, lähmenden Eindruck der Lebensgefahr von gestern abend. Welcher Instinkt ihr solche Vorahnungen eingab, wußte sie nicht, aber jetzt schien er zu verschwinden oder alles – fast alles – war in Ordnung. Allerdings wollte sie sich nicht allzusehr in Sicherheit wiegen. Die Unruhe flatterte in ihrem Innern wie eine Warnflagge, aber dagegen war nichts zu machen.

Judith setzte sich auf einen kleinen Stein in der Nähe der Leitplanke und herzte ihr Stofftier. Sie war noch immer blaß, das Haar hing ihr wirr durcheinander und glänzte nicht. Dunkle Ringe lagen unter den Augen, was sie krank und blutarm erscheinen ließ. Die Augen waren glasig, als wäre sie zu lange aufgeblieben.

Peter half Patsy dabei, die Picknicksachen aus der Kiste zu holen und im dürren Gras am Randstreifen aufzustellen. Die alte Plastikbox war stabil genug, um sich darauf zu setzen, und nach einer gründlichen Musterung des Inhalts schob Patsy sie vor Judiths Stein, zog Peter neben sich und umarmte die beiden.

»Na, habt ihr Appetit?«

»Bin halb verhungert!« maulte Peter, was sie nicht überraschte. Judith nickte lustlos. Sie zitterte ein bißchen, obwohl es nicht kalt war.

»Wir haben noch Chips und Cola, aber davon bekommt man nur schlechte Zähne. Andererseits haben wir eine Büchse Corned beef und Bohnen, die wir uns auf dem Campingkocher warmmachen können.«

Peter wurde auf einmal sehr lebendig, und selbst Judith lächelte zaghaft. Patsy holte den kleinen Gaskocher heraus und ließ Peter die Bohnen aufmachen, während sie die Lasche der Corned-beef-Dose erfolgreich aufrollte, ohne sich zu verletzen. Die Bohnen brauchten keine fünf Minuten, um heiß zu werden, und sie schüttete drei Portionen in die kleinen Plastikteller neben die Scheiben des kalten Fleisches. Der Duft der einfachen Mahlzeit war verführerisch, und sie sah zu, wie sich die Kinder darüber hermachten. Peter schlang das Essen hinunter wie ein hungriger Welpe, Judith nippte nur daran, als hätte sie jeden Geschmackssinn verloren.

Während sie aßen, wanderte Patsy zum Straßenrand und unterdrückte ihre wachsende Unruhe. Jenseits der Leitplanke floß ein kleiner Bach in ein enges Abflußrohr. Es reichte, um den Kessel zu füllen und die alte Thermosflasche, mehr als genug für einen Kaffee. Das Wasser zum Kochen zu bringen, brauchte kostbare Minuten, doch der Kaffee war labend wie Nektar. Es blieb auch noch genug heißes Wasser, um ein Geschirrtuch zu befeuchten und allen das Gesicht zu waschen. Was hätte sie jetzt für ein heißes Bad gegeben! Während Peter den Picknickkram wieder einpackte, kehrte Patsy zum Bach zurück und füllte Kessel und Thermosflasche erneut. *Nur für den Fall, daß ...*

Sie war entschlossen, noch vor Sonnenuntergang eine Ausfahrt von der Autobahn zu finden, aber ihr Instinkt war wieder wachgeworden und ließ sich nicht abstellen. Die warmen Bohnen hatten sogar Judith etwas Farbe verliehen, und sie zitterte nicht mehr. Patsy prüfte das Inhalierspray, das noch für diesen Tag ausreichte, obwohl noch ein Ersatzflakon im Handschuhfach lag. Allmählich scheuchte sie die Kinder in den Wagen zurück, die Sonne stand fast senkrecht über ihnen, obwohl sie doch erst vor einer knappen Stunde aufgegangen war. Das Tageslicht war heller als gestern, aber seltsam farblos, und verlieh Gras und Heide einen blassen, ausgemergelten Ton.

Sie ließ den Wagen an, fädelte sich ein und fuhr weiter. Ein, zwei Kilometer weiter ließ Peter einen enormen Rülpser los, dem ein heftiger Lachkrampf folgte, und selbst Patsy konnte sich ein Lächeln nicht verbeißen. Für einen Moment konnte sie sich einbilden, trotz der angekränkelten Sonne hinter niedrigen, schwarzgeblähten Wolken und dem Geruch des Verfalls ringsum, daß sie drei einen ganz normalen Picknickausflug ins Grüne machten.

15

Die Nadel der Benzinanzeige war bereits unter der ›Halbvoll‹-Markierung, und das Lächeln war lange erloschen, als sie die Unfallstelle erreichten. Schon aus der Ferne hatte sie die Silhouette gesehen und Hoffnung geschöpft. Wenn ein Notdienst am Unfallort war, konnte auch sie mit Hilfe rechnen! Aber dann bekam sie Herzklopfen. Wenn tatsächlich andere PKW-Fahrer auf dieser Straße unterwegs waren, konnte es auch gefährlich werden. Sie näherte sich zögernd, schaltete herunter und war gefaßt, notfalls sofort zu beschleunigen und weiterzufahren.

Die bejahrte Limousine lag in schrägem Winkel verkantet im Graben, der neben der Straße verlief. Die Farbe war längst abgeblättert, die Reifen waren nur noch wulstige Häute an den Felgen. Der Wagen erinnerte sie an Gangsterfilme der Schwarzen Serie und sah aus, als würde er hier, mit hochgereckter Hinterachse, seit Jahrzehnten liegen.

Hundert Meter weiter bildeten zwei Wagen, moderner als der erste, ein einziges Blechknäuel und waren durch die Gewalt des frontalen Aufpralls ineinander verkeilt. Der Hergang des Unfalls war schwer abzuschätzen, denn die Leitplanke längs der Strecke war hier völlig weggerissen. Beide Wagen waren bizarr verformt und geschwärzt, als wären sie erst zusammengestoßen und dann abgebrannt. Sie fuhr langsam vorüber, musterte die Autowracks und die Scherben, die sich in zwei der drei Spuren ergossen, und spähte nach vorn.

So weit das Auge reichte, war die Straße mit Autowracks gesäumt. Sie hielt nicht, sondern fuhr im Slalom zwischen den Blechhaufen durch, bemerkte einen verlassenen Reisebus, der gegen die Leitplanke gefahren war; aus großen Rostlöchern in der Seite wucherte Unkraut hervor. Dahinter lag ein metallicblauer Porsche auf dem Dach und schaukelte leicht im Wind; der schwarzer Fleck auf der Fahrbahndecke konnte Öl oder Benzin oder alles mögliche sein. Patsy wandte rasch die Augen ab. Der Sportwagen war sauber und noch nicht von Rost behaftet, doch hatte er sich wohl überschlagen und Tausende kleiner Glassplitter ringsum verteilt. Es sah aus, als wäre es erst kürzlich passiert, vielleicht erst heute. Die eingedrückte Kabine wollte sie lieber nicht ansehen, auch nicht prüfen, ob der Fleck auf der Straße nicht Öl oder Benzin, sondern vielleicht Blut war, das hier geflossen war. Wer immer diesen Wagen gefahren hatte, hatte ungewollt einen Purzelbaum in den Autofriedhof unternommen.

War dies die Wegstrecke, die sie von der Überführung aus gesehen hatte? Weder vorn noch hinten war eine Brükke über der Fahrbahn zu erkennen.

»Mami, guck mal!« rief Peter aus, und einen bangen Moment lang glaubte sie, er habe entdeckt, was sie vermeiden wollte. Aber er kniete wieder auf dem Sitz, beugte sich vor und zeigte nach vorn. Kaum hatte sie den Sportwagen umrundet, sah sie, was seine Begeisterung weckte: Erst kam eine Senke, dann offenbarte sich ihnen ein Panoramablick über die gesamte Strecke. Vor ihnen lag eine Nekropolis der Kraftfahrzeuge, die sich weiter und ohne Ende hinzog. Straße und Straßenrand, Grün- und Randstreifen waren übersät mit Wracks, neuen und alten, großen und kleinen.

Peter stellte die Frage, die sie nicht aussprechen mochte: »Wo kommen die alle her?«

»Ich weiß es nicht.«

»Sieht aus wie ein Elefantenfriedhof, nur für Autos!« Peter staunte aufgeregt. »Schau mal, ein Jaguar! Und hier – das ist ein Rolls-Royce.«

Patsy mußte den Stoßstangen eines Lieferwagens und eines Schwertransporters ausweichen, die einander wie lauernde Kampfhunde gegenüberlagen. Erst dachte sie, die Windschutzscheibe des Wagens habe ein Stein getroffen; die Oberfläche zeigte konzentrische Kreise und lange, gezackte Risse, die vom Mittelpunkt wegstrebten. Vorsichtig durchquerte sie den schmalen Spalt, wo zwischen ihrem

Seitenspiegel und dem zerbeulten Scheinwerfer des Schwertransporters nur Zentimeter lagen. Was da über der gähnenden Leere im Fensterrahmen ausgespannt war, entpuppte sich als Spinnennetz, dick wie ein Schleier und staubgrau. Rechts neben dem Zentrum hockte etwas flaschengrün Glitzerndes, völlig reglos bis auf die langsame, zarte Bewegung zweier abgeknickter, dünner Beine, die am Faden entlangtasteten. Patsy drehte sich der Magen um, als ihr das Ding in der Notrufsäule einfiel, das an einem Stock zu ihrer Hand hochgeklettert war. Diese Spinne war vielleicht noch größer als das fette, aufgeblähte Ding vom Straßenrand. Als sie vorüberkam, duckte sich das Tier. Kaum konnte sie den Blick abwenden, obwohl sie sich sagte, daß dieses Netz für Fliegen und andere Insekten ausgespannt war und menschlichen Wesen keinen Schaden zufügen konnte.

Doch ihre innere Stimme, die mit Logik nichts zu schaffen hatte, drängte sie zur Weiterfahrt, schnell, *schneller*.

Der Wagen schlüpfte durch die Lücke, doch weil sich Patsy von dem geschwollenen Schatten und den beiden erhobenen Knickbeinen ablenken ließ, fuhr sie ein paar Millimeter zu weit rechts. Es reichte, daß der Seitenspiegel den rostigen Scheinwerfer streifte. Fast unmerklich erbebte das Netz. Sie sah die Beine am Draht starr werden, und plötzlich, schnell wie ein Lidschlag, schoß das Tier aus seiner Lauerstellung. Es war zweimal so groß wie die andere Spinne, ein monströses Vieh mit zweigdicken Gliedern, der flaschengrüne Blähbauch war mit kleinen giftig-orangefarbenen Punkten versehen.

Patsy war vorübergehend wie gelähmt. Die Spinne raste über ihr Trapez, schneller, als ihre Größe erwarten ließ, und zielte direkt auf den Verbindungspunkt. Unzweifelhaft hatte sie erfaßt, wo sie den Schwertransporter berührte. Selbst in diesem Bruchteil einer Sekunde konnte sie den Kopf sehen und das blasse Licht, das sich im Raster der flachen Augen spiegelte. Darunter erkannte sie die beiden säbelförmigen Fänge. Die Beine bewegten sich so schnell, daß nur ein Wirbel zu sehen war. Die Spinne flitzte ihrem Faden entlang, der ins Innere der Fahrerkabine ragte, und wurde zusehends größer.

»Und hier ist ein Kombi«, krähte Peter, was sie aus der Trance löste. Ihr Fuß trat aufs Gas, und der Wagen machte einen Satz nach vorn. Judith quietschte überrascht, und Peters Schrei wurde erstickt, als ihn der Rückstoß in den Spalt zwischen den Sitzen stürzen ließ. Der andere Seitenspiegel stieß gegen das Autowrack und klappte gegen das Seitenfenster um. Patsy hatte sich umgedreht und konnte an nichts denken, als an die Flucht vor dieser Spinne. Sie sah die dunkle Gestalt von der Motorhaube des Transporters springen und auf der Straße landen. Schon war sie auf und davon, und sie mußte das Steuer herumreißen, um einem querliegenden Lastzug auszuweichen. Er sah aus wie eine riesige, rostige Brücke aus Stahl, auf dem Dach klebte ein einzelner, wie verirrt wirkender Kleinwagen. Sie verfehlte den Lastzug nur um Millimeter, kurvte um die eingesackten Hinterräder herum und zog wieder gerade. Nichts, was Beine hatte, eilte ihr nach. Doch heftete sie den Blick um Sekunden zu lang in den Rückspiegel, während sie ihre Fahrt fortsetzte. Peter war gerade wieder aus der Versenkung geklettert. Vor ihnen ragte ein Schatten empor.

»Paß auf, Mum!« rief er ihr ins Ohr, noch gerade rechtzeitig. Ihre Hände klebten am Lenkrad, arbeiteten rein reflexhaft, und ein Adrenalinstoß schoß ihr in die Adern. Das Holzrad der alten Droschke, fast anderthalb Meter hoch

und mit Gras überwachsen, touchierte ihren Gummireifen hart genug, daß es den Wagen erschütterte und ein splitterndes Krachen erscholl.

»Es ist eine Droschke«, murmelte sie halblaut vor sich hin. Tatsächlich, es war eine Pferdedroschke. Ihre Karosserie hatte eine alte schwarze Kutsche gestreift. Sie lag unter einer Plane verborgen, und der Stoß ließ eine Wolke von Staub aufwirbeln. Die Kutsche rollte ein paar Meter vor und kam knirschend zum Stehen. Am anderen Ende erzitterte die Federung, dem nächstgelegenen Rad fehlten mehrere Speichen, und die übriggebliebenen schienen jeden Moment pudrig zu zerfallen. Dieses Gefährt hätte aus dem Requisitenfundus einer Filmfirma stammen können, um Westernfilme auszustatten.

»Sieht aus wie in *Zurück in die Zukunft*«, schrie Peter. »Schau mal, eine richtige Kutsche!«

Sie fuhr jetzt langsamer, hatte sich von der letzten Katastrophe noch nicht erholt, bei der sie bloß eine alte, abgewetzte Kutsche gestreift hatte.

Die Tür hing lose an einer ledrigen Angel, doch das Holz mußte geschrumpft sein, die Metallträger waren abgesprungen oder weggerostet. Als sie an der Tür vorbeifuhr, sah sie einen langen, unförmigen Klumpen im Rahmen liegen, aber es ging zu schnell, um zu sehen, was es war. Am Vorderrad führten zwei geflochtene Bänder vom Fahrersitz zu vier grauen Klumpen, die vor der Kutsche lagen.

Patsy sah hin, dann wieder auf die Straße, und blickte sich noch einmal um, wobei sie sich fast den Hals verrenkte.

Die Klumpen waren Pferde. Durch die graue, flaumige Plane, die sich wie eine schrumpelige Haut darüber hinzog, waren Knochen zu sehen. Sie lagen links und rechts des

Jochs, wo einst Pferde gestanden hatten, als die Kutsche zum letzten Mal anhielt. Schwarze Augenhöhlen starrten gen Himmel, und die braunen Zähne schienen im Todeskampf aufeinandergepreßt. Ein Pferd lag auf der Seite, mit gestreckten Beinen, nur Knochen in einem fadenscheinigen Rest von Pergament. Patsy wandte sich um und sah aus den Augenwinkeln, daß auch auf dem Fahrersitz ein Klumpen lag, aber den wollte sie lieber nicht betrachten.

»Woran sind sie wohl gestorben?« wollte Peter wissen.

»Vielleicht kein Futter mehr«, sprach Patsy unwillkürlich aus, was ihr gerade einfiel.

Sie hatte keine Zeit, tote Pferde zu untersuchen. Wer weiß, ob sie erschossen oder verhungert und gestorben waren. Der längliche Klumpen, der halb in der Kutsche lag, halb auf dem Trittbrett, und das, was sie auf dem Fahrersitz gesehen hatte, ging ihr nicht aus dem Sinn, nahm menschliche Formen an, und sie scheute zurück.

Mitten auf dieser gräßlichen Strecke, die kilometerweit von toten und abgewrackten Fahrzeugen und Lastzügen verstellt war, war eine alte Pferdekarosse, die man hier abgestellt und dem Verfall überlassen hatte. Ihre Phantasie gaukelte ihr vor, wie hier die Kutsche klappernd entlanggefahren war, mit klingenden Glöckchen, eisenbewehrtem Huftritt. Sie hörte schon die wiehernden Pferde, spürte ihre Panik vor einer fremdartigen Straße, wie sie nirgendwo existieren durfte. Ob der Kutscher ebenso verängstigt war wie sie, so tief verstört? Hatten die Passagiere gewußt, wie ihnen geschah?

Die Kutsche wirkte, als faule sie seit über hundert Jahren am Straßenrand. Als sie diesen Gedanken erfaßte, nahmen die Fragen kein Ende mehr.

Wie war sie dorthin gelangt? Hatte dieselbe verwünschte Hexe einen Fluch verhängt, sie galoppierend durch eine staubige Wüste geschickt, die irgendwie zu einer asphaltierten mehrstöckigen Verkehrskreuzung führte, wo Haupt- und Nebenstrecken als unentwirrbares Knäuel zusammentrafen? Ob es sich um ein amerikanisches Modell handelte, wußte sie nicht, obwohl sie so aussah. Hatten die Insassen – vielleicht jene unansehnlichen, zerlumpten Haufen – kurz zuvor noch Ausschau gehalten und den fernen Brükkenbogen gesehen und geglaubt, sie hätten sich auf die Bahn zur Hölle verirrt? Oder waren (und diese Vorstellung peinigte sie fast noch mehr) die Pferde, schweißgebadet und hechelnd vor Erschöpfung, auf dem Gras neben einem alten Kutschweg stehengeblieben und einfach tot umgefallen, während mit den Jahren der Autofriedhof ringsum wuchs und sich füllte?

Wieder bezwang Patsy ihr Bedürfnis, sich umzudrehen und den formlosen Umriß auf dem Kutschbock genauer zu betrachten. Was immer da gesessen hatte, war lange, lange Zeit einsam geblieben, und das wollte sie nicht wissen. Hätte sie einen Mann in Augenschein genommen, der in grauer Vorzeit hier zum Ausruhen anhielt, um zu sterben, mußte sie die Möglichkeit auch für Peter in Betracht ziehen, und für Judith, und das überstieg ihr Vorstellungsvermögen. Die Vorstellung, jemand könne dieses links und rechts von Überresten verendeter PKWs und Laster und Lieferwagen gesäumte Schlachtfeld besuchen, dabei auf rostige Wrackteile stoßen und die Augen vor blicklosen Höhlen in den Schädeln toter Kinder und vor einem gräßlichen, mumifizierten Wesen, das mit Knochenhand sein Lenkrad umklammert, abwenden – wenn sie diese Vorstellung nicht abschüttelte, würde sie den letzten Rest ihrer Vernunft einbüßen.

Sie riskierte einen Blick zu Peter und war dankbar, daß er nur für die Knochenberge vor dem Joch Augen hatte.

»Schau mal«, erklärte er Judith. »Es sind Pferdeknochen. Die Zähne sind noch zu sehen.«

»Alle tot«, gab Judith tonlos zurück. Sie klammerte sich an ihr Stofftier.

»Wie kommen die wohl hierher?«

»Sind vielleicht falsch abgebogen.«

»Aber all die Autos. Kilometerweit! So was habe ich noch nie gesehen, *niemals*!«

»Für alles gibt es ein erstes Mal«, mischte sich Patsy ein und ahnte, daß es ein schwacher Trost war. Auch ihr begann zu dämmern, was es hieß, auf einer Straße, die kein Ende nahm, nichts als zerbeulte, rostende und verlassene Vehikel vorzufinden.

Irgendwie und aus irgendeinem Grund mußte jedes Fahrzeug und jeder Laster und jede Kutsche hier angekommen sein, ob nun gestern oder letztes Jahr oder vor hundert Jahren. Sie alle waren auf dieser teuflischen Autobahn gelandet und für immer hier geblieben. Sie waren stehengeblieben, ineinander gerast, zum Randstreifen ausgebogen oder im schmalen Graben gelandet. Erst jetzt wurde ihr klar, daß sie bei keinem der Wracks, an denen sie vorüberkam, in die Windschutzscheibe schauen mochte, und das war keine bewußte Entscheidung. Sie hatte die gräßliche, aufgeblähte Spinne aus der Lauer krabbeln sehen wie eine amputierte Hand, das war schlimm genug gewesen, ein alptraumhafter Moment. Doch aus irgendeinem Grund war er noch *akzeptabel*. Sie hatte ein Wesen erblickt, dessen Ausmaß jede Spinnenart, die ihr bekannt war, weit übertraf; es war über das Netz gelaufen und hatte sie attackiert wie einen hängengebliebenen Käfer, mit alledem wurde ihr

Gehirn noch irgendwie fertig (obwohl ihr Herz fast zersprungen wäre dabei).

Doch in die zersplitterten, von Sprüngen und Rissen durchzogenen Fensterscheiben, die aufgeklappten Türen und Hecks hatte sie nicht blicken wollen. Weil ihr Verstand nicht bereit war, noch mehr aufzunehmen, was er sich nicht zusammenreimen konnte. Weil er in den letzten 48 Stunden schon zuviel dergleichen vorgesetzt bekam.

Nur zwei Tage?

Daß die Insassen dieser Jeeps und Omnibusse und Kabrios nicht einfach ausgestiegen waren, sondern bei den Unfällen gestorben oder verbrannt waren, hatte sie nicht wahrhaben wollen. Sie wollte glauben, daß sie ihre Fahrzeuge einfach stehenließen und zu Fuß weitergingen und auf andere Weise heimgekehrt waren. Sie bedurfte dieses Glaubens so nötig, weil nur er sie aufrechthielt. Ihr eigener Überlebenswille war inzwischen rasiermesserscharf, doch selbst das war noch ein schwacher Antrieb verglichen mit dem alles überwältigenden mütterlichen Instinkt. Zweifel an der These, daß die Fahrer einfach weggegangen und heimgekehrt waren, konnte sie auf keinen Fall zulassen; nähmen sie überhand, mußten auch die Kinder – der einzige Faden, an dem ihre Existenz noch hing – zusammenbrechen und auf dieser verfluchten Straße sterben.

»Sie sind wie die Pferde, die wir an der Raststätte sahen«, erklärte Peter seiner Schwester. »Die waren auch so mager und hungrig, und man konnte schon die Rippen sehen. Was machen die bloß hier?« Er wandte sich an Patsy. »Können wir anhalten und mal nachsehen?«

»Nein. Wir müssen weiter.« Seine kindliche Neugier hatte offenbar die Panik von vorhin bezwungen.

»Hier sind Millionen Autos. Oder mindestens tausend.

Das ist wie ... wie ...« Die Superlative gingen ihm aus. »Es ist einfach überwältigend!«

Judith murmelte halblaut etwas. Die Straße führte weiter geradeaus, der Grünstreifen war ein flaches Rasenstück, das sich, bedeckt mit dürren, lederblättrigen Kriechpflanzen, rund fünfzehn Meter jenseits des Standstreifens erstreckte. Dahinter bildete der Graben eine flache, dreieckige Vertiefung, die parallel zur Straße verlief.

»Schau, Judy. Sieht wie ein Ferrari aus.« Patsy konnte sich nicht verkneifen, seiner Blickrichtung zu folgen. Eine langgestreckte, schlanke Karosserie, mehr Motorhaube als Stauraum, die noch den größten Teil des hellroten Lacks draufhatte. Doch sie stand auf rostigen Felgen im Dörrgras; die Reifen waren schon vor langer Zeit weggefault. Eine Tür stand offen wie ein lahmer Flügel. Offensichtlich war das Fahrzeug leer. Wieder hatte sie den Eindruck – eigentlich nur ein unausgesprochenes Bittgebet –, der Fahrer möge einfach ausgestiegen und davongegangen sein. Ein Stück weiter lag ein Panzerfahrzeug aus dem Weltkrieg im Graben, aus der zerrissenen, grünfleckigen Tarnplane ragten die Streben des Gerüsts hervor, über das sie gespannt war. Eines der Rücklichter war herausgefallen und hing Zentimeter über dem Boden an einem schwarzen Kabel. Auf nacktem Erdboden lag ein grüner Helm wie ein Schildkrötenhaus in der Sonne. Rechts davon breitete sich eine mehrere Meter große Ölpfütze aus, wo nichts mehr gedieh. Zerlumpte Reste der Plane flatterten ab und zu in der Brise, was die einsame Szenerie noch gespenstischer erscheinen ließ.

Ein langer Zweig baumelte vom offenen Fenster herab, wo die Fahrerseite zu vermuten war (falls sie sich noch in Schottland befanden, woran Patsy inzwischen selbst nicht mehr glaubte), und Patsy wandte sich rasch ab. Sie mußte das Steuer herumreißen, um einem alten Skoda auszuweichen, der aussah, als *gehörte* er in jedem Fall auf den Schrottplatz, und sie war heilfroh, daß den Kindern nichts aufgefallen war. Peter interessierte sich mehr für schicke Sportwagen oder altmodische Kutschen; ein vergammeltes Armeefahrzeug war nicht sein Fall. Es konnte ein Stück Tuch sein. Oder ein dürres, zerzaustes Geißblatt, das sich an der Fahrerseite emporwand.

Aber es hätte auch etwas anderes sein können. Zum Beispiel ein Arm.

Sie umrundete den unglücklichen tschechischen Importwagen und sah, daß die Straße jetzt frei war. Ein wahres Ungetüm, der Transporter einer Sägemühle, lag in Längsrichtung auf der Nebenspur und bildete eine rostige Brücke über den Ablaufgraben. Der Schornstein war abgebrochen und lag neben dem Graben im Farnkraut. Das Gefährt war okkerfarben vor Rost und abblätternder Farbe; der Rollenzug war abgebrochen und hing als wirres Taugeflecht herab wie ein Nest rötlicher Adern. Der Lastzug mußte ziemlich schnell gefahren sein, bevor er von der Straße abkam. Die Doppelspur hinter den Rädern war tief in die aufgewühlte Erde gefräst, doch jetzt war die Furche überwuchert. Doch die Ladung sprach Bände; das Bündel riesiger Baumstämme hatte sich beim Aufprall gelöst und wie eine hölzerne Lawine bis zu hundert Meter weit verteilt. Ein Stamm hatte den Kühler eines altmodischen Traktors durchbohrt und in den Boden gerammt, der Rest lag wild durcheinander. Inzwischen waren die Stämme kaum noch als Nutzholz zu erkennen und fast völlig verrottet unter der Moosdecke und glitzerndem Pilzbefall, der sie allmählich dem Boden gleichmachte.

Patsy hatte genug gesehen. Ihr Verstand konnte all die Wahrnehmungen nicht mehr verarbeiten, und ein stechender Schmerz ließ ihren Kopf beinahe explodieren. Zu viele Fragen quälten sie, und die Fülle möglicher Antworten war so absurd, daß sie im Traum nicht daran gedacht hätte und auch lieber nicht zu Ende denken wollte. Sie scheute unwillkürlich davor zurück und hatte nur den Wunsch, möglichst schnell hier wegzukommen. Daher trat sie das Gaspedal durch. Während der Tacho rasch auf hundert war, flogen Rostlauben und Blechhaufen vorüber; sie ließ nicht nach, bis sie auf hundertzehn, hundertdreißig kam. Jetzt merkte sie, daß sie zu schnell fuhr, aber sie hielt das Tempo über zehn Minuten bei und blickte starr geradeaus. Endlich, kurz bevor die Fahrbahn eine leichte Rechtskurve beschrieb und den Ausläufer eines Hügels erklomm, wurden die Abstände zwischen den Wracks größer, und Patsy konnte Vollgas geben.

Die Ebene am Straßenrand entglitt allmählich ihrem Blick, als der Weg steiler wurde. Unten in der Kurve lag ein umgestürztes Fahrzeug mit den Räder in der Luft. Auf der anderen Seite, nicht weit vom Mittelstreifen, stand ein leerer Anhänger verlassen herum; die Kabine des Zugfahrzeugs war nirgends zu sehen.

Das war der letzte, dachte Patsy.

Die Kurve zog sich hin und schien unmerklich anzusteigen, während die Landschaft ringsum steil abfiel. Sie setzte ihren Weg fort, der sich im Zickzack um die eiszeitlichen Moränen des Hügels wand, denen alte und knorrige Fichten entsprossen wie Warzen auf einem Riesengesicht. Hier oben roch die Luft sauberer, wenn auch nur ein bißchen. Bei einer scharfen, ummauerten Serpentine mußte sie wieder abbremsen, kam über die Gerade und hatte die

Kehre fast schon hinter sich, als sie eine Entdeckung machte.

Die Reifen quietschen, als Patsy voll auf die Bremse trat.

Mitten in der Haltebucht stand ein einzelnes Motorrad aufgebockt auf dem Kippständer. Vorsichtig fuhr sie heran, bis sie auf gleicher Höhe war. Jetzt erst sah sie das Schild, neben der Fahrbahn liegen, wie von Vandalen heruntergerissen und beiseite geworfen. Es wies auf bevorstehendes Gefälle hin, wies diesen Abschnitt als Teststrecke aus und empfahl Fernfahrern, ihre Bremsen zu prüfen.

Das Motorrad war hellbraun lackiert. Zwei Antennen ragten am Soziussitz hoch wie Angelruten, zitternd wie Fühler in der Brise. Die Politur glänzte noch, obwohl Straßenstaub wie eine zähe Schicht auf Metallteilen und Rädern klebte wie nach einer langen Reise.

Patsy saß da und betrachtete das Gefährt. Als hätte man es vor einer Stunde dort abgestellt. Kein Anzeichen von Rost, und im Schotter waren noch die Reifenspuren zu sehen. Sie hielt an und überlegte. Was sollte sie tun? Am Straßenrand ragten die Felsen steil empor, gekrönt von Findlingsblöcken und verkrüppelten Nadelhölzern, die allesamt in die gleiche Richtung wuchsen, mit dem Wind, der sie hinwegfegen wollte. Sie rollte das Seitenfenster herab und lauschte. Aber nichts war zu hören als der Wind im spärlichen Laub.

»Es ist eine Honda«, behauptete Peter. »Fährt gut und gerne zweihundertfünfzig Sachen.«

Patsy erwiderte nichts und spähte ins Hügelland, während sie nachdachte.

»Glaubst du, der Fahrer ist noch da?«

»Weiß ich nicht, Peter. Vielleicht.«

»Er kann uns vielleicht helfen. Den Weg nach Hause zeigen.«

Vielleicht, dachte Patsy. Möglich war alles.

»Wollen mal sehen«, seufzte sie und drückte auf die Mitte des Lenkrads. Ein dumpfer Hupton erklang, hallte an der Felswand und kam als stotterndes Echo zurück. Alle lauschten. Doch keine Antwort, kein Hallo von den Klüften herab. Noch einmal probierte sie es, hupte ein paarmal, aber vergebens.

»Bleibt drinnen«, befahl sie beiden und stieg aus dem Wagen. Impulsiv zog sie den Zündschlüssel ab und verriegelte die Türen von außen, bevor sie sich entfernte.

Das Motorrad war wirklich eine Honda. Eine geduckte, große Goldwing mit zwei Körben, die wie Satteltaschen über dem Gepäckträger hingen. Das Vorderrad hing einen Zentimeter über dem Boden; alles sah danach aus, als müßte der Fahrer jeden Moment wiederkommen und die Fahrt um die Kurve fortsetzen. Sie berührte die Sitzbank. Das Leder fühlte sich kalt an. Kein Knacken des Motors, wie beim Abkühlen nach langer Fahrt. Sie bückte sich und faßte nach dem Stoßdämpfer, der ebenfalls kalt war.

Das Motorrad war tot. So verloren und nutzlos wie der riesige Haufen Schrott, den sie auf der geraden Strecke hinter sich ließ. Dennoch hatte sie gemischte Gefühle, denn wenn just in diesem Moment jemand in Lederkluft und Helm hinter den Geröllbrocken aufgetaucht wäre, hätte sie vermutlich einen Herzschlag erlitten und wäre tot umgefallen. Unschlüssig umkreiste sie das Motorrad, wachsam auf jedes Geräusch und jede Regung in den Bäumen lauschend, als sie an der Armatur etwas flattern sah. Erst kam es ihr vor wie ein Strafzettel in Plastikfolie, zwischen Windschutzscheibe und Lenker geklemmt. Sie zog ihn hervor und riß die Plastikhülle auf. Drinnen war ein einzelnes Blatt Papier, das sie hastig entfaltete.

VIER TAGE. Die Worte waren in Blockbuchstaben mit roter Tinte geschrieben. KOMMEN NICHT VON DER STRASSE WEG. DIE LETZTEN LEBENSMITTEL GESTERN VERBRAUCHT, HEUTE KEIN BENZIN MEHR. WO IN ALLER WELT SIND WIR HIER? WENN IRGENDWER DIES FINDET – SALLY UND ICH SIND VORAUSGEGANGEN. FALLS WIR EINE TANKSTELLE FINDEN, KOMMEN WIR WIEDER ZUM MOTORRAD. WENN NICHT, HELFE UNS DER HIMMEL. WER IMMER DAS LIEST: VERLASST NACHTS DIE STRASSE UND BLEIBT DEN SCHROTTWAGEN FERN NACH EINBRUCH DER DUNKELHEIT.

Die Notiz trug eine Unterschrift: *Billy Walker.*

Kein Datum, nichts, woraus Patsy entnehmen konnte, wann das Benzin auf der Bergstraße ausgegangen war und Billy Walker und Sally zu Fuß weitergegangen waren. Auf der niedrigen Windschutzscheibe hatte jemand mit dem Finger Initialen in den Staub gekritzelt. SB & WW. Die Ligatur hätte auch ein großes L sein können. Sally B und William Walker. Sally B *Liebt* William Walker.

Patsy versuchte, sich ein Bild von ihnen zu machen. Verliebte Teenager? Hell's Angels bestimmt nicht; das Motorrad war gut gepflegt und teuer. Womöglich nicht einmal Teenager, sie konnten auch Freunde oder Kollegen sein, die gemeinsam auf Tour gingen und sich auf einen Weg verirrten, der ins Nirgendwo führt. Sie konnte sich Billy Walker vorstellen, gebückt über dem Lenker, immer wieder die Tankanzeige kontrollierend wie sie, wo sich der Zeiger unmerklich dem roten Bereich näherte, und sich nicht genug darüber wundern konnte, wo diese Straße noch hinführen sollte.

Die Tatsache, daß noch eine Frau hier in der Gegend war, ließ vieles in neuem Licht erscheinen, sogar Zuversicht aufkeimen. Die Krakelschrift im Staub der Scheibe war noch immer leserlich und klar. Als wäre sie erst vor Stunden angebracht worden. Als hätte Sally B ihre Initialen erst heute geschrieben.

Dem Zettel zufolge hatten sie ihren Weg zu Fuß fortgesetzt. Vielleicht waren sie gerade erst um die Ecke gebogen? Oder warteten unten, am Hügel, daß jemand vorbeikam und sie zur nächsten Tankstelle brachte? Wenn jemand anders auf diese Straße gekommen war, mußte es noch eine Ausfahrt geben. Ihre Hoffnung wurde stärker. Patsy machte auf dem Absatz kehrt und ging zurück zum Wagen, Billy Walkers Zettel in der Hand. Sie drückte die Klinke, war sekundenlang verwirrt, bis ihr einfiel, daß sie selbst abgeschlossen hatte; dann zog Peter den Riegel, und sie stieg ein.

»Könnte sein, daß wir Glück haben«, berichtete sie und ließ den Motor an. »Ein Junge und ein Mädchen. Sie haben einen Zettel hinterlassen, in dem es heißt, das Benzin wäre alle und sie suchen eine Tankstelle.«

»Glaubst du, wir holen sie ein?«

»Wir könnten's versuchen.«

Aus irgendeinem Grund lag ihr viel daran, Billy Walker und Sally B zu finden. Wenn sie ihnen begegnete, wären sie zwar noch immer auf dieser Straße verirrt, doch sie wäre keine einzelne Erwachsene mit zwei Kindern mehr. Wenigstens zahlenmäßig wären sie stärker, was größeren Schutz für Judith und Peter bedeutete. Sie verließ die Haltebucht, legte einen niedrigen Gang ein, um die Steigung zu schaffen, kam über den Scheitelpunkt und fuhr auf der anderen Seite wieder abwärts. Die Steigung war nach dem großen Autofriedhof sanft gewesen, jetzt aber mußten sie mehrere hundert Meter über dem Gelände sein, vielleicht mehr. Als sie den Hügel verließen, sahen sie eine weitere riesige Ebene vor sich. Auf dem Weg dorthin schwang sich die Straße über ein breites Tal. In der Ferne war nebulös, aber eindeutig das Knäuel der übereinander führenden Straßen zu erkennen. Von weitem hätte es eine Stadt sein können, doch ohne Gebäude, ohne Wohntürme, die in den bleichen Himmel ragten. Selbst hier auf der Höhe nahm sie, auch wenn die Luft kalt, sogar schneidend war, den konstanten Gestank von Auspuffgasen und verbrauchtem Öl wahr. Der Wind trug auch das schwache Geräusch des Massenverkehrs heran, ein unterschwelliges Brodeln. Ganz weit weg, eingekreist und umstellt vom Gewirr sich kreuzender Verkehrsadern, vermutete sie eine Stadt nicht für Menschen, sondern für Autos und Lastwagen. Eine Stadt aus Straßen, die sich ins Unendliche verlor, im bläulichen Dunst der Abgase verschwimmend. Jetzt schien sie näher zu sein denn je, als leite dieser Irrgarten der Autobahnen unvermeidlich dorthin.

Diese Strecke führte schnurgerade darauf zu. Bei diesem Gedanken lief es ihr eiskalt über den Rücken. Irgendwo hinter sich vermutete sie Kerron Vaunche, die – wie verheißen – nach ihr suchen würde. Vorn schien der Dschungel des Knotenpunkts unheilvoll zu locken.

Doch Patsy blieb nichts übrig, als weiterzufahren.

16

Die Nacht fiel wie ein schweres Tuch über sie, hüllte mit abrupter und unerhörter Eile die Welt in Finsternis. Es gab kaum Zwielicht, kein Abendrot, nur das plötzliche Ausbleiben des Lichts.

Patsy sah zu, wie die Sonne sank, eine große kreisförmige Oblate, pestilenzialisch grün und mit dunklen Pusteln übersät, als stürbe sie an Hautkrebs. Mit atemberaubender Zügigkeit glitt sie dem Horizont zu, tauchte unter den Prismenrand des Himmels und sog alle Tönungen aus, trübte blasses Violett und Grau ein, bis gar keine Farbe mehr blieb als giftiger Schimmer, nicht unähnlich der heißen Ofenglut, die noch immer von jenem im Süden hängenden Wolkenband widerspiegelte.

Sie waren dreihundertzwanzig Kilometer gefahren seit der Parkbucht in den Felsklüften. Patsy hatte das Zählwerk auf null gestellt, als sie losfuhr und das Motorrad stehen ließ. Der Uhr am Armaturenbrett traute sie nicht mehr, bei der zwar noch alle Digitalziffern in die gleiche Richtung tickten, allerdings rückwärts. Dafür waren die Zeiger ihrer Armbanduhr endgültig stehengeblieben, und zwar alle drei senkrecht nach unten weisend.

»Sechs, sechs, sechs«, murmelte sie geistesabwesend und fröstelte. War sie abergläubisch?

»Seine Nummer«, meldete sich Judith zu Wort, überraschend laut.

»Achtzehn«, konterte Peter. »Das kommt raus, wenn du sie zusammenzählst. Malnehmen dauert länger. Soll ich's versuchen?«

»Klar, warum nicht? Und danach können wir ›Ich sehe was, was du nicht siehst‹ spielen.« Patsy tat, als hätte sie

Judith nicht gehört. Natürlich kannte sie die Kennziffer des Satans. Später, wenn sie daheim waren, würden sie ein ernstes Wort miteinander reden. Dann wollte sie alles über Broadford House erfahren, was ihr Ex-Mann dort zu suchen, und vor allem, was Kerron Vaunche ihrer Tochter angetan hatte. Aber das konnte warten. Vorerst war ihre Hauptsorge, wachzubleiben und aufzupassen und sie wegzubringen.

Peter murmelte vor sich hin, übte sich im Kopfrechnen, während Judith den Refrain übernahm. »Sechs, sechs, sechs«, wiederholte sie die drei Zahlen ein ums andere Mal, fast wie ein Gebetsmantra. Patsy befahl ihr zu schweigen, spürte wieder die abergläubische Vorahnung und die aufkeimende Wut. Sie bat Judith, ein Lied zu singen, aber das Mädchen verstummte einfach. Die Straße hatte im Zickzack an den großen Felsbrocken vorbeigeführt und war dann in Gefälle übergegangen, schnurgerade und fast dreihundert Meter tief, bevor sie in der anderen Ebene anlangte. Als der Wagen ins Flachland kam, stand die Sonne direkt über ihnen, schlagsahnefarben. Hier sah die Gegend anders aus, und Patsy kam es vor, als hätten sie einen anderen Kontinent betreten. Zu beiden Seiten der Straße war der trockene Boden wie gebacken, anders ließ sich das nicht beschreiben. In jenem anderen Tal, wo die toten Fahrzeuge lagen, war es kalt und klamm gewesen, ein Wetter, vor dem sie in Schottland den Reißverschluß ihres Anoraks zugezurrt hatte. Auf den Höhen, wo sie an gezackten Felsen vorbeikam, wo knorrige Fichten dahinvegetierten, die der Wind in die immer gleiche Richtung wachsen ließ. Hier sah es nicht anders aus als in den Rocky Mountains oder gar den Französischen Alpen.

Doch unterhalb des Gefälles konnte die Gegend ebensogut in Arizona liegen. Im Handumdrehen wurde es brüllend heiß, als wäre eine Ofentür aufgesprungen. Der Schweiß rann in Strömen über ihre Stirn und kroch ihr den Rücken entlang.

»Zweihundertsechzehn, und kannst du den Heizlüfter ausstellen?«

»Wie bitte?« fragte Patsy.

»Sechs mal sechs mal sechs. Zweihundertsechzehn. Hab ich im Kopf ausgerechnet.«

»Finde ich toll. Bist ganz schön weit für dein Alter.«

»Ich kann noch schwerere. Aber bitte stell doch die Heizung ab, Mum. Es ist furchtbar heiß hier drin.«

»Heiß, heiß, heiß«, intonierte Judith jetzt.

Patsy schaltete den Ventilator ein, um die Luft zu kühlen, doch wenn überhaupt, kam durch den Schacht eine noch heißere Brise, brennend und trocken, mit dem Schwefelgeruch vulkanischen Sands. Judith hustete heftig und schnappte lautstark nach Luft.

»Hitze der feurigen Flamme wird dich brennen«, brachte sie noch heraus, bevor sie ein weiterer Hustenanfall schüttelte.

»Mach das Fenster hinten auf«, befahl Patsy und rollte ihr eigenes herunter. Der glühende Atem der Wüstenluft peitschte in die Öffnungen, doch bei hoher Geschwindigkeit war der Fahrtwind noch gerade erträglich. Sie bat Peter, die Mineralwasserflasche zu öffnen. Er drehte den Verschluß auf und reichte die Flasche an Judith weiter. Die schüttelte den Kopf, aber er bestand darauf, drückte den Flaschenhals gegen ihre Lippen, bis sie trank. Das Husten legte sich. Alle tranken, doch Patsy ordnete an, daß die Hälfte des Wassers für später aufgehoben wurde.

Die Strecke schnitt mitten durch die Ebene, die wie von

der tückischen Hitze gebraten schien. Ihr Terrain war anfangs steinig, von ziegelroter Farbe, und in den Niederungen im Windschatten der Felsen sammelten sich Salzpfützen. Merkwürdig gezackte Bäume mit grauer, flockiger Borke waren von dichtem Dorngestrüpp umgeben und duckten sich unter dem gnadenlosen Auge der Sonne. Hier und da war der Boden mit einem Teppich aus gummiartigen Flechten von phosphoreszierendem Grau überzogen. Jedesmal, wenn sie an einer solchen Grasnarbe vorbeikam, stieg ihr der schwache süßliche Geruch von Verwesung in die Nase, als wäre etwas zwischen den Baumgruppen gestorben. Sie fuhr weiter. Die Bluse klebte ihr am Rücken, und Judith muffelte schläfrig vor sich hin. Auch Peter schien die Hitze alle jugendliche Energie zu rauben, denn er war still geworden und überließ Patsy ihren Gedanken, während sie durch die Mondlandschaft brauste.

Nach einigen Kilometern wurde die steinige, verkarstete Gegend abgelöst von einer Mondlandschaft, als habe man den Boden eingeebnet, aufgebrochen und wieder eingeebnet. Die Felsbrocken wurden zu ziegelähnlichem Geröll, dann zu faustgroßen Steinen, dann zu ockerfarbenen Krümeln im Sandmeer.

Auf beiden Seiten erstreckten sich endlose Sanddünen. Feingekämmte, pudrige Wogen von blendendem Weiß, ein trockener, totenstiller Ozean. Immer wieder wurde sie durch eine Bewegung aufgestört und wandte sich um, doch meist war es nur der obere Kamm einer Düne, der einbrach, zerbröselte und herabrieselte. Es sah aus wie ein Seesturm in Zeitlupe. Hier und da hatten die wandernden Wogen bereits die Straße erreicht, die Fahrbahndecke überspült und den schwarzen Asphalt überzogen; sie mußte aufpassen, daß sie nicht vom Weg abkam. Feingemahlene

Sandkörner knirschten unter den Reifen, die eine Gischt pudrigen Staubs aufwirbelten und als ockerfarbene Schleppe hinter sich herschleifen.

Während die Mondlandschaft vorüberzog, wurde es immer heißer, bis ihr der grelle Reflex des Sonnenlichts in den Dünen nadelscharf in die Augen stach. Sie tastete im Handschuhfach, fand ihre alte Lesebrille und stieß sie beiseite, fühlte weiter und stieß endlich auf das kleine Plastiketui mit ihrer Sonnenbrille. Sie setzte sie auf und hätte beinahe geweint vor Erleichterung. Das schmerzende Licht wurde zur gerade noch erträglichen Helle gefiltert. Eine dicke Träne rollte ihr die Wange herab und verdampfte, bevor sie das Kinn erreichte. Schwefelglut, mittlerweile gemischt mit heißem Teergeruch, schnürte ihr die Kehle zu; die Reifen zischten auf der weicher werdenden Straßendecke. Im Rückspiegel konnte sie nichts mehr sehen als die geballten Staubwolken, die sie hinter sich ließ, und die tintenschwarzen Reifenspuren, denen geschmolzener Teer anhaftete.

»Durstiges Land, brennende Hand«, maulte Judith fast unverständlich.

»Ich weiß, mein Schatz. Dir ist heiß. Wir halten bald irgendwo.«

Sie wußte, daß sie sich nur etwas vormachte, Judiths Worte absichtlich mißdeutete. Was immer die üblen Lehren waren, die Kerron Vaunche ihrer Tochter erteilt hatte, jetzt kehrten sie zurück. Patsy wußte einfach nicht, was sie dagegen tun sollte. Am liebsten hätte sie eine Pause eingelegt, aber hier zu halten wäre Selbstmord gewesen. Schon nahm sie das unmerkliche Summen des überhitzten Motors war, obwohl die Anzeige noch keine Gefahr signalisierte. Wenn sie jetzt den Motor abstellte, würde sie ihn möglicherweise nicht mehr starten können, und was dann geschah, wollte sie sich lieber nicht ausmalen.

»Nun reiche mir den Kelch«, murmelte Judith. Dann schien sie wacher zu werden. »Muß was trinken.«

»Nein. Wir müssen was für später aufsparen.«

»Bin aber *jetzt* durstig.«

»Ich auch«, stimmte Peter ein. »Was ich vorhin getrunken habe, kommt durch die Haut wieder raus. Sogar meine Haare sind tropfnaß!«

Plötzlich geriet sie in Wut und hätte sie am liebsten angebrüllt, den Mund zu halten, sie fahren zu lassen, einfach Ruhe zu geben, damit sie alle nach Hause kämen. Aber sie riß sich gerade noch zusammen. Es war nicht ihr Fehler und ihr eigener auch nicht, aber das allerletzte, was sie jetzt brauchen konnte, war ein Nervenzusammenbruch.

»Einverstanden«, gab sie schließlich nach. »Aber nur einmal den Mund voll, okay? Peter, ich verlaß mich auf dich, daß es nur ein Schlückchen ist. Mehr können wir uns nicht leisten.«

Er langte nach der Flasche, und sie bat ihn, sie hochzuheben, damit sie den Inhalt kontrollieren konnte. Das Wasser reichte noch bis zum oberen Rand des Etiketts und sah aus wie der feinste Champagner der Welt. Als er den Verschluß öffnete, warf sie einen Blick in den Rückspiegel. Peter hielt seiner Schwester die Flasche an die Lippen und ließ sie zwei Schluck nehmen. Das kleine Mädchen schlürfte sie mit geschlossenen Augen. Peter trank als nächster, dann reichte er die Flasche über den Sitz. Seine Mutter setzte die Flasche an, konnte das Wasser geradezu *riechen.* Gaumen und Zunge prickelten, streckten sich gierig dem Flaschenhals entgegen. Sie kippte, ließ aber nur ein wenig Feuchtigkeit auf die Lippen rinnen, setzte wieder ab und reichte die Flasche nach hinten zurück. Peter nahm sie entgegen, und ihr war zum Heulen, als sie ihn den Deckel wieder zuschrauben hörte.

Weitere fünfzehn Kilometer legten sie zurück, während die Sonne unbarmherzig brannte.

Der Zähler zeigte 16 an, als sie etwas Schwarzes am Rand der Straße liegen sah. Sie nahm den Fuß vom Gas und bremste ab; im selben Moment ließ der Fahrtwind nach, und die Temperatur im Wageninneren kletterte unglaublich rasch in die Höhe. Judith ächzte genervt.

Sie fuhr noch langsamer, bis sie das Ding erreicht hatte. Normalerweise hätte sie nicht darauf geachtet, es war der Blickfang vor dem gleichförmigen Beige der Sandfläche. Im Schrittempo lenkte sie das Auto an den Rand. Das Pfeifen des auf Hochtouren laufenden Kühlers war unüberhörbar geworden; das und Judiths keuchender Atem warnte sie, nicht allzu lange zu verharren, oder besser gar nicht. Doch der dunkle Fleck zog sie magnetisch an.

Es war ein Handschuh.

Ein harmloser Lederhandschuh, der am Straßenrand liegengeblieben war, die Finger eingerollt, weil die unglaubliche Hitze das Leder zusammenzog und den Handschuh zur Faust ballte. Wie eine tote Spinne auf dem Rücken lag er da, und für Sekunden fürchtete sie, er könne sich mit einem flinken Grabscher umdrehen und ihr auf den Fingern entgegenhoppeln.

Der Handschuh rührte sich nicht von der Stelle. Krumm und vertrocknet lag er da, vergessenes Teil einer Bikerkluft im ockerfarbenen Staub, am Rande der Autobahn. Ein paar Meter weiter, fast schon begraben in der Sandverwehung, lag auch sein Gefährte, mit dem Handrücken nach oben.

Zwei metallische Beschläge funkelten wie Insektenaugen hinter den Knöcheln.

Billy Walker. Der Motorradfreak war mit seiner Freundin zu Fuß gegangen. Sie hatten diese Richtung eingeschlagen, den Hügel überquert und waren die Serpentinen und Kurven im Zickzack gelaufen, bis sie in die Ebene kamen, wo die Landschaft zur Wüstenei wurde. Sie sah sie schon vor sich, die Straße entlangtrottend, ab und zu verschnaufend, Stück für Stück ihre Kleidung abwerfend, je höher die Sonne kletterte und ihre tückische Glut über sie ergoß. Aber nein. Das Bild verschwamm wieder. Sie war ja auf ihrer Fährte gewesen, hatte sie einholen wollen. Doch am Straßenrand war nichts zu sehen von ihnen, keine schwere Lederjacke, keine Leggins. Hinter ihr hechelte Judith wie ein Hündchen; glühender Schweiß troff von Patsys Achselhöhlen, und der dumpfe, abgestandene Geruch erinnerte sie daran, daß sie seit mehr als zwei Tagen nicht mehr geduscht hatte. Sie wandte sich um. Peter blickte erschöpft zu ihr hoch, doch er blinzelte und brachte ein Lächeln zustande. Sie öffnete die Tür, und seine Augen weiteten sich, aber sie hielt den Finger hoch – nur einen Augenblick –, ließ den Motor laufen und stieg aus.

Ihr eigener Schatten verschwand unter ihren Füßen, und die Hitze war mörderisch. Trotz Sonnenbrille leuchteten die Ocker- und Beigetöne des Treibsands in grellem Weiß. Kein Lufthauch regte sich. Sie ging zum Straßenrand. Die Sonne hoch oben nahm sie als schweres, drückendes Gewicht auf der Schädeldecke wahr. Mit einem Finger zerrte sie den Handschuh hoch und schüttelte ihn – falls hier draußen etwas lebte, das Schutz in einer der Fingerhöhlen gesucht hatte. Nur ein paar Sandkörner flossen heraus, sonst nichts. Der Handschuh war leicht und pergamentähnlich, ohne jede Flexibilität. Es sah aus wie ein Stück Leder, das seit Monaten hier im Freien lag, obwohl es, nach der Mitteilung auf dem Motorrad zu schließen, allerhöchstens ein paar Tage sein konnten. Sie drehte den Handschuh, schälte den Saum am Handgelenk zurück. Auf dem Innenfutter standen mit Kugelschreiber die Initialen WW geschrieben.

Billy Walker war hiergewesen. Irgendwie hatte er es geschafft, den Hügel hinunter und durch die Wüste. Sie hielt Ausschau nach ihm, doch die Hitze war so stark, daß sie nicht weiter als zweihundert Meter sehen konnte, bevor die Straße zu flimmern begann. Wenn er hier entlanggekommen war, und die Handschuhe das erste waren, was er loswerden wollte nach der kühlen Luft im Hügelland, dann mußte er nachts gekommen sein oder sehr früh am Morgen, bevor die Hitze den Siedepunkt erreichte.

Sie kehrte zum Wagen zurück, den Handschuh noch immer umklammernd wie eine letzte Verbindung zur Außenwelt, zu anderen menschlichen Wesen. Die Sonne brannte ihr auf den Schädel, und ihr Haar fühlte sich an, als stünde es in Flammen und brenne sich zum Gehirn durch. Sie schaffte es zur Tür, wollte sich gerade hereinsetzen, als ein plötzlicher Schmerz ihre Wade durchzuckte und sie beinahe zu Boden warf. Sie sich konnte gerade noch einen Aufschrei verkneifen. Bei näherem Hinsehen stellte sich heraus, daß ihr Schuh im weichen Asphalt steckenblieben war. Als sie sich umwandte, war ihr Fuß an Ort und Stelle geblieben, dafür hatte sie sich den Knöchel verdreht. Sehr vorsichtig zog sie den Absatz heraus, der Teerfäden wie geschmolzenes Karamel mit sich zog, ölig und irgendwie prähistorisch riechend. Der stechende Schmerz legte sich, und erleichtert nahm sie hinter dem Lenkrad Platz.

»Was ist das?«

»Ein Handschuh. Die Leute mit dem Motorrad sind hier vorbeigekommen.«

»Wenn sie zu Fuß gehen, kriegen sie Probleme, außer sie haben Wasser dabei«, sinnierte er. »Glaubst du, sie können uns helfen, wenn wir sie finden?«

»Ich hoffe. Vielleicht können wir uns gegenseitig helfen.« Sie setzte den Wagen in Bewegung und suchte vor sich die Strecke ab.

»Das sieht nur so aus wie Wasser, ist aber ein Luft-... Luftspiegel ... eine Luftspiegelung! Das hat uns der Lehrer gesagt.«

»Stimmt. Weil die Luft so heiß ist und flimmert. Wie in einem Zerrspiegel. Alles wirkt verschwommen.«

»Werd ich richtig durstig von.« Er grinste raffiniert, doch sie wußte, das war kein dringender Wunsch. Peter war nicht im mindesten hinterlistig. Wenn er zu trinken haben wollte, sagte er es geradeheraus, aber sie hatte gesehen, daß er Judith zu trinken gab und sich selbst weniger nahm. Er würde erst fragen, wenn er es nicht mehr verkneifen konnte.

»Wird schon besser werden«, gab sie zurück, mit weniger Zuversicht als dem Mut der Verzweiflung. Andererseits wechselten auf dieser Strecke die Umstände so rasch, daß die Wüste in ein oder zwei Kilometern ebensogut aufhören mochte. Aber sie kann sich auch ins Grenzenlose ausdehnen, wisperte ihre pessimistische innere Stimme. Das war eine Möglichkeit, an die sie zwar nicht ernsthaft glaubte, doch die dürre, ausgebleichte Ödnis erweckte den Anschein, als nähme sie kein Ende mehr. Zu beiden Seiten wellten sich die Sanddünen und reichten jeweils bis zum Horizont, nur durch eine einzige Straße unterbrochen, und die löste sich nach wenigen Metern in waberndes Hitzeflimmern auf. Doch über dem Flimmern konnte sie die schwachen Umrisse der Kreuzung ausmachen, geisterhaft im Dunst, fast körperlos, doch deutlich genug, um zu wissen, daß sie noch vor ihr lag. Aus irgendeinem Grund fühlte sie sich vom Zentrum des riesigen Netzwerks unaufhaltsam angezogen.

Wenigstens dort hört die Wüste auf, sagte sie sich, auch wenn das kein Trost war.

Das Zischen war jetzt lauter geworden, überhitztes Wasser im Kühler sickerte durch eine offenbar defekte Leitung. Es war noch nicht schlimm, aber sie sorgte sich trotzdem. Sie trat ein wenig aufs Gas und fuhr schneller. Die Wanderdünen wurden allmählich kleiner, doch hier war der Sand pulverisiert, und seine Ausläufer reichten weiter in die Straßenmitte. Sie wich aus, so gut sie konnte, doch ein paarmal war genug Sand unter den Reifen, daß sie ein wenig durchdrehten, gerade genug, daß ihr Herz einen Sprung tat bei der Vorstellung, ins Schleudern zu geraten. Sie zwang sich mehr denn je zur Konzentration auf den Wagen. Die Dünen wichen immer mehr zurück, bis sie nur noch talkumweiche Klumpen bildeten. Jetzt knirschte kein Sand mehr unter den Rädern, die nur noch wisperten, fast lautlos durch den Staub pflügten. Ihr war, als ob sie ins Schwimmen käme. Hinter ihnen stieg die lohfarbene Nachdrift hinauf in die reglose Luft. Patsy lenkte den Wagen durch eine enge Passage zwischen zwei Sandhügeln, wirbelte eine riesige Staubwolke auf und hatte es schließlich geschafft. Gleich vor ihr schwenkte die Straße nach meilenweiter Gerade zum ersten Mal ab, und sie folgte der Kurve, bis sie zwischen zwei sandigen Hügeln wieder ins Flachland kam.

Die Szenerie, die sich vor ihr auftat, spottete jeder Beschreibung. Wie weit es noch war, konnte sie in der Flimmerluft nicht ausmachen, doch in einigen Kilometern lief die Wüste in einer rötlichen Kraterlandschaft aus. Braunrot ragten Türmchen und Säulen aus Stein vor einem kränklich-perlgrauen Himmel empor. Sie wirkten fragil und verwittert, das war selbst aus der Ferne zu erkennen. Auf einer Seite tanzten und waberten die Brückenbögen des Knotenpunkts, noch immer lockend, doch der Weg dorthin führte durch unvorstellbar ödes und vertrocknetes Gelände. Vor ihr erstreckte sich Death Valley. Und die namibische Wüste und die Ebene von Atacami. Vollkommen flach, so waagerecht, daß die Fläche fast hohl wirkte, eine Bratpfanne von überdimensionalen Ausmaßen, in der sich die brennende Hitze fing und sammelte. Und sie bot dem Auge keine Abwechslung, von sandpolierten steinernen Säulen abgesehen, die aus dem Boden ragten wie die Finger begrabener Steinriesen, die sich verzweifelt an die Oberfläche tasten. Die Sonne mußte weitergewandert sein. Die Schatten am Fuß dieser Säulen bildeten einen grellen Kontrast zum blendend weißen Gestein, so daß sie wie grundlose Löcher wirkten.

Patsy ließ den Mut sinken. Die Straße führte schnurgerade durch die Bratpfanne, ein schwarzer Arm, der sich nach den Bergen ausstreckte, sich aber nach ein oder zwei Kilometern im Dunst verlor. Selbst durch die Sonnenbrille gesehen, schien der Himmel vor lauter Hitze einzuschrumpfen und runzlig zu werden. Die Luft selbst schien aus ihm gewichen zu sein und schattigere Orte aufzusuchen. Binnen Sekunden war es fast doppelt so heiß wie zuvor. Der Schweiß brach ihr aus allen Poren, und sie fühlte, wie er sich die salzige Körperflüssigkeit in ihren Schuhen sammelte. Wer weiß, ob sie es je bis in die Berge schaffen würden? Versuchen mußten sie es. Die Nadel auf der Tankanzeige zeigte weniger als halbvoll an, doch mehr als genug, um dorthin zu gelangen. Es zischte lauter im Kühlsystem, doch kein Dampfwölkchen quoll unter der Motorhaube hervor.

Judith stöhnte, ein leiser, erbärmlicher Laut. Sie warf den Kopf von einer Seite zur anderen.

»Gib ihr zu trinken«, bat sie Peter. »Und nimm selbst einen Schluck.«

Er reagierte nicht und sie fragte sich schon, ob er eingedöst war. Schon wollte sie sich umdrehen (halb fürchtend, er könne bewußtlos sein), als er unsicher zwischen die Sitze tastete und nach der Flasche griff.

»Bist ein lieber Junge«, lobte sie. »Nimm einen ordentlichen Schluck. Aber nicht zuviel!«

Metall schürfte über das Glas. Patsy hörte, wie er seine Schwester neckte, sie solle nichts verschütten, und dann selbst gurgelnd trank.

»Ist warm geworden«, ächzte er. »Aber immer noch gut!«

Wieder kribbelte ihr Gaumen vor Gier. Er reichte ihr die Flasche nach vorn, und diesmal wußte sie, daß sie etwas Flüssigkeit brauchte. Keinesfalls durfte sie riskieren, auf offener Strecke ohnmächtig zu werden. Das Wasser war lauwarm und ohne jede Kohlensäure, lief aber wie süßester Balsam durch die ausgedörrte Kehle.

»Wir könnten Schatten suchen in den Bergen«, schlug Peter vor.

»Da will ich auch hin. Und dort gibt es vielleicht auch zu trinken.«

»Oben in der Höhe ist es kühler. Da wird's nicht mehr so heiß sein.«

»Auch in der Schule gelernt?«

»Nein. Aber auf Berggipfeln ist doch immer Schnee. Da muß es kalt sein, oder?«

»Überall ist es kühler als hier.«

»Weißt du denn, wo wir sind?«

Patsy überlegte, was sie antworten sollte. Dumm war Peter nicht. Sie entschloß sich, mit der Wahrheit herauszurücken. »Nicht die mindeste Ahnung.«

»Eine seltsame Gegend. Alles anders.« Man hörte ihm an, wie erschöpft er von der Hitze war. »Das hätte sie nicht tun dürfen.«

Diesmal brauchte sie nicht zu fragen, was gemeint war. »Nein. Hätte sie nicht. Aber wir werden sie besiegen.«

»Du warst böse. Ich hab gehört, wie du das Wort benutzt hast. Das Wort, das ich nicht sagen darf.«

Ihr war viel zu heiß, und sie machte sich viel zu große Sorgen, um peinlich berührt zu sein. »Und du wirst es auch jetzt nicht aussprechen. Das ist nur für Erwachsene reserviert, und auch für die nur im Notfall.«

Hinter ihr grinste er, und sie spürte es, als hätte sie Augen im Hinterkopf. Das tapfere Lächeln kehrte zurück und setzte sich beinahe durch. Er beugte sich vor und streichelte ihr die Wange. Seine Hand fühlte sich heiß und kindlichweich an. Vor ihnen schimmerten die Berge.

»Ich sehe was, was du nicht siehst, und das fängt mit M an.«

»M wie Motor«, riet sie.

»Nein. Das wäre zu einfach.«

»M wie mehr Sand?«

»Nee. Nicht so was Doofes.«

»M wie Mami knirscht mit den Zähnen vor Ungeduld?«

Diesmal lachte er laut auf, was nicht weniger erfrischend war als der Schluck Wasser vorhin. »Nein. Gibst du auf?«

»Na schön. Du hast gewonnen. Sag's mir.«

»Morgana, wie Fata Morgana. Luftspiegelung. Da vorn wieder!« Peter beugte sich vor und deutete nach rechts.

Vor ihnen endete die Straße in einem Teich aus schimmerndem Licht, zu beiden Seiten wallte es wie geschmolzenes Silber in der Luft. Die Hitze wuchs merklich, ließ die Luft wie flüssiges Glas erscheinen. Patsy hielt den Ellbogen in den Fahrtwind und merkte kaum einen Unterschied, als ihr der warme Föhn zufächelte. Die Sonne reizte die Haut, als hätte sie sich in Bleichsoda gewälzt; ihre Strahlung ließ sie krank und entzündet aussehen, und sie hatte den unguten Einfall, sie könnte sich kontaminieren. Die zerstörte Ozonschicht in ihrer Heimat war schlimm genug, wenn das Sonnenbaden zu Hautkrebs führte. Aber da war sie wenigstens zu Hause. Hier in der Wildnis wollte sie sich nicht auch noch ein Melanom zuziehen, das sie entstellte oder krebsartig zu wuchern begann. Rasch zog sie den Arm wieder herein, als ihr die Haut zu prickeln begann.

Vor ihr und an den Seiten tanzten Luftspiegelungen, ein Reigen durchsichtiger, glitzernder Gestalten, die wenige Zentimeter über Sand oder Asphalt wimmelten. Kleine Staubteufel wirbelten spiralförmig hoch, drehten hektische Pirouetten, wenn sie von der unerträglichen Hitze in einen Luftsog getrieben wurden.

Judith wimmerte hell und sehnsüchtig. Peter drehte sich nach ihr um.

»Ist sie gesund?«

»Ich glaube ja. Nur die Hitze. Ganz verschwitzt ist sie.«

Unvermittelt fing das Mädchen zu schreien an. Vor

Schreck kam Patsy von der Straße ab und lenkte den Wagen auf Sand.

»Komm jetzt!« hatte sie sehr laut gerufen. »Dabbat! Achor, Loki!« Die seltsamen Worte brachen stoßweise hervor.

»Herrje, sie deliriert ...«, entfuhr es Patsy.

»Brenne ewig im zehrenden Feuer!« kreischte Judith. Sie lag auf dem Rücken, die Augen fest zusammengekniffen, die Hände boxten ins Leere. Als Patsy sich umdrehte, klappte sie den Mund gerade weit auf, doch statt der Schreie kam jetzt ein Schwall gutturaler Laute und heiserer Frikkative. Erst hörte es sich wie Husten an, doch dann erkannte Patsy die fremde Sprache wieder. Der Schrecken durchpulste sie wie ein Stromschlag. Diese Laute hatte sie schon einmal vernommen, die kehligen Konsonanten, geraspelt wie Sandpapier.

Kerron Vaunche hatte ihr den Speichel ins Gesicht geworfen, dann hatte sie ein Zeichen in die Luft gemalt und auf dieselbe brutale Weise gesprochen, und am Ende waren sie auf dieser Straße gelandet.

»Aufhören!« fuhr sie das Kind an. »Peter, bring sie zum Schweigen.« Der Klang der fremden Worte hatte ihre schlimmsten Vorahnungen geweckt.

»Komm schon, Judy«, drängte Peter. »Wach auf!« Er faßte sie unter den Achselhöhlen und setzte sie aufrecht hin. Der Kopf des Mädchens schlenkerte wie leblos, und ihr Pferdeschwanz stand in einem Winkel ab, der komisch aussah, doch alles andere als zum Lachen. Der heisere Monolog, ein überschnappendes Gebrabbel, wollte nicht aufhören. Peter schüttelte Judith ziemlich heftig, bis sie die flatternden Lider aufschlug. Es war, als hätte man sie geohrfeigt. Sie fuhr hoch, das Gesicht vor innerem Druck gerötet, und sperrte den Mund auf. Peter ließ sie fallen und wich zurück. Judith rappelte sich auf, umklammerte den Rücksitz. Ihre Augen weiteten sich noch mehr, groß und flackernd standen sie aus ihrem verquollenen Gesicht hervor. Sie deutete nach draußen.

»Seht jetzt her!«

Sie blickten hinaus.

Staubteufel und Luftspiegelungen verschmolzen zu einer Phalanx zuckender Gestalten, die sich wirbelnd und krümmend zu einem scheinbar unüberwindlichen Hindernis zusammenschlossen.

»*Patseee!*«

Eine Flüsterstimme kratzte ihr von innen an die Schläfen.

»*Patseeee ...!*« Es war das trockene Geräusch von rieselndem Sand, Tausende von Körnern rieben aneinander, formten ein Wort. Das Gefühl einer unaussprechlichen Drohung erfaßte sie.

Judith fing wieder zu schwadronieren an, zu brabbeln.

»*Ssso sssüüüß, ssso sssanft.*«

Die Barriere aus wirbelndem Staub und schimmernder Spiegelung schloß sich zusammen, verfestigte sich, wurde zur Mauer aus einzelnen, verzerrten und sich windenden Leibern. Ein Rankenwerk aus Sand, winzige *Tentakel* aus Sand krochen aus der Masse hervor, leckten schon am Wagen. Sekundenlang blieb sie reglos, konnte nicht reagieren, war vom unerträglichen Grauen wie gelähmt.

Hinter ihr brüllte Judith, was ihre Lunge vermochte, beide Hände an die Ohren gepreßt, während ihr Körper sich aufbäumte und durchbog und vor innerer Spannung verkrampfte. Peter hielt sie noch immer in den Armen und überschrie sie noch, um ihr die Angst zu nehmen.

»Es ist nicht *wahr*«, bellte er wütend. »Das macht sie dir nur vor!«

Der Wagen schlingerte auf den Halbkreis der Staubgestalten zu. In ihrem Kopf kratzten noch immer den trockenen Singsang der Stimmen, die sich festsaugten, alle Lebenssäfte abzapften. Das war seelische Vergewaltigung, und es gab keine Gegenwehr. Alles geschah auf einmal, alle ihre Sinne lagen bloß und schutzlos offen. Sie hörte Judith kreischen und Peter zurückbrüllen, und das Geseire der Staubstimmen, die ihr Innerstes erfüllten.

Die zuckenden Gestalten waren jetzt direkt vor ihr, ein Halbkreis tanzender Wüstenschatten. Sie sah Augenhöhlen und klaffende Mäuler ineinanderfließen, zu neuen Formen aufschwellen, zu wieder anderen sich verzerren. Ein Schwarm grabschender, gierig an sie gekrallter Geister, der sich ihr handgreiflich, doch körperlos entgegenwarf, bereit, sie alle zu verschlingen.

Sie konnte sich nicht rühren. Ihre Hände klebten wie festgebacken am Lenkrad, der Fuß war ans Gaspedal gefroren. Die Invasion der Stimmen in ihrem Schädel geiferte und höhnte.

»Komm zu unsss, Patssseee. Sssei bei unsss. Lasss unsss dasss Opfer ...«

Eine neues Wesen kristallisierte sich heraus, und sie sah ein Gesicht, leere Flecke die Augen, leere Flecken unter den Wangen. Sandwolken türmten sich darüber und drumherum wie wehendes Haar, und auf einmal erkannte sie Kerron Vaunche, in feingekörnten Sand gemalt, und hörte unter den plappernden Geisterstimmen das Gekrächz ihrer Hexenstimme.

Neben der wabernden Gestalt wirbelte und schmolz eine zweite zusammen, wurde ein grinsender, zähnefletschender

Totenschädel mit überirdisch knochigen Schultern. Hinter dem Hexenwesen erkannte sie das längliche Gesicht des Polizisten vom Straßenrand, traurig ins Leere grinsend.

Wut und Grauen verquickten sich zu einem unwillkürlichen Ausbruch. Eben noch war sie drauf und dran, das Gas wegzunehmen und zu bremsen, jetzt beschleunigte sie erst recht. Peter schrie überrascht auf und fiel taumelnd vom Sitz. Der Wagen schnellte nach vorn, der quirligen Masse entgegen, den Staubteufeln, Sand*dämonen ...*

»Ssssaugen dich aus, Patseee. Unsss dürsssstet!«

Die Sandpapierstimmen wurden drängender, fordernder, rangen und bettelten um ihr Gehör.

Etwas langte heraus aus dem Wirbel, ein langer, dünner Arm, und wischte über den Wagen. Sie hörte das Schleifen von Sandstrahl über die Karosserie, zischend wie eine Wüstenschlange. Unartikuliert heulte sie auf und nahm Kurs auf das Zentrum der Barriere. Binnen Sekunden war der Wagen vollkommen eingehüllt. Judith schrie so klar und hoch, daß es klang wie feines splitterndes Glas.

»Ssssengen dich. Trocknen dich ausss ...«

»Raus aus meinem Kopf«, brüllte sie zurück.

»Ssssaugen dich aus, Patseee!«

»Macht, das ihr rauskommt. Fahrt zur Hölle!« Es war ein Fauchen, ein Wutschrei, eine Explosion von ganz innen heraus. Der Wagen schoß mitten in die Sandmasse hinein, und ringsum verdunkelte sich die Welt.

Alles geschah wie in Zeitlupe. Lange trockene Glieder bohrten und stocherten nach ihr. Eine rissige Hand umschloß ihr Kinn, und sie spürte, wie ihr Schweiß austrocknete. Körnige Finger gruben sich ihr ins Haar, überraschend zart, doch widerwärtig. Sand ritzte an ihrer Sonnenbrille, schürfte in der Kehle, scheuerte am Inneren der Nasenlöcher. Sand trat hinter den Brillenrand, trat juckend unter die Augenlider. Sand füllte ihre Ohren, durchrieselte ihren Körper, und die Stimmen klirrten wie rollende Kiesel und jammerten und quäkten.

»Macht, daß ihr FORTKOMMT!«

Knirschendes Wehklagen ließ den Wagen erzittern, nahm an Intensität zu, bis es einem Wutgeheul wurde. Tränen traten Patsy in die Augen, und sie biß die Zähne aufeinander, während der Schmerz ihre Ohren blähte. Der überirdische Chor der Stimmen schwoll noch einmal an, und plötzlich, als wäre ihr das Trommelfell geplatzt, war alles still. Die Sandgeister – oder was immer die Wirbel gewesen sein mochten – schwanden dahin. Sie war durch sie hindurchgerast, jetzt lag freie Strecke vor ihr, die quer durch die flache Pfanne ins Gebirge führte.

Judith hustete stotternd und spuckte. Peter klopfte ihr auf den Rücken, bis seine Schwester geräuschvoll Atem schöpfte.

»Leute gehört«, brachte sie japsend hervor. »In meinem Kopf. Catanna gehört.«

»Nein, das war nur vorgegaukelt«, widersprach Peter.

»Jetzt weg«, gab Judith zurück, doch ihre Stimme erstarb. Patsy warf einen Blick in den Rückspiegel. Hinter ihnen sah sie nichts als die geballten Staubwolken, die sie hinter sich herzog, jenseits davon war nichts zu erkennen. Es war, als hätte sie sich das alles nur eingebildet.

Hast du aber nicht, wisperte ihre innere, unabweisbare Stimme. Judith hatte sie gehört. Selbst Peter mußte etwas mitbekommen haben. Sie hatte Kerron Vaunche in einem vom Wind aufgestörten Wirbelsturm erkannt, und sie hatte das trockene, rasselnde Gelächter gehört und gewußt, mit welcher Gier die Hexe sie verfolgte.

»Alte Hexe«, brummte sie für sich. »Jetzt ist sie weg.«

Aber sie kommen wieder, warnte ihr klügeres Ich. Ein Schauer lief ihr über den Rücken.

Die Straße führte schnurstracks auf die Hügel zu, die merkwürdig plötzlich ganz nahe gerückt waren. Es war, als wäre die große Entfernung, ähnlich wie die flimmernden Wasserpfützen auf dem Asphalt, nur eine Luftspiegelung gewesen. Der Wüstensand verlor sich so rasch, wie er aufgetaucht war, nachdem sie die Felsklüfte hinter sich gelassen hatten. Im Handumdrehen wandelte sich das Pulver auf der Fahrbahn in feinen Sand, dann in körnigen Splitt und wich dann endgültig ordinärem Straßenbelag. Auf beiden Seiten – und mittlerweile war die Straße keine doppelspurige Verkehrsader mehr, sondern eine doppelspurige Safaristrecke durch die Wildnis – wurde aus dem Splitt Schiefer, aus dem Schiefer Schotter, aus dem Schotter Geröll, aus dem Geröll umherliegende Felsbrocken. Unmerklich stieg das Land an. Sie nahm die Steigung im Windschatten einer schmalen, in den Fels gekerbten Erosionsrinne. Die Felsen am Straßenrand waren mit einem seltsam gemusterten Teppich von Kriechpflanzen überzogen, die dicht an der Erdoberfläche blieben. Hier und da bemerkte sie im Augenwinkel eine flinke Bewegung, rasch wie ein Lidschlag, vermutlich Eidechsen, oder auch etwas ganz anderes. Die Sonne lag jetzt rechts von ihnen *(hatte sie nicht noch vor kurzem direkt über ihnen gestanden?)* und warf längere Schatten. Die hohen, schwindelerregenden Steinsäulen wirkten unnatürlich schmal aufgetürmt, wie unterschiedlich abgenutzte, übereinandergestapelte Kupferpfennige, und schienen in den Himmel zu emporzuragen.

Monument Valley, dachte sie. So ähnlich muß es dort aussehen.

»Ich habe diesen Ort schon gesehen.« Peter schien ihren Gedanken ein Echo zu geben. »In dem Buch über die sieben Weltwunder der Natur. Weißt du noch? Da lag er in Amerika.«

»Kann mich gut erinnern.« Patsy nickte. Es war nicht Monument Valley. Hier drängten sich die windgepeitschten Klippen und Felsketten gebückt aneinander, wie die Stämme kolossaler Bäume, und rieben die bröckelnden Schultern aneinander. Sie waren viel magerer als die gramzerfurchten Männer in den Badlands.

»Sind wir denn in Amerika?« fragte Peter.

»Glaub' ich nicht.«

»Schade«, fuhr er fort. »Wir könnten einen Ausflug nach Disneyland machen. Dad hat mir mal versprochen, daß wir eines Tages dorthin fahren. Aber jetzt geht er nicht mal mehr angeln.«

So unglaublich es war, trotz des nackten Psychoterrors, dem Patsy erst Minuten zuvor ausgesetzt war – sie mußte grinsen. Sie riskierte einen Seitenblick auf ihren Sohn und jauchzte beinahe vor Dankbarkeit, daß er sie mit einem Hauch kindlicher Normalität beglückte. Da hatten sie einen Alptraum durchquert und mit Müh und Not wieder herausgefunden, und alles, woran Peter dachte, war ein Besuch bei Mickymaus. Sie hätte ihn herzen und umarmen können, daß die Rippen krachten. Peter erwiderte ihren Blick verwundert und stirnrunzelnd, und fragte sich wohl, was seine Mutter zu lachen hatte.

»Glaub mir – ich flieg mit euch beiden nach Disneyland. Versprochen!«

»Großes Indianerehrenwort?«

»Mit Kreuz auf dem Herzen.« Sie bekreuzigte sich tatsächlich, und kaum hatte sie die kleine Geste über der Brust vollzogen, als sie von heiterer Leichtigkeit entflammt war, als wäre ihr ein Wunsch erfüllt worden.

»Und wir gehen angeln«, setzte sie hinzu. »Deine Angelrute liegt noch hinten drin. Unser nächstes Picknick wird ein Angelausflug!«

Sie erreichten die erste größere Bergkuppe, und in ihrem Schatten war die Wüstenhitze augenblicklich verflogen.

»Ich wette, dort gibt's Apachen«, bemerkte Peter. Patsy wunderte sich, was er bei seiner Jugend von der Welt alles wußte.

Die Straße führte erst nach Norden, dann wieder südwärts, im Zickzack um die Stapel herum. Manche der Steintürme neigten sich bedrohlich, andere verdunkelten den Himmel. Wind heulte durch die Spalten, merkwürdigerweise erheblich abgekühlt. Hier und da quälten sich Stachelgräser und Kakteen wie dornübersäte, arthritisch-knotige Riesenhände am Fuß der Felsen in die Luft. Im Gestein waren Höhlen, dunkle steinerne Augen, aus denen sich Patsy beobachtet fühlte, auch wenn ihre innere Stimme wie ein geistiges Radargerät meldete, daß die Späher, wer immer sie waren, zu weit weg waren, um ihr ein Leid anzutun. Ab und zu hörte sie einen unsichtbaren, vielleicht hoch oben fliegenden Raubvogel krächzen, dessen Schrei vom Fels zur Säule und zum Steinhaufen widerhallte, bis die gesamte Mondlandschaft unter der Kakophonie erzitterte.

Der Schatten wurde tiefer, aber nirgends richtig dunkel. Hin und wieder rollte ein Kiesel, vielleicht auch ein größerer Brocken von oben herab und brach eine kleine Lawine rötlichen Sandsteins los. Ein oder zwei einzelne Steine flogen von überhängenden Felsen und zerbröselten auf der Straße zu Staub, doch das Wagendach wurde nicht getroffen.

»Bin hungrig«, meldete sich Peter. »Mein Magen redet mit mir!«

»Was sagt er denn?« fragte Patsy und beugte sich vor, um auf die Straße achten und, soweit möglich, den Berggrat im Auge zu behalten, für den Fall der Fälle.

»Fütter mich, Peter«, intonierte er mit einer Stimme, die eine Oktav tiefer klang und ihr einen Vorgeschmack auf die Zeit gab, wenn ihr Sohn zum Mann herangereift war – seinem Onkel Carrick bemerkenswert ähnlich. »Gib mir zu essen – SOFORT!«

Kaum war es heraus, als sein Magen tatsächlich laut knurrte, was in seinem ungehemmten Gelächter unterging.

»Wir finden bestimmt bald eine Stelle. Aber hier im Schatten will ich nicht anhalten.«

»Immerhin besser als mitten im Sand. Das war gruselig. Gefiel mir gar nicht, wie der Sand aufwirbelte. Sah wie Gesichter aus, und als er ans Auto schlug, hörte es sich wie Flüstern an.«

»Und heiß war's.« Patsy wollte das Bild der tanzenden, formlosen Staubteufel lieber verdrängen.

»Bullenhitze«, nickte er. »Halten wir wirklich an und essen was?«

»Sobald wir einen guten Platz finden«, versprach sie.

Doch um aus dem Bergschatten herauszukommen, brauchte sie noch eine weitere Stunde, während der auf der kurvenreichen Strecke nichts Außergewöhnliches passierte. Irgendwann hörten die Steinhaufen so schnell auf, wie sie vorhin von der Wüste überrascht wurden. Von einer Minute zur anderen waren sie aus den Hohlwegen heraus und kamen ins Freie. Die Straße führte abwärts durch die Moräne, wo sich nur Dornbüsche ans Geröll klammerten. Während sie bergab fuhren, erblickten sie etwas Unerwartetes. Auf einer Felsplatte stand eine Bergziege, die sich nach dem vorüberfahrenden Wagen umdrehte; ein riesiges, fransiges Tier, dessen Bart bis zum Boden reichte. Die Hörner mächtig und gerillt, zwirbelten sich in Spiralen herunter bis zu den Augen und liefen messerspitz an den Wangen aus. Das Tier wandte sich zu ihnen um und schüttelte den Kopf. Etwas an dieser Kreatur flößte Patsy ein heimliches Grauen ein. Doch erst auf halber Strecke ins Tal wurde ihr bewußt, was sie nur aus den Augenwinkeln bemerkt hatte, und die plötzliche Erkenntnis ließ ihren Magen zu einem kleinen Ball schrumpfen.

Die Ziege auf dem Stein hatte sich auf dicken Läufen bewegt, aber nicht auf Hufen. Die bepelzten Vorderläufe endeten nicht in gespaltenen Hufen. Es waren breit auseinanderklaffende, menschliche Hände gewesen, die sich am Stein festhielten.

Doch als es ihr einfiel, waren sie bereits am Fuß des Berges, und die Nadel der Benzinanzeige fiel hinter die ›Halbvoll‹-Markierung. Das Geröll verebbte, und das Land wurde flacher, nur noch von kleineren Hügeln unterbrochen. Erst glaubte Patsy, sie kämen wieder in die Wüste, denn anfangs war keine Vegetation am Grünstreifen erkennbar. Zehn Kilometer weiter sah sie den ersten Wagen seit langem. Er stand in größerem Abstand von der Straße. Wären nicht die beiden Fahrspuren gewesen, die in die Erde am Rand gegraben waren, hätte sie ihn wohl erst im Rückspiegel entdeckt.

Der Wagen war von der Fahrbahn abgekommen. Kein PKW, wie sie beim Näherkommen feststellte; es sah eher nach einem Abschleppfuhrwerk aus. Ein schwerer, rostiger Haken, groß genug, um einen Killerwal ins Schlepp zu nehmen, baumelte hinten vom Flaschenzug, und das

Fuhrwerk war bis zu den Achsschenkeln im Boden versunken.

Eine flüchtige Bewegung erregte ihre Aufmerksamkeit, und erst glaubte sie, die Fahrertür habe sich geöffnet. Doch nur der Wind spielte im Blattwerk einer Pflanze, die dicht bei dem Gefährt wuchs und mit seiner Hilfe ans Licht kletterte. Die Sonne hatte den Zenit bereits überschritten und tauchte die Klimaschichten am Horizont in ein bizarres Spektrum grüner bis violetter Farbtöne. In diesem Licht sah sie, wie die smaragdgrüne Kriechpflanze mit der Kabine des halbversunkenen Abschleppwagens verflochten und verwoben war. Ihre Stiele waren fleischig und gewunden wie Schlangen und glänzten feucht. Ringsum war sonst keinerlei Fauna zu erkennen. Irgendwie mußte die Pflanze hier beim Fuhrwerk Nahrung gefunden haben. Sie mußte an Neunaugen mit saugenden Mündern denken, an Blutegel, die sich am menschlichen Lebenssaft sättigen, und wandte angewidert den Blick. Doch kurz zuvor sah sie erneut, wie sich etwas rührte. Plötzlich war sie nicht sicher, ob es *wirklich* nur der Wind war, der an einem Blatt zupfte, oder ob die Pflanze selbst wanderte. Mag sein, daß sie sich bewegt hatte. Mag sogar sein, daß sie die Position wechselte.

Aber Patsy wollte einfach nicht hinsehen.

Sie setzte den Weg stur geradeaus fort, erreichte die flache, fruchtbarere Ebene, wo sich grünes Dickicht zeigte und die Strecke wieder zweispurig wurde. Die Bergstraße war im Handumdrehen wieder zur Autobahn geworden, ehe sie sich's versah. Sie wollte möglichst weit von der Geröllhalde weg. Schließlich fand sie eine flache, unbewachsene Stelle, wo die Straße schnurgerade verlief, und hielt am Rand. Patsy weckte Judith, und sie holten den Campingherd heraus. Das Wasser im Kessel reichte noch für etwas Suppe und einen Teller Fertigkartoffeln, die mit ein bißchen Salz besser geschmeckt hätten. Judith aß langsam und saß da, mit schräggelegtem Kopf, als lauschte sie nach innen. Patsy wollte sie erst ansprechen, unterließ es aber. Ihre Tochter war noch immer krank, und etwas Fremdes an ihr ließ die Mutter zurückscheuen. Voller Sorge ließ sie das Kind nicht aus den Augen, während Peter sein Essen hineinschlang.

Anschließend fuhr Patsy weiter, allerdings nur eine halbe Stunde, bevor die Sonne hinter dem Horizont versank und die Nacht wie ein schweres Tuch über sie fiel.

17

Eine verstörend fleckiges Nordlicht, buntschillernd wie eine Entzündung, waberte in violett-orangefarbenen Schleiern über den östlichen Himmelsrand. Dies unwirkliche Licht hielt allerhöchstens fünf Minuten vor, dann erlosch es plötzlich, und die Welt war in Finsternis getaucht. Patsy schaltete die Scheinwerfer ein. In der Ferne strahlte das Viereck eines Schildes im Scheinwerferkegel auf, und bei Patsy keimte eine winzige Hoffnung auf. Wenige Sekunden später fuhr sie darauf zu und beugte sich über das Lenkrad, um zu lesen, was daraufstand. Doch es war nicht zu entziffern. Einige der Buchstaben fehlten, waren heruntergefallen, oder der Schildermaler hatte schlechte Arbeit geleistet. Die schwarzen Buchstaben, grell gegen den weißen Hintergrund abstechend, wirkten wie ein Kinderrätsel.

»*H* – soundso – *o* – *c* – *k*«, buchstabierte Peter. »Da steht Hock.«

Das Schild signalisierte eine Abzweigung irgendwo vorn, doch nirgends stand, wie weit es noch war.

»Soundso – soundso – *vices* ...«

»Vielleicht eine Werkstatt.«

»Könntest recht haben«, überlegte Patsy. Doch an den Lücken zwischen den Buchstaben war etwas, das ungute Erinnerungen weckte. Es wirkte irgendwie vertraut. Sie zermarterte sich das Hirn, doch im selben Moment sah sie, links hinter den flachen Hügeln, den Mond so rasch aufgehen, wie das Tageslicht geschwunden war. Wie Grünspan schimmerte es auf den Hügelkuppen, als die Mondscheibe über ihnen stand.

»Der Mond ist ja ganz grün«, sage Peter staunend.

»Besteht wohl aus grünem Käse.«

Die Straße beschrieb jetzt eine breite Kurve, schwang sich nach Osten, den Hügeln entgegen. Blaßgrünes Licht ließ ihre Konturen schimmelpilzfarben aufstrahlen, von innen her leuchten wie radioaktiven Müll, während der Mond fast sichtbar kletterte.

Patsy hielt direkt auf den Mondaufgang zu. Im Rückspiegel blitzte noch einmal die kränkelnde Abendröte auf, als wäre die Sonne auf dem Weg um den Globus explodiert. Sie blinzelte kurz, dann richtete sie den Blick nach vorn, wo der Mond die Hügel beleuchtete. Er war so fleckig wie die Sonne, doch fiebrig phosphoreszierend, und das schimmlige Grün changierte in glühendes Orangerot. Obwohl er schon weit über Dreiviertel voll war, zeigte er noch keine vollkommene Rundung, sondern war vielmehr leicht abgeflacht. Auf den ersten Blick unterschied sich das Muster der Krater und Meere auf der geschwollenen Oberfläche nicht von dem pockennarbigen Mondgesicht ihrer Kindheit. Sie blinzelte, dann fuhr sie plötzlich auf und sah genauer hin.

Das Mondgesicht wirkte völlig verändert. Es drückte nicht die vage Schwermut aus, die selbstzufriedene Behaglichkeit, die sie von früher kannte.

Der Mond starrte feindselig herab. Anders konnte sie es nicht nennen.

Was da vor schwärzlich-bleiernem Hintergrund emporstieg, mit wahnverzerrtem Antlitz, war die längliche Karikatur eines Mondes, und Patsy klammerte sich in ihrer Angst fester ans Lenkrad. Irgendwie war dies grauenvoller als der Hauch des Irrealen, der sie streifte, als sie die Ziege mit vier bepelzten Händen wahrgenommen hatte. Das konnte eine Mutation sein, dachte sie, irgendein Hexenwerk, ein über die Ziege verhängter magischer Fluch, ihr Dasein an diesem gottvergessenen Ort zu fristen. Doch dieser Mond war ein glotzender Kretin, ohne Verstand und unfaßbar böswillig. Als habe er sich angesteckt, reflektierte das bittere Licht der Sonne und ergoß es als giftigen Auswurf über den Hügelkamm.

Der Irrsinnsmond kletterte höher. Das blöde Starren war kein Hirngespinst; welche Kräfte diese narbige, vielgefurchte Oberfläche auch heimgesucht hatten, sie hatten ein monströses Werk der Zerstörung hinterlassen. Zwei Augen glotzten ihr schlafwandlerisch unter gesträubten Brauen entgegen; der zerschmetterte Kopf war zur Seite gekippt, als wäre er bei einem kosmischen Zusammenprall eingedellt und geschmolzen. Der faltige Mund schien zu wildem Knurren gebleckt, und in einer Ecke troff ein Schatten herab wie Speichel.

Nur eine Sinnestäuschung, beharrte ihre Vernunft, von instinktiver, abgründiger Furcht gepeinigt.

Ein Country-Schlager kam ihr in den Sinn, der seltsame Assoziationen weckte: nickte. Tatsächlich, hier war ein böser Mond aufgegangen, und Unheil stand ihr auf diesem Weg bevor. Das abergläubische Prickeln der Vorahnung rieselte ihr über den Rücken.

Unheil auf dem Weg, Patssseeee. Auf dem *ganzen* Weg.

Don't go out tonight, geh jetzt besser nicht nach draußen, klang ihr das Lied wieder und wieder in den Ohren, als sie die Augen niederschlug. *You're bound to lose your life.* Als sie noch jung war, lag die Kassette oft im Recorder, und jedesmal hatte sie bei diesem Lied eine Gänsehaut bekommen, wenn es ihr einfiel. Immer wieder spulte sie zurück, wenn es paßte oder auf schreckliche Weise *nicht* paßte. Das giftige Leuchten überflutete die kleineren Hügel, kroch in die Höhlen, tastete mit schleimigen Fingern in ihre Tiefen.

Sie war heute draußen. Mit den Kindern unterwegs, wo das Unheil lauerte. Auf der Autobahn.

»Irgendwie anders«, stellte Peter fest.

Der Mond schwamm höher, schien sich über die Dunkelheit zu erheben, und ob es nun Eis- oder Salzkristalle waren, seine Krater blinkten rötlich auf, blutige Flecken, die zum Grün der Verwesung in seinem Gesicht kontrastierten. Die Schatten verliefen sich an seinem Mund, und sie glaubte, spitz zulaufende Eckzähne zu sehen.

Berge, korrigierte sich Patsy. Es mußte Berge dort geben.

Doch jetzt wirkten sie wie die Fänge eines Nagetiers, sägeförmig eingekerbt zum Wühlen und Reißen. Solch ein Mund konnte den Wagen verschlingen wie nichts. Einen Happen abbeißen von der Welt und sie aufbrechen wie eine Schalenfrucht. Sie schüttelte den Kopf, verwarf den Gedanken. Das war nur Hexerei. Eine Hypnose, die sie den Mond als greuliches Monstrum im Tintenfaß des Himmels schwimmen sah.

Es ist der Mond, beschwor sie sich, während eine winzige Stimme in ihrem Herzen bänglich aufheulte, das fiebrige Wimmern ihrer Tochter imitierend.

»Mag den Mond nicht«, erklärte Judith plötzlich von hinten. »Vollmond für Erebus.« Ihre Stimme war gläsern und scharf geworden. »Sohn des Chaos, Bruder der Nacht.«

»Schluß damit!« schimpfte Patsy. Das klang ganz wie die Litanei von gestern, als Kerron Vaunche im Radio sprach. Judith verstummte. Patsy blickte zum Himmel empor, wo der Mond immer höher stieg. Er war nicht voll, und etwas beschäftigte sie, ließ ihr keine Ruhe mehr.

Crandall Gilfeather hatte davon gesprochen, wie wichtig der Mond sei.

Sie glaubt es, hatte er gemeint. *Das ist das einzige, was zählt.*

Damals hatte Patsy ihm nicht glauben wollen, aber sie wußte jetzt, wie recht er hatte. Sie hatte Kerron Vaunche im Radio gehört, im Wechsel mit Judith die exotischen Namen aufzählend. Was immer von den Zauberkräften der Hexe zu halten war, hier schienen sie zu funktionieren.

Der Vollmond war die Zeit, wenn alles an Ort und Stelle rückt. Von einer großen Konjunktion hatte der alte Mann gesprochen. Die fünf Toten Tage, und in der Mitte der eine, der Namenlose Tag.

Wann sollte das sein? Hatten sie es ihr gesagt? Sie sah auf die Armbanduhr, bevor ihr einfiel, daß es keinen Zweck hatte. Die Zeiger waren jetzt alle drei auf Mitternacht fixiert, nur das Datum in der kleinen Glasblase neben der Viertelstunde zählte rückwärts, zwei Tage mit jeder Sekunde. Wieder Magie, wieder Hexerei, vermutete Patsy. Entweder das, oder die Zeit hatte keine Macht über die Straße.

Am 16. Dezember waren sie nach Broadford House aufgebrochen. Das gab ihnen fünf Tage Zeit, und Patsy hatte alles bestens vorbereitet: eine Zuflucht für sich und die Kinder bis nach Neujahr, wenn der Tag, den Crandall Gilfeather meinte, lange vorüber war. Nicht einmal Carrick wußte, wo sie sich verstecken wollte. Patsy fing zu rechnen an, überlegte, wie lange genau das her war, doch es fiel ihr nicht leicht. So viel war geschehen seit der Flucht aus dem Wirrwarr in dem alten Haus, daß es ihr nicht wie Tage, eher wie Wochen vorkam. Auf dieser Straße fuhren sie jetzt zwei volle Tage. Es war ihre dritte Nacht, und der Mond beinahe voll.

Ihnen blieben noch weitere zwei Tage bis zur Wintersonnenwende, bis der Mond voll war.

Dann, hatte Gilfeather gesagt, *soll die* Cailleach *ihr Opfer dem* Fasgadh *darbringen, dem Wächter aller Wege. Und in diesem Moment droht Ihrem Sohn und Ihrer Tochter größte Gefahr.*

Sie erinnerte sich ihrer Frage, und was er geantwortet hatte. *Um ihre Schönheit zu wahren, ihre Jugend zu erhalten und ihre enorme Macht, muß die Carlin-Frau mit dem Herrn des Todes verkehren, dem Fürsten der Finsternis, und er wird seinen Preis fordern ... die Seele der Unschuld, den Samen des Lebens. Darum dreht sich hier alles, und hier werden die Dinge kompliziert. Die* Cailleach *wird sich des Fleisches bedienen, das ihr beiwohnt. Es ist von allen, die wir kennen, der machtvollste, der schrecklichste Ritus.*

Zwei Tage noch, und Patsy wußte, daß sie hinter ihr her waren. Im Angesicht des glotzenden Monds war das Gefühl der Bedrohung noch überwältigender. Instinktiv blickte sie wieder in den Spiegel, suchte die Straße ab. Sekundenlang glaubte sie, eine Bewegung zu sehen, und hielt das

Steuerrad fester. Aber es konnte auch ein Mondstrahl gewesen sein.

»Wie ein großer Halloween-Kuchen«, neckte Peter seine Schwester, die still geworden war. »Mußt ihm die Zunge herausstrecken!«

Er verstellte kehlig-heiser die stimme. »Ist er nicht häßlich?« Dann beugte Peter sich vor und tippte Patsy auf die Schulter. »Sieht so der Mond in Amerika aus, oder ist der wie unserer?«

»Da wird derselbe wie bei uns scheinen«, erwiderte sie. »Wir werden es sehen, wenn wir da sind.«

»Ich denke, wir sind schon da? Wird alles mit Computergraphik gemacht, glaube ich. Wie in *Terminator*.«

Sie wünschte, es wäre so. Aber sie wußte, daß dies kein Film war. *Fahr weiter*, kommandierte Patsy sich selbst. Sie wandte den Blick von dem greulichen Anblick und von der rötlichen Lava am Kamm der gezackten *(Zähne?)* Berge. Das ekelhafte Licht überspülte die Heide, rann in Kanäle und Gullys, flutete ihr entgegen, und plötzlich war ihr klar, daß sie sich diesem Mond nicht länger aussetzten wollte. Es war, als verstärke das Licht noch den Eindruck der Kontamination im beulenzerfurchten Mondgesicht. Auf einmal wußte sie, daß dieses Licht sie infizieren würde, wenn es den Wagen erreichte. Die Sonne war schon schlimm genug, mit dem geschwürartigen Krebs im Gesicht, doch der Mond war anders – lebendiger verseucht.

Sie klappte die Sichtblende herunter, verhüllte das Gesicht und gab Vollgas. Irgendwo mußte es doch etwas geben, wo sie sich unterstellen konnten. Eine Brücke, dachte sie, notfalls eine Unterführung. Die Scheinwerfer stellte sie auf Fernlicht. Sie stachen ins Dunkel, zwei helle Kegel, in denen das Kondenswasser der abgekühlten Straße glitzerte. Die Tachonadel wanderte auf hundertfünfzig, und der Mond stieg höher. Die Vorhut seiner Strahlen näherte sich unaufhaltsam, wallte über die Hügel, überschwemmte Erdlöcher und Abzugsgräben. Die Räder donnerten auf der Straße, und sie hielt den Atem an.

Es gab nichts zum Unterstellen. Sie waren auf freier Strecke, und der Wagen schoß der giftigen Flut entgegen. Ein Stöhnen wollte sich ihrer Brust entringen, doch sie bekam noch immer keine Luft. Hinterher hustete Judith heftig und feucht, ein Sprühnebel traf sie an der Wange.

Sie rasten weiter, die helle Linie wanderte ihnen entgegen. Der Motor heulte auf, die Räder summten. Patsy keuchte vor Anstrengung. Sie waren hinter ihr her. Es kam auf sie zu. Die Lichtgrenze war nur noch wenige hundert Meter entfernt, ließ den Mittelstreifen aufflackern, tunkte alles in kränkliches Grün, bereit, den Wagen zu verschlingen.

Es starb mit einem Mal, und alles wurde tiefschwarz.

Als hätte jemand einen Vorhang über den Nachthimmel gezogen. Die kontaminierte helle Fläche war nicht mehr vorhanden. Eine schwarze Wolke zog auf und hatte den Mond getilgt. Die Scheinwerfer schnitten eine Bahn ins Dunkel, spiegelten sich im Mittelstreifen, in den Reflektoren auf den Pollern und den Katzenaugen am Randstreifen.

Aufgestaute Luft entfuhr Patsy mit einem gewaltigen Seufzer.

»Der Mond ist weg«, stellte Peter verwundert fest. »Zieht wieder ein Sturm auf?«

Eine Zeitlang konnte sie ihm nicht antworten. Sie zitterte noch immer vor Aufregung und bekam die Hände nicht mehr vom Lenkrad, so fest hatten sie sich verkrampft. Ihre Bauchmuskeln schienen zu Knoten verdreht, und hinter dieser Spannung fühlte sie einen Druck, der ihre nächste, schmerzhafte Periode ankündigte.

»Weiß nicht. Hab nicht das Gefühl«, brachte sie schließlich heraus.

»Häßlicher Mond«, kommentierte Peter. »Wie alles in dieser Gegend.«

»Das steht fest.« Sie sah sein Spiegelbild und er blickte vollkommen arglos zurück. Je länger sie unterwegs waren, desto ruhiger schien Peter zu werden, als wäre er mehr als alle anderen fähig, die bizarren übersinnlichen Erlebnisse der letzten Tage zu verarbeiten und hinzunehmen. Sein Durchhaltevermögen war erstaunlich.

»Fahren wir die ganze Nacht durch?«

»Ich will es nicht hoffen. Das Benzin würde nicht reichen.«

»Eine Tankstelle hab ich nirgends gesehen. Vielleicht kommt bald eine Reparaturwerkstatt.«

»Drück uns den Daumen«, riet Patsy. »Ein bißchen Glück könnten wir brauchen.«

»Dann drücke ich auch die Zehen.«

Patsy wollte laut auflachen, verkniff es sich aber, weil sie nicht wußte, wie der Lacher herauskam. Es konnte schrill anfangen und in einem Schrei enden, und wenn sie einmal anfing, würde sie womöglich nicht wieder aufhören ...

Sie drosselte das Tempo, blickte in den Rückspiegel und erstarrte. Hinter ihr bohrten sich zwei Scheinwerfer ins Dunkel.

Sie waren weit genug weg, um nur als nadelkopfgroße Lichtpunkte erkennbar zu sein, und für Sekunden glaubte Patsy, es wären Glühwürmchen. Sie glitten weg und kehrten heller wieder, als käme das Fahrzeug gerade über einen

Buckel in der Straße. Der erste fahrende PKW – wenn es ein PKW war –, den sie fahren sah, seit der riesige Lastzug sie von der Straße fegen wollte.

Sie beugte sich vor und spähte in den Seitenspiegel. Die Lichter erschienen jetzt größer, vielleicht auch ein bißchen heller. Gelblich getönt waren sie wie die Scheinwerfer mancher französischen Wagen. Eine erneute Vorahnung durchschauerte sie. Alles, was sie sah, waren diese zwei hellen Punkte in der Nacht, die sie trotz der Distanz blendeten. Sie kniff schützend die Augen zusammen und versuchte, die Entfernung abzuschätzen.

Anderthalb Kilometer, vielleicht zwei.

Wer war auf dieser Straße nächtens unterwegs? Irgendein verirrter Fremder? Oder eine andere Familie, nach einem Ausweg von der verwünschten Autobahn suchend? Womöglich, versuchte sie sich einzureden, eine Frau, verletzlich, allein und in Not?

Kann sein, kann nicht sein, zweifelte ihre innere Stimme. *Kann sehr gut sein, Patsy-Mädchen, aber ist es wahrscheinlich? Willst du das Risiko eingehen? Die Kinder aufs Spiel setzen?*

Die Lichtstrahlen waren jetzt heller. Der Wagen, mit großer Geschwindigkeit unterwegs, holte auf. Ihr Herz tat einen kleinen Sprung und hämmerte schneller. Wenn es eine Frau war, würde sie Patsys Rücklichter sehen; eine gescheite Frau würde vorsichtig sein, sich fragen, was von dem anderen Reisenden zu halten war, weil sie Angst haben würde nachts auf der Autobahn. Sie würde sich das an ihrer Stelle auch fragen. Konnte sie mit Hilfe rechnen, oder wurde es gefährlich? Wenn sie geistig normal war, versteht sich.

Hätte Patsy die Rücklichter vor sich gesehen, dann wäre

sie langsamer gefahren, soviel war klar. Selbst wenn sie Crandall Gilfeather nie kennengelernt, nie vom Namenlosen Tag und von den Greueln gehört hätte, die das Zigeunerweib den Kindern antun wollte. Das Vorderlicht wurde größer. Der Wagen mußte sehr schnell fahren, ihr nachjagen.

Los, bellte ihre innere Stimme. Wieder hüpfte ihr Herz, dreimal in dichter Folge. Der Fuß senkte sich auf das Pedal; der Wagen schoß davon und röhrte um die Kurve. Die Scheinwerfer warfen einen Schatten auf die Sichtblende – ihren eigenen.

»Hinter uns ist ein Wagen«, teilte Peter mit.

»Ich weiß. Hab ihn schon gesehen«, gab sie zurück. »Setz dich und schließ den Gurt!«

Unvermittelt spotzte es im Radio. Es knackte, knisterte elektrostatisch, dann brüllte eine Stimme, widerhallend wie ein Echo, diesen alten Jeff-Beck-Song.

»*... Überall und nirgends, Baby ... Everywhere and nowhere ... that's where you're at!*«

Gitarren jaulten mißtönend auf und verebbten. All das passierte in den ersten zwei Sekunden. Als die Musik einsetzte, hatte sich Patsy beinahe an der Wagendecke den Kopf aufgestoßen, so rasch fuhr sie hoch. Judith gab ein langgezogenes Geheul von sich. Die Gitarrenmusik wurde abgestellt.

Anker der Schatten, zischte es, Kerron Vaunches Stimme ähnlich, aber jetzt ein viel älteres, trockenes Krächzen.

»Fordere das Deine«, respondierte Judith automatisch.

»Hör auf damit, Judith!« schimpfte Peter. »Rede nicht mit ihr!«

Patsy tastete nach dem Knopf. Kaum hatten ihre Finger den Regler berührt, als ein elektrischer Funke sie traf und die Fingerkuppen lähmte. Die Radioskala wurde dunkel. Judith räusperte sich vernehmlich. Eiseskälte schlug bis in Patsys Handgelenk durch, ehe die Wirkung des Stromschlags nachließ.

Peters Gestalt war nur noch eine Silhouette im Blendlicht. Er duckte sich, und sie hörte, wie der Sicherheitsgurt klickte, erst Judiths, dann seiner. Der Drehzahlmesser glitt nach oben, als sie hinter der Kurve bis zum Äußersten beschleunigte. Die Kilometeranzeige zählte rückwärts von drei, auf zwei, auf eins. Hinter ihr verschwanden die Scheinwerfer, abgeschnitten von der Kurve. Genau in diesem Moment gabelte sich eine Ausfahrt von der Hauptstraße ab, und ohne nachzudenken, riß Patsy das Steuer herum, und sie flitzten den Abhang hoch. Die Scheinwerfer warfen einen orangefarbenen Schein auf die Böschung, doch der Wagen selbst hatte die Kurve noch nicht genommen und blieb unsichtbar. Spontan löschte Patsy die eigenen Lichter, ringsum wurde alles schwarz, aber sie hatte den Abhang erreicht. Die Fliehkraft des Wagens trug sie über den Scheitelpunkt und auf der anderen Seite hinunter. Man sah nicht die Hand vor Augen. Jenseits des Hügels schaltete Patsy die Scheinwerfer wieder an. Eine Leitplanke tauchte frontal vor ihnen auf, sie riß das Steuer herum und wich mit knapper Not aus. Jetzt beschrieb die Straße eine enge Kurve, verschwand in einer Unterführung zwischen soliden Betonpfeilern, und tauchte wieder auf.

In ein, zwei Kilometern lockten die Lichter einer Raststätte. Hinter sich hörte sie ein schwaches Rumpeln wie von rasendem Verkehr. Sie hielt den Atem an, lauschte auf die Gangschaltung. Der Motorenlärm wurde lauter, und für einen Augenblick glaubte sie, die Verfolger seien ihr auf die Ausfahrt gefolgt. Schon prickelte eine Gänsehaut zwischen ihren Schultern. Jede Sekunde konnten die Scheinwerfer wieder auftauchen, sie im Rückspiegel blendend. Unwillkürlich griff sie fester ans Steuer und konnte kaum glauben, daß der Lärm den höchsten Pegel erreichte und wieder leiser wurde.

Die Zigeunerin und ihre Helfershelfer *(wer sollte es denn sonst sein?)* waren auf der Hauptstraße weitergefahren. Das Vibrieren ließ nach und verebbte schließlich ganz. Patsy lenkte den Wagen abwärts, konzentrierte sich wieder auf das Fahren. Die Lichtfinger ihrer eigenen Scheinwerfer tasteten über den Grünstreifen, als der Wagen die Kurve nahm, beleuchteten jenseits der Leitplanke Stechginster und eine Erle, dahinter ein paar magere Birken am Feldrand.

Dann tauchte der eingesunkene Turm der ehemaligen Kirche auf.

Patsy blieb der Mund offenstehen. Sie waren schon wieder im Kreis gefahren.

Im Lichtkegel war die verfallene Kirche genau zu erkennen, mit Spalten und Rissen in den Wänden und ihrem krummen Glockenturm, der jetzt den lotrechten Winkel so weit überschritten hatte, daß es ein Wunder war, daß er das eingesackte Kirchenschiff noch nicht unter sich begraben hatte.

Kein Wunder! widersprach ihre innere Stimme. Wunder waren Heiligen und Engeln vorbehalten. An dieser Kirche war nichts mehr heilig. Welche Macht auch den Turm daran hindern mochte, in die gähnende Höhlung des Dachs zu stürzen, sie war alles andere als wunderbar.

Als der Doppelstrahl das bröckelnde Mauerwerk traf, sah sie nur ganz flüchtig die gezwirbelten Lianen des Efeus, der inzwischen den gesamten Turm und einen Großteil des

Dachs überwuchert hatte, und der sich anschickte, das ganze Gebäude in seinen Klammergriff zu nehmen. In diesem kurzen Augenblick lugte sie auch in eins der gotischen Bogenfenster. Das flackernde Licht war heller, kräftiger geworden, als wäre das, was dort hauste, mächtiger denn je. Es flammte plötzlich auf, rötliche Funken tanzten gen Himmel. Es war, als schiene das Licht dort drinnen durch blutüberströmtes Glas.

Jetzt tasteten die Scheinwerfer jenseits der Kirche. Noch immer nahm Patsy den rötlichen Schimmer aus den Augenwinkeln wahr, wollte aber nicht hinsehen. Ihre Lichter erfaßten den alten Friedhof, beleuchteten die moosbedeckten, zertrümmerten Steine und das öde Feld.

Die Vogelscheuche stand wie geblendet von ihr, warf ihr den einen Arm entgegen, ein Stöckelbein im Ausschreiten erstarrt. Jetzt stand sie nur noch zehn Meter weit vom Straßenrand. Das Halogenlicht zeichnete ihr Gesicht in allen häßlichen Details. Patsy klappte luftschnappend den Mund zu.

Es war das Gesicht des verrückten Monds.

Die Augenhöhlen glommen wutentbrannt zurück, und in ihren Tiefen lag ein giftiger Schimmer. Das Mund war spastisch verzerrt und zeigte zwei gezackte Zahnreihen. Der Kopf dieser Vogelscheuche war kein anderer als der, den sie vorhin vom Himmel glotzen sah, und der das Land mit seiner Pestilenz übergoß.

Die Lichter glitten darüber hinweg, und in diesem Bruchteil einer Sekunde glaubte sie zu sehen, wie ein Kiefer sich öffnete, ein aus Runkelrüben oder Kürbis geschnitzter Kiefer, mehr war nicht zu erkennen. Gedankenlos tastete sie nach der Armatur und machte das Licht aus. Vorübergehend war alles so finster wie vorhin, und ihr war, als triebe sie durch die Unendlichkeit, doch das ekelhafte Licht aus der Kirche war grell genug, um ihren Weg zu beleuchten. Daß es keine Schnapsidee war, in dieser Kurve auf der nächtlichen Straße die Lichter auszuschalten, wußte sie. Unter anderen Umständen wäre es kompletter Wahnsinn gewesen, sich und die Kinder so zu gefährden. Doch wären die Lichter angeblieben, dann hätte das krankhafte Glotzen sie hypnotisiert, aufgespießt wie eine Harpune, über die Leitplanke und auf den Acker gelockt, um für immer dort zu bleiben. Das rote Glühen hinter ihr warf den Schatten ihres Wagens auf die Straße, langgestreckt vor ihr, dann auf die Wand der Unterführung. Irgendwo zu ihrer Linken, wo die alte Eiche stand, hörte sie das Krächzen der Aasvögel. Sie zankten und kämpften, aber um was? Waren andere Verkehrsteilnehmer dem verrückten Starren der Vogelscheuche erlegen und in den Steinacker gerast? Sie ignorierte den Lärm, erreichte die Unterführung und kam auf der anderen Seite wieder heraus.

Die Lichter der Raststätte waren verschwunden. Als hätte sie den kurzen Tunnel durchquert, um ganz woanders wieder aufzutauchen. Über ihnen teilten sich die Wolken gerade lange genug, um einen blassen Streifen Mondlicht durchzulassen, dann schloß sich der schwere Vorhang wieder. Alles wurde tiefschwarz.

Patsy schaltete das Licht wieder an. Die Scheinwerfer zeigten eine lange, schnurgerade Straße mit blinkenden Katzenaugen am durchbrochenen Mittelstreifen. Die unheilige Kirche und das blutige Flackern hinter ihren Fenstern mußte weit hinter ihnen liegen, die Vogelscheuche, die jedesmal ein Stück näherkam, wenn sie das Feld passierte, auch. Was auch immer ihr beigestanden hatte auf dieser höllischen Wegstrecke, sie konnte ein Gefühl der Dankbarkeit nicht unterdrücken. Sie seufzte tief auf.

Und dann *bewegten* sich die Katzenaugen.

Alles ging so schnell, daß sie es im ersten Moment gar nicht begriffen hatte. Mitten auf der Fahrspur glänzte etwas, als wäre ihr einer der Doppelreflektoren vor den Wagen gerollt. Sie folgte der Bewegung. Tatsächlich, eine der Katzenaugen war wohl aus der Fassung gerutscht und lag neben dem Mittelstreifen. Schon wandte sie sich ab, als die beiden Lichtpunkte aufzuckten, zur Mitte zurückkehrten und darüber hinaus.

»Was zum ...«, stieß sie hervor.

Die beweglichen Glanzlichter erloschen, kehrten wieder, dann wechselten sie von Weiß zu glühendem Orange.

Jenseits davon flackerte das nächste Augenpaar, wurde dunkel und flitzte dann fast bis zum Straßenrand. Unter den Reflektoren ließen ihre eigenen Scheinwerfer eine undeutliche Bewegung erkennbar werden. Sie nahm den Fuß vom Gas und verlangsamte die Fahrt. Das erste mobile Katzenauge flackerte vorüber. Etwas schlug metallisch gegen das Hinterrad. Patsy war zunächst mehr verwirrt als verängstigt. Daß Katzenaugen aus der Fassung springen und gelegentlich unter dem Druck von schweren Reifen zerbarsten, hatte sie schon erlebt. Anfangs hatte sie geglaubt, hier hätten sich gleich mehrere selbständig gemacht, die von vorüberfahrenden Wagen an den Rand geschleudert wurden.

»Was war das?« wollte Peter wissen. »Haben wir etwas plattgefahren?«

»Nur ein Katzenauge«, erklärte sie. Neugierig reckte er den Hals. Patsy starrte noch immer nach vorn, auf den Mittelstreifen. Die Doppelreflektoren, die im Strahl ihres Fernlichts wie Tieraugen wirkten, erstreckten sich längs der Straße bis in die Ferne, wo der Lichtkegel sie nicht mehr erfaßte. Außer dem einen, der aus der Reihe tanzte, waren sie alle exakt an der Spurbegrenzung aufgereiht, der weißen Streifenmarkierung folgend. Und jetzt wechselten sie alle auf einmal die Farbe, erst weißglühend, dann orangefarben. Für den Bruchteil einer Sekunde verengte sich die Spur, die beiden Reihen schienen sich dem Fahrzeug zu nähern, dann wirbelten sie plötzlich in den unterschiedlichsten Konstellationen durcheinander.

In diesem Moment war Patsy vollkommen desorientiert. Sie hatte sich bisher an den Katzenaugen ausgerichtet, und jetzt war ihr, als stürze der Wagen in einen tanzenden Sternnebel. Ihre Hände klebten am Lenkrad und steuerten mitten in den Lichterreigen hinein. Was sollte sie auch tun? Die ganze Straße war lebendig geworden, die Fahrbahn hob und senkte sich scheinbar. Weiße Gestalten flackerten und taumelten unter den orangefarbenen Augen, blasse Konturen, die kaum sichtbar waren im Zwielicht. Es knirschte vernehmlich unter den Reifen, und markerschütterndes Kreischen ließ die Karosserie erzittern. Wieder schlug etwas klappernd gegen das Heck. Mit dem Geräusch abbrechender Griffel auf der Schiefertafel kratzte etwas an der Beifahrertür.

»Was ist los?« fragte Peter. »Was bedeuten all diese Lichter?«

Patsy wußte keine Antwort. Sie mußte nach vorn schauen und versuchen, das Gewimmel auf der Fahrbahn möglichst zu ignorieren. Ihre Augen hefteten sich auf die gemalte weiße Markierung.

»Schau dir das an«, trompetete Peter und deutete auf das Phänomen da draußen. »Sieht aus wie die Krabben auf der Weihnachtsinsel!«

Eine der Gestalten wurde von der Straße direkt auf den

Kühler geschleudert, und Patsy drehte es den Magen herum. Sie rang nach Luft, um den Brechreiz zu überwinden. Nur einen flüchtigen Blick hatte sie auf das Wesen geworfen, aber das Fernlicht offenbarte es mit aller Deutlichkeit, und dieser Blick genügte ihr.

Was immer die Katzenaugen vorher waren, jetzt hatten sie sich in geisterhaft glotzende Spinnen verwandelt. Das Geschöpf, das sie gesehen hatte, drehte sich erst um sich selbst, kam vom Mittelstreifen ab und kollidierte frontal mit dem Wagen. Die Augen, auf gleicher Höhe wie der blasse Leib, trübten sich ein und glühten gelblich auf. Der weiße Buckel, der vorher aus der Fahrbahndecke ragte, war ein Chitinpanzer, unter dem die Augen hervorlugten. Es bewegte sich auf einem Knäuel krabbliger und vielgliedriger Beinchen, und darüber wedelten zwei Anhängsel, fingerdick und merkwürdig geformt, in der Luft.

»Die hab ich schon in *Naturewatch* gesehen«, erklärte Peter eifrig und fiebernd vor Staunen. Er schien nicht das geringste zu befürchten. »Es sind Landkrebse. Millionen von denen. Sie leben in Erdlöchern.«

Patsy bekam kaum mit, was er sagte. Vor ihr war aus der Fahrbahn eine zuckende Masse wirbelnder, wimmelnder Spinnenwesen geworden, die das Fahrzeug, das sich seinen Weg hindurchbahnte, böse anfunkelten.

Wie eine schwarze Woge schwappte das namenlose, unfaßbare Grauen über ihr zusammen.

»Jesus Christus«, stöhnte sie, ohne zu merken, daß sie laut gesprochen hatte.

Eines der krabbelnden Biester hüpfte mit atemberaubender Geschwindigkeit vor ihr auf, rammte die Windschutzscheibe und rutschte mit hilflos zuckenden Beinchen von der Motorhaube ab. Ein anderes kam von der Seite und wurde nach oben weggeschleudert. Im toten Winkel konnte sie es nur als blassen Blitz erkennen. Es schlug am Kotflügel auf, ein weißes, längliches Wesen gegen den Kühlergrill, heftig genug, um den Wagen erzittern zu lassen. Die Beinchen tasteten nach einem Halt, und jetzt sah sie, daß die kreiselnden Fühler vorn nicht das waren, was sie dachte; es war vielmehr ein langer, gegliederter Arm, der in einer gezackten Krebsschere endete. Unter der abgeflachten Schale lag ein fetter, pulsierender Sack, der ebensogut einer Spinne als einem Krebs gehören konnte. Die zweite Schere schlug auf die Karosserie, nach einem Halt suchend.

»Bitte, nein!« heulte Patsy auf. Das Ding drehte sich um. Runde, nah beieinanderstehende Augen unter dem dikken, gerillten Chitinhelm musterten sie argwöhnisch. Keine Intelligenz war zu spüren, nur nagender, sinnloser Hunger. Eins der Vorderräder stieß gegen ein Hindernis, das den Wagen erschütterte. Das Ding auf der Motorhaube purzelte hinunter; die Beine noch immer hilflos in der Luft tapsend.

»Spinnen!« Judith kreischte so schrill und kristallisch, daß es von den Fensterscheiben widerhallte.

Patsy zuckte zusammen, und der Wagen machte einen Ruck nach vorn. Ein paar orangefarbener Augen glotzten Judith an. Auf beiden Seiten kratzten dünne Beinscheren oder Klauen am Heckfenster, bohrten sich in die Gummidichtung. Unter den Augen gähnte eine dunkle Höhlung.

Der Ruck schleuderte Judith weg von dem Wesen. Sie stürzte rücklings ihrem Bruder auf den Schoß, noch immer schreiend und von Spinnen faselnd.

»Herr im Himmel!« bellte Patsy wieder. Trotz des Geschreis auf dem Rücksitz hörte sie das Raspeln der Chitinbeine, die bedrohlich über das Heck tasteten. Die Reifen quietschten, als der Wagen einen Schlenker seitwärts machte und sie gegen die Tür warf. Patsy steuerte gegen, und durch puren Zufall geriet der Wagen nicht ins Schleudern, sondern hielt wieder Spur. Aus den Augenwinkeln sah sie das weiße Krabbentier vom Fenster wegspringen. Ein anderes flog mit Wucht gegen die Scheibe, und sie hörte es splittern. In ihrer Angst, die Scheibe sei zertrümmert, überlegte sie, was zu tun sei, wenn die Tiere ins Wageninnere krochen. Doch das Glas hielt. Ein Stück gepanzertes Bein brach an und glitt über die Scheibe, während der Rest in den Mahlstrom unter ihren Reifen geriet. Gelber Schleim troff in dünnen Fäden, wurde vom Wind über die Scheibe verteilt, und ohne den geringsten Anhaltspunkt wußte sie, was erst später zur Gewißheit wurde – daß die Flüssigkeit, was immer sie enthielt, giftig war.

Patsy klappte den Mund auf und zu. Die Straße vor ihr war zum Leben erwacht. Es waren Tausende. Ihre geschwollenen gelben Augen blinkten auf der Fahrbahn. Mehr von ihnen arbeiteten sich aus Erdlöchern am Straßenrand hervor und hoben bedrohlich die Scheren, während sie hüpften und robbten, nicht mit der Seitwärtsbewegung der echten Krebse, doch mit der krabbelnden, hektischen Gangart von Wolfsspinnen. Die glühenden, blicklosen Augen hoch über dem geschwollenen Unterleib verstärkten diesen Eindruck noch.

»Spinnen!« kreischte Judith erneut. Ob Krebse oder Spinnen, ob Katzenaugen aus Plastik und Glas, die irgendeine hier wirksame Zauberei zum Leben erweckt hatte – es waren Tausende und Abertausende, soweit der Lichtkegel reichte, eine Heerschar gepanzerter Kreaturen, die sich auf den einzigen Wagen stürzten, der diesen Streckenabschnitt

entlangkam. Es war der Stoff, aus dem Patsys Alpträume waren, der sie in den Bann schlug und lähmte, daß ihr der Atem wegblieb. Ein merkwürdiges Summen, ein feuchtes Gurgeln im Ohr machte sich bemerkbar, als pochte ihr Blut unter Hochdruck ans Trommelfell. Judith kreischte hysterisch, Peter schnauzte sie an, selbst von der Panik seiner Schwester angesteckt, und Patsy saß reglos hinterm Steuer und durchpflügte dieses Gewimmel ekler Ungeheuer. Die Reifen zermalmten sie, schleuderten sie beiseite, und neue rückten nach, quollen über den Kühler, drohten mit den Scheren und hakten sich am Scheibenwischer fest. Ihre glasigen ausdruckslosen Augen waren nur Zentimeter vor ihr, der Halbkreis ihrer Münder ließ nadelspitze Zähne erkennen. Ihre Scheren klappten wie überlange Kneifzangen, so bedrohlich, als könnten sie sich durch pures Metall nagen. Die Mäuler klappten weiter auf und mahlten gleichmäßig mit den Zähnen, von denen es gelb herabtröpfelte.

Noch immer schnappte sie nach Luft. Das Mückensummen tief in ihren Ohren hörte nicht auf, und plötzlich spürte sie den Herzschlag wie ein Flattern hinter den Augen. Für Sekunden verschwamm alles; dann wurde der Blick wieder klar, und im selben Moment hingen drei dieser Bestien vom Dach herab. Peter brüllte mit überschnappender Stimme auf und schlug mit der flachen Hand gegen die Scheibe.

Das ihr nächstliegende Schalentier funkelte sie an und schien sie mit Blicken zu verschlingen. Sie konnte sich nicht abwenden, während die Klauen lockten und das Sabbermaul in gräßlicher Fraßgier aufklappte. Jetzt wurde ringsum alles schwarz. Der Wagen schlingerte, obwohl sie es nicht merkte, bis etwas wie ein Gewehrschuß gegen die Seite krachte. Das Vorderrad rammte so hart gegen ein Hindernis, daß das Vorderteil des Wagens sich hob. Ein schwarzer Schatten, dunkler noch als der Hintergrund am Straßenrand, flatterte heran und überschlug sich, bevor er die drei Krabbler vom Dach fegte. Eines quietschte heiser, und der Schrei erstarb, als es rücklings auf die Straße flog. Peter quäkte ängstlich, verbarg sich zwischen den Sitzen und hielt beide Arme schützend um Judith. Doch Patsy bemerkte nichts von alledem. Beim Aufprall, als die Krabbeltierchen vom Wagendach gefegt wurden, hatte sie plötzlich wieder Luft bekommen und im selben Moment bemerkt, daß sie auf den Standstreifen geraten war, ins Gebüsch ausscherte und nun drauf und dran war, durchs Unterholz zu preschen. Schatten flitzten vorüber, herabhängende Zweige wurden weggebrochen, ein knorriger Baumstumpf ragte direkt vor ihr auf und verschwand wieder aus dem Blickfeld, als sich der Wagen im Uhrzeigersinn drehte. Sie riß das Lenkrad herum und steuerte gegen, ohne die Kontrolle wiederzugewinnen. Mit einem Mal ragte vor ihnen eine Böschung auf. Die Vorderräder drehten durch; die Ölwanne schleifte über etwas Solides, doch nicht hart genug, um zu brechen. Unten von der Straße starrten dämonisch die Katzenaugen herauf. Jetzt hüpften die Räder über einen Graben und verhakten sich beim Aufprall. Einer der Vorderreifen platzte mit lautem Knall, bevor der Wagen auf weichem Grund landete, mit klirrendem Getöse herumschleuderte und völlig zum Stehen kam. Die Scheinwerfer zeigten in den schwarzen Nachthimmel. Der Motor stotterte und starb ab.

Patsys Herz hämmerte bis zum Hals, und ein Feuerstrom floß ihr den rechten Arm hinauf und hinunter. Für Augenblicke glaubte sie, einen Herzanfall zu erleiden, und wären Peter und Judith nicht hier gewesen, hätte sie womöglich erleichtert ihr Leben ausgehaucht.

Unten wälzten sich die Kinder am Boden, ein Durcheinander von Armen und Beinen.

»Laß nicht zu, daß sie mich kriegen!« gellte Judith wieder und wieder, so rasch und exaltiert, daß sie die Worte ineinander mengte. Peter schrie sie an und versuchte, sie zum Schweigen zu bringen.

Draußen schabte und kratzte etwas vor dem Wagen. Wieder schlug Patsy das Herz, als wollte es zerspringen, dreimal hintereinander, und das Schrillen ihres inneren Alarms spürte sie bis die Fingerkuppen. Ihr Kopf schmerzte zum Zerplatzen. Sie hatte einen Unfall gebaut und war mit dem Wagen am Straßenrand liegengeblieben.

Das Ausmaß des Schreckens überstieg fast ihr Begriffsvermögen. Da saßen sie am Straßenrand fest, während Tausende giftiger Krebsspinnen danach gierten, über sie herzufallen. Ein Bild tauchte vor ihr auf, das sich nicht abschütteln ließ. Schon sah sie, wie sich die blassen Krabbeltiere zusammenrotteten, die Böschung hinauf zum Wagen stürmten, überall ausschwärmend wie Kampfameisen in Spinnenform, mit messerscharfen Zangen ins Metall schneidend, den Wagen öffnend wie eine Büchse Tomaten, sich mit gierig gebleckten Giftzähnen hineinfräsend.

Das Bild quälte sie so, daß es nicht lähmend wirkte, sondern einen Adrenalinstoß durch ihren Körper jagte. Sie drückte den Knopf ihres Sicherheitsgurts, befreite sich aus der Fesselung und wandte sich im Sitz um, ihre Kinder ignorierend. Erst klopfte sie alle Fenster ab, ob keins zerbrochen war. Dann knipste sie die Notbeleuchtung an und sah, wie sie sich im Heckfenster spiegelte. Gleichzeitig betätigte sie die Zentralverriegelung, und alle vier Türknöpfe senkten sich gleichzeitig.

Für den Augenblick waren sie im Wagen am sichersten.

Sie kniete sich auf den Rücksitz und klappte die Hutablage zurück, bevor sie in den Kofferraum langte und den Picknickkorb öffnete. Drinnen fand sie den Camping-Gaskocher und holte ihn nach vorn. Falls eins von den Viechern in den Wagen eindringen sollte, würde sie ihn anzünden und alles abfackeln, was sich auch nur in die Nähe der Kinder wagte. Sie drückte den Zylinder des Autofeuerzeugs in die Armatur, der wenige Minuten später mit einem *Plopp* wieder herausflog. Ihn würde sie benutzen, um ihren Behelfs-Flammenwerfer zu entzünden.

Im Spalt vor dem Rücksitz hockte Judith und brabbelte zusammenhangloses Zeugs, und Peter tat sein Bestes, ihr zu helfen. Patsy hatte noch keine Zeit, ihre Kinder zu trösten. All ihre Energie verwandte sie auf das letzte Gefecht mit dem Alpdruck, der vor dem Wagen lauerte. Peter kam aus der Versenkung und hievte seine Schwester auf den Rücksitz zurück, bevor er sich an seine Mutter wandte.

»Wo sind sie?«

Patsy wollte antworten, doch die Worte blieben aus. Peter löste den Griff, mit dem er Judiths Taille umklammert hielt und kletterte seiner Mutter nach, um aus dem Fenster die Böschung hinunter zu spähen. Judiths Geplapper erstarb, und für einen Augenblick trat eine gespenstische Stille ein. Patsy hörte noch immer den Singsang des Blutdrucks in den Ohren und dachte vage daran, ob ihr ein Schlaganfall bevorstünde. Ihr Atem ging keuchend.

Peter preßte die Nase gegen die Scheibe. »Sie sind zu Hunderten«, bemerkte er. Patsy wollte gar nicht hinschauen. »Aber sie bleiben auf der Straße.«

Sie wollte noch immer nichts sehen.

»Ist schon in Ordnung, Mum. Sie kommen nicht nach.«

Sie erwiderte nichts, und er wandte sich um. Ihre Augen

waren weit aufgerissen und gerötet, wie die von Judith. Die Mutter zitterte, vibrierte wie eine Bogensehne, und er wußte, daß sie sich fürchtete. Doch da er Phobien vor Spinnentieren und Insekten wie die, unter denen Patsy litt, nicht kannte, hatte er keine Ahnung, welch grauenhafte Angst sie wirklich auszustehen hatte.

»Schau her, Mum«, drängte er, und zog sie zärtlich am Kinn, bis auch sie vor dem Seitenfenster war.

Unten tanzten noch immer die Katzenaugen-Spinnen, mit ausgestreckten Klauen, die wimmelnden Beinchen an der Straßendecke kratzend. Ihre runden, glühenden Augen fixierten noch immer den Wagen. Ganz vorne versuchten einige, auf die Randbegrünung zu kriechen, zogen sich jedoch immer wieder rasch zurück auf den Asphalt.

Fasziniert und angewidert beobachteten sie, wie die Bewegung nachließ und das krabbelnde Heer abzog und wieder in militärisch straffer Aufstellung eine gerade Linie bildete.

»Sie kommen nicht von der Straße«, kommentierte Peter. »Vielleicht können sie nicht klettern, oder es ist verboten.«

Sie musterte ihn verwundert.

»Wie gegen die Gesetze. Ich glaube, sie müssen alle auf der Straße bleiben. Wie in *Dungeons and Dragons*, wo alles nur zu speziell vorgesehenen Orten darf.«

Er hielt inne und schnupperte. »Es riecht nach Öl. Ist irgendwas kaputtgegangen?«

Patsys Stimme kehrte zurück. »Ich hoffe nicht. Wahrscheinlich haben wir einen Baumstumpf oder Felsen gerammt.« Sie schmeckte die Luft. Der Ölgeruch war fettig und schwer, mit Rost vermengt. Der letzte Aufprall hatte möglicherweise die Ölwanne beschädigt. Sie schnüffelte erneut. Es roch nicht nach Benzin, aber das ließ sich schwer sagen. Wenn der Tank geborsten war und Benzin auslief, konnte der Wagen explodieren. Sie drehte den Zündschlüssel ganz zurück, stellte das Innenlicht ab und die Halogenscheinwerfer, die noch immer schräg in den Himmel wiesen. Völlige Finsternis trat ein.

Judith atmete viel zu schnell; asthmatischer Druck lag ihr wieder auf der Lunge. Der Anblick der Spinnentiere hatte sie so entsetzt, daß sie für kurze Zeit wieder *normal* erschien. Patsy umfaßte sie und zog sie an sich, umarmte sie fest. Beide zitterten sie wie Spatzen. Judiths Körper strahlte die Hitze in Wellen ab.

»Sie bleiben noch immer auf Abstand«, stellte Peter nüchtern fest, eher neugierig als eingeschüchtert. Patsy drehte sich um. Auf der anderen Seite machte sich wieder die bekannte Glut bemerkbar und ließ den Himmel gespenstisch aufleuchten.

»Morgen früh müssen wir den Reifen wechseln.« Peter dachte an alles.

Wenn wir die Nacht überstehen, setzte Patsy in Gedanken hinzu. Draußen vor dem Fenster, außer Sichtweite, setzte sich das Heer der Krebse langsam in Bewegung, mit klappernden Scheren auf dem harten Asphalt. Immerhin waren sie auf Distanz geblieben, obwohl es, da mochte Peter recht haben, auch hierzulande Gesetze geben mochte. Andererseits, vielleicht warteten sie nur, bis alles still wurde, bis der Wagen abgekühlt war. Würden sie dann über den Grünstreifen und auf die Böschung schleichen? Die Vorstellung, daß die Kinder den Bestien zum Opfer fallen würden, ließ sie erschauern. Aus weiter Ferne, von jenseits des stummen Feuerscheins am Himmel, rollte schwacher Donner über die Heide. Zu dritt saßen sie schweigend da.

Sie hielt Judith im Arm, während Peter ihre Hand drückte, als wolle sagen, daß noch alles gut würde. Später beruhigte sich Judiths Herzschlag, und ihr Atem ging ruhiger, weniger heiser, und nach einer Weise schlummerte sie ein.

»Du solltest auch etwas schlafen«, mahnte sie Peter.

»Sollten wir nicht Nachtwache halten?«

»Du hast zu viele Action-Filme gesehen. Du wirst jetzt schlafen, und ich halte Wache.« Daß sie nach diesen Erlebnissen ein Auge zutun konnte, war ohnehin unwahrscheinlich.

»Aber ich bin gar nicht müde!«

»Dann wirst du's morgen sein, wenn wir weitermüssen.«

Er kletterte wieder auf den Rücksitz. Sie hörte ihn herumkramen, dann kehrte er mit der Decke zurück, die er über Mutter und Schwester ausbreitete. Patsy wurde ganz warm ums Herz, und beinahe hätte sie geweint. Sie hüllte Peter mit dem Plaid ein und lehnte sich zurück, die Augen weit offen und angespannt, als sie in der dritten Nacht ihrer Fahrt Wache schob.

Ein paar Minuten nachdem sie ihn in die Decke eingemummelt hatte, schnarchte Peter leise vor sich hin, und Judith kuschelte sich an ihre Rippen. Patsy fühlte die Ermattung in Wellen kommen, die all ihre Entschlossenheit überspülten, und trotz des Nervenflatterns, das der Adrenalinstoß nach der wilden Flucht mit sich brachte, fielen ihr die Lider zu. Immer wieder schreckte sie hoch, den Kopf hochschnellend und am ganzen Körper verspannt vor Aufregung.

Abgesehen von dem stumpfen glutroten Schein am Himmel war die Nacht stockfinster, obwohl von Zeit zu Zeit ein Wetterleuchten die Umrisse des gigantischen Knotenpunkts abzeichnete mit seinen geschwungenen Kurven und halsbrecherischen Überführungen. Die Fenster waren bald beschlagen, und sie riskierte, ihres einen winzigen Spalt zu öffnen, damit sie nicht völlig nachtblind war. Kaum hatte sie den Rollgriff betätigt, als das Schlurfen und Wispern auf der Straße stärker wurde. Sie schreckte und hielt Ausschau. Die blassen Gestalten lauerten noch immer dort, blaß und unscheinbar jetzt, da ihre eigenen Lichter ausgeschaltet blieben, und wenn sie sich bewegten, dann nur im Schneckentempo. Patsy entspannte sich ein bißchen, lehnte sich im Sitz zurück, während ihr die wildesten Gedanken kreuz und quer durch den Kopf schossen. Wenn sie auch nur einen festhalten und aussinnen wollte, entglitt er gleich wieder. Später döste Patsy ein, ohne es zu merken, während der abkühlende Motor tickte und klackte, und weit in der Ferne tiefes Donnergrollen den Himmel überlief.

Im Halbschlaf war ihr, als wäre sie mit Peter und Judith daheim, säße an einem Sommermorgen im sonnigen Garten. Sie waren in Sicherheit und zu Hause, und die grauenvolle Fahrt über die teuflische Autobahn war nichts als ein schlechter Traum gewesen. Peter blickte auf zu ihr, das lohfarbene Haar zerzaust, die Augen lichtblau im Sonnenschein. Er schnitzte etwas aus einem Stück Holz. Judith stützte die Ellbogen auf den Gartentisch; ihr Sommerkleidchen war von durchscheinendem Perlglanz, und das schwarze Haar glänzte. Sie lächelte ihrer Mutter zu, und Patsy empfand nichts als heiße Liebe zu ihren Kindern. Im Verlauf dieses Traumes kletterte die Sonne immer höher, und der Schatten der großen Eberesche wanderte näher, bis er den Schimmer in Judiths Haar schluckte, Peters Blick verdüsterte, und etwas schien an diesem Bild nicht zu stimmen. Sie träumte, wie sie sich verwundert aufsetzte. Wenn die

Sonne stieg, mußte der Schatten doch kleiner werden statt länger, oder? *Oder nicht?* Judiths Lächeln war verschwunden, Peter sagte etwas, doch mit unglaublich tiefer Stimme, fast bis zur Unkenntlichkeit verlangsamt. Sie wandte sich verwundert um und hörte eine Kettensäge aufröhren, deren Sägeblatt sich in den breiten Baumstamm grub.

Komm zu mir, flüsterte eine Stimme im Schatten der dunklen Sträucher, und auch das war merkwürdig, bei ihr im Garten wuchsen keine dunklen Sträucher. *Komm zu deinem Vater, Mädchen, und gib ihm deine Unschuld. Gib ihm all deine Kraft.*

Die Kettensäge fraß sich im grünen Holz fest und jaulte protestierend, ein knirschender, heiserer Schrei, der ihr durch Mark und Bein ging. Judith drehte sich um, wandte sich Kerron Vaunche zu, die aus den Schatten hervorglitt. Das Mädchen öffnete die Lippen, sagte etwas in der seltsamen, gutturalen Sprache und streckte die Arme nach der Fremden aus. Doch Kerron Vaunche war nicht mehr dieselbe in diesem Traum. Ihre majestätische Schönheit war zerstört und verkommen, die Haut runzlig und warzenübersät, bläuliche Adern überzogen die Wangen mit ihrem Netz. Als graues Gewölle erschien das, was ihr Haar gewesen war, hier und da schimmerte die nackte Kopfhaut durch. Um sie herum summte ein Schwarm schwarzer Fliegen.

Und du, mein Junge. Erste Frucht dessen, der mir beiwohnt. Dich werde ich verzehren, um wieder ganz zu sein. Was von ihm in dir ist, wird in mir sein. Es klang wie das Klappern von Krebsscheren auf Asphalt. Judith hatte sich von ihrer Mutter gelöst, lief der Frau entgegen und sang jetzt in Worten, die Patsy nicht verstehen konnte, doch ihr tückischer Rhythmus war abschreckend genug.

Sie wollte Peter umarmen, doch der ging an ihr vorbei,

mit glasigem Blick durch sie hindurchsehend, bevor er der krummen, hinfälligen Gestalt folgte, die sie lockte. Patsy drehte sich in Zeitlupe um, doch Kerron Vaunche ließ sie nicht aus den Augen, dem einzigen, was noch von Energie und Willenskraft zeugte. Dunkle Augen, die ihr aus dem uralten Hutzelgesicht höhnisch entgegenblitzten. Die langsame Drehung setzte sich fort, als Patsy nach der Kettensäge suchte, die in den Baum schnitt und schrie wie eine Katze in der Falle. Die Hexenfrau keckerte ihr trockenes Lachen, und Patsy bekam es mit der Angst. Sie führte die Bewegung zu Ende, faßte nach ihren Kindern, während sie sich gleichzeitig umdrehte, um die Gefahr zu sehen, zwischen beidem hin- und hergerissen.

Pauls Unterarme waren gefesselt und verknotet, während er die Kettensäge gegen den Stamm hielt. Sie bäumte sich auf und kreischte, während die Holzspäne hervorsprühten, und der Baum begann sich zu neigen. Das Holz knackte und splitterte mit ohrenbetäubendem Getöse, als die große Buche auf sie stürzte, auf die Kinder, das Dach des Hauses zertrümmernd.

Sie schreckte so unvermittelt hoch, daß ihr Hinterkopf gegen die Scheibe schlug, während sie sich aus dem Traum herausarbeitete. Ein oder zwei Sekunden lang wußte sie nicht, wo sie sich befand. Das schrille Kreischen war markerschütternd und hielt an. Judith kämpfte sich im Schlaf von der Decke frei. Patsy erholte sich von dem Schlag an die Schläfe, schnappte nach Luft, und der gräßliche Alpdruck zerstob, während sie bei all dem Lärm vollkommen wach wurde. Peter war ebenfalls wach, und eine bange Sekunde lang verschmolzen seine Umrisse mit dem Traum-Peter, der sich von ihr abgewandt und mit der Hexe in den Schatten gelaufen war.

Etwas schlug gedämpft gegen die Scheibe und hinterließ eine pudrige Spur, die im Dunkeln glitzerte. Peters Silhouette zuckte unmerklich zurück, doch nicht weit genug, um sich in Sicherheit zu bringen.

»Was ist denn?« fragte sie. Er wandte den Kopf. Die eine Hälfte seines Gesichts war von der fernen Glut und der gespenstischen, jetzt nachlassenden Leuchtspur am Fenster illuminiert.

»Da sind so Dinger draußen«, wisperte er. »Andere als vorher.«

Auf Peters Seite kreischte ein dunkles, großes und kräftiges Tier, und sie erkannte den Kettensägenlärm aus ihrem Traum wieder. Unten von der Straße schien ein noch größeres Tier zu antworten. Judith zuckte im Schlaf, und Patsy umarmte sie, bettete ihren Kopf in die Armbeuge und hoffte, daß sie das Gebrüll nicht hörte.

Ein blasser Schatten flatterte heran, ganz nah vor ihren Augen, eine Motte vielleicht oder ein Nachtvogel, dessen langsamer, merkwürdig eleganter Flügelschlag ein Schwirren erzeugte, das ihr in den Ohren kitzelte. Er flog an der Scheibe vorüber, auf der er den leuchtenden Puder hinterließ. Patsy spähte hinaus und rieb über das Glas, wie um den Beschlag wegzuwischen. Das geflügelte Wesen drehte bei, schwebte einen Moment in der Luft, zwei müßige Flügelschläge lang, um die Stellung zu halten.

Dann schoß ein schwarzer, schlangenähnlicher Schatten aus der Luft und schnappte es weg. Nur ein winziges schimmerndes Staubwölkchen war geblieben.

Patsy wich vom Fenster zurück. Sie hatte nicht genau sehen können, was geschah, nur die Impression eines länglichen Schattens mit weit aufgerissenem Maul. Alles ging so schnell, daß sie es mit bloßem Auge nicht verfolgen konnte. Etwas hatte zugeschnappt wie eine klappende Falltür, dann war es still.

»Was sind das für Tiere?« Patsy senkte ihre Stimme zu einem Flüstern.

»Weiß auch nicht«, gab ihr Sohn zurück. »Ich glaub' nicht, daß sie was von uns merken.«

Der Ölgeruch war noch genauso schwer und erstickend wie vorhin, doch jetzt wurde er von einem anderen, beißenderen Gestank überlagert, der ihr süßlich und fettig zugleich vorkam. Vor der Kühlerhaube ragte ein dunkler Schatten empor, größer als der Wagen selbst. Ein Tannenschößling wurde zerstampft, ein weiterer neben ihm peitschte durch die Luft, bevor er knirschend abbrach. Kehliges Grunzen, so tief, daß es den Boden erzittern ließ, röchelte vernehmlich, bevor die Gestalt wegglitt, über den Grünstreifen und ins Dunkel des Ablaufgrabens verschwand. Ein anderes Flugwesen tänzelte heran, nichts als ein bleiches, durch die Luft kurvendes Flimmern, das seinen Zauberstaub versprühte und nun ans Fenster kam. Da saß es, dicht vor ihnen, die spindeldürren Beinchen hafteten am Glas. Es mußte eine Motte sein, oder ein mottenähnliches Wesen, mit breiten, gefächterten Flügeln, nach Schmetterlingsart zusammengefaltet, die sich gelegentlich öffneten und auf jeder Seite ein erstaunliches Muster trugen.

»Guck mal, wie groß ...«, wisperte Peter.

Als hätte es ihn gehört, wirbelte das große Insekt – obwohl es keines war, denn es hatte mindestens acht knotige Beinchen – herum und spreizte die Flügel, zwei großen Flecken offenbarend. Sie klappten wieder zu, öffneten sich, und das Muster wurde klar erkennbar. Patsy und Peter hielten beide die Luft an. Die kreisförmigen Flecken waren Augen nachgebildet, eine vollkommene Imitation bis hin zum Glanzpunkt auf der Iris, der sie lebendig und böse funkeln ließ.

Patsy erstarrte. Die Flügel schlugen erneut, und der kranke, höhnische Blick des Mondgesichts durchbohrte sie.

Was immer die Evolution dieses Nachtfalters beeinträchtigt hatte, es hatte, in abscheulicher Mimikry, ein Abbild des verzerrten Mondes auf die delikaten Umrisse der Motte projiziert. Die Augen glotzten nach ihr, bis die Flügel wieder eingefaltet wurden. Das große insektenähnliche Tier schwang die Beinchen und tastete über das Glas, wo es eine gezackte Spur aus phosphoreszierendem Talkum hinterließ. Ein anderer Flattermann, dunkler und langgestreckter, setzte auf dem Seitenfenster neben Peter zur Landung an. Es erinnerte mehr an ein Glühwürmchen, mit riesigen Perlaugen, die wulstig aus dem dünnen Köpfchen hervortraten. Ein vorspringender Unterkiefer reckte sich wie ein klauenbewehrter Arm und kratzte über das Glas. Peter blieb seelenruhig und untersuchte das Wesen, als läge es aufgespießt in der Vitrine seiner Käfersammlung. Patsy mußte sich abwenden, konzentrierte sich auf den Nachtflügler an der Windschutzscheibe. Er stakste quer über das Glas, breitete die Flügel aus mit ihren höllischen Mondaugen, aber ihr war klar, daß Mimikry nur dem Selbstschutz diente, und der stiere Blick hatte ein wenig von seiner tückischen Bosheit verloren. Jetzt machte das Wesen kehrt und näherte sich wieder. Zum ersten Mal konnte sie den Kopf sehen. Zwei fedrige Antennen fächelten die Luft, doch damit war es auch schon vorbei mit der Mottenähnlichkeit. Die Wedel ragten direkt aus dem runden weißen Köpfchen hervor. Statt halbkugelförmigen Wabenaugen, die sie erwartete, kreisten zwei glitzernde, fast intelligent wirkende Pupillen in Augenhöhlen. Zwischen ihnen stieß eine lange, dünne, fast menschliche Nase hervor; Nüstern bebten schnüffelnd, und unter dem Rüssel öffnete sich ein breites Maul mit einer Reihe winziger weißer Zähne.

Der Kopf hing an einem drahtigen Hals, und die winzigen Augen musterten sie ausdruckslos. Zwischen den Zahnreihen schlüpfte eine rosafarbene Zunge hervor, rollte sich aus und leckte am Glas.

Es war ein menschlicher Kopf, verschrumpelt zwar und mißgeformt, wie man sich den Kopf einer Elfenwesens oder Gnoms vorstellt. Die kleinen Augen glitzerten wissend, und einen schwindligen Moment lang glaubte Patsy, sich übergeben zu müssen. Das Ding am Fenster war eine miserable Parodie auf die menschliche Gestalt, seine bloße Existenz eine Herausforderung ihres Schönheitssinns. Sie räusperte sich und schluckte den bitteren Schleim hinunter, und plötzlich kam, wie vorhin, etwas Längliches, Schwarzes von oben geflogen. Diesmal geschah es direkt unter ihren Augen. Ein kleiner Kopf mit zwei Knopfaugen auf jeder Seite einer vorstechenden Schnauze stürzte pfeilschnell herab, ein Maul klappte übermäßig weit auf. Sie glaubte eine gelbe Zunge zu sehen, mehr nicht, als sich der Kiefer schon zuschnappend über dem Ding auf der Windschutzscheibe schloß. Die Motte schien angstvoll die Augen zu rollen, klammerte sich vergebens mit den Beinchen ans Glas, um Halt zu finden und sich zu retten. Ein Triller vibrierte im Dunkeln; das Flatterwesen mußte in seiner Not aufgeschrien haben. Die gelb leuchtenden Knopfaugen auf beiden Seiten der dreieckigen Schnauze erloschen und gingen wieder an. Der Kopf neigte sich seitlich, und sie sah, wie der wurmartige Unterleib der Mottenkreatur aufgeknackt wurde, und eine fleckige Flüssigkeit mit häßlichem

Plopp ans Fenster spritzte. Wieder schrie das Beutetier, fast wie eine Ratte pfeifend. Das Mäulchen wurde kreisrund, die Augen glommen angstvoll auf und schienen sie hilfesuchend anzustarren. Der schmale, schwarze Drahthals richtete sich noch einmal auf und erschlaffte. Die greuliche kleine Mutation war vom Glas abgepflückt und vertilgt worden. Über dem flüsternden Triller konnte man das Flattern weit größerer Flügel in der Nähe vermuten.

»Es sind viele«, bemerkte Peter atemlos. Draußen vor dem Wagen war die Nacht lebendig geworden. Vom Straßenrand her kam ein großes, bestürzend flinkes Tier gerannt, lang und niedrig, fast krokodilsähnlich. Viele der blassen Krebstiere rührten die vielen Beinchen in heilloser Flucht. Das schlüpfrige Ding teilte sich vorn, und der Krabbler war verschwunden. Zähne knirschten mahlend aufeinander, und der dunkle Schatten flitzte in die Finsternis zurück.

»Was die sind, weiß ich nicht«, murmelte Peter. »Hier ist alles anders. Solche kriegt man bei *Naturewatch* nicht zu sehen.«

Und wenn doch, dachte Patsy, würden Kinder und Erwachsene irgendwann schreiend aufwachen.

Wieder zerriß ein heiseres Geheul die Stille der Nacht und ließ ihnen das Blut in den Adern gefrieren. Ganz in der Nähe schoß ein flinkes, flachschultriges Tier den Hügel herab, über die Straße, und prallte mit solcher Wucht auf einen der unförmigen Schatten, daß es sich wie Hammerschlag auf einem Zaunpfahl anhörte. Das metergroße Maul öffnete und schloß sich rascher als ein Lidschlag. Etwas gurgelte, und die beiden Geschöpfe rollten leblos ins Unterholz.

Ein Nachtfalter flatterte heran, und Patsy konnte nur das schrumplige, schädelähnliche Gesicht erkennen. Es war ekelhaft, ein Insekt mit so menschlichen Zügen zu sehen, als wären die Spielregeln der Natur außer Kraft gesetzt und von einem wahnsinnigen Imitator neu erfunden, oder als seinen echte Wesen – richtige *Menschen* – durch ruchlose Schwarze Magie auf ungeheuerliche Weise geklont worden.

Der Flattermann zog vorüber, die winzigen Augen auf sie gerichtet, während ringsum das irrwitzige Keckern und Kreischen und Knistern weiterging. Patsy blickte angewidert zurück, lauschte dem Höllenlärm und mußte an ein scheußliches Bild denken, das sie einst gesehen hatte, ein Gemälde von Hieronymus Bosch, auf dem die armen Seelen von teuflischen Dämonen gefoltert werden. Das Gesicht auf dem Mottenwesen, so deformiert und obszönmenschlich es war, erinnerte sie an einen der Verdammten, und das schrille Toben mochte von den Furien oder ihren Opfern herrühren.

Das Bild der verlorenen Seele, des bösen Zaubers ließ ihr keine Ruhe mehr, während außerhalb ihrer unzureichenden Zuflucht nächtliche Wesen ihrer Jagd nachgingen. Das flitzte und schrie, tötete und verschlang, und Patsy duckte sich, betend, daß die Nacht bald vorbei war, und sie drei, die armen verirrten Seelen, den Morgen noch erlebten.

18

Peter weckte sie, indem er ihr Ohrläppchen zwickte, und für einen Moment wußte sie nicht mehr, wo sie sich befanden,

»Wa ...«, hörte sie sich lallen, als ihre Augen sich ans

Dämmerlicht gewöhnten. Drüben links, wo sie Osten vermutete, verschleierte sich der Himmel gelblichgrün, als ein weiterer garstiger Sonnenaufgang die Nacht in eine Art von Tag verwandelte.

Geradeaus vor ihnen, südlich über der breiten Straße, pulsierte noch immer die rote Glut am Himmel. Sie schien nähergekommen seit gestern, und darunter konnte sie jetzt schwach, im suppigen Nebel aus Rauch, die Säulen einer Überführung des Knotenpunkts erkennen. An der Straße, nicht weit von der Leitplanke, wo tintenschwarze Schattenflecken lagen, eilte eins der Krebstiere dem Mittelstreifen zu. Es blieb plötzlich stehen, stülpte sich über etwas und sank an einer freien Stelle zwischen den Markierungen in den Boden.

Tatsächlich wurde es heller, auch wenn Patsy sich nicht angewöhnen konnte, diese fremdartige Farbtinktur an der Wolkendecke Dämmerung zu nennen. Ein Flugtier, vielleicht ein Vogel, doch mit gezackten, ledrigen Flügeln wie eine riesige Fledermaus, zog heiser krähend vorüber. Katzenhaft schnell sprang etwas aus den Sträuchern empor und hätte es beinahe aus der Luft geholt. Ein kleineres Geschöpf stöhnte in Wagennähe auf und flüchtete ins dichte Unterholz. Allmählich breitete sich das Tageslicht aus, und mit ihm erstarben die Geräusche und Bewegungen. Die Sonne lugte über die Hügel, gebleicht und merkwürdig eiförmig, und noch immer mit geschwürartigen Klumpen behaftet, und tunkte die Welt in fiebernden Glanz.

Judith regte sich und strampelte sich frei aus der Decke. Sie brauchte eine Weile, bis ihr Blick klarer wurde, dann merkte sie, daß sie noch im Wagen war.

»Sind wir noch nicht zu Hause?« fragte sie mit jämmerlicher, noch immer verstörter Stimme. Patsy drückte ihre

Hand, und Judith lächelte schwach. Zum ersten Mal seit ihrer Flucht aus Broadford House schien ihre Tochter wieder bei sich zu sein und wahrzunehmen, was ringsherum vorging. Der *Einfluß*, oder was immer es war, ließ nach. Doch die dunklen Augenringe waren tiefer geworden, und eine fiebrige Röte breitete sich über der Stirn aus, die schweißnaß glänzte. Ihr Atem war jetzt heiser, nicht asthmatisch pfeifend, aber entzündet.

»Nein, Dummerchen. Aber wir kommen bald dorthin«, erklärte Peter seiner Schwester. »Und ich bin hungrig. Und muß aufs Klo.«

»Einen Augenblick noch, ja?« Patsy rieb sich den Sand aus den Augen, die sich trocken und seit einiger Zeit ständig übermüdet anfühlten. Sie rieb den Beschlag vom Fenster und spähte zur Straße hinunter. Nichts rührte sich mehr, außer ein paar hoch aufragenden Grasbüscheln, die einträchtig in der Brise nickten. Auf der Beifahrerseite war der Graben von einem krummen, buckligen Zaun abgesichert, wenige Meter weiter steckte ein alter Tieflader im Unterholz. Die Fahrerkabine war zerbeult und ganz mit Rost überzogen, und von der Ladefläche hatten sich zwei Zweihundert-Liter-Fässer losgerissen. Eines war durchlöchert, und von der Böschung aus konnte Patsy erkennen, wohin der Inhalt geflossen und in den Boden gesickert war. Ein dunkler Fleck ohne jede Vegetation war geblieben. Selbst jetzt noch war der Ölgeruch fett und aufdringlich. Die schillernde Pfütze hatte sich unter dem Wagen ausgebreitet, an einer Stelle sogar bis zur Straße. Das wenigstens ließ Patsy aufatmen. Sie hatte schon gefürchtet, ihre Ölwanne sei beschädigt, und sie säßen fest. Mit ein bißchen Glück brauchte sie jetzt bloß noch den Reifen zu wechseln, und sie konnten sich auf den Weg machen. Das heißt, wenn ihnen keines der Ungeheuer dieser Nacht in irgendeinem Hinterhalt auflauerte. Ihr fielen die greulichen Mottenwesen mit Menschenantlitz ein, und sie erschauerte. Es war ja alles dunkel, redete sie sich ein. von den Gesichtern hatte sie kaum etwas erkennen können. Vermutlich hatte sie sich geirrt.

Doch tief im Innern wußte sie, daß sie nicht irrte. Daß die kleinen Monster, die von ihren natürlichen Feinden verfolgt wurden, kein Produkt ihrer Einbildung waren. Ihr kamen sie nur allzu wirklich vor.

»Können wir jetzt essen?« Peter unterbrach ihren Gedankenfluß und brachte Patsy in die Gegenwart zurück. Sie holte tief Luft, straffte sich, so gut sie konnte, nahm all ihre Entschlußkraft zusammen und löste die Verriegelung. Sie zog ein wenig an der Klinke und öffnete ganz vorsichtig die Tür. Patsys Herz schlug schneller.

»Laß mich gehen.« Schon griff Peter nach dem Türgriff, und sie konnte ihm gerade noch Einhalt gebieten. »Aber ich habe mein Taschenmesser!« protestierte er und hielt die Hand hoch, in der sein kleines rotes Schweizer Armee-Klappmesser lag, mit zehn Klingen, einschließlich des Korkenziehers und einem Dorn, um Steinchen aus den Hufen von Reittieren zu pulen. Er mußte es in der Campingkiste gefunden haben. Im letzten Sommer war es sein ganzer Stolz gewesen.

»Nein«, widersprach sie kurz angebunden. Er sah ihren Gesichtausdruck und interpretierte ihn richtig. Sie erwiderte seinen Blick, pumpte sich Kraft daraus, dann klappte sie die Tür gerade mal einen Spalt auf. Behutsam streckte sie erst ein Bein heraus und setzte den Fuß auf die ölverschmierte Erde. Ihr Schuh sank ein paar Millimeter in den lehmigen Boden. Sie erstarrte, zerrte verzweifelt ihr Bein zurück wie als Kind, wenn sie nachts aufgewacht war und eins ihrer Beinchen kalt und verletzlich aus der Decke ragte.

Nichts passierte. Keine Krabbenspinne lauerte unter dem Kotflügel, um sich Hals über Kopf auf ihren Fuß zu stürzen. Keine schwarze Schlange mit meterbreit klaffendem Maul schnellte aus den Schatten des Dorngestrüpps vor. Welche Raubtiere auch in nächtlicher Finsternis unterwegs waren, welche monströsen Jäger laut genug zuschlugen, daß der Boden erzitterte – sie waren fort.

Der Mond, dachte sie. *Er ist weg und hat sie mitgenommen.* Ob das stimmte, wußte sie nicht, aber es *fühlte* sich richtig an. Sie hatte recht daran getan, dem kränkelnden Licht des Glotzmondes auszuweichen, als es über den Hügeln emporkroch und die Erdlöcher überschwemmte. Sie schwang den anderen Fuß heraus und setzte ihn neben den ersten. Im Gebüsch quiekte etwas ganz Kleines und wurde dann still. Gegenüber begann eine Grille zu zirpen, und obwohl ihr Türangel-Singsang flach und mißtönend und irgendwie fremd wirkte, war doch nichts Bedrohliches daran. Patsy beugte sich blitzschnell vor und warf einen Blick unter den Wagen. Nichts als nackter Erdboden. Sie stand wieder auf, suchte links und rechts die Fahrbahn an – nichts, nur hier und da ein paar schwarze, zerfetzte Reste von geplatzten Gummireifen. Zwischen den endlosen Bindestrichen des Mittelstreifen lagen die Oberseiten der Katzenaugen weiß und harmlos da, als wäre nichts geschehen.

»Ich platze gleich, Mum«, flehte Peter vom Wageninneren her. »Darf ich jetzt raus?«

Sie mußte grinsen, obwohl sie noch immer unruhig war, und machte die Tür weit auf.

»Dorthin!« Patsy deutete auf einen Fichtenstumpf in der Nähe, der diese Nacht frisch abgebrochen worden war.

»Aber Mum!« Er wurde puterrot. »Hier kann mich doch jeder sehen!«

»Wenn jemand kommt, sag ich Bescheid, daß sie weggucken sollen«, versprach sie und konnte sich ein Schmunzeln nicht verkneifen. Selbst Judith brachte ein Lächeln zustande und legte die Hand auf die Augen. Die Haut an ihren Knöcheln war rissig und ausgetrocknet. Es sah aus, als wären ihr die Hände geschrumpft.

Sie ist krank, sagte sich Patsy. *Sie braucht Hilfe.* Eine gute Minute später zog Peter den Reißverschluß seiner Jeans hoch und kehrte zum Wagen zurück, das Gesicht noch immer schamrot angelaufen. Patsy hob Judith aus dem Wagen und benutzte die hochgeklappte Hecktür des Wagens als Sichtschutz, bis sie eine Stelle für ihre Tochter fand. Dann schickte sie auch das Mädchen zum Wagen zurück, und als beide verschwunden waren, löste sie den Gürtel ihrer Jeans und fingerte ein Taschentuch aus der Gesäßtasche. Das war alles, was sie besaß, um den Blutstrom zu stauen, den sie bereits sickern und ziehen fühlte, seit sie die Füße nach draußen gesetzt hatte.

»Ver*dammt* noch mal!« fauchte sie. Da war sie jetzt seit drei Tagen und drei Nächten auf dieser Straße, ohne sich richtig waschen oder gar duschen zu können, und fühlte sich ohnehin schon ungepflegt genug. Die Monatsblutung trug nicht gerade dazu bei, ihr Selbstbewußtsein zu heben. Das hatte ihr gerade noch gefehlt. Wäre sie wenigstens darauf gefaßt gewesen! Sie fragte sich, wie lange das kleine viereckige Tuch reichen würde.

Peter zog die Kühlbox aus dem Kofferraum, während Patsy die Umgebung des Wagens absuchte, noch immer den Weg zur Straße hinunter fürchtend. Dort, wo der ölige Fleck war, fühlte sich die Erde schwammig an. In einer kleinen Pfütze spiegelte sich das Tageslicht in blaurötlichen Spektraltönen, die sie an den Sonnenuntergang erinnerten. Am Rand des Flecks, wo niedrige Flechten und Moose kaum Wurzel fassen konnten, war der Boden eingekerbt und löchrig. Sie ging hinüber und bückte sich, die Entfernung des Wagens abschätzend für den Fall, daß etwas aus dem nahegelegenen Unterholz stürmte.

Der Boden war von Spuren zerfurcht. Kaum ein Quadratzentimer, über den nicht irgendein Geschöpf gelaufen wäre.

Sie erhob sich rasch, von Panik erfaßt. Parallele Linien zeigten, wo große Insekten durch den Schlamm gekrabbelt waren und winzige Traktorspuren hinterließen. Hier und da war etwas mit Vogelkrallen herumgehüpft. Nahe am Rand war etwa Schweres aus dem Buschwerk gekommen und hatte den Wagen eine Weile angestarrt, bevor es sich abwandte. Sie konnte Löcher von scharfen Krallen ausmachen, länger als Bärentatzen, und erschauerte wieder. Etwas hatte sich genähert und war stehengeblieben. Sie erinnerte sich noch an ein tiefes, schreckliches Brummen. War es ein hungriges Grollen jener Kreatur gewesen, die ihre Spuren im Schlamm hinterließ? Sie untersuchte weitere Abdrücke, entdeckte eine säuberliche Fährte, wo sich ein Katzentier im Halbkreis angeschlichen hatte. Dann mußte es mit einem Satz über die ölige Wasserpfütze gesprungen sein, die mindestens einen Meter breit war. Jetzt prüfte sie die Pfütze selbst, musterte den lehmigen Boden am Rand und schreckte mit einem Mal hoch.

Die Pfütze mit ihren wechselnden Regenbogenfarben und Ornamenten auf der öligen Oberfläche war über einen

Meter breit und wie ein Ahornblatt geformt. Ihr Blick wurde starr, und atemlos rechnete sie nach. Die Form eines Ahornblatts, das hieß ein langes Deckblatt in der Mitte und zwei kleinere auf jeder Seite. Die Farben wirbelten und flossen ineinander, als Patsy einen Schritt zurückwich, sich links und rechts umsehend.

Es war ein Fußabdruck. Einen Meter breit und mindestens noch einmal die Hälfte vom Absatz zur Klauenspitze. Es war die größte Tatze, die sie je gesehen hatte, größer noch als die versteinerte Dinosaurierspur, die man auf dem Grund eines Flüßchen in Montana entdeckt hatte. Jetzt wußte sie, was das Gepolter mitten in der Nacht zu bedeuten hatte. Der Fuß, der solche Erdlöcher hinterließ, konnte das bärenähnliche Tatzenvieh mit einem einzigen Tritt niederwalzen, ohne auch nur Notiz davon zu nehmen. Es konnte sich auf zehn Meter dem Wagen genähert haben, bevor es seinen Weg fortsetzte. Es hätte sie *tottrampeln* können, fiel ihr ein, und sie wären vermutlich zerquetscht worden, ohne noch einmal aufzuwachen.

Hinter ihr zischte etwas leise, und sie fuhr wieder herum, aber es war nur Peter, der den Campingkocher in Gang brachte. Sie stolperte zurück, weg von dem schwarzen Fleck, zu einem flachen, trockenen Erdhaufen, der sich als aufgepflügte Scholle zwischen zwei Reifenspuren des Tiefladers entpuppte. Der war offenbar von der Straße abgekommen wie sie selbst gestern nacht. Patsy mußte an den Fahrer denken, der die Kontrolle über das Lenkrad verlor, in Todesangst vor der krabbelnden Masse auf der Straße, und sie fragte sich, was aus ihm geworden war. Dort oben in der rostigen Kabine nachzuschauen traute sie sich nicht.

Peter setzte den kleinen Kessel auf und riß eine der Instant-Suppen auf. Patsy hörte, wie ihm der Magen knurrte, als er sich zum Umrühren vornüberbeugte.

»Gib mir Futter«, grollte er. »Das ist es, was er sagen will.« Judith wäre fast losgeplatzt vor Lachen. Ihre Augen waren blutunterlaufen, und Patsy fragte sich, ob es die Gegend war, die grauenvolle Straße, die ihr so zusetzte. Das war gut möglich. Möglich war aber auch etwas anders. In ihren Träumen hatte sie Kerron Vaunche gesehen, nicht wie sie damals beim Lagerfeuer wirkte, sondern betagt, unglaublich alt.

»Die Hexenmeisterin in all ihren Erscheinungen«, hatte Gilfeather behauptet. In ihren Träumen war sie tatsächlich zur verschrumpelten alten Hexe geworden. Als Patsy seine Worte wieder einfielen, erfaßte sie ein namenloses Grauen.

Wie schon gesagt, ist die Cailleach alt. Älter als jeder von uns. Ich wüßte nicht zu sagen, wie lange sie schon lebt. Die Toten Tage sind eine Zeit des Absterbens und der Wiedergeburt. Um ihre Schönheit zu wahren, ihre Jugend zu erhalten und ihre enorme Macht, muß die Carlin-Frau mit dem Herrn des Todes verkehren, dem Fürsten der Finsternis, und er wird seinen Preis fordern ... Der Preis ist die absolute Verderbnis, aber es muß ein Fest sein, bei dem der Fürst der Finsternis das Abendmahl reicht.

Sie hatte Vaunche im Radio sprechen hören, in ihren Träumen gesehen. War sie jetzt alt? Alterte sie schneller, während Vollmond und der Namenlose Tag näherrückten? War es die Verbindung mit Judith, war es das, was die Gesundheit ihrer Tochter angriff? Was ließ ihre Haut schrumpfen und sich abschälen? Patsy zog Judith an sich, streichelte ihr mit der Hand übers Haar. Bildete sie sich das ein, oder war Judiths Haar dünner geworden? Zeigte sich schon die Kopfhaut? Sie drückte das Kind fest an sich, ignorierte den Anflug eines trockenen, pilzigen Geruchs, der sie an ihre eigene Großmutter erinnerte.

Lieber Herrgott, laß uns hier herauskommen, betete sie.

»Gib mir Suppe. Gib mir *literweise* Suppe!« brummte Peter im Scherz. »Füttere mich *auf der Stelle*!«

Patsy hörte zu, wie er seine Schwester ablenkte, und wieder fühlte sie lauter Liebe und Bewunderung. Nichts von dem, was ihnen auf dieser gottvergessenen Straße begegnete, sollte ein Junge in seinem Alter kennen müssen. Doch schon jetzt bewies er, daß er, anders als sein Vater, ein richtiger Mann war.

»Fütter mich auch«, bettelte Judith, und Peter lachte dröhnend. Patsy umrundete den Wagen. Der vordere rechte Reifen war kaputt, regelrecht mittendurchgerissen. Er hing als schwarzes Gummiband lose von der Felge. Die Ölwanne hatte nicht am Boden aufgesetzt, und sie hörte nichts tropfen, so daß sie wohl nicht schadhaft war. Sie inspizierte rasch den Rest des Wagens und fand nichts als ein paar Flecken auf der Windschutzscheibe, wo die flatternden Monster geborsten waren. Noch in der Erinnerung wurde ihr übel davon, und sie holte rasch den Wagenheber unter dem Rücksitz hervor und machte sich an die Arbeit.

Die Suppe war fertig, bevor sie soweit war, und sie freute sich über die Pause. Schon kletterte die Sonne rasch in den Zenit, und nicht zum ersten Mal fiel ihr auf, daß die Zeit auf dieser Straße anders verlief. Jetzt schon wurde es heiß, eine trockene Gluthitze, die sich anfühlte, als ob ihrer Haut alle Feuchtigkeit ausgesaugt würde. Patsy fand Peters Baseballkappe und setzte sie ihm auf, faltete ein Kopftuch aus ihrem Schal für Judith und knotete es fest. So saßen sie auf dem Erdhügel und tranken die beste Gemüsesuppe, die sie je probiert hatten, dazu die aufgewärmten Kartoffeln und einen dünnen Tee ohne Milch und Zucker. Judith schaffte sogar, ihre kleine Portion aufzuessen. Eine halbe Stunde später hatte Patsy den Ersatzreifen montiert, die Schrauben angezogen und den Wagenheber heruntergelassen. Die Felgen des anderen war eingedellt, der Reifen sowieso nicht mehr zu brauchen, und sie ließ ihn liegen.

Peter hatte die Picknick-Utensilien in die Kiste geräumt und war gehorsam bei Judith sitzengeblieben, bis Patsy fertig war.

»Was jetzt?« fragte er emsig, wie ein pflichtgetreuer Leutnant zum Angriff bereit. »Du hast noch Öl auf der Nase.«

Patsy fuhr mit dem Finger über den Fleck und rührte rasch an die Spitze von Judiths Stupsnase; dann mußte sie sich zu Peter bücken und bei ihm dasselbe tun.

»Jetzt sind wir alle gleich. Das ist Kriegsbemalung!«

»Wir sollten jetzt besser aufbrechen«, schlug Peter vor, als das Gelächter erstarb. Judith nickte zustimmend.

»Dann mal los, Kinder«, erwiderte Patsy und holte zu einem aufmunternden Klaps auf den flache Handballen aus. Obwohl sie diesen Gruß schon länger nicht mehr ausgetauscht hatten, erwiderte er ihn. Ein Kloß stieg ihr in den Hals, doch Peter grinste bloß und blinzelte verschwörerisch.

»Zuallererst«, seufzte sie, »müssen wir uns hinsetzen und ein bißchen nachdenken.«

»Worüber? Wie wir nach Hause kommen?«

»Stimmt haargenau. Ich dachte, wir wären schneller gewesen; jetzt müssen wir gut vorbereitet sein.«

»Falls wir länger brauchen«, stellte Peter fest. Patsy nickte.

»Aber irgendwann kommen wir doch heim?« wollte er wissen.

»Natürlich, Liebling. Aber wir müssen vielleicht mit unvorhergesehenen Aufenthalten rechnen. Könnte sein, daß wir weitere Lebensmittel benötigen, deshalb will ich wissen, was noch da ist, damit wir sparsam damit umgehen.«

»Zwei Päckchen Suppe. Sechs Teebeutel und zwei Tüten Kaffee. Noch ein Glas Kartoffeln. Ich habe alles nachgesehen, als du den Reifen gewechselt hast.«

»Ist das alles?« Sie hatte mit mehr gerechnet. Das reichte ja kaum noch für einen weiteren Tag.

Ein Stoßgebet brachte den Motor zum Laufen, ein weiteres sorgte dafür, daß die Reifen auf dem Lehmboden nicht durchdrehten. Sie setzte mehrere Meter zurück, dann lenkte sie zwischen den beiden Stechginsterbüschen hindurch auf die Böschung, von der ein Naturpfad zum Straßenrand führte. Kurz vor der Senke sah sie etwas Weißes, das sie aufmerken ließ.

Ein Netz, zwei bis drei Meter breit, erstreckte sich zwischen zwei Baumschößlingen. Der vertraute Widerwille drehte ihr den Magen um; sie mußte alle Bauchmuskeln spannen, um dagegen anzukämpfen.

Nur eine Spinnwebe. Nirgends war die Herrin des riesigen Netzwerks zu erkennen. Die Fäden waren fest und durchscheinend wie Glas. In der Falle hingen blasse, staubige Päckchen, gewiß die gefangenen und in Seide gewikkelten Opfer. An einem Strang, nicht weit von ihr, hing steif eines jener Mottenwesen. Daneben drehte sich leblos der schwarze Flügel eines Vogels, an der Schulterseite braunbefleckt mit getrocknetem Blut; ein perlmuttfarbener Knöchel ragte in die Luft. Sie fuhr vorüber, schreckte gerade noch davor zurück, Vollgas zu geben und so rasch wie möglich zu fliehen. Einer der Hauptfäden verfing sich in der Scheinwerferfassung und ließ das ganze Netz mit einem dumpfen Klang erzittern, doch nichts rührte sich, außer dem Vogelflügel, der an seinem Strick baumelte. Jenseits des Spinngewebes hingen weitere ausgedehnte Netze im Stechginster. In jedem hingen kleine weiße Wickelpäckchen, doch die Spinnen, die hier auf die Jagd gingen, waren entweder verschwunden oder scheuten das Tageslicht. Der Wagen polterte die Böschung hinunter und gelangte schließlich auf den Standstreifen. Patsy wurde es leichter ums Herz, als sie die Fahrbahndecke wieder unter den Reifen wußte. Die Markierung am Rand des roten Schotters verlief parallel zum Bordstein. Sie hielt sich äußerst links, bis sie auf die Höhe der ersten Katzenaugen kam; dann fuhr sie nur noch Schrittempo, behielt aber die Gangschaltung in der Hand für den Fall, daß sie plötzlich rasch losfahren mußte.

Das Katzenauge hockte geduckt in der Fassung, im Boden eingelassen.

Patsy spähte nach draußen, mit flatterndem Nervenkostüm, und dachte daran, wie gestern nacht die Straße lebendig wurde, sobald der Mond aufgestiegen war.

Die bleichen Glasaugen am Straßenrand starrten hinter ihr her, leicht stirnrunzelnd unter dem Rand der *(Panzerung?)* Plastikverkleidung, doch ausdruckslos, ohne Leben. Das Ding saß fest und reglos in einem schmalen Metallring, doch sie malte sich aus, wie es gleich herausklettern, die dünnen, vielgliedrigen Beine hinter sich herziehen und ihr entgegentanzen würde. Es wirkte wie ein Einsiedlerkrebs, der sich in sein Haus verkriecht, doch im fahlen Tageslicht wirkte es völlig leblos. Sie glitt vorüber, immer noch angespannt vor Erwartung, daß es aus dem Loch springen und mit Krebsscheren auf den eben gewechselten Reifen vorrükken würde, aber sie blieb still sitzen. Beim nächsten Katzenauge genau dasselbe, nur zwei Glasaugen, die rückwärts in die Unendlichkeit der Straße glotzten, auf die Nacht warteten oder auf das Zauberlicht des Mondes, um zum Leben erweckt zu werden.

Patsy bog in die Straßenmitte und merkte, wie eines der Räder ganz normal über einen der Reflektoren rumpelte, und sie beruhigte sich ein wenig. Draußen auf der Schnellstraße war gestern nacht etwas überfahren worden. Nur ein fettiger Fleck mit nassen Spritzern ringsum. Eine Wespe, fingerlang und mit zitternden gelben Flügelchen, trank vom Rand der Pfütze, mit dem goldbraun gestreiften Leib auf und nieder pumpend. Zwanzig Meter weiter lag ein zerstückelter Autoreifen auf dem Grünstreifen in der Mitte. Als sie dort vorbeikam, sah sie einen der Streifen zittern und merkte, daß es alles andere als Dunlop-Stahlmantelreifen war. Es handelte sich um die borkige Haut eines Tiers, das in der Nacht überfahren worden war. Jetzt tauchten kleinere Fetzen auf, lethargisch im Wind flatternd, schwarz und eingekerbt wie die aufgerissene Reifendecke eines Fernlasters. Ein kleines Pelztier, vielleicht ein Wiesel, duckte sich in den Schatten eines größeren Teils, bewegte sich flink und raubgierig. Mehrere Artgenossen folgten seiner Spur. Als sie das zitternde schwarze Borkenstück erreichten, fielen sie darüber her. Sie setzte ihren Weg fort, durch ganze Haufen plattgefahrener Tiere. Waren sie alle Opfer des nächtlichen Straßenverkehrs oder doch zerrissene Gummireifen? Schließlich wurde die Straße frei, und sie konnte ein wenig beschleunigen.

Ohne Vorwarnung verwandelte sich die Fahrbahndecke in eine pechschwarze Wolke, die sich über die Straße erhob, und beinahe hätte sie bei der Vollbremsung den Motor absaufen lassen. Erst war sie völlig ratlos, bis sie merkte, worum es sich handelte. Myriaden schwarzer Fliegen hatten sich auf dem zerquetschten Aas niedergelassen, so dicht, daß sie zuerst glaubte, sie wären der Asphalt. Jetzt hatten sie sich gemeinsam erhoben und wurden ein dichter, summender Tornado. Gleichzeitig schossen kleine Vögel aus dem Gebüsch, wie tanzende Farbflecken, und schnappten die begehrte Insektenbeute aus der Luft.

»Mit den Brummern wollen wir schon fertigwerden«, murmelte sie vor sich hin und versuchte, nicht an Kerron Vaunche und die Schmeißfliegen aus ihrem Traum zu denken. Mühsam quälte sie sich durch die Wolke. Insekten stießen an die Fenster und mußten mit dem Scheibenwischer weggefegt werden. Der Lärm von Tausenden, die gegen das Glas klatschten, hallte trocken nach, und der Schwirren der geflügelten Millionen und Abermillionen hörte sich an wie sonst der Straßenlärm auf der Autobahn. Ihr Summen schwoll an, als sie den Schwarm durchpflügte, dessen wütendes Gebrumm an ihren zischend hervorgestoßenen Namen erinnerte. Endlich hatte sie den wimmelnden Fliegentunnel durchquert und kam wieder ans Licht. Der Lärm erstarb, doch glaubte sie noch immer, ein gespenstisches Wispern zu hören, das sie beim Namen rief. Erst einen Kilometer weiter brachte sie es übers Herz, in den Rückspiegel zu sehen. Die Fliegen hatten sich wieder auf ihrer Mahlzeit niedergelassen, und die Straße war frei. Vorn und hinten konnte sie nichts Bedrohliches feststellen, außer der kurvenreichen Straße und der Linie blanker Katzenaugen, die sich durch den Morgennebel zog. Dahinter, in weiter Ferne, konnte sie im Smog die Türme, Bögen und Windungen des Knotenpunkts ausmachen, Tag und Nacht gegenwärtig, sie mit jeder Umdrehung der Räder magnetisch anlockend. Was blieb ihr schon anderes übrig? Es gab ja keinen anderen Weg.

»Drückt uns noch mal fest die Daumen, ihr zwei«, schlug sie vor und beschleunigte auf der Geraden.

»Finger und Zehen?« fragte Peter schelmisch.

»Finger, Zehen, Knie und Ellbogen«, gab sie schlagfertig zurück.

»Ich kann das«, erklärte Judith, als wäre sie plötzlich aufgewacht. Einen Moment später fiel sie fast vom Sitz, und Peter wollte sich ausschütten vor Lachen.

19

Die Nadel war jetzt im roten Bereich.

Das Benzin ging zur Neige. Das Wasser ging zur Neige. Patsy wußte, daß damit auch ihre letzten Hoffnungen zur Neige gingen. Wie sollte sie unter diesen Umständen sich und die Kinder mit heiler Haut von hier fortbringen? Zum ersten Mal mußte sie die Möglichkeit ernsthaft in Betracht ziehen, daß sie von dieser Straße nie wieder wegkamen, und der verhängnisvolle Gedanke, daß sie in Lebensgefahr schwebten, schwärte in ihrer Seele wie eine offene Wunde.

Ein Päckchen Instant-Suppe war ihnen geblieben. Fünf Teebeutel. Zwei Tütchen Kaffee. Keine Kartoffeln. Einen halben winzigen Kessel warmes Wasser, und sonst nichts. Der Notfall war eingetreten.

Inzwischen war die Tankanzeige unter die Skala gesunken und zitterte auf Rot, und sie konnten nur noch mit dreißig Stundenkilometern dahinkriechen, während die ungesunde Sonne fast genau über ihnen stand.

Sie waren auf einer Brücke stehengeblieben, die, wie sie meinte, über eine enge Schlucht führte. Zuerst glaubte sie so etwas wie Wasser strömen zu hören, und den schrillen Pfiff kreisender Seemöven; deshalb bremste sie auf der Brücke ab und stieg aus, um zu prüfen, ob man ins Tal gelangen und die Thermosflasche füllen konnte. Peter und Judith hatten Zeter und Mordio geschrien, als sie ihnen einschärfte, sitzenzubleiben, und vor die Absperrung trat. Als sie sich vorbeugte, wußte sie, wie gut sie daran getan hatte.

Es war keine Schlucht, kein Talkessel. Dort unten gab es kein fließendes Wasser. Sie beugte sich über das verzinkte Geländer und erblickte eine vierspurige Autobahn, die unter der Brücke hervorkam.

Einen Augenblick lang begriff sie nicht, was dort vor sich ging. Unter ihr lag die Straße, trotz hochstehender Sonne, im Dunkel; ein Zwielicht, das nur hier und da von orangeroten Reflexen erhellt wurde. Sie sah etwas aufblitzen und hielt es für das Blaulicht einer Polizeistreife. An der Beifahrerseite beleuchtete der Zwillingsstrahl eines Scheinwerfers aus dem Hohlweg heraus die Szenerie.

Was stimmt nicht an diesem Bild, hm? nörgelte ihre innere Skepsis.

Der Lärm kreischender Seemöven brandete an ihr Ohr, zusammen mit dem Sprudeln und Gurgeln eines Gebirgsbachs. Sie kratzte sich hinterm Ohr, beugte sich noch tiefer und blickte angestrengt hinunter, um das Geschehen zu beobachten.

Dann erstarrte sie zur Salzsäule.

Es waren keine Seemöven. Es war auch nicht das Geräusch eines Flußlaufs. Das schrille Wimmern schmerzte ihr in den Ohren, und ihr stockte das Blut in den Adern.

Es waren menschliche Schreie. Hoch und überschnappend schallten sie von unterhalb der Brücke hervor, brachen sich an den Brückenpfeilern, und der in den Fels gesprengte Hohlweg warf sie zurück.

Was stimmt hier nicht an dem Bild? Sie wollte es nicht wissen, doch konnte sie den Blick nicht abwenden.

Der Verkehr bewegte sich nicht, und es waren keine orangefarbenen Reflexe. Da unten brannte es. Qualm ballte sich zu dicken Wolken, schmutzig von oben und von unten rötlich beleuchtet, von der Hitze brennenden Öls emporgetrieben. Eine Brise teilte die Wolken, und sie sah den Wagen gutbeleuchtet auf der Seite liegen. Etwas klammerte sich an das zuoberst liegende Fenster, fiel jedoch in die Flammen zurück.

Das Entsetzen raubte Patsy den Atem.

Eine Männerstimme brüllte verzweifelt um Hilfe; ein Kind kreischte in Todesnot. Eine Sirene jaulte, und das Prasseln der Flammen klang wie ein Sturzbach während der Schneeschmelze.

Kein Wasser. Keine Vögel. Nur ein riesiger Verkehrsunfall mit Flammen, die einen eigenen Wirbelsturm erzeugen, und Sterbenden, die um Hilfe schreien. Zwei Gestalten lagen rücklings am Straßenrand. Die Dunkelheit verzog sich wieder, und jetzt konnte sie, wenn auch im Zwielicht, die Verunglückten deutlich sehen. Ein Feuerwehrmann schwenkte eine orangefarbene Lampe in ihre Richtung und überquerte in wehendem gelben Cape die Fahrbahn. Aus irgendeinem Grund sah sie Regentropfen auf dem Asphalt, obwohl es hier auf der Brücke trocken blieb, und sie sagte sich, daß dort unten Wasserschläuche in Betrieb waren.

Der Unfallhelfer, welchem Katastrophendienst er auch angehören mochte in seinem gelben Anorak, eilte vorwärts. Er streckte die Arme aus, um jemanden aus den Flammen zu retten. Patsy wollte ihm gerade etwas zurufen, als er plötzlich umstandslos vorsprang und seine schwere Warnlampe in ein blasses Gesicht schleuderte. Die Gestalt zuckte noch einmal und blieb leblos liegen. Jetzt bückte sich der Mann im gelben Cape und durchsuchte die Leiche. Der Zuruf blieb Patsy im Hals stecken. Unsagbares Entsetzen packte sie, und nicht zum ersten Mal glaubte sie, ohnmächtig zu werden.

Die Straße dort unten war mit Autowracks übersät. Sirenen heulten, Rauch türmte sich, aber sie konnte niemanden vom Rettungsdienst sehen, außer dem Mann im Regencape. Der Gestank von Brennstoff stieg ihr in die Nase, und ein anderer, süßlich-fettiger Geruch, von dem sie wußte, daß er von verbranntem Fleisch herrührte, doch reichte der Qualm nur bis zum Niveau der Brückenfahrbahn, wie eine Inversions-Luftschicht am Aufsteigen gehindert, und floß in wolkigem Strom der Straßenrichtung entlang.

Blechchaos auf der Straße ... Alles voller Blut und Eingeweide, zerfetzte Gliedmaßen, überall verstreut.

Die Worte kamen wie aus weiter Ferne, aus der ersten Nacht, als sie eben erst aus Broadford House geflohen war. Das behaarte Gesicht des Mannes, den sie für einen Verkehrspolizisten hielt, kam ihr in den Sinn. *Wie'n Schrottplatz in 'ner Sackgasse. Und wenn die Kinder erst die Schreie hören, na!*

Wenn das nicht drei Nächte her wäre, konnte dies der

Anblick sein, den er ihr prophezeit hatte. *Schlimm genug, in einer solchen Nacht an der Kreuzung zu sein.*

Patsy beugte sich wieder vor und sah eine ganze Reihe von Wagen, die ineinander verkeilt waren. Ob die Insassen noch drin waren, ließ sich nicht feststellen, aber die Straße war blockiert. Vollkommen dicht.

Ein dunkler Schatten glitt zwischen den Wagen umher, kletterte über eine zermalmte Motorhaube, unter der Rauch hervorquoll, und für einen Augenblick verdunkelte der Schatten die verzerrte, seitenverkehrte Spiegelung des Mondes. Dann war er vorüber, und der rote, eingedellte Lichtkreis starrte wieder zu ihr hoch. Sie wich zurück, als wolle sie seinem Anblick ausweichen, dann blieb sie stehen. Erneut zwang sie sich, über das Geländer zu schauen.

Es war der Mond, eindeutig, wenn auch in der Spiegelung noch grotesker entstellt als gestern nacht – *und das war schlimm genug gewesen* –, doch vom selben kränklichen Orangerot infiziert, mit denselben krummgedrehten Brauen über glotzenden Augenlöchern. Entgeistert blickte sie in den Himmel. Nach wie vor herrschte blasses Tageslicht. Der Mond war nirgends zu entdecken. Sie spähte wieder hinunter und sah, wie die Rauchfahne unterhalb der Brückenhöhe abknickte, dann prüfte sie wieder die Spiegelung. Ohne Zweifel, dies war der wahnsinnige Mond, der sich in einer Windschutzscheibe spiegelte. Patsy machte auf dem Absatz kehrt, weg von den Leichen im Dämmerlicht dort unten. Dort war es immer noch dunkel, während hier längst der Tag angebrochen war, und aus irgendeinem Grund kam ihr das gespenstischer vor als alles andere. Sie entfernte sich und hörte noch, wie jenseits des Geländers eine Frau lange und schrill aufheulte, und dieser Laut hätte Patsy fast das Herz gebrochen.

Zurück im Wagen, ließ sie den Motor an und fuhr von der Brücke weg, noch immer den Schrei der Frau im Ohr.

»Was war denn da?« wollte Peter wissen.

»Ich dachte, es gebe dort Wasser. Hatte Seemöven gehört.«

»Da waren Stimmen«, mischte sich Judith ein. »Sie haben geschrien.«

»Nein, das waren Vögel. Manchmal klingen sie wie weinende Kinder. Aus der Ferne.«

Sie drehte sich zu Judith um. Ihre Tochter erwiderte ihren Blick, und Patsy ahnte, daß sie Bescheid wußte. Ein Fleck auf Judiths Haut war runzlig geworden und sah aus, als schäle er sich bald ab. Ihre Lippen wirkten rauh, und Tränensäcke formten sich unter ihren Augen.

»Na schön, beeilen wir uns«, verkündete sie und vermied es, Judith genauer zu betrachten. Zwei Tage vor der Wintersonnenwende, und sie waren noch immer auf der Flucht. Judith ging es schlechter denn je. »Planwagen, hoh – oh!«

Peter hob verwundert die Brauen.

»Aus einer alten TV-Serie, als ich noch ein Dreikäsehoch war«, erklärte sie. »Über eine Planwagenkolonne, die Siedler nach Westen bringt.«

Und sie war ewig weitergerollt, Woche für Woche, ohne daß ein Ende abzusehen war, erinnerte sie sich. Der Autor mußte von einer Straße wie dieser geträumt haben.

Sie fuhren los und blieben ein, zwei Kilometer still, als Patsy einen dunklen Umriß am Straßenrand bemerkte. Patsy erkannte es sofort; ein schwarzer, runder Helm hing von einem Pfahl herab. Sie hielt, befahl den Kindern, zu warten, und lief hin. Der Helm baumelte am Kinngurt von einem Ast, den jemand in den Boden gerammt und mit zwei

Wackersteinen befestigt hatte. Daneben war ein länglicher, rechteckiger Hügel aus Schottersteinen aufgeschichtet. Patsy hob den Helm, der in der Brise schaukelte. Innen steckte ein Notizzettel in der Futter.

Acht Tage. Habe Sally Bowman hier bestattet, nicht in geweihter Erde. Sie wurde nachts gebissen und starb anderntags. Sprach ein Gebet für sie und mich, möge Gott mir jetzt beistehen. Mache mich jetzt auf zum Verkehrskreuz, aber es ist noch ein langer Weg, und ich weiß nicht, ob ich noch einen weiteren Tag durchhalte. Wenn jemand diesen Zettel findet, geht nicht vorbei, ohne für Sally zu beten. Sie war eine gute Frau und hätte nicht derart leiden dürfen. Gott helfe uns allen. Billy Walker.

Patsy hielt den Brief in der Hand, und während sie neben dem flachen Steinhaufen stand, wartete sie, bis die grundlose Trauer weggespült wurde. Stille Tränen rannen ihr über die Wangen und tropften vom Kinn. Sally B hatte Billy Walker geliebt, und er mußte zusehen, wie sie in dieser gottvergessenen Einöde starb. Aus irgendeinem Grund nahm sie der Tod dieser wildfremden Frau mehr mit als alles andere. Später sagte sie ein stilles Gebet für Sally Bowmans Seele, und ein weiteres für den Mann, der allein zu Fuß unterwegs war. Sie wischte die Tränen weg und kehrte zum Wagen zurück.

Zwei Stunden später schlich sie nur noch im Schneckentempo, quetschte den letzten Rest Benzin aus dem Reservetank, wohl wissend, daß der Motor bald stottern und den Geist aufgeben würde. Dann saßen sie fest. Die Straße beschrieb hier eine langgestreckte Kurve, gelegentlich von kleinen Senken und Hügelkuppen unterbrochen. Die Sicht nach vorn reichte zehn, nach hinten vielleicht zwölf Kilometer weit. Hier und dort waren am Rand liegengebliebene

Wagen zu erkennen, die meisten mit der rötlichen Schattierung alten Rosts. Sie rollte das Fenster herunter und merkte, daß es heiß war, aber nicht mörderisch. Dann zwang sie den Motor zur Weiterfahrt, bis sie einen flachen Anstieg erreichte, den sie mit Müh und Not als Aussichtspunkt deutete, fuhr auf den kurzen Grünstreifen an der Seite und stellte den Wagen ab. Der Motor ächzte noch ein wenig und spotzte bedrohlich, bevor er ausging. Das schwache Zischen unter der Motorhaube verriet ihr, daß es schlimmer geworden war mit dem Leck im Kühlsystem.

»Ist was?«

Patsy verschränkte die Arme über dem Lenkrad und bettete ihren Kopf darauf. Ein Schweißtropfen rann ihr die Achselhöhle hinunter, und ihr Haar fühlte sich fettig und verklebt an. Das kleine Taschentuch, das sie sich in den Slip gestopft hatte, scheuerte; daß es längst blutgetränkt war, wußte sie jetzt schon.

»Uns fehlt Benzin«, erklärte sie schließlich.

»Oh!«

»Oh stimmt auffallend«, seufzte sie. »Oh drückt es am besten aus, mein Junge.«

»Was machen wir jetzt? Müssen wir laufen?«

»Nein, wir brauchen nicht zu laufen. Ich will, daß ihr hierbleibt.«

»Was soll das heißen?«

»Kletter mal nach hinten und gib mir Flasche und Kessel, ja?« Peter blickte sie lange an und wußte offenbar nicht, was er sagen sollte. Dann tat er, wie ihm geheißen. Er brachte beide Behältnisse zum Vorschein und sah zu, wie sie den letzten Rest Wasser in die leere Getränkeflasche füllte. Auf ihre Bitte fischte er nach der Kühlbox, und sie lächelte grimmig, als sie sah, daß der Plastikschlauch, der den Dekkel versiegelte, herausgelöst werden konnte. Es war ein durchsichtiger, flexibler Schlauch. Sie zog ihn ohne Schwierigkeiten heraus, und er schnitt ihn für sie mit seinem Schweizer Messer ab.

»Ich möchte, daß du auf Judith aufpaßt, mein Sohn. Da vorn stehen ein paar Wagen am Rand. Mit ein bißchen Glück könnte einer von ihnen noch Benzin im Tank haben. Wir nehmen es, um wenigstens fünfzig Kilometer weiterzukommen. Ich sauge es mit diesem Schlauch ab, und wenn wir Benzin haben, kommen wir vielleicht auch an Wasser, und das ist lebenswichtig für uns. Wenn uns beides fehlt, kommen wir ernsthaft in die Bredouille. Ich muß mich also hundertprozentig auf dich verlassen können.«

»Ich finde, wir sollten alle zusammen gehen«, versetzte er mit entschlossener Miene, und sie wußte, daß er mehr an Judith dachte als an sich.

»Unter allen anderen Umständen hättest du gewiß recht. Komm mal her!« Sie öffnete den Schlag und trat nach draußen. Er kletterte hinter ihr heraus; sie ging in die Hokke und legte Peter beide Hände auf die Schulter.

»Wie ich schon sagte, normalerweise wäre es das beste, zusammenzubleiben. Aber du darfst nicht vergessen, daß die Umstände hier ziemlich kurios sind.«

Er nickte langsam.

»Wenn etwas aus dem Gebüsch kommt oder die Straße entlang, käme ich allein besser weg. Deine alte Mama ist noch ziemlich fit, wie du weißt.«

Er grinste verwegen.

»Aber wenn Judith bei uns ist, wäre das eine ganz andere Hochzeit. Sie ist sehr krank. Ich müßte sie tragen, und dann würden wir langsamer. Solange du hierbleibst, kann dir nichts passieren, und ich bin so schnell zurück wie ich kann, allerlängstens in einer Stunde. Einverstanden?«

Sein Blick verriet ihr, daß er zwar nicht glücklich war bei dem Gedanken, sich aber nicht widersetzen würde. Sie umarmte ihn innig, und er stieg wieder in den Wagen. Judith starrte sie nur ausdruckslos an.

Patsy wanderte den Seitenstreifen entlang, drehte sich immer wieder um und winkte den Kindern zu, um sie zu trösten. Auf der anderen Straßenseite lagen die felsigen Hügel wie Inseln in einem Meer trockenen Gestrüpps, das unheilvoll raschelte und an die krabbelnden Viecher von gestern Nacht erinnerte. Gerade, als sie wieder daran dachte, trat sie zufällig auf eins der Katzenaugen. Es gab unter ihrem Gewicht nach, und beinahe wäre ihr das Herz zersprungen. Sie hüpfte zurück und wirbelte herum, um das Ding von vorn zu sehen. Beinahe wäre sie ins Knie gebrochen, fing sich aber noch rechtzeitig vor dem Sturz. Der kleine Reflektor rührte sich nicht. Auch Patsy nicht, fast eine Minute lang, bis sie wieder Luft schöpfen konnte. Als das Pochen in den Schläfen nachließ, gaben ihre Muskeln wieder nach. Sie beugte sich vor.

Das Ding starrte blind zurück, nur ein Reflektor, zwei Glasaugen unter einem Gummischild, in einer metallischen Fassung. Nichts als ein Reflektor, ein Katzenauge. Im Tageslicht wirkte es völlig leblos. Doch an der Seite der Einfassung sah sie den Rand der Straßenmulde, wo sich die dünnen gegliederten Beinchen verbargen, und sie konnte die geschwungene Linie unter den wulstigen Glasknöpfen sehen, wo der Mund sich öffnen konnte wie ein Schlitz, um spitze kleine Zähne zu fletschen. Und sie wußte: Nachts würden sich, so harmlos und dingfest sie jetzt wirkten, dieses Katzenauge und die anderen, die sich bis über den Hügel erstreckten, in den Fernlichtern der Fahrzeuge spiegeln, ihr weißes Licht würde giftig-orangefarben aufblinken, und sie würden, vom Mondlicht verlockt, aus den Löchern kommen und über die Straße kriechen.

Hundert Meter weiter fand sie eine rostiges Eisenstange am Boden, mindestens einen halben Meter lang, und hob sie auf. Sie fühlte sich gut an in der Hand. Sie drehte sich um und winkte beschwörend zu ihrem Wagen zurück. Etwa anderthalb Kilometer weiter lagen die ersten Wagen kreuz und quer am Rand.

Im Windschatten des Hügels änderte sich die Vegetation, als fände sie sich wieder in einer anderen Zeitblase wieder, mit anderen geographischen Voraussetzungen. Statt Felsen und Dornengestrüpp zeigten Senken hier fruchtbarere Stellen. Die Luft roch feucht, womöglich würde sie doch noch ein Gewässer finden. Weiter unten lichteten sich die Baumgruppen, und eine von Riedgras gesäumte Moorlandschaft reichte bis an die Straße. Hier kämpften Silberdisteln und seltsam geformter Sonnentau um ihren Lebensraum am Rand des Sumpfs; unter den tückischen Stacheln summten und brummten Insekten. Patsy nahm eine träge Bewegung in den Augenwinkeln wahr und blieb stehen. Ein Flügeltier, vielleicht ein Vogel oder eine große Libelle war am Blütenblatt einer fleischfressenden Pflanze hängengeblieben. Der benachbarte Sonnentau packte mit quabbeligen Klammergriff zu und umschloß eine andere dunkle, bebende Gestalt, die sich vergebens ins Freie kämpfen wollte. Sie setzte ihren Weg fort und kam an einem Bündel Wikken vorbei, die sich einen Baumstumpf emporwanden; während sie weiterging, dachte sie einen bangen Moment lang, sie hätte *gesehen*, wie sie sich wanden. Die Wicken zeigten weiße, trompetenförmige Blüten, an Totenlilien erinnernd, verströmten einen fauligen Verwesungsgeruch und zogen Schwärme grünschillernder Fliegen an. Am Boden der Senke fand sich wider Erwarten kein Wasser. Die Schrottwagen schienen nähergerückt, und sie beschleunigte den Schritt, um die Kinder nicht länger alleine zu lassen als unbedingt notwendig. Sie hielt sich dicht am Rand, umklammerte das Metallstück. Die Brennesseln hier sahen aus wie diejenigen, die sie von daheim kannte, doch ihre Blätter maßen bis zu dreißig Zentimeter und waren mit Dornen gespickt, von denen winzige Tröpfchen Flüssigkeit auf den Bordstein tropften. Dort, wo die Tropfen auftrafen, sah sie winzige, wie mit Säure eingebrannte Löcher, und der Wind trug einen bitteren, ätzenden Hauch in ihre Nase.

Der erste Wagen war ein altes Ford-Modell T oder dergleichen, mit Trittbrettern und geschwungenen Kotflügeln und einem kleinen gelben Winker, der als Richtungsanzeige über der Tür angebracht war. Wenn es stimmte, was sie über Henry Fords Produktion wußte, war er einst schwarz gewesen, doch jetzt fand sich kein Fleckchen Farbe mehr auf der gesamten Karosserie. Das hintere Ende steckte in einem Wirrwarr giftiger Nesseln, und von der Stoßstange bis zum Rad war das Heck vollkommen kompostiert. Sie ließ den Oldtimer links liegen und hielt Abstand von dem halbzerfressenen Stahlskelett, durch das einige Kriechpflanzen lugten; ihren breiten, orchideenähnlichen Blüten erinnerten an fleischige Lippen, die sich zu lautlosen Schreien öffnen.

Nur zwanzig Meter weiter stand ein anderer Wagen aufrecht gegen einen Baumstumpf verkantet. Die hintere Stoßstange war abgerissen und lag am Straßenrand. Weitere Schäden konnte Patsy beim Näherkommen nicht feststellen. Der Lack war fleckig, als habe der Wagen ein oder zwei Monate im Freien gelegen, doch ansonsten schien alles intakt. Der Kofferraum war aufgesprungen und wackelte im Wind, der Deckel schlug mit nicht unmusikalischem Klang ab und zu gegen den Rahmen. Aus dem Spalt ragten mehrere Streifen weiße, zerfranste Kordel. Sie näherte sich rasch, ignorierte das Rascheln im Unterholz. Erst wollte der Tankdeckel nicht nachgeben, dann ließ er sich drehen, und sie roch sofort Benzinduft. Patsy rollte den Plastikschlauch auf, versenkte ihn im Tank und öffnete den Verschluß der Thermoskanne. Sie wollte gerade das Benzin ansaugen, als ihr eine Idee kam und sie wieder aufstand, hinter den Wagen trat und den Deckel öffnete.

Eine Reisetasche und ein Lederkoffer lagen durcheinander, unter einem Haufen rieselnder getrockneter Blütenblätter. Rechts in der Ecke war ein roter Plastikkanister an der Innenseite befestigt.

»Wunderbar«, jubilierte sie, und ihre Stimmung hellte sich auf. Einen Kanister zu finden hieß, ihre Thermoskanne zu schonen, das war das erste bißchen Glück, das ihr seit Tagen widerfuhr. Patsy grinste. Dieser Teilerfolg ließ sie hoffen, daß sie auf ganzer Linie doch siegen würde.

»Dir werd ich's zeigen, du Schlampe!« fluchte sie laut und lachte triumphierend. Ihr Gelächter hallte die Straße entlang und kam von den stumpfen Felsbrocken als Echo zurück.

Der kleine Schlauch hing noch im Tank, und sie saugte fest, ohne zu ahnen, wie rasch das Benzin aufsteigen würde. Es geriet ihr in die Kehle, und sie mußte würgen, als sie mit wäßrigen Augen das Zeug wieder ausspuckte. Ein wenig Benzin war verschüttet und schillerte wie der Ölfleck heute früh. Doch schließlich gelang es ihr, das andere Ende in die Öffnung des Kanisters zu praktizieren und sah zu, wie er sich füllte. Der rote Kanister faßte fünf Liter, mit denen sie gut und gerne achtzig Kilometer weit kam und mehr, wenn sie nicht zu schnell fuhr. Unterwegs würde sie irgendwo auf Wasser stoßen, vielleicht auch auf Nahrung, selbst wenn sie zu diesem Zweck jagen und töten mußte. Sie straffte sich und beschloß im stillen, allem Ekel zum Trotz, daß sie – wenn es hart auf hart kam – eines der Krabbelbiester fressen würde, bevor sie sich von ihnen fressen ließ. Und das Wissen, daß sie notfalls dazu imstande war und es *ernst* meinte, trug noch zur Entschlossenheit bei.

Sie drehte den Verschluß, um den Kanister zu schließen, und erhob sich. So hungrig sie war, fühlte sie sich doch so stark wie schon lange nicht mehr, mindestens seit der Flucht aus Broadford House.

»Wird Zeit, daß du die Dinge wieder in die Hand nimmst«, schalt sie sich selbst. »Drei Nächte bist du jetzt auf der Straße und hast dich nicht kleinkriegen lassen. Dann kannst du dich gefälligst auch am Riemen reißen, Patsy Havelin, und den Schweinehunden zeigen, was 'ne Harke ist!«

Sie wollte gerade den Kanister aufheben, als ihr noch etwas einfiel. Ob sie ihr Glück noch einmal versuchen sollte? Wo es Benzin gab und einen Kanister, war vielleicht auch Eßbares zu finden, womöglich eine Konservendose oder sogar Süßigkeiten! Sie umrundete den Wagen, und gerade als sie die Fahrertür öffnen wollte, hörte sie im Unterholz jenseits der abgeknickten Schößlinge etwas rascheln. Patsy musterte das Nadelgehölz, nicht alarmiert, doch schon ein wenig beunruhigt. Dann drückte sie den Griff und zog die Tür auf. Sie stand mit dem Rücken zum Wagen, spähte noch immer ins Grüne, dann drehte sie sich langsam um und sah ins Innere.

Ein grinsender Totenschädel nickte ihr zu.

Trockene Luft entwich ihrer Lunge. Der Schock war so groß, daß ihr Schrei gar nicht an die Stimmbänder rührte. Patsys Mund klappte so weit auf, daß die Muskeln am Kiefer knackten.

Für einen Augenblick wurde ihr schwarz vor Augen, so groß war das Entsetzen. Sie taumelte zurück, stolperte über ihre eigenen Füße und landete mit schmerzhaftem Aufprall auf dem Hintern. Allmählich konnte sie wieder Konturen erkennen, starrte nach vorn und hob den Kopf, nur um den grinsenden Schädel zu sehen, der sich zuvorkommend verbeugte.

»Nein!« Ein einziges Wort war alles, was sie herausbrachte, als sie rückwärts kroch und Halt auf dem steinigen Boden suchte. Das Monstrum stierte ihr traurig nach, eine gräßliche braune Totenmaske, über die eine dünne Membrane gespannt war. Zwei trockene Schlitze füllten die Augenhöhlen, und eine Strähne schmutzigblonden Haars baumelte als mottenzerfressener Rattenschwanz herab.

Der Schädel hielt zuckend inne, und das Maul öffnete sich zentimeterweit.

»Herr im Himmel«, stieß Patsy hervor.

Sie hielt in der Bewegung inne wie versteinert, die hervorquellenden Augen starr auf die eingesunkenen Höhlen des Schädels fixiert. Ein Miasma der Verwesung wallte ihr aus dem geschrumpften Kadaver entgegen, so machtvoll und ekelhaft, daß sich ihre Kehle öffnete und sie auch noch diesen Kelch leerte bis zur bitteren Neige. Die Reaktion löste sie aus der Erstarrung. Ihr Magen zog sich zweimal in schmerzhaften Krämpfen zusammen, Tränen traten ihr in die Augen, doch als es vorbei war, konnte sie sich wieder rühren. Sie blinzelte, bis sie wieder klar sehen konnte, und musterte den Leichnam.

Ein toter Mensch, mehr nicht. Wovor sollte sie sich fürchten? Er lehnte halb aus dem Wagen. Beim Öffnen der Tür hatte er die Balance verloren, wurde jedoch vom Sicherheitsgurt gehalten, der an der verwesten Schulter klemmte. Hauchdünnes Pergament überzog den Schädel, an manchen Stellen eingerissen. Beim Pendeln des Schädels waren zwei Schlitze in den Wangen entstanden, die dem Kiefer erlaubten, aufzuklappen und eine stattliche Zahnreihe zu entblößen über dem mageren Hals, durch den die schartige Luftröhre hervorlugte.

Patsy zwang sich, ruhig zu bleiben und näher hinzusehen. Nie zuvor hatte sie eine Leiche gesehen, keinen erst kürzlich Verstorbenen, und was sie von ihren geologischen Studien her gewohnt war, dagegen war diese erst seit kurzem tot, selbst wenn sie vermutlich seit Monaten, vielleicht Jahren schon auf dem Fahrersitz ihres Wagens in der Hitze verdorrte. Der Geruch war inzwischen verflogen, und Patsy trat näher, überwand sich, den mumifizierten Kadaver in Augenschein zu nehmen.

Die dürren, übermäßig langen Arme waren noch immer nach vorne gereckt, die haftenden Finger am Lenkrad verhakt. Ein goldenes Armband baumelte von einem knorpligen Handgelenk neben einer exquisit wirkenden Armbanduhr.

»Es ist eine Frau«, hörte sie sich sagen, obwohl nichts Feminines, ja, kaum noch *Menschenähnliches* an dieser vertrockneten Mumie zu erkennen war.

Sie trug ein helles Kleid in gekräuseltem Paisley-Muster. Was immer ihre Haarfarbe einst gewesen war, jetzt war es grünlich getönt und fast zur Gänze auf die hageren Schultern gefallen. Das Kleid knitterte, wo das Fleisch eingesackt und abgefault war. Der untere Halsauschnitt wies zwei schrecklich gebauschte Stellen auf. Die Stöckelbeine, mit den wegen fehlender Muskeln grotesk hervorspringenden Knien, endeten in einem teuren Paar Schuhe. Direkt unter dem Hals war ein verwittertes Nest von Trockenblumen angesteckt, und Patsy merkte auf einmal, daß es ein Brautstrauß war.

Sie trat zurück, und ihr Abscheu wurde von einer Welle verzweifelter Melancholie weggespült. Die Blütenblätter waren Konfetti gewesen. Die sonderbaren Bindfäden, die vom Kofferraumdeckel herabwehten, waren zerschnitten worden, um den Lärm tanzender Blechbüchsen abzustellen.

Diese Frau war eine Braut gewesen.

Sie hatte geheiratet und kam gerade mit ihrem frischgebackenen Ehemann von der Hochzeitsfeier, vielleicht noch ein junges Mädchen, obwohl der verschrumpelte Leichnam sie wie eine Greisin erscheinen ließ, und sie war glücklich gewesen. Sie hatten irgendwo gehalten, um die Blechbüchsen abzuschneiden, und waren unterwegs zu einer Unterkunft oder einem Motel, zu ihrer Hochzeitsnacht.

Und plötzlich waren sie auf diese Straße abgekommen.

Aus irgendeinem Grund war dies schrecklicher als der Autofriedhof, wo niemand, jedenfalls soweit sie hingeschaut hatte, in den toten und aufgegebenen Fahrzeugen saß. Es übertraf merkwürdigerweise auch den Anblick vom Brückengeländer, der ihr trotz all der grauenvollen Zerstörungen nicht vollkommen *wirklich* erschienen war, mehr wie ein flackerndes Bühnenbild, das ihretwegen arrangiert worden war, wie ein projizierter Film für alle, die auf der Autobahnbrücke hielten.

Dies hier war anders. Hier war eine echte Leiche, jemand, der tatsächlich gelebt hatte und jetzt tot war, von dieser Straße getötet.

Patsy schwankte, unterdrückte das Bedürfnis, davonzurennen, irgendwohin, wo frische Luft war. Statt dessen ging sie auf dem Standstreifen nach Indianerart in den Schneidersitz und versuchte, das Geschehen nachzuvollziehen.

War er ein eifersüchtiger Verlobter gewesen?

Wenn jemand hier anwesend ist, der einen Grund weiß, weshalb dieses Paar nicht nach Recht und Gesetz verheiratet werden darf, der melde sich und bringe ihn vor, oder schweige für immer.

Sie stellte ihn sich als jemanden vor, hochgewachsen und schwarzhaarig, mit olivfarbener Haut und Raubtieraugen, der die Sitzreihen entlangkam, während die Hochzeitsgäste betroffen und verwundert schwiegen.

Für immer? Ich geb euch für immer! Mögen sie für immer gemeinsam reisen auf der Unteren Straße, die nirgends ein Ende nimmt!

Ihre Phantasie malte sich die Szene aus, setzte sie aus den vorhandenen Mosaiksteinchen zusammen, doch es paßte, *konnte* stimmen, obwohl die Braut vielleicht nur an irgendeiner Kreuzung falsch abgebogen war.

Aber das glaubte sie nicht.

Hatte er ausgespuckt in der Kirche, vor dem Altar, hatte er ihren Schöpfer herausgefordert? Hatte er sie so begehrt, wie Kerron Vaunche ihren Mann begehrte? So geliebt, wie sie Judith liebte?

Sie erhob sich wieder. Die Verzweiflung über die Lebensgefahr, in der sie schwebten, war in übertriebenen Enthusiasmus umgeschlagen, als sie den Benzinkanister fand, und binnen Minuten wieder zur düsteren Vorahnung geworden.

»Sei tapfer, Frau«, befahl sie sich selbst. »Du mußt jetzt stark sein.«

Der Wind trug ihre Worte über das lepröse Birkenwäldchen davon.

Der Beifahrersitz des Wagens war leer. Eine staubige Champagnerflasche lag im Fußbereich, der Korken daneben. Sie waren ahnungslos gewesen, das ließ sich kaum übersehen. Sie hatten gelacht, den Schampus aus der Flasche getrunken. *Vorsicht, nicht auf mein Kleid!*

An irgendeinem Punkt mußten sie gemerkt haben, daß sie sich verirrt hatten. Nicht das Benzin ging ihnen aus, sie waren von der Straße abgekommen. Die Reifenspur und der durchbrochene Zaun zeugten noch immer davon. Vielleicht waren die Katzenaugen-Krabben schuld, oder andere nächtliche Ungeheuer. Hatte er sie am anderen Morgen verlassen, um Hilfe zu suchen? Hatte er sie beschworen, hier auf ihn zu warten? Saß sie hier bei offenem Fenster, lauschte den Stimmen der Nacht, den Schreien der gepeinigten Kreatur, allmählich geschwächt von Durst und Hunger, die Augen unverwandt auf die Straße gerichtet, hoffend und harrend, daß ihr Mann wiederkehrte?

»Mir wird das nicht passieren«, schwor sie sich. »Dafür werde ich verdammt noch mal sorgen!« Sie hatte es kraftvoll und laut beteuert, ließ aber sogleich den Mut sinken.

Kaum hatte sie den Schwur ausgesprochen, als ein Blitz über der Straße aufleuchtete. Sie fuhr herum, sah eine riesige dunkle Wolke über den blassen Himmel aufziehen, und wenige Sekunden später rollte der Donner über die wellenförmige Felslandschaft, ließ den Boden unter ihren Füßen erzittern. Sie wandte sich wieder dem Wagen zu, und plötzlich hörte sie den Leichnam fauchen.

Fast wäre Patsy selbst tot umgefallen.

Der Schlitz in dem straff gespannten Pergament ihrer Augen öffnete sich mit einem leichten Ratsch, und ein Schimmer Blau glitzerte unter dem Lid. Das Auge rollte herum. Ein dicker, saphirblauer Käfer krabbelte aus der Höhlung, mit einem mahlenden Knirschen seiner Fraßwerkzeuge. Der Kiefer des Schädels klappte weiter auf, und das Ding fauchte wieder.

Phhh ... atseeee ...

»Nein!« Sie schüttelte den Kopf. »Das darf nicht sein!« Sie taumelte rückwärts.

Der Schädel drehte sich, mit einem leisen, quietschenden Geräusch. Etwas bewegte sich in der eingesunkenen Brust. Mit einem häßlichen *Plopp* brach die Haut auf, und eine Made wälzte sich, schwerfällig gerippt und abstoßend fett, durch den Brustkorb nach draußen.

Das schwarze Kopfende rieb gegen die Luftröhre, und der Laut ertönte abermals, ein heiseres, stotterndes Fauchen, das wie ihr Name klang.

Das Herz wollte ihr zerspringen und raste wie ein Hammerwerk los. Wieder stieg eine Wolke der Verwesung hoch, und der Schrei blieb ihr in der Kehle stecken. Das andere Auge der Mumie beulte das dünne, pergamentne Lid aus, und es zuckte in der Brust. Das Ding steckt voller Würmer, sagte sie sich, doch ihr Unterbewußtsein korrigierte sie: *Es lebt! gleich steht es auf und kommt dich holen ...!*

Ein Geheul aus der Ferne riß sie aus der Erstarrung.

»Peter!« Plötzlich bekam sie wieder Luft, und jetzt hätte die Mumie ihretwegen aufspringen und einen Veitstanz vollführen können. Die Kinder waren schon viel zu lange allein. Etwas Gräßliches war passiert. Die Zigeunerin hatte sie entdeckt. Sie machte auf dem Absatz kehrt und rannte los. Den Benzinkanister vergaß sie. Die Thermoskanne entglitt ihrer Hand und flog auf Fahrbahn, wo die Innenwand in tausend Scherben zerbrach. Doch Patsy rannte längst wie von Furien gehetzt zu ihrem Wagen zurück.

20

Sie erreichte den Wagen und kam schlitternd zum Halt, wobei sie sich fast überschlagen hätte. Die Beifahrertür war weit aufgeklappt. Judiths Schal flatterte über die Straße. Ihre Kinder waren verschwunden.

Nirgendwo konnte sie Spuren eines Kampfs entdecken. Andere Wagen außer den Wracks von vorhin waren nirgends in Sicht. Patsy geriet in Verzweiflung. Wo waren die Kinder geblieben? Sie schnappte nach Luft, bekam keine, wurde fast ohnmächtig. Hatte Kerron Vaunche sie überfallen, als sie nach Wasser suchte? Waren sie erneut entführt und nach Broadford House zurückgebracht worden, zu dem gräßlichen Opferstein?

Patsy zermarterte sich das Hirn. Hatte sie vorhin von ferne einen Motor aufheulen gehört? Das Herz schlug ihr bis zum Hals.

Dann hörte sie den Schrei von der niedrigen Böschung her. Ohne zu zögern stolperte sie die letzten Meter hinauf und blickte über ein kurzes, steiles Ufer. Büsche mit dikken, gummiartigen Blättern standen hier dicht beieinander. Hinter ihnen glitzerten Wassertümpel und spiegelten knorrige Bäume, deren Kronen über die Senke aufragten.

Die haben doch vorhin nicht hier gestanden? dachte sie unsicher. An einigen Stellen war die Bodenvegetation zertrampelt, wo zwei paar Füße gelaufen waren. Ob diese Spur von ihren Kindern herrührte, war schwer zu sagen. Was wußte sie schon? Es hätte auch eine Tierfährte sein können. Es konnten Monster sein, die über die Böschung kamen, um sie mitzunehmen. *Herr im Himmel, bitte laß ...*

»Peter! *Wo steckst du?«*

Ihr Schrei hallte von den hohen Bäumen wider und verlor sich über der düsteren Sumpffläche. Ein ungutes Gefühl machte sich in Patsys Magengrube breit. Unversehens stürzte sie durch eine Lücke im Dickicht der Blätter.

Das Ufer war viel steiler, als Patsy sich vorgestellt hatte. Kaum war sie über den Rand, als sie auch schon zappelnd den Abhang hinunterpurzelte. Hier fiel das Gelände zehn, fünfzehn Meter ab, und die moosbewachsene Fläche bot kaum einen Halt. Zwei Meter weiter knickte ihr der Fuß um, und sie legte den Rest der Strecke auf dem Hosenboden zurück. Ihre Schulter prallte heftig auf, als sie keuchend unten ankam, halb begraben in vermodertem Laub. Sie wälzte sich herum, rieb sich die Prellung und stieß mit dem Fuß gegen einen riesigen, buntschillernden Pilz, dessen grüne, übelriechende Sporen in die feuchte Luft aufwallten. In der eintönigen Sumpflandschaft war der Pilz der einzige Farbfleck gewesen; alles andere versank im grauen Zwielicht.

»Peter?« Es kam nur gedämpft, als ein heiseres Krächzen heraus. »Komm schon, Peter! *Gib Antwort!«*

Sie stolperte vorwärts, bibbernd vor Panik und bald schon bis zu den Knien im Schlamm robbend. Graue Blasen kamen an die Oberfläche und platzten mit saftigem Knall. Faulige Gase stiegen empor. Im Geäst der Bäume keckerte ein höhnischer Vogel, ein Dschungelgeräusch, das sie aus hundert Filmen kannte, und kaum wahrnehmbar spürte sie, wie sich unter der sumpfigen Oberfläche etwas rührte und die Schichten aus totem, verfaulendem Laub aufstörte.

»Bitte, Peter. Wenn du mich hören kannst, brüll so laut du kannst!« flehte sie mit fast überschnappender Stimme. Ihre innere Warnstimme sandte hysterische Morsezeichen aus: *Mein Gott ... sie sind ertrunken. Sie liegen unter Wasser. O bitte, nein ...*

»Mum!«

Das kam irgendwo von links. Kein Schrei, mehr wie ein zaghafter Klagelaut. Vor Freude wäre sie beinahe ausgerutscht und ertrunken.

»Dem Himmel sei Dank«, stieß sie hervor. Kleine Funken tanzten ihr vor Augen. »Peter! Melde dich! Ruf noch einmal, sag mir, wo du bist!«

Sie watete durch zähen Schlick. Unter den Füßen spürte sie, wie kleine Tiere wie Fische wegglitschten; womöglich Aale.

»Mum! Hilf mir!« hörte sie Peters halberstickte Stimme

»Sprich weiter, mein Sohn. Gleich bin ich bei dir!« Sie war auf der anderen Seite des Tümpels angelangt und erreichte einen Damm, den ein umgestürzter toter Baum bildete. Ein schleimiges Etwas ringelte sich um ihr Bein und glitt davon. Sie tastete mit der Hand nach dem fauligen Holz, und klebriger Sonnentau umschloß ihre Finger. Bis in den Ellbogen verspürte sie brennende Nadelstiche und zog die Hand rasch zurück. Die Tentakel der Pflanze peitschten träge nach ihr. Hoch oben im Laubwerk krähte wieder der Vogel. Etwas bewegte sich zwischen den Baumstämmen zur Rechten, aber sie sah nicht hin.

»Ich bin fast schon da!« heulte sie. »Ruf noch einmal!«

»Schnell, bitte ...« Patsy kletterte über den Damm in einen weitere Tümpel und erstarrte. Peter lag dort im Sumpf eingeklemmt zwischen den dicken Strünken einer riesigen Baumwurzel. Der Kopf wurde unter die zähe Oberfläche getunkt und stieß wieder nach oben. Er japste nach Luft, das Gesicht schlickverschmiert. Seine Hand tastete sich aus der Tiefe hervor und klammerte sich an das Taschenmesser. Jetzt kam er selbst aus dem Wasser, mühsam festen Boden unter den Füßen suchend, dann glitt er wieder im Morast aus, der ihm bis zur Hüfte reichte.

»Peter, was ...«, begann sie, doch das Wort blieb ihr im Hals stecken.

Der grüne Strunk an seinem Hals schien zudrücken zu wollen.

Schlange.

Das Wort zischte, als es ihr in den Sinn kam.

Peter schlug die Augen auf, lichtblau vor dem dunklen braunen Schlamm, kam wieder auf die Füße und zerrte an dem grünen, gewundenen Halswickel. Seine Hand hieb das Messer in das Ding, das ihn umklammerte. Es schlug aus, so schnell, daß seine Füße aus dem Brackwasser kamen und er rücklings wieder hineinfiel. Eine Schlammlawine spritzte sich über den Baumstamm, und Peter versank endgültig.

Patsy machte einen Hechtsprung in den Tümpel und achtete nicht auf die spitzen, nach oben zeigenden Äste, Etwas schnappte nach dem Saum ihrer Jeans, aber sie riß sich wütend los. Wieder tauchte Peters Fuß auf. Sie arbeitete sich zentimeterweise vor, kämpfte gegen den saugenden Schlick an und erreichte ihn keuchend. Seine Hand mit dem Messer kam zum Vorschein, und ohne nachzudenken entriß sie es ihm. Gurgelnd stiegen Luftblasen auf, wo sein Kopf unter Wasser war.

Er ertrinkt. Jesus Christus, er hat Wasser geschluckt.

Sie tauchte unter, tastete nach seinem Kopf, bekam die Schulter zu fassen und stemmte ihn hoch. Den Muskelkrampf unter ihrem Schulterblatt nahm sie kaum wahr. Ihre Rechte stieß das Messer ins Algengewirr, und etwas, das nicht dünner war als ihr Arm, schnellte empor. Eine grüner, gewundener Leib hüpfte ans Licht, ringelte sich um ihr Handgelenk, zog sich fest und fester zu. Blitzartig erkannte sie, daß es keine Schlange war. Es mußte eine Schlingpflanze sein, mit dicken, tauartigen und glitschigen Stengeln. Sie zog die Hand zurück, bevor sich der Knoten zuzog, und die Messerklinge grub sich in die Rinde. Ein Schwall grünen Safts ergoß sich über ihren Arm. Der Knoten sprang auf, und Peter durchbrach die schleimige Oberfläche.

Sie schleifte ihn über den Rand der Baumwurzel und trug ihn ans Ufer. Die Schlingpflanze, moosüberwachsen und mit winzigen kleinen Würzelchen versehen, kroch hinterher. Patsy mußte sie mit zwei kräftigen Hieben in Stücke hacken, um sich ihrer zu erwehren. Das zerschnittene Segment ringelte sich wie ein Aal und verschwand wieder unter Wasser, während der dicke Hauptstrunk schleimiggrünen Saft ausstieß wie pulsierendes Blut, das einem riesigen, unsichtbaren Herzen entquoll.

»Hab ich dich«, japste sie, zog ihren Sohn vom Wasser weg und drehte ihn auf den Rücken. Ein Blatt klebte ihm an der Wange wie eine leckende Zunge. Sie kratzte es ab, und er schlug verschreckt die Augen auf.

»Komm schon, Junge. Wach auf!«

Er fiel zurück und streckte alle viere von sich.

»Peter«, drängte sie, »du mußt aufstehen!«

Hinter ihr hörte Patsy in den Tiefen des Sumpfwäldchens das Knacken von Zweigen, das Krachen im Geäst, als käme von dort etwas auf sie zu. Judith mußte hier irgendwo sein.

»Nun beweg dich schon, Peter. Steh auf!«

Sekundenlang lag er vollkommen leblos da, die Augen blind gen Himmel gerichtet. Er bekam einen Hustenanfall, daß es ihm Kopf und Oberkörper vom Boden hob. Ein dikker Brocken Schlamm flog an Patsys Schulter. Sie klopfte ihm den Rücken, und er spuckte wieder, heftig genug, daß sie den Rückstoß spürte. Doch sie blieb an ihn geklammert und schlug ihn, bis die Lunge frei wurde und er abhusten konnte.

Er zitterte in ihren Armen, räusperte sich krächzend und spuckte noch einmal aus. »Es hat mich erwischt«, stammelte er zwischendurch. »Es fiel vom Baum herunter und schnappte nach mir, und ich kam nicht mehr von der Stelle!«

»Wir müssen Judith finden«, unterbrach Patsy. Irgendwo ganz in der Nähe hörte sie noch immer den Klang schwerer Schritte. Jetzt war keine Zeit für lange Erklärungen.

»Sie ist einfach aus dem Wagen geschlüpft. Ich wollte sie wieder einfangen.«

»Später«, drängte sie und hob ihn aus dem feuchten Laub. Jenseits, im Dickicht, brach wieder ein Ast entzwei. Es klang wie ein Gewehrschuß. Patsy blickte ängstlich auf, doch sie sah nur die Schatten im Gesträuch tiefer werden.

Peter hustete wieder. Zwei bräunliche Schlammspuren verklebten die Oberlippe, und er wischte sie mit dem Ärmel weg. Patsy mußte ihn mehr oder minder quer durch den Tümpel tragen, wobei sie angestrengt nach Judith Ausschau hielt. Schließlich erreichten sie die andere Seite, mit schlammverkrusteten Füßen und wie betäubt von dem Gas, das die Blasen freisetzten, wenn sie zur gärenden, suppigen Oberfläche aufstiegen und zerplatzten. Am dicken knorrigen Stamm des nächsten Baums tastete wieder ein grüner, schleimiger Finger nach ihnen, und Patsy wehrte ihn fast unbewußt mit dem Messer ab. Dann hievte sie Peter über den Rand und schleppte ihn durch den nächsten Tümpel. Dieser war nicht mehr als fünf, sechs Meter breit, doch tiefer als der andere, und dahinter lag die steile, glitschige Böschung, die sie überwinden mußten, um zur Straße zu kommen.

Judith stand reglos am Ufer, blind für sie, den Blick starr in die trüben, schlammigen Fluten versenkt. Eine Wolke schillernder dunkler Fliegen tanzte über ihrem Kopf, von denen sich einige schon in ihrem Haar verfingen. Patsy starrte hinunter in den Sumpf.

»*... der in den Wurzeln des Dunkels wohnt, das in den Tiefen schlummert ...*«

Der Gesang erscholl klar und deutlich in der stillen Luft. Judiths Miene war vollkommen ausdruckslos wie die eines Mannequins. Fiebrige Röte überzog ihre Stirn bis zu den Schläfen. Hinter ihrem Ohr schlug die Haut tiefe Falten. Patsy fühlte, wie etwas in ihrem Inneren entzweibrach. Gedankenlos stapfte sie durch den Matsch, zertrat die Pflanzen unter ihren Sohlen, zog Judith bei der Hand zu sich und schlug ihr mehrmals heftig ins Gesicht. Das Kind taumelte zurück. Peter keuchte. Jetzt begann Judith leise zu wimmern. Es vibrierte unter ihren Fußsohlen, als hätte der Blitz eingeschlagen, und in den riesigen Bäumen knackte es vernehmlich.

Judith stürzte rücklings zu Boden, Patsy fing sie gerade noch auf, und jetzt brach das Mädchen in Tränen aus. Ein Schleier fiel von ihren Augen, und wie aus einem tiefen Schlaf erwachend, starrte sie mit großen Augen die Mutter an. Patsy hätte heulen mögen; statt dessen gab sie ihrer Tochter einen Klaps und zog Peter hinter sich her.

Sie wollte gerade wieder ins Wasser steigen, als der Boden unter ihr nachgab und sie zurückwich.

»Da kommt jemand!« Peter drängte sie zur Eile. »Ich höre einen Höllenlärm hinter uns.«

Patsy war drauf und dran, weiterzugehen, doch unvermittelt signalisierte jeder Nerv in ihrem Körper drohende Gefahr.

»Was ist los?« wollte Peter wissen. Er wandte sich um und blickte hinter sich. Etwas regte sich in den Schatten, nur ein schwärzeres Flattern vor schwarzem Hintergrund, ohne Kontur und Gestalt. Er zupfte seine Mutter am Ärmel, bedeutete ihr, sich umzudrehen.

»Schnell, Mum. Da ist wirklich etwas unterwegs!«

Patsy wollte eine Schritt nach vorn tun. All ihre Sinne waren geschärft. Der Tümpel geriet plötzlich in Gärung und schlug eine große Blase, fast ein Meter im Durchmesser, grün und schleimig-schillernd, bevor sie mit einem Schwall von Verwesungsgestank platzte. Für Sekunden klärte sich die algentrübe Oberfläche, und ein bleiches Oval wie ein Fischbauch schwebte vom Grund nach oben. Es drehte sich mehrmals, verdunkelte sich wie der Neumond, dann wurde es wieder hell, als es dicht unter die Oberfläche kam.

Ein weißes, pupillenloses Augenpaar starrte sie vom Wasser her an.

»Komm schnell, Mum«, ächzte Peter neben ihr. »Da kommen noch mehr!« Noch immer blickte er sich nervös um und klammerte sich an ihren Arm. Sie machte einen Satz nach hinten, und er fuhr herum, folgte ihrem Blick und entdeckte die aufgedunsene Wasserleiche, die sich unter der schmierigen Haut abzeichnete. Einen Meter weiter stieg eine neue Blasen hoch und zerplatzte. Ein weiterer blasser Leichnam trudelte nach oben. Nicht weit vom anderen Ende schwollen zwei Blasen an, schwebten glitzernd eine Weile in der Luft und hauchten gleichzeitig mit lautem *Plopp* ihre Pestilenz aus. Eine graue Hand winkte schlaff in der Luft. Peter sog stöhnend die Luft ein.

Direkt zu ihren Füßen brach jetzt das blasse Gesicht durch den Schlick, vom aufsteigenden Miasma nach oben getrieben, und sie konnte den Blick nicht mehr von den toten Augen des Mannes lösen. Schmutzwasser tröpfelte aus zerfressenen Nasenlöchern, ein kleiner ausgebleichter Streifen Haut löste sich von der Wange. Etwas Glattes, Zuckendes entquoll den fransigen Lippen und wurmte sich wieder in die Tiefe.

»Wir müssen weg«, wisperte Peter zur Seite gewandt, als fürchtete er, die treibende Leiche könne ihn hören. »Ehrlich, Mum. Hier können wir nicht bleiben.«

Er schubste sie unruhig, und der Stoß genügte, um sie auf dem Steilufer ausgleiten zu lassen. Es reichte, um Patsy aus der Erstarrung zu lösen. Sie rutschte nur einen halben Meter tief, doch es war schon ein gutes Stück zum Wasser, wo das verwesende Gesicht aus dem stinkenden Tümpel lugte. Ihr Kopf schnellte herum, und sie sah, wie sich am anderen Ufer etwas regte. Es wirkte wie ein Schatten, der rasch mit anderen Schatten zu Fuß der gewaltigen Baumwurzel verschmolz. Das flache Gewässer, durch das vorhin gewatet waren, brodelte heftig unter den Gasen, die vom morastigen Grund aufstiegen. Jenseits davon sah sie, wie sich etwas zwischen den Stämmen bewegte.

»Es sind Geister!« schrie Peter auf. An ihre Schulter gelehnt, verfiel Judith in asthmatisches Keuchen.

Graue Silhouetten wateten durch Matsch und Schlick.

Wer sie auch sein mochten, körperlose Gespenster waren sie nicht. Links brach ein Zweig unter ihrem Schritt, ein verrotteter Holzscheit barst vorn knirschend in Stücke. Zur Rechten hob sich mit schmatzendem Schlürflaut ein Fuß aus dem Morast. Direkt hinter ihnen erscholl ein Grunzen, und Patsy machte so schnell kehrt, daß sie sich beinahe allesamt überschlugen und die Böschung herunter und ins Wasser kullerten. Dort trieb eine weitere Moorleiche nach oben, der Bauch grotesk von Faulgasen gebläht. Als sie sich drehte, entfuhr dem offenen Mund ein schallender Rülpser, und fast sah es aus, als ränge der Tote nach Atem.

Sie bekam Peter beim Kragen zu fassen und zerrte ihn über den schmalen Steg, den ein umgestürzter Baumstamm bildete. Sie schafften es bis zum Steilufer und krabbelten auf allen vieren nach oben, schlitternd und strauchelnd, zwei Meter vor und einen zurück, während hinter ihnen die Schattenwesen unaufhaltsam durch den Tümpel glitschten.

Laß sie hier bei uns ...

Ein Flüstern meldete sich unter ihrer Schädeldecke, eine Stimme von der Stofflichkeit modriger Pilze, geleeartig und im lichtlosen Keller wuchernd.

Uanan ... bleib bei uns.

Judith straffte sich. Sie hob den Kopf an Patsys Schulter. Ihre Mutter langte nach oben und schlug sie erneut. Zugleich stützte sie Peter mit dem Handrücken ab, preßte und schob ihn den Abhang hinauf. Vor ihrem geistigen Auge tauchten schleimige Amphibienwesen auf, wie Gollum aus dem *Herrn der Ringe*, die, Beschwörungen murmelnd, durch Marschland irrten und die Seelen der Toten unter der Sumpffläche leuchten sehen.

»Es ist nur ein Traum«, redete sie sich ein, und sekundenlang hätte sie glauben mögen, daß sie nur träumte oder Halluzinationen hatte, bis Peter rückwärts glitt und mit dem Absatz ihren Fuß rammte, hart genug, daß sie vor Schmerz aufschrie und jeden Gedanken an einen Alpdruck verwarf.

Bleib hier ... hier unten ... bring unsss dasss Opfer ... Die Glibberstimmen beschwatzten und lockten sie, und sie schüttelte den Kopf, um sie loszuwerden. Wieder schob sie Peter mit der Hand an und schubste ihn kräftig hinauf, bis er oben ankam und über den Rand fiel. Er schnaufte überrascht und verschwand in einem aufspritzenden Wasserschwall. Sie hörte einen Platscher, hechtete hinterher und purzelte in einem Knäuel mit Judith in eine große Pfütze klaren Wassers. Sie richtete sich auf, erst auf die Knie, dann auf die Füße, und schließlich marschierte sie durch das Riedgras die Böschung entlang, an den niedrigen Büschen vorbei zum Grünstreifen. Der Wagen stand noch immer am Straßenrand. Sie packte ihre Kinder hinein, startete und fuhr los, halb erwartend, die Sumpfgeister könnten jeden Moment über die Böschung stürmen. Doch nichts regte sich im Zwielicht unter den Bäumen.

Sie kamen zum Autowrack, und sie hielt, noch immer schwer atmend. Peter wollte ihr umständlich berichten, was passiert war, aber sie hieß ihn still sein. Erklärungen waren überflüssig. Etwas war aus dem Dunkel gekommen und hatte nach Judith geschnappt, ob es nun Kerron Vaunche war oder eines jener Wesen, denen sie in ihrem verdammten Keller huldigte.

Sie schämte sich zutiefst, ihre Tochter geohrfeigt, ein krankes Kind geschlagen zu haben. Doch es hatte Wirkung gezeigt. Für einen Moment hatte sie die Singerei unterbrochen, die schwarze Litanei zum Verstummen gebracht. Für einen Moment hatte sie Judith von den wirren Vorstellungen erlöst, die sich in ihrem fiebrigen Gehirn kreuzten.

Noch zwei Tage. Dann war Vollmond. *Sie waren am Rand der Verzweiflung.* Patsy wußte, daß sie ihr rastlos nachjagen und keine Ruhe lassen würden.

Die Thermosflasche lag mitten auf der Straße, eine Seite stark eingedellt und irreparabel beschädigt. Wasserkessel und Benzinkanister waren noch an Ort und Stelle. Sie ließ Peter und Judith angeschnallt – sie sollten die mumifizierte Leiche nicht sehen –, während sie das Benzin in ihren Tank füllte. Den Kessel und die Eisenstange las sie von der Straße auf und warf sie in den Kofferraum.

Die fünf Liter mochten für achtzig, vielleicht hundert Kilometer reichen, womöglich noch mehr, wenn sie sehr langsam fuhr. Patsy überlegte, ob sie noch etwas aus dem fremden Tank zapfen sollte. Ob sie es übers Herz brachte, sich hinzuhocken und am Schlauch zu saugen, während das verdorrte tote Wesen am Steuer von Maden und Käfern und Fliegen nur so wimmelte? Sie nahm den Kanister auf, nicht ohne Verwunderung, daß sie imstande zu war, es *tun* würde, als Peter das Seitenfenster herunterrollte.

»Mum?«

Auf dem Weg zu dem anderen Wagen blieb sie wie angewurzelt stehen.

»Schau!« Er deutete nach hinten. Dort erstreckte sich, in sanfter Kurve an Geröllhalden und niedrigen Baumgruppen vorbei, die Straße. Ein Licht blitzte dort auf; sie schirmte die Augen ab und spähte in die Ferne, wo sich die Straße im Nebel verlor.

»Was ist das?« fragte sie. Peter war aus dem Wagen geklettert und stand neben ihr, unwillkürlich die Körperhaltung seiner Mutter nachahmend.

»Ein Möbelwagen?«

Das dunkle Viereck, auf die Entfernung undeutlich flimmernd, löste sich wieder auf. Es folgte einer Biegung der Straße, hinter sich eine winzige Staubwolke, die den Weg markierte. Wieder blinkte ein Sonnenstrahl in der Scheibe. Ein schwarzer Transit, vielleicht wirklich ein Möbelwagen. Unschlüssig starrten sie hin, während er die Kurve verließ. Scheinwerfer glommen schwach im Tageslicht, und das erinnerte Patsy an die Verfolger von gestern, die sie an einer Weggabelung abschütteln konnten. Es überquerte einen kleinen Buckel, und die Scheinwerfer tauchten wieder auf, diesmal deutlich von orangegelber Farbe, nicht weiß. Die Umrisse wurden jetzt deutlicher. Der Wagen wurde immer größer, auch wenn er noch einige Kilometer entfernt war. Plötzlich wußte Patsy, daß es derselbe war, den sie erst an der Abzweigung losgeworden waren. Es schien eine Ewigkeit her, dabei waren erst einige Stunden vergangen.

Derselbe Wagen war ihnen auf den Fersen und holte immer mehr auf. Ihre innere Stimme zeterte unbeherrscht los. *Kerron Vaunche.* Sie war es, die sie verfolgte. Der Staub quoll hinter ihr in den perlgrauen Himmel, eine Luftspiegelung für sich. Ein tiefes, insektenähnliches Summen wurde zum dröhnenden Hummelgebrumm, als der schwarze Möbelwagen allmählich in Sichtweite rückte.

Patsy wirbelte herum. »Zurück ins Auto!« befahl sie Peter, und diesmal gab es keine Widerrede. Er kroch neben Judith nach hinten. Patsy ließ den Motor mit einer Hand an, mit der anderen warf sie den leeren Kanister unter den Nebensitz. Krachend rastete der Gang ein, und schon rasten sie los und hinterließen selbst eine Staubwolke, als die Reifen auf dem roten Schotter durchdrehten. Die Tachonadel arbeitete sich rasch auf hundert, hundertzwanzig hoch, und sie rasten über die Autobahn, in eine Kurve, vorbei an einem rostigen Gewirr ineinander verkeilter Wagen, auf und davon.

Patsy trat das Gaspedal durch, und der Wagen beschleunigte auf hundertfünzig. Sie wußte, daß sie mit ihren fünf Litern nicht weit kam bei diesem Tempo, aber ihr blieb keine andere Wahl. Sie trachteten ihren Kindern nach dem Leben.

Wieder eine scharfe Kurve, dann eine Steigung, durch einen natürlichen Tunnel, den die über der Straße zusammengewachsenen Baumkronen bildeten. Patsy merkte, daß hier keine Autobahn mehr war. Wieder hatte sich die Straße verändert, hier war sie nur eine zweispurige Nebenstrecke, obwohl sie sich nicht an ein Schild erinnerte. Die enge Straße wand sich in Serpentinen, bog rechts und links aus, hier und da hatte der Waldboden ein Stück Asphalt zurückerobert. Patsy fuhr sturheil weiter, ließ sich nicht einfallen, sich umzusehen. Gewiß war etwas in diesen Wäldern unterwegs, und wenn sie es hörte, würde sie auch die heisere, an ihrer Schädeldecke kratzende Stimme hören. Das würde reichen. Wenn sie zusammenzuckte, würde sie das Steuerrad herumreißen und sie alle zu Tode bringen.

Die Straße tauchte unter eine weitere dunkle Allee grüner Blätter durch, kam wieder ans Licht, und dann flammte wie durch Zauberei ein viereckiges Schild vor ihr auf, ein weißes Brett an gestreiftem Pfahl. Es trug das einfache schwarze Kreuz, das eine nahegelegenen Wegkreuzung bezeichnete. Sie nahm den Fuß vom Gas, jetzt, wo die Bäume hinter ihr lagen, tippte nur leicht auf die Bremse. Eine hohe, rechtwinklige Konstruktion ragte vor ihr auf, ein hölzerner Kran, wie es schien, der mitten auf der Straße stand. Doch als sie näherkam, erkannte sie den kreisförmigen

Fleck nackten Erdbodens, auf dem er stand, inmitten der Kreuzung. Vier Straßen, einschließlich der, auf der sie gekommen war, strebten von hier in alle Himmelsrichtungen auseinander. Fast wäre sie stehengeblieben. Welchen Weg sollte sie nehmen? Sie starrte zu dem Holzkran hinauf, in der Hoffnung, ein Hinweisschild zu sehen. Vier Pfeile, roh geschnitten in Holz, dessen Farbe schon absplitterte, zeigten in alle vier Richtungen, doch was oder wohin sie zeigten, war nicht zu identifizieren.

»Was ist das?« erkundigte sich Peter. Er beugte sich vor und zeigte auf das hölzerne Gebilde. Patsy war zu vertieft in Gedanken und hörte kaum zu. Hinter ihr war ein schwarzer Möbelwagen her. Jede Sekunde konnte er aus dem Dikkicht brechen.

»Triff eine Wahl«, ermahnte sie sich selbst. »Nun *entscheide* dich endlich!«

Linker Hand? Nach links abbiegen? Irgendwie klang das nicht richtig.

»Da oben hängt etwas«, beharrte Peter. Für Sekunden wurde Patsy abgelenkt und schaute hinauf. Auf der anderen Seite des Holzgestells baumelte ein flatterndes Bündel von einem schweren Brett herab, an eine Lumpenpuppe erinnernd wie zu Karneval. Sie blickte weg. Doch mit einem Mal löste sich die Gestalt in ihr Nachbild auf, das sie auf der Netzhaut wahrnahm. Ungläubig starrte sie noch einmal hin und sah ein Gewirr schwarzer, eiserner Gitterstäbe, wie einen großen Vogelbauer, der an rostiger Kette hing. Hinter dem Gitter lag ein zusammengesunkenes Bündel. Weiße Knochen kontrastierten grell zu den flatternden schwarzen Lumpen, aus denen sie hervorragten.

»Was ist das?« fragte Judith.

Eine Leiche im Käfig, der vom Kran herabhängt und

nach vorn zeigt. Sie blickte nach links, und tief im Innersten fühlte sie einen Stich, der ihr sagte *nein.* Dann riß sie das Steuer nach rechts, trat aufs Gas und röhrte über die einspurige Fahrbahn, immer in der Furcht, der schwarze Lieferwagen käme gerade noch rechtzeitig aus dem Waldtunnel heraus. Ein, zwei Kilometer weiter beschrieb dieser Weg eine Linkskurve, und der Menschenkäfig geriet außer Sicht. Im Innern spürte sie das Schaben und Kratzen von etwas Dunklem, Abgründigem, und wieder fiel ihr *Gollum* ein, der schnüffelnd und winselnd nach dem Zauberring sucht. Sie ahnte dunkel, weshalb sie vor dem Möbelwagen die Flucht ergriff. Der geistige Kontakt mit Kerron Vaunche war infektuös wie Pesthauch. Die tödliche Berührung war fast ganz geschwunden, und der Instinkt sagte ihr, daß sie die richtige Wahl getroffen hatte. Sie waren einen anderen Weg gefahren. Diese Gewißheit war so erleichternd, daß sie sogar den Fuß vom Gas nahm und den Wagen mit fünfzig, sechzig zockeln ließ.

So weit das Auge reichte, nahm es das satte Grün sanft gewellter Hügel wahr, hier und da unterbrochen von Gruppen merkwürdig knotiger Bäume. Der Eindruck der Bedrohung verlor sich fast ganz. Sie legte weitere fünfzehn Kilometer zurück, gelassener jetzt, auf Anzeichen von Fahrzeugen achtend, deren Tank sie anzapfen konnte. Die Straße glitt um einen Hügel herum, und als sie ihn hinter sich ließ, führte sie wieder schnurgerade in die Ferne. Die Tankanzeige war längst wieder auf Rot gewandert. Irgendwo unterwegs muß ich Benzin finden, dachte sie. Schätzungsweise dreißig Kilometer blieben ihr noch, bis der Wagen endgültig stehenblieb. Judith murmelte schläfrig, aber es war kein seelenloser Gesang. Patsy fiel ein, daß sie auch kein Wasser mehr hatten. Sie fuhr weiter, den Blick starr in die Ferne gerichtet, immer auf der Suche nach einem verlassenen Wagen.

Längst war sie vorüber, bevor ihr die Silhouette des Mannes auffiel, der in geringem Abstand zum Straßenrand saß. Ohne nachzudenken trat sie voll auf die Bremse, und der Wagen kam quietschend zum Stehen und wirbelte Schotter auf. Patsy drehte sich in ihrem Sitz um und starrte aus dem Heckfenster.

Er schien sie nicht bemerkt zu haben. Ein dünnes Flimmern in der Luft verriet ihr, daß neben ihm ein Lagerfeuer brannte. Ein unbehagliches Gefühl ließ sie zögern. Der Mann saß über sein Feuer gebeugt, rührte sich nicht, blickte nicht einmal auf. Ebensogut hätte er aus Stein gemeißelt sein können.

Sie wußte nicht, was zu tun war, und die Kinder schwiegen. Hier saß ein Fremder an einer fremden Straße, auf der bislang alles, was ihnen begegnet war, gefährlich, wenn nicht tödlich gewesen war. Doch sie war allein mit ihren beiden Kindern, hatte kein Wasser und kaum Nahrungsmittel, und das Benzin reichte nur noch ein paar Kilometer weit. Fast unwillkürlich öffnete sie den Wagen. Peter fuhr bei diesem Geräusch herum. Sie hielt den Finger an die Lippen, und ihre Nerven waren plötzlich angespannt wie eine Violinsaite. Ganz vorsichtig glitt sie hinter dem Steuer hervor und tastete gleichzeitig nach der Eisenstange hinter dem Sitz. Harziger Brandgeruch wehte herüber, gemischt mit dem Duft von warmer Küche, der ihr das Wasser im Mund zusammenlaufen ließ. Sie erhob sich langsam, ließ die Tür angelehnt und auch den Zündschlüssel im Schloß – nur für den Fall der Fälle.

Es kam ihr wie eine Ewigkeit vor. Jedenfalls stand sie lange neben dem Wagen und beobachtete die reglose Gestalt neben dem Feuer. Nach einer Weile setzte sie sich in Bewegung, das Eisen vor sich ausgestreckt wie ein Schwert.

21

Er blickte nicht auf, und sie hatte keine Ahnung, ob er sie bemerkt hatte. Doch um den Wagen zu überhören, hätte er stocktaub sein müssen. Sie drehte sich hastig um und zögerte wieder unentschlossen.

War er einer von denen? Gehörte er dem Zigeunervolk an? Woher sollte sie das wissen? Er konnte alles mögliche sein.

Er konnte *irgend etwas* sein.

Der Mann rührte sich nicht von der Stelle. Patsy zitterten auf einmal die Hände. Wenn sie nähertrat und ein Totenschädel sie angrinste, würde sie schreien, bis ihr die Luft ausging. Wenn er sie anfaßte und begrabschte und sich in den angeblichen Polizisten verwandelte, würde sie tot umfallen.

Peter und Judith sahen ängstlich zu, beide knieten auf dem Rücksitz, um sie durch das Fenster zu beobachten. Schließlich bezwang sie sich, trat auf den Mann zu, die Finger um das rechtwinklige Stück Metall geklammert. Sie mußte sich Klarheit verschaffen und herausfinden, ob er ihr helfen konnte. Mit jedem Schritt glaubte sie, seine gebückte Gestalt werde sich verformen und verwandeln. Eine falsche Bewegung von ihm, und sie würde ihm auf den Schädel schlagen, mit Wucht auf die Schläfe, und wenn er am Boden lag, zum Wagen zurückrennen.

Zehn Schritte war sie gekommen, als der Mann den Kopf hob. Er trug einen braunen Hut mit breiter Krempe, die seine Augen überschattete. Er wirkte wie ein dreckiger, gefährlicher Streuner.

Augenblicklich fiel ihr das Bild des Uniformierten wieder ein, und sie verharrte in der Bewegung, schon zum nächsten Schritt bereit. Er hatte sich ins Fenster gedrängt und an ihre Brüste gefaßt, mit harten, hornigen Händen, die auf der zarten Haut kratzten, und als sie ihn abgewehrt, als Peter ihn angeschrien hatte, lief ein Schatten über das Gesicht des Mannes, und sie glaubte, er würde sich *verwandeln.*

Sie sah sich kurz nach den Kindern um, dann wandte sie sich wieder dem Kerl am Lagerfeuer zu. Er war noch höchstens zehn Meter entfernt. Sie wollte gerade weitergehen, als er vor sich ins Feuer griff und etwas aufhob. Langsam, fast müßig rappelte er sich auf und ging an den Straßenrand. Patsy wich zurück, aber er würdigte sie keines Blikkes.

Hinterhalt. Mach, daß du hier wegkommst. Ihre Nerven waren zum Zerreißen gespannt.

Er schlenderte vielleicht fünf, sechs Meter weit, den Kopf gesenkt, als ob er etwas verloren hätte, dann setzte er das Ding auf dem weißen Randstreifen ab. Es war eine Dose mit gekrümmtem, aufgerissenem Deckel. Ein Rauchwölkchen kräuselte sich. Der Fremde kehrte zum Feuer zurück und hockte sich wieder hin, mit derselben lässigen Bequemlichkeit. Der Art, wie er sich bewegte, war gar nichts Nervöses oder Bedrohliches anzumerken.

Er wird dich umbringen. Die Kinder töten. Die innere Stimme schnappte fast über. Der Mann hatte sich mit müßiger Herablassung bewegt, als legte er Köder für Ungeziefer aus. Ihre Angst niederkämpfend, machte Patsy wiederum ein paar Schritte auf ihn zu, nahe genug, um zu sehen, was er auf die Straße gestellt hatte. Eine Büchse Bohnen. Der Mund wurde ihr so wäßrig, daß sie schlucken mußte.

Jetzt blickte er auf und deutete lässig auf die dampfende Konservenbüchse, um ihr mit dieser harmlosen Geste zu bedeuten, daß sie sich bedienen dürfe. Argwöhnisch musterte sie seine Finger. War die Hand dick und knotig, waren die Finger verhornt und mit rötlichen Büscheln bedeckt? Von ihrem Standort aus sah sie einfach aus wie schmuddelige Hand. Sie zwang sich, näherzutreten, durchbohrte ihn mit Blicken, achtete auf die kleinste Regung. Er war in seine Ausgangsposition zurückgekehrt, Kopf gebeugt, verborgen unter der breiten Hutkrempe, so daß sie ihm nicht in die Augen sehen konnte. Er kramte in der Seitentasche seiner abgewetzten Lederjacke. Würde er eine Axt herausziehen, oder eine schartige Buschmesserklinge? Dann langte sie nach der Büchse, zitternd vor Anstrengung, erschöpft wie nach einem Marathonlauf um den Preispokal, bückte sich und nahm sie an sich, ohne ihn auch nur eine Sekunde aus den Augen zu lassen.

Der einfache Duft nach gekochten Bohnen ließ sie aufblühen und gaukelte ihr rosa Wölkchen vor. Wieder lief ihr das Wasser im Mund zusammen, und ihre Muskeln spannten sich vor Erwartung. Die Büchse war heiß, aber nicht so, daß sie sich verbrannt hätte. Sie griff fest zu und erhob sich. Er reagierte nicht, langte nur in seinen großen Rucksack und beförderte eine weitere Dose ans Tageslicht, vielleicht von derselben Sorte oder was anderes aus einem reichen Sortiment. Als sie zum Wagen zurückkehrte, hörte sie, wie er die Büchse mit dem Taschenmesser aufstemmte.

Peter fiel über die Bohnen her wie ein Wolfjunges, und

Patsy versuchte, Judith mit dem Löffel zu füttern, immer wieder Ausschau haltend, ob sich der gebückte Mensch am Lagerfeuer rührte, eine Wölfin, die bei der Fütterung ihrer Brut in höchster Alarmbereitschaft bleibt. Sie nahm selbst zwei Löffel vom Inhalt, verbrannte sich die Zunge dabei, doch es war die köstlichste Mahlzeit, an die sie sich zeitlebens erinnern würde. In wenigen Minuten war die Büchse leer.

»Wer ist er?« wollte Peter wissen, mit vollem Mund und unaufhörlich mahlenden Kiefern. Ein kleiner Tropfen rotbraune Sauce drohte seinem Mundwinkel zu entrinnen, bevor ihn die Zunge aufschleckte und seiner Bestimmung zuführte.

Patsy zuckte die Achseln. »Keine Ahnung. Wir müssen auf der Hut bleiben.«

Sie blickte von Peter zu Judith, die sie ausdruckslos und trübe anstarrte. Ihre Stirn glänzte fiebrig, und an den Wangen wurde die Haut rissig und pergamentdünn. Darunter zeichneten sich violette Äderchen ab und verliehen ihr eine falsche Röte. Sie hatte kaum etwas essen mögen, und ihr Atem roch säuerlich. Patsy bettete sie bequem in die eingerollte Decke.

»Ich werde mit ihm reden. Ihr müßt aber im Wagen bleiben, und das gilt besonders für Judith, verstanden?« Sie warf Peter einen vielsagenden Blick zu, der klarstellte, daß sie sich diesmal daran halten sollten, und er nickte schuldbewußt. Patsy verließ den Wagen und spähte nach dem Fremden. Er drehte jetzt einen Stock über dem Feuer. Sie schloß die Tür so leise wie möglich, nahm ihr Eisen wieder auf, nur für den Fall, daß er Schwierigkeiten machte, oder falls er sich als *etwas* anderes entpuppte, als es den Anschein hatte. Dann machte sie sich auf den Weg, zitternd vor Entschlossenheit, sich zur Wehr zu setzen oder zu fliehen, vielleicht nur vor Angst,

Als sie an die Stelle kam, wo sie seine Gabe angenommen hatte, blieb sie stehen, und er sah auf. Seine Augen waren noch immer überschattet; ein zotteliger Bart sproß ihm am Kinn, der einst rot gewesen sein mochte. Die Lederjacke war zerlumpt und staubbedeckt. Auf dem Stock, den er über dem Feuer drehte, befand sich ein dunkler Klumpen.

Sofort fiel ihr das debile Mädchen mit den Schielaugen wieder ein. Sie war über einen qualmenden schwarzen Fleischklumpen hergefallen, der aussah wie aus einem brennenden Wagen gezerrt. Sie schreckte zurück, vollkommen entgeistert. War es Fleisch? Stammte es auch aus dem brennenden Wagen ...? Patsy wollte sprechen, schluckte, und setze erneut an.

»Können Sie uns helfen?« brach es aus ihr heraus.

»Weiß nicht, Ma'am.« Sein Baß grollte unter dem Schatten der Hutkrempe hervor, rauh wie der Sänger in der Jukebox, damals in der verhexten Raststätte.

»Wir haben uns verirrt«, gestand sie, und jetzt erst wurde ihr klar, wie erbärmlich sich das anhörte.

»Sie und ich und alle anderen auch, Lady. Kein Mensch weiß an diesem gottlosen Ort, wo's langgeht.« Er hob den Kopf und sie sah flüchtig, daß er blaue Augen haben mußte und das Gesicht zu einem wölfischen Grinsen verzerrte.

»Wir sind jetzt seit vier Tagen auf der Straße.«

Er nickte. Dann langte er nach dem Stock, der zwischen zwei gegabelten Ästen balancierte, um den dunklen Klumpen über dem Feuer zu wenden. Sie roch das gebratene Fleisch. Zwei dünne Knochen staken aus der schwärzlichen Masse, und sie bemerkte, daß es ein kleines Tier war. Das zumindest war eine Erleichterung.

»Wissen Sie denn, wo wir sind?«

»Nö«, gab er zurück. Sein Akzent ließ sie an Marshalls in alten Westernfilmen denken. Er mußte Amerikaner oder Kanadier sein, was genau, wußte sie nicht. »Aber eine Idee habe ich schon.«

»Und das wäre?«

Er faßte sich an den Hut und nahm ihn ab, wischte sich dabei mit dem Ärmel über die Stirn. Sein Haar war lang und schmutzigblond, im Kragen zu einem wirren Pferdeschwanz gebunden. Nachdenklich starrte er ins Feuer, dann sah er auf.

»Lady, ich meine, Sie sind auf dem Weg zur Hölle.«

Sie setzte zu einer neuen Frage an und schloß den Mund wieder. Er machte sich ihr Schweigen zunutze. »Wollen Sie den Prügel da nicht allmählich hinlegen? Oder haben Sie vor, mir den Schädel einzuschlagen, hm?«

Noch immer hielt sie das Eisen bereit. Langsam ließ sie es sinken, bis das vordere Ende den Boden berührte.

»Und? Wissen Sie, wie wir hier wegkommen?«

»Wenn ich's wüßte, wäre ich längst nicht mehr hier, das können Sie mir glauben.« Er grinste wieder und ließ kräftige, gesunde Zähne erkennen. »Jeder, der noch bei Trost ist, hätte längst das Weite gesucht, oder?«

Der Mann rührte in der zweiten Büchse, die jetzt so verführerisch duftete wie die erste. »Haben die Bohnen geschmeckt?«

»Ja. Danke.« Er wirkte nicht unfreundlich. Beherzt kam sie einen Schritt näher, bereit, ihn für einen normalen Mitmenschen zu halten, einen Mann mit guten Absichten. Doch kaum stand sie vor ihm, als er in seine Jackentasche faßte, und was er jetzt hervorholte, war eine schwere, schwarzglänzende Handfeuerwaffe mit ellenlangem Lauf.

»Oh!« Sie ächzte atemlos, wich zurück und sah nach Peter, der sie vom Heckfenster beobachtete. Schon wollte sie einen Warnschrei ausstoßen, und ihre innere Stimme keifte: *Dumme Ziege, hab ich's dir nicht gesagt!* Arglos war sie diesem wildfremden Menschen in die Falle gegangen, am Rand einer Straße, wo alles feindlich und lebensgefährlich war, mit nichts als einer dünnen Eisenstange bewaffnet. Was hatte sie erwartet? Er würde sie abknallen, die Kinder mußten raus aus dem Wagen und rennen, was das Zeug hielt ...

»Können Sie so eins gebrauchen?« knurrte er.

Patsy hielt mitten in der Bewegung inne. Sie wirbelte zu dem Fremden herum und merkte, wie der Nerv unter ihrem Knie nervös aufzuckte. Er hielt ihr den Revolver hin, mit dem Griff nach vorn.

»Ich ...«, stammelte sie. »Ich dachte, Sie ...«

»Haben Sie schon mal mit so was geschossen?«

Sie schüttelte den Kopf, unfähig, eine Antwort zu geben.

»Ich fürchte, das werden Sie lernen müssen.« Er bettete den Revolver ins trockene Moos und schnipste ihn mit dem Finger weiter. Er schlitterte ein, zwei Meter und blieb zu ihren Füßen liegen. Patsy ließ die Eisenstange fallen, ging in die Hocke und schnappte sich das Schießeisen. Das Gewicht überraschte sie. Beinahe hätte sie es fallen lassen, aber sie fing es noch rechtzeitig auf und hob es in Schulterhöhe, auf den Fremden zielend.

»Keine Bewegung«, kommandierte sie mit zusammengepreßten Zähnen und versuchte, am Lauf entlang zu zielen. Er schwankte ungleichmäßig von links nach rechts.

»Muß sowieso nicht weg, nicht, bevor ich gegessen

habe. Und selbst dann werd ich wohl noch 'ne Weile beim Feuer sitzen, bevor ich mir Bewegung verschaffe«, gab er gleichmütig zurück. »Gehen Sie ruhig vor und fuchteln ein bißchen herum damit. Wenn's Ihnen zu schwer ist, dürfen Sie's hinlegen und mitessen.«

»Meine Kinder«, stieß Patsy hervor. Der Revolver wollte einfach nicht still halten, und schon jetzt lähmte sie das Gewicht.

»Der Rückstoß wird Ihnen den Arm brechen«, fuhr der Mann fort und lachte, als hätte er einen guten Witz gemacht. »Das heißt, wenn Sie damit feuern können, und das wird nicht klappen, weil die Knarre nicht entsichert ist, und ob sie geladen ist, hab ich vergessen. Oder Sie zerren sich noch das Handgelenk. Aber eins steht fest, *so* werden Sie weder mich noch irgendwas anderes auf fünf Meter Abstand treffen.«

Er nahm den Hut auf und klopfte ein wenig Asche von der Krempe.

»Wenn das geklärt ist, hätte ich gern, daß Sie das Ding runternehmen oder jedenfalls nicht gerade auf mich damit zielen. Als Zielscheibe zu dienen, ist gegen meine Prinzipien. Das hätte mir hier auf der Straße gerade noch gefehlt.«

Das Gewicht der Waffe enthob sie jeder Entscheidung; der Lauf entglitt ihr und zeigte zu Boden.

»Sie gucken ja nicht mal hin«, versetzte Patsy widerspenstig.

»In dieser verdammten Gegend muß man die Augen am Hinterkopf haben. Übrigens würde ich wohl dasselbe tun, wenn ich Sie wäre.« Er blickte wieder auf und musterte ihren Wagen.

»Sie kutschieren hier mit Kindern herum?«

»Mein Sohn und meine Tochter. Wir haben uns verfahren.«

»Das will ich gern glauben, Ma'am. Wollen Sie die nicht holen, damit sie einen Happen mit uns essen? Oder nein, lassen Sie's besser, solange Sie nicht wissen, ob Sie mir eine Kugel vor den Latz knallen. Jedenfalls ist genug für alle da.«

Patsy ließ sich auf die Fersen nieder und hatte ein schlechtes Gewissen. Irgendwie war sie erleichtert, blieb aber wachsam. Die Waffe legte sie ins Gras. Recht hatte er. Tausendmal hatte sie Revolver wie diesen im Kino gesehen, aber sie hatte nicht die geringste Ahnung, wie man damit umging.

»Wissen Sie, wo diese Straße hinführt?«

»Soweit ich weiß, geht sie endlos weiter und weiter, obwohl es irgendwo mal ein Ende geben muß. Ich hab's nie entdeckt und bin gar nicht mehr sicher, ob ich, wenn's ein Ende gibt, überhaupt dorthin *will*.«

»Wir sind eine Ewigkeit gefahren. Müssen vor vier Tagen irgendwo falsch abgebogen sein.«

»Vier Tage, wie?«

Sie nickte, und er faßte wieder in die Glut, um vorsichtig nach der anderen Konserve zu angeln, die schon vor sich hin brodelte. »Bis jetzt haben Sie sich tapfer geschlagen, wenn Sie hier mit Ihren Sprößlingen unterwegs sind. Alle Achtung. Allerdings« – er unterbrach sich und schüttelte den Kopf – »besser wär's, Sie würden auf die Dauer lernen, das Schießeisen da zu benutzen. Besser noch, ein Gewehr. Auf dieser Straße passieren schlimme Dinge, wissen Sie!«

»Wem sagen Sie das. Nichts ist hier, wie es sein sollte. Es kommt mir vor wie Dantes Inferno. Anscheinend hat jemand einen Fluch über uns verhängt. Inzwischen bin ich bereit, das zu glauben.«

»Das trifft den Nagel auf den Kopf.« Er hob die Büchse und schnupperte. »Ravioli. Kann das Zeug nicht ausstehen, aber was soll's. Als Bettler darf man nicht wählerisch sein.«

»Können Sie uns helfen?«

Er zuckte die Achseln, doch ließ er sie damit nur wissen, daß er nicht wußte, ob er helfen *konnte*, nicht, daß er nicht wolle.

»Die Blinden wählen den Blinden zum Anführer«, gab er zurück und fischte sich mit den Fingern ein Stück heißer Pasta heraus. Er blies darauf und ließ es abkühlen, dann probierte er einen Bissen. »Ich könnte Ihnen höchstens erzählen«, fuhr er kauend fort, »wovor Sie sich in acht nehmen müssen, was Sie essen dürfen und wann Sie sich besser fern von der Straße halten. Beispielsweise heut nacht, wo bald der Vollmond vor der Tür steht.«

»Wie kommen Sie denn hierher?«

»Das ist 'ne lange Geschichte, und auch schon eine ganze Weile her.«

Er stopfte den Rest seines Teigtäschchens in den Mund und kaute begierig. Sein Bart war dunkelrot und zottig, als wäre er lang nicht geschnitten oder gekämmt worden. Eine dünne rote Narbe, die erst vor kurzem verheilt zu sein schien, lief vom Ohr bis zum Mundwinkel; eine weit größere, unregelmäßig geformte Hautabschürfung entdeckte Patsy an seinem Unterarm, als er wieder in die Dose griff.

»Wie lange denn?« fragte sie nach einer langen Pause.

»Soweit ich sagen kann, soweit das irgendwer sagen kann an diesem gottverdammten Ort, dürften es über drei Jahre sein. Eher mehr. Etwa vier.«

Patsys Unterkiefer klappte herunter. Die Worte verhallten in ihrem Kopf, und sie konnte es nicht fassen. Vier *Jahre.* VIER JAHRE! Sie schüttelte ungläubig den Kopf, versuchte zu leugnen, was sie gerade gehört hatte, und wußte, daß es nicht zu leugnen war. Vier Jahre. Zwei Worte, die ihr wie ein Schrapnell ins Ohr flogen, aus der Bahn glitten, als Querschläger hin- und herprallten in ihrem Schädel.

»Nein«, japste sie schließlich. *Vier Jahre?* »Sie begreifen nicht. Ich muß nach Hause. Ich bin jetzt seit Tagen unterwegs mit den Kindern. Jemand verfolgt uns in einem schwarzen Möbeltransporter, und in der Nacht kommen Ungeheuer, die Katzenaugen werden lebendig und sind hinter uns her.« Sie hörte sich unbeherrscht, fast überschnappend losplappern. *Vier Jahre! Oh, mein Gott.*

»Hab selbst versucht, nach Hause zu kommen, anfangs«, erwiderte er, und trotz des Tohuwabohu in ihrem Innern hörte sie aus seiner Stimme abgrundtiefe Traurigkeit, hilfloses Mitleid heraus. Er hob den Spieß vom Feuer und schwang ihn zu Boden. Der süße Duft des gerösteten Fleisches schlug ihr entgegen.

»Jetzt sollten Sie aber die Kleinen holen, damit sie probieren. Ist zwar kein Karnickel, aber nicht ganz weit entfernt davon. Eine Art Autobahn-Cousin vielleicht. Kriegt man auf den raren Flecken, wo Menschen überleben können. Mußte allerdings den Kopf vorher abschneiden. Enthält mehr Gift als 'ne radioaktive Müllkippe. Da stirbt man schon vom Hingucken ...«

»Vier Jahre?« brachte sie heraus, ohne auf ihn zu hören.

Er nickte, und seine Mundwinkel bogen sich nach unten.

»Aber das kann ich nicht. Ehrlich, das schaffe ich nie.«

Er lächelte ihr vielsagend zu, und aus irgendeinem

Grund wußte sie in diesem Moment, daß er ein guter Kerl war.

»Vielleicht gehören Sie zu den Glückskindern«, murmelte er, doch sie ahnte, daß er sie nur aufmuntern wollte. »Man trifft nicht viele hier auf der Straße, wenigstens nicht außerhalb der Fahrzeuge. Keine richtigen Menschen. Manche von ihnen finden vielleicht wieder hinaus. Ein oder zwei sind mir begegnet, die ihren eigenen Rückweg kannten, aber der galt nur für sie und niemanden sonst. Wenn es Schwarze Magie gibt, muß es doch auch 'ne weiße Variante geben. Verstehen Sie, was ich meine?«

Wieder nickte sie. Kerron Vaunche hatte die Schwarzen Magie beherrscht. Es mußte doch eine Weiße Magie geben. *Oder etwa nicht?*

»Dieser Knotenpunkt?« Sie deutete hinter sich, am Wagen vorbei, wo Peters blasses Antlitz noch immer hinter dem Fenster lauerte, in die Ferne, wo die Bögen und Spiralen herüberleuchteten. »Wissen Sie, wo der liegt?«

Er schüttelte den Kopf. »Kann ich nicht sagen. Aber ich habe so den Eindruck, daß alle Wege irgendwann dorthin führen. Sie können ihn von überall sehen, egal, wo Sie sich aufhalten. Dauernd ist man auf Achse, und ich vermute, wenn die Zeit reif ist, kommt man dort an. Ich hab auf der Straße einen alten Knaben kennengelernt, der war zwar ein bißchen plemplem, aber nicht blöde, wenn's drauf ankam. Der hatte einen Namen dafür. Wird mir schon demnächst wieder einfallen, aber der Name tut sowieso nichts zur Sache. Er war überzeugt, daß alle verirrten Seelen dort im Zentrum landen, für immer und ewig im Kreisverkehr.«

Patsy erschauerte. »Und was glauben Sie?«

»Ich glaube, Sie müssen Augen und Ohren aufhalten und lernen, wie man mit dem Schießeisen umgeht, und das Beste für Ihre Kleinen herausholen. Jüngere Menschen habe ich hier noch nie getroffen. Erzählen Sie mir doch mal, wie's Ihnen ergangen ist. Wer immer Sie hergeschickt hat, kann kein Herz im Leibe haben, wenn Kinder mitmüssen auf den Weg zur Verkehrskreuzung. Das ist meine Meinung.«

Er beugte sich vor und streckte die freie Hand aus.

»Christopher Deane heiße ich. Chris für alle außer meine alte Mutter. Wünschte, wir wären uns unter besseren Vorzeichen begegnet.«

Aus irgendeinem Grund ergriff sie seine Rechte und schüttelte sie. Als sie den Zugriff seiner Finger spürte, wurde ihr erst klar, wie unvorsichtig sie gewesen war. Er hätte sie nach vorn zerren und bei der Kehle fassen können. Er drückte ihr rasch die Hand, ausreichend, um sie seine Kraft spüren zu lassen und die Schwielen von harter körperlicher Arbeit, dann ließ er sie los. Er mußte ihre plötzliche Nervosität gespürt haben oder las sie ihr vom Gesicht ab.

»Geht in Ordnung.« Er grinste breit. »Wer Angst hat, bleibt länger am Leben. Auch einen Namen, Werteste?«

»Patsy Havelin«, murmelte sie. *Vier Jahre?* Das ganze monströse Ausmaß dämmerte ihr erst jetzt, wie ein Widerhall der Worte im Kopf.

»Wollen Sie nicht die Kinder zum Essen holen?«

Sie starrte ihn entgeistert an, während der Schrecken nachließ, kehrte in die Gegenwart zurück und rappelte sich langsam auf. Im Wagen merkte sie, daß Peter tausend Fragen auf der Zunge lagen. Judiths Blick waren noch immer trübsinnig, und das Weiße ihrer Augen zeigte grünlich schimmernde Ränder.

»Wer ist das? Ist er gefährlich? Gehört er zu den *Bösen?*«

»Ich glaube nicht. Er gibt uns zu essen.«

»Und der Revolver? Hast du das Kaliber gesehen? Eine Magnum war das, stimmt's?«

»Hast du noch ein bißchen Hunger?« Er nickte begeistert. »Na schön, dann würde ich sagen: Im Zweifel für den Angeklagten.«

»Hock dich her und iß was«, begrüßte Chris Deane den Jungen. Judith saß bei Patsy auf dem Arm. Es waren erst wenige Tage her, doch jetzt schon fühlte sich Judith leicht an, fast körperlos, als welke sie dahin wie Spreu.

»Was ist es denn?« fragte Peter und beäugte den schwärzlichen Klumpen am Behelfsspieß. Der zerlumpte Mann blickte auf.

»Das ist, hm, Schweinefleisch. Schweinebraten magst du doch, oder?«

Das mußte Peter zugeben. Der Mann kramte in seinem großen Rucksack, der hinter ihm auf dem Boden lag, drehte ihnen den Rücken zu, und Patsy sah, daß seine Lederjakke in Wahrheit ein langer, am Saum roh abgeschnittener Mantel war. Als er auseinanderfiel, sah sie zwei große lederne Messerschäfte am Gürtel des Mannes. Er hatte einen Blechteller in der Hand, als er sich wieder umdrehte.

»Das Zeug in den Dosen wird euch auch schmecken.« Er kippte ein wenig von den Ravioli auf den Teller und reichte ihn Patsy. Peter hockte sich neben das Feuer und nahm ein Stück Fleisch entgegen, das er eifrig von einer Hand in die andere nahm, bis es abgekühlt war. Er biß in die verbrannte Kruste, und hatte sie kaum aufgebrochen, als der Duft einer ordentlichen Fleischmahlzeit aufstieg.

Chris Deane blinzelte ihm zu und schnitt ein weiteres Stück vom Spieß. In den nächsten fünf Minuten sprachen sie kein Wort miteinander.

Als sie gesättigt waren, holte er eine altmodische Korbflasche hervor und reichte sie herum. Das Wasser war sauber und kühl, und Patsy ließ Judith soviel wie möglich trinken.

»Sieht gar nicht gut aus, die Kleine«, bemerkte der Fremde. »Ist sie vielleicht gestochen worden?«

Patsy schüttelte den Kopf. »Noch von vorher.« Sie wußte nicht, wie sie es erklären sollte. Kerron Vaunche hatte Judith angesteckt, vielleicht hatte der Mond die Entzündung zum Ausbruch gebracht. Aber würde er ihr glauben? Chris Deane zuckte die Achseln.

»Wir haben kein Wasser mehr«, erklärte Patsy.

»Um welches zu finden, müssen Sie wissen, wo man nachschaut. Hier ist welches in der Nähe. Trinken Sie, soviel Sie wollen. Die Flasche krieg ich in einer Minute wieder gefüllt.«

»Zeigen Sie mir, wo?« fragte Peter.

»Hier mußt du auf der Hut sein, Pete«, mahnte Chris Deane, freundlich und wie von Mann zu Mann. »Alle Pfade hier führen zu den unmöglichen Gegenden. Manchmal hat man die Wahl und muß raten. Aber man kann sich falsch entscheiden, und je weiter von der Straße, desto wilder geht's hier zu. Du mußt lernen, die Fährten zu lesen.«

»Darf ich mal den Revolver sehen?«

»Später vielleicht. Mit Schußwaffen muß man beinahe noch vorsichtiger sein. Ich hab eine gute Schleuder, die du benutzen kannst. Die ist gut, um Rebhühner zu erwischen, bevor es dunkel wird. Schmecken köstlich. Besser als Colonel Sanders, glaub mir.«

»So wie McNuggets?« wollte Peter wissen, und Chris Deane lachte schallend.

Sie verzehrten das Fleisch, das unter der Kruste und der

verkohlten Haut zart und weiß war, eine delikate Promenadenmischung irgendwo zwischen Huhn und Schweinefleisch, und Patsy lauschte Chris Deane, der auf ihren Sohn einredete. Judiths Köpfchen fiel nach vorn, und wenige Minuten später war sie fest eingeschlafen, den Kopf auf Patsys Schoß gebettet. Die dunklen Locken fühlten sich trocken und strähnig an. An einigen Stellen kam die rosa Kopfhaut durch. Hinter den Ohren bildeten sich Blasen.

»Sie sollten den Wagen herholen und nicht auf Asphalt parken«, riet Chris Deane. Prüfend blickte er gen Himmel, wo die Sonne bereits zu sinken begann. »Wird bald dunkel sein, und Sie müssen auf der Böschung sein, bevor der Mond aufgeht. Je voller er wird, desto übler geht's hier zu. Die ganze Umgebung spielt verrückt.«

»Eine Konjunktion steht bevor«, erwiderte Patsy. »Es wird noch schlimmer werden. Gestern wurden diese Dinger lebendig. Liefen über die Straße.«

»Hab sie gesehen. Verrückte kleine Scheißviecher. Verzeihen Sie meinen Ton, aber es sind Bestien der Hölle. Vor Einbruch der Dunkelheit müssen Sie von der Straße runter.«

Patsy dachte darüber nach, was er sagte, mit sich uneins, ob sie bleiben oder weiterfahren sollten. Chris Deane war von verwildertem, ungepflegtem Äußeren, vielleicht fehlte es ihm auch an Manieren. Die Narbe an seiner Wange ließ ihn nicht gerade vertrauenswürdig erscheinen. Die Lederjacke roch wie wochenlang nicht ausgezogen und ständig beim Lagerfeuer getragen. Sie mußte an den Rauchgeruch denken, den sie an Paul bemerkt hatte, den schweren, irgendwie aufregenden Duft von Flammen, Wald und Nacht. Der Vergleich störte sie, vor allem, weil sie nach all der Zeit wieder daran denken mußte.

»Und Sie müssen Ihr Lager nachts einzäunen, wegen der Nachtwanderer. Die meisten Viecher sind ziemlich ängstlich, wissen Sie!«

»Ich weiß. Gestern nacht waren wir von ihnen umzingelt.«

»Dann haben Sie noch mal Glück gehabt. Holen Sie den Wagen und parken Sie ihn hier. Das Feuer hält sie für eine Weile fern, hilft aber nicht gegen alle.«

Patsy bettete Judith auf den Boden und freute sich, daß sie nicht wach geworden war. Sie erhob sich und wollte gerade den Wagen wenden gehen, als ihr einfiel, daß sie drauf und dran war, ihre Kinder dem Fremden zu überlassen. Sie musterte ihn argwöhnisch, aber er knabberte noch an seinem Knochen, während Peter ihm bewundernde Blicke zuwarf.

»Sie sehen aus wie Crocodile Dundee«, platzte der Junge heraus, und wieder mußte Chris Deane lachen.

»Wenn du mir Zeit zum Üben läßt, kriege ich sogar den Akzent hin. Ich hatte mal einen Freund, der war Australier, ein echter Aborigine, der war aber bedeutend härter im Nehmen als Crocodile Dundee, das kannst du mir glauben!«

Aus irgendeinem Grund zerstreute der kleine Dialog ihre Befürchtungen. Sie kehrte zurück zum Wagen und fuhr zur Feuerstelle, wo ihr Sohn und der Wanderbursche saßen. Dann fuhr sie den Wagen weg von der Straße, einen kleinen Abhang hoch und parkte auf der Böschung. Jenseits des Randstreifens stieg das Land stetig an bis zu fernen Felsklüften, an deren Fuß das dichte Gestrüpp, das an Stechginster erinnerte, eine undurchdringliche Hecke bildete. Der Himmel über ihr nahm eine tiefe kobaltblaue Farbe an und verfärbte sich purpurn, als die Dämmerfarben einsickerten und das Licht löschten. Es gelang ihr, Judith auf den Rücksitz zu legen, ohne sie richtig zu wekken, und in die Decke zu wickeln. Peter fing ebenfalls zu gähnen an, auch wenn er es vor seiner Mutter verstecken wollte. Aber daß er langsam einnickte, war nicht zu übersehen. Alle paar Minuten schreckte er hoch und blinzelte, während Patsy und Chris Deane eine Tasse Tee zusammen tranken.

»Wird Zeit, daß du schlafen gehst«, bedeutete sie ihm.

»Noch nicht müde«, protestierte er schläfrig. Als richtiger Junge wollte er unbedingt wach bleiben und so lange wie möglich mit den Erwachsenen am Lagerfeuer sitzen. Sie brachte ihn zu Wagen, während ihr neuer Gefährte ein paar abgebrochene Äste sammelte, die beim Straßengraben verstreut lagen. Patsy bettete ihren Sohn neben Judith und deckte ihn mit dem halben Reiseplaid zu.

»Schlaf schön«, wünschte sie ihm. »Ich komme gleich nach.« Der Himmel hinter dem Abhang war noch dunkler geworden, als sie ans Feuer zurückkehrte. Chris Deane hatte mit den Ästen einen Kreis abgesteckt, der den Wagen und die Feuerstelle ringsum einschloß. Jetzt holte er eine lange Rolle Draht aus einer Büchse und zäunte den Wagen damit ein. Ein bitterer Geruch ließ Patsy die Nase rümpfen, als er vorüberkam und die Knoten festmachte.

»Öl und ein bißchen Batteriesäure. Das und die Feuerstelle hält das Ungetier zum größten Teil ab. Die Straßenkrebse fallen über alles her, was sie auf der Straße sehen. Ausgenommen schwarze Lastwagen. An die traut sich keiner ran. Aber die Krebse kommen nur aus den Löchern, wenn der Mond voll wird. Dann verwandeln sich viele Dinge, das hab ich oft genug erlebt. Aber zur Zeit ist es schlimmer denn je. Man spürt es regelrecht.«

»Letzte Nacht mußten wir auf der Böschung bleiben. Ich bin über die Fahrbahn geschlittert, und ein Reifen platzte.«

»Seien Sie froh! Sie sind gerade noch mal davongekommen. Die Krebse schneiden die Reifen im Handumdrehen auseinander. Trotzdem ist mir schleierhaft, wie Sie die Nacht überlebt haben auf dem Grünstreifen. Sie brauchen doch was, um sich das übrige Ungeziefer vom Leib zu halten.«

»Sie schmieren den Drahtzaun mit Öl ein, sagen Sie?«

»Hilft wie Holzschutzmittel gegen Borkenkäfer.«

»Letzte Nacht standen wir über einer großen schwarzen Pfütze. Da war ein Ölkanister ausgelaufen. Als ich das roch, glaubte ich erst, mein Wagen sei im Eimer.«

»Das muß es gewesen sein. Vorhin vor den Kindern wollte ich es nicht sagen, aber hier ist eine Scheißgegend, verzeihen Sie den Ausdruck. Ich wollte sie nicht mehr verschrecken als sie jetzt schon sind. Wie Sie die Kinder bisher durchgebracht haben, ist mir schleierhaft. Ich habe noch nie Kinder gesehen, seit ich auf der Straße bin.«

»Ich muß sie heimbringen.«

Er warf ihr einen Blick zu, schenkte aus dem rußigen Wasserkessel in eine Blechtasse ein und reichte ihr den Tee.

»Sie und mich auch, Ma'am. Bin schon lange nicht mehr daheim gewesen.«

Sie saßen schweigend im schwindenden Tageslicht. Durchs offene Fenster des Wagens hörte sie, wie Peter schnarchte, und beneidete ihn um seine jugendliche Unbekümmertheit. Chris Deane legte Holz nach, das Feuer schlug hohe Funken, und vorübergehend wurde es ganz heiß.

»Sie erwähnten vorhin, daß Sie verfolgt werden?« bemerkte er schließlich.

»Sie sind hinter den Kindern her«, gab Patsy tonlos zurück.

Er beugte sich vor, senkte die Stimme so tief, daß die Kinder nichts gehört hätten, selbst wenn sie wach gewesen wären. Die Sonne war fast hinter dem Horizont verschwunden, und die Flammen beschienen die Hälfte seines verwitterten Gesichts, während die andere im Dunkeln blieb.

»Besser, wenn Sie mir erzählen, wer oder was Sie auf diese Straße geführt hat.«

Patsy saß still da, bis die Tasse ein wenig abgekühlt war, und überlegte, wo sie anfangen sollte. Chris Deane verzog keine Miene. Endlich fing sie an, von Kerron Vaunche zu erzählen, und von Broadford House.

22

»Ich glaube nicht, daß man *je* wieder runterkommt«, behauptete Chris. »Da liegt der Hase im Pfeffer, wie mein seliger Vater sich auszudrücken pflegte. Mir wäre wohler, wenn ich Ihnen bessere Auskünfte geben könnte, aber anlügen will ich Sie nicht.«

Kurz nach Sonnenaufgang hatte er sie geweckt, indem er leise an das Fenster klopfte, bis sie sich regte. Als sie sein zerfurchtes Gesicht am Fenster sah, hielt sie ihn zuerst für den Uniformierten, der sie eingeholt hatte, wieder ins Fenster langen und nach ihr grabschen wollte. Entsetzt wich sie zurück, dann kam ihr die Erkenntnis. Er winkte ihr, und sie stahl sich unter der Decke hervor und ließ Judith schlafen, die an ihr Stofftier gekuschelt lag. Leise drückte sie den Griff hinunter und trat in den Morgen hinaus, wo die purpurnen Wolken einander über den bräunlichen Himmel jagten und der Wind einen Geruch nach Verwesung herantrug.

Das Feuer war schon in Gang und flackerte fröhlich, fast ohne jede Rauchentwicklung. Kaffee duftete aus der Kanne, und sie schwelgte in dem Aroma.

»Man steht hier besser so früh wie möglich auf«, empfahl er. »Die Tage sind momentan verdammt kurz, weiß der Kuckuck weshalb. Dachte, Sie könnten einen Kaffee vertragen, bevor die Kinder wach werden.«

»In den letzten Tagen hätte ich sterben mögen für eine Tasse Kaffee!« Behaglich reckte sie sich den Schlaf aus den Gliedern.

»So weit wird's hoffentlich nicht kommen.« Er schenkte ihr ein. »Hab nur den einen Becher, den wir uns teilen müssen. Milch gibt's nicht, aber in dem Beutel finden Sie Zukker.«

Sie nahm den ersten Schluck, heiß und stark und überraschend wohlschmeckend. »Wundervoll«, seufzte sie mit geschlossenen Augen und fühlte, wie sich die Hitze im ganzen Körper ausbreitete.

»Bringt der Motor ins Laufen«, bestätigte er. Sie reichte ihm den Becher, und er nahm einen großen Schluck, bevor er ihn zurückgab. Daß er sich nicht den Mund verbrannt hatte, wunderte sie. Ohne große Förmlichkeiten tranken sie jeweils von der anderen Seite des Becherrands. Im hellen Tageslicht konnte sie ihn erstmals richtig betrachten, und merkte, daß sein Haar blonder und sauberer war, als sie anfangs dachte, nur roh zurück- und zu einem kurzen Pferdeschwanz zusammengebunden. Der Bart war kupferfarben, dicht und gewellt. Den Hut hatte er nicht auf, und seine Augen wirkten im Morgendämmer blitzblau; er kniff sie ein wenig zusammen vor den Strahlen der aufgehenden Sonne. Krähenfüße zu beiden Seiten zeugten davon, daß er seit längerem der Sonne entgegenwanderte. Die Narbe war noch immer rot, die Wunde konnte noch nicht alt sein.

Er merkte, wie er taxiert wurde, reagierte aber nicht.

»Dachte, wir sollten besser mal ein bißchen Klartext reden, solange die Kleinen noch schlafen. Wäre keine schlechte Idee, sie nicht mit dem Allerschlimmsten zu behelligen.«

»Sind Sie Amerikaner oder Kanadier?« fragte sie spontan, auch wenn sie das Thema wechselte.

»Vereinigte Staaten. Geboren und aufgewachsen. Aber mein Vater war Militärmensch und schleppte uns überall hin. Hatte einen Onkel, der nach Kanada ging, um der Einberufung zu entgehen, aber den kriegte ich nicht mehr zu Gesicht, seit ich ein Dreikäsehoch war. Hätte nicht übel Lust, ihn mal zu besuchen. Holz hacken da oben, in den Seen fischen – wär' mein Fall.«

Seine Augen schweiften in die Ferne, während er sprach. »Nicht viel los da oben, höchstens mal 'n Grizzly oder Klapperschlangen, und das sind Schoßtierchen im Vergleich zu dem Kroppzeug, von denen hier nachts der Grünstreifen wimmelt.«

»Ich will nur nach Hause«, gab Patsy zurück. »Ich muß Peter und Judith hier rausholen, das habe ich mir geschworen. Wir waren schon auf dem Weg nach Hause, und dann muß etwas furchtbar schiefgegangen sein.«

»Sie sagen es. Die Kleine sieht ernsthaft krank aus, finde ich. Diese Zigeunerdame scheint mir ein ziemlich gemeines Aas zu sein.«

Patsy hatte ihm die Geschichte erzählt, und er hatte sie widerspruchslos aufgenommen. Keine heimlichen Seitenblicke, als hätte sie nicht alle Tassen im Schrank und sich ein Märchen zurechtgesponnen. Chris Deane hatte bloß ab und zu genickt, um sie zum Fortfahren zu ermutigen.

»Ich muß sie nach Hause bringen, denn sie ist hinter ihnen her. Sie steht mit Judith in irgendeiner geheimen Verbindung und zehrt an ihrer Gesundheit, glaube ich.«

»Was Sie da vom Vollmond erzählt haben«, sinnierte er mit gesträubten Brauen. »Es kommt mir vor, als spitzte sich durch ihn alles erst richtig zu. Davon hab ich bisher nichts gewußt.«

»Nur noch zwei Tage. Wenn wir es schaffen, kann sie nichts mehr machen. Crandall Gilfeather sagte, ihr bliebe dann keine Zeit mehr, jemand anderen heranzuziehen. Daher müssen wir irgendwohin, wo sie uns nicht findet.«

»Ich hoffe, Sie können sie in Sicherheit bringen, ich hoffe es wirklich. Aber ich hab lange versucht, einen Weg zu finden, der von der Straße führt. Es könnte sein, daß sie gar kein Ende hat, obwohl ich das große Verkehrskreuz dafür halte.« Er nickte in die Gegend, wo sich die Spiralen der mehrstöckigen Autobahn nur als Andeutung im Frühnebel abzeichneten. »Das könnte der Knotenpunkt sein, wo alle Straßen enden. Ich habe einen Mann gekannt, der ihn Havock Junction nannte; er war nicht ganz richtig im Kopf, aber der Name leuchtete mir ein.«

Bei der Erwähnung des Namens fiel ihr die Raststätte wieder ein.

»Wir sind an einem schrecklichen Ort gewesen. Auf dem Schild stand Havock Services. Erst dachte ich, es wär eine Tankstelle, aber dann verwandelte er sich in etwas anderes.«

»Ich habe den Ort auch schon ein paarmal gesehen.

Wenn irgend möglich, macht man besser einen weiten Bogen herum. Dort leben, glaube ich, nur die armen Schweine, die dagewesen und dortgeblieben sind. Es ist eine Falle. War mal vor 'ner ganzen Weile dort, und es kam mir vor wie ein abgebrochenes Stück Welt, das schlecht geworden und verdorben ist. Lange genug bin ich nicht geblieben, um die Station kennenzulernen. Aber da gab es alle Epochen durcheinander; als wären gestern und vorgestern und morgen und übermorgen und heute wie ein Tag. Mir kam es vor, als hätten sich die Typen, die dort leben, dort zu lange aufgehalten und wären verwandelt worden.«

»Sind Sie wirklich schon vier Jahre unterwegs?«

Er nickte flüchtig. »Das wäre soviel, wie ich abzählen kann. Aber Sie dürfen nicht vergessen, daß die Uhren hier anders gehen. Manchmal läuft die Zeit rückwärts und vorwärts zugleich.«

»Haben Sie viele Menschen getroffen?«

»Verdammt wenig, um die Wahrheit zu sagen. Wenigstens verdammt wenig, von denen ich annahm, daß sie noch leben. Das mag nicht ganz gescheit klingen, aber hier läuft eine Menge schlechtes Pack herum. Einige sind mir begegnet, die eindeutig 'nen Dachschaden haben, und ob sie schon vorher verrückt waren oder erst hier den Verstand verloren haben, kann ich nicht beurteilen. Als ich ganz am Anfang auf der Walz war, und ich brauchte eine ganze Weile, einen Überblick zu kriegen, traf ich einen schwarzen Kumpel. Keinen Afroamerikaner, sondern aus Australien. Wissen Sie, was Aborigines sind? Deshalb mußte ich lachen, weil Ihr Kleiner meint, ich erinnere ihn an Crocodile Mick, denn der alte schwarze Mann hat mir gezeigt, wie man sich in dieser Gegend durchschlägt, und wenn er das nicht gemacht hätte, wäre ich mit der Zeit wohl eine dieser

Bestien geworden, die nachts aus den Autos kriechen, weil der Mond sich rundet ...«

»Was meinen Sie damit?«

»Daß es Mittel und Wege gibt, hier zu überleben. Vorausgesetzt, Sie wollen überleben ...«

»Nein!« unterbrach Patsy. »Was meinen Sie mit dem, was nachts aus den Autos kriecht?«

Er musterte sie von oben bis unten, als wolle er ihre Kraft abschätzen, und schenkte unterdessen Kaffee nach. »Davon erzähle ich lieber ein andermal. Sie finden es sowieso über kurz oder lang heraus«, gab er zurück, »dann sind Sie besser vorbereitet. Hey, ob Ihre Kinder wohl Rührei mögen? Im Marschland gibt's einen großen Vogel, straußenähnlich, legt ein Ei, das gut und gerne zwei Leute satt macht.« Er reichte ihr die Tasse.

»Erzählen Sie's«, beharrte sie.

»Die Eier habe ich. Könnten wir braten, nachher. Übrigens, haben Sie schon den Mond da drüben gesehen?« Er wartete nicht auf Antwort. »Können Sie gar nicht verpaßt haben. Sieht aus wie vergossenes Blut und hat ein Gesicht, daß man Alpträume davon kriegt. Ich hab ihn mir in den letzten Tagen genauer angesehen. Seitdem hat sich vieles verschlimmert, und ich möchte vermuten, daß Ihr alter Crandall den Nagel auf den Kopf getroffen hat. Da braut sich was ganz Übles zusammen. War früher schon zur Vollmondzeit schlimm genug, aber jetzt schlägt's dreizehn, wenn Sie so wollen. Ich merke schon an mir selbst, wie's mir den Verstand wegzieht.«

Er wandte sich um und sah Patsy tief in die Augen. »Bleiben Sie bloß weg von den Wracks. Egal, ob PKW oder Lastwagen, auch von den Pferdekarren, denn was von den Typen drinnen übrig ist, wird durch das Mondlicht geweckt. Manchmal wandern sie in ganzen Trupps über die Straße, und denen möchten Sie bestimmt nicht im Dunkeln begegnen.«

Patsy setzte den Becher ab. »Kann das kaum glauben«, gab sie tonlos zurück.

»Das machte mir früher auch zu schaffen, wenn ich mich recht entsinne. Als ich Sie über die Straße kommen hörte, dachte ich sonst was. In dieser Gegend ist alles, was sich auf der Straße bewegt, entweder hinter einem her, oder es ist das *Phantom der Oper*, der *Fluch der Pharaonen*, was immer Sie wollen.«

»Das kann ich nicht glauben«, sagte sie wieder, und er musterte sie. Das Flimmern des Lagerfeuers in der Luft ließ sein Gesicht aufglänzen.

»Es könnte sein, daß die Gegend hier eine Art Vorhölle ist«, raunte er. »Ich hatte mal einen Freund, der mir von dem Jenseits berichtet hat, woran die Katholiken glauben, wo man schmachten soll, bis die Sünden abgebüßt sind. Könnte sein, daß es so was Ähnliches ist. Vielleicht eine Zweigstelle.«

Er lachte hintergründig. »Hab mir das schon selber eingeredet, seit ich hier bin, daß es vielleicht klappt. Irgendwann ist man quitt, hat bezahlt oder was immer. Dann, sagte ich mir, stehst du irgendwo vor einer Tür, sagst *Abrakadabra* oder *Sesam öffne dich*, und schwupps, läufst du durch und bist in Vermont.«

»Und wie sind Sie hergekommen?«

Chris beugte sich vor und nahm den Becher auf, nahm einen ordentlichen Schluck und lehnte sich wieder an den großen Leinenrucksack.

»Bin mit einem kleinen Typen ohne Kleider, dafür mit jeder Menge Make-up, aneinandergeraten.«

»Was? Ein Homosexueller?«

Chris lachte wieder, diesmal ein spontanes Losprusten. Er brauchte Minuten, bis er seine Stimme wiederfand.

»Nein. Das nehme ich nicht an. Ein wenig ähnelte er Ihrer Zigeunerfreundin. Wenigstens hatten sie manches gemeinsam. Lange Rede, kurzer Sinn: Ich hielt mich damals mit einem Geologenteam in Südamerika auf, bei Ausgrabungen. Einer der Indianer kam aus dem Busch und bat um Hilfe für sein krankes Kind. Als ich in sein Dorf kam, war der Kleine schon fast hinüber. Das halbe Gesicht weggefressen von irgendeinem Virus. Ich gab ihm Schmerztabletten, alles, was ich bei mir hatte, aber den nächsten Morgen hat er nicht mehr erlebt. Ein paar Stunden später tauchte dieser alte Knabe aus dem Busch auf, zeigte mit dem Finger auf mich und brabbelte unverständliches Zeug. Hatte den Eindruck, er wär der Medizinmann seines Stammes. Die Indianer bekamen es mit der Angst und verschwanden in ihren Hütten, ließen mich mit ihrem Juju-Mann im Regen stehn. Er nahm seinen Stock und stach nach mir, und für eine Sekunde war es kein Stock mehr, sondern eine Schlange. Ich fühlte ein Stechen im Arm und hatte höllische Schmerzen, und mir wurde schwarz vor Augen.«

Er nahm noch einen Schluck, den Blick starr in die Ferne gerichtet, in die Vergangenheit.

»Als ich aufwachte, war ich von Steinen umstellt, die wie Zähne über mir aufragten. Das Indianerdorf war verschwunden, und mein Arm fühlte sich an, als stünde er in Flammen. Ich weiß noch, daß ich überlegte, wie ich Wasser finde, sonst würde der Schmerz mich umbringen.

Dann verließ ich den Steinkreis und stolperte ins Gebüsch. Der Dschungel sah ganz anders aus. Bäume, wie ich sie noch nie gesehen hatte, hoch wie Strommasten. Und merkwürdige Vögel, mit Flügeln aus Leder, wie sie sonst nur in Dino-Büchern vorkommen. Ich weiß noch, wie ich den Pfad entlanglief, gegen Baumstämme rannte und über Krabbeltiere stolperte. Damals fing ich an, den Rückweg zu suchen.«

Patsy warf ihm einen Blick zu. *Vier Jahre.* Bestimmt hatte er mehr als einmal an seinem Verstand gezweifelt.

23

»Und seitdem bin ich unterwegs«, schloß Chris die Erzählung. Sein Blick war in weite Fernen gerichtet, in die verborgensten Tiefen seiner Erinnerung.

»Erst wußte ich nicht, wie mir geschehen war. Teufel noch mal, ich brauchte eine Ewigkeit, bis ich herausfand, daß es kein Alptraum war, aus dem ich erwachen könnte. Obwohl, wenn ich so drüber nachdenke, ist das der einzige Unterschied. Ich lief zwei, vielleicht drei Nächte über den Trampelpfad und kann von Glück sagen, daß ich nicht gleich den Tod fand. Es war, als wäre ich auf einem fremden Planeten gelandet. Mein Arm schwoll an wie ein Kohlstrunk, und ich bekam eine Blutvergiftung. Eine Zeitlang muß ich im Fieber gelegen haben. Ich schlief am Boden eines riesigen hohlen Baumstamms, und als ich aufwachte, lag ich mitten in einem Ameisenhaufen. Das hat mich gerettet, denn sie schleppten kleine madenähnliche Viecher mit sich herum, die über meinen Arm hergefallen sind und den Eiter aussaugten. Was dann passierte, ist mir schleierhaft, jedenfalls ist der Arm verheilt, ich kletterte wieder ans Tageslicht und lief weiter. Hatte noch immer die Idee, ich könnte das Dorf wiederfinden, aber das sah ich nie mehr. Eine ganze Weile später, wie lange, weiß ich nicht, wurde der Pfad breiter und breiter, schließlich wurde ein Feldweg daraus, der zum Schluß asphaltiert war. Der alte Medizinmann hat mich auf diese Straße geschickt, und seitdem versuche ich den verdammten Steinkreis wiederzufinden.«

Er lehnte sich wieder gegen den Rucksack. »Der Kaffee wird ja kalt«, erklärte er. Er bückte sich und setzte den Becher wieder auf die Glut. Patsy sah nachdenklich zu, suchte zu verarbeiten, was er ihr erzählt hatte. Sein Bericht war so aufrichtig gewesen, kurz und bündig, daß sie ihn vor sich sah wie eine Filmszene.

»Aber warum hat er das getan?« fragte sie. »Sie haben sich doch nichts vorzuwerfen?«

»Mag sein, daß er dachte, ich wolle ihm den Job wegnehmen«, gab Chris zurück. »Aber ich vermute, es ist passiert, weil mich sein Zauberstab berührte. Ebensogut könnte man mitten im Gewitter den Blitzableiter umklammern. Noch heute zuckt mir der Arm, wenn ein Unwetter aufzieht. Vermutlich war da ein Tabu-Zauber am Werk. Jedenfalls hat er mich hierher geschickt und seitdem bin ich auf der Walz und schlage mich so durch, Tag für Tag. Einmal hab ich was von einer Inschrift gelesen, die eine der Karavellen von Kolumbus schmückte: *Der Sonne folgend, verließen wir die Alte Welt.* Paßt irgendwie zu dem, was mir widerfahren ist.«

Etwas nagte an Patsys Erinnerung.

»Haben Sie vorhin nicht einen Steinkreis erwähnt?«

»Große Dinger, mit eingemeißelten Ornamenten, glaube

ich. Damals hatte ich alles andere im Kopf als Archäologie. Wie viele es waren, weiß ich nicht mehr. Aber sie bildeten einen Kreis, soviel steht fest.«

»Ein Steinring war da, wo die Zigeuner ihr Lager aufschlugen. Und Lisa Prosser, das Mädchen, das aus Broadford House entkommen ist, berichtete von einem anderen auf dem Grundstück. Vielleicht liegt da die Verbindung. Crandall Gilfeather hat mir erzählt, daß alle Orte, wo Steinkreise stehen, von den *Ley*-Linien erfaßt sind.«

»Mag sein, daß er recht hat. Ich weiß, daß ich eine Menge Brücken überquert habe, um herzufinden, einige über Wasser, eine über Land, für die ich einen ganzen Tag brauchte, bis ich drüben war. Eins dürfen Sie mir glauben, danach möchten Sie nie wieder auf eine Straße, von der Sie nicht wegkommen. Keine von den Brücken war lang genug, daß sie einen Ozean überquert hätte, aber das muß ja wohl sein, wenn ich irgendwo in Brasilien gestartet bin und Sie in Schottland.«

»Wenn es einen Weg hinein gibt, führt auch einer hinaus.«

»Tja, das sagt man wohl so. Hab ich auch mal gehört. Es heißt, jeder findet seinen Ausweg. Das ist das Geheimnis, aber ob's stimmt oder nicht, weiß man nie im voraus. Wäre prima, wenn einer, der's geschafft hat, mal einen Tip geben könnte. Von Old Leather, das war der Aborigine, von dem ich gestern erzählte, hab ich 'ne Menge gelernt, unendlich viel, aber obwohl er auf die Hochstrecke zurückkam, wie er das nannte, konnte er mir doch nicht zeigen, wie er das macht. Meinte, das wäre gegen die Regeln. Entweder hat man die Magie oder man muß kämpfen, behauptete er, aber auf meine Fragen wußte er keine Antwort. Seine Leute nennen es Traumpfade, die in grauer

Vorzeit von irgendeinem Geist gezogen worden sind. Aber man braucht einen sechsten Sinn dafür, sich auf ihnen zurechtzufinden. Er versuchte, es mir zu erklären, aber ich hab's nie kapiert.«

Er wollte gerade fortfahren, als die Wagentür aufging und Peter sich gähnend reckte.

»Na, Pete? Wie möchtest du die Eier? Spiegelei mit Fenster? Gekocht, gewürfelt, in Scheiben geschnitten?«

»Eier? Gibt es Eier zum Frühstück?«

»Klar. Da gibt's einen großen Vogel im Marschland, der legt ein Ei ...«

»... das gut und gern zwei Leute satt macht«, vollendete Patsy den Satz. Er mußte grinsen.

»Man muß sie vorher in Wasser tauchen, um zu sehen, ob sie frisch sind. Alte schwimmen oben und schmecken wie ... na ja, gar nicht gut.« Er bemerkte ihren Blick und lächelte wieder.

Dann öffnete er eine Ledertasche und holte zwei grüne Eier heraus, jedes so groß wie ein Baseball, und schlug sie in eine rußgeschwärzte Pfanne. Patsy trat an den Wagen und hob Judith heraus. Sie murmelte noch im Schlaf, und ihre Kleider waren schweißgetränkt. Sie öffnete die Augen, aber ihr Blick schien nichts festhalten zu können. Patsy setzte sie nah ans Feuer und wickelte sie fest in die kleine Jacke mit der roten Kapuze. Was sollte sie nur tun?

Das rosafarbene Eigelb faszinierte Peter. Chris rührte ein wenig Milchpulver mit Wasser dazu, und in fünf Minuten war Rührei für alle fertig.

»Wir bräuchten Brot. Frisches Brot habe ich schon seit ...« Er musterte die Kinder, die sich einen Löffel teilten, und beschloß, besser nicht ins Detail zu gehen. »Jedenfalls gibt's das hier nicht oft. Und Käse. Manchmal wäre ich imstande, das Häuschen meiner Oma zu verkaufen für ein Stück Käse.«

»Erinnert an Benn Gunn«, murmelte Patsy geistesabwesend und schaukelte Judith auf den Knien.

»Kam der nicht in *Bonanza* vor?«

»Nein, in der *Schatzinsel*. Er vegetierte auf einer einsamen Insel und sehnte sich verzweifelt nach Käse.«

»Das kann ich nachfühlen, Herrschaften. Am schlimmsten ist es, wenn ich anfange, von Big Macs zu träumen. Dann fliege ich auf Wolke sieben.«

Peter warf ihm einen Blick zu, das Fragezeichen stand ihm auf der Stirn geschrieben.

»Wenn ich'n Föhn kriege«, erklärte Chris. »Meine fünf Minuten, und das zwölfmal in der Stunde!« Er tippte sich mit dem Finger an die Schläfe. Peter grinste und machte sich wieder über sein Rührei her. Zwei Löffel verschlang er, dann meldete er sich zurück.

»Werden Sie uns helfen? Kann ich mal mit dem Revolver schießen?«

»Wenn ich kann, um die erste Frage zu beantworten. Auf keinen Fall ist die Antwort auf die zweite Frage. Mit der Schleuder darfst du jederzeit Übungen machen.«

Kaum eine halbe Stunde später waren sie unterwegs. Chris Deane hakte den ölverschmierten Draht von den Pfählen rings um den Lagerplatz und verstaute ihn wieder in der Büchse. Sein großer Rucksack paßte gerade noch neben die Kühlbox, die er kurz durchsuchte, bevor er den Deckel schloß. Der Revolver war zu groß für ihr Handschuhfach, aber die kleinere Pistole war gerade kurz genug. Peter sah neidisch zu, wie ihr neuer Reisegefährte mit den Waffen hantierte.

Rund fünfzehn Kilometer weiter tauchten zwei Wagen

auf, die neben der Straße gestrandet waren, und ein großer Lieferwagen, der auf dem Seitenstreifen parkte. Die Reifen des Lieferwagens waren völlig zerfetzt. Der Reifengummi lag in breiten angefressenen Streifen rings um die Felgen.

»Ich muß Benzin haben«, erklärte Patsy, als sie neben den beiden PKWs hielt. Einer war ein länglicher Straßenkreuzer im Fünfziger-Jahre-Stil, mit schnittigen Heckspoilern und einem beeindruckenden Arrangement von Rücklichtern.

Chris stieg als erster aus dem Wagen, und als Patsy sich zu ihm gesellte, sah sie, daß er den Revolver zog. Er wirkte großkalibrig und bedrohlich, als könne er notfalls eine Steinmauer durchlöchern.

»Nur für den Fall des Falles.« Er zog den Hut tiefer ins Gesicht, wie ein Westernheld im Kino. Patsy konnte sich das Lachen kaum verbeißen. Er öffnete den Kofferraum, wühlte in seinem Rucksack und brachte eine kleine Pumpe mit Gummiball zum Vorschein.

»Einer der besten Funde, die ich gemacht habe«, brummte er. »Vom Benzingeruch wird mir schlecht. Trag ich jetzt seit einem Jahr mit mir herum.«

In wenigen Minuten war die kleine Handpumpe in Betrieb und leitete das Benzin in ihren Tank. Während Patsy rhythmisch auf den Gummiball drückte, untersuchte Chris die anderen beiden Wagen. Peter hatte das Fenster heruntergerollt und sah zu.

Dann waren sie wieder unterwegs, und die Sonne kletterte rasch höher.

»Sie sieht irgendwie komisch aus«, bemerkte Patsy. »Was haben diese schwarzen Pocken zu bedeuten?«

»Sonnenflecken, nehme ich an«, gab Chris zur Antwort. »In letzter Zeit sind sie stärker geworden, und die Tage sind viel kürzer als sonst. Es handelt sich um merkwürdige Kapriolen der Jahreszeit, vielleicht diese dunklen Tage, von denen Sie gesprochen haben. Je mehr Flecken auftauchen, desto merkwürdiger sieht der Mond aus. Als wenn ein Gestirn an Kräften zunimmt und das andere schwächer wird.«

Sie waren eine halbe Stunde gefahren, über eine lange, schnurgerade Strecke durch die ebene, sumpfige Landschaft, in der gelegentlich ölige Senken und Tümpel aufglänzten, als er ihr sanft aufs Knie klopfte.

Die Berührung war so unerwartet, daß sie überrascht zusammenzuckte und ein Gesicht zog, als fühlte sie sich sexuell belästigt.

Er legte einen Finger an die Lippen und zeigte nach hinten, indem er unmerklich mit dem Kopf seitwärts nickte. Erst begriff sie nicht ganz, was er wollte, aber dann lehnte er sich beiläufig aus dem Fenster, als müßte er gähnen, und deutete auf den Seitenspiegel.

Patsy warf einen Blick in den Rückspiegel über der Armatur. Weit hinter ihnen war ein anderer Wagen auf der Strecke.

»Stimmt was nicht?« Peter hatte Chris beobachtet und seine Andeutung mitbekommen. Er rutschte auf die Knie und spähte durchs Heckfenster hinaus.

»Zu weit, um was zu erkennen.«

Chris langte in seine Jackentasche und zog einen kleinen schwarzen Zylinder heraus. Mit einer raschen Bewegung zog er das Ende heraus und verlängerte ihn zu einem praktischen Fernrohr. Auch er drehte sich im Beifahrersitz um und setzte das Glas ans linke Auge.

»Ist es ein PKW?« fragte Patsy. Wieder erfaßte sie instinktiv die Situation mit ihren geschärften Sinnen. Es war kein PKW. Es war ein schwarzer Möbelwagen. Kerron Vaunche war ihnen wieder auf der Spur.

»Sieht nicht danach aus. Mag sein, daß es ein Möbelwagen ist. Aber es ist zu weit weg.«

»Lassen Sie mich mal.« Peter hielt die Hand auf. Chris reichte ihm widerwillig das Fernrohr, das der Junge ans Heckfenster hielt. Judith hatte bisher schweigend die Szene verfolgt, den Kopf seitwärts geneigt, als ob sie auf irgend etwas lauschte.

»Es *ist* ein Möbelwagen«, rief Peter aus. »Derselbe wie gestern!«

»Du mußt Augen wie ein Falke haben«, lobte Chris und Peter warf sich sichtlich stolz in die Brust. Patsy ließ den Mut sinken.

Chris zog den Revolver hervor und prüfte die Zylindertrommel. Aus einer anderen Innentasche holte er ein paar Patronen, die er mit dem Daumen in die Löcher des Magazins drückte. Patsy schaltete herunter und beschleunigte. Weit hinten blitzte einmal das kränklichgelbe Licht des Möbelwagens auf. Sie trat aufs Gas und kam in einer Minute auf hundert. Im Spiegel sah sie das schwarze Etwas kleiner werden. Sie kamen ans Ende der Geraden und mußten vor der Kurve das Tempo drosseln. Dann begann eine neue, kurvenreiche Steigung, die sie über einen Kamm führte. Als sie ihn überwunden hatten, sahen sie dicht vor sich das riesige Knäuel der Fernstrecken.

»Er ist nähergekommen«, bemerkte Chris. Peter kletterte zwischen die Vordersitze, um etwas zu sehen.

»Sieht ja aus wie ein Bilderrätsel!« staunte er. »Straßen wie die gibt's in Los Angeles oder San Francisco. Kenn ich aus dem Fernsehen!«

Das Gelände fiel jetzt steil ab. Die Straße beschrieb eine

Kurve, eine Brücke führte über eine schmale Schlucht, und einige Kilometer weiter zeigte ein großes Verkehrsschild die nächste Abzweigung an. Patsy warf Chris einen Blick zu, der die Achseln zuckte. Hinter ihnen murmelte Judith.

»Wie bitte, Schätzchen?«

»Nein, ich kann nicht«, rief Judith laut. »Ich möchte das nicht.«

»Was nicht in Ordnung?«

Das Mädchen saß aufrecht im Rücksitz und legte den Kopf schräg. Die Haut auf den hohlen Wangen war verkrustet, die schwarzen Ringe unter ihren Augen hingen tief durch. Sie sah aus, als hätte sie Gift geschluckt, das sich in ihrem Körper ausbreitete.

»Was?« fragte sie mit verwirrter Miene.

»Ich wollte wissen, ob alles in Ordnung ist?« wiederholte Patsy. Sie riskierte einen Blick über die Schulter und sah die dunklen Augen ihrer Tochter, weit aufgerissen und glanzlos, in die Ferne gerichtet, die Iris grün umrandet.

»Will bei Mami bleiben«, stieß sie flehentlich hervor. »Will nach Hause.«

Ein kalter Hauch wehte Patsy an.

»Mit wem redet sie?« wunderte sich Peter.

»Mag nicht wiederkommen.« Judiths Stimme war lauter geworden. »Mir gefällt's da nicht.«

Chris warf Patsy einen Blick zu. »Ist sie gesund? Vielleicht sollte ich besser fahren.«

Sie nickte und bremste ab. Judith machte noch immer große Augen und hielt den Kopf seitwärts, als lauschte sie einer Stimme, die keiner der Mitreisenden hörte.

»Stimmt was nicht, Judy?« wollte Patsy wissen, obwohl ihr klar war, daß der schreckliche Austausch wieder stattfand, daß ein tückischer Richtfunk Signale aussandte, die sich in die Seele ihrer Tochter bohrten. Sie drehte sich halb und faßte hinter sich an Judiths Knie. Kaum hatte sie es berührt, als sie die Vibration fühlte wie einen Stromschlag, als bebte jeder Nerv ihrer Tochter unter der Spannung. Fiebrige Hitze teilte sich ihren Fingern mit.

»Mein Gott«, ächzte sie, »sie verbrennt innerlich.«

»Sie kommen näher«, meldete Peter.

»Was soll ich denn tun?« schrie Patsy, hin- und hergerissen zwischen dem Wunsch, anzuhalten und ihrer Tochter zu helfen, und der dringenden Notwendigkeit, den Verfolgern zu entkommen.

»Weiterfahren«, empfahl Chris. Er war aufgestanden, hatte sich nach hinten gewandt und kletterte ohne große Schwierigkeiten neben Judith. »Los! So schnell Sie können!«

Im Rückspiegel nahm der schwarze Möbelwagen sichtlich an Größe zu. Auf den ersten Blick wirkte er wie ein ganz normaler Transporter, aber sie nahm seine bedrohliche, tödliche Aura wahr. Patsy gab Vollgas und trieb den Wagen auf Hochtouren. Weiter vorn zweigte eine Nebenstrecke von der Autobahn ab. Hinter ihr brüllte das Horn des Transporters, der seine Halogenscheinwerfer aufblitzen ließ. Er kam rasch näher, viel zu schnell für eine normales Fahrzeug dieser Größe. Peter kniete wieder im Rücksitz, nahm ihr die Sicht weg, und sie hätte ihn fast angebrüllt, sich zu setzen. Die gelben Lichter blitzten unheilvoll und giftig, wie die Katzenaugen-Wesen in der Nacht.

»Daddy will mich holen«, wimmerte Judith. Patsy fühlte das Blut in den Adern gefrieren. »Kerron sagt, mein Vater liebt mich.«

»Na, komm Kind«, schmeichelte Chris. Er hatte ihr den

Arm umgelegt und wußte nicht recht, was er tun sollte. Das Mädchen zitterte wie ein Blatt am Baum. Die geweiteten Augen waren leer und erloschen; sie richtete offenbar ihre ganze Aufmerksamkeit nach innen. Ein kleiner Speichelfaden lief über ihr Kinn und tropfte auf den Schoß. Er zog sie näher zu sich und fühlte, wie sie die Hitze in Wellen abstrahlte. Der Atem roch nach Verwesung.

»Komm, Judith«, probierte es Chris erneut. »Deine Mama ...«

»Du bist nicht mein Vater, Ungläubiger. Wertlos wie Staub an meinen Sohlen.« Das Mädchen stieß ein unheimliches, fast tierisches Grollen aus, ihre Worte waren voller Haß.

Peter zuckte vor seiner Schwester zurück. »Mum, sie redet wieder komisches Zeug ...«

Judith wirbelte herum, drehte sich so, daß der Sicherheitsgurt gegen ihren Nacken preßte. Der grünliche Rand ihrer Iris flammte auf und verlieh ihren hübschen Augen ein schlangenähnliches, fremdartiges Starren. Der faulige Geruch breitete sich aus und war erstickend.

»Dieses *gadge*-Geschöpf ist meine Mutter nicht, *Tavartas.* Mein Vater ist Thanatos, man nennt ihn Taimat den Fußlosen und Bruder der Nacht, und meine Mutter war *Cailleach von Morrigan*, die in mir ist und unsere Herzen verzehrt.«

»Himmel, hilf«, heulte Patsy auf. Der Möbelwagen hatte jetzt aufgeholt, trieb sie vor sich her über die Fahrbahn, und im Autoinnern war ihre eigene Tochter, ihr Fleisch und Blut vom Teufel besessen. Ein Hauch des abgrundtief Bösen erfaßte Patsy.

»Vater unser, der Du bist im Himmel, geheiligt werde Dein Name ...«, fing sie zu beten an, verzweifelt gegen das

Gefühl der Ohnmacht ankämpfend, das sich schwer über ihre Seele legte.

Judiths Stimme war ein heiseres Schnarren geworden, rauh wie aneinander mahlende Mühlsteine.

»Mein Vater ist *Fasgadh*, welcher lebt im Hades, in der Dunkelheit unter den Wurzeln von Yggdrasil in der tiefsten Tiefe. Er wird sich im Blut der Euren baden, und seine Macht wird die Grundfesten der Welt erschüttern für tausend Jahre. Seine Heerscharen werden sie überschwemmen.«

Judith bog den Rücken durch. Der festgezurrte Sicherheitsgurt ächzte protestierend. Sie knurrte wie eine Raubkatze und sprühte heißen, giftigen Speichel. Patsy fühlte ihn an der Wange wie Säure brennen.

»... Dein Reich komme, Dein Wille geschehe wie im Himmel, also auch auf Erden ...«

»Meines Vaters Wille!« fauchte Judith, und Patsy hörte Kerron Vaunches mißtönende Stimme im Mund ihrer Tochter. Sie drehte am Rückspiegel. Chris versuchte, Judith in den Arm zu nehmen, die sich mit aller Macht wehrte und trat, purpurrot angelaufen war und mit den Augen rollte. Peter kniete wieder auf dem Rücksitz, das Gesicht angstvoll verzerrt. Judith hielt plötzlich inne und funkelte ihre Mutter böse an. Ihre Lippen öffneten sich, und als sie sprach, hörte Patsy die Worte Crandall Gilfeathers.

»*Ein Kind muß sterben, das Blut der Vergewaltigung auf dem Stein fließen. Ein Kind muß verzehrt werden, während die Carlin und ihr Begatter ihr Böses vollziehen. Der Preis ist die absolute Verderbnis, aber es muß ein Fest sein, bei dem der Fürst der Finsternis das Abendmahl reicht.*«

»Unser täglich Brot gib uns heute, und vergib uns unsere Schuld ...«

»Nehmt dies und eßt davon.« Kerron Vaunches Hexengekrächz entrang sich dem geschwollenen Rachen ihrer kleinen Tochter. »Denn es ist das Fleisch von *Uanan,* dem Lamm, und das Blut von *Tavartas,* dem Bock. Mein Vater *Dracul* wird sie besteigen und mit seinem Dorn pfählen, und seine Saat wird aufgehen und reiche Frucht tragen. Mein Vater wird das Opfer zerspalten und sein Herz verzehren.«

»... wie auch wir vergeben«, haspelte Patsy herunter. Judiths Gesicht war jetzt fast so schwarz angelaufen wie der Möbelwagen hinter ihnen. Dagegen war Peter kalkweiß geworden vor Panik. Der Traum kam ihr wieder ins Gedächtnis, und sie sah wieder die gemeißelten Leiber auf dem Stein zucken, das blasse, gefesselte Bündel rücklings darauf liegen, Arme und Beine gespreizt, mit einem nassen, klaffenden Riß zwischen Kinn und Unterleib. Das Monster schnaufte wieder, wühlte sich mit der Schnauze in den nassen Spalt; als es sich dann erhob, stürmten die Fliegen auseinander wie ein Nebel, und Judiths tote Augenhöhlen starrten anklagend herüber.

»... unseren Schuldigern.«

»Und tu Böses mit uns und in uns, daß beim Festmahl von *Beelzebub*, dem Erlkönig, der von Toten sich nährt, die Heerscharen des Fliegengotts im dichten Schwarm sich sättigen.«

»Und erlöse uns von dem Übel!« setzte Patsy mit erhobener Stimme, fast schreiend fort. »Wir bitten Dich, erlöse uns und dem Bösen!«

Kerron Vaunches Stimme schnappte über, wollte sie niederbrüllen. Judiths Rücken krümmte sich wie ein Bogen. Etwas knarzte leise, als wäre ein Muskel gerissen. Der Sicherheitsgurt löste sich in zurückschnappende Gummifäden auf. Chris packte sie einfach bei der Schulter und drückte sie in den Rücksitz. Ihre winzige Hand fuhr hoch und krallte sich an der Backe fest. Drei schmale Striemen röteten sich sofort und bluteten.

Chris jaulte vor Schmerz auf.

Unvermittelt ließ der Widerstand des Mädchens nach, sie erschlaffte und sank in den Rücksitz.

»*Nein!*« schrie sie plötzlich mit eigener Stimme. »*Mag* nicht mit Daddy gehen. Es ist *böse!*«

»Sie schnappen uns!« gellte Peter herüber. Ängstlich drückte er sich an die Tür. »Fahr schneller, Mum!«

Vor ihnen zählten die Entfernungsschilder den Countdown zur Abzweigung. Judith kreischte schrill, schmerzhaft und laut in der Zelle des Wagens. Dann erstarb der Schrei und ging in ein Schluchzen über.

»Mami, *Mami!*« brüllte Peter jetzt. Ihre Augen schnellten in den Rückspiegel. Der Möbelwagen war verschwunden. Ein Schatten lauerte auf der anderen Seite, und sie raste so schnell, daß ihre Nackenmuskeln sich verspannten. Im Rückspiegel setzte der Möbelwagen an, sie seitlich zu überholen. Er fuhr mit schier unglaublichem Tempo. Tiefschwarz lackiert die gesamte Karosserie, selbst die Fenster waren undurchdringlich schwarz getönt. Die einzige Farbe war das merkwürdige orangefarbene Glühen in den Scheinwerfern und ein rostroter Streifen über dem Kühler. Er wirkte wie ein Blutspritzer.

»Sie kommen, Mami«, quäkte Judith. *»Sie kommt mich holen!«*

Patsy brach in Panik aus. Der Möbelwagen war jetzt fast neben ihr. Chris arbeitete sich auf den Vordersitz zurück und holte den großen Revolver aus der Jacke. Wieder erschallte das Horn, als die Verfolger gleichzogen. Peter klammerte sich vergebens an seine Schwester. Chris schrie sie an, das Seitenfenster zu öffnen, und der große schwarze Lauf der Pistole war direkt vor ihren Augen, ragte aus dem Fenster.

Der Möbelwagen brach aus und stieß gegen ihren Kotflügel, was sie nur aus Verfolgungsjagden im Kino kannte. Doch statt eines sanften Schubsers, den die Federung abfangen konnte, fühlte es sich an, als hätte ein Felsbrocken den Wagen getroffen. Ihr Kopf schlug seitwärts an das Fensterglas. Chris wurde rückwärts an die Beifahrertür geschleudert und landete am Boden.

Instinktiv trat Patsy aufs Gaspedal, und der Wagen machte einen Satz nach vorn. Die Hupe des Transporters dröhnte erneut. Er fiel zurück, nur kurz, und sie erhaschte einen flüchtigen Blick im Rückspiegel. Vorn am Kühler war kein Blutstreifen, sondern ein gewöhnlicher Aufkleber in Rot und Orange, der Flammen zeigte, die vorn bis an den Rand der verdunkelten Windschutzscheibe leckten. Der Möbelwagen beschleunigte und kam in den toten Winkel, dann war er wieder neben ihr. Ein flüchtiger Seitenblick belehrte sie, daß die Fenster zu dunkel waren, um etwas zu sehen, aber sie glaubte einen blassen Umriß in der Kabine zu erkennen. Mit einer Hand rollte sie hektisch das Fenster herunter, bis ihre Finger vom Griff abglitten.

»Schieß!« befahl sie. »Mach schon, schnell! Knall die Typen ab!«

Der Transporter holte zu einer neuen Attacke aus. Patsy fühlte es voraus. Hinter ihr wimmerte Judith wie ein verwundetes Tier, dann brach sie plötzlich ab, als wäre sie geschlagen worden, und Patsy hörte in all dem Tumult das heisere Röcheln ihrer Lunge, die nach Atem rang. Peter schimpfte in seiner Not auf sie ein.

»Nimm das Spray«, rief Patsy. Sie tastete zum Handschuhfach, klappte es auf. Die kleine Pistole purzelte heraus, ihr Griff knallte Chris an den Hinterkopf. Patsy bekam das Inhaliergerät zu fassen und warf es nach hinten. Peter schnappte es in der Luft auf. Sie hörte das hohle Zischen, als der Strahl in Judiths Rachen sprühte. Sie konnte sich nicht umdrehen, nicht anhalten, und trotzdem nahm sie mit ihren Sinnen alles wahr, was vor sich ging, jedes Geräusch, jede Bewegung, als liefe das Geschehen in Zeitlupe ab, während sie mit Höchstgeschwindigkeit raste. Sie zog am Lenkrad, glitt weg von dem schwarzen Transporter, dessen Abstand sich bedrohlich verkleinerte. Wieder schrie Peter etwas. Er drückte ein zweites Mal auf den Sprayknopf, und mit einem kehligen Seufzer bekam Judiths Lunge wieder Luft. Patsys Herz tat einen Sprung. Judith hustete zweimal, hart und raspelnd, dann atmete sie tief durch.

»Alles klar, Mum«, verkündete Peter. »Sie kann wieder schnaufen!«

Der Möbelwagen schlingerte näher, und sie wich aus. Etwas schabte im Innern ihres Schädels wie ein trockenes Rascheln im Herbstlaub, wie das Grummeln eines Raubtiers im Käfig, und sie schauderte. Fast wäre sie an die Leitplanke geraten und hätte wieder alle durcheinandergestoßen.

Chris hatte sich aufgerappelt. Mit einem metallischen Klick entsicherte er den Revolver. Vor ihr tauchte die Abbiegespur auf, aber sie fuhr vorbei, hielt sich geradeaus. Der schwarze Transporter fuhr dichtauf und machte Anstalten, sie aus der Fahrbahn zu drängen.

Erst in allerletzter Sekunde, als sie schon fast vorüber war, riß sie das Steuer herum, und der Wagen raste die Rampe empor zur Abzweigung, die Leitplanke um Millimeter verfehlend.

Der Möbelwagen wollte folgen. Er schwenkte ebenfalls aus, doch der Fahrer - *was immer es war, das am Steuer saß* - mußte gemerkt haben, daß es zu eng wurde. Der Verfolger stellte sich mit quietschenden Reifen quer, und über dem Motorenlärm glaubte Patsy das Wiehern verängstigter Pferde zu hören. Der Laderaum schlug gegen die Leitplanke, und ein Funkenschauer regnete herauf. Zweimal prallte das Gefährt ab, schlug noch einmal auf, dann wurde es über die Fahrbahn auf die Gegenspur geschleudert.

Inzwischen war Patsy am Ende des Abbiegers und raste die Steigung hoch. Direkt vor ihnen lauerte die Leitplanke; Chris stieß einen Warnruf aus, und es gelang ihr, noch rechtzeitig vor dem Aufprall beizudrehen. Kies spritzte und prasselte gegen den Kotflügel. Peter rutschte vom Sitz und stürzte krachend zu Boden. Chris stieß sich den Kopf am Armaturenbrett, als er nach dem Revolver tastete, der unter das Handschuhfach gerutscht war. Judith gab einen unglaublichen Schrei von sich, und dann hatten sie es bis auf den Hügelkamm geschafft. Die Straße unter ihnen, die Hauptstrecke, der sie gefolgt waren, lag weit unter ihnen. Das schwarze Viereck des Möbelwagens war nur noch als dunkler Blitz zu erkennen, der unter einer Überführung davonschoß und verschwand. Auf der Rampe wurden sie im Kreis geführt, wieder bergab, und plötzlich befanden sie sich auf einer Kleeblattkreuzung.

Zweihundert Meter weiter sahen sie das Spiegelbild der Straße, auf der sie waren, in Gegenrichtung. Jenseits davon lag ein Gewirr sich kreuzender Fahrbahnen. Für einen Augenblick war alles still und ruhig.

»Typisch Frau am Steuer«, kommentierte Chris endlich und rieb sich die Schläfen. Peter feixte.

24

Mittlerweile war die Kleeblattkreuzung nur noch eine ferne Betonblume. Auf der zweispurigen Fernstrecke hatte Chris sie gebeten, rechts heranzufahren, als sie an eine Hängebrücke kamen, deren Gewicht von einem Spinnennetz schwarzer Kabel gehalten wurde. Er stieg aus dem Wagen, trat ans Geländer – wie sie selbst, als sie kürzlich den gräßlichen Großunfall beobachtete –, und spähte in die Tiefe. Patsy stieg ebenfalls auf und öffnete die Hintertür, um Peter herauszulassen. Hastig rannte er umstandslos zum nächsten Betonpfeiler, drehte ihnen den Rücken zu und erleichterte sich. Judith blieb auf dem Rücksitz liegen, atemlos fiebernd. Von ihrem Handrücken pellte sich die Haut wie eine verrunzelte Schale. Wir müssen rasch etwas unternehmen, Antibiotika finden, dachte Patsy, obwohl sie innerlich zweifelte, ob Medikamente gegen den Infekt, der ihre Tochter vergiftete, etwas ausrichten konnten.

Chris beugte sich über das Geländer und schob seinen zerbeulten Hut in den Rücken. Die Lederjacke war zerlumpt und abgewetzt, auch seine Stiefel hatten schon bessere Tage gesehen und waren bis auf die Hacken abgelaufen.

»Schade. Kommt mir vor, als wäre hier unten ein Fluß oder Gebirgsbach«, sagte er. »Hab ein Stück Schnur. Von Brücken aus lassen sich Fische fangen, obwohl es andere

Wesen im Wasser gibt, die einem die Schnur zerschneiden. Ich hoffe, wir können etwas Wasser mitnehmen, bevor wir weiterfahren.«

»War in der Flasche nichts mehr drin?«

Er nickte. »Doch. Jetzt ist sie nur noch halb voll, oder halb leer, je nachdem, wie Sie's betrachten. Eine solche Gelegenheit läßt man sich nicht entgehen, oder?« Er deutete nach vorn. »Die Berglandschaft kann trügerisch sein. Wenn wir Pech haben, kommen wir wieder in die Wüste. Aber sollten wir auf einen Fluß stoßen, dann gäb's einen Strauch mit Beeren, die Ihrer Tochter guttun würden. Nehmen das Fieber aus dem Blut.«

Weit unten wand sich eine Straße durch die enge Schlucht, die natürlich zu sein schien, als hätte hier die Erde gebebt und einen Berg gespalten. Die Straße war einspurig und lag im Zwielicht. Nichts rührte sich dort, und am Rand lagen keine Schrottwagen. Purpurbelaubte Büsche wuchsen links und rechts des Weges, den sie an manchen Stellen fast ganz überwucherten. »Der Busch sieht ganz ähnlich aus, nur dunkler.«

»Sie braucht etwas«, bestätigte Patsy. Judith hielt ihr noch immer die Hand und schmiegte sich lustlos an sie, und ihre Haut fühlte sich heiß an – viel zu heiß. »Können wir nicht hinuntersteigen und nachsehen?«

»Auf keinen Fall. Da unten sieht's ganz anders aus. Aber keine Angst, wir finden schon, was wir brauchen.« Nervös strich er sich über die drei Kratzer an der Wange, und Patsy mußte an die Striemen denken, die Paul auf dem Rücken trug, als er heimgekehrt war, nach Lagerfeuer und dem Parfum einer Frau duftend.

Peter kam wieder und gesellte sich zu ihnen. Seine Miene war sichtlich aufgehellt. Chris kramte in seinen Jackentaschen und holte eine Gummischleuder heraus, eine alte schwarze *Diablo*, die er dem Jungen reichte. Er deutete auf die Straße in der Schlucht unten. Neben dem Bordstein lag dort eine einzelne Radkappe, die gerade ausreichend Licht reflektierte, um als blasser Kreis erkennbar zu sein,.

»Ob du das Ding triffst, Falkenauge?« fragte Chris. Peter grinste stolz über seinen neuen Spitznamen.

»Klar, kann ich«, prahlte er. Längs der Leitplanke suchte er nach einem passenden Stein, und als er einen gefunden hatte, bettete er ihn in die Gummischlaufe. An einer Ausbuchtung des Geländers konnte er sich vorbeugen und über die Gabel zielen. Alle sahen zu, wie er den Gummi spannte. Er ließ los, und das Geschoß, ein weißer Kiesel, sirrte durch die Luft, genau auf die Radkappe zu.

Es flog etwa zwanzig Meter weit und verschwand. In dieser Sekunde sirrte es noch davon, in der nächsten löste es sich in Luft auf.

Peter richtete sich konsterniert auf. »Wo ist es hingeflogen?«

Chris erwiderte nichts. Er blickte sich um, schritt das Geländer ab, fand schließlich, was er suchte – eine alte grüne Flasche, die bedeckt vom Straßenstaub hinter der Leitplanke lag. Grünschimmernd im trüben Sonnenlicht wirbelte sie durch die Luft und sank in die Tiefe, dem Straßenrand entgegen. Kaum hatte sie den Schatten erreicht, den die Brücke warf, als sie verschwand, als hätte sie nie existiert.

»Wie hast du das denn hingekriegt?« staunte Peter beeindruckt.

»Kein Kunststück«, brummte Chris. Er drückte den Hut tiefer in die Stirn, und für Sekunden bemerkte auch Patsy die Ähnlichkeit mit Crocodile Dundee, der Peters Lieblingsheld war und gleich hinter Indiana Jones rangierte. Er grinste, als hätte er ihnen Zaubertricks vorgeführt.

»Deshalb hat's auch keinen Zweck, da runterzugehen«, erklärte er. »Die Straßen auf den unterschiedlichen Ebenen führen durch jeweils andere Zeitschichten. Vor 'ner ganzen Weile wollte ich mal von der Hauptstrecke auf einen Weg wie den da unten gelangen. Hab mir aus einem 18-Räder-Lastzug das Abschleppseil besorgt und mich abgeseilt, fünfzehn Meter vielleicht, und als ich unten ankam, war's Winter. Am besten, man vermeidet es, runterzuklettern, wenn es irgend geht.«

»Wie kommt das denn?« wollte Peter wissen.

Chris zuckte die Achseln. »Die Zeit ist überall verschieden schnell, denke ich. Vielleicht läuft sie spiegelverkehrt. Ob sie nun vorwärts oder rückwärts geht, kann man nie wissen. Aber in Orten wie diesen sollte man besser vorher wissen, wo man ankommt.«

Peter nickte, von Mann zu Mann. Wieder hatte er eine Regel aus dem Gesetz der Straße begriffen.

Sie kehrten zum Wagen zurück. Peter sammelte unterwegs eine Handvoll Steine und behielt die Schleuder. Zehn, fünfzehn Kilometer weiter hielten sie an einem kleinen Flüßchen, wo Chris ein Lagerfeuer entfachte. Er öffnete eine Büchse mit Würstchen und ließ Peter sie aufwärmen.

»Wir kommen näher«, bemerkte Chris. Jenseits des Flüßchens, wo sie lagerten, hinter den Hügeln, erhob sich das Gewirr des Knotenpunkts im Dunst. Ob es noch immer der Frühnebel war oder ein Schleier von Auspuffgasen, ließ sich schwer abschätzen. Doch das Gesumm des Verkehrslärm war lauter geworden und erinnerte an einen Bienenstock.

»Vielleicht ist das gut so«, überlegte Patsy, obwohl sie

insgeheim starke Zweifel hegte. Patsy rührte in der Konservendose. Judith lag reglos bei ihrer Mutter im Schoß und ließ den Kopf hängen. Sie atmete schwer, und am rechten Hals war eine Reihe buckliger Warzen aufgesprungen. Patsy kam es so vor, als würde das Kind innerlich ausgehöhlt und wäre nur noch eine Schale, der ein Kern fehlt. Ihr Schweißgeruch war unrein.

Sie stirbt. Der Gedanke, den Patsy bisher peinlich vermieden hatte, stahl sich wieder in ihr Herz und faßte mit eiskalter Hand nach ihr. Ihre Tochter war sterbenskrank, Kerron Vaunche, oder was immer es war, dem sie huldigte, hatte Judith berührt und tödlich verletzt. Judith hatte sich angesteckt, und nun begann sie zusehends zu altern.

Crandall Gilfeathers Worte kamen ihr wieder in den Sinn. »Die dunkle Wiederkehr der Erneuerung«, hatte er es genannt und sie ernst angeblickt. »In dieser Zeremonie gehen die Seelen verloren, doch das *Leben* wird übertragen und der Handel besiegelt. Sie braucht das Fleisch von seinem Fleisch, um handelseinig zu werden.«

Es war, als würde Judith all ihre Jugend weggesogen und ersetzt durch altes, hinfälliges, verfaulendes Fleisch. Kerron Vaunche hatte durch den Mund ihrer Tochter gesprochen, und ihre Stimme war das nuschelnde Gekrächz einer Greisin.

Von »Tod und Wiedergeburt« hatte Gilfeather gesprochen. »Um ihre Schönheit zu wahren, ihre Jugend zu erhalten und ihre enorme Macht, muß die Carlin-Frau mit dem Fürsten der Finsternis verkehren, und er wird seinen Preis fordern.«

Geschah es bereits jetzt? Wurde der gräßliche Wandel bereits vollzogen, während sie noch über Straße flüchteten?

Patsy drehte das Handgelenk, um nach der Uhrzeit zu sehen, aber es war eine zwecklose Geste. Die Ziffern des Datums subtrahierten noch immer, zwei Tage in der Sekunde, doch sie brauchte keine Armbanduhr, um zu wissen, daß die Wintersonnenwende nahe war. Der Mond würde voll sein und in seinem Wahnsinn von diesem abscheulichen Himmel herunterblicken. Der *Namenlose Tag* brach an.

Je näher die Planetenkonjunktion rückte, desto mehr welkte Judith dahin. War Kerron Vaunche inzwischen jünger geworden? Glätteten sich ihre Falten, schmolzen die Risse, Schrunden und Knorpel der Hexe zur glatten Babyhaut der Jugend zurück?

Oder brauchte die Hexe noch immer ihr widerliches Ritual? Judith stöhnte, und grünlicher Schaum trag ihr auf die eingesunkene Oberlippe. Wieder kehrte die Vision zurück, die ihre Mutter seit langem quälte.

Kerron Vaunche, verschrumpelt und trocken, als wäre alles Menschliche aus ihr gewichen. Das Hutzelweib deutete krächzend auf den Stein, wo das blasse, gefesselte Bündel lag, Arme und Beine gespreizt, mit einem nassen, klaffenden Riß zwischen Kinn und Unterleib. Das Monstrum bückte sich darüber, schnüffelnd und gurgelnd, wühlte sich mit der Schnauze in den nassen Spalt; als es sich wieder erhob, stürmten die Fliegen auseinander wie ein Nebel, und Judiths tote Augenhöhlen starrten anklagend herüber.

War das Opfer überhaupt noch nötig? Patsy klammerte sich verzweifelt an ihr Kind. Chris stand vor ihr, gab ihr die Antwort auf das, was sie vorhin gesagt hatte.

»Darauf würde ich mich nicht verlassen. Nicht, daß ich Pessimist wäre, aber in diese Richtung bin ich schon seit langem unterwegs, und je näher ich komme, desto verrückter wird die Straße. Deshalb bin ich ja auch zu Fuß unterwegs. Ich vermute, zwischen hier und dort wird's zunehmend schlimmer.«

»Was können wir denn machen?«

»*Können* nicht allzu viel. Anderswo kommen wir doch nicht hin. Hab's ein dutzendmal und mehr probiert, einfach auf dem Absatz kehrt gemacht und auf demselben Weg rückwärts. Aber wohin Sie auch kommen, jedesmal haben Sie nach 'ner Weile das verdammte Ding vor sich. Ein paarmal hab ich den Fehler gemacht und bin querfeldein gegangen, aber hier gibt's kein Querfeldein. Alles, wo man hinkommt, ist unwirtliches Gelände, und glauben Sie mir eins: *Da* möchte man nicht mal begraben sein, geschweige denn verirrt!«

»Was ist denn los querfeldein?« Peter hatte aufgehört, in der Dose zu rühren, und übte jetzt mit der Schleuder. Eine herumliegende rostige Felge verfehlte er nur um Millimeter.

»Nichts, was du mit 'ner Schleuder kleinkriegst, Falkenauge.« Chris grinste. »Verdammt, selbst mit der Bazooka hier würde ich lieber Leine ziehen.« Er senkte die Stimme und wandte sich wieder Patsy zu. »Man kann sowieso nichts tun als ständig unterwegs sein. Irgendwo hab ich mal gelesen, der Weg ist das Ziel, besser hoffnungsvoll reisen als enttäuscht ankommen. Scheint nicht ganz falsch zu sein. Egal, ob wir bleiben oder fahren, verdammt sind wir doch.« Er hielt inne und blickte Patsy direkt an. »Immerhin sind Sie weit gekommen, und hatten bis jetzt immer Glück.«

»Würden Sie mitkommen?«

»Klar will ich«, gab er zurück. »Aber Sie müßten lernen, mit der Knarre umzugehen.« Peter futterte die meisten

Würstchen und nahm noch Suppe. Judith trank nur etwas Wasser, ein paar Schlückchen, die ihre Mutter ihr mühsam einflößte. Chris Deane nutzte die Gelegenheit, sich den Bart abzunehmen. Aus einer der vielen Geheimtaschen seiner Jacke fischte er ein riesiges Klappmesser und benutzte parfümierte rosa Seife, um Rasierschaum zu schlagen. Zehn Minuten brauchte er allein, um die Klinge am Gürtel zu wetzen, und mehr als doppelt soviel zum Rasieren. Als er fertig war, hatte er sich von einem Tramp in den Mittvierzigern, für den Patsy ihn anfangs hielt, in einen ansehnlichen Mann von Anfang Dreißig verwandelt. Die Narbe stand grell von der ungebräunten Wange ab, die bisher vom Bart bedeckt war.

Schließlich fuhren sie los, während die Sonne noch immer tief am Himmel stand. Ihr Weg führte durch dichte, immergrüne Wälder, wo merkwürdige Licht-Schatten-Reflexe spielten und krächzende Laute zu hören waren, die auf Vögel hindeuten konnten oder alles mögliche andere. Unter den Baumkronen hielten sie die Fenster mittlerweile fest geschlossen, nachdem eine spatzengroße Hummel eingedrungen und mit dröhnendem Flügelschlag an die Windschutzscheibe geraten war. Bei dem verzweifelten Versuch, einen Ausweg zu finden, prallte sie immer wieder ans Glas, der Insektenleib pulsierte wütend und zeigte immer wieder den nadelscharfen Dorn. Chris gelang ein Glückstreffer mit seinem Hut, mit dem er die Hummel gerade noch aus dem Wagen verjagte, um das Fenster anschließend sofort hochzukurbeln. Alle taten es ihm gleich, und zehn Sekunden später knallte das nächste Rieseninsekt an die Scheibe; beim Bersten hinterließ sie eine zentimeterlange fettige Spur, gegen die der Scheibenwischer vergebens anrückte.

Der Wald endete abrupt am Rand eines weiteren kurvenreichen Abhangs, hinter dem es in ununterbrochener Gerade bergauf ging, so weit, daß der ferne Nebel sie verhüllte. Jenseits fing sich das trübe Sonnenlicht in den verschachtelten Brückenbögen des Kreuzes, was ihm eine gespenstische, fast körperlose Aura verlieh, als wären sie nur eine optische Täuschung am Horizont.

Zwanzig Straßenkilometer fuhren sie geradeaus, bis sie das erste Wrack sahen, und Patsy fuhr unwillkürlich langsamer. Ein Rolls-Royce, einst schlank, stattlich und silbrig, war von der schnurgeraden Spur abgekommen und in das Heck eines Fahrzeugs gerast, das ein alter Militärjeep zu sein schien. Glasscherben lagen wie Hagelkörner in alle Richtungen verstreut und knirschten beim Vorüberfahren unter ihren eigenen Reifen. Eine Gestalt hing zusammengesackt über dem Lenkrad der großen Limousine, und dunkelbraune Flecke hatten sich über den Lack ergossen wie Reste alter Farbe. Patsy wandte die Augen ab und blickte geradeaus auf die Straße.

Sie war übersät mit Wrackteilen, soweit das Auge reichte.

»Schon wieder ein Autofriedhof«, rief Peter von hinten her.

»Genauso sieht es aus«, bestätigte Chris. »Es scheint, als kämen die Wracks her, um hier zu sterben.«

»Mit dem Unterschied, daß sie nicht als Wrack hergekommen sind.«

Kilometerweit setzten sie die gespenstische Besichtigungsfahrt fort, an alten Kutschen und erst vor kurzem liegengebliebenen LKWs vorbei. Einmal gab es einen Mehrfach-Unfall, in den zehn Wagen, vielleicht ein Dutzend verwickelt waren, die allesamt ineinander verkeilt waren und fast die gesamte Fahrbahn versperrten. Patsy nahm metallischen Blutgeruch wahr, während sie mühsam ihren Weg durch dieses Chaos ertastete. Wieder kamen sie an einer Kutsche vorbei, diesmal mit allen Rädern, nur eins, bis auf die Achse durchgefault, saß im schiefen Winkel und drehte sich in der leichten Brise. Anderthalb Kilometer weiter verrottete ein altertümlicher Karren auf dem Grünstreifen. Vor ihm lagen, noch immer an das geschnitzte Joch gebunden, die ausgedörrten Kadaver zweier riesiger Ochsen, jetzt nicht mehr als zwei Haufen Knochen und zerfaserndes Fell, die Hörner im Abstand von mindestens zwei Metern.

Wieder zwei Kilometer weiter tauchte ein kleiner Schlitten aus geflochtenen Zweigen auf, der gegen einen Stein verkantet war. Ein zerkrümelnder Knochenhaufen davor war das einzige, was von dem Eingeborenen übrig war, ob Indianer oder Aborigine, wußte Patsy nicht zu sagen. Auf der geflochtenen Tragfläche waren die gebleichten, sauber abgefressenen Skelette eines ausgewachsenen Menschen und eines Kindes der Sonne ausgesetzt, und Patsy wußte, daß es eine Mutter mit ihrem Kind war, die von ihrem Mann vergebens durch diese Wildnis geschleppt worden waren. Sie fuhr weiter durch das scheinbar endlose Gewirr von Ruinen und Wracks, und als sich die Wolken am Horizont türmten, um den Himmel zu verdunkeln, hatte sie das Gefühl, eingekreist zu werden. Die Erinnerung an den Mann, der seine Familie auf einem primitiven Tragschlitten über die Autobahn schleppte, ging ihr nicht aus dem Kopf. Er hatte sich bemüht und war gescheitert. Ein Anflug von Melancholie befiel sie, wie schon einmal, als sie die tote Braut auf ihrer Hochzeitsreise gesehen hatte.

Sie bezwang die schwarzen Gedanken. Eine errötende Braut war sie längst nicht mehr. Sie hatte ihren Schwur getan, und er war ihr ins Gesicht zurückgespien worden, nicht nur ein-, sondern zweimal, und das zweite Mal hatte es den Fluch über sie gebracht, hier für immer mit ihren Kindern zu bleiben. Sie war keine Ureinwohnerin, deren Familie auf einem Gestell aus Stöcken reiste.

»Ich bin Patsy Havelin«, flüsterte sie, ohne zu merken, daß sie es ausgesprochen hatte.

»Wie bitte?« fragte Chris. Patsy umfuhr gerade einen alten Tieflader, der noch immer mit riesigen entrindeten Holzstämmen beladen war. Früher wäre sie vielleicht rot geworden, aber jetzt löste sie den Blick von der Straße und sah ihren neuen Reisegefährten an.

»Ich bin Patsy Havelin. Diese verdammte Straße wird mich nicht umbringen!«

»Freut mich zu hören«, meinte er.

»Ich mein's auch so. Wir fahren nach Hause.«

Sie setzte den Weg noch über eine Stunde fort durch das Labyrinth zerbeulter, rostiger Schrotthaufen, PKWs und LKWs, Lieferwagen und Kombis, Tankzüge und Omnibusse, die zu beiden Seiten lagen, gelegentlich unterbrochen von einem sportlichen Kabrio oder der flatternden Leinwand eines Planwagens; einige eingesponnen in dicke Spinnweben, andere wimmelnd von Insekten, und überall roch es nach Moder und Fäulnis. Wolken schwarzer Fliegen erhoben sich in die Luft, wenn sie vorüberkamen, gespenstische und dichte Schwärme, die wütend brummten, bevor sie sich wieder auf ihrem Aas niederließen.

»Jetzt bist du so weit gekommen«, sagte sie sich jedesmal, »du wirst weiterkommen als jeder dieser armen Teufel.«

Der riesige Verkehrsknotenpunkt vor ihnen schien einen Sog auszuüben und lockte sie immer näher. Die Wolken ballten und verdichteten sich, und in ihren Tiefen zuckte es von Blitzen und Funken. Endlich kamen sie an das Ende der Geraden, und die Wracks wurden seltener. Jenseits der Ausläufer eines flachen Hügels änderte sich die Landschaft in dürre Heide, gelegentlich von Findlingen unterbrochen, die aus dem torfigen Boden ragten. Die schwarzen, schattigen Tümpel erinnerten Patsy an den Morast, wo Gasblasen aus der Tiefe aufstiegen, beim Platzen nach Fäulnis rochen, und wo aufgedunsene, verwesende Leichen an die Oberfläche trudelten. Wenn sie hier hielten, würden jene Wesen wieder aus dunklen Gewässern klettern, die unter der spiegelnden Oberfläche lauerten und unvorsichtige Passanten verlockten, stehenzubleiben, zu trinken oder ein Bad zu nehmen.

Sie ließ sie links liegen, und die wachsende übersinnliche Kraft ihrer Wahrnehmung fühlte die dumpfen, wortlosen Gedanken derer, die draußen im Sumpfland hausten. Sie spürte unersättlichen Hunger und eine fremde, tierische Wut in den versteckten Teichen. Fast wie von selbst driftete der Wagen an den Straßenrand, und sie hatte ihre liebe Not, die magnetische Anziehung zu bekämpfen, die sie von der Straße ziehen wollte. Chris reagierte gar nicht darauf, doch hinten auf dem Rücksitz stöhnte Judith leise auf. Wenn Patsy ungeahnte seltsame Sinneskräfte entwickelte, so wuchsen sie Judith in zehnfacher Fülle zu. Sie ist ein lebendes Radargerät, dachte Patsy, das alle höllischen Mächte dieses Orts erfaßt. Ein Grund mehr, ihre Kleine so rasch wie möglich hier weg und nach Hause zu bringen.

Eine Serie von Blitzen zuckte bebend aus den Wolken und schlugen im Riedgras eines Hügels in anderthalb Kilometern Entfernung ein. Den Reisenden tanzten sie noch lange als gezackte Nachbilder vor den Augen und erfüllten die schwüle Luft mit enormem Donnergetöse.

»Wir sollten uns irgendwo unterstellen«, schlug Chris vor. »Hier werden wir ja auf dem goldenen Tablett serviert.«

Wieder zerriß ein Blitz die Luft und hackte einen Spalt ins schmale Ufer an einem der Teiche, wobei ein Schwall roter Erde emporspritzte. Sie glaubte etwas unten im Wasser grunzen zu hören vor Angst und Wut, die sich wie ein Korkenzieher in Patsys Bewußtsein bohrten. Judith heulte laut auf. Patsy tastete hinter sich und faßte nach ihren Fingern. Regen schlug über die Windschutzscheibe, und dann kam der Hagel in kleinen Klumpen, die wie Schrotladungen aus der schwarzen Wolke über sie prasselten. Patsy hielt sich in der Straßenmitte, gab mehr Gas und nahm den Wettlauf mit dem Gewittersturm auf.

Die Straße kurvte langsam über die Heide, während sie schneller wurde, auf einer kleinen Steigung herunterschaltete und bei der Abfahrt in den Leerlauf ging. Wieder schlug der Blitz ein, diesmal höchstens fünfhundert Meter weit weg, in zwei Feuerstößen, die über die Marschen rasten und das hoch auflodernde Farnkraut in Brand setzten. Vor ihnen im Regen tauchte, nicht weit vom Straßenrand, eine kleine Baumgruppe auf. Ein einzelner Baum auf offenem Feld würde den Blitz gewiß nicht weniger anziehen als ein einzelner Wagen unterwegs auf einer leeren Straße, doch ein Wäldchen hätte das Risiko verteilt.

»Ich will nicht von der Straße weg«, gab Patsy zu bedenken. Wieder gab sie Vollgas, die Räder zischten über den nassen Asphalt und zogen eine Wolke von Gischt hinter sich her. Die Baumgruppe tauchte kurz in ihrem Augenwinkel auf und blieb zurück. Vor ihnen, jenseits der Sturmgrenze, ging das Heideland in rauhe Steppe über, während es abwärts zu einer neuen Ebene ging. Dicht vor ihnen sah sie den Regenschleier, so dicht, daß er wie eine niedrige Wolke wirkte. Sie raste durch die Nässe, sprühte links und rechts Wasser im hohen Bogen und fuhr viel schneller, als es die Straßenlage zuließ. Doch das Risiko, ins Schleudern zu kommen, erschien akzeptabler, als vom Blitz erschlagen zu werden. Schließlich erreichte sie die Demarkationslinie, an der das Unwetter endete, und flog aus dem Regen heraus.

Augenblicklich verstummte das Trommeln auf dem Dach. Aus dem Zischen der Reifen wurde das Schwirren von Gummi auf trockenem Asphalt. Hinter ihnen konnte sie im Rückspiegel sehen, wie ihre Gischt eine eigene Wasserwolke hinterließ, von der die Straße ganz eingehüllt war. Ein flackernder Lichtpunkt wand sich hindurch wie eine Natter im feuchten Gras und explodierte in einem blendenden Blitz. Das Nachbild in Gestalt eines Dreizacks brannte sich in ihre Netzhaut und wechselte von Orange zu wolkigem Purpur. Unmittelbar darauf krachte eine Explosion, von der sich die Luft rasch ausdehnte, so daß der Rückstoß den Wagen erfaßte und vorwärtsschob wie ein gewaltiger Tritt ins Heck.

»Scheiße«, fluchte Chris und vergaß, sich zu entschuldigen. Er wirbelte im Beifahrersitz herum und sah gerade noch, daß die gesamte Baumgruppe in einem gewaltigen Brand auflohte. Eben noch ragte das Gehölz aus knorrigen Fichten als graue Silhouette vor dem Regenschleier auf, im nächsten Moment brachen die Flammen von innen heraus aus, und die Druckwelle machte Kleinholz aus den Stämmen. Der Feuerball verbreitete eine Hitze, die den Wagen nicht verschonte und ihn in ein Gewebe knisternder Funken einhüllte. Sengender Ozongeruch kam durch den Ventilator, glühende Holzscheite segelten qualmend zu Boden, donnerten auf das Dach und fielen auf die Straße. Ein großer Baumstamm hatte sich überschlagen und wirbelte wie ein Stock durch die Luft, bis er an einem Felsbrocken zerschellte.

»Hast du das gesehen?« rief Chris fast so aufgeregt wie Peter vorhin. »Alles im Eimer! Müssen so fünfzig, sechzig Bäume gewesen sein, und nichts mehr davon übrig ...«

»Nur gut, daß wir nicht drin waren«, gab Patsy bebend zurück.

»Können Sie laut sagen!« japste Chris. »Um ein Haar wären wir ...« Er beendete den Satz nicht.

»Woher haben Sie das gewußt?« fragte er schließlich.

»Wußte ich doch gar nicht!« Aber das ist nicht die ganze Wahrheit, dachte Patsy. Das hatten sie ihrer leisen inneren Stimme zu verdanken, die im Hintergrund ihrer Gedanken kratzte, intensiv genug, um sie zur Weiterfahrt zu nötigen. Sie hatte unwillkürlich auf sie gehört, und sie hatte ihr das Leben gerettet. »Ich hatte nur so ein dummes Gefühl, daß wir weiterfahren sollten.«

»Na, wenn das dumme Gefühl öfters kommt, nur zu!« riet er.

Wieder schlug der Blitz ein, schon in einiger Entfernung hinter ihnen, als wollte er dem brennenden Wäldchen den Todesstoß versetzen. Patsy fuhr weiter, behielt das Tempo bei, bis das Gewitter zwei, drei Kilometer hinter ihnen lag, dann wurde sie notgedrungen langsamer. Die Nadel der Tankanzeige war wieder zurückgefallen, und bald würden sie sich um Nachschub kümmern müssen. Sie suchte die Straße links und rechts ab in der Hoffnung, einen verlassenen Wagen zu finden, der noch enthielt, was sie brauchten. Aus irgendeinem Grund war sie bei der riesigen Blechlawine, die sie erst vor einer Stunde passiert hatten, nicht in

Versuchung gekommen, anzuhalten. Etwas war an jenem Ort, das ihr unheimlich war, als wären die Wagen oder das, was in und um sie verrottete, noch nicht gänzlich tot. Einen Anhaltspunkt für dieses Gefühl oder einen vernünftigen Grund hatte sie nicht, doch es war so gewesen, und die Ungewißheit drängte sie weiter.

Sie lächelte sich selbst grimmig zu, im Bewußtsein, daß sie nahe dran gewesen und in letzter Minute davongekommen waren. Kerron Vaunche, das Hexenweib, hatte sie auf diese Straße geschickt, aber es gab andere, vielleicht höhere Mächte, die ihr geholfen hatten, dem Tod von der Schippe zu springen. Beim Weiterfahren sah sie im Rückspiegel noch immer die Flammen des Waldbrands gen Himmel züngeln, bis der Qualm sie verhüllte. Patsy hielt sich in der Straßenmitte und näherte sich der Serpentine, die sie über den Kamm der nächsten Hügel führen sollte. Ein letzter Blick zurück zeigte ihr noch einmal die Verheerungen, die der Dreizack-Blitz angerichtet hatte. Schon wollte sie sich abwenden, als sie erstarrte.

Der schwarze Möbelwagen schoß pfeilschnell aus dem Qualm heraus und nahm wie ein wütender Stier Kurs auf sie.

In der ersten Panik hätte sie beinahe das Steuer herumgerissen, konnte es aber gerade noch festhalten. Patsy tippte Chris aufs Knie und deutete mit einer Kopfbewegung nach hinten. Er schlug die Sichtblende herunter und studierte den Beifahrerspiegel, wobei er wortlos sein schweres Schießeisen aus der Jacke zog. Vor dem Ausläufer der letzten Serpentine gab sie Vollgas, und der Schub brachte sie über die Hügelkuppe, hinter der eine gefährliche Steilkurve bergab führte. Plötzlich lenkte etwas ihre Aufmerksamkeit zum Straßenrand, und sie riskierte einen flüchtigen Blick.

Der alte Kirchturm lag quer über dem eingesunkenen Dach, fast begraben vom Efeu, der haarig und verschlungen das ganze Gemäuer im Klammergriff hielt, als wolle er die Steine würgen. Bei Tageslicht war das Glühen in den Fensterbögen nicht zu erkennen, deren Leere nicht weniger gespenstisch wirkte. Die Schwärze hinter dem fleckigen Glas war so intensiv, als wartete dort etwas auf sie, als ob das Bauwerk schwer atmete, sich ausdehnte und wieder zusammenzog.

»Wir sind hier schon gewesen«, raunte sie.

»Ich auch«, bemerkte Chris. »Und hier nimmt man besser die Beine in die Hand. Es ist ein verruchter Ort, soviel steht fest, und es zieht einen ins Innere, wenn man nicht standhaft ist.«

Sie nickte. Der Möbelwagen war noch nicht um die Kurve, aber inzwischen mußte er die Steigung fast genommen haben. Drüben beim Kirchhof, durch einen Spalt in der bröckelnden Mauer, sah sie offene Gräber, frisch aufgeworfene Erdhaufen neben den schmalen Pfaden. Es waren genau vier rechteckige Löcher, willens und bereit, die Toten zu verschlingen. Sie schlug die Augen nieder, wollte bloß weg von hier. Die Kurve lag hinter ihnen, und sie kamen an den Acker. Die Vogelscheuche stand jetzt dicht am Straßenrand, das schmale Gesicht zu einem erstarrten wilden Schrei verzerrt, das gezackte Grinsemaul aufgesperrt und zum Zubeißen bereit. Die Stelzbeine holten eben zum nächsten Schritt aus, und Patsy wußte, daß die Vogelscheuche beim nächsten Mal mitten auf der Straße stehen würde, wenn es ein nächstes Mal gab. Sie spürte das Rascheln einer unnatürlichen Gier im Hinterkopf, scheute zurück vor dem Modergeruch, und Judith wimmerte wie ein kleines, verletztes Tier.

In Sekundenschnelle flog die grauenvolle Gestalt vorüber und verschwand hinter der Kurve. Doch auch ohne ihren Anblick wehte ihnen der kalte Fluch hinterher, und Patsy fühlte fast körperlich die Aura des Widrigen in der entweihten schwarzen Kirche, in deren Dunkel ein gottloser Schatten kauerte. Außer diesen geistigen Bedrängnissen nahmen ihre geschärften Sinne vieles wahr: Gesumm von Fliegen, ein katzenhaftes Fauchen des Wesens, das sie verfolgte, seinen tückischen Hunger nach Beute, seine namenlose Gier, die nicht ihr selbst galt, sondern ihren Kindern.

Noch in der Kurve beschleunigte sie und merkte, wie die Lenkung widerstrebte. Mit schrill quietschenden Reifen zog sie wieder gerade. Auf dem Acker hatten sich die Krähen an einem neuen Autowrack versammelt; die Reifenspuren in der aufgebrochenen Scholle, wo das Gefährt von der Straße abgekommen war, sprachen Bände. Die großen Vögel zankten sich um den rotbesudelten Klumpen, der nicht weit von dem umgestürzten Sportflitzer lag, der sich mehrmals überschlagen haben mußte. Eins der Tiere drehte sich nach ihnen um, und Chris sah, wie es den Schnabel öffnete, aus dem ein nasser Streifen Fleisch hing. Stumm entsicherte er den Revolver.

Die Überführung sah von unten anders aus. Sie erhob sich rasch über eine andere Straße und tauchte dann unter eine dritte. Ohne Vorwarnung gabelte sich die Strecke nach rechts und links. Instinktiv verwarf sie die linke Spur, die in einen schmalen Tunnel führte. Rechts führte die Straße auf eine schmale Brücke. Von oben konnte sie ein kleineres Verkehrskreuz erkennen, und anderthalb Kilometer weiter tauchte das Hinweisschild zur Raststätte auf.

Willkommen bei Havock Services, hieß es einladend auf

der verrosteten Bemalung. Sie deutete nach links, und Patsy wußte jetzt, daß sie den richtigen Weg eingeschlagen hatte. Die Tankstelle war schon oberhalb der Fahrbahn zu erkennen, das Restaurant, im altmodischen Fachwerk mit vorgewölbten Butzenscheiben. Alles schlicht und adrett, so daß es Patsy eiskalt überlief, wenn sie an den Alptraum dachte, der hier lauerte: ein Köder für die Arglosen, ein Lebkuchenhaus, das mit Süßigkeiten lockte, doch nur Tod und Verwesung hinter der Fassade barg. Als sie den Blick abwandte, sah sie die Konturen verschwimmen und zerrinnen, und die hübschen Bauernhäuschen verwandelten sich in finstere, wurmstichige Baracken.

Nur aus den Augenwinkeln sah sie dazwischen den Möbelwagen, der die Abfahrt zur Raststätte genommen hatte, und atmete durch. Wieder hatte sie ihn abgehängt, aber sie zweifelte nicht, daß er bald wieder auf ihrer Fährte sein und sie gnadenlos verfolgen würde.

Chris beobachtete, wie der Transporter zu den Zapfsäulen hinter die Häuser fuhr, bis die Raststätte ihren Blicken entschwand. Er sicherte den Revolver wieder und steckte ihn ein.

»Noch so ein Ort, den man besser vermeidet«, murmelte er leise.

»Kenne ich. Hier sind wir am ersten Tag gelandet.«

»Kommt mir vor, als wären über die ganze Strecke Zeitblasen verteilt, wie die schwarzen Löcher im Universum. Stellen, wo das Böse weit stärker ist, mit eigener Schwerkraft, die jeden, der nicht auf der Hut ist, unwiderstehlich anzieht. Wenn man einmal dort festsitzt, kommt man nie wieder raus, glaube ich. Von der Sorte gibt's noch einige links und rechts der Straße, können Sie mir glauben.« Nachdenklich blickte er Patsy von der Seite an. »Die Raststätte und die Kirche sind von ein und demselben Kaliber. Wie schwarzer Treibsand ziehen sie alles mit sich.«

Er hielt inne, als suchte er nach dem passenden Ausdruck. »Ich habe den Verdacht, daß auch die Kreuzung so funktioniert. Wenn einen die Raststätte mit ihrer Schwerkraft anzieht, und die Kirche ebenfalls wie ein Magnet wirkt, wird es mit dem Knotenpunkt nicht anders sein, bloß daß er das Zentrum von allem ist.«

»Sie meinen, wie ein großes Spinnennetz«, bemerkte Peter verstehend.

»Genau, mein Sohn. Wie ein großes, magnetisches Spinnennetz.«

»Bloß, daß es keinen anderen Ausweg gibt«, stellte Patsy fest und blickte ihn fragend an.

»Nicht, daß ich einen wüßte, und ich habe verdammt lange gesucht.«

»Wir können also nichts anderes tun?«

»Sieht ganz so aus.«

»Dann stellen wir uns der Herausforderung!« verkündete Patsy und verzog energisch das Gesicht. Der Satz war ihr fast unwillkürlich herausgerutscht und hatte sie selbst überrascht. Hätte sie noch vor vier Tagen so geredet, wäre sie überzeugt gewesen, daß sie nicht mehr ganz richtig im Kopf sei. Aber jetzt, im Augenblick, schien sie mehr bei sich selbst zu sein denn je. Der Alptraum, der über sie hereingebrochen war, hatte ungeahnte Kräfte entbunden und ihren Kern freigelegt. Sie war fest entschlossen, für ihre Kinder zu kämpfen wie eine Löwin. Doch selbst bei dieser Erkenntnis fühlte sie den krampfhaften Schmerz, der sie daran erinnerte, daß sie trotz allem eine Frau war.

Grimmig fletschte sie die Zähne. Irgendwann in den letzten Tagen hatte sie aufgehört, von sich zu denken, daß sie *nur* eine Frau sei. Dieses Denken hatte ihr früheres Leben bestimmt, als sie sich Pauls Lebensplan stillschweigend unterordnete. Als er sie sitzenließ, um Kerron Vaunches Wildheit zu genießen, war sie *nur eine Frau* gewesen, und *nur eine Frau*, als er kam, um ihr die Kinder zu stehlen. Der harte, kristallklare Kern in ihrem Innern zeigte jede Facette ihres Wesens, und die Frau in ihr war nur ein Teil davon.

Du bist eine Mutter, rief ihr die innere Stimme zu. *Du bist hart im Nehmen,* versicherte sie, *du wirst sie nach Hause bringen.*

Sie fuhren weiter, bis sie die Raststätte des Grauens weit hinter sich gelassen hatten. Patsy schätzte, daß ihr Benzin noch für eine Strecke von rund hundertdreißig Kilometern reichte, und die Sonne stand noch hoch, als sie an einer flachen Stelle hielt und Chris aufforderte, ihr den Gebrauch der Pistole zu erklären. Mit dem Schal band sie sich das Haar zurück und übte sich eine ganze Stunde lang unter seiner Anleitung im Schießen, bis ihr der Arm bis zur Schulter lahm wurde. Am Ende war sie imstande, eine Radkappe auf fünf Meter Distanz zu treffen. Das war gewiß kein Allheilmittel gegen alles, was ihnen auf der Straße begegnete, doch beide fühlten sich von nun an wohler in ihrer Haut.

Peter beobachtete sie voller Neid. Jeden ihrer Schüsse begleitete er mit seiner Steinschleuder und erzielte eine weit höhere Trefferquote als sie. Hinterher hatte Chris ihr an der noch heißen Schußwaffe gezeigt, wie sie zerlegt und gereinigt wurde; ihr Sohn saß neben ihr und ließ sich nichts entgehen. Chris zauste dem Jungen das Haar und lobte ihn für seine Schießkunst. Peter strahlte seine Mutter voller Bewunderung an.

»Mit dem Revolver siehst du aus wie Sarah Connor«, rief er aus.

Patsy hob eine Augenbraue.

»Das ist die Heldin in *Terminator*«, erläuterte Chris mit einem Lächeln. »So was weiß man doch!« Er musterte sie vom Scheitel bis zur Sohle; natürlich war seine Bewunderung von ganz anderer Art als bei Peter. »Er hat recht«, stellte er fest und die nachgeladene Trommel. Den Revolver steckte er in eine kleine, selbstgefertigte Holster. Dann kehrten sie ans Lagerfeuer zurück, wo Patsy ihre Tochter in den alten Schlafsack eingemummelt hatte, den Chris ausbreitete. Der Kaffee war zu einer dicken Teerbrühe verkocht, doch sie beide waren zufrieden damit. Peter verschlang beide gebratenen Keulen des großen Wasservogels und sah aus, als könnte er eine dritte vertragen. Judith schlürfte ohne großen Appetit den letzten Rest Instant-Suppe und fiel in tiefen Schlummer. Patsy legte den Handrükken an ihre Stirn. Sie war von Schweißperlen genäßt und fühlte sich trotzdem merkwürdig trocken an wie rissiges Pergament.

Sie brachen die Zelte ab und setzten ihren Weg über die Straße fort, während die Sonne rasch über dem Heideland – wie sie meinten, im Osten – niederging. Der Himmel im Westen begann dunkler zu werden, während der Nebel aus den Feldern stieg. Vor ihnen strahlte die Illumination des riesigen Verkehrskreuzes heller in der Abenddämmerung, und das Summen des Verkehrslärms war mittlerweile in der windstillen Luft klar zu hören. Sie fuhren dreißig Kilometer weiter. Die Straße, auf der sie gekommen waren, verengte sich von einer dreispurigen Autobahn zu einer schmalen Nebenstrecke und wand sich in Kurven und Serpentinen um verwitterte Steilhänge aus spitzzahnigem Vulkangestein. Peter schnitzte an einem Stück Holz, während Chris die Straße nach einer Stelle absuchte, wo sie halten konnten. Immer wieder blickte er zum Himmel und schätzte ab, wieviel Zeit ihnen noch bis zum Einbruch der Dunkelheit und zum bevorstehenden Mondaufgang blieb. Die Wolkendecke über ihnen war dicht, doch an einzelnen aufgerissenen Stellen verhieß der dämmernde Himmel eine klare Nacht. Trotz der Basaltklumpen ringsum war das Land zu beiden Seiten der Straße allzu flach, um zwischen dem Asphalt und dem Straßengraben ein Nachtlager aufzuschlagen.

Komm zu Daddy. Ein herrisches Flüstern, das aus den Schatten im Rücksitz kam.

Auf offener Straße findest du kein Versteck. Judith war es, der die Worte über die Lippen kamen, doch die Stimme, der Tonfall gehörten Kerron Vaunche an.

Und du, mein Sohn. Dein Daddy braucht dich. Besser, du kommst gleich zurück.

Chris warf Patsy einen Blick zu, die das Tempo drosselte und auf der Grasnarbe hielt. Sie stellte den Motor ab, drehte sich um und hockte sich auf den Fahrersitz. Judith war gegen die Tür gesunken, den Kopf seltsam abgewinkelt, die Augen unter verklebten Lidern geschlossen. Der Mund stand offen, und schon jetzt ging ihr Atem schnell und flach. Patsy kletterte wieder nach hinten.

Faß mich nicht an, dumme gadge-*Kuh.*

Patsy wich zurück. Das Kind strahlte eine unerträgliche Hitze ab. Wieder faßte sie hin; ihre Hand legte sich automatisch auf Judiths Stirn. Ihre Tochter schlug die Augen auf und funkelte sie böse an, die Augen wie schwarze, kalt glühende Kohlen.

Nimm deine unreinen Hände weg, Leibeigene.

»Judith«, empörte sich Patsy, ließ alle Vorsicht beiseite und griff nach ihrer Tochter. Sie bekam ihre Schulter zu fassen und zog die Hand beinahe wieder zurück. Judith fühlte sich an, als stünde sie in Flammen. Das Kind zuckte vor ihrer Berührung zurück und drängte zur Tür.

Finger weg! Judith schauderte und verkrampfte sich, bog den Rücken durch und hob sich vom Sitz. *Schick sie zurück.*

»Es ist Kerron«, stieß Peter hervor. »Das ist Kerrons Stimme! Weshalb redet sie so?«

Patsy schien nicht zuzuhören. Sie zog Judith zu sich und umarmte den steifen, mageren Körper fest. Ihre Tochter zitterte wie Espenlaub, und ihr glühendheißes Gesicht war mit Schweiß übergossen. Ihr Blick war glasig und desorientiert. Patsy drückte sie an sich, und plötzlich löste sich der Krampf, und Judith sackte in ihren Armen zusammen. Die Augen blinzelten und konnten wieder sehen, nur kurz, doch in diesem Moment war sie wieder unter ihnen. Was immer durch ihren Mund gesprochen hatte – Kerron Vaunche, dachte Patsy, die Hexe, das Biest – war verschwunden.

Judith wimmerte schwach.

»Wir müssen sie abkühlen«, ließ Patsy Chris wissen. Ohne viele Umstände verließ er den Wagen und stellte seinen Rucksack an den Straßenrand. Die Flasche war noch voll. Patsy riß eine weitere Ecke vom Reiseplaid und wässerte das Tuch, bevor sie es der Kleinen auf die Stirn legte. Sekundenlang glaubte sie, es zischte, als Judiths Haut naß wurde, aber das wohl nur Einbildung.

»Stimmt was nicht mit ihr?« wollte Peter wissen.

»Sie ist sehr krank«, erklärte Patsy. »Irgendein Infekt.« Sie faßte Judith unters Kinn und strich ihr sanft über den Nacken. Die Lymphdrüsen unter den Kiefern waren dick geschwollen und gummiartig. Was immer die Ansteckung bewirkt haben mochte, jetzt war sie ernsthaft krank.

»Uns fehlen Antibiotika«, erklärte sie Chris. »Und etwas, womit die Temperatur runtergeht.«

»Auf der Straße läßt sich beinahe alles finden«, erklärte er, »aber wir haben noch eine weite Reise vor uns.« Er blickte in den Himmel, der inzwischen eine purpurne Färbung angenommen hatte.

»Sie braucht Medikamente«, beharrte Patsy. »Und wir können nicht rasten, bevor wir welche finden!«

Die Sonne fiel wie ein Bleigewicht unter die Linie des Horizonts, nur die kränkliche Aureole ihres Dämmerlichts hinterlassend, bevor die Nacht anbrach. Dies geschah so schnell, daß Patsy von einem Moment auf den anderen im Dunkeln fuhr. Sie betätigte den Scheinwerfer, der mit seinem Doppelstrahl die Finsternis durchbohrte. Chris sah sich prüfend um. Jenseits des Sonnenuntergangs hing eine niedrige Wolke, kaum sichtbar im Zwielicht, doch mit einer roten Kontur gerändert wie abkühlende Schlacke. Judith stöhnte delirierend auf dem Rücksitz, Peter sprach tröstend auf sie ein. Patsy blickte unverwandt nach vorn, wo die Straßenmarkierung am Rand und der durchbrochene Mittelstreifen weißglühend aufstrahlten.

In den dunklen Zwischenräumen der Markierung warfen die Katzenaugen das Halogenlicht mit ihrem eigenen blicklosen Starren zurück.

Sie fuhr weiter, sah die Reflektoren und hielt den Wagen in der Spur. Fünf Kilometer weiter war es schon erheblich dunkler geworden. Dort, wo die Sonne untergegangen war, und wo sie Westen vermuteten, türmten sich hohe Wolken, doch gegenüber zeigte ein Stück Himmel über den Hügeln funkelnde Sterne in ungewöhnlich dichtgedrängten Konstellationen. Der Wolkenrand war jetzt heller geworden, ein glimmendes Scharlach, die Farbe verdünnten Bluts. Chris behielt die freie Stelle am Himmel in den Augen und wünschte, der Wind bliese die Wolken hinüber. Patsy fuhr weiter, fühlte eine innere Spannung, das Warnsignal kommender Zwischenfälle, behielt die Straße im Scheinwerferkegel im Auge. Sie hoffte, einen leeren PKW oder Laster mit Reiseapotheke zu finden.

Ohne Vorwarnung schnellte der glotzäugige Mond aus der niedrigen Wolke, wie ein häßlicher roter Ballon mit verzerrtem Gesicht. Im selben Moment ging ein *Ruck* durch die Luft, und die Verwandlung war fast körperlich fühlbar. Chris griff in die Innentasche seiner Jacke und tastete nach dem Revolver. Patsy hatte den raschen Mondaufgang nicht gesehen, fühlte jedoch die Metamorphose wie einen plötzlichen Nachtfrost

Die Katzenaugen veränderten sich. Sie glühten orangefarben. Dann sprangen sie aus ihren Löchern, sobald das Fernlicht sie erfaßte, und setzten sich blaß und spinnenbeinig in Bewegung.

Patsy keuchte. Chris setzte sich auf. Das ersten Katzenaugen-Monster verschwand unter dem Kühler, mit einem Lärm wie rollende Blechbüchsen. Ein zweites sprang zur Seite, mit stechendem Blick, die scharfen Klauen hoch erhoben. Mit einem häßlichen *Klick* raste der Wagen darüber hinweg. Ein Schatten schoß vom Seitenstreifen heran, schwarz und bedrohlich, in Bodennähe nur unscharf zu erkennen. Er eilte über die Straße und schnappte im Handumdrehen nach einem der Krabbeltiere. Ein schwarzes Maul klappte auf und schloß sich hörbar knirschend wieder, dann war das zappelnde Biest verschwunden. Die Reifen überrollten ein kleines Hindernis, und ein grotesker

Schrei zerriß die Nachtluft. Ein Stück teeriger Gummi wirbelte in die Höhe, prallte ans Fenster, wo er eine Schleimspur hinterließ, und taumelte ins Dunkel zurück.

Vor ihnen auf der Straße brach die Hölle los. Der Wagen beschleunigte noch, während Patsy sich ihren Weg durch das Gewimmel bahnte. Je höher der Mond kletterte, desto dichter stieg dünner Nebel vom Boden auf, der die brennende Glut des Mondlichts reflektierte und den Randstreifen undurchdringlich einhüllte. Einen schwindligen Moment lang war Patsy, als habe sie eine mysteriöse Kurve verfehlt und die Bodenhaftung verloren. Links und rechts konnte sie keinen Orientierungspunkt ausmachen, und sie schwamm durch ein Wolkenmeer.

Doch noch immer schwärmten Katzenaugen über den Asphalt, rückten gegen den Wagen vor, lenkten die Fahrerin mit ihrem Basiliskenblick ab, und glitschige schwarze Wesen von der Konsistenz zerfetzter Autoreifen teilten den Nebel und machten Jagd auf alles, was sich bewegte. Die Reifen pflügten eines der Krebswesen unter, das zerbarst und plattgefahren wurde. Patsy gab noch mehr Gas. Eins der riesigen Raubtiere näherte sich im Nebel, ein großer schwarzer Kopf schaukelte auf dem gummiartigen Hals. Es schnappte nach dem toten Tier und riß ein Stück mit den Zähnen ab, die andere Hälfte blieb zuckend liegen.

»Wir müssen hier raus«, raunte Chris.

»Wir brauchen ein Medikament für Judith.« Patsys Blick blieb auf die Straße geheftet, damit sie jederzeit ausweichen konnte, falls das nächste Monster über den Wagen herfiel. Gleichzeitig überlegte sie, was Judith am nötigsten brauchen konnte, um die Temperatur zu senken. Hinter ihr schrie das Mädchen im Delirium auf und plapperte unverständliches Zeug.

Eines der Katzenaugen löste sich aus dem Mittelstreifen und stellte sich mit erhobener Schere in den Weg. Dann sprang es mit einem Satz empor und schlug krachend an den Kotflügel. Ein weiteres taumelte heran und wurde vom Vorderreifen zermalmt. Am Rand versammelten sich immer mehr von den riesigen Gestalten, im Nebel nur undeutlich zu erkennen, doch bedrohlich genug. Patsy mußte an das Grunzen und Brüllen von neulich denken, als sie die Nacht auf der Böschung verbrachten, und an den riesigen Fußabdruck im Erdboden. Sollte sich eines dieser Wesen auf die Straße wagen, konnte es den Wagen ohne viel Federlesens zertrampeln. Ihr blieb nichts übrig, als stur ihren Weg fortzusetzen.

Eine weißliche Gestalt lenkte sie ab. Chris spähte gerade aus dem Seitenfenster, und sie stieß ihn mit dem Ellbogen an.

Eins der Krebswesen hatte es bis auf die Motorhaube geschafft und arbeitete sich nach vorn. Außerhalb des Scheinwerferlichts glühten die runden ausdruckslosen Augen tiefrot. Es näherte sich mit ziemlich raschen, spinnenähnlichen Bewegungen der Windschutzscheibe, nur die hornigen Klauen und Scheren waren die eines Schalentiers. Der kleine Mund öffnete sich in drei Segmenten; im Inneren wetzten die schmalen, nadelscharfen Zahnreihen aneinander. Jetzt spreizte es die unglaublich langen, vielgliedrigen Beine über der Scheibe und raubte ihnen die Sicht.

Vor Ekel drehte sich Patsy schmerzhaft der Magen um. Sie mußte schlucken, deshalb erstarb ihr Warnschrei, als Chris das Seitenfenster herunterrollte. Mit bloßer Hand tastete er nach draußen, um das Biest von der Windschutzscheibe zu scheuchen. Sofort wirbelte die Kreatur herum und stieß zu. Wie ein Peitschenhieb traf eine der Krallen die

Hand, bevor Chris sie zurückziehen konnte, und biß sich fest. Das Maul öffnete sich und versenkte die Nadelzähne tief im Handballen. Chris stöhnte. Grausamer Schmerz lähmte ihn bis in den Ellbogen. Die Schere ließ nicht locker und riß einen Streifen Haut ab, während Chris das Krabbeltier verzweifelt abschütteln wollte. Mit der freien Hand zog er den Revolver am Lauf heraus und schlug mit dem Griff auf den Panzer ein. Alle acht oder zehn Beinchen lösten sich. Für kurze Zeit konnte sich das Tier noch ans Fenster klammern, dann wurde es vom Fahrtwind erfaßt und in die Nacht geschleudert.

Chris zog mit schmerzverzerrtem Gesicht die Hand zurück. Ohne zu zögern ließ er den Revolver fallen und kramte mit der freien Hand nach dem Rasiermesser. Er mußte es mit den Zähnen öffnen, stützte es mit der anderen Hand ab und biß die Zähne zusammen. Nur aus den Augenwinkeln bemerkte Patsy, wie die Klinge tief in den Handballen einschnitt. Warmer, metallischer Blutgeruch breitete sich aus, gemischt mit einem bitteren, ätzenden Beigeschmack. Er drückte den eigenen Arm so fest wie möglich und massierte ihn zum Handgelenk hin. Alles war still, doch sie hörte, wie etwas auf die Fußmatte tropfte, und wie sein gepreßter, keuchender Atem schneller ging. Ein paar Minuten später atmete er durch, hektisch und flach zwar, doch einigermaßen normal. Die Schnittwunde an der Hand hatte er mit seinem Halstuch umwickelt.

»Alles in Ordnung?« fragte Peter von hinten.

»Nur ein Kratzer, Falkenauge«, gab Chris zurück, doch mit vor Schmerzen brüchiger Stimme. Patsy trat aufs Gas. Vor ihnen beschrieb die Straße, immer noch vom Nebel eingehüllt wie ein Tunnel, eine Linkskurve. Immer noch sprangen ihr Krebstiere entgegen und klammerten sich an die Karosserieteile. Eins schlug seitlich zu, und der Reifen platzte mit lautem Knall. Der Wagen machte einen Schlenker nach links und schoß in den Nebel. Mit aller Kraft steuerte Patsy gegen und brachte sie aus dem Schleuderkurs heraus, bevor sie von der Straße abkamen. Funkeln flogen, wo sich das Rad in die teerige Oberfläche grub. Wieder sprang ein Krebstier auf die Motorhaube, kletterte auf das Dach und hakte sich mit Spinnenbeinen fest, bevor es sich rücklings zum Seitenfenster an der Fahrerseite herabließ.

Patsy war zu sehr damit beschäftigt, den Wagen am Überschlagen zu hindern, um darauf zu achten, doch fühlte sie den stechenden Blick der roten Augen. Judith kreischte auf. Das Ding zog sich zusammen, alle Beine preßten aneinander. Die Glasscheibe brach, ein zentimeterbreiter Spalt tat sich in Augenhöhe auf. Schon drang eine weiße, gezackte Scherenklaue herein, fingerte blind, öffnete und schloß sich klickend.

»Verdammter Mist!« fluchte Chris, bückte sich nach dem Revolver und hob ihn auf. Er zielte an ihrer Stirn vorbei, Patsy mußte sich ducken, um die Straße nicht aus dem Auge zu verlieren. Mit Getöse ging das Schießeisen los. Nasser Schleim tropfte Patsy ins Genick, brennend wie Säure. Die Klaue verschwand. Fetzen der Kreatur wirbelten in den Nebel. Peter brüllte ihr etwas zu, was Patsy nicht verstand, weil ihre Ohren vom Lärm des Revolverknalls betäubt waren. Sie steuerte den Wagen um die Kurve, mit beiden Händen zupackend, jetzt, wo der eine Reifen fehlte. Vor ihnen ging es steil bergauf. Im selben Moment schloß sich die Wolkendecke, und das giftige rötliche Mondlicht schwand.

Polternd und schlingernd raste der Wagen die Anhöhe empor.

»Fahr da vorn ran«, sagte Chris und faßte nach ihrer Hand.

»Kann nicht anhalten!« keuchte Patsy, atemlos vor Anstrengung.

»Es ist eine Brücke. Hier sind wir sicher.«

Sie schafften es noch bis zum Scheitelpunkt der Überführung. Zwei andere Fahrzeuge standen hier dicht aufeinander. In einiger Entfernung lenkte sie zum Rand, stellte den Motor ab und rang nach Luft. Der Wagen sackte nach der Seite ab, wo er nur noch auf der blanken Felge stand. Die Scheinwerfer trafen ein nahes Katzenauge, bloß ein Reflektor, der in der Straßenhöhlung steckenblieb und sich nicht rührte.

Chris öffnete vorsichtig die Tür und stöhnte leise auf, als sich der Schmerz im Ellbogen bemerkbar machte. Rasch holte er seine Plastikbox heraus, befestigte den ölverschmierten Draht rechts und links an der Leitplanke und spannte ihn um den Wagen. Im Scheinwerferlicht sah sie ihn zu den anderen PKWs schleichen. Eine Tür stand offen, und er beugte sich herein. Dann durchsuchte er den anderen und kehrte nach einer Weile mit einer Schachtel zurück.

»Ein paar Aspirin sind noch drin, aber ich weiß nicht, wie alt sie sind.« Er reichte Patsy, die schon auf den Rücksitz geklettert war, das Röhrchen. Zwei von den Tabletten zerbröselte sie im Becher, goß etwas Wasser dazu und flößte es Judith ein.

Die Wolkendecke blieb für den Rest der Nacht geschlossen und verbarg den häßlichen Mond. Draußen girrte und grunzte es im Dunkeln. Wesen auf Lederflügeln, unsichtbare Aasvögel krächzten durch die Luft. Irgendwann lange nach Mitternacht, in den schwärzesten Stunden vor der

Dämmerung, marschierte etwas Riesiges, das die Straße erzittern ließ, jenseits in den Feldern vorüber. Unterhalb der Brücke glaubte Patsy die gedämpften Schreie von Verwundeten zu hören, es konnte aber auch was anderes sein. Nach einer Weile war sie überzeugt, daß Judiths Fieber nachließ, und schlummerte ein. Peter rollte sich zu einem Knäuel zusammen und schnarchte wie ein Sägewerk. Ein- oder zweimal noch stöhnte Chris Deane auf, laut genug, daß sie wach wurde und zwischen die Sitze tastete, um ihn an der Schulter zu drücken. Er sollte wissen, wie dankbar sie war für das, was er auf sich genommen hatte, und seine Schmerzen nachfühlen konnte.

In ihren Träumen war Patsy die ganze Nacht auf der Flucht vor einem furchterregenden Monster mit rotglühenden Augen, das nach Judith und Peter grabschte und sie in den Schatten zerren wollte. Patsy wußte, daß es ihnen dort die Herzen ausreißen und ihr Fleisch verschlingen würde. Hinter sich hörte sie schon ein Fauchen und Grollen, dicht auf ihren Fersen, während sie die Kinder zur Eile antrieb und vor sich herschob, bis sie eine hohe Klippe vor ihnen aufragte, wo sie nicht mehr weiterkamen. Eine Höhle im Fels tat sich auf, und sie liefen darauf zu, bis sie ein rotes Feuer in den Tiefen lodern sah und merkte, daß die Kinder hier nicht unterschlüpfen konnten. Im Traum drehte sie sich um und sah dem Monster, das sie verfolgte, entgegen. Es kam immer näher, ein zuckender schwarzer Schatten im Schein des rötlichen Mondes. In ihrem Schädel flüsterte es, ein heiseres Kratzen und Schaben, wie mit den Scherenklauen der Krabbeltiere. Sie stellte sich vor die Kinder, trat einen entschlossenen Schritt vor, die Fäuste geballt und erhoben.

Jetzt kam das Monster auf sie zu, das uralte Gesicht verschrumpelt und ledrig. Die Gesichtszüge zerronnen und verschwammen, lösten sich auf. Sie ahnte dunkel, daß sie in Wirklichkeit Kerron Vaunche vor sich hatte, und machte sich auf einen Kampf gefaßt.

Doch während das Gesicht schmolz wie graues, erhitztes Wachs, merkte sie plötzlich, daß es sich nicht in Kerron Vaunche verwandelte.

Paul starrte sie an, mit verzerrtem, grausam entstelltem Gesicht. Seine Augen waren scharlachrot, und er schien tödlich erkrankt.

»Gib mir die Kinder«, keuchte er heiser, »sie gehören mir.«

Luftschnappend schreckte sie hoch, während draußen schon die tuberkulöse Sonne den grünlichen Himmel erhellte. Ringsum hing der Geruch nach Verwesung und Moder wie ein Schleier in der Atmosphäre.

25

»Da werd ich klettern müssen«, erklärte Chris schließlich, der am verzinkten Geländer stand und in die Tiefe starrte. Sie waren auf den Scheitelpunkt einer langen Überführung gelangt, die zu einem komplexen Gewirr sich kreuzender Straßen gehörte. Von ihrem Standort aus war das Ende der Brücke nicht abzusehen. Unter ihnen führte, so weit das Auge reichte, eine schnurgerade Strecke von Ost nach West, mit einer Unmasse verkeilter Autowracks übersät.

»Sieht nach einem fürchterlichen Großunfall aus«, setzte er hinzu. »Kann's jedesmal nicht fassen, wenn ich so etwas sehe. Es ist, als wären sie einer in den anderen gerast, zu Hunderten, blindlings drauflos.«

Der Anblick weckte bei Patsy ungute Erinnerungen.

Für die da kommt jede Hilfe zu spät. Selbst wenn die Feuerwehr hier wäre. Aber die steckt fest im Rückstau, und da geht's erst recht ab, kann ich Ihnen sagen! Alles voller Blut und Eingeweide, zerfetzte Gliedmaßen, überall verstreut ...

Das war kurz bevor der Mann mit seiner behaarten Pranke ins Fenster gefaßt hatte, um nach ihr zu grabschen.

Schlimm genug, in einer solchen Nacht an der Kreuzung zu sein. Wie'n Schrottplatz in 'ner Sackgasse. Und wenn die Kinder erst die Schreie hören, na!

Damals glaubte sie schon, die Schreie hören zu können.

Die Nacht war endlich gewichen, und die Sonne stand über dem Horizont. Unterhalb der Brücke lagen die salamanderähnlichen Reifenteile verstreut, jedes in einer fettglänzenden, blutigen Pfütze. Wolken schwarzer Fliegen schwärmten und summten über diesen merkwürdigen Fetzen, und sie mußte an einen der fiebrigen Gesänge denken, die Judith mit der krächzenden Hexenstimme artikulierte.

Beim Festmahl von Beelzebub, dem Erlkönig, der von Toten sich nährt, werden die Heerscharen des Fliegengotts im dichten Schwarm sich sättigen. Kein Zweifel, hier konnten sie satt werden.

Im fahlen Tageslicht hatten die Katzenaugen wieder ihre ursprüngliche Gestalt angenommen und lagen blind und leblos in ihren Gruben am Mittelstreifen. Im Blechchaos der rostenden LKWs und PKWs unter dem Brückenbogen rührte sich nichts. Alles blieb still.

Chris lehnte sich wieder über das Geländer, und seine Mundwinkeln zuckten vor Anspannung, während er sich den Schmerz in der Hand verbiß. Beim ersten Morgenlicht, als die Geräusche und Schreie der Nacht erstarben, hatte er sich die klaffende Wunde an der Hand zugenäht, mit stoischer Gelassenheit, woraus Patsy den Schluß zog, daß er so etwas nicht zum erstenmal machte. Als er fertig war und einen Lumpen als Verband umgelegt hatte, war er allein aufgebrochen, erst ans eine Ende der Brücke, dann ans andere, um Ausschau zu halten. Als er wiederkam, brachte er eine Handvoll schwarzer, klebriger Beeren mit. Eine halbe Stunde später hatte er sie zerkleinert und einen dickflüssigen Sirup daraus gekocht, den er abkühlen ließ und zur Hälfte trank. Den Rest gab er Patsy und meinte, der Trank könne Judiths Fieber wenigstens eine Zeitlang lindern helfen. Judith verzog das Gesicht, als die Mutter ihr löffelweise davon einflößte, aber sie war zu erschöpft, sich zu wehren, und nach ein paar Minuten versank sie in tiefen, gesunden Schlaf.

»Gibt keinen Weg hinunter«, fuhr Chris fort. »Das heißt, ich muß mich von der Brücke abseilen.« Seine blasse, gepeinigte Miene war nicht zu übersehen, und trotz der Bandage, mit der er die Hand fest umwickelt hatte, waren die Finger schlimm geschwollen und hakenartig verkrümmt.

»Sie können doch nicht klettern«, protestierte sie. »Nicht mit der Hand. Und kürzlich haben Sie erklärt, es wäre Wahnsinn, sich auf eine andere Ebene zu begeben. Es ist viel zu gefährlich!«

»Uns bleibt nichts anderes übrig«, gab er zurück. Der Wasserkessel hatte das gelierende Beerengebräu auf dem Gaskocher abgelöst, und er hielt einen Becher Kaffee in der gesunden Hand. »Das Zeug wird nicht lange reichen, und wir müssen ein Mittel finden gegen die Krankheit, die sie verzehrt. Da unten« – er deutete mit einem Kopfnicken zum Geländer – »finden wir sicherlich einen Erste-Hilfe-Kasten. Lebensmittel könnten wir auch gebrauchen.«

»Ich könnte doch klettern«, mischte sich Peter ein, wie immer begeistert und mit glänzenden Augen, als hätte er die Nacht ungestört in seinem Bett verbracht. Die Sommersprossen leuchteten wie Farbflecken.

»Klar könntest du«, bestätigte Chris. »Aber einer muß hier oben bleiben, sich um Frauen und Kinder kümmern. Das macht nach dem ewigen Gesetz des Wilden Westens immer der Hilfssheriff.« Er blinzelte Patsy zu. Peter wußte nicht, ob er vor Stolz platzen oder enttäuscht sein sollte.

»Außerdem muß ich schon deshalb gehen, weil wir nicht genau wissen, was uns da unten erwartet.«

»Nichts als ein Haufen Schrott, oder?!«

»Von hier aus sieht es so aus«, erklärte Chris. »Ist man einmal unten, weiß man nicht mehr, ob die *Zeit* noch stimmt. Erinnerst du dich an die Flasche, die ich hinuntergeworfen habe? Und den Stein, den du mit der Schleuder geschossen hast? Dachtest wohl, das wäre ein Zaubertrick.«

»Aber ich könnte doch helfen«, wandte Peter ein.

»Kannst du, Kumpel, und keinen anderen würde ich lieber mitnehmen, wenn's ginge. Bloß könnte da unten eiskalter Winter sein, und ich will nicht, daß auch du dir den Arsch abfrierst.«

Das Seil, das Chris aus dem Rucksack zog, wirkte zu dünn, um auch nur ein Kind tragen zu können, doch er versicherte Patsy, daß es stark genug sei. Mit einer komplizierten Schlinge knotete er es an einem Gitterstab fest, schnitt ein Segment vom Ende an und warf den Hauptstrang nach unten. Im freien Fall rollte sich das Seil auf und stürzte den übereinander türmenden Autowracks entgegen. Dann verschwand es plötzlich. Das Seil sah aus wie zehn Meter unterhalb des Geländers abgetrennt. Chris warf Patsy einen Blick zu, der mehr Enttäuschung als alles andere ausdrückte. Dann schürzte er einen weiteren Knoten, der das Segment mit dem Hauptstrang verknüpfte, schlang seinen Gürtel darum und erklärte Peter, daß es sich um das Sicherheitsseil des Bergsteigers handelte. Endlich band er seinen Zinnbecher mit dem Henkel so an das Seilende, daß es ans Geländer gepreßt war.

»Wenn ihr's rappeln hört, zieht ihr das Seil hoch. Aber vergeßt nicht, ihr müßt es wieder runterlassen. Bindet was Schweres daran, damit es gerade hinunterkommt.«

Er kletterte über das Geländer, zwinkerte Peter zu und ließ sich dann vorsichtig hinab, die Füße gegen den schlanken Betonpfeiler gestemmt. Bei jedem Ausholen ein, zwei Meter tiefer kletternd, hielt er sich mit der gesunden Hand am Seil fest.

»Wie kommt er wieder nach oben?« wollte Peter wissen. Patsy, die gerade an dasselbe Problem dachte, zuckte die Achseln. Tief unter ihnen stieß sich Chris nach außen ab und schwang sich am dünnen Seil in die Luft, dann pendelte er mit gespreizten Beinen zur Säule zurück und gewann jedesmal ein paar Meter Abstand.

Und dann war er verschwunden.

Es geschah so schnell, daß sie beide überrascht waren. Als hätte er sich in Luft aufgelöst oder wäre in eine andere Dimension getaucht. Das Seil zitterte, ein feiner künstlicher Faserstoff, schwang hin und her wie ein Pendel, und endete in der Luft. Auch das Geräusch von Tritten gegen den Pfeiler hatte vollkommen aufgehört. Von unten kam nichts mehr als tödliche Stille.

Patsy starrte eine ganze Weile nachdenklich hinunter und

fragte sich, was wirklich zu ihren Füßen liegen mochte, unter dem seltsamen Luftwirbel, der ihren neuen Freund verschlungen hatte. Hinter ihr redete Judith im Schlaf, warf den Kopf von einer Seite zur anderen, als fürchtete sie sich vor etwas Gräßlichem. Patsy fuhr herum und nahm sie in die Arme, erschüttert von der papierdünnen Körperlosigkeit ihrer Tochter, und fragte sich, welche Gespenster sie bis in ihre Träume verfolgen mochten. Peter saß am Gitter des Brükkengeländers, die Schleuder schußbereit, und spähte wie ein Wachtposten aufmerksam in die Runde.

Die Membrane, einer dünnen Eisschicht auf Wasser vergleichbar, drückte Chris mit einem irrealen Ruck nach außen. Einen Moment lang fühlte er sich von innen nach außen gestülpt, und dann war er durch. Er hörte einen seltsam schnappenden Ton, wie das Zupfen an einer Saite, eine schwache Vibration im Gehörnerv und war *anderswo*. Über ihm stieg das Seil sechs, vielleicht acht Meter in die Höhe, ein dünner geflochtener Strick, der unter seinem Gewicht nur ganz leicht schwankte. Das Ende hörte in der Luft auf wie von der Rasierklinge gekappt und zeigte in den fleckigen Himmel. Ein rauher, eiskalter Wind pfiff ihm um die Ohren, fuhr stöhnend in das Brückenkabel und trieb ihm körnigen Splitt in die Augen. Er drehte sich rasch, stemmte sich gegen den Wind und lauschte dem Gestöhn, das vielleicht nicht allein vom Wind verursacht wurde; die Vorstellung, es käme von unten, bereitete ihm Unbehagen.

Das abgeschnittene Ende des Seils wirkte gespenstisch, beunruhigend und *falsch*. Er schien in der Luft zu hängen, ohne Netz und doppelten Boden, mit seinem ganzen Gewicht abhängig von einem Seil, das steil aufragte. Ein Schwindel befiel ihn, den er sofort unterdrückte.

Gehender Mann, muß gucken-sehen mit Drittes Auge. Old Leather, der Aborigine, hatte ihm auf die Stirn geklopft, wobei er das teerschwarze Gesicht zu einem breiten Grinsen verzog und riesige, urtümliche Nußknackerzähne bleckte.

Sonst nicht finden Straße, die gehen mußt zu Hause, wo du wohnen.

Der Schmerz in seiner Hand bohrte sich wie ein glühender Korkenzieher bis in die Armbeuge hinauf, trotz des Beerensafts, der ihn wenigstens vorübergehend lindern sollte. Er verfluchte sich selbst mit zusammengebissenen Zähnen, daß er so närrisch war, die Bestie mit der Hand zu entfernen. Mit einem einzigen Revolverschuß hätte er es von der Windschutzscheibe blasen können. Der Schmerz half ihm, die Höhenangst zu überwinden, die ihm, wie vorauszusehen war, jede Orientierung raubte. Die Angst, abzustürzen, die instinktive Gewißheit, zu scheitern, wich von ihm. Der Wind pflückte mit gierigen Fingern nach dem unfreiwilligen Artisten am Seil, spielte am offenen Kragen seiner Jacke und beutelte ihn. Er riskierte einen Blick nach unten. Ein wilder Blitz schoß aus dem verdüsterten Himmel und ließ das Gelände grell aufleuchten. Einhundert, vielleicht zweihundert Fahrzeuge waren hier liegengeblieben, Lastwagen, und Busse und Transporter, alle ineinander verkeilt. Ein stickiger Geruch nach Öl und Qualm lag im Wind, und er trug zugleich modrigen Pesthauch mit sich. Ringsum tobte der Sturm, peitschte die Wolken am zürnenden Himmel zu einem wirbelnden, violettgrünen Kreis zusammen.

Er blickte zurück und sah den schwarzen Regenbogen

der Brücke über sich, der eine tiefe Schlucht zu überspannen schien. Kein Licht war dort oben zu sehen, kein Lebenszeichen, und er war wieder völlig allein auf sich gestellt in dieser Umgebung.

Chris Deane holte tief Luft, klammerte sich an das Sicherheitsseil und holte zum nächsten Schwung aus. Er hatte geglaubt, daran gewöhnt zu sein, daß er nach all der Zeit mit sich selbst zurechtkäme, auf sich aufpassen könnte trotz aller Widrigkeiten auf dieser Straße. Reisende traf er nur selten und in großen Abständen, und die Begegnungen mit lebenden Mitmenschen waren oft problematisch und nicht ungefährlich.

Dann hatte diese Frau mit ihren Kindern an der Straße gebremst, mit denen er sich zum ersten Mal seit langem nicht mehr einsam fühlte. Wäre es nicht ihnen zuliebe, hätte er sich niemals, unter keinen Umständen, auf ein so ungewisses Abenteuer eingelassen.

Tiefer und tiefer, manchmal fünf, sechs Meter auf einmal, ließ sich Chris Deane, Spinnenmensch am eigenen Faden, in das verrückte Chaos der Bodenstrecke hinab. Er spreizte die Beine zum letzten Schwenk, mit dem Rücken zum Wind, bis er die Füße lautstark auf das Dach eines weißen Lieferwagens absetzen konnte. Noch war es nicht Nacht, obwohl es ganz schön finster geworden war. So dicht waren die Sturmwolken, daß sie das Tageslicht schluckten. Wieder fuhr ein Blitz in die Erde, drei Zweige grelles Licht zuckten aus dem Gewölk, um irgendwo in der Ferne einzuschlagen und glitzernde Funken zu versprühen. Der beißende Ozongestank waberte mit den Luftturbulenzen heran und ließ ihm die Augen tränen, war aber nicht stark genug, die Verwesung zu überlagern. Ein schwerer Windstoß ließ ihn nach rechts taumeln, und er mußte mit der verletzten Hand nach dem Seil greifen, was den Schmerz erneut aufflammen ließ. Dann war er unten, hing zwischen dem Lieferwagen und seinem Nachbarn, einem großen, auf der Seite liegenden Polizeifahrzeug mit Schmelzspuren auf der Karosserie, wo das Feuer im Lack Blasen schlagen ließ. Regen trommelte mit eintönigem Rhythmus auf die Blechkisten. Er befestigte das Ende des Seils an einem der Fenstergriffe und zog den Doppelknoten fest, damit der Wind ihn nicht lockerte. Das Seil war seine einzige Nabelschnur ins Leben. Wenn sie riß, steckte er fest auf dieser Straße und würde die Frau und die Kinder nie wiedersehen. Aus irgendeinem Grund, und obwohl er sie erst seit einem Tag kannte, war ihm dieser Gedanke nicht recht. Etwas an ihnen riet Chris, bei ihnen zu bleiben und ihnen unterwegs zu helfen. Er selbst hatte lange aufgegeben, von der Straße wegzukommen, die nirgendwo hinführte, oder wenigstens nirgends hin, wo er sein wollte. Aber jetzt war er nicht mehr so sicher. Patsy Havelin, die mit zwei Kindern auf die Autobahn gekommen war, schien zur Heimkehr entschlossen. Er wollte ihr helfen, und vielleicht würde sie ihm auch helfen.

Mit einer flinken, raffinierten Bewegung holte er das Sicherheitsseil heraus und senkte sich auf Bodenniveau ab. Wieder zuckten und zischten die Blitze und fuhren grell über die rostige Wüstenei. Der Donner ließ nicht auf sich warten und tobte so heftig, daß der Streifenwagen schwankte. Drüben bei der Betonsäule bewegte sich ein Schatten, und sein Blick wandte sich instinktiv in diese Richtung. Zwanzig Sekunden wartete er ab, doch nichts regte sich. Er zwängte sich am Lieferwagen vorbei auf die Straße, wo er sich unter die künstlichen Brücke eines zerborstenen Tiefladers duckte. Öl- und Leichengeruch würgte ihm in der Kehle, doch dagegen war nichts zu machen. Er bahnte sich den Weg bis zum Straßenrand, wo er besser vorankam und einen Wagen oder LKW finden konnte, der nicht völlig zerknautscht war. Er brauchte zehn Minuten bis zur Leitplanke und kletterte hinüber. Der Grünstreifen unter der Sohle war modderig und von faulenden Säften getränkt wie der Abfluß eines Schlachthofs. Er überwand sich zum Weitergehen, während der Schmerz in seiner Hand ebensowenig nachließ wie der Sturm im Himmelsgewölbe.

Erst fünfzig Meter weiter fand er einen PKW, dessen Tür noch zu öffnen war. Die Windschutzscheibe fehlte, das Vorderteil war plattgequetscht, und der Motor lag fast auf den Sitzen. Er klappte das Handschuhfach auf, prüfte erst einmal, ob dort etwas lauerte, dann durchsuchte er den Inhalt. Die Sonnenbrille warf er weg, die ungeöffnete Rolle Pfefferminz steckte er ein, auch die Schachtel mit sechs losen Aspirintabletten. Aspirin würde das Mädchen nicht gesund machen, das wußte Chris, war aber besser als nichts. Hier auf der Straße mußte man mit dem vorliebnehmen, was man vorfand.

Drei Wagen weiter war ein Leichnam über dem Armaturenbrett zusammengesunken, die skelettierte Hand noch am Griff einer Whiskyflasche. Der Regen goß durch das zerborstene Sonnendach, floß in den Schädel und strömte in zwei Kaskaden aus den Augenhöhlen wieder heraus. Der Wasserdruck ließ den Kiefer in sinnlosem Geplapper aufeinanderrattern. Er zog sich zurück, wandte die Augen ab vom Anblick des nassen Todes, und versuchte es an der nächsten Tür. Sie schwang weit auf, und eine tote Frau rutschte plump vom Sitz, die fleischlosen dünnen Beine im zerbröselnden Sommerkleid breit gespreizt. Ihr Kopf drehte sich langsam, als wolle sie ihm wegen der Störung die Zunge herausstrecken, nur hinter den perfekten weißen Zahnreihen keine Zunge mehr war. Das Haar hing wie Rattenschwänze am Rücksitz fest. Der Gestank war dick wie Sirup. Er hielt die Luft an und schob sich an ihr vorbei, tastete nach ihrer Handtasche und zog sie hervor.

Unter einem umgekippten Lastzug kippte er den Inhalt auf die Straße. Das Geld warf er gleich weg, überließ die nutzlosen Banknoten dem Wind. Einem kleinen ledergebundenen Terminkaleder mit Stift im Rücken entnahm er, daß die Dame Penelope hieß und Diabetikerin war. Eine kleine Plastikbox enthielt sechs unbenutzte Spritzen und zehn Ampullen Insulin, die er auf alle Fälle einsteckte. Eine Schachtel enthielt Tampons, die er ebenfalls mitgehen ließ, obwohl er nicht mal an Patsy dabei dachte. Die kleinen Wattestäbchen waren sehr praktisch als Notverband, wenn man sich verletzt hatte.

Drei Wagen weiter lag ganz nahe bei der Leitplanke eine silberne Limousine mit der Bumerang-Antenne eines tragbaren Fernsehgeräts eingeklemmt zwischen einem Lieferwagen und einem Tanklastzug. Chris durchsuchte das Luxusgefährt und fand ein Kilo Kokain in einer Golftasche. Er spielte mit dem Gedanken, sich eine Prise zu genehmigen, um das Feuer in der Hand loszuwerden, und entschied sich dagegen. Der Schmerz würde noch eine Weile anhalten, aber er mußte die Infektion loswerden. Sie zeigte sich an den dunklen Rändern der Einschnitte, die er sich selbst beibrachte, um das Spinnengift loszuwerden. Morgen oder übermorgen würde sich das Brennen bis zur Schulter hochziehen und der Arm anschwellen wie ein Kürbis. Er stopfte sich eine kleine Tüte in die Tasche und wandte sich zur Fahrerseite. Der Wagen war leer, und alle Flaschen in der

Minibar in Scherben. Eine Pfütze von etwas, das Blut gewesen sein konnte, hatte den Teppichboden ruiniert. Die exquisite Aktentasche daneben enthielt nichts als ein silbernes Zigarettenetui sowie einen Stapel Aktienbriefe und Schuldverschreibungen, die anderswo ein Vermögen wert waren, hier aber nicht viel mehr wert waren als Anfeuerpapier. Unter ihnen lagen ein Lederfutteral und ein silberner Flachmann. Der Flachmann enthielt hochprozentigen Wodka, das Futteral war die Reiseapotheke eines Hypochonders mit Amoxylkapseln, Schmerztabletten, antiseptischen Crèmes und Insektenspray.

Chris mußte breit grinsen. Zwei Kapseln spülte er mit einem Schluck Schnaps herunter, der fast so heftig brannte wie das Feuer in seinem Arm, und nach einer Weile kletterte er aus der Limousine in den Regen zurück. Die Hecktür des Lieferwagens schwang quietschend auf. Ein kleines, flinkes Tier flitzte tiefer ins Innere; da es sich entfernte, machte sich Chris deshalb keine großen Sorgen. Rote Containerboxen bargen ganze Schätze an Lebensmittelkonserven. Er wählte ein Dutzend aus und warf sie in eine Plastiktüte, bevor er hinaus in den Regen ging und zur Brücke zurückkehrte.

Der Sturm war zum Tornado geworden, als er das Seil erreichte, und schon jetzt tat die Hand weniger weh. Er kletterte über die Leitplanke, ignorierte die scharfkantigen Ecken der ausgebrannten Schrottautos. Die Rückkehr war schwieriger, aber er hielt durch, duckte sich vor Platzregen und tosendem Wind, zuckte jedesmal zusammen, wenn ein Blitz aus dem schwarzen Himmel fuhr, um am Straßenrand einzuschlagen. Zweimal tanzten auf seinem Weg in die Straßenmitte Lichtfunken über ihm und leuchteten silbrig auf allen Oberflächen. Sie glitten auch über das Seil, seinen dünnen, glühenden Lebenszweig, und sekundenlang glaubte er, die Nabelschnur würde wie ein Glühfaden in der Lampe verbrennen. Donner raste mit ohrenbetäubendem Lärm über die Felder, und das Feuer verebbte. Der Regen fiel in Schwaden und floß in den Straßen, durch die Blechhaufen hindurch, in rostroten und rußgeschwärzten Strömen, die manches mitführten, das man besser nicht genau betrachtete.

Er griff mit beiden Händen nach dem Seil; die Linke war noch immer steif und pulsierte vor Schmerz, bis er merkte, daß es keinen Zweck hatte. Er konnte nicht nach oben klettern. Selbst mit zwei gesunden Händen und bei sonnigem Wetter wäre es ein ermüdender Aufstieg. Mit einer Hand, vom Wind hin- und hergeschleudert und durchnäßt vom Regen, war es unmöglich. Chris spähte umher und fand den in der Mitte durchgebrochenen Tieflader wieder. Dort kroch er unter und sammelte seine Beute in einer Plastiktüte. Er schrieb einen ausführlichen Brief in Penelopes Tagebuch und knotete das Ganze am Seilende fest. Dann löste er den Knoten am Griff des Streifenwagens und zurrte ein paarmal heftig am Tau. Der Wind heulte ringsum, und er mußte wie eine der aufgeblähten Spinnen auf der Lauer bleiben und auf ein Zittern abwarten, das die Antwort signalisierte.

Der Becher rappelte gegen das Geländer, ein plötzlicher Lärm, der Patsy aus düsteren Tagträumen weckte. Es war schon hoch am Nachmittag, und sie wußte nicht, wie lange Chris schon fort war, obwohl es ihr lange erschien. Die Sonne stand bereits tiefer, Wolken zogen auf über der steinigen, unwirtlichen Landschaft. Hier auf der Brücke fühlte sie sich vollkommen ungeschützt und wünschte, sie wäre wieder im Wagen unterwegs.

Peter hatte drüben beim Geländer Wache gehalten. Alle zehn Minuten rappelte er sich auf und beugte sich über den Abgrund, um ins Zwielicht zu spähen, wo die Schrottwagen vor sich hin rosteten. Das Seil hing noch da und bewegte sich nicht, jedenfalls nicht von der Stelle, wo Chris es festgeknotet hatte, bis zu der, wo es in der Unwirklichkeit der unteren Ebene versank. Vorher schon hatte er den Horizont mit dem kleinen Teleskop abgesucht. Jetzt äugte sie selbst hindurch und folgte dem Lauf der Straße, bis sie sich gabelte und im Dunst verschwand. Ein Licht blinkte im doppelten Widerschein wie Sonne auf einer Windschutzscheibe. Patsy starrte angestrengt hin, bis sie die Bewegung wahrnahm. Das Licht blinkte wieder, und schließlich wurde der Umriß selbst deutlich.

Der schwarze Möbelwagen, winzig in der Entfernung, durch das Fernrohr leicht größer, kroch wie ein Käfer über die Straße und zog eine Staubwolke hinter sich her.

»Kommen sie hier entlang?« fragte Peter, und sie hob die Schultern, um anzudeuten, daß sie es nicht wußte. In der Ferne gabelte sich die Straße, und der Möbelwagen hielt sich links und kam ungefähr in ihre Richtung, aber ob ihr Weg diese Brücke hier passieren würde, vermochte sie nicht zu erraten. An beiden Enden der Brücke lagen mehrere Abzweigungen, kleine Verkehrskreisel, die nirgends hinzuführen schienen.

»Sie ist noch immer hinter uns her«, murrte Peter. »Warum kann sie uns nicht in Frieden lassen?«

Patsy kannte die Antwort. Die Zigeunerin mußte inzwischen am Ende ihrer Kräfte sein. Nur noch wenige Stunden trennten sie von der Wintersonnenwende. Danach hatte sie, wie Crandall Gilfeather behauptete, ihre Chance verfehlt.

Der Möbelwagen eilte zielstrebig dahin, seine Fortbewegung wirkte von fern irgendwie tierisch, wie das Spüren eines Jagdhunds. Es erinnerte sie an die Schattengeister, die Frodo Beutlin im *Herrn der Ringe* seinen Ring abjagen wollten. Das merkwürdige Pferdewiehern fiel ihr ein, das sie gehört hatte, als sie die Abzweigung nahm und den Transporter auf die Hauptstrecke nötigte. Es konnte Einbildung sein, doch auch etwas anderes. Der schwarze Möbelwagen gehörte ebenso zu dieser gespenstischen Sphäre wie die Spinnenwesen, die aus den Löchern der Katzenaugen krochen, oder die reifenhäutigen Eidechsen, die ihnen gierig nachstellten. Daheim lagen auch immer wieder abgeschälte Fetzen geplatzter LKW-Reifen herum. Doch hier schienen sie von eigenem Leben erfüllt. Der Möbelwagen mit seinem gewöhnlichen Aufkleber – Flammen, die nach der schwarzen Scheinwerfer-Einfassung und dem dunklen Kühlergrill leckten – gehörte ebenfalls zu diesem Ort, ein wandelbares Ding, das von einem unnatürlichen Leben erfüllt war. Es schnüffelte ihnen nach, spürte ihre Wege auf und heftete sich an ihre Fersen.

Schreit Mordio, laßt des Krieges Hunde los. Ein altes Zitat von irgendwoher. Hamlet vielleicht, dachte sie, da würde es jedenfalls hinpassen. Eine Hexe war ihr auf der Spur. Sie würde keine Ruhe geben, bis sie ihr Ziel erreicht hatte.

Patsy reichte ihrem Sohn das Fernrohr und kehrte zum Wagen zurück. Aus dem Handschuhfach holte sie die Pistole. Sie wog schwer in ihrer Hand und sie prüfte nach, ob das Magazin gefüllt war. Peter maß die Entfernung ab und drehte ihr den Rücken zu, so daß sie die Pistole unbemerkt einstecken und den Holster an ihrem Gürtel festmachen konnte. Sie kehrte ans Geländer zurück, als Peter gerade in die andere Richtung zeigte, wo der Möbelwagen um die Kurve verschwand.

Wortlos reichte er ihr das Fernrohr. Sie drehte an der Feineinstellung, bis das Bild scharf war. Eine Strecke der Autobahn zog sich schnurgerade durch die Ebene, bevor sie in einen Kreisverkehr auslief, wo mehrere Parallelstraßen mündeten. Neben diesen Nebenstrecken wanderten große, geduckte Schatten. Während sie noch Ausschau hielt, machten sie fast gleichzeitig kehrt und kamen auf die Hauptstraße. Der Wind trieb einen gedämpften Seufzer heran, gerade laut genug, daß sie ihn als Hornsignal eines Schwertransporters erkannte. Sie wich zurück. Hoffentlich war es ein Irrtum.

Die schwarzen Lastwagen. Chris hatte sie erwähnt. *Denen geht man besser ganz aus dem Weg.* Kaum hatte ihr Bewußtsein von der Kolonne der Schwertransporter Notiz genommen, als ihr die Worte wieder einfielen, und mit ihnen die Erinnerungen an den riesigen Lastzug, der im Sturmgetöse, mit flatternder Plane, die des Teufels Regencape sein konnte, an ihr vorübergezogen war und sie mit dem Ausscheren eines seiner Anhänger fast von der Straße gefegt hatte. Sie hielt das Teleskop umklammert und versuchte, sie zu zählen. Es waren mindestens fünf, vielleicht auch sechs, doch da sie auf der Geraden einer hinter dem anderen fuhren, konnten es gut und gerne mehr sein. Es waren monströse Fahrzeuge, die eigens für diese gottvergessene Route konstruiert zu sein schienen. Donnernd kamen sie näher, nicht anders als der Möbelwagen, direkt auf sie zu, eingehüllt in Wolken von Abgasen und blauem Rauch.

Erst wollte Patsy augenblicklich in den Wagen stürzen

und losfahren, egal wohin, nur weg von diesem exponierten Höhenweg auf der Brücke, irgendwo abbiegen, wo sie der Konvoi dieser schwarzen Riesen nicht aufspüren würde. Sie zog Peter mit sich und stieg ein, wohl wissend, daß sie keine Chance hatte und auf dem zerfetzten Vorderreifen nicht mehr weiterkam.

Sie quetschte sich neben Judith auf den Rücksitz, ließ Peter vorn sitzen und wartete ab. Eine halbe Stunde lang passierte nichts, und trotz ihrer gespannten Erwartung fiel sie in einen nervösen Schlummer. Das Klappern des Zinnbechers weckte sie, und ihre erste Regung war, nach der Pistole zu greifen. Sie wirbelte herum, glaubte schon, die schwarzen LKWs auf der Brückenauffahrt zu sehen wie Nachtgespenster im fahlen Tageslicht. Wieder klapperte die Tasse, und sie hätte beinahe laut gekichert vor Erleichterung. Judith wälzte sich stöhnend herum, wurde aber nicht wach.

Zum dritten Mal klapperte die Tasse, als sie ans Geländer kam. Sie ergriff das Seil und ruckte dreimal vorsichtig daran. Am anderen Ende, unsichtbar unter der Stelle, die wie abgeschnitten wirkte, spannte sich das Tau wie zur Antwort. Sogleich holte sie es Hand über Hand ein und fühlte schon am Gewicht, daß etwas dranhängen mußte. Kurze Zeit später erschien wie aus dem Nichts der weiße Plastikbeutel. Sie hievte ihn über das Geländer und wollte ihn gerade absetzen, als Peter sie am Ärmel zupfte, ans andere Ende der Brücke zeigend. Sie setzte das Teleskop an und hielt Ausschau.

Die Lastwagenkolonne bewegte sich von ihnen fort. Den letzten konnte sie erkennen; die schmutzig-orangefarbenen Rücklichter blinkten herüber. Aus dieser Richtung war auch ein schwaches Rumpeln zu vernehmen. Der führende Lastzug fuhr eine Anhöhe hinauf, die übrigen folgten wie Glieder einer schwarzen Schlange, bevor sie über den Kamm zur anderen Seite glitten. Kaum waren sie außer Sicht, als Patsy sich bückte und den Beutel öffnete, wobei sie Wassertropfen von der Plastikoberfläche abschütteln mußte.

Etwas Penicillin (stand da, doch die Tinte war verwischt und fleckig, und das Papier des kleinen Notizbuchs war feucht). *Hilft vielleicht fürs erste, zusammen mit den Schmerztabletten. Kann erst morgen hochklettern. Vergeßt nicht, den Drahtzaun zu ziehen, und schickt den Beutel gleich wieder runter. Hängt ein Gewicht dran. Hoffentlich geht's den Kleinen gut!*

Eine flinke Träne stahl sich in ihren Augenwinkel, und sie schluckte heftig, als sie das Röhrchen mit den Antibiotika in die Hand nahm.

Chris sah die Tasche am Seil hochtrudeln, die im Nu verschwunden war. Es schien eine Ewigkeit zu dauern, bis sie im Zwielicht des Brückenbogens wieder auftauchte. Sie hatte seine Botschaft begriffen und einen Stück Bordstein herausgelöst, doch selbst damit bauschte der Wind die Tüte und ließ das Seil hin- und herschwingen. Um es einzufangen, mußte er über die umherstehenden Wracks klettern. Das Ende knotete er wieder fest an den Türgriff des Streifenwagens.

Danke (ihre Handschrift war hübsch, mit abgerundeten Bögen). *Habe Judith mit Medikamenten versorgt. Müßte wirken. LKWs in der Ferne unterwegs. Hast Du Tabletten dabehalten, gegen Schmerzen in der Hand? Sei vorsichtig!!! Falkenauge ißt Würstchen und läßt Dich mit Howgh grüßen!*

Im Dämmerlicht konnte er die Notiz gerade noch lesen

und mußte lächeln, auch wenn ihm die Erwähnung der LKWs gar nicht behagte. Er hatte solche Kolonnen schon näherkommen sehen und sich in letzter Sekunde in Gebüsch fallen lassen, als einer ihn beinahe überfahren hatte. Um diese Fahrzeuge lag eine Aura unfaßbaren Grauens, die ihn frösteln ließ. Er spürte sie bis ins Mark, bis ins Nervengeflecht seines Rückgrats. Die Straße bebte unter ihren Reifen, wenn sie vorüberrasten, mit donnernden Rädern und giftigen Qualmwolken, die den Schornsteinen entquollen. Die Fenster waren zu dunkel getönt, um ins Innere zu sehen, und man hatte den gespenstischen Eindruck, daß sich die LKWs aus eigenem Antrieb bewegten. Doch wenn sie vorüberkamen, fühlte man sich argwöhnisch betrachtet, mit tückischen Augen, wie mit geistigen Fühlern betastet von dem, was hinter den Scheiben lauerte.

Hier unten konnte er nichts weiter tun. Der Sturm toste mit antizyklischen Wirbeln, als läge man in einem rollenden Faß auf dem Grund. Violette und blutrote Wolken trieben durch eine glühende Galaxis, die von einer brutalen Riesenfaust durcheinandergerührt wurde. Der Wind schrie und stöhnte in geborstenen Blechteilen und hohlen Fensterlöchern, in offenen Ladeflächen und den Kofferräumen zerbeulter Straßenkreuzer. Wasserfallartig prasselte der Regen herunter, und immer wieder stoben grünliche Funken, wenn Blitze einschlugen und ohrenbetäubenden Donner nach sich zogen. Er durchstöberte die nächstgelegenen Schrottkarren, fand einen halbleeren Erste-Hilfe-Kasten im Fond eines Kleinwagens, steckte Klebepflaster und eine Flasche medizinischen Alkohols ein.

Ihm war kalt, aber er war noch nicht durchfroren, obwohl der Wind eisigen Frost herantrug. Chris kroch zum Tieflader zurück und kauerte sich neben die großen Doppelräder, den Rücken an die Heckklappe eines alten Militärtransporters gelehnt. Wenigstens überlagerte der Ozonhauch des Gewitters ein wenig den Verwesungsgestank, auch wenn Chris die elektrischen Blitze in die Augen stachen. Von oben hatte der Autofriedhof weit älter ausgesehen, die Rostschicht ließ erfahrungsgemäß auf ein, zwei Jahre schließen. Hier unten war der Großunfall erst wenige Monate her, wenn überhaupt. Ihm blieb nichts übrig, als die Tatsache hinzunehmen, daß er hier unten zwei Jahre in der Vergangenheit zurück war. Trotzdem war es gelungen, Patsy Havelin einen Beutel mit Medikamenten und Lebensmitteln hochzureichen. Wenn er allzu lange darüber nachdachte, würde er wohl den Verstand verlieren, weshalb er sich lieber nicht in die Kräfte vertiefen wollte, die eine solche Verwerfung und Verzerrung der Realität bewirken konnten. Es gab noch manches, womit man sich besser nicht aufhielt, wenn man nicht über Wurmlöcher in der Zeit nachdenken wollte. Die verwesenden Leichen in den Wracks, die Wracks selber. Wie sie auf diese Straße geraten und verunglückt waren, überstieg sein Vorstellungsvermögen, aber er war hier schon so lange unterwegs, daß er diese Fragen verdrängen konnte.

Doch jetzt, näher denn je an dem enormen Verkehrskreuz, das er ständig in der Ferne aufragen sah, fühlte er einen Wandel jener Kräfte, einen Mutationssprung gegenüber dem, was vorher gewesen war. Irgendwie spürte er, daß ihr Ziel näherrückte. Wie gut oder schlecht das für sie war, vermochte er nicht zu entscheiden, doch ahnte er, daß von gut keine Rede sein konnte.

Aus dem Schmerz an der Hand war inzwischen ein heißes Klopfen geworden, und die Schnittränder juckten scheußlich, was auf Abheilen deutete. Die Zeit verlief anders in dieser Welt, ob auf der Brücke oder darunter. Er war durch Regionen gekommen, wo ein winziger Ritz zwei Tage lang blutete. Hier schien sich der Heilungsprozeß zu beschleunigen, und wenigstens das war ein gutes Zeichen. Er hatte die Wunde mit Alkohol ausgewaschen und sich gekrümmt, weil es schrecklich brannte. Doch jetzt war der Druck der Entzündung zurückgegangen, desto mehr fürchtete er, die Wunde noch einmal öffnen zu müssen, um gegen die Blutvergiftung vorzugehen. Chris öffnete die andere Dose Würstchen und schlang sie kalt hinunter. Sie schmeckten fettig und schleimig vor Salzwasser, machten aber wenigstens satt. Das Auge des Tornados wanderte vorbei, noch einmal sammelten sich die Winde zu einem tosenden Crescendo, dann legte sich das Unwetter allmählich. Noch immer türmten sich Wolken im Himmel und trübten sich plötzlich schwarz. Die Nacht brach herein, unvermittelt, als hätte eine Riesenhand die Tür vor der Welt zugeschlagen.

Der Wirbelsturm wanderte weiter, hinter die Brücke, ein Karussell aus Regen und kreischenden Böen, und näherte sich dem Ort, wo Chris das Gewirr des Verkehrskreuzes am Horizont vermutete. Binnen Sekunden erstarb der Wind und flüsterte nur noch. Hoch oben riß die Wolkendecke rasch auf, und nun sah er die graziöse Kurve der Überführung vor dem schwarzen, an den Rändern rot glimmenden Himmel, der wie ein gedämpftes Kohlenfeuer jeden Augenblick in Flammen stehen konnte. Er ahnte, daß der Mond schon aufging, obwohl das Betonband über ihm den Blick versperrte. Durch einen schmalen Spalt zwischen den Reifen des großen, geborstenen Tiefladers gesehen hatte der Himmel dieselbe Farbe, wenn auch viel heller und wie ein Hochofen pulsierend. Drüben, wo das Verkehrskreuz ineinander verzwirbelt war, hätte ein lavaspuckender Vulkan sein können, oder auch eine kolossale Schmiede, wo verkrüppelte und häßliche Gestalten mit Blasebälgen gigantische Feuer anfachten. Das Glühen hatte ihn an verschiedenen Stellen des Himmels verfolgt, seit er den Fuß zum ersten Mal auf den Pfad im Regenwald gesetzt hatte. Die auf den Sturm folgende Brise trug das Rumpeln des fernen Verkehrs heran, das Knirschen der Gangschaltungen und den Geruch nach Öl in der bereits verpesteten Luft.

Es war Nacht, der Mond war aufgegangen, und der Schmelzofen in der Ferne pulsierte wie lebendig. Chris Deane verdrückte sich hinter den verdorbenen Gummi eines LKW-Reifens. Etwas knarrte wenige Meter entfernt hinter dem Streifenwagen, und Chris war plötzlich hellwach und alarmbereit.

Ein tieferer Schatten huschte durch die Schatten, und Chris zog lautlos den schweren Revolver hervor und legte ihn aufs Knie. Millimeterweise tastete er in seine Seitentasche und fand die kleine Taschenlampe an der Aluminiumkette. Er wartete ab, so leise atmend wie möglich, fast so, als atme er gar nicht mehr.

Noch eine Bewegung, diesmal rechts oben über dem zerbeulten Schrott. Sein Blick wechselte dorthin, obwohl sich kein anderer Muskel in seinem Körper regte. Vor den Katzenaugen war er hier sicher, soviel stand fest. Sie krochen bei Mondlicht aus ihren Höhlen, doch sie mieden den Ölgeruch, der hier am Unfallort erstickend war. Die Krabbeltiere konnten es nicht sein, auch nicht die echsenähnlichen Wesen, die Jagd auf sie machten. Das wußte Chris, denn er kannte die Straße gut genug, um zu wissen, daß die Nacht den Jägern und den Hungrigen gehörte. Langsam drückte er sich tiefer unter die Ladefläche und wurde selbst zu einem Teil der Finsternis.

Etwas quiekte zu seinen Füßen. Zwei stecknadelkopfgroße, rote Augen flackerten und erloschen. Ein weiteres Quieken antwortete, schrill wie Kreide auf der Schultafel, und war bis in die Kieferknochen spürbar. Zwei dicht beieinander stehende Augenpaare starrten wieder und richteten sich auf ihn. Er steckte die Waffe in den Holster zurück und hob die Taschenlampe.

Zähne bohrten sich schmerzhaft in seinen Fußknöchel. Reflexhaft schüttelte er den Fuß, und der kleine Schatten wirbelte davon. Ein weiteres pfiff ihm direkt ins Ohr. Kleine, hornige Füße tasteten sich über seine Wange und in die Jacke, und er wich ruckartig beiseite. Schnurrbarthaare kitzelten seine Wange, und ein rotes Auge blinkte nur Zentimeter von seinem eigenen, viel zu nahe, um scharf zu sehen. Er wich zurück, schlug mit dem Hinterkopf schmerzhaft an eine Metallstrebe. Endlich schaltete er die Lampe ein und erkannte die Wiesel.

Jedenfalls sahen sie so aus, in den ersten Sekunden im weißen elektrischen Lichtkegel. Zwei von ihnen sprangen behende, mit den vertrauten, katzenhaften Bewegungen auf ihn zu, jedes von der Größe eines Hermelins. Ein weiteres stand witternd auf den Hinterbeinen. Die roten Augen warfen das Lampenlicht zurück und schimmerten wie polierte Rubine, was ihnen eine eigene, tierische Glut verlieh. Das stehende Tier hätte fast süß ausgesehen, wären nicht die Glubschaugen hoch am Schädel gewesen und der lange, rattenhaft nackte Schwanz. Es pfiff beinahe wie ein Vogel. Und dann stürzte es sich unvermittelt und schneller, als mit bloßem Auge zu erkennen, auf Chris' Stiefel. Es bückte sich und ließ das Maul zu einem Spalt aufklaffen, der bei weitem zu groß für ein so kleines Geschöpf wirkte. Als wäre der Kopf nach hinten geklappt wie der Kiefer einer

Giftschlange. Wie rasend versenkte es, bevor er noch reagieren konnte, die Fänge in das dicke Leder.

Genau in diesem Moment war Chris unachtsam gewesen, obwohl ihm noch vom ersten Kratzer der Knöchel brannte. Zwei Sekunden später, als sich die tückischen Kreatur in ihn verbiß, schwemmte der Schmerz wie eine weißglühende Flut über ihn, und sogleich schossen sechs andere wieselgleiche Tiere durch das Dunkel auf ihn zu. Jetzt erst merkte er, in welcher Gefahr er sich befand. Der Nager bleckte die Zähne, nur Zentimeter von seinen Hoden entfernt. Er schwang die Lampe herum. Schatten waberten und hüpften, als der Strahl wanderte. Kurz bevor der Kiefer zuklappte, streifte er die Kreatur. Ein kleiner Spritzer Blut traf sein Bein, als das Tier lautlos, mit eingeschlagenem Schädel, zu Boden stürzte. Chris kroch zur Seite, weg von der Ecke, in die er sich zuvor verkrochen hatte beim ersten Laut. Das kleine Raubtier an seinem Fuß fraß noch immer am Leder. Kleine nadelspitze Zähne bohrten sich in seine Haut und bis auf den Knochen. Er holte mit dem Fuß aus und zerstampfte es zu einem pelzigen Brei. Ein gräßlicher Schmerz brannte in seinen Zehen und ließ ihn aufstöhnen, bevor er sich legte. Ein grauer Schatten kam über den alten Reifen gekrabbelt, der im Zickzack lief. Die Glubschaugen richteten sich auf ihn, und instinktiv hob er den Arm. Das Wesen hechtete in Schulterhöhe auf ihn zu und zielte auf seinen Nacken. Mit der freien Hand traf er es in der Luft, was seinen Ellbogen aufs neue peinigte, der sich seit gestern etwas erholt hatte. Chris trat den Rückzug an, nach allen Seiten tretend, während weitere Nager aus verborgenen Winkeln und Nischen in den rostigen Karosserien auftauchten. Er leuchtete mit der Stablampe und sah einen Halbkreis rötlicher, stechender Augenpaare vor sich.

Rücklings entfernte er sich, kletterte auf den seitwärts gekippten Streifenwagen und kletterte über einen alten Kleinbus, der zur hohlen Schale ausgebrannt war. Eine pfeifende Salve, an Ratten erinnernd, kommentierte jede seiner Bewegungen. Chris kletterte auf den Tieflader, kämpfte sich über den Riß in der Mitte und ließ sich auf der anderen Seite wieder hinunter. Noch ein Transportfahrzeug, diesmal ein alter Tanklastzug, ragte vor ihm auf. Eine gewöhnliche Sprossenleiter führte zum Oberteil des Tanks, der wie eine Bierdose zerquetscht war und nur bis zum anderen Ende reichte, wo er mit einem Schritt auf die Kabine eines anderen Lieferwagens war. Routinemäßig prüfte er die Türklinke und wußte nicht, ob er noch immer das Quieken der kleinen Wieselmonster hörte. Der Griff gab nach und er zog daran. Quietschend öffnete sich die Tür und zwängte sich hinein. Gerade wollte er die Tür zuziehen, als jeder Nerv seines Körpers vor Schreck erbebte. Die Nackenhaare richteten sich steil auf, und namenloses Grauen warf ihn beinahe gegen die Tür. Er wirbelte so rasch herum, daß er fast zu Boden stürzte.

Der Fahrer drehte ihm den Kopf entgegen.

Das kranke rote Mondlicht war alles andere als hell, hier unter der Brücke, doch es reichte, um Chris Deane die Umrisse eines Mannes erkennen zu lassen, der über dem großen, altmodischen Steuerrad hockte.

Der Kopf hatte sich mit einem trockenen Knirschen bewegt. Langsam öffnete sich ein Mund. Die Temperatur im Innern der Kabine sank, und die Luft gefror auf der Windschutzscheibe, die sich mit einer Schicht Eisblumen überzog. Ein Atem, so faulig, daß er zum Schneiden war, stieg ihm wie Pesthauch in die Nase.

Der Fahrer, ein klapperdürres Haut-und-Knochengestell,

wendete sich langsam im Sitz um, und eine lange, dürre Hand löste sich vom Lenker.

Ob ich in dieselbe Richtung will? Eine heisere Stimme kratzte im Hohlraum hinter dem Gebiß. *Wir haben das gleiche Ziel, Kumpel.*

Ein Schrei wollte ihm entfahren, doch in diesem Moment war Chris, wie die Luft im Wageninneren, zu Eis erstarrt. Er konnte nicht atmen. Er konnte sich nicht rühren.

Das hagere Ding mit der kratzigen Stimme beugte sich vor, und Chris glaubte, das Schaben von Knochen auf Knochen zu hören.

Muß immer weiter fahren, bis ans Ende der Reise. Die Kiefer öffneten sich breit, und ein dünnes, trockenes Gelächter röhrte aus dem leeren Zwischenraum. Leere Augenhöhlen hatten sich ihm zugewandt, und mit einem Mal wußte Chris, daß sie ihn anblickten – er hatte das verrückte rote Mondlicht in ihren Tiefen glänzen sehen –, und daß er im Bannstrahl gefangen war, aufgespießt von Scheinwerfern wie Wildbret in der Nacht. Angst umklammerte seinen Magen wie eine Faust. Er zuckte zurück, aufgeschreckt wie noch nie im Leben, und seine Hand schlug gegen den Türgriff. Er stieß mit aller Macht die Schulter gegen die Tür und purzelte hinaus. Etwas packte ihn am Rückenteil der Lederjacke, und er war drauf und dran, nach seiner Mama zu rufen. Ein beherzter Sprung ließ ihn auf das Dach eines kleinen Volkswagen prallen, während er hinten etwas reißen fühlte, während er auf einem Kabrio der vierziger Jahre landete. Dann kletterte er über den Beifahrersitz ins Heck.

Eine Leiche im schwarzen Smoking richtete sich auf. Der weiße Kragen stand noch immer steif empor, nur die Krawatte war schief. Im ersten Moment wirkte sie wie Fred Astaire, und im roten Zwielicht ebenso schlank. Doch das Gesicht war länger, das Kinn ragte markant hervor, und in der oberen Reihe fehlten zwei Zähne. Ein tiefschwarzes Haarbüschel hing in die Knochenstirn, was dem Skelett die Aura eines Betrunkenen gab.

Sie sind in die falsche Richtung unterwegs, mein guter Mann, knisterten ihm die Knochen zu. *Schließen Sie sich uns doch einfach an! Wir kommen* alle *irgendwann hin am Schluß.*

Chris hielt es nicht länger dort. Er versetzte dem Ding einen Hieb mit der Taschenlampe, bevor es seine Augenhöhlen auf ihn richten konnte. Unter dem Gerassel der Knochen hörte er ein weibliches, dürres Kichern. Chris blickte hin und sah eine andere verwesende Leiche, den Kopf im Schoß des Mannes, mit ihm in einem letzten obszönen Akt vereinigt.

Er kroch über das Heck des Kabrios nach hinten und geriet unwillentlich in die leere Windschutzscheibe eines Touristenbusses, der gegen einen Caddie geprallt war. Doch er merkte sofort, daß es ein Fehler war. Im Zwischengang winkten ihm zwei Reihen bleicher Knochenhände zu, als groteske Parodie auf neugierige Fahrgäste, die den neuen Mitreisenden begrüßten.

Kommen Sie mit auf Überraschungstour, wisperten krächzende Stimmen in seinem Kopf. *Erst wer am Ziel ist, weiß Bescheid, wohin die Reise geht.*

Chris ließ die Taschenlampe fallen, die von der Aluminiumkette herunterhing, und zog den Revolver. Einer der ihm zunächst sitzenden Passagiere faßte mit langer Hand nach ihm. Eine glitzernde Uhr baumelte klirrend vom spindeldürren Handgelenk. Rückwärtsgehend entfernte er sich, faßte an den Fenstersparren und schwang sich hinaus.

Der Busfahrer war vom Kran eines Abschleppwagens gepfählt worden, der in die Kabine ragte. Chris drängte sich vorbei. Das Skelett wand sich am Dorn und drehte sich knochenknackend nach ihm um.

Bleib doch bei uns. Komm auf den Ferientrip im Reisebus. Wir haben noch Plätze frei.

»Leck mich!« brüllte Chris. Er hob die Knarre und zog ihn über den Schädel der Leiche. Die Drehbewegung hörte abrupt auf.

Sei kein Spielverderber.

Eine Hand legte sich ihm auf die Schulter, und fast wäre ihm das Herz stehengeblieben.

Ich hab mich verirrt.

Eine junge Frau, nackt bis auf den dünnen, blutverschmierten Regenmantel, beugte sich vom Trittbrett eines Lasters herunter.

Ich wollte doch nur nach Hause. Bin ein Stück getrampt.

Die Haut des Mädchens war alabasterweiß, und das dunkle, volle Haar erinnerte Chris an Judith.

Aber dann haben sie mich mitgenommen und mir wehgetan, und jetzt stecke ich hier fest. Können Sie mir helfen?

»Klar«, stieß er hervor und streckte den Arm aus, um sie zu stützen. Sie klammerte sich mit eiskalten Fingern an. Er wandte sich ihr zu. Die Luft gefror, und eisiger Beschlag überzog die Seiten des LKWs. Chris bemerkte das rote Licht, das in ihrem überschatteten Blick aufglomm. Sie seufzte auf, und Fäulnis wallte ihm entgegen, die ihm den Atem raubte. Sie blickte ihn an. Eine winzige Bewegung im Ohr ließ sich nicht übersehen. Eine weiche, zentimeterlange Made lugte heraus und tastete blind in die Luft.

»Jesus Christus!« keuchte Chris und würgte. Er riß die Hand zurück, kribbelnde Panik vor drohender Infektion überzog die Haut. Wieder hob er die Waffe.

Sie drehte sich verwundert um. In ihrer Schläfe wand sich noch immer die Made. Ein Streifen weißliche Haut löste sich vom Mundwinkel, als sie die Lippen zum Sprechen öffnete.

Er stieß mit dem Revolverknauf nach ihr. Es gab einen dumpfen Aufprall, und sie fiel ins Leere. Kein Blut, nur eine stinkende, faulige Flüssigkeit entquoll ihrem zerschmetterten Leib. Das Mädchen stürzte zwischen zwei LKWs auf den harten Asphalt. Chris kämpfte mit dem Brechreiz, der in Wellen hochkam. Seine Kehle verkrampfte sich gegen den brennenden, vom Magen her aufsteigenden bitteren Schleim. Die Augen füllten sich mit Tränen, und fürs erste verschwamm alles zu einer roten Pfütze, bis er sie mit dem Handballen trockenrieb. Als er wieder klar sehen konnte, kletterte er aufs Dach des Abschleppwagens und stemmte sich auf einen großen Container-Lastzug. Von hier konnte er das Seil erkennen, eine dünne schwarze Linie, die vor der Brücke schwebte. Jenseits davon, wo die Schrotthalden zu einer endlosen, traurigen Galerie aufgereiht waren, sah er die Masse der Monster lahm und schleichend dahinwandern. Flüstergeräusche drangen ihm ins Hirn, unwirkliche Eindringlinge, trocken wie Staub. Er versuchte, sich dagegen zu wehren. Winzige rote Augen starrten aus den Tiefen herauf, und er blickte weg.

Er brauchte fünf Minuten, bis er wieder beim Tieflader neben dem umgekippten Streifenwagen war. Rasch steckte er die Waffe ein und knotete seine Nabelschnur auf. Sie schwang frei. Ein kratzendes Geräusch kam aus dem Auto, und ein langer, grauer Arm wedelte durch die Nachtluft.

Werden sowieso alle gegrillt, wie die Kakerlaken. Laß uns den letzten Gang miteinander gehen!

»Nicht mit mir, Kumpel!« hörte er sich antworten. Ein

blasser Schatten kletterte auf den Tieflader. Chris ignorierte den pochenden Schmerz in der Hand und faßte nach dem Seil. Beim Emporklimmen brauchte er die Hände abwechselnd und schaffte es drei, vier Meter hoch. Etwas langte nach oben und bekam seinen Fuß zu fassen. Er trat mit voller Wucht zu, traf etwas Festes, Zerbröckelndes und nutzte den Schwung, um sich abzustoßen und weiterzuklettern. Für die nächsten zwei Meter brauchte er länger. Jemand zurrte am Seil. Er klemmte sich mit den Beinen an, bis das Gewicht richtig verteilt war, faßte nach unten und zog sich ein Stück weiter hoch. Jetzt schwang er frei.

Eine Zeitlang schwebte er dort zwischen den Seilen, von der Brücke herab. Unter ihm waren überall Tote auf Reisen; er lauschte ihren Lockrufen, sah, wie sie aus den Löchern und Fensterhöhlen stiegen und sich zusammenrotteten, wie die Lemminge unterwegs, der roten Glut am Horizont entgegen. Chris ließ sich hängen, bis der Schmerz in seiner Hand wieder einem erträglichen Pochen gewichen war. Mit größter Anstrengung fingerte er ein verschlissenes Taschentuch aus dem Päckchen und wickelte es um die neu aufgebrochene Wunde. Dann hangelte er sich wieder dem Brückenbogen entgegen, bis er nicht mehr weiterkam.

26

Der Morgen brach an, feucht und klamm unter dem merkwürdig schwärzlichen Himmel. Vom Boden bis zum Gewölbe aus schmelzendem Rauchglas zogen sich pulsierende Blitze in grellen Bögen hin. Die Luft schien wie mit elektrischer Energie geladen und prickelte wie eine Gänsehaut auf Patsys Oberarmen. Sie war aus tiefem Schlummer hochgeschreckt, verwirrt und ohne Orientierung.

Automatisch blickte sie zur Uhr. Ein Sprung überzog den Glasdeckel wie ein Spinnennetz, dahinter lagen die Zeiger zu einem winzigen Stapel geschichtet. Etwas war anders an diesem Tag, dessen Bedeutung sie kennen mußte. Patsy schüttelte den Kopf und schmeckte Schwefel und verbranntes Ozon in der Luft.

Einundzwanzigster Dezember. Es kam ihr ganz plötzlich zu Bewußtsein. Trotz der Schwüle war Wintersonnenwende, der Umkehrpunkt. Sie war am kürzesten Tag dieses freudlosen Jahres aufgewacht, am *Namenlosen Tag*. Donner grollte dicht hinter dem unheilvollen Wetterleuchten. Die rasch kletternde Sonne schien all ihre Kraft verloren zu haben. Die Sonnenflecken wirkten wie Tumorgeschwüre, wie die Warzen, die neuerdings Judiths Wange überzogen.

Judith. Patsy fuhr herum zu ihr.

Noch vor Einbruch der Dunkelheit hatte Patsy ihr zwei Antibiotika-Tabletten eingeflößt. Eine Stunde später war die Temperatur ihrer Tochter so gestiegen, daß sie sich anfühlte, als würde ihre Haut Blasen schlagen, und im Schlaf heulte sie wie von allen Dämonen der Hölle verfolgt. Patsy hatte überlegt, ob sie einige der Amoxiltabletten in kochendem Wasser auflösen und mit den Einwegspritzen intravenös verabreichen wollte. Wäre das nötig gewesen, um Judiths Leben zu retten, hätte sie es getan, aber dann geschah, was Patsy zuerst kaum glauben wollte: Innerhalb von zwanzig Minuten, während sie dem Kind noch die nasse Stirn abtupfte, ging das Fieber urplötzlich zurück. Eben noch hatte Judith geschlottert, Schweiß in Strömen vergossen und fühlbare Hitzewellen abgestrahlt, und im nächsten

Moment schlief sie fest ein, während das Brennen zurückging. Ihr Körper kämpfte mit etwas, das an ihr zehrte, und gleichzeitig pellte sich ihre Haut wie altes, brüchiges Pergament, und die dunklen Stellen darunter reichten inzwischen bis an den Kieferknochen. Die Hände waren schrumplige kleine Pfoten geworden, deren Nervenstränge sich wie Schnürsenkel ringelten.

Während der Nacht waren sie unbehelligt geblieben, trotz des exponierten Lagers hier in der Kurve der Überführung, doch ringsum waren Schreie und Klagerufe zu hören, die weniger tierisch als menschlich klangen. Was immer sie bedrohte, schien den rechten Moment abwarten zu wollen.

Irgendwann in der Nacht brummte in nicht allzu weiter Ferne ein Lastzug über eine Nebenstrecke, dessen Gewicht die Brücke erzittern ließ. Patsy schreckte aus einem Traum hoch, in dem sich Chris Deane vom Geländer in ein brennendes Höllenfeuer abseilte, wo ihn Ungeheuer mit gezackten Gabeln erwarteten und ihn mit Klauenhänden pakken wollten, und als sie das Tau wieder hochziehen wollte, war es nicht Chris, sondern Peter, der wie ein Köder von der Angel baumelte. Luftschnappend wurde sie wach und hörte den Motor des Lastzugs durch die Nacht stampfen, die Schreie und Wehrufe übertönend. Noch im Halbschlaf spürte Patsy die bedrohliche Gegenwart des Schwerlasters und kroch tiefer in den Sitz, zog ihre Kinder heran, bis das Beben der Brückenkonstruktion nachließ. Patsy wälzte sich im Schlaf herum, öffnete ein Augenlid halb und rollte sich wieder ein. Allein mit ihren Gedanken, lag Patsy noch lange wach und fragte sich, wie es ihrem Gefährten unter der Brücke ergangen sein mochte, wo sich die geknackten Schalen der Wagen und Laster und Omnibusse türmten.

Die kranke Judith wurde nur zögernd und allmählich wach. Peter hatte den Gaskocher in Betrieb genommen und öffnete eine Dose Tomatensuppe, die in fünf Minuten warm wurde, doch seine Schwester konnte sie nicht trinken. Der Camping-Wasserkessel brodelte bald, und Patsy freute sich auf eine Tasse schwarzen, starken Kaffee, auch wenn sie für einen Löffel Zucker einiges hergegeben hätte.

»Chris nicht zurück?« erkundigte sich Peter.

»*Ist* Chris noch nicht zurück«, korrigierte sie und merkte zugleich, wie überflüssig es war, in ihrer Situation zur Spracherziehung ihres Sohnes beitragen zu wollen. Patsy brachte ein Lächeln zuwege und zauste ihm das Haar. »Nein, mein Junge. Aber ich vermute, er wird nicht mehr lange ausbleiben.«

»Ich mag ihn gut leiden«, stellte Peter fest und schlürfte seine Suppe.

»Weiß ich. Und ich mag ihn auch.« Das war aufrichtig. Hier, wo man alles Fremde meiden mußte, hatten sie einen völlig Unbekannten am Straßenrand aufgelesen, der schon nach weniger als einem Tag zur Familie gehörte. Mehr noch, er war über den Brückenrand geklettert, hatte sich an einem dünnen, gefährlichen Seil hinuntergelassen und war ins Ungewisse vorgedrungen, um für Judith Medikamente zu besorgen. Ohne die Antibiotika würde ihre Tochter jetzt mit dem Tod ringen, ihrer Krankheit vielleicht schon erlegen sein. Zwar war sie noch längst nicht über den Berg, aber wenn Chris jetzt über das Geländer geklettert wäre, hätte Patsy ihn auf der Stelle ans Herz gedrückt.

»Kann er nicht mitkommen und bei uns bleiben?«

»Ich nehme an, er will heimkehren wie wir. Zu sich nach Hause.«

»Er hat kein Zuhause«, widersprach Peter. »Sein Daddy,

sagt er, sei viel in der Welt herumgekommen und nie irgendwo fest geblieben.« Die Andacht der Heldenverehrung in Peters Stimme blieb Patsy nicht verborgen. Chris Deane trug einen großen schwarzen Revolver im Holster, eine abgewetzte Lederjacke, mit der er viele Abenteuer bestanden hatte, und hatte das durchtrainierte, lässige Äußere eines Wildwest-Helden, wie man sie vom Kino kannte. Sie erinnerte sich an das abgeklärte Grinsen, mit dem er Peter im Gebrauch der Schleuder unterrichtet hatte, wie er das Handgelenk des Jungen ruhig hielt, während Peter am Gummischlauch zog. Wie er es geschafft hatte, sich hier mit heiler Haut durchzuschlagen, war ihr ein Rätsel. Seit vier Jahren hatte er diese Höllenkreise durchquert, und zwar allein!

Als sie den Kaffee ausgetrunken hatte, schlenderte sie zum Geländer und warf einen Blick nach unten. Noch immer regte sich nichts. Die rostenden Wracks schimmerte rötlich im blassen Frühlicht, woraus sie schloß, daß dort unten der Morgen graute, wenigstens von hier aus gesehen. Unterhalb des scheinbar abgeschnittenen Seils konnte jede Tages- oder Jahreszeit herrschen. Peter benutzte das Teleskop, um in die Ferne zu spähen, wo die Nebenstraßen sich verzweigten. Auch dort war nichts Bedrohliches zu erkennen. Sie kehrten zum Wagen zurück, und sie ließ die Kinder in der Morgenfrische an der Kochstelle sitzen, während sie den Vorderreifen untersuchte. Profilfetzen hatten sich vom Reifen gelöst, und die gesamte Reifenwand war geborsten. Der Schaden war irreparabel, und da sie den Ersatzreifen auf der Böschung gelassen hatte, wo sie zum ersten Mal verunglückt war, konnte sie nichts tun. Bis Chris Deane zurückkehrte, waren sie aufgeschmissen und kamen nicht von der Stelle. Ohne seinen großen Revolver – und, wie sie zugeben mußte, seinen männlichen Beistand – würde sie den Weg zu Fuß nicht fortsetzen wollen. Sie kehrte zurück an die Stelle, wo Judith eingemummelt in die Dekke lag, fernab vom infektuösen Sonnenlicht, und kauerte vor der offenen Wagentür nieder. Peter hatte vorhin noch gesprochen, jetzt verfiel er in dumpfes Brüten. Judith starrte trübsinnig in die Ferne und fummelte an etwas, das sie in den Fingern hielt. Den Kopf hielt sie schräg zur Seite, als lauschte sie nach innen.

Patsy folgte ihrem Blick und starrte ans Ende der Brücke, wo sich die Straße nach links und rechts gabelte und spiralförmig zu anderen Verzweigungen hinunterführte. Atemlos lauschte sie. Sekundenlang glaubte sie, ein ersticktes Stöhnen zu vernehmen, wie manchmal in den Fernsehnachrichten, wenn Greueltaten irgendwo in der Welt gezeigt wurden. Das Stöhnen verflog wieder, und sie nahm an, es sei nur der Wind gewesen. Sie saß immer noch still da, als die Stimme in ihrem Kopf flüsterte.

Patsssseee.

Erschreckt fuhr sie hoch.

Bissst verloooren, Patsssseeee.

Judith schluckte leise. Peter wollte sich gerade umdrehen. Bei Patsy summte plötzlich jeder Nerv.

Das Radio röhrte so laut los, daß sie alle drei angstvoll zusammenzuckten. Eine kieselknirschende Stimme, tief und rauh wie die Drainage am Autobahnrand, übertönte den schrillen elektrischen Akkord einer Steelgitarre.

Du bist unterwegs ... hieß es im Text. Der Song war ihr wohlvertraut. Sie kannte den Text. Sie wußte, was als nächstes kommen würde. In schweren Schlägen hämmerte die Baßtrommel los.

... unterwegs zur Hölle.

Die Rhythmusgitarre hinkte dem Baß hinterher, worüber sich Patsy trotz aller Panik verwunderte. Der Lärm war ohne ihr Zutun losgebrochen, wie von selbst, kam aus dem Lautsprecher im Wagen, doch in ihrem Kopf hörte sie ein verzögertes Echo, ganz knapp asynchron zum Radio, als hallte die Musik von irgendwo zurück. Judith wälzte sich herum, rappelte sich wortlos auf und stolperte vor den Wagen.

Patsy lief ihr bis zum Scheinwerfer nach und wollte sie festhalten. Ein dunkler Schatten tauchte hinter ihr auf. Sie schnappte nach Judiths Ärmel und verfehlte ihn.

Der schwarze Möbelwagen stand mitten auf der Straße, keine zehn Meter weit entfernt.

Er bebte wie ein lebendiges Wesen, ein lauerndes Raubtier. Es war nur ein Transporter, schwarz und staubüberkrustet wie nach tagelanger Fahrt, mit einer Plastikfolie aus stilisierten Flammen, die vom Kühlergrill aufloderten und über die seitlichen Kotflügel leckten. Die Musik entquoll unsichtbaren Lautsprechern, hektische, knirschende Gitarrenriffs und Akkordschläge, kontrapunktiert von tiefen Baßschlägen. Das Lied kannte sie, doch es klang völlig anders, wie von der Stereoanlage des Transporters verzerrt. Das schwarze Auge der Windschutzscheibe glänzte. Das Glas war getönt und verspiegelt und reflektierte die niedrigen Wolken hinter ihr. Es ließ die Kabine leer erscheinen, und ihr Verstand sagte sie, *bloß ein Möbelwagen, sonst nichts*, doch ihre innere Antenne zuckte, ihr ganzes Nervensystem war so aufgewühlt, daß sie die Gefahr mit Händen greifen konnte.

Sie ist es. *Jetzt ist sie da.* Patsy spürte die Nähe von Kerron Vaunche, wie damals im Zwielicht des Kellergewölbes von Broadford House. Im Schaben auf Stein war sie gegenwärtig, im Kratzen von Dornen, im Rascheln uralten Laubs. Die Hexe hatte sie mitten in der Kurve erwischt, und von hier gab es kein Entrinnen.

Der Transporter duckte sich, erzitterte, bei laufendem Motor, als die Musik schwächer wurde. Ein unsichtbarer Fuß stieß aufs Pedal und ließ den Motor aufheulen, grollend und kehlig.

»Mum!« stieß Peter furchtsam hervor. Er war hinter ihr, doch sie konnte sich nicht umwenden. Judith torkelte überraschend schnell vor den Wagen, fast in die Mitte der Straße. Sie stand dicht vor ihrer Mutter, die gerade die Hand nach ihrer Schulter ausgestreckt hatte und in der Bewegung erstarrt war.

Die Pistole, schoß es ihr durch den Kopf. Sie lag im Handschuhfach. Herrje, *dumme Kuh!* schalt sie sich selbst. Alles geschah im Handumdrehen, jeder Gedanke prägte sich ihr kristallklar ein im Augenblick höchster Gefahr. Die Fahrertür ihres Wagens stand offen, ganz nah, und sie erwog, ihre Tochter wegzuschleifen, beide Kinder zu verstauen und die Waffe von der Ablage zu nehmen.

Die Musik erstarb. Wieder röhrte der Wagen auf, heiser und wütend, als könne er Gedanken lesen.

Vergiß es, Mädchen. Wir haben dich. Keine ausgesprochenen Worte, doch das Knurren des Motors war beredt genug.

»Mami, komm«, jammerte Peter. Er war zu ihr getreten und zupfe an ihrem Hosenbund. »Es ist ... es ist *böse*.«

Sie wollte sich umdrehen, bewegte sich, wie es ihren adrenalinverkleben Sinnen erschien, wie durch Honig. Irgendwo zu ihrer Rechten krächzte ein Vogel, vielleicht eine Krähe, die an einem verwesten Fleischbrocken pickte. Peter stieß mit dem Schuh gegen einen kleinen Stein, der wie eine Murmel über den Asphalt rollte und scheinbar ewig brauchte, auf die andere Seite zu gelangen. Eine Melodie summte vom Wagen her. Keine Elektrogitarre, keine Trommel. Es erinnerte an den Klang eines Dudelsacks, klar und hallend. Der langgezogene Ton floß in die Luft, ein mystischer Schall, der langsam dahinschwand, um von einem anderen, höheren Ton abgelöst zu werden, der sich im plötzlichen Glissando aufwärts schwang und blubberte, als er die Ebene erreichte.

Judith nickte. Eine einfache Geste. Sie legte den Kopf schräg, lauschend. Patsy hörte nichts als das gespenstische Dudeln der Pfeifen. Judith schüttelte den Kopf.

Ein trockenes Wispern, ein Rascheln im toten Gras, kratzte an Patsys Seele. Sie strengte sich an, zwang sich zum Zuhören. Judith erschauerte. Hinter ihnen wollte Peter etwas sagen und schluckte es wieder herunter.

Kommt jetzt, Kinder. Kommt zu eurem Vater.

Worte in einer unbekannten Sprache, die Patsy gleichwohl verstehen konnte. Ihr Blut schien zu sieden, in einem Schwall aufzuwallen. Ihre Kehle war wie zugeschnürt, wie von einer Faust umklammert.

Wieder erzitterte der Möbelwagen, und die kitschfarbenen Flammen schienen zu wabern und zu flimmern. Im Innern des Flammenkreises zuckten erbärmliche Gestalten, mit schmerzverzerrter Miene.

Her zu mir, Uana. Bete zu deinem Vater. Herrscher Thanatos erhöre uns ...

Judith nickte wie eine Schlafwandlerin, trat noch einen Schritt vor.

»... in den Tiefen weltlichen Prunks ...«

... ruf uns zur Ewigen Nacht ...

»... und laß mein Herz stillestehn ...«

Patsy hörte das kratzige Fauchen, das die Antworten ihrer Tochter hervorlockte, und über allem hörte sie den dringenden Befehl.

Los jetzt. Komm freiwillig. Mach schnell, Uana.

Das Wort war Patsy fremd, trug keine Bedeutung in normalem Sinne, doch vor ihrem geistigen Auge entstand das Bild eines weißen Lamms. Doch das war nicht alles. Das Sinnbild war überladen, subtil und eindrücklich. Es war ein Lamm, und es war die Tochter eines gehörnten Wesens, und es war eine Vision der Reinheit, die sich der Macht aufopfert. Sie sah das Lamm auf einem flachen Stein, von dem Blut troff, und im selben Augenblick wußte sie, was *Uana* bedeutete. Sie wollte sich Judith entgegenstellen und merkte, wie langsam ihr Körper reagierte, wie im Schneckentempo. Ein Warnruf blieb ihr in der Kehle stecken, erstickt und unfähig, sich freizukämpfen.

»Geh nicht zu nahe dran!« brüllte Peter mit nervöser, überschnappender Stimme.

Schweig still, Tavartas. Ein wütendes Zischen, und wieder ein sinnloses Wort, doch Patsys innere Wahrnehmung gaukelte ihr das Bild eines bluttriefenden Herzens vor, noch zuckend, von zwei gichtverkrümmten, krallenbewehrten Fingern gehalten.

Die Pfeifen des Dudelsacks trillerten, ließen die Metallgeländer zu beiden Seiten der Brücke klirren.

Judith machte noch einen weiteren Schritt vorwärts und entzog sich der Mutter. Patsy sprang vor, um sie zurückzuhalten, doch ihre Hände griffen in die Luft. Sie wollte schreien, brachte aber keinen Laut heraus. Ein unerträglicher Druck nahm ihr den Atem, ein Krampf drängte ihren Aufschrei in die Lunge zurück. Sie wollte zupacken, doch ihre Glieder gehorchten ihr nicht mehr. Aus den Augenwinkeln nahm sie eine Bewegung wahr. Peter kam neben ihr vorüber, langsam, als ginge er im Traum. Sein Kopf schwankte träge, unmerklich vor und zurück, doch seine Füße trugen ihn unwiderstehlich weg von seiner Mutter und dem grollenden Transporter entgegen.

Kommt jetzt. Kommt zurück. Die stimmlosen Worte kratzten am Innern ihres Schädels, doch sie konnte nichts dagegen tun. Wie gelähmt stand sie da, immer hilflos nach ihrer Tochter greifend. Judith trat einen langsamen Schritt vor, ruckartig wie ein Automat. Noch einen, noch einen. Jetzt nickte sie, zeigte sich einverstanden mit den Worten, mit denen die Musik unterlegt war. Peter wäre fast gestolpert, fing sich noch eben. Sein Kopf drehte sich halb, wollte sich seiner Mutter zuwenden. Sie bemerkte den starren Blick seiner vor Entsetzen geweiteten Augen. Tief zuinnerst fühlte sie mit, wie ihn ein dumpfes Grauen durchzitterte.

Der Möbelwagen duckte sich wieder, katzenhaft fauchend, und die knorrige Stimme, kalt und hart wie zwei Mühlsteine, die einander zu Staub mahlen, drängte die Kinder weiter. Judith war fünf, jetzt bereits sechs Meter weit. Peter folgte ihr nach, der Gummizug seiner Schleuder baumelte aus der Gesäßtasche.

»Gütiger Jesus, hilf!« betete sie. Ihr Verstand rasselte die Worte herunter. »Heilige Mutter Gottes, laß sie hierbleiben.«

Hinter ihr teilten sich die Wolken, und die kränkliche Sonne erglänzte in der schwarzen Windschutzscheibe. Die dunklen Flecken lagen jetzt quer über der milchigen Oberfläche. Das schwache Licht ließ die gemalten Flammen sich ringeln und tanzen, und für Sekunden wirkten sie nicht mehr wie Plastikaufkleber, sondern echt.

Ein trockenes Feixen entstand in ihrer Seele, ein schleimiges Grinsen der Schadenfreude.

Hast sie verloren, Gadge-*Frau, verloren für immer.*

Sie konnte nicht sprechen, sich nicht rühren. Das seltsame Echo der Pfeifen hielt sie in einer Klangblase gefangen, während ihre Kinder weggezogen wurden von der Bestie im Schatten des Transporters. Judith war schon fast drüben, eine winzige Gestalt mitten auf der Autobahn. Ihr folgte Peter schleppenden Schritts, doch auch er ging wie schlafwandlerisch, während die Stimme sie rief und lockte.

Wieder bebte der Möbelwagen, und der Motor fauchte. Die Schiebetür an der Beifahrerseite öffnete sich mit hartem metallischen Klicken. In diesem Augenblick wurden die Scheinwerfer eingeschaltet. Patsy fühlte sich wie aufgespießt von ihrem tückischen Blick, der sie zu Eis gefrieren ließ.

Es waren gar keine Scheinwerfer. Der Doppelkegel, der aus den geschwärzten Glasaugen kam, war kein Licht. Es waren Dunkelfelder, so tiefschwarz, daß sie ihr wie eine Antithese des Tageslichts erschienen. Sie trugen eisigen Frost in sich, als hätten sie der Welt alles Feuer, alles Licht entzogen, ihrer eigenen Seele die Wärme genommen. Eine stumpfe Resignation kroch in ihr hoch, als sie die dunkle Macht hinter den schwarzen Lichtern spürte. Sie drang in sie ein, glitt in jede Pore, umwickelte sie mit magischer Gewalt.

Jetzt kennst du die Macht. Das Flüstern kratzte an ihrer Seele. *Der Namenlose Tag ist angebrochen, die neue Ordnung beginnt.*

Kerron Vaunche kicherte, und ihre eklige Herablassung knirschte wie Glas in Patsys Seele. Das Geräusch allein überwältigte sie. Judith stand inzwischen dicht vor dem Transporter, eine schmale, ausgezehrte Gestalt, die Schultern greisenhaft gebeugt. Hinter ihr wirbelte Peter im gräßlichen Sog. Die Kälte ließ Patsys Haut starr werden, stach ihr in den Augen und lähmte jeden Muskel.

Sie nahm alles wahr, jeden Schlag ihres Herzens, jeden schlurfenden Schritt ihrer Tochter. Im Innern der Dunkelheit waren all ihre Sinne gespannt, um alles aufzunehmen. Sie fühlte Peters Schrecken, als er verzweifelt zurückbleiben wollte. Unterhalb des hexischen Gekichers hörte sie Judiths Stimme die Litanei der Namen herunterrasseln wie einen heillosen Wasserfall.

Die Tür schwang ganz auf und knallte mit einem Klang wie ein riesiger Gong gegen die Seite des Transporters.

Unruhiges Gesumm wie die Elektrizität in einem Hochspannungskabel vibrierte durch die Kälte. Im Kegel der Mitternachtsschwärze schwoll es an.

Vater der Dunkelheit ..., stimmte die Zigeunerin an.

»Nimm mein Opfer an, Fleisch von meinem Fleisch«, intonierte Judith, mit hohler, schwächlicher Stimme. Sie trat einen weiteren Schritt vor, jetzt langsamer.

Herr der Aasfliegen, der Würmer des Moders ...

»Zerstöre diese Unschuld am dunkelsten Tag.« Was in der fremden, gutturalen Sprache gesagt wurde, kam Patsy jetzt klar ins Bewußtsein.

Es fängt an, dachte sie ängstlich, verzweifelt. Mit aller Macht wollte sie vorwärtslaufen, ihrer Tochter zu Hilfe eilen. Höchstens noch zwanzig Schritte lagen zwischen Judith und dem Möbelwagen. Bei ihrem nächsten Schritt erschien ein dunkler Umriß an der Tür. Peter stöhnte laut und markerschütternd auf.

Kerron Vaunche beugte sich heraus. Eine Wolke schwarzer Fliegen kreiste um ihren Kopf wie ein Schleier, ein düsterer unheiliger Schein.

Ihre Schönheit war dahin. Sie war noch Kerron Vaunche, soviel entnahm Patsy dem brutalen geistigen Kontakt zwischen ihnen, doch war keine Ähnlichkeit mehr mit der hochmütigen, vollkommenen Weibsgestalt zu erkennen, der sie auf einer Waldlichtung begegnet war.

Crandall Gilfeather hatte erwähnt, daß die Carlin-Frau alt sei, doch selbst er konnte nicht begriffen haben, welches methusalemische Alter die Greisin erreicht hatte, die jetzt aus dem Möbelwagen stakste.

Hinter ihrer gebrechlichen Gestalt bewegte sich ein Schatten hinter der Windschutzscheibe. Patsy warf nur einen flüchtigen Blick dorthin, nicht mehr, und doch wußte sie mit Gewißheit, daß es Paul war, und erkannte die grauenhafte Veränderung. Was sie deutlich sah, war sein schneeweißes, qualliges Gesicht, verdorben vom Aufenthalt im Einflußbereich großer Macht und großer Bosheit.

Macht korrumpiert. Und er war korrumpiert worden. Das absolute Böse, die vollkommene Macht korrumpiert für immer. Er war zu nah an die Flamme geflogen.

Die Gestalt hinter dem Glas wandte sich ab, als sich die Kerron-Hexe, eine häßliche, verschrumpelte Ruine, nach vorn bewegte. Obwohl Patsy wußte, wen sie vor sich hatte, mußte sie für einen Augenblick an die mumifizierte Braut in dem Auto zurückdenken, aus dem das Konfetti vom Wind verweht wurde. Die Hexe hielt beide Hände empor, und die Haut über ihren Knochen war so dünn, als könnte sie jeden Moment abplatzen. In der Finsternis der Scheinwerfer, die alles verdunkelte und überschattete, war die grauenhafte Erscheinung doch klar zu erkennen, jede Runzel auf ihrem vergilbten Gesicht, jede Pustel auf dem länglich vorspringenden Kinn. Die Nase war mit Warzen übersät, auf denen wolliges Haar sproß, und ihre Haarschopf von ehemals war ausgedünnt und wirr, zeigte nackte Flekken schrumpelnder und sich pellender Haut.

»Sie ist am Ende«, dachte Patsy. »Sie stirbt.«

Doch wieder kamen ihr Crandall Gilfeathers Worte in den Sinn. *Eine dunkle Wiederkehr der Erneuerung.* Judith war jetzt halb abgewandt, ihr Profil ragte in den schwarzen Kegel des Anti-Lichts. Der Transporter bebte, und Patsy hörte ein kehliges, tiefes Grummeln wie von einem Raubtier. Judith wand sich und zuckte, die Lippen geschürzt zum Rezitativ. Ihre Risse und Runzeln wirkten jetzt wie mit Tinte aufgemalt. Die Oberfläche ihrer Haut schuppte und schälte sich ab. Sie reckte die Ärmchen Kerron Vaunche entgegen, und ihre Finger wirkten lang und knorpelig, an den Knöcheln geschwollen.

Es geht los, dachte Patsy in ihrer Verzweiflung. *Die Erneuerung.* In irgendeinem Winkel ihres Gedächtnisses beugte sich Gilfeather vor und faßte sie bei der Hand. »Jetzt kommt ihre Chance, sie wird sie ergreifen, und ich fürchte, sie wird auch Ihnen nehmen, was das Ihre ist.«

In der schwarzen Glut, wo die Zeit selbst und alle Wirklichkeit verzerrt und umgestülpt schienen, sah Patsy, wie ihre Tochter sich verwandelte und wußte, Kerron Vaunche würde nehmen, was ihr gehörte. Peters Schrei hallte von vorn zurück.

»*Nein!*« Widerwillig schüttelte sie den Kopf. Die Zigeunerin humpelte auf ihre Kinder zu. Ihre vertrockneten Augenhöhlen schweiften umher und fixierten Patsy. Ein gräßlicher Frosthauch erfaßte sie, als die Hexenaugen modriggrün aufglommen. Wieder bebte der Transporter, und Patsy erkannte, daß nichts hier der Wirklichkeit entsprach, außer dem schwarzen Licht und dem furchterregenden Strudel des Bösen, der sie hinabzog. Der eisige Hauch glitt ihr unter die Haut, ließ Fleisch und Knochen gefrieren, und ein dunkler, verborgener Teil ihres Innern begrüßte ihn gar.

Ja. Es durchflutete sie, und sie ließ sich in der dunklen Gischt treiben. Alle Zellen ihres Körpers waren erfüllt von singender Energie. Schwarze elektrische Schläge zischten ihr in den Adern, entkleideten sie der Gefühle, zehrten ihre Mütterlichkeit auf, ihr Menschendasein. Sie spürte die Gier, den Hunger und das Begehren, und fürs erste zählte nichts sonst in der Welt.

Die Hexe wies mit krummem Finger auf sie, die Hand bleich wie aus der aufgewühlten Erde eines Grabes gestreckt. Das Gift in ihren Augen flammte wieder auf, brannte wie Säure und schoß zu ihr herüber. Patsy fühlte sich aufgespießt, konnte sich gegen den höllischen Zugriff nicht wehren.

Sieh her ..., zischte ihr die Erscheinung zu.

Ein schwarzer Blitz explodierte auf dem Grund ihrer Seele, und alles schwand vor ihren Augen. Sie stand allein auf öder, dürrer Heide, wo der Winterwind stöhnte und heulte, der zwischen die grauen Zähne der Steine fuhr. Ein klammes, elendes Gefühl schien ihre Knochen aufzuweichen. Schlangen und Kriechtiere glitschten durchs Moos, Wasserwesen erschütterten die Oberfläche der schwarzen Tümpel. Auf einer Steinspitze hockte eine große, schwarze Krähe und pickte an der Augenhöhle eines Skeletts, das an die Säule gefesselt war.

Der Wind heulte und wimmerte und war gar kein Wind, sondern ein hoher, gläserner Schrei aus dem Innern des Steinkreises. Der Klang ließ sie aufhorchen, hakte sich in ihr fest, und sie konnte nicht anders, sie mußte einstimmen in den seltsamen Sang, das fremdartige, auf geheime Weise doch verständliche Brabbeln. Der Nebel teilte sich, und sie glitt zwischen den vordersten Steinen hindurch, während sich der Himmel droben verdüsterte und Blitze wie Speere warf. Auf dem Stein sah sie das düstere, riesige Ungeheuer über der blassen Gestalt und hörte das Reißen von Fleisch, das Splittern von Knochen.

Nimm sie ... Ungebeten kamen die Worte, ließen sich nicht abweisen. In ihren Ohren schwoll das wütende Summen der Fliegen zu einem Kriegsgeheul an.

Auf dem Stein sah sie Kerron Vaunche liegen, mit blutüberströmtem Gesicht, und als sie hinschaute, war es Judith mit blutunterlaufenen Augen, und als sie ganz nahe kam, war Judith das Monster, das sie anknurrte und Gift sprühte und vom Fleisch ihres Bruders fraß ...

Die schwarze Macht überrollte sie wie eine Springflut, und etwas starb in ihrem Innern, und sie merkte, daß ihre eigene Seele verzehrt und zerrissen und aus ihrem Sein gebrochen wurde.

Alles wirst du haben, was dein Herz auch begehrt ... Eine gräßliche Stimme, so tief und grummelnd wie ein berstendes Gebirge ... *wenn du auf die Knie niederfällst und verehrst!*

NEIN!

Diese Stimme gehörte ihr, hatte sie gedrängt und genervt und sie immer wieder vorwärts getrieben. Sie kam aus dem innersten Zentrum ihres Selbst.

Wehr dich, kreischte die Stimme. *Kämpf gegen das verdammte Biest, sonst verlierst du sie!*

Die Kälte fraß an ihrem Innern, doch es war eine faulige Starre, kein magischer Hauch. Patsy erschauerte und fühlte, wie ihre Seele selbst zu Eis erstarrte.

Wehr dich gegen sie, du Närrin! Verleugne sie! Verleugne das Dunkel!

Ihr war, als würde sie in zwei Hälften gespalten. Immense Kräfte zerrten an ihr, wollten sie in die eine oder andere Richtung mitreißen. Ein fürchterlicher Schrei gellte ihr in den Ohren. Das schwarze Licht pulsierte, stieß sie willenlos hierhin, dorthin. Die Melodie der Sackpfeife schwoll an zu einem überschnappenden Crescendo. Ihre Kinder waren dort drin, sie konnte sie nicht sehen, und sie begehrte die Macht, die sie töten wollte.

Kämpfen muß du, dumme Ziege! Ihre eigene Seele verhöhnte sie. Der Schrei gehörte ihr und hallte vergebens zurück in den Tiefen der Finsternis, hörte und hörte nicht auf, und die Macht überwältigte sie. Schon hatte sie sich ihrem Zugriff unterworfen, war ihre Gefangene, und ihre Seele zerfiel in Scherben, die innere Kälte ließ sie zu schwarzem Eis erstarren, und sie ließ sich fallen, hinunter in den dunklen Brunnen, die grundlose Tiefe, für immer verloren.

27

Ein Donnergetöse brach los, so laut und nahe, daß ihr Trommelfell platzen wollte, und Patsy stürzte kopfüber in den dunklen Brunnen.

Ein blendender Blitz schmerzte ihr in den Augen, und sie schrie auf. Wieder krachte der Donner, und das Licht flakkerte zum zweiten Mal, und sie torkelte blind rückwärts. In ihren Ohren gellte ein Schrei und sie wußte nicht, war sie selbst es oder die Kinder oder etwas anderes. Schwerfällig stürzte sie und stieß mit der Hüfte gegen ein Hindernis. Ihr wurde schwarz vor Augen, doch der Schmerz im Becken ließ Patsy die Augen aufschlagen, und plötzlich war das Dunkel verschwunden. Der blendende Glanz war fahles Tageslicht gewesen. Der Schrei, aufstörend wie reißendes Metall, wollte und wollte nicht aufhören. Ein Gewicht rammte ihre Schulter, und sie wurde gewaltsam hochgezerrt. Sie wirbelte herum, tastete nach dem Gleichgewicht und kam auf die Füße.

Chris Deane hastete vorüber, dem schwarzen Möbelwagen entgegen, mit dem Revolver in Augenhöhe zielend. Hinter ihm wehte der bittere Geruch verbrannten Pulvers.

Die Scheinwerfer waren zerschossen, lagen in Scherben, und das Anti-Licht von vorhin völlig verschwunden. Stattdessen sickerte rötlicher Dampf aus den Einschußlöchern und verflog mit der trägen Brise. Das heulende, rhymthmische Schreien riß nicht ab.

Chris rannte weiter. Die Hexe war zur Tür des Transporters zurückgehumpelt. Wieder hob er die Waffe, folgte der Flatterbewegung des verschrumpelten, ausgetrockneten Wesens, das noch immer lebte und wie eine spindeldürre Grille zu hüpfen vermochte. Zwei bleiche Hände streckten sich vor, von froschähnlicher Farbe und Konsistenz, erfaßten die Greisin und zogen sie hoch. Jetzt glitt die Tür zu, und währenddessen glitten zwei dunkle Tentakel, körperlos wie Rauchschwaden und doch von bestürzender Macht, aus dem Seitenfenster, tasteten durch die Luft, waberten den Kindern entgegen. Peter und Judith standen reglos da, erstarrt wie Patsy vorhin im schwarzen Scheinwerferstrahl. Es war, als könnten sie alle den dunstigen Fangarm nicht sehen, der sich näherte.

Schon war Chris bei Peter, drängte an ihm vorbei und packte Judith beim Kragen. Einer der Tentakel hüpfte wie eine Schlange vor und peitschte nach ihm. Ein Schuß donnerte, und der Möbelwagen schwankte. Das Seitenfenster platzte mit einem Knall, und der wirbelnde Fangarm explodierte zu einem summenden Schwarm dunkler Fliegen, die zu Boden regneten wie stinkende Hagelkörner und zukkend auf der Straße lagen. Schon holte der andere Fangarm zum Schlag aus, und Patsy sah die einzelnen Insekten wie verrückt durcheinanderwirbeln, ausschwärmen und sich wieder zur festen Masse zusammenzuziehen. Chris schleifte Judith mit sich und feuerte wieder. Der Fangarm stolperte über sein eigenes Gewicht und fiel mit sonderbar lautem Aufprall zu Boden, wo Millionen schwarzer Insekten auseinanderstoben und hilflos auf dem Rücken lagen.

Patsy taumelte ihren Kindern entgegen. Ein Schrei aus dem Innern des Wagens durchschnitt die Luft wie eine Messerklinge. Chris sank auf ein Knie nieder, das Mädchen unter den Arm geklemmt, und die Waffe in seiner Hand donnerte los und spie Rauch. Der Vorderteil des Transporters dröhnte wie ein Gong, und faustgroße Löcher erschienen wie hingezaubert auf dem Kühler. Ekliger grüner Schleim zischte heraus und kondensierte in der Luft, tropfte auf den Asphalt, ließ ihn schmelzen und Blasen schlagen. Gestank nach Schwefel und geschmolzenem Teer schlug ihnen entgegen.

Wieder ging der Revolver los, und eine Ecke der Windschutzscheibe war zerklüftet wie ein Spinnennetz. Das Schreien erstarb. Chris brüllte, so laut er irgend konnte, doch Patsy verstand kein Wort. Sie stürzte auf Peter zu und stieß ihm beide Hände unter die Achseln, verschränkte die Finger zum festen Klammergriff und zog ihn rückwärts.

Funken sprühten vom Kühlergrill des Transporters, wo künstliche Flammen um gekrümmte kleine Gestalten loderten. Die Tür schlug mit solcher Wucht zu, daß die Federung ächzte. Im Innern ihres Schädels hörte Patsy wilden Protest, unverständliches Gestammel, unverkennbar haßerfülltes Keifen, doch sie ignorierte es.

Chris bewegte sich in der Hocke rückwärts wie ein Soldat im Sperrfeuer. Judith sank an seine Schulter, und er erhob sich mühsam.

Echte Flammen züngelten in den Einschußlöchern, denen rußiger Qualm entstieg. Unvermittelt heulte der Motor auf, was nicht anders klang als der verrückte Schrei, der vorhin abgebrochen war. Chris hechtete instinktiv zur Seite. Er ließ sich fallen und zog Judith mit sich. Der Möbelwagen machte einen Satz nach von, sprang vor wie ein schwarzer Keiler, wie ein verrückt gewordener Büffel. Reifen quietschten, zogen blasige Spuren und Gestank nach verbranntem Gummi nach sich. Patsy wollte einen Warnschrei ausstoßen, zu spät. Schon brüllte Peter los und wehrte sich gegen ihren Zugriff, als beide gegen das Geländer prallten. Der schwarze Transporter schien über der Straße zu schweben, als er auf Chris und Judith zuschoß. Chris wälzte sich herum, hielt Judith schützend im Griff; seine Hüfte knallte auf die rauhe Fahrbahn wie Patsy vorhin, als sie stürzte, aber wenn etwas gebrochen war, schien er sich nicht darum zu scheren. Er schleuderte herum, und die schwarzen Räder rasten nur Zentimeter vor seinen Augen vorüber.

Patsy sah, wie der Transporter auf Chris und ihre Tochter losging, sie glaubte schon das Reißen zu hören, wenn die Räder sie erfaßten und mit sich schleiften, den feuchten Klatscher, mit dem sie am Boden zerquetscht wurden. Sie stieß sich vom Geländer ab, immer noch Peter festhaltend. Er lag auf dem Boden und strampelte gegen den Rand. Sie zog ihn gerade hoch, als der Transporter vorbeischoß, und fürchtete schon, nur noch die blutige Spur zweier zerschmetterter Körper zu sehen.

Peter zeterte wie am Spieß und arbeitete sich frei. Chris lag mit dem Gesicht am Geländer, Judith neben sich, die sich mit beiden Armen an seinem Hals festhielt. Peter hüpfte mitten auf die Straße und zog die Schleuder aus der Tasche. Er hob die Gabel vor Augen, dehnte den Gummizug bis hinters Kinn zurück und ließ los. Ein weißer Stein, hell wie ein Stern, flog nach vorn und knallte an das getönte Seitenfenster an der Fahrerseite. Augenblicklich war es mit einem feinen Nebel von Rissen durchzogen, dann fiel es mit einem Seufzer nach innen.

Das bleiche, gespenstische Gesicht, das Patsy hinter der Scheibe gesehen hatte, tauchte kurz im Rahmen auf, dann zuckte es zurück wie vom Tageslicht gepeinigt. Nur flüchtig blickte Paul seinen Sohn an, mit nadeldünnen, kohlenglühenden Schweinsaugen, die aus dem blassen, aufgedunsenen Gesicht starrten, mit krankhafter Bosheit, orangefarben aufglimmend, bevor sie im Dunkel verschwanden. Peter bestückte seine Schleuder erneut und schoß, wobei er unverständliches Zeug brüllte. Was der Inhalt seiner Rede war, konnte sich Patsy erst Tage später zusammenreimen, und sie wunderte sich, woher er die Flüche gelernt haben mochte, die er seinem Geschoß hinterhersandte. Der schwarze Möbelwagen raste los, aber der Stein war schneller und flog direkt durch die Fensterhöhle.

Ein wutverzerrter Schmerzensschrei ließ die Luft erzittern, so schrill, daß er mehr zu fühlen als zu hören war. Inzwischen war Patsy selbst auf der Straße angelangt, raste hinüber zu den verschlungenen Gestalten, die am Rand gegenüber lagen. Sie warf sich über Judith, schrie ihren Namen, faßte nach ihr. Die dunklen Augen des Mädchens starrten blicklos ins Weite. Chris lag ans stählerne Gitter gelehnt, die Augen geschlossen, den Kopf seitwärts abgeknickt.

In ihrer Eile, Judith zu ergreifen, stürzte Patsy über ihn. Ihr Ellbogen rutschte ab und rammte ihn zwischen den Beinen. Chris richtete sich mit einem Ruck kerzengerade auf, als hätte er einen Stromschlag erhalten, und grunzte verblüfft. Dann sackte er wie leblos zusammen, und Judith rollte ihm aus den Armen. Patsy hielt sie fest.

»Herr im Himmel, Madam«, stöhnte Chris. »Was hab ich Ihnen denn getan? Wollen Sie mich umbringen?«

Sie wirbelte herum, stotterte nur und stürzte wieder auf ihn.

»Nicht wehtun, bitte«, flehte er. »Ich werde gleich ohnmächtig.«

Mit einem Arm faßte ihn Patsy unter und zog ihn an sich, selbst völlig verwirrt und in einem Mahlstrom widersprüchlicher Gefühle schwimmend. Dann drückte sie Judith und Chris an sich, bis ihre Schultern erlahmten.

Der schwarze Möbelwagen erklomm die Steigung am anderen Ende der Brücke und verschwand hinter der Hügelkuppe. Schwaden von Abgasen, die er ausstieß, verwehten in der warmen Brise. Peter stand noch immer mitten auf der Straße, die Beine gespreizt, und blickte dem Angreifer nach, bis er verschwunden war. Endlich gab er sich zufrieden und kam herüber, wo die anderen am Boden lagen.

»Volltreffer, Falkenauge!« lobte Chris mit zusammengebissenen Zähnen. »Verdammt guter Schuß!«

»Wär besser gewesen, wenn ich den Revolver gehabt hätte«, gab Peter so herablassend wie möglich zurück, obwohl sich seine Brust hob und senkte und er nach Luft japste wie ein Schlittenhund. »Den Ekeltypen hätte ich Saures gegeben!« Er warf Chris einen mitleidsvollen Blick zu. »Siehst aber gar nicht gut aus. Ist irgendwas nicht in Ordnung mit deiner Stimme?«

Jäh und ohne Vorwarnung mußte Chris losprusten, und kam aus dem Gelächter nicht mehr heraus. Es war der schmerzhafteste Lachkrampf seines Lebens.

»Sie kommen wieder«, stellte Chris fest. »So sicher wie das Amen in der Kirche.«

»Kann ich mir denken.« Patsy nickte. »Sie ist fast am Ende, beide sind es. Gilfeather hat recht behalten. Es ist der einzige Tag, der ihr bleibt. Sie welkt dahin, schlimmer noch als Judith. Es muß heute sein, oder sie wird in nichts zergehen, das weiß ich.«

Sie hatten den Wagen angelassen und ließen ihn die Brücke hinunterrollen, um aus der exponierten Kurve zu kommen. Patsy mußte mit aller Macht ins Steuer greifen, um die Spur zu halten. Der Wagen schlich dahin, die Felge schleifte über den Asphalt, und sie wußte, daß sie damit nicht weiterkamen. Am anderen Ende lenkte sie in eine Abzweigung und kam auf eine andere Straße, die nach dreihundert Metern Gefälle in eine weitere Überführung mündete. Über ihnen verknüpfte noch eine Brücke zwei aufeinandertreffende Strecken.

»Sind wir hier schon gewesen?« fragte Peter. Chris schüttelte den Kopf. »Je weiter wir kommen, desto komplizierter wird das Straßennetz. Hier kommen alle Verbindungen zusammen.«

Sie hatten den Campingherd wieder angefacht und gönnten sich ein Frühstück. Chris lehnte gegen den alten Rucksack und hatte den Hut tief in die Stirn gezogen.

»Laßt mich eine halbe Stunde schlafen, nicht mehr. Ohne eine Mütze voll Schlaf klappe ich über kurz oder lang zusammen!« Zwei Minuten später schnarchte er vernehmlich. Peter grinste erschöpft. Judith lag an Patsys Brust, und ihr Atem ging trocken und pfeifend, flach wie der eines Vogels.

Chris hatte unter dem schwarzen Regenbogen der Überführung gehangen, im Wind baumelnd, jeder Muskel vor Schmerz und Anspannung ächzend, während die Wunde an der Hand bedrohlich und wie irrsinnig pochte.

Unter ihm schlurften und stolperten die Schatten, krochen aus den Kadavern zerstörter Fahrzeuge, während das Licht des greulichen Mondes über dem Friedhof lag, in dunkle und geheime Tiefen sickerte, hier eine Bewegung, dort ein Flattern auslöste. Und dieser Geisterzug der krabbelnden, kriechenden Leichen bewegte sich dem fernen Glühen am Himmelsrand zu.

Komm zu uns, komm herunter, raspelten zundertrockene Stimmen.

»Nichts da«, gab er zurück. Der Verwesungsgeruch ballte sich zu einer Wolke zusammen. Knochen klirrten an Metall, kratzten über Glas. Direkt unter ihm beulte sich ein Karosserieteil unter dem Druck von innen nach außen und schnellte wieder zurück.

Kein Entrinnen, teilte ihm eine hohle Stimme mit, die aus den Tiefen schallte. *Jetzt gibt es kein Zurück mehr.*

Jemand weinte markerschütternd und anhaltend; es war das Schluchzen eines verzweifelten Mädchens. Jenseits davon, nicht weit von der Limousine, wo die Aktentasche stand, stöhnte etwas auf, und ein anderes kriechendes Wesen antwortete. Die Schatten waren nicht zu unterscheiden, mischten sich mit den scharfen Kanten der liegengebliebenen Wracks. Das gesamte Blechchaos schien in wimmelnder Bewegung.

Chris hatte sich am Seil emporgehangelt, bis die Armmuskeln ihren Dienst versagten. Er war schon halb oben, hing zwischen der Hölle über ihm und der Hölle unter ihm, während ringsum die toten Stimmen dahinschwebten und wimmerten, und die Horde fahrender Leichen ihre zerstörten Körper weiterschleppten. Er stützte sich mit den Füßen ab und winkelte die Knie an, bis er auf einer gefährlichen Schaukel zu sitzen schien. Mit einiger Anstrengung war es ihm gelungen, das kurze Ende des Sicherheitsseils an das Hauptseil zu knoten, durch den Gürtel zu ziehen und wieder anzubinden. Das dünne Seil schnitt ihm in Muskeln und Beine, aber wenigstens würde er nicht fallen. Was blieb ihm auch anderes übrig! Weiterklettern konnte er nicht, jedenfalls nicht, solange der verrückte Glotzmond am Himmel schwebte. Er wagte einen Blick hinunter und sah die nadeldünnen roten Augen blinken, immer wieder aus und an, während kleine, hermelinähnliche Wesen immer wieder aus dem Schatten hervorflitzten. Jetzt ahnte er, daß sie sich vom Aas nährten und den Leichenzug als Glücksfund betrachteten, daß sie moderndes Fleisch von den Knochen zurrten, während die Skelette blindlings weitermarschierten. Vor seinem geistigen Auge sah er, wie sie mit wurmhafter Geschwindigkeit, schneller als mit bloßem Auge erkennbar, den Regenmantel des blassen, kalten Mädchens zurückschlugen, ihr die kleinen Fänge ins weiße Fleisch bohrten und große Fetzen herausbissen. Diese Vorstellung quälte ihn eine ganze Weile, während er dort oben hing und auf den Monduntergang wartete.

Nach einer Weile ergriff die Müdigkeit von ihm Besitz, und obwohl er nicht schlafen konnte, nicht riskieren durfte, ein Auge zu schließen, brachte der Erschöpfungszustand dunkle Visionen mit sich, Bilder in der Nacht, in toten Winkeln lauernde Schatten. *Werden sowieso gegrillt wie die Kakerlaken. Laß uns den letzten Gang miteinander gehen.* Die harten kleinen Kiefer schabten aneinander, ließen die Worte knirschend hervorkommen, die Worte des Toten im Streifenwagen aussprechen. Das Bild des toten Mädchens verblaßte, und ein anderes tauchte im Dunkel unter der Brücke auf.

Wo bist du geblieben? Patsy Havelins vorwurfsvoller Blick bohrte sich ein. *Da warten wir und warten, und du bist gar nicht mehr zurückgekommen, und jetzt sind wir tot.*

Er schüttelte protestierend den Kopf.

Wir müssen jetzt auch mitgehen, und schuld bist nur du. Ihr Gesicht schwebte vor ihm, und er erkannte den matten Schimmer des Todes im Weiß ihrer Augen; die kleinen abgesackten Stellen um die Augenwinkel zeugten von beginnender Verwesung.

»Nein, ich konnte nur nicht mehr klettern!« protestierte er, und Patsy schrie ihn an, den Mund so weit aufklaffend, daß ein tiefes Loch gähnte, ihn verschlingend, und er stürzte hinein.

Das Sicherheitsseil ruckte und ließ ihn hochschrecken, holte ihn aus dem Traum, und er wurde wach. Das Gesicht war fort, doch der Schrei blieb ihm noch lange im Ohr. Er wurde den Verdacht nicht los, daß Patsy Havelin und den Kindern etwas zugestoßen war. Unter ihm wurden die Schatten tiefer, während der Mond allmählich dem Horizont entgegensank, und jenseits der Himmel die ersten violetten Striemen des exotischen Morgengrauens zeigte.

Er löste das obere Ende der Sicherung und fing an, wieder zu klettern, zentimeterweise, immer höher und höher. In den Abgründen unter ihm wurde das Rascheln und Knacken und Klingen von Knochen auf Metall allmählich leiser. Gerade, als der verrückte Mond über den Himmelsrand entschwand, kam der Brückenrand in Sicht. Ein ekelhafter Verwesungsgestank waberte aufwärts, und dann verstummte die Welt der Toten dort unten gänzlich. Er kletterte noch ein paar Meter, und schließlich steckte er den Kopf durch die Membrane und in das Licht eines fremden Tages. Mit großer Anstrengung, den Muskelkrampf ignorierend, arbeitete er sich weiter, bis der Körper sich ganz aus der anderen Welt löste. Dann tastete er keuchend nach dem Beton, bekam schließlich das Geländer zu fassen, stemmte sich am Gitter empor, ließ sich über den Rand fallen und stürzte auf die steinige Fläche. Er rollte zur Seite, und fast schwanden ihm die Sinne vor Erschöpfung, bis er tief Luft holte und erstarrte.

Patsy Havelin stand eingehüllt in neblige Schwärze, die aus den Scheinwerfern des schwarzen Möbelwagens zu kriechen schien. Für Sekunden zerrann alles vor seinen Augen, und der Transporter *verwandelte* sich in etwas anderes, die Konturen dehnten und krümmten sich, und was daraus entstand, war nicht Blech und Maschine, sondern untersetzt und schnaufend und bebend wie etwas Lebendiges. Er blinzelte, und es war wieder ein schwarzglänzendes Fahrzeug, dessen dunkler Doppelstrahl nach der Frau tastete, während vor ihr, nahe bei der Seitentür, eine gebückte und zerlumpte Gestalt den Kindern entgegenhumpelte. Er rappelte sich auf, zog den Revolver aus dem Holster und schleppte sich zur Straßenmitte, dem Kreis der Finsternis entgegen. Plötzlich, im gräßlichen Bann der Strahlung, fielen die Temperaturen weit unter null, und eine Gänsehaut überzog seine Schultern.

Chris stürzte nach vorn, hob den Revolver, während er neben Patsy trat, und zielte auf die Vorderlampe. Er drückte den Abzug durch und spürte die Waffe in der Hand zucken. Patsy taumelte aus dem Dunkel hervor. Wieder löste sich ein Schuß mit Getöse, und ein gräßlicher Schrei zerriß die Luft. Glas splitterte, und die schwarzen Lichter hörten auf zu existieren. Etwas traf Chris an der Schulter.

Er fuhr hoch, mit einem Ruck wieder wach geworden. Patsy stupste ihn freundlich.

»Deine Stunde ist um«, erklärte sie. »Siehst aus, als konntest du sie brauchen. Ich hab dir etwas Kaffee gekocht, aber es ist der letzte.«

Sie reichte ihm den heißen Becher und er trank. Dann rieb er sich die Augen mit den Knöcheln, und schüttelte den Traum ab, und reckte sich, daß der Rücken knackte.

»Du hast geschnarcht«, ließ Peter ihn wissen. »Richtig laut!« Patsy gab dem Jungen einen zärtlichen Stüber.

»Danke für die Blumen, Henry Kissinger«, gab Chris zurück.

»Wer?«

»Ist egal. Der war diplomatischer als du.« Er nahm einen tiefen Schluck, der ihm den Gaumen verbrannte, freute sich an der Wirklichkeit, selbst wenn es eine so verdrehte und schreckliche Wirklichkeit wie die der Straße war. Über ihnen wirbelten fleckige Wolken im Kreis, als bereite sich ein ungeheurer Sturm vor.

»Sie werden zurückkommen«, bekräftigte Chris. »So sicher wie das Amen in der Kirche.«

Patsy nickte. Sie deutete auf die Seite des Wagens, wo

die Felge im Straßenstaub lag. »Damit kommen wir nicht weit.«

»Und wir müssen fort von hier, weg von der großen Kreuzung. Es sei denn, du willst warten.«

»Wir können nicht warten. Wenn wir hier warten, kriegen sie uns, und das kann ich nicht zulassen. Wir müssen weiter, nur daß wir zu Fuß nicht schnell genug sind.«

»Und auf offener Straße erwischt werden. Ich denke, wir haben nur eine Chance, aber eine Garantie gibt es nicht. Wir müssen Reifen finden, und das schnell. Kannst du klettern?«

28

Peter verschwand. Eine kalte Hand faßte nach Patsys Herz und drückte zu. Ein Spalt tat sich in ihrem Innern auf, eine Leere, wo sie ihren Sohn wahrgenommen hatte, wo er hingehörte, aber jetzt war alles leer wie der Raum zwischen den Milchstraßen. Peter war durch die Membrane unter dem Brückenbogen gelangt und im Handumdrehen ihrer mütterlichen Fürsorge entzogen. Der Schmerz des Verlustgefühls erschütterte die Tiefen ihrer Seele.

»Bring ihn zurück«, befahl sie Chris in gedämpftem Ton. »Jetzt *sofort!*«

Sie hatten den Wagen ausgeleert. Der Rucksack, den Chris mit sich führte, die kleine Picknick-Box, das Spraygerät und der Benzinkanister lagen aufgetürmt am Geländer.

»Vielleicht haben wir Glück«, hatte Chris erklärt, »aber

wenn ich mich hinunterlasse, ist es eine Einbahnstraße. Ich schaff's nie mehr nach oben.«

»Ich werde gehen«, bot sie an, doch er hatte den Kopf geschüttelt.

»Zu schwer für mich, dich mit dieser Hand zurückzuziehen«, gab er zurück und hatte entschuldigend die Achseln gehoben. »Leicht fällt's mir nicht, aber du wirst Falkenauge schicken müssen.«

Patsy schreckte schon vor dem Gedanken zurück, aber Chris drängte sie nicht. Er hatte bloß dagestanden, die Ellbogen aufs Geländer gestützt und ins Zwielicht gestarrt. Von unten war kein Laut zu hören. Über ihnen türmten sich Sturmwolken, als ob dort Riesen würfelten, der Himmel wurde düster und lud sich mit elektrischer Spannung auf. Sie spürte es bis in die Nackenhaare.

Der Namenlose Tag. Das war hier und jetzt. Sie erinnerte sich an die Schwärze des Anti-Lichts, das der Möbelwagen verströmte, und die plötzliche unerklärliche Begierde, den Riß in ihrer eigenen Seele. Diesem Risiko durfte sie sich nicht mehr aussetzen. Sie würde scheitern und sie alle ins Unglück stürzen.

Chris wartete wortlos ab, sah, wie sich die widersprüchlichsten Gefühle auf ihrem Gesicht abzeichneten. Ihnen blieb keine andere Wahl. Beide wußten es. Höchstens konnten sie versuchen, davonzulaufen, den Wettlauf mit der Zeit zu Fuß anzutreten. Zehn Minuten später wurde Peter ans Seil geknotet und saß auf dem Rand.

»Ist doch bloß wie Bungee-Jumping«, grinste er.

»Aber viel langsamer, und du kommst nicht weit«, erklärte Chris. Er hatte einen wolligen Lumpen um die verletzte Hand gewickelt, der ihm erlaubte, das Seil beidhändig zu greifen. Peter straffte sich und stützte das Bein am

Mauervorsprung ab. Er beugte sich zurück, holte aus und hing in der Tiefe. Dort hob er die Hand, den Daumen nach oben gespreizt, und lächelte ihnen aufgeregt zu. Chris ließ ihn sechs, vielleicht sieben Meter tiefer. Peter blickte auf, wartete auf das Signal, dann zog er die kleine Pistole aus dem Holster. Er umklammerte sie mit beiden Händen, und Chris seilte ihn umstandslos aus ihrer lebendigen Wirklichkeit ab.

»Bring ihn zurück!« kommandierte Patsy, mit vor Panik fast überschnappender Stimme. Das Seil spannte sich. Chris löste eine Schlaufe vom Geländer, wartete noch zehn Sekunden, dann zog er Hand über Faust das Seil hoch. Peter schlüpfte zurück ins Leben, und die Leere in Patsy füllte sich mit einem gewaltsamen, heißen *Ruck*.

»Alles in Ordnung«, schrie Peter ihnen zu. »Ein paar Wagen stehen am Rand, aber nicht auf der Straße.«

Sein Gesicht war vor Spannung gerötet, aber er zeigte fiebernde Begeisterung. Er war ins Unbekannte vorgedrungen, und es war wie eine Expedition in fremde Welten. Chris zog ihn rasch hoch, Patsy half ihm über die Brüstung.

»Sonst tut sich nichts?«

Peter schüttelte den Kopf. »Auf einer Seite stehen große Bäume, die sich noch kilometerweit hinziehen. Andere Brücken als die hier hab ich nicht gesehen.«

»Welche Zeit herrscht dort? Erinnere dich, was ich von den Schatten erzählt habe.«

»Sie gehen in die Richtung«, japste Peter, noch immer atemlos. Er deutete auf die Gegenseite der Stelle, wo die Sonne aufging. Die Zeit mochte wechseln auf den verschiedenen Ebenen, doch die Richtungen schienen immer dieselben. Die riesige Straßenkonfiguration der Verkehrskreuzung lag immer vor ihnen, wo auch das Glühen am Nachthimmel pulsierte. Alle Straßen führten irgendwann dorthin.

»Waren sie lang?«

Peter nickte, und Chris mußte grinsen. Er hieb dem Jungen derb auf die Schulter, wie unter Kameraden üblich, und Peter strahlte. Patsy schluckte die Panik hinunter, die sie vorhin durchlitten hatte, und lächelte ebenfalls. Peter wollte in allem Chris Deane nacheifern. Sie lächelte noch breiter. Angesichts dessen, was Chris für sie getan hatte, welches Risiko er eingegangen war, als er sich ins Dunkel der anderen Straße abseilte, hätte sie nicht das mindeste einzuwenden, wenn ihr Junge eines Tages so würde wie der Fremde vom Straßenrand, der inzwischen ihr Freund war.

»Gut gemacht, Falkenauge.« Chris wandte sich Patsy zu. »Da unten muß es früh am Morgen sein, und die Straße ist frei. Wenn wir ein guterhaltenes Fahrzeug finden, könnte ich den Zünder kurzschließen. Und mit ein bißchen Glück, oder *mit viel Glück*, kommen wir gerade noch mal davon, bevor sie uns wieder aufspüren.«

Sie entschieden sich an Ort und Stelle. Patsy war die erste, die über den Rand glitt. Namenlose Trauer durchzuckte sie, als sie Chris nicht mehr über sich sah. Das Schwindelgefühl beim Wechsel vom *Jetzt* zum *Dann* und das Elend, als sie den geistigen Kontakt mit ihren Kindern verlor, überschwemmten sie mit schwärzester Melancholie. Eine kühle, klamme Brise faßte nach ihren Jeans und ließ sie sanft am Seil schaukeln, als sie tiefer sank. Diese Brücke war nicht so hoch wie die andere, nur die schmale Überführung einer zweispurigen Landstraße. Sie blickte auf und sah Chris und Peter nicht am Mauervorsprung. Das Geländer war leer, und das Ende des Seils endete mitten in der Luft. Purpurne Wolken eilten durch den Himmel. Auch hier schien sich ein Unwetter anzukündigen. Drüben im Osten stieg die scheußliche, fleckige Sonne empor.

Patsy winkelte die Knie an, bevor sie aufsetzte, und kam mit einem sanften Stoß am Boden an. Hier unten war der Eindruck der Leere, des endgültigen Abgeschnittenseins von ihren Lieben fast noch stärker. Ohne zu zögern streifte sie die Schlaufe ab und zog heftig am Seil. Augenblicklich wurde es weggezogen und entglitt ihr, immer kürzer werdend, je höher es ruckte. Sie nahm den Revolver, den er ihr überlassen hatte, in beide Hände und blickte dem Seil nach, das sich unterhalb der Brücke in Luft auflöste. In diesem Moment war sie ganz allein auf sich gestellt, vollkommen einsam.

Es traf sie wie ein Stromstoß. Hier, in dieser Welt und auf dieser Zeitebene, hatte sie keine Verbindung mehr mit anderen menschlichen Wesen. Peter und Judith schienen hier noch nicht zu existieren. Sie waren kein Teil mehr von ihr. Die innere Lücke klaffte riesig, unendlich auf. Sie schloß die Augen und versuchte, den Eindruck des Verlassenseins zu verscheuchen, die Angst, ausgesetzt worden zu sein. Ihre Nerven verspannten sich vor Angst, und alles drehte sich. Rasch setzte sie sich, befühlte die Straßendekke mit beiden Händen, spürte den Wind auf der Haut, nahm Benzinduft und Abgase wahr. Ein fernes Dröhnen ließ darauf schließen, daß der Knotenpunkt noch immer vor ihnen lag. Ihr neuer sechster Sinn argwöhnte wachsam nach allen Seiten, tastete nach einem Kontakt. Nichts antwortete. Patsy knirschte mit den Zähnen und verbiß sich unerwünschte Tränen.

Und dann flutschte Judith in ihre Welt.

Ihr war, als träfe sie ein Hitzestrom. Patsy hatte dagesessen, mit gesenkten Haupt, und sich alle Mühe gegeben, nicht durchzudrehen, und plötzlich hing Judith über ihr, in die Decke gewickelt wie ein Baby in Windeln. Reine Freude erblühte in ihrem Herzen, und sie bog den Rücken durch, als die Tochter zu ihr hinabglitt. Patsy erhob sich und breitete die Arme aus, mußte Judith berühren, um zu glauben, daß es wahr ist. Sekunden später lag sie an ihrer Brust. Jetzt rannen ihr die unerwünschten Tränen über die Wangen, und sie vermochte nicht, sie länger zurückzuhalten.

Patsy mußte das Seil aus der Schlinge aufknoten. Sie zog daran und spürte die Antwort vom anderen, unsichtbaren Ende. Als nächstes erschien Peter in der Luft, und sie fühlte heiße mütterliche Liebe zu ihm. Schaukelnd ließ er sich herab, gab dem Seil absichtlich Schwung und landete sanft auf den Füßen. Dann stieg er aus dem Schlaufe und signalisierte seine Ankunft nach oben. Kurze darauf schlug er das Reiseplaid auseinander, das ihre Habseligkeiten enthielt. Chris glitt am Tau herab, löste die Schlaufe und zerrte dann heftig am Seil, das vollständig vom Himmel fiel und zu seinen Füßen landete.

»Das ist ja reine Zauberei«, staunte Peter. »Wie machst du das?«

»Alter Bergsteigertrick. Hab ich von einem alten Bergsteiger gelernt, und von denen gibt's hier kaum noch welche!«

Chris blinzelte ihm zu, nahm den zerbeulten Hut ab und setzte ihn Peter auf. Der Junge sah aus, als wollte er platzen vor Stolz.

»Wo entlang?« fragte Patsy, obwohl sie sich die Antwort denken konnte. Es gab nur eine Richtung, egal, welchen

Weg sie einschlugen. Immer würden sie am Ende das Verkehrskreuz in der nebligen Ferne ansteuern. Sie zuckte die Achseln. Chris hievte sich den Rucksack auf die Schultern, Peter trug den Gaskocher. Patsy nahm Judith auf den Arm, die fast gar nichts mehr wog. Im auflebenden Wind hätte sie weggeweht werden können. So machten sie sich auf den Weg über die schmale Straße, die Sonne zu ihrer Linken, das Verkehrskreuz im Dunst vor sich. Die Straße führte einigermaßen gerade durch eine Moräne aus riesigen, gezackten Felsklüften. Auf der gegenüberliegenden Seite drängte dichtbelaubter Wald bis an den Seitenstreifen heran, kaum zurückgehalten von einem niedrigen Feldzaun.

Kleine Wagenknäuel zu zweit oder zu dritt, ein verwitterter Lastwagen und ein vorsintflutlicher Käfer lagen am Rand verstreut. Die kleine Gruppe marschierte weiter, während die Sonne höher kletterte, eine blasse, kränkliche Scheibe, übersät mit dunklen, hervorgewälzten Flecken.

Eine Stunde später, als dieselbe Sonne den Zenit erreicht hatte, fuhren sie wieder, diesmal in einem großen Jeep mit Allrad-Antrieb und einer beeindruckenden Peitschenantenne, die am Heck wie eine Gerte schwankte. Der Wagen war eingedellt und schartig und hatte bessere Tage gesehen, doch der Motor war nach kurzem Stottern und Spotzen in Gang gekommen. Der Jeep war das fünfte verlassene Vehikel, bei dem sie es probierten, und das erste, das angesprungen war. Der Fahrer oder irgendwelche Passagiere ließen sich nicht blicken, wofür sie im stillen dankbar waren.

»Das mußt du mir auch irgendwann beibringen«, bat Patsy Chris.

»Die Zündung kurzschließen? Das hab ich vorher auch bloß im Kino gesehen!«

Sie blickte ihn an und sah, daß er log. Ohne nachzudenken, gab sie ihm einen freundschaftlichen Klaps auf die Brust, wie eine Frau, die mit einem Mann schon lange auf vertraulichem Fuß ist. Drei, vier Kilometer weiter merkte sie, was sie getan hatte, und wurde ganz rot dabei. Aus den Augenwinkeln sah sie, daß er stillvergnügt lächelte.

Die felsige Gegend im Osten wurde von ebener, wenig abwechslungsreicher Landschaft abgelöst, die erst mit dichtem Gestrüpp überwuchert und später dichter bewaldet war. Patsy fühlte sich an das Sumpfland erinnert, wo sie Peter beinahe verloren hatte. Chris dachte an den Dschungel an der Grenze nach Guatemala, wo er auf einem Pfad losgezogen war, der eine Fahrspur wurde und in einer endlosen Autobahn mündete. Der Jeep rumpelte auf seinen schweren Reifen weiter. Unter den Bäumen lagen Schatten, tief und unergründlich; Patsy sah nicht hin und konzentrierte sich auf die Straße. Wie zuvor fühlte sie sich von unsichtbaren Spähern überwacht. Was immer sich dort regte, sie wollte es lieber nicht zu Gesicht kriegen.

Sie erreichten eine Anhöhe, wo die Bäume so dicht standen, daß sie sich zu einem grünen Triumphbogen über der Straße zusammenschlossen. Auf der anderen Seite des Hügels hörte der Wald ganz auf, und statt dessen ragte eine hohe Steinmauer empor.

Vor ihnen verlief die Strecke geradeaus, wurde zum Abhang hin immer breiter und führte direkt nach Süden. Sie verlor sich in einem riesigen Gewirr von Fahrspuren. Patsy trat auf die Bremse, und der Wagen kam mitten auf der Straße zum Stehen. Da saßen sie zu viert, starrten wortlos nach vorn, wie vor den Kopf geschlagen angesichts des Verkehrsknotenpunkts.

Seit Tagen hatte Patsy das Netzwerk von fern sehen können, in Dunst oder Frühnebel. Immer war es da gewesen, ein unübersichtliches Chaos von Schleifen und Bögen, und hatte sie endlich zu sich gelockt.

Keiner von ihnen war vorbereitet auf das schiere Ausmaß dieser Kreuzung. Von ihrem Aussichtspunkt auf der Hügelkuppe überblickten sie ein Geflecht zahlreicher paralleler oder ineinanderführender Autobahnen, wie ein Bilderrätsel, das sich bis in die Unendlichkeit erstreckte. Die Straße, auf der sie unterwegs waren, führte in mehreren Kurven über die Ebene, zielte aber in Richtung des Stahlbeton-Komplexes. Hier auf der Höhe war die Luft noch einigermaßen klar, wenn auch mit Öl- und Kohlenmonoxydgerüchen überlagert. Am Knotenpunkt selbst, über den breiten Serpentinen, Überführungen und Tunneln, ballten sich Abgase zu Wolken. Selbst im Tageslicht flackerte es rötlich, wie von innen erleuchtet. Das Summen des unsichtbaren Verkehrs war hier zum Dröhnen eines riesigen Bienenstocks geworden. Nicht zu verkennen war auch der Sog, der vom Verkehrskreuz ausging.

»Der Anblick gefällt mir gar nicht«, bemerkte Chris schließlich.

»Mir auch nicht. Haben wir eine andere Wahl?«

Er schüttelte den Kopf. »Es sei denn, wir bleiben für immer hier.«

»Wäre vielleicht besser, als sich dort hineinzuwagen«, murmelte sie, aber sie wußte, daß es kein Halten mehr gab. Schon jetzt richteten sich bei ihr die Nackenhaare auf, und sie wußte, daß Kerron Vaunche ihr wieder dicht auf den Fersen war. Patsy löste die Handbremse, und sie rollten langsam den Abhang hinunter. Niemand sagte ein Wort, als sie die Ebene durchquerten, mit jedem Drehen der Räder dem Knotenpunkt näherkommend. Die Straße beschrieb eine flache Kurve und überquerte eine sanfte Anhöhe, und dann waren sie da.

Ein Schauer überlief Patsy, als sie den Jeep über eine hohe Kastenbrücke lenkte, die eine vielspurige Autobahn überquerte. Der Verkehrslärm war hier heftiger, die Luft war zum Schneiden dick und vergiftet. Sie ließen die Brükke hinter sich, fuhren in Spiralen auf eine höhere Ebene, nahmen links eine Abzweigung, die zu einer Durchfahrt führte, und dann waren sie auf einer flachen, geraden Straße, die eine ganze Serie von Nebenstrecken überquerte. Binnen weniger Minuten hatten sie die Orientierung vollkommen verloren.

Große Betonsäulen trugen Fahrbahnen auf verschiedenen Niveaus und flackerten vorüber, als sie weiterfuhren. Hier und da lagen die verbeulten Reste eines Unfallwagens am Pfeiler oder ein bröckliger Rosthaufen auf der Bremsspur.

»Es *ist* wie in *Termight*«, flüsterte Peter voller Staunen. »Das geht ja endlos weiter!«

»Könntest recht haben, Junge«, gab Chris zurück. Er richtete sich auf, faßte mit beiden Händen den Sicherheitsgurt und blickte sich um. Hier waren sie völlig ungeschützt, obwohl ihnen die Pfeiler und Brückenbögen das trügerische Gefühl von Sicherheit verliehen. Sie sahen nicht, wohin sie unterwegs waren, weil jede Strecke abknickte oder Kurven beschrieb, in Serpentinen auf andere Ebenen hinaufführte oder in unvorhergesehene Tunnel abtauchte. Alles konnte sie hier überraschen, und das ließ ihm keine Ruhe. Patsy fuhr weiter, hielt sich klugerweise auf der Mittelspur und schaltete herunter, um noch langsamer zu werden. Chris bekam ihre Anspannung mit, und er wünschte, es gebe eine Möglichkeit, von diesem verwunschenen Ort wegzukommen. Das Gefühl, daß hier etwas nicht stimmte, war mit Händen zu greifen.

Eine Stunde, nachdem sie ins Gewirr der Kreuzung geraten waren, kamen sie auf eine riesige Überführung, die sich in steiler Kurve über einem Straßenknäuel erhob. Wenigstens kamen sie hier aus dem bläulichen Nebel heraus in klare Luft. Auf dem Scheitelpunkt bremste Patsy ab und blieb dicht am Rand stehen. Vom Innern des Jeeps konnten sie kaum erkennen, was jenseits des Geländers lag, und die Verkehrsgeräusche drangen nur gedämpft herein. Sie stellte den Motor ab und öffnete die Tür. Chris stieg auf der anderen Seite aus, und Peter machte Anstalten, ihm zu folgen. Judith lag hinten und atmete flach. Ihre Augen waren leer, die Haut ringsum wirkte brüchig und verkrustet. Patsy verbot Peter, auszusteigen und gestattete keine Widerrede. Sie und Chris beugten sich über das brusthohe Schutzmauer. Der Lärm traf sie wie ein Keulenschlag. Patsy blieb der Mund offen stehen.

Unter ihnen lag, alle Fahrspuren füllend, der größte Stau, den sie je im Leben gesehen hatten. PKWs, Lieferwagen, Lastzüge mit doppelten Anhängern schoben sich auf jeder Handbreit Fahrbahn voreinander her. Die vierblättrige Kleeblattkreuzung direkt unter ihnen wimmelte vom Verkehr wie eine von Blattläusen behaftete Pflanze. Der kombinierte Lärm der Motoren lag wie Donner in der Luft, dichte Abgasschwaden verhüllten die gesamte Ebene und tauchten alles in einen graublauen Schatten. Ein heißer Aufwind schraubte sich von abertausend Motorhauben nach oben, der den Gestank von Kohlenmonoxyden und Schwermetallen mit sich trug, von flüssigem Teer und verfaultem Fleisch.

Patsy war seit sechs Tagen auf der Straße und hatte Erlebnisse hinter sich, die ihre schlimmsten Alpträume übertrafen. Doch irgendwie war der Anblick all dieser Fahrzeuge, deren jedes ein und derselben Route folgte, erschrekkender als alles andere. Es raubte ihr den Atem. Chris stützte die Ellbogen auf die Brüstung und nahm die Szenerie in Augenschein. Sein Mund war zu einem dünnen Strich geworden.

»Wo wollen die alle hin?« fragte Patsy schließlich zaghaft.

Chris holte sein kleines Teleskop hervor und legte es ans Auge. Sie sah, wie er es schwenkte, der Verkehrsführung folgend: eine Schleife bergauf und eine hinunter, unter einen Brückenbogen und über eine Unterführung. Schließlich hielt er inne.

»Was ist es?«

Er reichte ihr das Fernrohr und stellte sich dicht neben sie, um hinunterzuzeigen, zwischen zwei Pfeiler in einiger Entfernung. Dort lagen dichte Staubwolken über der Straße und verdunkelten die endlose Wagenkolonne. Heiße Luft wehte sie auseinander. In diesem Moment hob Patsy das Rohr. Für Sekunden teilte sich der blaue Nebel, und die fettigen Rauchschwaden blieben ihr in der Kehle stecken. Dann hob sich die Wolke, und sie sah den Tunnel.

»O mein *Gott*!« Es kam nur als stotterndes Flüstern heraus.

Da unten lag, im Fernglas vergrößert, was keiner Vergrößerung bedurfte – eine riesige Pforte. Sie schien tief ins Innere der Erde zu führen, unter das Chaos der Straßen. Patsy drehte die Einstellung schärfer und bewegte das Rohr nach links und rechts. Die Höhlung gähnte wie ein offenes Maul, wie der Schlund eines Beutetiers. Sie mußte riesig sein, breit genug, um zehn, fünfzehn, vielleicht gar zwanzig Spuren aufzunehmen. Das ließ sich von hier schwer sagen, weil der Blick durch dic Schleifen nähergelegener Verkehrskreuze behindert wurde; was sie erkennen konnte, waren zwei Säulen, die zwei breite Autobahnen teilten. Die Säulen war weiß und verjüngten sich nach oben wie kolossale Stoßzähne. Beide Autobahnen waren mit Fahrzeugen vollgestopft, Stoßstange an Stoßstange, Kotflügel dicht neben Kotflügel. Selbst aus der Entfernung rollte das Brummen der Motoren wie ein gewaltiger Donner herüber. Patsy konnte den Blick nicht abwenden. Sie sah, daß die Zufahrtsstraßen nicht, wie bei jedem von Menschen errichteten Tunnel, in Einfädelspuren ausliefen und vereinigt wurden. Hier sah es so aus, als würden die Wagen in ein riesiges Loch geleitet, vom größten Tunnel des Kosmos verschlungen.

Vorsichtig drehte sie das Teleskop, machte hier einen Lastwagen aus, dort einen Straßenkreuzer. Eine große schwarze Kutsche, von Tieren gezogen, die einst Pferde sein mochten, doch im Nebel alles mögliche sein konnten, wartete hinter einem Reisebus. Während sie noch hinschaute, kam der Bus ein paar Meter vorwärts, und die Kalesche, ein großer hölzerner Vogel, rückte nach. Diese Bewegung löste eine weitere aus, und Patsy sah den schwarzen Lieferwagen weiterfahren. Neben ihm setzte sich eine flache Zyl-Limousine in Marsch und schmiegte die verchromte Stoßstange eng an die Heckklappe eines Wohnmobils.

Die Autos bewegten sich also, krochen allmählich voran, wenn auch nur zentimeterweise, immer näher dem gespenstischen Tunnel entgegen. Was sie für stehenden Verkehr gehalten hatte, war nur eine Warteschlange, die dem gähnenden Schlund in der Ferne zustrebte.

»Dahin führen all diese Straßen«, murmelte Chris.

Patsy hörte nicht zu. Ihre ganze Aufmerksamkeit war auf das klaffende Loch gerichtet, das Autos und Lieferwagen zu Hunderten, zu Tausenden schluckte und ihren Rauch ausspie, der den Eingang umnebelte. Nur hin und wieder lüftete eine Brise den Wolkenvorhang, und sie konnte die rote Glut erkennen. Sie wurde von den Säulen zurückgeworfen, verwandelte sie in blutige Zähne. Es war wie die schwellende Helligkeit eines gut ziehenden Herdes, angefacht von einem riesigen, der Legende entstammenden Unhold. Wenn sich die schwarzen Wolken teilten, wurde in Windschutzscheiben und Seitenspiegeln auf der ganzen Kleeblattkreuzung der rote Schimmer zurückgeworfen und streute funkelnde Lichtpunkte bis in den Himmel, wo sich die von Hitze hochgetriebenen Wolken ballten und rot aufglühten.

Tief unten im Tunnel wurde der röhrende Lärm des Stop-and-go-Verkehrs von rhythmischem Stampfen durchbrochen, das den Beton unter ihren Füßen erzittern ließ; ein tiefes, machtvolles Geräusch, das dennoch kaum hörbar war und sich nur als pulsierende Vibration mitteilte. Er war wie das Hämmern einer kolossalen Dampframme gegen weißglühenden Stahl, in der unterirdischen Geisterschmiede, wie das Pochen eines monströsen Herzens.

»Ich habe also immer richtig gelegen«, sinnierte Chris wie traumverloren, »alle Straßen führen direkt in die Hölle.«

»Ich werde nicht dorthin gehen«, stellte Patsy klar. Eine gräßliche Angst brodelte in ihr, bekannt aus dem Alpdruck im tiefsten Tiefschlaf, wenn der Träumer vor unsichtbaren Bestien davonläuft, die ihn fauchend und speichelnd verfolgen, und er kurz vor der Schwelle des Erwachens merkt, mit grausamer Gewißheit, daß er es nicht schafft, daß die Monster ihn fangen, mit Krallen und Zähnen zerstückeln werden. Das war die Bedrohung, die sie im tiefsten Inneren fühlte, mit einer einzigen Ausnahme: Patsy wußte, daß sie nicht schlief, daß es aus dieser Hölle kein Erwachen gab.

»Ich gehe *nicht* dort hinunter!« bekräftigte sie und schüttelte heftig den Kopf. Vom Wagen aus beobachteten Peter und Judith ihre Geste und ahnten, daß es nichts Gutes bedeutete.

»Jetzt weißt du, weshalb ich dauernd zu Fuß unterwegs war«, erinnerte Chris mit gespielter Leichtigkeit, obwohl auch ihn der Anblick des fahrzeugverschlingenden Mauls erschüttert hatte. »Wenn schon dorthin, dann je später, desto lieber.«

Auch Patsy verspürte den gräßlichen *Sog*, der von dem roten, pulsierenden Brunnenschacht ausging. Er zerrte an ihr, wollte sie in seine Nähe ziehen. Entsetzt und fasziniert hob sie das Teleskop wieder ans Auge und folgte behutsam der Fahrspur, die in nächster Nähe verlief, wo der Verkehr um eine Steilkurve unter der Überführung kroch, um anschließend tunnelwärts bergab zu fahren. Getrennt davon bewegte sich etwas, das ihre Aufmerksamkeit ablenkte. Ihr blieb die Luft weg, und sie erstarrte. Chris hörte sie schnaufen und wartete einen Moment ab.

»Was ist es?«

Patsy erwiderte nichts. Sie wich von der Mauer zurück und gab ihm das Fernrohr. Er spähte hinunter. Jetzt straffte er sich, und sie wußte, daß er die schreckliche Prozession der Fußgänger auf dem engen Bürgersteig bemerkt hatte.

Es waren Hunderte, sogar Tausende, allesamt im Gänsemarsch auf einer kleinen eingezäunten Rampe unterwegs, wie bemitleidenswerte Sklaven schlurfend. Selbst auf die

Entfernung war zu erkennen, daß manche von ihnen humpelten, andere schlichen und wieder andere auf allen vieren krochen. Schlimmer noch waren die Lappen, die sie am Leib trugen, die zerfetzten Lumpen, die in der heißen Luft wehten. Ihr stand das Herz beinahe still, als sie feststellte, daß manche der flatternden Fetzen keineswegs aus Stoff waren, sondern Streifen getrockneter und abgeschälter Haut, und dann wurde klar, daß die Menschenschlange nicht aus lebenden Wesen bestand, sondern aus verdorrten und verfaulenden Kadavern. Sie ähnelten denen, die sie aus verunglückten Wagen am Straßenrand kannte, und sie bewegen sich ruckartig wie Marionetten, getrieben nur von der überwältigenden Anziehungskraft des Tunnels.

In diesem Augenblick wußte sie, daß Chris Deanes Instinkt nicht trog, und daß auch sie sich nicht irrte. Sie würde nicht dort hinunter gehen, sich nicht der höllischen Prozession anschließen, die den glühenden Tiefen zustrebte. Sie würde ihre Kinder nicht in den scheußlich pulsierenden Tunnel bringen. Eine Gänsehaut überzog sie, wenn sie daran dachte, was dort hauste und den apokalyptischen Hammer schwang, unter dem ringsum alles vibrierte, oder ein Herz hatte, dessen Schläge Erdstößen gleichkamen.

»Beelzebub«, flüsterte sie durch halbgeschlossene Lippen. *»Erlkönig. Fliegengott.«*

In einem Augenblick gräßlicher Klarheit glaubte sie alles, was Crandall Gilfeather ihr erzählt hatte von Broadford House und Kerron Vaunches tückischen Plänen.

Dort unten in der Röte des Tunnels lag eine Macht verborgen, der Kerron Vaunche huldigte, die greuliche schwarze Kraft, die Paul mit sich gerissen und in das blutleere, aufgeschwemmte Geschöpf verwandelt hatte, das den schwarzen Transporter lenkte.

Der Herzschlag pulsierte unaufhörlich weiter, tief unter der Erde in stetigem, schwerfälligem Rhythmus.

»Sind wir tot, Chris? Ist es das, was man das Jenseits nennt?« Sie legte die Hände an die Schläfen und massierte sie. »Sind wir genau wie die Wesen dort unten?«

»Ich jedenfalls nicht«, gab Chris zurück. »Fühle mich quicklebendig. Und du bist zwar ein bißchen blaß um die Nase, stehst aber noch immer fest auf beiden Beinen, wenn ich recht sehe.«

»Aber es könnte doch eine Illusion sein!«

»Können kann alles. Aber dann hätten wir beide dieselbe. Es sei denn, ich bilde mir dich nur ein.« Chris grinste gequält, doch nicht ohne seinen lakonischen, fast schicksalsergebenen Humor.

Sie wandte sich ab, riß sich zusammen, und als sie zum Wagen kam, warf sie einen Blick auf Judith. Das Gesicht des Mädchens, mit blutunterlaufenen Augen und rissiger Haut, weckte aufs neue all ihre Ängste und Befürchtungen. Doch gleichzeitig kehrte die Wut zurück, an der sie sich festhielt, wie eine Ertrinkende, die nach jedem Strohhalm greift. Und diese Wut war handfest und heiß und drängte das Entsetzen ein wenig zurück.

»Ich denke nicht daran, dorthin zu gehen«, erklärte sie. »Ich gehe dort nicht hinunter, und ich bringe meine Kinder nach Haus.«

»Einverstanden«, nickte Chris. »Aber es wär keine üble Idee, wenn wir uns bald auf den Weg machen.«

Sie schaute ihn an, und er nickte unmerklich mit dem Kopf nach hinten. Sie folgte der Geste und ihre Augen weiteten sich. Unten am Fuß der Brücke war der schwarze Möbelwagen zu sehen. Langsam und verstohlen, wie ein Panther, der sich anschleichen will, bewegte er sich auf die

Kurve zu, von der die Überführung abzweigte und hoch in die Luft führte. Die Vorderlampen waren noch immer zerschossen, und an der Seite war die Windschutzscheibe zur Hälfte weg. Hinter ihm folgte, als sollten sie alle vier Spuren für den Verkehr sperren, die nebeneinander gereihten riesigen Lastzüge. Sie erzitterten vor zurückgehaltener Kraft, aus ihren Auspuffschornsteinen wirbelte schwarzer Qualm. Die dunkelgetönten Scheiben ließen sie wie Urwelttiere erscheinen, und ihre Planen, nur lose über die buckelnde Ladung gelegt, bauschten sich wie die gespreizten Flügel gigantischer Fledermäuse.

»Hier kriegen wir jedenfalls bald Ärger«, stieß Chris hervor, als sie zurück zum Wagen gingen.

29

Der Jeep ruckte, hustete kurz, dann sprang der Motor an. Blaue Wölkchen quollen unter der Hecktür hervor, und sie waren unterwegs, rollten über die große rauhe Piste von der Überführung hinunter. Peter kniete sich auf den Rücksitz. Für den Augenblick war die Straße hinter ihnen frei, aber nur dank der Kurve, die der Brückenbogen beschrieb. Kaum fünf Sekunden später tauchte schon das Dach des schwarzen Möbelwagens am Scheitelpunkt auf.

»Schneller, Mum!« drängte Peter. »Sie kommen hinterher!«

Sie wußte es bereits und wünschte, sie hätten einen Ferrari gefunden statt dieses alten Vierradkarrens mit Ventilen, die wie Würfelbecher klapperten, und einem von Schüssen zerdellten Zylinderkopf. Es war ein verläßliches altes Nutzfahrzeug, gut gepflegt von den Unglücklichen, denen es einst gehört haben mochte, bevor sie sich auf der schwarzen Autobahn wiederfanden und steckengeblieben waren. Aber es war kein Rennmobil, kein geeignetes Fluchtauto.

Sie ließen sich die Neigung hinunterrollen. Vor ihnen, vielleicht in sieben-, achthundert Metern, teilte sich die riesige Straße und gabelte sich dreifach; eine Seitenspur stieg wieder an und überquerte die Hauptstrecke, die andere führte in absurden Korkenzieherkurven abwärts. Sie hielt sich auf der linken Spur, drückte den Bleifuß aufs Gas und hörte den Motor protestierend aufjaulen. Die Straße stieg leicht an, und Patsy klammerte sich so fest ans Steuer, daß sich die Griffmulde des Lenkrads tief in den Handballen grub. Judith war fest eingewickelt in ihre Decke. Chris und Peter blickten starr geradeaus.

Der Möbelwagen wurde im Rückspiegel rasch größer, und hinter ihm zeichneten sich die Umrisse der riesigen Lastzüge ab, dicht nebeneinander fahrend und im selben stetigen Tempo. Sie fühlte die Fahrbahn unter ihren Rädern vibrieren, hörte das Knirschen ihrer Schaltungen. Die Qualmwolken über ihren Schornsteinen glänzten schwarz wie der Lack auf den altertümlichen Kabinen. Ihre Kotflügel und Kühlergrills zeigten sich seltsam verschnörkelt wie schmiedeeiserne Zierkunst vergangener Epochen. Sie erklommen die Anhöhe, wurden noch größer, je näher sie der Kuppe kamen und verdunkelten schließlich den ganzen Himmel im Rückspiegel.

Huuuup. HHHUUUUPP!

Einer der Lastzüge ließ sein Horn erschallen wie ein angestochener Stier. Das Licht aus dem höllischen Tunnel fiel durch eine Lücke im Säulengitter und spiegelte sich in der verbliebenen Fensterecke des Möbelwagens, der wie ein einäugiges Tier böse zu funkeln schien, während er aufholte. Die anderen Laster rumpelten nebeneinander her und hupten jetzt auch, daß die Luft erzitterte und der Lärm des endlosen, in das offene Maul des glühenden Ofens strömenden Verkehrs übertönt wurde. Eine Zeitlang hörte man nichts als das geistlose, irgendwie hungrige Blöken der blinden schwarzen Laster und den hämmernden Puls, der bis in die Knochen spürbar war.

»Ich kann sie nicht abhängen«, schrie Patsy, um sich bemerkbar zu machen. Ein Unbehagen breitete sich aus und sagte ihr, daß sie scheitern würde.

»Wir müssen sie loswerden«, rief Chris zurück. »Sonst walzen sie uns im Handumdrehen platt.« Er schlug mit der Faust auf die Ablage.

Patsy wünschte inständig, der Jeep möge schneller fahren, konzentrierte sich, während die Gabelung immer näher kam. Ihr war klar, daß sich der Abstand zum Möbelwagen rasch verringerte, und ebenfalls auf die linke Spur herüberzog, um direkt hinter ihr zu bleiben. Schon hörte sie seinen Motors aufjaulen wie große, streitende Kater.

»Komm schon, Mum«, flehte Peter. »Fahr schneller!«

Sie wollte antworten, doch das Wort blieb ihr im Hals stecken. All ihre Aufmerksamkeit richtete sie auf die Kreuzung. Wieder hupten die Lastzüge gleichzeitig, ein ohrenbetäubendes Brüllen, das Triumphgeheul und Kraftprotzerei zugleich bedeutete. Ein flüchtiger Blick in den Rückspiegel ließ sie wünschen, sie hätte das dreckige Heckfenster vorhin gereinigt, obwohl das Anschwellen des dunklen Schattens hinter ihr nicht zu übersehen war. Die ausgeschossenen Vorderlampen wirkten wie Haifischmäuler, eines auf jeder Seite, mit herausragenden Glasscherben statt Zähnen. Die Flammen auf dem Kühler waren geschmolzen und fast so geschwärzt wie die übrige Karosserie. Die faustgroßen Einschußlöcher waren vernarbt, als wäre der Möbelwagen irgendwie *geheilt*. Näher und näher rückte er, und das Heulen eines Turboladers – oder dessen, was Patsy für einen Turbo hielt –, raspelte wie Mühlsteine. Sie trat das Gaspedal durch, fühlte den Fußballen hart am Metallknauf, und der Motor rasselte protestierend. Sie fuhr jetzt so schnell wie irgend möglich, was immer der Jeep hergab. Die Lastwagenreihe hinter dem Transporter ragte wie eine schwarze, ölig qualmende Festungsmauer empor.

Vor ihr lag die Weggabelung, kam mit jeder Sekunde näher. Peter quäkte etwas, das im Tumult und Getöse überhört wurde. Jetzt setzte der Transporter zur Attacke an, nur noch Meter entfernt, nur noch einen, einen halben Meter, holte aus, um sie gegen die Betonwand zu schmettern, und hinter ihr rückte die Phalanx der Laster heran wie eine gespenstische Kavallerie. Sie hielt die Luft an, biß die Zähne zusammen, zögerte wie neulich bis zum allerletzten Moment. Vor ihr lag die Spirale, die in die Tiefe und näher zur klaffenden roten Höhlung führen würde. Jetzt war die Abzweigung nur noch Meter entfernt, und sie schoß vorwärts, der Spirale entgegen. Wieder stießen die großen Lastzüge ins Horn, wie um ihren Fehler zu bejubeln.

Patsy riß das Steuer in letzter Sekunde herum, und der Jeep rutschte abrupt von der linken Spur zur anderen Straßenseite, nur auf zwei Rädern balancierend und schleudernd, daß Chris glaubte, sie müßten sich seitwärts überschlagen. Peter stieß von hinten gegen den Fahrersitz. Die Reifen quiekten wie angriffslustige Wildschweine. Einen Moment lang glaubte Patsy, sie hätte sich verschätzt, fühlte, sah den Wagen schon aus dem Gleichgewicht kommen, in taumelnder Pirouette herumwirbeln und mit Karacho am Pfeiler aufprallen. Doch jetzt konnte sie ohnehin nichts mehr tun, denn sie hatte es bis auf den letzten Zentimeter im voraus berechnet, und hätte sie das Lenkrad bewegt, würden sie von der Leitplankenspitze zwischen den beiden Routen aufgespießt. Der Jeep beschrieb einen Slalom über die Vielzahl der Fahrspuren. Sein unmittelbarer Verfolger hatte ein paar Sekunden zu spät reagiert. Er schlingerte hinterher, mit schriller Hupe und verzweifelt aufheulendem Motor. Der am dichtesten aufschließende Lastzug wollte ausweichen und krachte gegen seinen Nachbarn, und ein Getöse aus quietschenden Bremsen, knirschendem Metall und platzenden Gummireifen erfüllte die Luft, während sich die Laster seitlich rammten und ineinander verkeilten. Es hörte sich an wie das Aufeinanderprallen gepanzerter Schlachtreihen.

Patsy behielt ihren Kurs bei, spürte den Jeep auf zwei Reifen lasten, bis er den Punkt ohne Wiederkehr überschritten hatte. Der Kotflügel schabte eben noch über die Spitze der Leitplanke, gerade genug, den Lack abzuschürfen, und dann war sie von der Hauptstrecke weg und schoß die Steigung zur Rechten empor. Die erhobenen Räder donnerten wieder auf den Asphalt zurück, und Peter purzelte Hals über Kopf über den Boden. Sie rasten hinauf zur Kleeblattkreuzung, während der Möbelwagen und seine angeschlagenen Kohorten unten weiterrasten, wo der Asphalt unter ihren Reifen zitterte. Peter krabbelte auf den Sitz zurück, unverletzt und heil, und preßte die Nase ans Heckfenster.

»Hast es wieder geschafft, Mum«, keuchte er. »Du bist sie los.«

»Und beinahe uns auch«, murmelte sie konsterniert. Sie

fuhr hoch und um die Hufeisenkurve, erst jetzt die Hände vom Steuer lösend. Unter ihnen wölbten sich die öligen Rauchwolken der Lastzüge, die langsam verwehten. Doch immer noch hörte sie ihre Motoren dröhnen und erst leiser werden, als der schwarze Korso links die Spirale in die Tiefe nahm.

Patsy stieß einen langen Seufzer aus, nahm eine Hand vom Steuer und wischte sich mit dem Ärmel über die Stirn. Der Schweiß rann ihr die Brauen herab, brannte und schmerzte in den Augen. Chris reichte ihr einen trockenen Lumpen, und sie tupfte sich die Augen, um bessere Sicht zu haben. Jetzt schwang die Straße herum, krümmte sich in sich selbst zurück und führte eine Zeitlang geradeaus, neben zwei hochgelegenen, parallelen Autobahnstrecken auf schlanken Säulen.

»Wie haben sie uns wohl so schnell gefunden?« fragte sie verwundert. Chris wußte auch keine Antwort.

»Vielleicht haben sie uns abgehört«, schlug Peter ernsthaft vor. »Die haben überall Wanzen!«

Trotz ihres Herzklopfens rang sich Patsy ein Lächeln ab und blickte ganz kurz nach hinten. »Vielleicht«, bestätigte sie und blinzelte ihm zu.

»Wir wissen ja gar nicht, wer sie sind. Ich wünschte, ich wäre ihnen nie begegnet.«

»Da kannst du Amen drauf sagen«, sagte Chris leise. Sie polterten geradeaus, an den luftigen Stützpfeilern vorüber, die wie eine Allee weißer Betonbäume links und rechts vorbeihuschten. Der gräßliche Tunnel war nicht mehr zu sehen, aber sie hörten das stete Brummen der Fahrzeugmassen, und die Luft war noch stickig von Abgasen.

»Ich glaube fast, wir entfernen uns«, wagte Patsy zu vermuten, und Chris nickte.

»Mag sein, fürs erste. Doch es wird uns schon irgendwann wieder dorthin treiben. Ich nehme an, wir können jetzt etwas langsamer fahren, damit wir vor bösen Überraschungen gefeit sind.«

Er hatte kaum ausgesprochen, als unter der Ablage das alte, zerbeulte Radio losging. Ein Knistern statischer Energie, ein Knattern ließ sie vor Schreck bis ins Mark erstarren. Das ohrenbetäubende elektromagnetische Zischen hielt ein paar Sekunden an.

Die Hexe. Patsy langte nach dem Knopf zum Abschalten. Als sie ihn zu fassen bekam, ließ er sich nicht gegen den Uhrzeigersinn drehen. Sie drehte in die andere Richtung, und es machte ›Klick‹. Ein kleines grünes Lämpchen leuchtete auf und belehrte sie, daß der Empfang vorhin noch gar nicht eingeschaltet war. Die Interferenz kletterte zu einem Crescendo, als ob ein Sender die Aufnahme eines gigantischen Wasserfalls abspielte, und wurde plötzlich überschnappend abgebrochen.

Die Stille währte mehrere Sekunden, und dann hörten sie den Ton. Es war das tiefe, dumpfe Hämmern aus dem Tunnel, doch jetzt kam es aus dem Lautsprecher wie der Doppelschlag eines gigantischen Herzens. Ihr ganzes Chassis erdröhnte unter dem Widerhall.

Der Stampfrhythmus hörte nicht auf, auch als Patsy das Radio ausknipste. Eine Zeitlang war nichts anderes zu hören, und dann kam hinter dem Stampfen ein Flüstern, wie das sanfte Geflirr vorüberfliegender Insekten in der Nacht, doch an Intensität zunehmend, bis es überall zu hören war. Es erinnerte Patsy an die Fliegenwolke, die wie ein klebriger Tentakel aus dem Seitenfenster des Möbelwagens gekrochen war, und wieder kam ihr die Vorstellung von *Beelzebub* in den Sinn. *Die Insekten ihres Traums waren aus dem klaffenden Spalt in dem schmalen Körper auf dem Stein hochgestiegen.* Das rasselnde Schwirren wurde zu einem ohrenbetäubenden Krachen und brach plötzlich ab, während sich Patsy noch die Ohren zuhalten wollte.

Auf dem Rücksitz war Peter aufgesprungen und drückte sich an die Tür. Vor seinem geistigen Auge sah er eine lange, knochige Hand, die sich auf Willows Wange legte. Die bebenden Lippen der Frau öffneten sich, und etwas Schwarzglänzendes krabbelte aus ihrer Kehle hervor. Er hatte die Fliege gesehen, die den Kopf drehte und ihn aus geschwollenen Facettenaugen anstierte. Eine zweite Fliege folgte ihr, eine dritte, der ganze Mund war voller Fliegen. Schließlich war Willows Gesicht nichts als eine Masse krabbelnder Insekten, und plötzlich waren sie mit wütendem Gebrumm alle auf einmal davongeflogen und im Schatten verschwunden.

Das Gebrumm setzte wieder ein, hörte und hörte nicht auf, und Chris war wieder im Dschungel jenseits der Steinsäulen. Auf nackter Erde war etwas Langes, Verwesendes von einer Schicht wimmelnder schwarzer Fliegen überdeckt, die in einer summenden Wolke auseinanderstob, als er sich näherte. Was wohl ein grinsender Schädel gewesen war, blitzte weiß auf, bevor sich die Fliegen wieder zur Mahlzeit niederließen. Der Schwarm tobte hektisch durcheinander, und plötzlich hatte er sich gefürchtet, näher heranzukommen und ein Auge zu sehen, das vielleicht unter der schwarzen Masse zu ihm emporstarrte.

Das Zirpen und Knirschen dauerte eine Weile an, und dann

Patseeeee.

Die Stimme brach das allgemeine Schweigen. Sie fuhr in ihrem Sitz hoch. Hinter ihr begann Judith zu wimmern.

Hab dich jetzt, Patseeee. Kein Ausweg für euch, kein Versteck mehr. Gehst ins Loch hinunter, Patseee.

»Wer zum Teufel redet da?« wollte Chris wütend wissen. Auch er langte nach dem Radioknopf. Es knackte vernehmlich, doch die Stimme kehrte wieder.

Riechen dein Blut schon. Folgen der Spur. Werden dich jagen, bis du ins Loch kommst.

»Es ist Daddy«, stieß Peter hervor. »Das ist Dads Stimme. Aber er klingt ganz anders ...«

Patsy schauderte. Sie hatte die Stimme ebenfalls erkannt, und daß Peter derselben Meinung war, bestätigte sie nur. Chris wandte sich im Sitz um und sah sie stirnrunzelnd an. Judith stöhnte hoch und unsicher auf.

»Will nicht kommen, Daddy«, jammerte sie. Sie wich zurück, drückte sich in den Rücksitz. Patsy drosselte das Tempo und sah sich um. Judith schüttelte dumpf und widerwillig den Kopf.

»Will bei Mami bleiben«, maulte sie zaghaft, und ihr Atem ging wieder pfeifend. Die dunklen Augen, entzündet und blicklos, riß sie noch weiter auf, als sie nach Luft rang. Die fleckige Blässe ihrer Haut vertiefte sich, als ihr das Blut ins Gesicht stieg. Das Kinn ruckte, doch nichts geschah.

»Das Inhaliergerät, schnell!« kreischte Patsy. »Es ist in der Tasche.« Peter kletterte über den Rücksitz und fing an zu kramen. Es schien eine Ewigkeit zu dauern, bis er endlich das Spray hervorzog. Rasch stieß er das Mundstück in Judiths aufklaffenden Mund und drückte auf den Knopf. Es zischte leise.

Er wiederholte es, und Judith verkrampfte sich. Ihr Arm flog nach oben, und etwas Hartes schlug ans Dach und polterte gegen das Fenster, knapp an Chris' Ohren vorbei, bis es auf dem Bord unter der Windschutzscheibe liegenblieb.

Chris tastete nach dem kleinen Objekt. Er nahm es in die Hand und zuckte zurück.

»Jesus«, schluckte er. »Das ist ja glühend heiß!« Er schnappte sich den Lumpen, den er vorhin Patsy gereicht hatte, und versuchte damit, das Ding umzudrehen. Brandiger Gestank stieg aus dem Tuch. Chris hielt es hoch und zeigte es Patsy, und sie sah einen kunstvoll geschnitzten Ring. Er trug das lüsterne Antlitz eines Monsters, das wie ein entstellter mittelalterlicher Wasserspeier wirkte. Die Augen waren zwei orangefarbene, geschliffene Steine, die blicklos aus den toten Höhlen leuchteten, und sie erkannte auf Anhieb den tödlichen, starren Blick der über die Fahrbahn krabbelnden Katzenaugen wieder.

»Wo kommt denn der plötzli ...« Der Satz erstarb ihr auf der Zunge, und plötzlich verstehend, erinnerte sie sich, wieder.

»Wollte Sie doch bloß ein bißchen trösten«, brummte der Kerl. Es klang nicht menschlich, mehr wie ein Tierlaut. Im Kabinenlicht sah sie zum erstenmal sein Gesicht, ein längliches, graues Gesicht mit stumpfer Nase, fast wie eine Tierschnauze, zu einem Grinsen oder einer wütenden Grimasse verzerrt; unter den geschürzten Lippen zeigten sich schwärzliche, flache Vorderzähne. Nicht menschlich! Nicht menschlich. *Patsy kurbelte am Fenstergriff, stieß die Scheibe höher. Etwas splitterte; im Innern des Wagens knallte etwas wie ein Schuß, gefolgt von einem metallischen Klirren, und dann war der Mann, das* Ding, *was immer es war, verschwunden.*

Sie hatte den Lärm gehört, den harten Knall, und für einen Augenblick war ihr damals übel geworden, weil sie fürchtete, ihm einen Finger abgerissen zu haben. Sie erinnerte sich an die Furcht, am Boden hinter dem Rücksitz könne er liegengeblieben sein und grausig auf sie zeigen. Es war ein alter, schwerer Siegelring, den ein grotesk grinsender Kopf schmückte. Und plötzlich wußte sie ohne den Schatten eines Zweifels, weshalb sie so rasch ihre Fährte aufnehmen konnten, wie sie über Entfernungen hinweg mit ihnen in Kontakt treten konnten. Judith mußte ihn irgendwann unterwegs vom Boden aufgelesen haben. Peter hatte recht, wenn er meinte, sie wären verwanzt. Der Ring gehörte zum tückischen Hexenwerk, das diesen Ort beherrschte. Sie mußte an den *Herrn der Ringe* denken, die Fantasy-Geschichte über den Ring der Macht, die ihr zu Recht so oft einfiel. Der schwarze Möbelwagen und seine Kavallerie monströser Lastzüge mußte sie verfolgt haben, indem sie Signale empfingen, die von dem häßlichen Kleinod ausgingen. Doch nicht der Ring war es, den sie begehrten, sondern die Kraft jugendlicher Unschuld, die sie nur in den Kindern wiederfinden konnten.

»Wirf das raus«, krächzte Patsy. »Wirf es möglichst weit weg von uns!« Als sie es aussprach, kam ihr eine vage Erinnerung, die ihr etwas klarmachen wollte. Sie wollte sie fassen, doch tanzte sie davon und hinterließ nur das unbehagliche Gefühl der Vergeblichkeit.

Chris rollte das Fenster hinunter. Judith atmete wieder, doch ging ihr Atem rauh und erstickt. Gewaltsam warf sie den Kopf hin und her, als wolle sie eine unsichtbare Fessel abstreifen. Der Tuchfetzen schmorte bereits und fing Feuer. Grüne Flammen sprühten plötzlich. Chris schrie auf, zog die Hand von der brennenden Stelle zurück und warf den Lumpen wirbelnd über die Straße. Der Wind ließ die Flammen hoch auflodern, und der Ring flog klirrend über den harten Asphalt, bevor er über die Straße rollte und im Staub hinter der Leitplanke liegenblieb.

Judith seufzte schwer, nahm einen tiefen, reinen Atemzug und brach in Tränen aus. Patsy konnte nichts Tröstliches sagen, doch Chris griff nach hinten und hielt der Kleinen die Hand. Peter legte seiner Schwester den Arm um die Schultern. Das Schluchzen hörte eine Weile nicht auf, dann schniefte Judith und wischte sich die Tränen weg.

»Ich habe Daddy gehört«, erklärte sie mit bebender, leiser Stimme. »Er wollte, daß ich zurückkomme, aber er ist jetzt ganz anders geworden und wollte, daß ich schlimme Sachen mache.«

»Ich weiß, Schatz«, begütigte Patsy, und wäre gern angehalten, konnte aber nicht abbremsen.

»Und Kerron redete in meinem Kopf, und sie will mich zu dem Stein hinunterbringen, und sie ist *alt.*«

»Aber jetzt sind sie weg.«

Judith nickte. »Ich kann sie nicht mehr hören.« Sie schniefte erneut, und Peter trocknete ihr die Augen mit dem Ärmel seines Pullis, vorsichtig die rissigen Stellen auf der Haut vermeidend, die sich unter dem Haaransatz wieder röteten. Chris, der ihr noch immer die Hand hielt, ließ langsam los und wandte sich wieder nach vorn. Er lehnte sich zu Patsy und flüsterte ihr etwas ins Ohr. Patsy blickte in den Rückspiegel.

Der Möbelwagen glitt eben über eine steile Rampe vom oberen Straßenniveau herunter. Hinter ihm rumpelten die Lastzüge wie eine Mitternachtslawine.

Patsy reckte den Hals. Das Seitenfenster des Transporters war mit dunklem Rauch überzogen, doch dahinter sah er eine Silhouette, blaß gegen die Finsternis der Kabine, und sie wußte, daß es Paul war, oder was immer aus Paul geworden war auf der *Ley*-Straße. Die Einfädelspur mündete an der Seite neben der Hauptstrecke ein, auf der sie fuhren. Sie blickte nach vorn und sah eine Abzweigung kommen. Der Transporter und die Phalanx schwarzer Monster rasten, um ihr zuvorzukommen. Sie gab Vollgas und jubelte dankbar auf, als sie merkte, wie rasch der Jeep reagierte. Der Möbelwagen zog jetzt gleich mit ihnen, die Laster folgten dichtauf. Sie warf einen zweiten Blick und sah den am nächsten aufholenden LKW, dessen Plane im Fahrtwind flatterte. Die Kabine war hoch und dunkel, die Fenster wie Insektenaugen, die Kotflügel und Träger merkwürdig glatt wie gespannte Muskeln.

Sie sind lebendig, dachte sie bei sich. Sie waren wie der falsche Polizist. Mochten sie aussehen wie Lastwagen, wie er menschlich ausgesehen hatte, in Wahrheit waren sie *nicht,* was sie zu sein schienen. Hinter der Fassade lauerte eine Art Leben, eine enorme, bösartige Macht. In der verruchten Raststätte hatte sie hochgetürmte schwarze Kutschen in ihnen erblickt, gezogen von Alptraumpferden. War das ihre tatsächliche Gestalt? Die Straße vibrierte, während sie die Rampe hinunterbrausten.

Wieder knirschte es im Radio, und eine Stimme kreischte völlig unverständliches Zeugs, das statische Knistern übertönend. Diesmal hielt sich Chris nicht lange damit auf. Er lehnte im Sitz zurück und stieß mit dem Fuß gegen das kleine Gerät. Metall wimmerte, und der gesamte Rundfunkempfänger flog aus der Halterung. Ein kleiner Bolzen flog nach oben und schlug gegen das Glas. Ohne Zögern bückte er sich, riß mit einem Ruck die Drähte ab und schleuderte den Metallhaufen umstandslos aus dem Fenster. Inzwischen rollten alle Lastzüge die Rampe hinab, während der Möbelwagen neben ihr herzog, der Stelle entgegen, wo seine Spur in die Hauptstraße mündete. Einen Ausweg gab es nicht, solange diese Strecke kilometerweit von Betonpfeilern begrenzt war. Vor ihnen führte die Straße bergab, und sie konnte nicht erkennen, wohin das Gefälle führen würde. Sie war drauf und dran, das Rennen zu verlieren. Das blasse Gesicht hinter der Windschutzscheibe drehte sich zu ihr, und obwohl sie keine Züge erkennen konnte, spürte sie doch die Leere und den Verfall dieses Wesens. Irgendwo tief im Innern fühlte sie den Kontakt zu Paul und zuckte zusammen, denn es fühlte sich jetzt an wie der Pesthauch des Todes.

»Bastard«, zischte sie durch zusammengepreßte Zähne.

»Keine Sorge.« Chris legte ihr eine Hand auf die Schulter, versicherte ihr mit dieser kleinen Geste, daß er bei ihr war und an sie glaubte, egal, was geschah. Trotz der Angst, die sie wieder überkam, flößte ihr diese Berührung soviel Wärme ein, daß sie beinahe aufgeschrien hätte. Chris Deane betrachtete sie nicht als Hilfszwerg oder bewegliche Habe, nicht als schwächliche kleine Frau.

Chris warf ihr einen Blick zu, und im selben Augenblick glaubte er das Profil einer Mondgöttin zu erkennen. Patsy fletschte die Zähne, ihre Lippen waren nach innen gezogen, und die Brauen zu einer wütenden, verzweifelten Grimasse verzerrt. Ihre Augen waren starr auf die Kreuzung vor sich gerichtet.

Sie stieß den Fuß so schwer aufs Gas, daß der Hebel noch ein Stück weiter zu rutschen schien, und dann *wünschte* sie sich den Jeep schneller.

»Komm schon, verdammt noch mal!« grollte sie.

»Du schaffst es. Du wirst sie schlagen«, feuerte Chris sie an, mehr aus Angst vor der eigenen Courage als aus echter Überzeugung.

Patsy heulte auf und merkte es nicht einmal, und wie durch ein Wunder machte der Jeep einen Satz nach vorn.

Jetzt wechselte der Möbelwagen in ihre Spur, wollte ihr den Weg abschneiden. Sie riß das Steuer nach rechts diesmal, und der Transporter setzte sich aufblitzend vor sie. Der Jeep schoß durch die Lücke zwischen Möbelwagen und erstem Lastzug und war plötzlich auf freier Strecke. Direkt vor ihnen lag die Senke. Der Möbelwagen schleuderte zur Seite und rammte die Leitplanke, schlug in immer größer werdenden Kurven an das Metall, während er gegensteuern und wieder Spur fassen wollte. Der Lastzug stieß leicht von hinten dagegen und schickte ihn erneut an die Leitplanke. Funken regneten wie ein Feuerwerk, ein schwarzglänzendes Hinterrad des Transporters wurde in Stücke gerissen. Patsy schaffte es ins Tal. Unten hatte sie die Wahl zwischen drei Spuren, die ineinander verflochten waren und alle in verschiedene Richtungen führten. Sie hatte gar keine Wahl. Der Jeep raste geradeaus in die Hauptspur. Sie führte weiter bergab, machte unten einen Schwenk, wobei sie sich seitwärts neigte und einen der immensen Pfeiler umrundete und in eine neue Gabelung mündete. Hier hielt sie sich erneut rechts, setzte instinktiv auf alles oder nichts, wobei sie den Linksabbieger vermied und auf das oberste Niveau geriet, hoch über der Geraden, wo man sie fast erwischt hatte.

Ein Blick in den Rückspiegel zeigte ihr, daß der schwarze Korso noch immer hinter ihr war, doch hatte er beim Einfädeln in die erste Lücke kostbare Zeit verloren. Selbst der zerbeulte Möbelwagen auf der Nebenspur rumpelte ihnen nach, und sie trat wieder den Gashebel durch, inständig jene geheimnisvolle Kraft beschwörend, die ihr vorhin einen Schub nach vorn gewährt hatte. Mit einem Satz war sie auf der Überführung.

Und dann brach die Nacht herein.

Hier auf dem unmöglichen Knotenpunkt gab es gar keine Vorzeichen mehr. Das Dunkel stülpte sich einfach über sie. Im ersten Moment fuhr Patsy blind weiter. Hastig fummelte sie an den Knöpfen der unvertrauten Armatur, und ihr Mut sank beim Gedanken, die Scheinwerfer könnten den Dienst versagen. Sie verfluchte sich selbst, daß sie es nicht vorhin beim Losfahren probiert hatte. Schließlich fand sie eine Reihe von Kippschaltern und drückte sie alle auf einmal. Sofort leuchtete der parallele Doppelstrahl des Fernlichts auf.

Die Straße lebte.

Die Katzenaugen waren wieder aus den Löchern und regten sich. Über ihr flackerte der purpurrote Widerschein in den Wolken, hinter ihr glomm fiebrig das Blutlicht des Mondes. Krabbelnde Wesen rannten auf sie zu, die Klauenfinger hoch erhoben, die scharlachroten Augen im Licht aufglühend. Etwas flatterte herauf und zerschellte am Fenster, hinterließ eine Schleimspur auf der Scheibe.

Hinter ihr flammten die LKW-Scheinwerfer auf, flakkernd wie die Scheiben brennender Irrenhäuser. Sie lagerten sich als schützende Aura um den blinden Transporter, der kein Licht hatte, und ließen ihn als Silhouette erkennbar werden. Unter ihren Rädern geriet die Straße rumpelnd in Bewegung, als der Korso donnernd hinter ihr aufschloß.

Sie rasten auf die Brücke, blickten hinunter auf die Ebene, auf der sie vorhin verfolgt worden waren. Jenseits davon, tiefer gelegen zwischen den aufragenden Pfeilern, waberte gespenstisch die Glut der Tunneleinfahrt und quoll wie Blut im Rhythmus des Hämmerns hervor. Die Lichter des langsam nachrückenden Verkehrs blinkten im Abgasnebel, während die Warteschlange unaufhörlich immer weiter dem Schlund entgegenkroch.

Etwas Großes, Schwarzes wirbelte seitlich heran. Durch Fensterglas und Motorengedröhn hörte sie segelartige Flügel wedeln und konnte sich einen Seitenblick nicht verkneifen. Ein riesiger schwarzer Vogel mit flachen roten Augen setzte gerade zur Landung an. Sein säbelartig geschwungener Schnabel hackte in schneller Folge ins Dach des Jeeps. Peter blickte nach oben und sah die Linie der Dellen in der Verkleidung, gerade aufgereiht und in gleichen Abständen. Ein dunklerer Schatten löste sich unterhalb der parallel verlaufenden Brücke, setzte flink über die Straße, schnappte mit Klauen und Zähnen nach dem Flügeltier und war verschwunden.

Sie irrten durch die Nacht, rasten eine Rampe hinauf und ins Tal hinunter, kreisten auf Serpentinen, die sie über eine sechsspurige Fahrbahn leiteten. Währenddessen regte sich unter den Toten, die sich kriechend und schleppend dem allesverschlingenden Tunnel näherten, eine Überfülle gespenstischen Lebens. Katzenaugen krabbelten und schnappten nach ihnen, die der Jeep mit seinen Rädern knirschend dem Erdboden gleichmachte. Was plattgefahren war, wurde die Beute geduckter, eidechsenähnlicher Wesen, die wie Fetzen von Traktorenreifen aus dem Dunkel heranrollten. Überall auf der Straße glühten verwirrende rote Augen. Patsy hielt das Lenkrad gerade und raste stur weiter. Sie nahm eine Steigung und flog über den Scheitelpunkt, bevor sie wieder abwärts donnerte.

Der Himmel über ihr war zum Mahlstrom geworden, ein kosmischer Strudel, wo Stürme wirbelten und Blitze einander jagten, die den Horizont von einer Seite zur anderen überspannten, am Rand der Zyklonenaugen aufzuckten und die niedrige Wolkendecke grell aufstrahlen ließen. Doch in der Mitte des Unwetters, im klaren, abgrundtiefen Dunkel, lauerte der Mond.

Es war Vollmond geworden ...

Die Erinnerung, der sie vorhin vergebens nachtastete, war jetzt zum Greifen nah und entglitt ihr wieder. Der verrückte Mond hatte sich gerundet. Sein verzerrtes, wahnsinniges Antlitz schien blendend und giftig herab, seine Bergketten waren wie dolchscharfe Zahnreihen, die Kraterаugen mit heißer Lava gefüllt. Es starrte Patsy direkt in die Augen. Sie spürte, wie das Licht sog und zerrte, und achtete sekundenlang nicht auf die Straße.

Ein Hagel von Steinen prasselte gegen die Windschutzscheibe, doch es waren keine Steine, sondern Fliegen. Sie wirbelten durch den Lichtkegel der Scheinwerfer, und für einen Augenblick konnten sie gar nichts mehr sehen. Die vordere Stoßstange knallte durch eine dünne Absperrung, die möglicherweise nur aus Holz war, jedenfalls hörte sie es splittern und krachen. Die Reifen rumpelten über eine rauhe, nachgiebige Oberfläche, die nicht geteert war, und ihr schwante, daß sie von der Straße abgekommen sein mußten. Der Mond starrte mitleidlos herunter. In ihrem Kopf hörte sie eine grollende Stimme. Peter schrie entsetzt auf.

Sie polterten vorwärts, geblendet von Fliegen. Ein Licht flammte direkt vor ihnen auf. Im Dunkel des Rücksitzes hörte sie Judith husten. Der Jeep wippte und schaukelte. Das Licht wurde heller, breitete sich aus, als würde ein Vorhang beiseite gezogen. Das Summen der Fliegen steigerte sich zu einem schrillen Geheul. Ein Schatten lauerte vor ihnen, und Patsy trat auf die Bremse. Sie stießen seitlich gegen unsichtbare Hindernisse, die rasselnd zerfielen.

»Was ist passiert?« wollte Peter wissen. Ringsum raubte

ihnen der Fliegenschwarm noch immer die Sicht. Fauliger Gestank schlug ihnen durch die Lüftungsklappe entgegen. Chris drehte es den Magen herum, und Judith hustete wieder, als hätte etwas ihre Lunge verklebt.

»Ich fürchte, wir sind abgek ...«, wollte Patsy gerade sagen, als sich der Schwarm erhob wie ein gelüfteter Schleier.

Ringsum flackerten Kerzen, spiegelten sich in hohen, bemalten Fensterscheiben. Direkt vor ihnen stand ein gedrungener Marmoraltar unter vergoldetem Tabernakel. Darüber hing ein umgedrehtes Kreuz von der Decke.

»Lieber Herrgott, hilf ...«, flehte Patsy stammelnd. Chris drehte sich um.

»Scheiß drauf!« keuchte Judith. Peter holte tief Luft. In der Verwirrung des Augenblicks hatte es Patsy nicht mitbekommen.

An das Kruzifix war ein blasses nacktes Wesen genagelt. Die Haut war fleckig und zerfetzt, hier und da weißlich, anderswo violett gedunsen. Der Kopf hing direkt über einem breiten Gefäß, das auf dem Altar stand. Deutlich hörten sie das aufgefangene Blut hineintröpfeln. Es zog Patsys Blick auf sich, und sie erkannte, daß es kein schwarzes Opfergefäß war und keine Schale. Es war ein glattpolierter Motorradhelm, der sich langsam mit dem Blut des umgekehrt Gekreuzigten füllte.

Billy Walker. Er mußte es sein. Da hatte er Sally B in einem flachen Steinhaufen am Straßenrand begraben und war weitergewandert, und hier kam er schließlich an. Patsy erinnerte sich an sein von Hand gekritzeltes Epitaph: *Wenn jemand diesen Zettel findet, geht nicht vorbei, ohne für Sally zu beten. Sie war eine gute Frau und hätte nicht derart leiden dürfen. Gott helfe uns allen.*

Sie war von der Straße abgekommen und hatte ihre Schützlinge hierher geführt, mitten in die schwarze Kirche des Grauens. Einen schrecklichen Moment lang blieb Patsy das Herz in der Brust stehen, und der Schmerz war so heftig, daß sie sterben zu müssen glaubte.

Auch Billy Walker hätte nicht derart leiden dürfen. Doch der arglistige Magnetismus der verfallenen Kirche hatte ihn umgarnt, und so war er krepiert, umgekehrt an ein Kreuz genagelt, wo sein Blut in die Rundung seines Helms tropfte. Hinter der schwarzen Schale wallte und waberte ein Schatten.

»Was im Namen des ...«, wollte Chris gerade rufen.

Willkommen in meinem Haus. Die Stimme schleifte ihr Gehör kalt wie ein Mühlstein.

»In Deine Hände befehle ich meinen Geist, *Vater*«, krächzte Judith. Chris wirbelte zu ihr herum. Peter schrie gellend. Judith arbeitete sich aus der festgewickelten Dekke heraus. Ihre blasse, abgezehrte Hand drückte zielsicher auf den Gurt. Chris faßte nach ihr, doch mit überraschender Behendigkeit entzog sie sich ihm.

»Du bist nicht mein Vater«, keifte sie. »Mein Vater ruft nach mir.«

Es war Kerrons Stimme, gemischt mit Judiths in merkwürdigem Zweiklang. Das Mädchen drückte den Türgriff und öffnete. Sie taumelte hinaus ins Kirchenschiff. Ein Angstschrei blieb Patsy in der Kehle stecken. Wie der Blitz war auch Peter draußen neben ihr. Drüben am Altar schien der Schatten schadenfroh zu feixen.

Her zu mir, Unschuld! Die Wände bebten. Das Blut tröpfelte in den Helm.

Peter wollte nach seiner Schwester greifen, und sie versetzte ihm einen Krallenhieb. Als sie sich umwandte, traf der Kerzenschein ihr Gesicht. Das dunkle Haar war stumpf und rattenschwanzähnlich. Die Haut knitterte wie Pergament auf ihrer Stirn. In der Höhlung ihrer Augen glomm ein verderbtes Grün.

Die Verwandlung, schoß es Patsy durch den Kopf. *Jetzt geschieht sie!*

Sie blieb wie angeklebt sitzen und sah zu, wie ihre Tochter die gekrümmte Hand gegen Peter erhob, und sie sah Judiths Gesicht zu einer wütenden Grimasse verzerrt. In ihr erkannte sie Kerron Vaunche wieder. Unter dem warzigen Kiefer, auf dem dürren Hals spreizte sich eine Spinne.

Die Erkenntnis traf sie im selben Augenblick. Es war keine Spinne. Es war das Amulett am Lederriemen, das ihr in der Finsternis von Broadford House begegnet war, als sie nach ihrer Tochter griff. Erst jetzt erkannte sie seine Bedeutung. Es war keine Spinne, sondern eine magere Skeletthand. Es hätte die verschrumpelte Pfote eines Affen sein können, aber Patsy wußte, daß es die Hand eines toten Babys war.

Die Hand des Triumphs. Die Hand der Unschuld. Die winzigen, schwarzknotigen Finger klammerten sich fest um Judiths Hals, wo Patsy schon die dünne Haut aufbrechen sah. Jeden Moment konnte die Schlagader platzen, ein Blutschwall hervorspritzen, und ihre Tochter wäre tot.

Peter griff wieder zu, und Judith wehrte ihn ab.

»Zur Hölle damit!« brüllte Chris. Unversehens riß er die Tür auf, so weit, daß sie mit dem Schall eines Gongs gegen die Karosserie knallte. In zwei Schritten war er bei dem Mädchen, als Peter gerade von ihrem Schlag zurücktaumelte. Er griff nach ihr, und sie entschlüpfte ihm. Durch puren Zufall, oder geleitet von einer Gegenmacht, die sich dem Schatten am Altar widersetzte, bekam er den Lederriemen zu fassen. Er riß ihn mit einem Ruck mittendurch, und die kleine Skeletthand löste sich von der Kehle des Mädchens. Wie eine zuckende Spinne flog sie quer durch das Kirchenschiff zum Altar. Unter dem Tabernakel stöhnte der schwarze Schatten auf, und ein Erdstoß durchzitterte das Gebäude.

Judith kreischte. Chris packte zu und schleuderte sie in den Wagen zurück. Krachend stieß sie gegen die andere Tür. Patsy wandte sich um und faßte nach ihrer Schulter, zwang das Mädchen zum Stillsitzen. Ein geducktes, formloses Wesen löste sich aus dem Schatten hinter dem überquellenden Gefäß. Seinen Zorn spürte Chris wie die Hitzewelle eines explodierenden Ofens. Mit Riesentatzen bewegte es sich auf ihn zu, schaukelnd wie der Motorradhelm, dessen Blut auf den flachen Stein spritzte.

»Scheiße«, grunzte Chris. Er langte in die Hosentasche, kramte darin und zog die Flasche mit medizinischem Alkohol hervor. Umstandslos zerschlug er den Flaschenhals am Kotflügel. Glas splitterte, der Verschluß flog beiseite. Stechender Alkoholgeruch kämpfte mit dem erstickenden Hauch der Verwesung. Chris drehte sich auf dem Absatz herum und schleuderte die Flasche zum Altar.

»Rasch jetzt!« drängte Patsy. »Rein mit dir!« Der Motor heulte auf. Peter schrie mit überschnappender Stimme, schrill und fast flehentlich. Chris wandte sich ab. Er kletterte über eine umgestürzte Kirchenbank, bekam einen rostigen, mittelalterlichen Kerzenständer zu fassen und pflückte die Kerze vom Dorn. Sie fühlte sich fettig an in der Hand, und er ahnte, daß es nicht Wachs war, und gewiß auch kein tierisches Fett. Wieder wirbelte er herum und warf sie dem Schatten entgegen, der jetzt vor dem Altar aufwallte.

Der medizinische Alkohol entzündete sich mit einem

Knall. Flammen loderten auf, weiß und stechend. Sie leckten an alten Gobelins, die auf der Stelle verglühten. Vor Schmerz und Wut heulte das Monster, während es ans Tabernakel zurückkehrte. Das Feuer schwoll an, und die gräßliche schwarze Gestalt bahnte sich den Weg in die Sakristei und schlug die Tür zu. Im selben Augenblick waren sämtliche Kerzen erloschen, und es wurde dunkel.

Chris kletterte blind über die verstreuten Bänke und tastete nach dem Jeep. Schließlich fand er den Türgriff, kletterte hinein und drängte sie, loszufahren. Patsy legte den Rückwärtsgang ein. Judith heulte noch immer, aber jetzt mit eigener Stimme, und ihr Schrei rührte von echter Angst her, nicht vom Gift magischer Einflüsse. Die Kirchentüren schlossen sich donnernd, zerfielen jedoch beim Aufprall der hinteren Stoßstange zu Staub. Auf dem Altar brannten jetzt sämtliche Teppiche; das Kreuz und das daran genagelte Opfer wurden von der reinigenden Flamme verzehrt. Rückwärts setzte der Jeep aus der Kirche. Patsy riß das Steuer herum, und sie ließen den schrecklichen kleinen Kirchhof mit den vier leeren Grablöchern links liegen. Sie rumpelten gerade über die niedrige Mauer, als der alte Glockenturm endgültig ins Dach der Kirche sackte. Mit Getöse wie bei einer Explosion zerfiel das Gebäude in sich selbst. Gelb sprühten die Flammen aus splitternden Bogenfenstern und loderten gen Himmel.

Sie gab Vollgas und rumpelte über den Acker. Im toten Winkel schien sich etwas zu bewegen. Sie fuhr herum und sah einen mageren Schatten aus der Hecke springen.

Die Vogelscheuche war hinter ihnen her, mit unnatürlich langen Greifarmen, verhornt und gewunden. Das Mondgesicht kreischte ihnen entgegen, mit rotglühenden Augen und einem offenen Maul voller scharfer Zähne.

»Scheiß drauf«, fluchte Chris. Patsy wich im letzten Moment aus, und der Jeep machte einen Satz nach rechts. Chris beugte sich vor und schoß. Der Rübenkopf der Vogelscheuche spritzte nach allen Seiten auseinander, und das verrückte Kreischen erstarb.

»Verzeih meine Ausdrucksweise.« Chris grinste. Patsy dröhnten noch immer die Ohren, und sie hörte gar nicht hin. Sie fuhr weiter und schaffte es bis zur Straße, durchbrach einen niedrigen Feldzaun und hechtete über einen kleinen Graben. Auf dem Asphalt raste sie weiter, talwärts und hügelauf, während die Nacht immer tiefer wurde. Chris faßte sie an der Schulter, drückte sie aufmunternd. Irgendwo am Himmelszelt zogen sich Wolken zusammen und verbargen den krankhaft verzerrten Mond, während sich die Mondgöttin Patsy Havelin ihren Weg durch die Finsternis bahnte.

Patsy raste wie eine Besessene, entschlossen, den Möbelwagen abzuhängen, wissend, daß sie siegen *konnte*. Sie fuhr weiter, lenkte aufwärts und abwärts und über die Kurven, während in ihrem Schlepptau der Lastwagenkonvoi röhrte, manchmal hinter ihr, manchmal auf einer Parallelstrecke, und immer wieder Blitze durch die Nacht zuckten, die den Himmel neonfarben aufflackern ließen. Patsy erreichte den Gipfel einer weiteren Überführung, hoch über dem Chaos der Straßen und Abzweigungen am Knotenpunkt. Sie drosselte das Tempo und bremste, bis der Jeep zum Stehen kam.

Von den Verfolgern war nichts mehr zu sehen. »Willst du, daß ich dich mal ablöse?« fragte Chris. »Schätze, wir sollten die Fahrt nicht lange unterbrechen.«

Sie gähnte, strich sich die Steifheit aus den Gliedern und versuchte, die Müdigkeit zu verscheuchen. »Ich dachte, du hättest keinen Führerschein.«

»Du machst das ja prima. Mit deinen Fahrkünsten kann ich mich nicht messen!« Bewundert grinste er sie an. Sie wußte selbst kaum, wie ihr geschah, doch sein Lob tat ihr gut.

Nach ein paar Minuten fuhr sie wieder los. Die Nadel der Tankanzeige war inzwischen im roten Bereich, und Patsy merkte, daß sie bald am Ende waren. Falls sie keinen verlassenen Wagen mit Benzinresten fanden, würden sie zu Fuß über das Verkehrskreuz müssen und diese Nacht wohl nicht lebend überstehen. Wie lange es noch dauern sollte bis zur Dämmerung, bis der *Namenlose Tag* endete, wußte sie nicht, denn hier schien es keine natürliche Zeitspanne zu geben, ebensowenig wie auf der Straße. Sie tastete mit der Hand nach ihrem abgewetzten Gürtel und fühlte den Knauf der kleinen Pistole. Ihren Kindern sollte auch in dieser Nacht kein Leid geschehen.

Sie überquerten den Scheitelpunkt, kamen auf eine weitere spiralförmige Zufahrtsstraße und erreichten eine Brükke, die fast so hoch lag wie die von vorhin. Zu ihrer Rechten, jetzt etwas weiter weg als zuvor, klaffte noch immer das rotglühende Maul des riesigen Tunnels, und in den dichten Qualmwolken sah sie das unaufhörliche Ruckeln und Zuckeln der Fahrzeuge. Irgendwo dort unten, das wußte sie, war auch die Prozession der humpelnden Fußgänger unterwegs in die Tiefen der Erde.

Ihren Kindern sollte kein Leid geschehen in der Nacht, und sie würde nie zulassen, daß sie sich in die gräßliche, kriechende Warteschlange einreihten.

Sie erreichten die Steigung und sahen zwei verlassene Lastwagen und einen alten Patrouillenwagen, der aus einem Chikago-Gangsterfilm stammen konnte. Einem Vorschlag von Chris folgend, bremste sie ab, hielt mitten auf der Straße an und beleuchtete die Autowracks mit den Scheinwerfern.

»Stimmt was nicht?« fragte sie und spürte, wie die Erschöpfung sie überkam und ihren Blick trübte, obwohl sie entschlossen war, weiterzufahren.

»Ich hab eine Idee«, erklärte er. Der nächststehende Laster war ein Tieflader mit einer großen Ladung übereinander gestapelter Stahlröhren. Die Kabine hatte sich ins Heck des vorausfahrenden Müllwagens gebohrt, der Straßenmüll von irgendwelchen Parkplätzen geladen hatte. Eine Benzinlache floß unten heraus und verwandelte die Fahrbahn in eine schmierige glatte Pfütze.

»Wenn wir die Röhren dort herunterholen, könnten wir eine Barrikade errichten. Das würde sie aufhalten.«

»Und was, wenn sie von der anderen Seite kommen?«

Chris schüttelte den Kopf. »Ich denke, sie müssen der gleichen Streckenführung folgen wie wir. Die Straße verläuft nur in eine Richtung, und irgendwann münden alle dort unten.« Er deutete auf das pulsierende Glühen in der Tiefe.

»Einen Versuch ist es wert«, überlegte sie. »Aber hinterher müssen wir wieder tanken, sonst sitzen wir fest.« Ein Anflug von Verzweiflung ließ sie kurzfristig glauben, daß es ohnehin keinen Zweck mehr hätte, daß sie am Ende waren, aber die kräftigere Stimme ihres Inneren übertönte solche Einwände. Nun war sie so weit gekommen, da würde sie jetzt nicht mehr kampflos aufgeben. Es war die längste Nacht des Jahres, vielleicht ihres Lebens, aber sie konnte nicht ewig dauern.

Chris schwang die Beine heraus und setzte den Rucksack ab. Er kramte darin und holte eine Zange hervor und einen kleinen Schraubenschlüssel. Peter glitt neben ihn und sah aufmerksam zu. Der Tieflader hing schräg auf einem eingedellten Abschnitt der Leitplanke, kurz vor dem Scheitelpunkt des Brückenbogens. Die stählernen Abflußrohre waren dunkelgrau und rostfleckig, Zylinder von stattlichem Durchmesser, die schwer auf der Kette lasteten, die sie noch auf der Ladefläche hielten. Patsy stieg ebenfalls aus und bog den Rücken durch, dehnte die eingeschlafenen Glieder, während Chris an der Verriegelung werkelte, den Schlüssel an der widerspenstigen Mutter ansetzte und ächzend daran zog. Vergebens. Er knurrte unbefriedigt. Die Mutter rührte sich nicht von der Stelle.

»Werd sie aufsägen müssen«, keuchte er. »Das könnte eine halbe Stunde dauern oder mehr, aber den Versuch ist es wert.«

»Da muß etwas Schmieröl dran«, schlug Peter vor. »So repariere ich immer mein Fahrrad.«

Chris erhob sich und kratze sich die Stirn, auf der er einen rostroten Streifen hinterließ. Er grinste Peter an und schlug auf die Krempe seines Huts, den der Junge noch seit dem Vortag aufhatte. »Guter Mann! Ein ausgezeichneter Vorschlag.« Er bückte sich über den Rucksack und holte seinen Zaundraht aus der Box, die von Öl nur so triefte. Er spritzte etwas an die Stahlmutter, rieb es in die Ritze und wartete einen Moment, bevor er den Schlüssel wieder ansetzte.

Wieder brummte er, der Schweiß trat ihm auf die Stirn und rann den Nasenflügel herab. Er spannte alle Muskelkraft an, und die Mutter gab ein wenig nach. Noch eine Anstrengung, und sie rückte um ein Achteldrehung von der Stelle

Chris blickte zu Peter auf, der ihn mit einem *Hab-ich's-nicht-gesagt*-Ausdruck angrinste. Wieder holte er aus, drehte knirschend weiter, während Peter den Atem anhielt.

»Du mußt dich beeilen, Chris«, empfahl er. Chris blickte auf, saß Peter über seine Schulter starren, fuhr herum und erkannte den tödlichen Konvoi, der sich oben auf der Paßhöhe im Wetterleuchten abzeichnete. Orangefarbene Scheinwerfer tasteten sich ins Dunkel, schwenkten über die Betonpfeiler.

»Das ist die Überführung, wo wir vorhin waren, stimmt's?«

Chris nickte. »Sag deiner Mutter, daß sie einsteigen soll.« Peter blickte ihn mit offenem Mund an. Chris versetzte ihm einen Stoß.

»Los jetzt«, befahl er. Patsy drehte sich um, die Augen weit aufgerissen. Peter rannte ihr entgegen. Ihr Sohn war drauf und dran, sie anzuschreien. Chris mühte sich noch immer mit der eingerosteten Schraube ab. Er sah, wie der Junge auf ihn deutete und seine Mutter am Ärmel zupfte. Sie rannten zum Jeep und kletterten hinein. Sie beugte sich vor und öffnete die Beifahrertür.

»Komm schon«, rief sie. »Steig ein!«

Chris ließ sich nicht beirren. Er pumpte mit dem Schraubenschlüssel. Allmählich lockerte sich die Schraube, jeweils um eine halbe Drehung. Spiralförmig und trocken knirschend schob sie sich aufwärts.

»Fahrt los!« brüllte Chris zurück. »Verschwindet so rasch wie möglich!«

Sie schüttelte den Kopf.

»Nein, Chris. Bitte! Sie sind gleich da!«

Er winkte mit einer Hand, die andere noch immer verbunden. »Fahrt, um Himmels willen. Laßt euch nicht aufhalten!«

Schon fegte der schwarze Transporter über die Verbindungsstraße, die sie hierhergeführt hatte. Die Reihe der Lastwagen kam in einigem Abstand hinterher. Er pumpte am Schlüssel, inständig flehend, das Metall möge nachgeben.

Die Schraube wand sich. Zu langsam. *Viel zu langsam.* Die Lastzüge näherten sich, donnerten heran, und er würde zu spät kommen.

Patsy hatte den Wagen gestartet. Wild gestikulierend rief sie ihm zu, er solle die Röhren vergessen und einsteigen. In kleinen Stößen ruckte der Jeep bei aufheulendem Motor vorwärts. Patsy lehnte quer über dem Sitz, wie von Sinnen brüllend. Auch Peter stimmte ein. Judith hatte zu weinen begonnen.

Über ihnen teilten sich die Wolken, und schielend grinste der Mond herab, doch er stand bereits tiefer am Horizont. Hinter ihnen waren im Wirbel des Sturms die fettigen Farben der Dämmerung zu sehen. Das Starren des Mondes hatte an Kraft verloren, doch giftig war sein Licht noch immer. Patsy fühlte es auf der Haut prickeln.

»Herrgott, Frau!« bellte er. »Mach gefälligst, daß du hier wegkommst!«

Der Möbelwagen schoß herab, näherte sich fauchend der Ebene. Die Schornsteine der Lastzüge spien Rauch und Funken und rumpelten hinterher, Schulter an Schulter wie eine heranrückende Schlachtreihe, unter der die Fahrbahn erbebte.

Jetzt ging es nur noch um den Bruchteil eines Millimeters. Wenn er das Ding zwanzig Sekunden früher losgekriegt hätte, wäre er jetzt soweit. Er schätzte die Entfernung zwischen sich und dem Jeep ab, zwischen sich und der Lastwagenreihe. Sekundenlang glaubte er, losrennen zu sollen, doch dann wären Patsy und die Kinder noch immer auf der Flucht, ohne Benzin, und er wußte, daß keiner von ihnen es schaffen konnte.

»Hau ab!« grölte er. Patsy blickte in den Spiegel. Sie wartete bis zum letztmöglichen Augenblick. Er hörte, wie sie krachend die Handbremse löste. Reifen quietschten, und der Jeep machte einen Satz nach vorn. Sein Herz tat einen Sprung, und er warf sich fluchend mit seinem ganzen Gewicht auf den Schraubenschlüssel. In diesem Moment riß die Metallhülse der Schraube, die Kette brach wie nichts auseinander, der Riegel flog heraus und traf ihn so heftig an der Schläfe, daß er zurückgeschleudert wurde. Blut schoß empor, und er stürzte rücklings über den Röhrenstapel.

Dröhnend erscholl ein Glockenschlag. Eine der Röhren drehte bei, fegte ihn zur Seite. Er überschlug sich, rollte unter die Kabine und klammerte sich an einen Reifen, während das erste Stahlrohr von der Ladefläche glitt. Es schlug zweimal auf, rollte über die Fahrbahn, machte eine Kehrtwendung und trudelte abwärts. Eine zweite folgte auf dem Fuß, die dritte schwenkte aus, rammte die Leitplanke und schepperte auf die Straße. Die vierte, fünfte und siebzehn weitere tonnenschwere Stahlrohre rutschten darüber hinweg und donnerten die Straße herab.

Die dritte traf gegen den Möbelwagen und schleuderte ihn in die Luft. Er überschlug sich im Purzelbaum und landete auf den Rädern. Eine Seite war eingedellt, und die Windschutzscheibe barst in einer schwärzlichen Explosion. Etwas flog aus dem Rahmen und prallte auf den Asphalt.

Es zuckte, richtete sich auf. Patsy erkannte einen kreidebleichen, oben schwarz behaarten Kopf, und das Ding drehte sich um. Pauls Augen, wie glühende Kohlen im Schnee, funkelten herüber. Ein Streifen Blut sickerte ihm aus dem Mundwinkel. Das Gesicht war aufgedunsen und weich, hatte alle Konturen verloren wie eine Made in Menschengestalt. Er zuckte unter dem einfallenden Mondlicht, als hätte ihn ein Feuerstrahl getroffen.

Dann kehrte er zum Transporter zurück. Das Gefährt war schrottreif, aber noch immer fahrtüchtig. Es setzte von der Leitplanke zurück und schoß nach vorn.

Das nächste Stahlrohr rutschte im selben Moment abwärts und stieß den Transporter an die Mauer. Flammen loderten auf und leckten über die Straße. Ein dunkler Schatten hüpfte hervor, und Peter sah Kerron Vaunche in der Gestalt, die er seit jenem Tag kannte, als Willow starb. Sie keifte wie ein Gespenst, ein verschrumpeltes, geknülltes Bündel von pergamentener Farbe und Augen wie modrigen Höhlen.

Judith schrie auf und fiel leblos in den Sitz zurück, am ganzen Leib zuckend. Peter half ihr auf und bemerkte das grüne Leuchten in den Augen seiner Schwester. Er spürte, wie sich zwischen ihr und dem Hutzelwesen, das auf allen vieren weiterkroch, der elektrische Kontakt wiederherstellte. Den weißen, geschwollenen Klumpen, der am Rand des Feuers hockte, ließ Kerron Vaunche links liegen.

Die vierte Röhre glitt abwärts und nagelte ihn wie ein plattgefahrenes Tier auf den Asphalt. Mit klaffendem Mund drehte sich die Zigeunerin um. Der Flammenstrom ergoß sich über die Fahrbahn und umschloß sie. Wieder kreischte sie auf, ein gräßlicher, flatternder Feuervogel, über dem sich die Wolken zusammenballten. Plötzlich zuckte ein Blitz aus dem Himmel und traf die Feuersäule. Die humpelnde Gestalt explodierte, und augenblicklich erstarb ihr Schrei, der unter ihrer Schädeldecke nachhallte.

Judith schluckte heftig, wand sich in heftigen Krämpfen, bog den Rücken durch und blieb erschlafft liegen.

Im Rückspiegel sah Patsy, wie die Ladung wegrutschte.

Sie bremste ab und brachte den Jeep noch einmal zum Stehen. Chris war ans Rad des Tiefladers geschleudert worden und kam torkelnd wieder auf die Beine. Er stolperte auf die Lastzüge zu, wie benebelt, schien sich zu schütteln und rannte los, in ihre Richtung. Peter brüllte wie am Spieß, um ihn anzufeuern. Chris bewegte sich auf sie zu, ob er sie noch erkennen konnte oder nicht, war schwer zu sagen.

Jetzt donnerte die Schlachtreihe der Laster über die Gerade. Eine der Röhren überschlug sich, wie beim schottischen Caber-Werfen, der Länge nach und spießte den vordersten auf. Der riesige Lastzug stürzte funkensprühend zur Seite. Der nächstfolgende raste hinein, schleuderte herum, balancierte nur noch auf einer Bereifung und raste in den Transporter. Das Gefährt der Hexe segelte davon, quer über die Befestigungsmauer, und fiel in die Tiefe. Vor dem Aufprall rammte es einen Betonpfeiler, und ein Aufflammen unterhalb der Brücke deutete an, wo es explodierte. Der dritte Lastzug stieß auf den zweiten und stellte sich quer zur Straße. Eine schwarze Röhre stieß in die Kabine, und beide Fahrzeuge kippten von der Brücke.

Chris rannte noch immer, entfernte sich stolpernd aus dem Inferno. Hinter ihm rollten und rumpelten die Röhren bergab, eine schwarze Lawine, die alles mit sich riß. Patsy stand noch zwei-, vielleicht dreihundert Meter weit entfernt. Sie hieb auf die Hupe, gab ihm Signale, flehte ihn an, schneller zu laufen. Er gab sich unverkennbar alle Mühe, doch kam er nur ruckartig vorwärts, als wäre er verletzt. Sie beugte sich aus dem Fenster und sah, wie eine Hälfte seines Gesichts blutüberströmt aufglänzte.

»Komm, Chris. Mach schnell!« Sie rammte den Rückwärtsgang ein und setzte zurück. Chris winkte und herrschte sie an, endlich loszufahren.

Hinter ihr flogen zwei der Lastzüge durch die Bresche in der Mauer, die der erste geschlagen hatte. Von ihrem Standort aus an der Kurve sah sie, wie die Riesen ins Nichts stürzten, sich drehend und überschlagend, wie verrückte fliegende Lokomotiven, doch im freien Fall schienen sie sich zu verwandeln, wechselten Form und Kontur. Für Sekunden sah sie die Laster als große Tiere mit geschwellten Muskeln, schwarze Drachen am Himmel. Der erste schlug an die Betonsäule ihrer Überführung und explodierte in einem Ball aus Feuer und Rauch. Der zweite flog hinterher und barst in zwei Teile am nächsten Pfeiler, wo er einen gezackten Spalt hinterließ. Der dritte rammte dieselbe Stelle, und die schlanke Säule knickte mittendurch.

Unversehens kippte der Brückenbogen zur Seite.

Chris brüllte wieder. Er taumelte, immer noch in ihre Richtung, doch einer der Lastzüge, dessen Eisengestalt schmolz und waberte, hatte es auf ihn abgesehen. Der Kühlergrill verwandelte sich in ein gefletschtes Raubtiergebiß, und hinter der Front erscholl ein wütendes Fauchen. Hinter dem Wesen folgten die beiden anderen, die der Röhrenlawine entkommen waren.

Ein Schatten ragte auf, und Patsy wandte sich um. Die Straße vor ihr sackte nach unten durch, eine weitere Säule bröckelte auseinander, und der gesamte Streckenabschnitt stürzte ein. Er landete mit Getöse auf der tieferliegenden Parallelstraße und sandte eine Druckwelle von Kilometern Länge über die Autobahn. Das Erdbeben riß die Stützpfeiler einer weiteren Überführung mit sich, deren Tragegurte wie gerissenes Gummi zurückschnellten. Die Brücke drehte sich, kippte zur Seite und traf drei Ebenen des Viadukts, die wie Dominosteine ineinanderstürzten.

Patsy blieb keine Wahl. Vor ihr war die Fahrbahn mit Rissen durchzogen, es knackte wie Feuerwerkskörper, und die ersten Pfeiler, die ihren Streckenabschnitt trugen, waren schon weggebrochen. Der Asphalt schien zu schmelzen und schlug Blasen. Eine Anzahl Bolzen flogen aus der Verankerung der Träger, nur fünfzig Meter weiter, und bohrten sich tief in den Betonwall auf der anderen Seite.

Sie trat aufs Gaspedal, und Tränen strömten über ihre Wangen. Mitten im Tumult hörte sie Chris schreien, der ihr befahl, endlich weiterzufahren, sich in Sicherheit zu bringen. Er rannte vor dem vordersten Lastzug her, in einem Abstand von fünfzig Metern vielleicht. Sie konnte nicht länger warten. Der Jeep schaffte es noch über den zentimeterbreiten Riß, und sie spürte, wie sich beinahe die Reifen verhakten. Peter heulte erbärmlich und stammelte wirres Zeug.

Der Jeep raste weiter. Vor ihr spaltete sich die Straße, und die Teile brachen auseinander. Eine mächtige Explosion fegte die letzten Stützmauern weg. Vor ihr gähnte eine Erdspalte, fünf Zentimeter breit, fünfzehn, dreißig. Sie gab Vollgas und sie schossen nach vorn. Der Spalt klaffte immer weiter auf, die anderer Seite rutschte um einen halben, einen ganzen Meter weg. Sie beschleunigte mit aller Kraft, wünschte, der Jeep möge schneller sein, fliegen.

Jetzt hatte der schwarze Lastzug Chris eingeholt. Er stürzte, kam wieder auf die Beine. Ein Betonbrocken, groß wie ein Haus, brach irgendwo in der Höhe weg und prallte seitlich auf die Karosserie, schnipste den Lastzug wie ein Riesenfinger von der Straße weg in die Tiefe. Patsy sah den Spalt immer breiter werden und konnte nicht anhalten. Chris wagte einen verzweifelten Sprung, rannte jetzt erstaunlich schnell, es war seine letzte Chance. Hätte sie abgebremst, wäre sie unfehlbar im Spalt gelandet. Er konnte es nicht schaffen. Der Jeep raste über den Rand. Der Fahrbahnabschnitt rutschte weg. Unter ihnen tat sich der Abgrund auf. Chris reckte die Arme nach ihnen, sie stürzten in die Tiefe. Sie sah noch, wie er herumgeschleudert wurde, mit den Armen wedelnd abrutschte, durch die Luft wirbelte. Peter schrie auf, und sie fielen und fielen.

Nacht hüllte sie ein. Die rote Glut des Tunnels schmerzte pulsierend. Die Nacht war voller scharlachroter Augen und hilflos ausgestreckter Arme, und sie segelten herab aus unglaublichen Höhen in das gierige Maul des Abgrunds.

Etwas schlug mit Getöse an eine Säule, und sie sah, wie sich der stürzende Lastwagen regte und wand und belebte. Die Säule brach zusammen, riß die nächste mit sich, zerschmetterte eine dritte, und so weiter bis ins Endlose. Der Lärm war apokalyptisch. Es war das Ende der Welt. Patsy hörte jemanden schreien und wußte nicht, wer es war, womöglich sie selbst. Die nächste Explosion hüllte sie in loderndes Feuer, und dann schloß sich der rote Mund über ihr, der pulsierende Verdauungstrakt des Tunnels nahm sie auf, stürzte in sich zusammen, und ringsum wurde alles dunkel.

Einen verwirrenden Augenblick lang wurde alles still. Der Augenblick dauerte an, dehnte sich in die Länge. Sie waren eingefroren in der Zeitblase. Patsy gellte noch immer der Schrei in den Ohren. Vor ihrem geistigen Auge sah sie Chris Deane hinter sich rennen, verzweifelt, über den Rand schlitternd und mit ausgebreiteten Armen ins Leere segelnd.

Die Stille dauerte und dauerte und dauerte, und immer noch fielen sie durch undurchdringliche Finsternis. Sie wollte sich umdrehen, nach ihren Kindern sehen, sie ein letztes Mal ans Herz drücken, doch sie bewegte sich wie in einer klebrigen Masse.

Peter riß den Mund so weit auf, daß sie die Backenzähne sehen konnte. Sein Arm umklammerte die Schwester, die schneeweiß geworden war und mit den Augen rollte. Patsy faßte sie bei der Hand, wissend, daß sie jetzt sterben würden. Sie klammerte sich an ihre Kinder, zog sie an sich. Plötzlich blickte Judith sie direkt an. Ein Leuchten trat in ihre Augen, und sie erkannte ihre Mutter wieder. Binnen Sekunden waren die aufgequollenen Warzen, die Pergamenthaut auf der Stirn verflogen. Die dunklen Flecken unter der Haut trockneten weg, spurlos wie Zaubertinte.

Reine, überwältigende Liebesenergie strömte zwischen Patsy und ihren Kindern. Einer vagen Eingebung folgend, drehte sie sich um. Judith legte ihre weiche Hand auf die Schulter der Mutter. Ein Blitz zuckte auf, nur einmal. Er spaltete die absolute Finsternis und riß den Himmel auf wie einen schwarzen Vorhang. Ein Geräusch erscholl wie ein Berg, der aus einem Steinbrocken vorspringt. Der Himmel teilte sich und das Licht übergoß alles.

Und dann war es Tag.

Blendendes Licht flammte vor ihr auf. Instinktiv packte sie das Lenkrad. Die Reifen hüpften, und der Jeep federte in die Luft, fiel zurück und faßte wieder Spur. Sie trat auf die Bremse, Gummiprofil quietschte. Vor ihr wechselte ein Kleinwagen unvermittelt die Spur, und sie mußte hastig ausscheren, um nicht aufzufahren. Ein Taxi auf der Nebenspur hupte wütend. Jemand stieß einen Fluch aus. Ein Lieferwagen ließ sein Horn dröhnen, und es überlief sie eiskalt. Hinter ihr flammten Halogenscheinwerfer auf. Vorn blendete die Sonne.

Sekundenlang wurde ihr übel, und ein Schwindelgefühl

stieg in ihr hoch. Ein Schild sauste vorüber, und sie glaubte, an oberster Stelle des Wegweisers BIRMINGHAM zu lesen. Die Straße war voller Wagen und Laster und Busse, und alle fuhren in dieselbe Richtung.

Doch drüben, auf der Gegenspur, hinter der niedrigen Barriere, nahm der Verkehr die andere Richtung.

Abgase lagen schwer in der Luft, doch hier roch es wie auf einer richtigen Straße.

Sie waren wieder in ihrer eigenen Welt.

Nach ein oder zwei Kilometern kam Patsy aus dem Staunen heraus und fädelte sich in den Abbieger ein, der zu einer Raststätte führte. Kinder kletterten über Spielgeräte an einem Sandkasten. Sie hörten melodisches Gekicher. Sie fand eine Parklücke und stellte den Jeep dort ab. Dann trat Patsy nach draußen, öffnete die Hintertür, umarmte Peter und Judith und brach in Tränen aus.

Hemmungslos schluchzend hielt sie die Kinder fest, erschüttert von der Gewalt ihrer Freude, ihres Kummers. Nach einer ganzen Weile kam ein kleines, blondgelocktes Mädchen auf sie zu und zupfte neugierig an ihrer zerrissenen, dreckigen Jeans.

»Habt ihr euch verfahren?« fragte das Kind.

30

Auf einer Landstraße im Hochsommer, ein Jahr, nachdem Patsy Havelin und ihre Kinder in die Wirklichkeit zurückgefunden hatten.

Peter war ein Jahr älter und so gerissen wie eh und je. Judith verhielt sich noch immer scheu, und obwohl sie ein schweres Trauma erlitten hatte, die Alpträume nicht aufhören wollten, in denen sie ihren Vater hörte, der sie beim Namen rief, und vor einer Wolke schwarzer Fliegen davonrennen mußte, hatte sie es überstanden und würde weiterleben.

Den Zeitungen zufolge war Paul Thomson tot, mit Kerron Vaunche und anderen Jüngern ihrer Sekte in einer Explosion ums Leben gekommen. Schuld sei, behauptete man, ein Leck in der uralten Gasleitung, die zum Versorgungssystem im Tiefgeschoß von Broadford House gehörte. Die Erschütterung war so heftig gewesen, daß alle drei Stockwerke wie ein Kartenhaus ineinandergestürzt waren und alles unter sich begruben, auch den runden Steintisch mit den merkwürdigen eingemeißelten Ornamenten. Die Leichen konnten nicht mehr identifiziert werden. Nur Patsy Havelin kannte den wahren Hergang.

Carrick Thomson, Pauls Bruder, hatte sich drei Rippen gebrochen, als er sich damals, als sie Peter und Judith aus Broadford House befreiten, einem Sektenjünger in den Weg stellte. Außerdem waren ihm zwei Finger gebrochen und das Handgelenk gezerrt, einiger wohlgezielter Fausthieben wegen, die er dem anderen verabreichte. Der Mann, den er McGregor nannte, hatte eine Stichwunde im Schenkel, doch schlimmere Verletzungen waren nicht zu beklagen. Crandall Gilfeather hatte sich Verbrennungen zugezogen, die am ganzen Oberarm juckten. Außer ihm wußte niemand, wie der Kampf ausgegangen war.

Patsy war verschwunden, und Carrick glaubte, sie sei zum Wohl ihrer Kinder untergetaucht. Als er zwei Monate später noch immer nichts von ihr gehört hatte, begann er sich Sorgen zu machen.

Sie und die Kinder waren sechs Tage unterwegs gewesen.

Als der alte Jeep mitten im Stoßverkehr auf der Fernstrecke südlich von Birmingham landete, war es Anfang Sommer gewesen, sechs Monate nach dem Tag, an dem Kerron Vaunche ihren Fluch über sie verhängt hatte und sie auf die Straße zur Hölle schickte. Erst allmählich kam alles wieder ins Lot. Patsy trauerte um ihren verstorbenen Mann, aber nur der Kinder wegen; insgeheim verwünschte sie ihn und hoffte, er werde im ewigen Feuer braten. Nachts kehrte manchmal die Vision des Höllentunnels wieder, und sie floh in Alpträumen auf dunkler Straße unter einem verrückten Mond, vor sich die gräßlichen Katzenaugen oder den grausigen Anblick über dem Altar der verfluchten Kirche. In solchen Nächten schreckte sie luftschnappend und in Schweiß gebadet hoch. Mindestens ebenso schlimm war die quälende Erinnerung an Chris Deane, wie er hinter ihnen herlief und aufholen wollte, hinter sich die tosende Lawine der Stahlröhren. Vor sich sah sie noch immer die von Anstrengung verzerrten Züge, als er rannte, ausglitt, stürzte, nach vorn rollte und über den zerklüfteten Rand des Abgrunds stolperte, der sich unter ihnen auftat. Vor sich sah sie noch immer, wie er hilflos mit den Armen rudernd ins Dunkel fiel. Alles, was ihr im Gedächtnis blieb, war die lähmende Leere des Verlusts.

Eine Landstraße im Hochsommer, die Fenster weit offen, und der neue Wagen, der die Kurven spielerisch nahm. Peter und Judith im Fond, mit ihrem Spielzeug beschäftigt. Ab und zu ein Blick in den Rückspiegel, wo sie Judiths zerzauste dunkle Locken sah und Peter mit dem zerbeulten Hut, den er auf jeden Ausflug ins Grüne mitnahm.

Sie waren etwa eine Stunde gefahren, längs der schmalen, kleinen Landstraße, die in ein ruhiges Tal führte. Dort auf dem grünen Gras, neben einem Flüßchen, pflegten sie ihr Picknick zu machen. Die Luft war warm, Insekten summten in den Bäumen. Patsy genoß den Fahrtwind im Gesicht und lächelte. Wenn's nach ihr ging, sollte dieser Sommer niemals enden.

Plötzlich trat sie auf die Bremse.

Peter und Judith fielen nach vorn, gehalten nur vom Sicherheitsgurt. Sofort wollte Peter wissen, was los sei, allzeit bereit, und die ängstliche Anspannung in seiner Stimme war nicht zu überhören.

Mit offenem Mund saß Patsy da und drehte sich langsam um. Peter löste den Gurt und hockte sich auf die Rückbank. Auch Judith spähte durch das Heckfenster.

Der Mann saß auf der Wiese beim Bach. Rauchloses Lagerfeuer flackerte unter einer alten, rußgeschwärzten Blechbüchse. Sein Kopf war nach vorn gebeugt, aber sie hatte den Eindruck, daß er sie wahrnahm. Sehr vorsichtig stieg sie aus dem Wagen und blieb eine Zeitlang am Straßenrand stehen, unfähig, weiterzugehen, obwohl sie es wünschte.

Nach einer Weile hob er die Büchse vom Feuer, wobei er einen gegabelten Ast benutzte. Dann rappelte er sich auf. Er humpelte stark, benutzte einen Knotenstock als Krücke, um an den Straßenrand zu gelangen. Dort stellte er die dampfende Konservendose auf dem Asphalt ab, bevor er kehrtmachte und sich wieder an die Feuerstelle hockte.

Band 12813

Ann Andrews/
Jean Ritchie

Von ALIENS entführt

Für den 14jährigen Jason Andrews und seine Mutter Ann sind die Geschehnisse seit Jahren beklemmende Realität, ein an Wahnsinn grenzender Alptraum, der kein Ende nimmt.
Akribisch haben die Autoren die traumatischen Ereignisse dokumentiert, denen eine ganze Familie hilflos ausgeliefert ist - eine Familie, die nichts sehnlicher wünscht, als endlich wieder normal leben zu können.
Bis heute ignorieren Polizei, Psychiater und Mediziner die erdrückenden Beweise und Fakten, die keinen Zweifel daran lassen, daß Außerirdische immer wieder auf unheimlische Weise in das Leben der Andrews eingreifen. In diesem brisanten Bericht kommen die Betroffenen zu Wort, schildern ihre Erfahrungen, ihre Ängste und ihre Hoffnungen und suchen verzweifelt nach einer Antwort auf die Frage: Warum gerade wir?

Band 12897

Thomas Tryon

Night Magic

Ein harmloser kleiner Zauberkünstler gerät plötzlich in die düster-bedrohliche Welt der Schwarzen Magie

Michael Hawke, ein junger Straßenkünstler, hat sich darauf spezialisiert, Passanten mit einer Mischung aus Theater und kleinen Zaubertricks zu erfreuen, während seine Freundin Emily mit dem Hut herumgeht. Eines Tages entdeckt er in der Menge einen merkwürdig aussehenden alten Mann und glaubt, in ihm ein williges Opfer für seine Späße gefunden zu haben. Doch der Fremde warnt ihn mit den Worten: »Berühre mich niemals!« Im selben Augenblick spürt Michael die geheimnisvolle Macht der Schwarzen Magie, denn Max – so nennt sich der alte Mann – ist ein richtiger Hexenmeister.
Schon bald wird Michael sein Lehrling und läßt sich einweisen in die Geheimnisse der Schwarzen Magie. Hin- und hergerissen zwischen seiner Liebe zu Emily und dem Lockruf einer düsteren, gefährlichen Welt, gerät er immer tiefer hinein in das Reich der Finsternis...